她们

THE GROUP

Mary McCarthy

[美] 玛丽·麦卡锡 著
尚晓蕾 译

推荐序

在我十几岁的时候，母亲向我推荐了《她们》这本书。母亲知道我想成为一名小说家，于是经常让我阅读一些当代女作家的作品（"当代"是指从二十世纪初到二十世纪七十年代中期这段时间）。这些作家包括弗兰纳里·奥康纳、阿娜伊斯·宁、伊迪丝·沃顿、安·兰德，还有玛丽·麦卡锡。我喜欢奥康纳、宁、沃顿和兰德的作品，但对麦卡锡的作品感觉一般。她笔下的角色在我看来毫无意义，如今回想起来，这并不奇怪——大多数伟大的小说都无法打动青少年，因为他们涉世未深，还不能理解成人的失望的复杂之处。于是，我把《她们》放到了一边，之后的二十七年里再没碰过。

然而，在我母亲看来，《她们》是属于她那一代人的小说。她出生于二十世纪三十年代，也是她家（无论男女）第一个上大学的，她就读的霍利奥克山学院是久负盛名的七姐妹联盟女校之一，瓦萨学院和史密斯学院也是这个联盟的成员。《她们》出版于1963年，当时正值美国社会发生重大动荡之际。约翰·肯尼迪刚刚遭到暗杀，嬉皮士们在宣扬自由的爱，美国介入越南战争已是第四年。在重视家庭、祥和平静的二十世纪五十年代里，那些梦幻般的场景——

快乐的家庭主妇们穿着围裙和坡跟鞋，端着鸡尾酒在门口迎接自己的白领丈夫下班回家——开始瓦解。贝蒂·弗里丹所著的《女性的奥秘》(The Feminine Mystique) 刚刚问世，这本书的创作源于弗里丹在史密斯学院的十五周年同学会上向两百名同学分发的一份调查问卷的结论。结论表明，很多女性不满于自己的生活，她们也不满于婚姻和生育的狭窄出路。弗里丹将这种现象称为"难以名状的问题"。《她们》问世的时机再完美不过了。就像弗里丹的著作中那些现实生活里的女性一样，《她们》的七位女主人公也饱受"难以名状的问题"的困扰。二十世纪六十年代中期的女性们对此表达了认同：《她们》连续两年荣登《纽约时报》畅销书排行榜。

现在回想起来，我不知道我的母亲和她的朋友们在阅读《她们》这本小说的时候，是否也正怀有自己的人生被家庭生活绑架的那种隐秘的不满。但我知道的是，在这本书出版两年后，我的母亲和她最好的朋友开始了自己的事业，这让她们的丈夫很是懊恼，并常常大发雷霆。尽管现在看来没什么了不起的（毕竟她们只是开了家旅行社而已，不过我的母亲之后会进入银行的董事会，成为当地位高权重的商界女强人），但这在当时却不亚于一场家庭革命。不过，我的母亲非常坚决，也就是在这个时候，八岁的我决心当一名作家。

二十世纪九十年代中期，我为《纽约观察家》撰写《欲望都市》专栏文章期间，我的经纪人为我谈下了第一部小说的出版合约。当我把这个消息告诉我的前任编辑——在《纽约观察家》工作过的少数几名女性之一时，她大叫："你应该写一部当代版的《她们》！"回家的路上，我买了一本《她们》，花了两天的时间重新读了一遍。我十七岁时认为毫无意义的内容在三十五岁时读来简直振聋发聩。这是一些我立刻就能辨认出来的角色——二十多岁的理想主义年轻女性，正在面对"现实生活"的困难和惊喜。尽管每一代女性都乐于宣称自己遇到了一系列作为当代女性必须面对的"全新"难题,然而《她们》提醒我们,真正的改变并不太多。婚前性行为、差劲的男人、事业与家庭的对抗——这些问题仍然存在。的确,在阅读这部小说时,你可能会好奇,如今的女性与七十年前的女性之间最大的区别是否仅仅在于"选择"这个词——这个词让我们以为我们能对自己的生活有一定程度的控制;甚至让我们以为自己已经解决了那些"难以名状的问题"。在《她们》中,麦卡锡笔下的人物没有这样的出路。

于是,小说以一场并不明智的婚礼作为开篇,新娘在瓦萨学院的好朋友们满怀着对未来理想主义的憧憬,花枝招展地现身,然而这一切很快变成了遭到挫败的雄心、一塌糊涂的性事(其中一个人物的丈夫通过背诵乘法口诀延迟射精时间)、邻里之间的攀比、生儿育女的挑战,当然,还有男人的不可靠——在本书的开头,一个女孩戴好了子宫帽,却被情人放了鸽子。

考虑到小说对两性关系的重视,《她们》很容易被称为当代鸡仔文学的先驱。但它不是。虽然麦卡锡笔下的女性也在为找到"好"男人而困扰,可这只是表面文章,为了掩盖更大冲突的存在。身为瓦萨学院的毕业生,《她们》中的女性坚信自己能够改变世界。但她们随后发现,自己非但无法改变世界,甚至连自身的生存都要取决于她们对自己成为"第二性"这一事实的接受。作为一名女权主义者且极其关注政治的人,麦卡锡认为小说的作用远不止是娱乐。一九八一年麦卡锡在一篇发表于《纽约时报》的文章中说,她感觉"经典小说是在由公共事务、政治和宗教引发的思考和争论中成长并壮大起来的,它涉及自由贸易、帝国、女性、改革等问题。人们认为,一部严肃的小说如果涉及权力、金钱、性和阶级的主题,就会应对上述问题"。

麦卡锡坚定不移地欣然接受生活的真实面目，而非徜徉于愿景之中，这无疑源自其本人艰难的成长经历。麦卡锡六岁时，父母双双死于一九一八年的西班牙大流感，她成了孤儿，由严格信奉天主教的亲戚抚养长大。记忆中，他们待她苛刻，还虐待她。她十四岁失去童贞，而且据推测，她从未体会过婚姻和性的愉悦。在她所著的《知识分子回忆录》（*Intellectual Memoirs*）一书中，她形容自己的第二任丈夫、评论家埃德蒙·威尔逊是一个"老"男人，"肥胖，臃肿"，而且有口臭。她声称自己从未爱过他，答应嫁给他只是"为了惩罚自己跟他上了床"。

虽然这句话很容易被理解为冷酷无情，但同时也显示出麦卡锡的讽刺智慧和黑色幽默，她可以将潜藏的愤怒巧妙地转化为讥讽。在《她们》中，一个男人被形容是"彻头彻尾的坏蛋了，不过当然，正是这种人才会让好女人伤心"。后来，普瑞斯这个人物意识到"（她丈夫的）性格中有一面她并不信任……一言以蔽之，他是个共和党人"。同时，另一个人物波莉担心自己二十六岁就已经变老了，因为她的一些朋友对待她就像"从古董店里淘出来的'文物'了——好像她是一件稍有裂痕的旧瓷器"。

因此，无论是在故事情节还是在人物塑造上，麦卡锡都毫不留情。那些渴望从小说里看到"可爱人物"的读者可能会懊恼地发现，她笔下的每一个人物都是有缺陷的。他们时而雄心万丈，时而困惑迷茫，时而冷酷无情，时而惊恐万状，时而狂妄自大，时而狡黠阴险。麦卡锡并不会为了取悦读者而去改变人物的个性，她也不会屈尊去"救赎"她的人物；相反，她会让那些人物的人生按照逻辑和现实走向他们应有的结局。

自十五年前重新拿起这本书后，我已经读了《她们》不下十遍。我很珍视这部小说，不仅因为它辛辣的讽刺，还因为它技巧上的因素，包括麦卡锡对于独白的精彩运用、她的行文节奏和她犀利的文笔。每次阅读这部小说时，我都会对麦卡锡作为小说家的能力感到敬畏。我很确定自己永远写不出这样的作品，但麦卡锡会一直激励我。

坎迪斯·布什奈尔，2009

第一章

那是一九三三年六月，毕业典礼一周后。瓦萨学院33届的凯[1]·雷兰·斯特朗，全班第一个在毕业晚宴上绕着桌子跑起来的女孩，和里德学院27届的哈拉尔德·彼得森，在圣乔治教堂的小礼拜堂内举行了婚礼，由卡尔·F.赖兰牧师主持。礼堂外斯泰弗森特广场上的树木郁郁葱葱，三三两两乘出租车赶来参加婚礼的宾客们听到了公园里孩子们围着彼得·斯泰弗森特的雕像嬉闹奔跑的声音。凯的同学们成群结伴地抵达，这些年轻女士一边付着车费，并把手套抻平，一边用好奇的目光盯着那些孩子，仿佛置身于一个陌生的城市。她们正忙着探索纽约，想象一下，她们中的一些人其实一辈子都生活在这里，住在八十街那些空间宽阔、令人厌倦的乔治王朝风格的住宅中或者公园大道的公寓中。她们喜欢这样偏僻的角落，这里绿意盎然，紫红色的圣公会教堂毗邻红砖砌就的、镶着锃亮黄铜和白边的贵格会礼拜堂。每到周日，她们就和情人一起走过布鲁克林大桥，到布鲁克林寂静的高地去一探究竟。她们探索了默里山的住宅

---

1. 凯瑟琳的昵称。——编者注（若无特别说明，本书脚注均为译者注）

区、古朴的麦克杜格尔巷、帕钦街,以及华盛顿马厩街大大小小的艺术家工坊。她们热爱广场酒店和那里的喷泉,也爱萨沃伊广场的绿荫,还爱一排排的马车和上了年纪的马车夫。马车夫静候在法式餐厅这样的地方附近,想要引诱她们坐马车穿过暮色中的中央公园。

这个早晨,当她们悄然坐在这座几乎空无一人的宁静的小礼拜堂中时,有一种强烈的冒险感;她们之前从未参加过这样的婚礼,邀请是由新娘本人口头发出的,没有亲戚或者家中长辈的干预。她们听说新人不会去度蜜月,因为哈拉尔德(Harald,他的名字就是这样拼的——按照传统的斯堪的纳维亚人的方式)正在一部戏剧制作中担任助理舞台监督,他今晚必须像往常一样到剧场去提醒演员"还有半小时开场"。在她们看来,这非常刺激,当然也证明了这场婚礼的古怪之处:凯和哈拉尔德都太忙碌,太有活力了,他们不会让传统习惯束缚他们的生活方式。九月份,凯要去梅西百货上班,和其他被选中的大学毕业生一起接受销售技巧的培训。不过,这个夏天她并没有无所事事地坐等开工,而是已经报名参加了商学院的打字课。哈拉尔德说,这样会让她拥有一项其他实习生没有的优势。而且,凯大三那年的室友海伦娜·戴维森说,他们小两口直接搬进了东五十街一处宜人街区的暑假转租公寓里,一件自己的床上用品或餐具都没有。毕业典礼之后的这一周,两人一直睡在转租客留下的床单上!海伦娜刚好去过那里看到了这一切。

这太像凯的风格了,她们坐在长椅上聊起这些,不无怜爱地总结道。她们觉得,大三那年选修了老沃什伯恩小姐(她在遗嘱中把自己的大脑献给了科学)的动物行为学课后,她就产生了惊人的变化。这门课以及她跟随哈莉·弗拉纳根学习的戏剧制作课,把她从一个有一头泛着光泽的黑色鬈发,野玫瑰般的肤色,活跃于曲棍球运动和唱诗班,习惯穿大号紧身文胸,月经量汹涌,羞涩美丽,有时也有些阴郁的西部女孩变成了一个纤瘦、精力充沛又威严的年轻女人。她穿粗布工作服、运动衫和运动鞋，没洗的头发上蹭着颜料，手指被香烟熏得有些发黄。她轻快地谈论"哈莉"和哈莉的助手"莱斯特"，谈论平底鞋和点画法，谈论发情期和慕男狂，大声称呼她朋友们的姓氏——"伊斯特莱克""伦弗鲁""麦考斯兰"，并且建议她们结婚前先试婚，还要科学地选择配偶。爱情，她说，是一种幻觉。

对凯的那七个姐妹——现在都在小礼拜堂中——来说，凯的这种变化，虽然被她们亲切地称为一个"阶段"，但仍然令人不安。深夜，当凯还没回来，在外面忙着粉刷公寓或者跟莱斯特一起在剧场当电工时，她们常在主楼南塔宿舍的公共客厅里闲聊，反复说凯是刀子嘴，豆腐心。她们担心，某个对她的了解不如她们深刻的男人，会以她说的话评判她。她们琢磨过哈拉尔德这个人。去年夏天，凯在斯坦福德的一个夏季剧院实习期间认识了他，当时他们住的是男女混住的宿舍。她说他想娶她，但她们觉得他信里说的不是这个意思。那些信在她们眼里根本连情书都算不上，他只是在叙述自己在戏剧名人圈里的个人成就罢了，比如埃德娜·费伯当着他的面对乔治·考夫曼说了什么，吉尔伯特·米勒怎么专门派人去找他，还有某位女明星如何请他到她的床边去读他写的剧本。每封信的结尾都敷衍地写了一句"吻你"（Consider yourself kissed），甚至只是字头缩写（C.Y.K.），多一个字都没有。姑娘们委婉地表示，一个跟她们背景相同的年轻男人写出这样的信会令人反感，但是她们接受的教育已经让她们懂得，仅凭自己那一点狭隘的经验就做出重大的判断往往是不明智的。不过，她们还是可以看出，凯对他并不像她自诩的那样有把握；有时候他好几周都不来一封信，可怜的凯只能在黑暗中吹着口哨强装淡定。和她共用一个邮箱的波莉·安德鲁斯对此再清楚不过了。直到十天前，毕业晚宴的时候，姑娘们还认为凯津津乐道的所谓"订婚"很有可能是编的。她们甚至还想过去找个更明智的人为她指点迷津，比如一位老师或者学校的心理医生——某个让凯可以坦诚地倾诉一番的人。然后，那天晚上，当凯绕着长桌跑了一圈，由此向全班宣布自己订婚的消息，并且从起伏的胸膛间掏出一枚有些滑稽的墨西哥银戒指来证明时，她们的警觉就化为一种温顺的愉悦；她们眉眼带笑地鼓起了掌，一副早就知道的神情。此外，更加重要的是，她们还用低沉而优雅的语气告诉前来参加毕业典礼的父母，他们已经订婚很久了，哈拉尔德是个"非常好"的人，正与凯"热恋"。此刻，在小礼拜堂里，她们重新整理好貂皮披肩，像成熟的小松鼠和小黑貂一样相互微笑着点头：她们一直是对的，冷酷只是一个阶段；她们这个小团体里最反传统、最玩世不恭的人最先结了婚，这无疑是她们的一个重要时刻。

"谁能想到会是这样的呢？"昵称为"波姬"的玛丽·普罗瑟罗忍不住评论道。她是个开朗的胖姑娘，出身于纽约的上流家庭，有着又大又红的脸颊和黄色的头发，她讲起话来会模仿她的那位爱好驾驶游艇的父亲，活像个麦金莱时期[1]的风流公子哥。她是她们中的问题小孩，家里很有钱也很懒惰，功课要别人手把手地教，考试时抄别人的答案，一到周末就出去鬼混，从图书馆偷书，没有道德观念也不会察言观色，只对小动物和狩猎舞感兴趣。根据学校年刊中的记录，她的理想是当一名兽医。她这么好心地来参加凯的婚礼，是因为她是被朋友们拉来的，就像她们拉她去参加学校集会时那样，往她的窗户上扔石子叫醒她，然后帮她胡乱地穿上一件皱巴巴的袍子，给她戴上帽子。现在她们已经安全地把她送到了教堂，那天晚些时候，她们还会推着她走进蒂芙尼商店，以确保凯能收到一件美

---

1. 即一八九七年至一九〇一年，美国第二十五任总统威廉·麦金莱执政期间。

好到让人心跳加速的结婚礼物。波姬本人并不明白有什么必要送礼物，因为在她看来，结婚礼物和私人侦探、伴娘、豪华轿车车队、在谢丽酒店或者殖民地俱乐部举办的酒席一样，是特权阶层的一种负担。如果你不属于上流社会，搞出这一大堆又有什么意义呢？她自己，她强调道，讨厌为了制作礼服而量体裁衣，讨厌初次进入社交圈的亮相舞会，等到结婚的时候，她也会讨厌举办婚礼，但她说婚肯定是会结的，因为得益于她爸爸的钱，她有选择心上人的权利。在开往教堂的出租车里，她一路上都在用上流社会的那种聒噪又刺耳的声音说出了所有这些反对意见，直到一次等红灯期间，出租车司机转过头来看了这位白白胖胖、穿着饰有貂皮的蓝色罗缎套装、戴着一副镶了钻石的夹鼻眼镜的乘客一眼。她也抬起淡蓝色的眼睛瞟了瞟他，又瞟了瞟他营业执照上的照片，然后用响亮又肯定的语气在她室友们的耳边说："这绝对不是同一个人。"

"他们看上去是多么完美的一对！"来自波士顿的多蒂·伦弗鲁为了让她安静下来，小声说道。她看着哈拉尔德和凯从小礼拜堂的法衣室里走出来，在身着白袍的牧师面前站好，陪伴他们出现的还有凯之前的室友、来自克利夫兰的娇小女孩海伦娜·戴维森和一个留着小胡子、气色不太好的金发小伙子。波姬用上了她的夹鼻眼镜，像个老太太似的眯起她那双长有浅色睫毛的眼睛。这是她第一次仔细审视哈拉尔德，因为他唯一一次到学校来的那个周末，她外出打猎去了。"还不错，"她宣布，"除了鞋。"新郎是个瘦削又紧张的年轻人，有一头乌黑的直发和击剑手般优美柔韧的身材；他穿着一身蓝色西服套装、一件白色衬衫、一双棕色仿麂皮皮鞋，搭配一条深红色领带。接着她又把审视的目光投向了凯。凯穿了一件配有白色雪纺纱领口的淡褐色修身丝绸礼服，戴着一顶用白色雏菊花环装饰的黑色塔夫绸宽檐帽，一只晒成小麦色的手腕上戴着曾经属于外祖母的手镯。她捧着一个野雏菊和铃兰搭配成的花束。容光焕发的脸颊、光亮的黑色鬈发和黄褐色的瞳仁让她看起来像是一个旧时彩色明信片上的乡下姑娘。她丝袜的接缝处歪歪扭扭,黑色仿麂皮皮鞋的后跟也因为经常摩擦有了些许磨损的痕迹。波姬皱起眉头。"她不知道吗,"她哀叹道,"婚礼穿黑色是不吉利的?""闭嘴!"她的另一侧传来一声愤怒的低吼。挨了批的波姬四下看了看,发现低吼声来自森林湖的埃莉诺·伊斯特莱克,她们中那个沉默寡言的黑发美人正在瞪着自己,她狭长的绿色眼眸里透出杀气。"可是莱基[1]!"波姬大喊着表示抗议。这个聪明、无瑕、倨傲,而且几乎跟她一样有钱的芝加哥姑娘,是她们中唯一一个让她敬畏的人。在十足的好脾气背后,波姬也不可避免地有些势利。她认为,其他七个室友中,只有莱基参加她的婚礼是理所当然的,反过来也一样;其他人只要来参加酒席就可以了。"傻子。"森林湖的圣母从紧咬的贝齿间迸出这么一句。波姬翻了个白眼。"脾气真大。"她跟多蒂·伦弗鲁说。两个女孩乐滋滋地偷偷瞟向埃莉诺那高傲的身影,她那精致白皙的文艺复兴式鼻孔里满是痛苦的气息。

对埃莉诺来说,这场婚礼是种折磨。一切都别别扭扭的,让人很不自在:凯的礼服、哈拉尔德的皮鞋和领带、光秃秃的圣坛、新郎一方寥寥无几的宾客(只有一对夫妇和一个独自前来的男人)、双方家人的缺席。非常聪明而且敏锐到几乎病态的她在心里呐喊,为婚礼的主角和间接感受到的屈辱而感到遗憾。"太美好了!""真让人激动啊,是不是?"来宾向新人表达的祝福和问候此起彼伏,如小鸟啾鸣般取代了婚礼进行曲,但这一切在她眼里只能用虚伪来解释。埃莉诺始终坚信别人是虚伪的,因为她不相信别人看在眼里的

---

1. 埃莉诺·伊斯特莱克的昵称。——编者注

比她看到的少。她认为此时周围的姑娘一定看到了她所看到的,也一定在替凯和哈拉尔德承受莫大的羞辱。

面对观礼的来宾,牧师咳嗽了几声。"站到前面来!"他严厉地提醒这对年轻的夫妇。莱基后来觉得,他的口气听起来更像是个公交车售票员,而不是牧师。新郎的脖颈红了——他刚刚理过发。突然之间,小礼拜堂里凯的朋友们都想起来,凯一直自称是相信科学的无神论者;每个人脑子里都闪过同样的念头:在教区长的住宅里面谈时发生了什么?哈拉尔德是信徒吗?看起来很不像。那他们是怎么做到可以在保守的圣公会教堂里结婚的呢?虔诚的圣公会信徒多蒂·伦弗鲁拽了拽肩上的皮草,将易受感染的喉部裹得更紧了一些。她打了个寒战。她突然意识到,自己可能正在参与某种渎神的行为:据她所知,凯的父亲是一位奉行不可知论的医生,母亲是个摩门教徒,他们的这位掌上明珠甚至都没有受过洗礼。她们也都清楚,凯并不是个非常诚实的人。她是不是跟牧师撒了谎?如果是这样,那么这桩婚姻有效吗?多蒂的锁骨处悄然涌出一阵潮热,手工剪裁的绉布衬衫 V 形领口处的那片裸露的皮肤泛起红晕,一双褐色眼睛忐忑地打量着自己的朋友们,脸上因为起了湿疹显得斑斑点点。接下来会发生什么,她心知肚明。"如果有人能提出正当的理由证明他们不能结为合法夫妻,请现在就说出来,否则以后就要永远保持沉默。"牧师的声音停住了,带着质问的意味。他来回扫视着小礼拜堂长凳上的人们。多蒂闭上双眼默默祈祷,感受着小礼拜堂里的一片死寂。上帝,或者她的牧师莱弗里特先生,真的希望她说出来吗?她祈祷他们不会。机会转瞬即逝,她听到了牧师肃穆而洪亮的声音重新响起,仿佛是在谴责他转身面对的这对新人。"我要求并命令你们两人做出回答,就像可怕的审判日到来那天,所有心灵的秘密都将被揭露之时那般做出回答。如果你们中的任何一个人知道有任何可能的障碍会让你们无法合法地结为夫妇,你们现在就要坦白。因为可以肯定的是,任何在神谕允许范围之外结合的人,他们的婚姻都是不合法的。"

姑娘们后来都说,当时小礼拜堂里安静得连一根针掉在地上都能听见。每一个姑娘都屏住了呼吸。多蒂的宗教顾虑已经被一种新的焦虑取代,对其他人来说也一样。她们都知道,凯实际上已经跟哈拉尔德"同居"了,这突然让她们产生了一种不被许可的感觉。她们偷偷地扫视着小礼拜堂,第无数次注意到,这里没有双方父母或者任何一位长辈的身影;这种离经叛道的做法,在仪式开始前还"那么有趣",此时却让她们感到奇怪和不祥。甚至连埃莉诺·伊斯特莱克也不例外,虽然她清楚地知道婚前性行为并不属于仪式中提及的障碍并对此心怀蔑视,但连她都多少期待着某个不认识的人站起来阻止仪式进行下去。在她看来,这场婚姻存在着精神上的障碍。她认为凯是一个残酷、无情、愚蠢的人,她嫁给哈拉尔德是出于野心。

这时,小礼拜堂里的每个人都注意到,牧师的停顿和强调有点不太对劲,至少听起来是这样的;他们从未听过"他们的婚姻都是不合法的"这句话被这样强调过。在新郎那一侧,一个金褐色头发、看上去有些萎靡的年轻帅哥突然握紧拳头,屏息低声嘀咕了几句。他身上散发出浓重的酒气,显得非常紧张。在整个仪式过程中,他都在咬着他那轮廓分明的嘴唇,不停握紧又松开那双好看又有力的手。"他是个画家,刚离了婚。"不怎么说话但消息灵通的金发姑娘波莉·安德鲁斯在埃莉诺·伊斯特莱克的右边耳语道。埃莉诺像一位年轻的女王,俯身向前,故意吸引他的注意。她觉得,这个人像她一样感到恶心和不适。他以一种带着讽刺的苦涩目光盯着她看了看,又明白无误地朝着圣坛的方向眨了眨眼。进入仪式的主要环节之后,牧师加快了速度,好像突然想起来之后还有别的事情,得尽快把这对新人打发走似的:他的举止似乎在暗示这只是一场价值十美元的婚礼。凯戴着一顶巨大的帽子，她似乎对所有轻蔑通通视而不见，但是哈拉尔德的耳朵和脖子已经变成了深红色，而且，作为回应，他开始用某些戏剧化的动作来延缓和纠正牧师的节奏。

这让新郎那边前来参加婚礼的那对夫妇笑了起来，仿佛看到了他们熟悉的一个弱点或者毛病。但是，在长凳上端坐的姑娘们却对牧师的粗鲁感到震惊，并且为她们所谓的"哈拉尔德的胜利"鼓掌喝彩，她们决心在仪式结束后好好为此庆祝一番。在场的一些人当时就决定要跟女修道院的院长谈一谈，请她去跟教区长赖兰大人好好提一下这件事。表达愤怒是她们与生俱来的社会权利，如今已经被教育改变了方式。她们坚定地认为，就算凯和哈拉尔德未来会穷得像教堂的老鼠一样，牧师也不能以此为借口做出这样的行为，尤其是在当下这个人人都在节俭度日的时期。即使在她们这群人中间，也有一个姑娘不得不靠奖学金才能读完大学，但是没有人因此看不起她：波莉·安德鲁斯仍然是她们最最亲爱的朋友。她们可以向牧师保证，她们与上一个十年中那些懒散的姑娘绝不是同一个物种：她们所有人都打算在今年秋天出去工作，无一例外，如果需要的话，志愿者的工作也可以。一家出版社承诺给莉比·麦考斯兰一个职位；海伦娜·戴维森曾经依靠远在辛辛那提，哦不，克利夫兰的父母的收入生活，而现在她要去教书了——她已经在某家私立幼儿园找到了工作；波莉·安德鲁斯要到一家新建的医疗中心担任技术员，祝她能胜任；多蒂·伦弗鲁被安排到波士顿的一家社区服务中心做社会工作；莱基要去巴黎进修艺术史的更高学位；毕业礼物是一架私人飞机的波姬·普罗瑟罗正在考飞行执照，这样她才能每周三天开飞机往返康奈尔大学农学院；最后，同样重要的是，昨天，她们中最刻苦的普瑞斯·哈兹霍恩也宣布，她已经和一位年轻的医生订了婚，并且在国家复兴管理局找到了工作。她们承认，对带着"自命不凡"的污名读完大学的她们来说，这算是相当不错的了。而且在班里的其他人中间，属于凯的更广泛的朋友圈子里，她们也能说出很多家庭背景同样非常好的女生正打算进入商业、人类学、医学行业工作，这并不是因为她们不得不如此，而是因为她们知道自己要为新兴的美国做出贡献。她们也并不害怕激进。无论爸爸妈妈说了什么，她们能够看到罗斯福的所作所为。她们不会被党派的标签所迷惑，而是认为应该给民主党一个机会来展示他们的能力。经验就是在试错中进行学习。她们中间最保守的人在走投无路之际也会承认，一个诚实的社会主义者有权参与听证会。

她们一致认为，最糟糕的命运就是变得像父母那样古板又胆小。如果能自己做主，那么她们绝不会像母亲那一代的很多人一样，和股票经纪人、银行家或者冷漠的企业律师结婚。她们宁愿穷困潦倒，靠着三文鱼酱汁度日，也不愿嫁给那些在股票交易所里工作、脸色铁青、满眼血丝又自命不凡的年轻男人，他们只喜欢打壁球、看斗鸡，不然就是跟耶鲁或者普林斯顿29届毕业的同窗在网球俱乐部喝酒。哪怕是嫁给一个犹太人也比这要好，如果你真的爱他——是的，她们并不害怕说出口，虽然这会让她们的母亲温柔地笑出来。他们中有一些人很有趣，也很有教养，只是野心勃勃，也喜欢扎堆抱团，这一点在瓦萨学院就能看得出来：如果你认识了他们，就等于认识了他们的朋友。不过，说实话，有件事让她们有一点替凯担心。像哈拉尔德这样有才华又受过良好教育的人，偏偏要选择从事戏剧而不是医药、建筑或者相对不那么艰苦的博物馆行业，从某种程度上来说这真是可惜。听凯说，戏剧界是个相当残酷无情的地方，不过当然，好人也是有的，比如凯瑟琳·康奈尔和沃尔特·汉普登（他有个侄女是32届的），还有约翰·梅森·布朗，就是那个每年都在母亲俱乐部上发言的家伙。哈拉尔德已经取得了耶鲁大学戏剧学院的研究生学位，导师是贝克教授，但是随后大萧条开始了，他无法再专心写剧本，只能来纽约当了舞台监督。当然，这就像是从一家工厂的最底层做起，很多有出息的小伙子也是这么过来的，而且，在剧院后台的是一帮穿着汗衫坐在镜子前面化妆的人，在高炉前或者矿井里的也是一帮穿着汗衫的人，所以两者之间可能并没有什么区别。海伦娜·戴维森说，今年春天，哈拉尔德的剧团到克利夫兰来巡演的时候，他全程都在跟舞台工人和电工打扑克，因为他们是全团最善良的人。海伦娜的父亲也同意他的说法，特别是在看过戏之后——戴维森先生出生于西部，多少算是白手起家，为人有些风趣，也比大多数的父亲民主。不过，这年头确实没有人能继续保持高冷。康妮·斯托里那个刚刚进入新闻行业的未婚夫在《财富》杂志当了办公室勤杂工，她的家人并没有大发雷霆，而是平静地接受了，然后送她去上了烹饪学校。很多刚毕业的建筑师并没有进入事务所为有钱人盖房子，而是直接到工厂学习工业设计去了。比如现在大家都很推崇的拉塞尔·赖特，他在用一些工业材料——比如神奇的新型铝锭——来制作奶酪盘和水杯等各种实用品。凯的第一份结婚礼物是她自己挑选的——一套拉塞尔·赖特出品的鸡尾酒调酒器，有着摩天大楼的造型，由橡木板和铝制成，附带一个托盘和十二个配套的圆形小杯子，像羽毛一样轻，当然，也不会褪色。重点在于，哈拉尔德天生是个绅士，虽然他喜欢在写信时自吹自擂，这或许是想让凯动心，而凯也喜欢提到自己认识的名人，谈论人们的管家，聊聊哈佛大学的弗莱和坡斯廉俱乐部，还到处说可怜的哈拉尔德是耶鲁毕业生，虽然他只是在纽黑文读了研究生院而已……凯的这一面遭到了她们的强烈抵触，也让莱基愤怒不已。凯不太擅长察言观色，也很少为对方考虑，所以似乎并未意识到社交场合中的这些细节问题。比方说，她总是随便走进别人的房间，像是在自己家一样，翻看她们桌上的东西。如果人家抗议，她就说人家多虑了；也是她坚持要大家玩"真心话"的游戏，让这个小圈子里的每个人把所有朋友的名字列出来，按照喜欢的程度排好顺序，然后要把名单凑在一起比较一番。她一直念念不忘的是，每一份名单上都会有一个人排在最后，而当那个人痛哭流涕并拒绝被安慰时，凯总是会感到惊讶。她说，她不会介意听到别人对自己的真实看法。实际上，她从来没听到过，因为其他人都非常圆滑，避免把她的名字写在最后，即使她们想那样做。其实凯有点像她们中的一个局外人，但大家都不希望她感觉到这一点。所以，她们反而会在末尾写上莉比·麦考斯兰或者波莉·安德鲁斯的名字——某个她们从小就认识或者一起上过学的人。不过，当凯发现自己在莱基的名单上没排到第一位时，她着实有些震惊。她非常喜欢莱基，也总说她是自己最好的朋友。凯并不知道，复活节假期的时候，她们和莱基之间有过一次非常激烈的冲突。当时大家在抽签决定谁该邀请凯到家里过节，莱基抽到了最短的那根签，但她反悔了，拒绝继续玩这个游戏。她们集体向莱基施压，说她完全没有契约精神，这倒确实是。而且她们马上向她指出，当初邀请凯到她们这个圈子里来的人正是她。那时她们发觉如果小团体能有八个人而不是六个人，她们就可以独占南楼的宿舍，于是莱基提出她们应该邀请凯和海伦娜·戴维森入伙，让她俩住进公寓里的两个小单间。

如果你想要利用别人，那么就该利用得尽量彻底，况且这也不能算是"利用"。她们都喜欢凯和海伦娜，大二那年因为一起被选中参加"雏菊花环"仪式而与凯认识的莱基也不例外。她已经接受了凯的全部价值，因为她说过，凯"可塑性强"而且"擅长学习"。现在她又宣称，她发现凯这个人有致命的弱点，像个泥足一样，这就跟她之前的话自相矛盾了。而且，泥巴的可塑性不正是很强的吗？不过，莱基就是个很矛盾的人，那是她的魅力所在。有时候她是个十足的势利眼，有时候又截然相反。比如说，今天早上她就气得要命，因为她觉得凯应该在市政厅里安静地完婚，而不是让并非出身贵族的哈拉尔德在 J.P. 摩根的教堂里举办婚礼。所以这算不算是莱基势利的一面？当然，这些话她从来没跟凯说过。她原本以为凯自己可以感觉得到，但这恰恰是凯做不到的。尽管她有缺点，可她仍然是她们都喜欢的那个直率、自然、不谙世事的凯。莱基对人的想法十分古怪。去年秋天，她执意认为凯是因为渴望在社交圈里出名才想方设法地加入她们这个集体的。但实际上事情根本不是这样的，而且这样去揣测一个从不遵循传统的女孩本身就挺奇怪的，凯甚至都没想着请自己的父母出席婚礼，尽管她的父亲在盐湖城是相当有头有脸的人物。

的确，凯曾经很想借用波姬·普罗瑟罗家的联排别墅作为酒席场地，但是当波姬大声感叹那栋房子整个夏天都被盖着防尘罩，只有父亲进城过夜的时候，才有一对管家夫妇过去打扫一下并伺候他时，凯非常有风度地接受了这个事实。可怜的凯——有些姑娘以为波姬能够大方一点，给她一张殖民地俱乐部的名片。事实上，关于这件事，她们中几乎所有人都感到有些良心不安。她们相互之间很清楚，她们每个人其实都有一座别墅或一幢大公寓，或者一家俱乐部的会员身份，哪怕只是大都会俱乐部，或者有可能将住处借给凯的某个表亲或兄弟。但是那就意味着酒水、香槟、从谢丽酒店或者亨利酒店订蛋糕，以及额外的人手——在你还没反应过来之时，你就已经成了婚礼筹备的主力，说不定还得让自己的父亲或者兄长挽着凯的手臂走上红毯。在这种时候，出于纯粹的自我保护意识，你要遵从疲惫不堪的母亲的告诫，必须三思。各种要求太多了。还好，凯已经决定，她和哈拉尔德会自己准备婚宴，地点是第八街的老布

013

雷武特酒店：这样就好多了，也合适得多。

多蒂·伦弗鲁和埃莉诺·伊斯特莱克一起穿过人群走出小礼拜堂，来到阳光明媚的人行道上。仪式似乎太短了，少了互换婚戒并进行祝福的环节，"请将新娘的手交给新郎"那部分显然也被略掉了。多蒂皱起眉头，清了清嗓子。"你是不是也觉得，"她用低沉铿锵的嗓音大胆地指出，"她肯定会找个人来的吧？她不是有个表哥在蒙特克莱吗？"埃莉诺·伊斯特莱克耸了耸肩膀。"计划流产了。"她说。来自皮茨菲尔德的英语专业学生莉比·麦考斯兰探过头来，想听她们的悄悄话。"什么啊，你们在说什么？"她欢快地问，"告诉我啊，姐妹们。"她是个高挑漂亮的金发姑娘，脖子修长，爱管闲事，一双棕色的眼睛永远睁得大大的，焦虑中带着欢乐。她大二时当过班长，前一阵刚刚落选学生会主席。多蒂伸出一只手，小心地碰了碰莱基光滑柔软的肘部。谁都知道莉比的嘴上没有把门的，什么闲话都传。莱基轻轻躲开多蒂的手指，她讨厌别人碰她。"多蒂在问，"她清晰地说道，"她是不是有个表哥在蒙特克莱。"一丝笑意在她深邃的绿眼睛里闪现，她的虹膜边缘有一圈奇异的深蓝色轮廓，这是她拥有印度血统的标志。她正看着远处，想找辆出租车。莉比陷入沉思，动作夸张，一根手指按在额头正中间。"我觉得肯定有。"她恍然道，点了三次头。"你们真觉得——"她热切地开口道。莱基伸手拦下出租车。"凯不让她表哥出现，是希望我们有人能帮她找到一个更好的人选。""莱基！"多蒂责备地摇着头嘟囔道。"说真的，莱基，"莉比咯咯地笑着说，"除了你，没人能想出这种解释。"她犹豫了一下。"其实，如果凯想有个人送她出嫁，她只要说一句就行。父亲或者哥哥肯定很愿意，我们每一个人都会很愿意……"莉比的声音突然停住，然后她弯下纤瘦的身体，倏然钻进出租车里，一屁股坐到折叠座椅上，很快又转过身去，翘起下巴，用深沉的目光打量着她的朋友们。她所有的动作都是迅捷急躁的——她印象中的自己是一个出身高贵但性情暴躁的人，是英国赛马场上的一匹阿拉伯神驹。"你们真这么觉得吗？"她又一次巴巴地问道，咬着上嘴唇。但是莱基没再说话。她从来不会进一步解释自己的看法，并因此被人称作"吸烟室里的蒙娜丽莎"。多蒂·伦弗鲁感到苦闷，她戴着手套的手一直在绞动着二十一岁生日时得到的珍珠项链。她的良心在折磨着她，她习惯性地通过缓慢、轻柔的咳嗽来缓解情绪，好像有什么挥之不去的隐疾，这也让她的家人紧张不已，并且每年圣诞节和复活节都会送她去佛罗里达。"莱基，"她没有理会莉比，严肃地说，"你不觉得我们中间应该有个人为她做这件事吗？"莉比·麦考斯兰在折叠座椅上转过半边身子，眼神里带着急切。两个女孩都盯着埃莉诺那张冷漠的鹅蛋脸。埃莉诺眯起了眼睛，她伸出手指摸了摸脖子后面印度黑的发髻，重新调整了一下发夹。"不，"她鄙夷地说，"那样就等于承认自己心软了。"

　　莉比双目圆睁。"你心肠太硬了。"她赞叹道。"但凯还是很喜欢你，"多蒂沉吟着，"你以前也最喜欢她，莱基。我觉得你现在也是，在你内心深处。"莱基用微笑来回应这种陈词滥调。"或许吧。"她说着，点起一根烟。目前她喜欢多蒂这种表里一致、不会让人意外的姑娘，就像是那些完全符合某种风格或者传统的绘画。她选择亲近的女孩们通常都会为她对她们的看法而大惑不解。她们都虚心地察觉到，她们和她是非常不同的。她们私下里经常议论她，像是一堆玩具在议论自己的主人，并且得出她极其没有人性的结论。但这又增添了她们对她的尊敬。她还很善变，这让她们疑虑重重。现在，出租车正从第九街拐上第五大道，她又一次做出了一个出人意料的决定。"让我在这儿下车。"她用细小、坚决而甜美的声音说。司机立刻停下车，并转身看着她下车。她的步子很稳，虽然她身上穿着高领的黑色塔夫绸礼服，系着白色丝巾，戴着棒球投手一样的小黑帽，脚上踩着非常高的高跟鞋，看起来一副弱不禁风的样子。"走吧。"她看到出租车还在原地没动，便不耐烦地回头喊道。

车里的两个女孩面面相觑。莉比·麦考斯兰把她戴着缀花帽子、满头金发的脑袋伸向车窗外。"你不来吗？"她喊道。没有回应。她们看着她修长的小小身影在阳光中沿着大学路往南走去。"跟着她！"莉比对司机说。"我得绕过这个街区，女士。"出租车驶上第五大道，从布雷武特酒店前经过，参加酒席的其他宾客已经陆续抵达了。车子继续往第八街行驶，然后回到了大学路上。不过到处都找不到莱基。她已经消失了。"这也太讨厌了吧！"莉比说道，"是因为我说了什么吗？你觉得呢？""再绕一圈，司机。"多蒂平静地对司机说道。在布雷武特酒店门口，凯和哈拉尔德正从一辆出租车里下来，他们没看到那两个大惊失色的女孩。"她是刚才突然决定不去参加酒席了吗？"莉比接着问道。出租车又绕了一圈，但仍然一无所获。"她似乎对凯非常不满，我必须说。"出租车在酒店门前停下。"我们该怎么做？"莉比问。多蒂打开钱包，给了司机一张钞票。"莱基我行我素惯了，"她们下车时，她坚决地说道，"我们只要告诉大家她在教堂的时候觉得头晕就行了。"莉比轮廓分明又美丽的脸庞上闪过一丝失望，她一直等着看笑话呢。

在酒店的一间私人餐厅里，凯和哈拉尔德站在褪色的印花地毯上接受朋友们的祝福。现场提供的宾治酒[1]让来宾们连连惊呼。"这里面到底是什么？""味道简直是完美！""你怎么会做得这么好？"凯把配方告诉了所有人。基酒由三分之一的泽西苹果酒、三分之一

---

1. 用水、果汁、香料及葡萄酒或其他酒勾兑成的冷饮或热饮。

的枫糖浆和三分之一的柠檬汁混合而成，再加上一点白石威士忌。苹果酒是哈拉尔德从一个演员朋友那里搞到的，那个演员朋友则是从弗莱明顿附近的一个农民那儿搞来的。这款宾治酒由一种名叫野兔苹果白兰地的鸡尾酒改良而来。配方是个打破沉默的好话题——正如凯所希望的那样，她对一旁的海伦娜·戴维森说：每个人都尝了尝，并且一致认为让味道与众不同的关键是枫糖浆。一个头发蓬乱、在广播电台工作的高个男人讲了几个跟苹果酒有关的笑话；他警告一个打着绿色针织领带的年轻帅哥，说这玩意酒劲大着呢。他们还讨论起苹果酒以及它是如何让人变得好斗的，姑娘们听得津津有味。他们之前都没尝过苹果酒，所以在这种时候，他们会对鸡尾酒的配方格外感兴趣。他们都钟爱白兰地亚历山大和白美人鸡尾酒，也很有兴致得知，一种名叫三叶草俱乐部的鸡尾酒是由三分之一的杜松子酒、三分之一的柠檬汁、三分之一的石榴糖浆和一个鸡蛋的蛋白混合而成的。哈拉尔德提到，他和凯知道在西五十九街有一家药店，那儿不需要处方就可以买到处方威士忌。波莉·安德鲁斯向侍者借了一支铅笔，记下了药店的地址。这个夏天她要一个人住了，在朱莉娅姑妈那座带阳台的大公寓里独自看家，所以她需要尽量多地搜集这类情报。然后，哈拉尔德又跟他们讲到了一款名叫茴香酒的烈酒，剧院管弦乐团的一个意大利人教过他怎么做——将酒精、水和茴香油混合，就会变成乳白色，和潘诺酒一样。他解释了潘诺酒、苦艾酒、亚力酒和茴香酒的区别。姑娘们提到了黄绿色的查特酒、淡绿色的薄荷甜酒，哈拉尔德说，两者的差别只在于颜色，人们为了适应更加花哨的市场而添加的。然后他还告诉她们，二十世纪二十年代有一家亚美尼亚餐厅，餐后甜点是玫瑰花果冻，随即讲起了土耳其、亚美尼亚和叙利亚式烹饪的异同点。"你是从哪儿找到这个男人的？"姑娘们异口同声地喊叫起来。

后来，在谈话间隙，那个打着针织领带的年轻人喝了一杯宾治酒，来到多蒂·伦弗鲁旁边。"黑美人哪儿去了？"他悄声问道。多蒂也压低了声音，还不安地瞟向餐厅远处的角落里正在跟她们中的其他两个人窃窃私语的莉比·麦考斯兰。"她在小礼拜堂里的时候就觉得头晕，"她喃喃地说道，"我刚刚跟凯和哈拉尔德解释过了。我们把她送回酒店，让她躺下休息了。"那个年轻人挑了挑眉毛。"也太吓人了。"他说。凯迅速转过头来听。年轻人语气中的嘲笑十分明显。多蒂脸红了，她大胆地谈起了一个新话题。"你也在剧院工作吗？"年轻人倚在墙上，仰起头。"不，"他说，"虽然你这么想很正常。实际上，我是从事福利工作的。"多蒂严肃地看着他。她这才想起来，波莉曾经说过，他是个画家，她明白他在逗自己。他看起来很像个艺术家——英俊得如同罗马雕塑，但有些破旧；他脸颊的肌肉已经开始松弛，完美、笔直而挺拔的鼻子两侧出现了阴郁的皱纹。她等着他继续。"我给国际妇女和平与自由联盟画海报。"他说。多蒂大笑。"那不算从事福利工作。"她反驳道。"也可以这么说吧，"他说，小心地低头望向她，"我还在文森特俱乐部和青少年联盟里与未婚妈妈们合作。"他一一列举，"我叫布朗，来自马布尔黑德，是纳撒尼尔·霍桑的旁系后代。我的父亲经营着一家杂货店。我没上过大学，跟你不在一个层次，小姐。"多蒂一句话都没说，只是同情地看着他。她现在认为他非常迷人。"我曾经是个侨民，"他继续说道，"美元大贬值之后，我在佩里街、那位新郎家的隔壁租了一个带家具的房间，为女士们绘制和平海报，同时也接一点能赚钱的工作。你们姑娘所谓的'洗手间'在走廊尽头，壁橱里还有个电烤炉。所以如果我身上有火腿鸡蛋三明治的味道，还请你多多原谅。"多蒂那海狸棕色的眼睛眨了眨，带着点责备。从他戏剧性的讲话方式上，她可以看出他既高傲又刻薄，但从他养眼的模样和虽然有点旧但质量上乘的粗花呢西服来看,她知道他是个绅士。"哈拉尔德搬到更高档的地方去了,"布朗先生说,"他住进了时尚的东区的一套公寓里,据说在一家热情好客的小商店和廉价洗衣房的楼上。用现代人的说法,我们俩的相遇就像两台交错而过的电梯,一台往上,一台往下。昨天,"他皱起眉头继续说,"我刚和一个年轻漂亮的姑娘在福利广场离了婚。她叫贝蒂,来自新泽西的莫里斯敦。"他微微向前俯身,"我们俩昨晚是在我的房间里度过的,为了庆祝。你们当中有人叫贝蒂吗?"多蒂想了想。"有叫莉比的。"她说。"别叫莉比、贝丝或者贝茜什么的,"他警告道,"我不喜欢你们女孩子现在起的名字。不过那个黑美人呢?她叫什么?"

这时,门开了,埃莉诺·伊斯特莱克在侍者的引导下走了进来,她那双戴着黑色小山羊皮手套的手正把两个棕色的纸袋交给身边的侍者,她看上去十分镇静。"她叫埃莉诺,"多蒂低声道,"我们叫她莱基,因为她姓伊斯特莱克,而且来自芝加哥郊外的森林湖。""谢谢你。"布朗先生说,但他并没有离开多蒂身边,而是继续低声与她交谈,不时从嘴角挤出几句对这场酒席的冷嘲热讽。哈拉尔德握了握莱基的手,又退后一步欣赏她的帕图款礼服。他敏捷而轻快的动作与他严肃修长的脑袋和脸庞搭配起来非常古怪,几乎就像是他的脑袋——那台会思考的机器,并不属于他,而是在一场化装舞会上被强行安在他身上的。他是个非常以自我为中心的年轻人,姑娘们从他的来信中就能看出来,他一跟人谈起自己的事业,就像他现在对莱基做的那样,有一种超然的、不带个人感情的热切,仿佛他在谈论裁军或者财政赤字。然而他对女人很有吸引力,这一点姑娘们也从他的来信中看了出来。她们都承认他性感,就像某些普通的男老师或者神职人员那样。此外,他身上有一种东西,一种动态的活力,这种活力让多蒂很想知道——哪怕现在她和同伴们一起看着他的时刻也是如此——凯是怎么让他同意结婚的。凯或许已经怀孕的想法不止一次偷偷地出现在她的思绪中，虽然凯自称知道所有的防范措施，而且还在哈拉尔德的壁橱里放了一个灌洗器。

"你和凯认识很长时间了吗？"多蒂好奇地问，尽管她想起了他提过的那个卫生间，在哈拉尔德住过的房子里的走廊上。"够长的了。"布朗先生回答。这番话直接得近乎残酷，让多蒂不禁一惊，仿佛是在她自己的婚宴上听到了别人对她的评价。"我不喜欢腿粗的女孩。"他说，脸上带着让人宽心的微笑——多蒂的双腿和她穿着漂亮鞋子的纤瘦双脚是她最大的优点。多蒂很不仗义地和他一起看了看凯的那双确实相当粗壮的腿。"这说明她祖先是农民，"他挥着一根手指说道，"身体重心太低——代表着顽固和愚钝。"他仔细端详着凯在薄礼服的勾勒之下映衬出来的身材，和往常一样，她没穿束腰带。"有一点胖。""什么？"多蒂低语道。"臀部过度发育了。我去给你拿点喝的。"多蒂又惊又怕，她还从来没参与过如此粗俗的讨论。"你和你的那些上流社会的朋友，"他继续说，"身体发育得更好。饱满、低垂的乳房"——他绕着房间看了一圈——"很适合搭配珍珠项链、仿羔皮呢毛衣和抽纱带褶的双绉女式衬衫。细腰。锥形腿。作为一个老派的男人，我更喜欢男性化的身材，比如戴着游泳帽在跳水板上蓄势待发的女孩。我怀念马布尔黑德的夏日。贝蒂就是个游泳健将。瘦女人更性感，这是有科学事实的——其神经末梢更接近皮肤表面。"他的灰色眼睛眯成一条缝，眼皮耷拉下来，仿佛马上就要进入梦乡。"但那个胖姑娘我喜欢，"他突然提到了波姬·普罗瑟罗，"她看起来就让人为之一热。闪着珠光的皮肤，像牡蛎一样丰满。可口，可口，可口；有钱，有钱，有钱。我的性问题是经济层面上的。我讨厌下层女人，但我自己就是一副流浪的模样。毫无可能的结合啊。"

让多蒂欣慰的是，侍者们端着早餐——班尼迪克蛋——走了进来，凯招呼大家到餐桌就座。她让伴郎——一个沉默寡言、在《华尔街日报》（广告部）工作的男人——坐在自己的右边，让海伦娜·戴维森坐在哈拉尔德的右边，但之后大家就乱坐一气了。多蒂最后被困在了长桌的另一头，两边分别坐着她讨厌的莉比和一位电台播音员的太太——一位在鲁塞克斯高档百货店里工作的理发师（当然，她本来应该坐到哈拉尔德的左边的）。有这么多姑娘，座位确实很难排。但是，一位更老练的女主人还是可以安排一下的，避免让几个沉闷的人坐到一起。但是那位电台播音员的太太似乎对自己的同伴非常满意。她身材瘦长，性格活泼，穿着羽毛外套，戴着各种闪亮的饰品，打扮得就像电影里的荡妇。她是爱达荷大学28届的毕业生，她说自己很喜欢女人们的聚会。她说她跟哈拉尔德从小就认识了，她还认识他的父母，虽然很久没见过面了。哈拉尔德的父亲安德斯是她和哈拉尔德当年在博伊西就读的那所高中的校长。"凯多可爱啊，是不是？"她立刻问多蒂。"她非常善良。"多蒂亲切地说。她的邻桌就是过去常说的那种"活力四射（peppy）"的人。总体而言，多蒂同意英语老师的意见，她说最好还是不要使用俚语，因为你很快就会发现它已经过时了。"她的父母怎么没秀一下呢？"那个女人压低声音，继续说道。"秀一下？"多蒂重复着，陷入迷茫——秀家里的小猫小狗吗？"我是说出现在婚礼上。""哦。"多蒂咳嗽了一下。"我相信他们给凯和哈拉尔德寄过支票了，"她喃喃地说，"这样就不用大老远地跑来了，你知道的。"女人点点头。"戴夫也是这么说的——就是我丈夫。他觉得他们一定寄了支票过来。""支票有用得多，"多蒂说，"你不这么认为吗？""哦，当然，"女人说，"我自己是那种老派的人，心肠很软。我是戴着面纱结婚的……你知道，我跟哈拉尔德说过，我很愿意在我家里为他们举办婚礼。我们可以找来一位牧师，戴夫还能拍些照片，让他们给老家的亲人寄回去。但是我提出来那会儿，凯似乎已经把一切都安排好了。"她在一个上扬的音调处止住话头，用探询的目光望向多蒂，后者感到自己陷入了困局之中。凯的计划，她小心翼翼、像在开玩笑似的说，"像米堤亚人和波斯人的律法一样"，没人能改变她。"是谁说过来着，"她补充道，眼睛里闪着光，"说他妻子像铁一般固执？我父亲每次要向我母亲屈服的时候，总是会引用那句话。""真可爱。"她的邻桌说道。"哈拉尔德是个一流的男人，"她继续说，但换了一种更加体贴和严肃的语气，"也是那种脆弱的男人，虽然你可能不这么认为。"她盯着多蒂，然后喝下一杯宾治酒，身上的羽毛猛地颤动起来。

　　桌子对面的远端，在凯的左边，红褐色头发的霍桑后裔正在跟普瑞斯·哈兹霍恩聊天。他捕捉到了多蒂烦恼的目光，朝她眨了眨眼。多蒂不知道如何是好，只得勇敢地也对他眨了眨眼。她从没想过自己会是那种让男人使眼色的人。她是她们中间年龄最大的，如今已经快二十三岁了，小时候因为身体不好没能及时上学，她知道自己有点像个老处女。她们取笑她的礼节、呆板的习惯、她的围巾和药品，还有她在校园里为了御寒而穿在身上的那件长长的貂皮大衣，不过她很有幽默感，总是静静地跟大家一起笑。她的追求者对她一直很尊重。她是那种女友的兄弟愿意带出去约会的类型，她身边也经常围着一大群在哈佛研究生院学习考古学、音乐学或建筑学的面色苍白的年轻人。她给她们读了一些他们的来信——信里描述了音乐会或者在西南部考古的情况，而且，玩"真心话"的时候，她承认有两个人已经向她求了婚。大家都告诉她，她有一双美丽的眼睛、一口洁白闪亮的牙齿和一头虽然稀疏但仍然漂亮的头发。她的鼻子相当长，是典型的新英格兰人。她的眉毛是黑色的，略有些粗。她就像是家庭礼堂里高悬着的女性祖先的画像。她爱玩，但适度，而且，她甚至觉得自己相当性感。她喜欢跳舞和和声演唱，总是自顾自地唱起一些流行歌曲的片段。然而，从来没有人想要对她放肆。有些姑娘对此表示难以置信，但事实就是如此。而且奇怪之处在于，她对此并不会感到震惊。姑娘们觉得这个事实很有趣，但她最喜欢的作家包括D.H.劳伦斯：他对于动物和生命的自然属性有着如此真实的感受。

她和母亲聊过这件事，两个人都认同，如果你爱上了一个不错的年轻人，并且订了婚，你们或许应该发生一次关系，以确保能够幸福地结合。她的妈妈是个很有青春气息也很时髦的人，知道自己的朋友圈子里就有一些让人非常难过的例子，男女双方在那方面怎么也合不来，根本就不该结婚。多蒂不支持离婚，所以她认为把婚姻的那个方面安排妥当是非常重要的。姑娘们在吸烟室里经常拿来开玩笑的"破处"让她很害怕。凯和哈拉尔德就搞得很狼狈。母亲说，如果你愿意，可以通过手术移除处女膜，据说外国的皇室就是这么做的。但或许一个温柔的情人能够让这个过程没有痛苦。所以，最好还是嫁给一个经验丰富的年长男人。

伴郎正在祝酒。多蒂抬起头，发现迪克·布朗（那就是他的名字）那双明亮的灰色眼睛又在盯着她。他郑重地举起杯子跟她干杯，她也跟他干杯作为回敬。"这样才好玩是不是？"莉比·麦考斯兰喊起来，扬起修长的脖子，晃着脑袋，用她那种筋疲力尽的声音大笑着。"好太多了。"周围的声音附和着。"不需要排队，没有繁文缛节，也没有老年人。""这正是我自己也想要的，"莉比宣称，"一场年轻人的婚礼！"这时，一份火焰冰激凌蛋糕被端了上来，蛋白糖微微冒着烟，让她发出了幸福的尖叫。"火焰冰激凌蛋糕！"她喊叫着，然后向后瘫倒在椅子上。"姑娘们！"她指着那个被轻轻放在凯面前、顶部的蛋白糖霜已经微微烤焦的巨型冰激凌蛋糕庄严地说，"看看它。童年梦想成真了！它是整个有福的美国每个孩子的聚会之选，就像一个穿着漆皮鞋、蝉翼纱和伊顿领衬衫的害羞的小男孩邀请你一起跳舞。我不知道我什么时候这么兴奋过。我从十二岁之后就再没见过它了。它是惠特尼山，它是富士山。"姑娘们忍俊不禁地笑了笑。莉比"诗兴大发"。不过实际上，在她开始对此高谈阔论之前，她们都感受到了她的喜悦，看着热乎乎的蛋白酥皮在凯的刀下塌软时，人们发出了一声饱含期待的叹息。两名侍者靠在墙边，闷闷不乐地看着。这份甜品做得并不是很好。蛋白酥皮上的褐色不太均匀，一些地方还是白的，另一些地方已经烧焦，因此它的味道也不太令人满意。在厚厚的冰激凌下面，海绵蛋糕湿乎乎的，不太新鲜。不过，出于对凯的尊重，大家又把盘子递回来要了第二块。火焰冰激凌蛋糕正是姑娘们希望她们处在凯的位置上时能够想到的那类事情——对一场婚礼来说极其缺乏新意，但你细想起来又恰到好处。她们对于烹饪都有着极大的兴趣，对于母亲找的承办酒席的人做出的老一套的烤肉和排骨早已经失去了耐心。她们想要尝试新的组合和外国的菜谱，蓬松的煎蛋卷和舒芙蕾甜品，还有口味独特的肉冻，只提供一道热菜，放在耐热的玻璃皿里，没有汤，但有一道新鲜的蔬菜沙拉。

"这是酒店惯用的伎俩。"电台播音员的太太隔着桌子对即将在九月份结婚的普瑞斯·哈兹霍恩解释道，"他们把冰激凌冻得比石头还硬，然后倏的一下直接放进烤箱。这样他们就不会冒任何风险，不过我偷偷跟你说，妈妈可不这样做。"普瑞斯担忧地点点头。她是个严肃的灰头发小姑娘，看上去像是一只地鼠，她觉得自己有责任了解所有与消费者问题相关的小道消息。她的专业是经济学，并且很快就要到国家复兴管理局的消费者部门工作。"在我们国家一些高档酒店的厨房里，"她因为略微紧张而有些结巴地说道，"工作条件其实是非常不合格的，你知道。"她已经开始感觉到自己不胜酒力。宾治酒确实很狡猾，哪怕身为天然产品的苹果酒是你如今能够喝到的最纯正的东西之一。恍惚中，她看到电台播音员站了起来。"为33届干杯。"他敬酒道。其他人都为瓦萨的姑娘们干杯。"干杯！"那个人的太太喊道。那位沉默寡言的伴郎忍不住笑了一声。微醺的普瑞斯看得出来，她和她的朋友们虽然并没有做错什么，但是无意间挑起了经济上的敌意。她很清楚，一般说来，瓦萨的姑娘们是不被这个世界所喜欢的。她们已经成为一种优越感的象征。如果她希望斯隆和医院的同事们保持良好的关系，那她婚后就要减少跟这些同学见面的次数了。她难过地看着她最好的朋友波姬·普罗瑟罗在桌子对面四仰八叉地坐着，把烟灰掸在她面前那盘融化了的冰激凌和湿乎乎的蛋糕上。她在餐桌上的礼仪太糟糕了，或许只有特别有钱的人才能对此满不在乎。她那件漂亮的朗万礼服的前胸上溅了一道长长的奶渍。普瑞斯在精神上用了一点清洁剂，她整洁的小灵魂被擦拭得一尘不染。她不知道如果没有贴身女仆的照顾，波姬的生活该怎么过下去。从在查宾市那时起，她就一直跟在波姬身后，在吸烟室提醒她用烟灰缸，帮她去拿送洗的衣服，然后帮她寄回家，偷偷溜进公共浴室，洗掉浴缸里一圈圈残余的污渍，免得其他人又要抱怨。可怜的波姬，她结婚后注定会按照传统的方式，在一群仆人和女管家的陪伴下生活。她不能体会到在只有一个女佣帮忙洗碗和干重活的情况下，母亲说的那种从零开始自力更生的乐趣和惊惶。

巨大的财富是一个可怕的障碍，它将你与生活隔绝开来。无论你对大萧条做何评价，对有产阶级来说，它都是好事一桩。它唤醒了他们中的很多人，让他们意识到了什么才是真正重要的。普瑞斯所了解的家庭都因为不得不减少开销而变得更加快乐和明智起来。比如波莉·安德鲁斯家：安德鲁斯先生一直在里格斯精神病治疗中心看病，大萧条到来后，他所有的投资都付诸东流。然而，他没有陷入更深的抑郁之中并因此被送到州立医院（想想就很悲惨！）。相反，他回到家后也没闲着，而是成了一名家庭厨师。他们之前在法国的城堡居住期间，他就已经学会了高级烹饪。他负责烹饪与营销的每一个环节，提供了最美味的饭菜。洗碗和清洁工作由安德鲁斯夫人完成，每个人都自己铺床，孩子们在家的时候也会帮忙清洗。他们住在斯托克布里奇附近那座想方设法才保留下来的小农场上，是最快乐的一家人。去年感恩节期间莱基曾去过那里，并且度过了一段至今都是她人生中最美好的时光——她说，她只希望她的父亲能像安德鲁斯先生那样把钱都赔光。她说得还相当认真。当然，不同之处在于安德鲁斯家族一直都很有修养，他们有内在的力量可以依靠。

普瑞斯本人是个彻头彻尾的自由主义者，自由主义流淌在她的血液中。她的母亲是瓦萨学院的一位董事，她的祖父曾经是主张改革的纽约市长。去年，当她不得不在一场上流社会的盛大婚礼上担任伴娘，并因此出现在铺着地毯、搭起遮阳棚的圣詹姆斯教堂前时，那些围在教堂门口、被警察挡开的失业者让她久久无法忘怀。这并不是说普瑞斯认为自己必须单枪匹马地改变世界，虽然她那个在耶鲁大学读书的哥哥总是这样嘲弄她，她也并不责怪自己出身的阶级想要守住特权——那是构成他们的一部分。她完全不想成为社会主义者或者叛逆者，尽管就连斯隆都喜欢开她的玩笑，让她试试。她觉得，成为一个社会主义者是一种奢侈，因为世界瞬息万变，此时此地已经有那么多事情需要完成。你不能坐等新千年的到来，正如你无法让时光倒转。她们曾经玩过一个游戏，叫作"如果你可以选择，你想生活在哪一个历史时期？"。普瑞斯是唯一一个愿意留在当下的人，凯选择了二〇〇〇年（当然是公元后），莱基想去十五世纪——这也在不经意间表明，她们是一个多么各异的群体。不过说真的，普瑞斯想不出还有一个比此刻的美国更加令人激动的时代，同时，她也为迪克·布朗这样的人感到万分遗憾——他就坐在她右边，表情苦涩且不安，双手苍白而颤抖。和他聊了一会儿（或许已经让他乏味得要命了！）之后，她能够看出来，他就是她们在洛克伍德小姐的课程中学到过的典型的早期海外侨民和波希米亚的叛逆者，现在回来想要重新寻找自己的根。

四周急促嘈杂的话音逐渐平息，已经被酒精弄蒙的姑娘们用询问的目光望着彼此。现在该干什么了？在一场普通的婚礼上，凯和哈拉尔德会溜出去换好旅行的服装，然后凯会把婚礼捧花抛向人群。但是她们想起来，这对新人不会去度蜜月。凯和哈拉尔德显然没有别的地方可去，只能回到他们今天早晨才离开的那套转租公寓。而且按照她们对凯的了解，她很可能连床都没有铺好。在小礼拜堂里涌起的那种滑稽且不安的情绪又一次笼罩了她们。她们看了看手表，才下午一点十五分。距离哈拉尔德去上班的时间还有多少个小时？毫无疑问，婚礼之后直接回家的夫妇大有人在，但是不知道为什么，这种情况似乎是不该发生的。"我要不要请大家去朱莉娅姑妈家喝咖啡？"波莉·安德鲁斯隔着桌子悄悄地问多蒂。"算下来有不少人呢，"多蒂嘟囔道，"我不知道萝丝会怎么说。"罗斯是朱莉娅姑妈的女仆，相当有个性。"管萝丝怎么说呢！"波莉说。两个姑娘的目光在餐桌间上下游走，点着人数，然后她们两人四目相对，严肃而震惊。一共有十三个人——除了她们八个还有五个外人。太像凯的作风了！又或者只是巧合？是不是有人在最后一刻没法到场？这期间，电台播音员的太太一直和丈夫交换眼色，然后她转身对着多蒂低声说道："你们这些姑娘里有人愿意到我家喝点咖啡吗？我跟凯和哈拉尔德打声招呼。"多蒂犹豫了。或许这才是真正合适的做法，但是她不想替凯做决定，凯或许更想去朱莉娅姑妈那儿。她感到一切都太复杂了，一环套一环，这种感觉让她郁闷。

波姬·普罗瑟罗的声音突然插了进来，像是一只爱发牢骚的鹩哥。"你们两个该走了。"她突然掐灭手里的香烟抱怨着，夹鼻眼镜后面的眼睛里带着一丝被新郎和新娘意外伤害到的神色。相信波姬吧，姑娘们叹了口气想着。"我们应该去哪儿呢，波姬？"凯微笑着回答。"是啊，波姬，我们应该去哪儿？"新郎也附和。波姬想了想。"去科尼岛。"她说。她的语气里带着无可辩驳、不言而喻的威严，仿佛是一个老人或者小孩的腔调，一时间把所有人都吓了一跳。"这个主意太厉害了！"凯喊道，"坐地铁去？""布赖顿快车线[1]，经过弗拉特布什大道，"哈拉尔德徐徐道来，"在富尔顿街换乘。""波姬，你是个天才。"大家都无比欣慰。哈拉尔德付了账单，然后开始讨论各种过山车，比较起旋风过山车和霹雳过山车的优缺点。女士们纷纷掏出散粉补妆，各式皮草大衣挤作一团，深蓝色英国皮革面的行事历被翻开查看。人们四处走动着，房间里满是欢声笑语。"波姬是怎么想出来的？""完美的婚礼，完美的结局。""恰到好处。"宾客们纷纷戴上手套，各种声音不停响起。

一群人来到了大街上，之前把照相机放置在存放处的电台播音员在六月明媚的阳光下给大家在人行道上拍了照。然后他们一起沿着第八街前往阿斯特广场的地铁站，一直走到站内的旋转栅门那儿，引来行人纷纷侧目。一群人围过来看他们，莉比·麦考斯兰像篮球中锋那样伸直了她修长的双腿尖叫道："凯要把捧花抛出来了！""我的姑娘来自瓦萨，没有人能够超越她。"电台播音员突然说道。哈拉

---

1. 现为纽约地铁 Q 线。

尔德掏出两枚五分镍币，一对新人穿过了旋转栅门。所有人都认为，凯从未像今天这样漂亮。她转过身，把捧花高高地抛向空中，让花束从栅门上方飞回到那些正在等候的姑娘中间。莉比跳起来接住了花，虽然凯瞄准的是她身后普瑞斯的方向。就在那时，莱基给了所有人一个惊喜，她存放在酒店的牛皮纸包裹里竟然装着大米。"原来你中途下车就是为了这个！"多蒂惊讶地感叹道。参加酒席的人纷纷抓起大米，朝新娘和新郎抛去。地铁终于进站的时候，站台上已经撒满了白色的米粒。"这也太老套了！太不像你了，伊斯特莱克！"列车门即将关闭的时候，凯转身大喊。而随即四散的大家也都觉得，这确实一点都不像莱基的风格。不过，不管老套与否，它只是个小插曲，有了它，这场难忘的庆典才画上了圆满的句号。

第二章

　　起初，在那条黑暗的走廊上，蹑手蹑脚地爬上楼梯让多蒂产生了一种相当滑稽的感觉，凯的婚礼刚过去两天，她就跑来这里，在哈拉尔德曾经住过的房间对面，去做凯曾经做过的事情。这种感觉很了不起，真的，好像她们所有人同时遭到了诅咒一样。月光像潮汐一样吸引着你，让你的脑子里满是对身为女人的奇怪想法。多蒂把钥匙插入锁孔时，她发觉这是自己第一次独自和一个男人在他的公寓里，一时间所有奇怪的、不相干的想法都在她的脑海中浮现出来。这是一个仲夏夜，夏至时分，是女仆们放弃了她们珍贵的财富，以让庄稼结出果实的时候，这是她从《仲夏夜之梦》的背景阅读中了解到的。教她们莎士比亚文学的那位老师非常热衷于人类学，还让她们阅读弗雷泽关于古代生育仪式的研究，以及欧洲的农民为了纪念谷物女神而点起熊熊篝火，随后一起躺倒在田野里的风俗习惯，这一风俗一直延续到了近代。灯亮的那一刻，多蒂想着，大学生活的经历几乎是过于丰富了。她感觉自己有数不尽的奇思妙想，却只能跟母亲倾诉，而不是跟一个男人。如果你在即将失去童贞的时候跟他说起谷物女神的故事，他或许会觉得你傻头傻脑的。

如果多蒂坦白承认她确实有点想和迷人得无以复加、那么不快乐、那么想要付出一切的迪克舒适地、好好地聊聊天的话，连她们都会笑话她的。

但是就算再过一百万年，她们也永远不会相信，多蒂·伦弗鲁会到这个地方来，会和一个她几乎不认识、从不隐瞒他的意图、严重酗酒，而且很明显没有爱上她的男人一起，来到这个弥漫着烹饪油味道的阁楼上。当她自然地做这件事的时候，她自己都不敢相信，而她想要聊天的那一面仍然在希望，或许，能够争取一点时间。她也意识到，这就像是每次她去看牙时，都会先跟牙医聊一聊时事新闻，好让他别那么快就拿起电钻。多蒂的酒窝若隐若现。多么奇怪的对比啊！如果让她们听到可不得了！

然而，当事情真正发生的时候，却完全不像她的姐妹甚至她的妈妈会想象的那样，除了迪克有些紧张，一点也不龌龊或者混乱。他非常体贴，心静无波地慢慢脱去她的衣服，仿佛在帮她卸下户外运动的装备一样。他拿起她的帽子和皮草，把它们放进衣柜里，然后解开她的裙子。他弯下腰去，带着滑稽又专注的神情，摆弄着那些纽扣，很像参加晚宴前，爸爸帮妈妈扣好礼服扣子的模样。小心地把长裙从她身上褪下之后，他瞟了一眼衣服的商标，又回头看了看多蒂，仿佛是要把两者对上号，然后他才拿起那条裙子，稳稳地走到衣柜前面，把它挂在了一个木质衣架上。之后，他每脱下一件衣物，都会把它叠好，然后将它郑重其事地放在扶手椅上，每次他都会皱着眉头看一眼商标。衣服都被脱掉之后，她有一分钟觉得头晕目眩，但他留着她的衬裙没有脱掉，就像在医生诊室里那样。他又脱掉了她的鞋子、袜子，并褪下了她的胸罩、束身衣和内裤，最后，他把她的衬裙从头顶脱去，为了不弄乱她的发型，还颇费了一番周折。此时她几乎一丝不挂地站在他的面前，身上只有那串珍珠项链，但她并不怎么害怕，几乎没有颤抖。或许是因为去医院就诊过很多次，又或许是迪克本身很淡然，没有情绪的起伏，就像他们在艺术课上面对模特应该做出的表现，多蒂勇敢了起来。他在为她脱衣服的过程中，没有碰过她一次，除了偶尔会蹭到她的皮肤。然后，他让她放松，语气跟佩里医生治疗她的坐骨神经痛时使用的一模一样。

他走进洗手间之前，递给她一本画册让她翻阅，多蒂坐在那把扶手椅里，尽量让自己不要偷听。她将那本画册放在膝头，认真地打量起这个房间，想要对迪克有更多的了解。一个人的房间能够很好地反映这个人的性格。房间里有一个天窗和一扇朝北的大窗户，对一个男人来说整洁得令人惊讶；有一个画板，上面有一些没完成的作品，她很想偷偷瞟一眼；还有一张像是熨衣板的原木长条桌子、僧侣布[1]的窗帘、一张铺着僧侣布床单的单人床。五斗柜上摆着一个相框，里面是一个金发女人的照片，她非常漂亮，留着干练的短发。那一定就是"贝蒂"，他的妻子。墙上还有一张她穿着泳装的快照，以及一些裸体素描，多蒂心下一沉，觉得那些裸体的原型或许也是贝蒂。她已经竭尽全力不让自己想到爱情或者陷入情感上的纠葛，因为她知道，迪克不喜欢她这样。只是身体上的吸引罢了，她一次又一次地告诉自己，同时尽量保持淡定，哪怕实际上已经血脉偾张。不过此时，突如其来的情绪已经来不及消退，她无法再沉着冷静，开始感觉到嫉妒。更糟糕的是，她甚至觉得迪克有些，怎么说，不正常。她翻开膝盖上的画册，看到了更多的裸体画，画上的签名是她从来没有听说过的一个什么当代艺术家！倏然间，她竟然不知道自己一直以来在期待什么，但是迪克回来后，她的感觉反而好了

---

1. 一种粗厚平纹织物。

一些。

　　他穿着一条白色的四角短裤进来了,手里拿着一条毛巾,上面绣着某家酒店的名字,他把床上的被子掀开,然后把毛巾铺在床上。他拿起她手中的画册,放在桌子上。然后,他让多蒂躺在毛巾上,用一种友好而循循善诱的声音再一次告诉她放轻松;而他站了一会儿,双手叉着腰,俯视着她的身体,笑意盈盈。她努力让自己呼吸自然,提醒自己有个很不错的身材,并且在唇边挤出一丝笑容作为回应。"除非你愿意,否则什么都不会发生的,宝贝。"他说话时语气略微加重,这让她意识到自己一定是一副非常害怕而且不信任的样子。"我知道,迪克。"她用微弱、细小而感激的声音回答道,第一次让自己大声直呼他的名字。"你想抽根烟吗?"多蒂摇了摇头,然后向后仰躺在枕头上。"好吧,那么?""好的。"他去关灯时,她突然感到自己被一阵强烈的兴奋感冲击着,触手可及,就像在那家意大利餐厅里,当他用深邃幽暗的目光牢牢地锁住她,然后问出"你愿意跟我一起回家吗?"这句话时,她所感受到的那种冲击。现在,他转过身来,又一次牢牢地凝视着她,把手放在落地灯的开关上。她自己的双眼也在惊奇中睁大,因为她感觉到一丝滑稽,仿佛自己的身下燃起了火。她目不转睛地看着他,仿佛在寻求确认,她吞了一下口水。作为回应,他关上了灯,并在黑暗中解开他短裤的扣子向她走来。

　　几分钟过去了,房间里仍然没有一丝动静。透过天窗,多蒂可以看见月亮。她就那么躺着,迪克的身体仍然压着她,她怀疑是不是出了什么问题——很可能是她的错。他的脸已经转到另一侧,她看不见,而他的胸膛挤压着她的乳房,让她几乎无法呼吸。两个人的身体都湿漉漉的,他冰凉的汗水顺着她的脸庞流下,浸湿了她鬓边的头发,在她的胸间汇成了一条蜿蜒的细流。她的嘴唇上有一种咸咸的刺痛感，让她凄惨地想起了泪水。她为自己感觉到幸福而羞愧。显然，作为伴侣她并没有让他满意，否则他应该会说些什么吧。或许女方不该动？"糟糕。"他这样说过，就在刚才弄疼她的时候。他的语气那么暴躁，像是一个人在说"可恶，我们为什么不能按时开饭呢？"或者类似这种的毫不浪漫的话。是她的尖叫声破坏了一切吗？还是她在结束时不经意的失态？她真希望那些书里的内容能够更明确一些。凯和海伦娜经常大声朗读的那本从二手店里淘来的，好像很可笑的书，是克拉夫特－埃宾写的，里面的大部分内容都是在描述那种非常龌龊的事情，比如男人和母鸡做爱，但并没有解释具体是如何操作的。柜子上的那个金发女子让她无可救药地嫉妒，可能此时迪克感到失望，正在比较着她们呢。她能感觉到他的呼吸和他身上散发出的阵阵酒气。床上有一种特别刺鼻的气味，她很担心那是她散发出来的。

　　她突然有了一个可怕的想法，他或许已经睡着了吧，她轻轻地动了几下，想要从他的身体下挣脱。她抽身时，他们原本粘连在一起的潮湿的皮肤发出了一点点像是吸吮的声音，但她还是没办法把他沉重的身躯推到一边去。这时她确定他一定已经睡着了。或许他累了，她宽慰自己。他的眼睛下面有厚重的黑眼圈。但在内心深处，她知道，他不应该像一吨砖头那样压在她身上就这么睡过去了。如果她还需要证明，这就是最后的证明，证明她对他来说毫无意义。明天早晨，当他醒来，发现她已经离开的时候，或许他会高兴吧。又或许他甚至都不会记得跟他在一起的是谁。她也无法知道他们两人共进晚餐之前他已经喝了多少。她担心，他只记得自己晕过去了。她明白，保住自己尊严的唯一希望就是在黑暗中穿好衣服，然后悄悄溜走。但那样她就必须在黑乎乎的走廊里找到洗手间。迪克开始打鼾。然后，几乎是突然之间，她有了一个最糟糕的念头。如果他还在她体内的时候就已经开始射精了怎么办？或者，如果他用了那个橡胶的东西，但是在她抽搐的时候它破掉了怎么办？所以他才会那么着急地抽出来吧。她以前听说过，那个橡胶的东西如果破了或者漏了，只要一滴，女人都会怀孕。多蒂非常坚决地用力扭动身体，想要挣脱出来，直到迪克在月光下抬起头凝视着她，却没有认出她是谁。那么，都是真的了，多蒂悲惨地想，他只是睡着了，把她忘了。她想溜下床。

迪克坐起身，揉了揉眼睛。"哦，是你，波士顿，"他喃喃道，一只胳膊揽住了她的腰，"抱歉我睡着了。"他起身把落地灯打开。多蒂急忙用床单遮住身体，别过脸去。她仍然很怕见到他的裸体。"我必须回家了，迪克。"她清醒地说着，偷偷瞥了一眼扶手椅上叠好的衣物。"必须吗？"他用一种嘲弄的语气问道。她能够想象出他那泛红的眉毛挑动着的模样。"不必麻烦你穿衣服送我到楼下了。"她快速而坚决地说道，眼睛盯着被他裸露的俊美双脚踩着的地毯上。他弯腰捡起他的短裤，她看着他把腿伸进去穿好。然后，她的目光缓慢地抬起来，与他探寻的目光相对。"怎么了，波士顿？"他温和地说，"女孩们不会跑回家的，你知道，在她们的初夜。是不是太疼了？"多蒂摇摇头。"你还在流血吗？"他继续问，"过来，让我看看。"他把她抱起来，连带着床单一起放到床上。毛巾上有一小滴血迹。多蒂什么都没说。"想说什么就说吧，波士顿，"他突然冒出这么一句，大拇指朝着那个相框示意，"是她让你不高兴了？"多蒂勇敢地做出了否认的姿态。但有一件事她必须说。"迪克，"她羞愧地闭上眼睛，"你觉得我应该去冲洗一下吗？""冲洗？"他疑惑地重复了一遍这个词，"为什么？要冲洗什么？""呃，万一……你知道的……为了避孕。"多蒂嘟囔着。迪克盯着她，突然放声大笑。他坐在一把直背椅上，帅气的脑袋向后仰着。"我的傻姑娘，"他说，"我

035

们刚刚已经采取最古老的避孕措施了。古罗马人称之为体外排精，非常烦人的一种方法。"他点燃两根香烟，递给她一根，然后把一个烟灰缸放在两人之间。

"你到了，波士顿。"他说道，像是个感到很满意的指导老师。多蒂带着犹疑瞟了他一眼，他指的是她做过之后就再也不愿想起的那件事吗？"你说什么？"此时，她已经相当确定自己听懂了，但是这个新词让她乱了方寸。"高潮，"他更加尖锐地补充道，"老师们在瓦萨教这个词吗？""哦，"原来只是这个意思，多蒂几乎有些失望了，"刚才就是……"她没办法把问题说完。"刚才就是，"他点点头，"没错，按照我的判断。""那就是属于正常现象了？"她开始感觉好多了，想要知道这个问题。迪克耸耸肩。"对你这种有教养的女孩来说并不是。"

多蒂的脸更红了。凯说过，高潮是非常罕见的现象，需要丈夫认真研究妻子的欲望并且通过耐心的刺激才能够达到。这些术语即使只是在记忆中出现，也会让多蒂战栗。克拉夫特-埃宾的那本书里，有一节内容格外吓人，全部是用拉丁文写的，讲的是玛丽亚·特蕾莎女皇以及她的宫廷医生让她的伴侣做的那些事。多蒂只是迅速瞥了一眼，然后就一直在试图忘记那些内容。然而，就连母亲都暗示过，满足感需要经过大量的时间和经验才会得到，而且，爱情也起着重要的作用。但是，母亲说到满足感的时候，多蒂并不完全清楚她具体指的是什么，凯除了引用书上的内容，也不是很清楚。波莉·安德鲁斯曾经问过凯，那种感觉是不是跟相互拥吻时感受到的炽热一样（那是在波莉订婚时），凯说是的，差不多，不过现在多蒂认为凯肯定弄错了，要不然就是出于某种原因，她不想告诉波莉实情。多蒂也感到过那种炽热，好几次，在和非常有魅力的人一起跳舞的时候，不过那种感觉和迪克说的意思完全不同。你甚至会觉得凯并不知道她在说什么。又或者凯和母亲指的是完全不同的事情,而她和迪克所经历的却是不正常的。可他看起来又是那么开心,坐在那儿吐着烟圈。或许,因为在国外生活过,他懂的比母亲和凯都多。

"你又在为什么事情皱眉头呢,波士顿?"多蒂一怔。"性欲旺盛,"他温柔地说,"对女人来说是一件非常好的事。你一定不要觉得羞耻。"他拿过她的香烟,掐灭,然后双手放在她的肩膀上。"振作起来,"他说,"你的感受都是正常的。罗马的诗人说过'做爱之后,动物都会感伤'。"他起身走到五斗柜前,拿出两套睡衣,把其中一套扔给多蒂。"现在你穿上它们去浴室吧。今天的课程到此结束。"

把自己反锁进走廊上的浴室里后,多蒂开始反思自己。"谁能想到呢?"她惊愕地盯着镜子里的自己,引用着波姬·普罗瑟罗说过的那句话。她那张眉毛浓重的红润面庞上,有着又长又直的鼻子和深褐色的眼睛,仍然是往常那副波士顿人的样子。她们中间有人说过,她看起来像是为了拿学位而生的。她的面相带着一种不怒自威的气质,她自己也能看出来。此时她穿着白色的男士睡衣,她那新英格兰血统特有的下巴从领口凸出来,像一位老法官或者一只盘踞在篱笆上的黑鸟——爸爸经常开玩笑说,她应该去当一名律师。然而,她脸颊上隐约可见的那个酒窝,还有她对歌舞的热爱让她担心自己可能有双重人格,是现实版的《化身博士》。多蒂若有所思地用迪克的漱口水漱了漱口,还向后仰着头漱了漱喉咙。她用一点卫生纸擦掉了口红,焦虑地看着迪克肥皂盒里的肥皂,想到了自己敏感的皮肤。她必须非常小心,但是她感激地发现,浴室里干净得一尘不染,房东太太还贴了一些告示,上面写着:"离开时请将浴室清理成你期待的样子。谢谢合作。""淋浴时请使用地垫,谢谢。"多蒂心想，如果这位房东太太不反对女人来访，那她的思想一定很开放。毕竟，每逢周末，凯总是会来这里找哈拉尔德。

她不愿意去想，除了已经提到的贝蒂，迪克还带什么女人回来过。如果他已经带莱基回来过了呢，就在他们把多蒂送回家的第二天晚上？她艰难地喘着气，撑着盥洗盆让自己站稳，紧张地挠着下巴。她开导自己，莱基不会允许他做出这种事。在莱基面前，他肯定不敢。然而，这条思路让人不安到没办法继续往下想。他怎么知道她就一定会允许呢？有一件很诡异的事情，她一直在心中逃避：他从来没有真正吻过她，一次都没有。当然，这可以有各种解释，或许他不想让她闻到他呼出的酒气，也可能是她自己有口臭……不行，多蒂斩钉截铁地说，她必须停止这样想。有一件事很清楚，每个人都能看出来：迪克被伤害过，伤得很深。她点着头重复这句话，他被一个女人或者很多个女人伤害过。在她看来，这就是他变得我行我素的原因。如果他不想吻她，那是他的问题。她用袖珍小梳子梳着头发，用她那动听的女低音哼着歌："他这样的男人啊，需要我这样的女人啊。"她往门口走去，跳了一个欢快的舞步，被长睡衣的下摆绊了个趔趄。她的手指轻轻一弹，关上了浴室的顶灯。

她在那张狭窄的床上躺好时，迪克已经在她身边睡熟了，多蒂的思绪如小鸟一般饱含深情地飞向她的母亲，一位毕业于一九〇八年的大学生。这一天过得非常劳累，她应该敦促自己赶紧睡个美容觉，但她渴望与她心目中全世界最好的人谈论并分享这一夜的经历，那个人从来不会谴责她或者责难她，也总是对年轻人的事情有着巨大的兴趣。初尝禁果，她想为母亲描述这一过程中的每一个场景：这个位于格林尼治村西边的空荡荡的房间、洒在僧侣布床单上的月光、绘画桌、罩着干净沙发套的单人沙发、某种遮阳棚的材料，当然还有迪克本人，他的独特、他那焦躁不安又轮廓分明的脸和让人难以置信的言谈。最近三天，有太多细节会让母亲感兴趣。先是婚礼，然后当天下午和他以及莱基一起去参观了惠特尼博物馆，之后他们三个人在一家简陋的意大利餐厅吃晚餐。那家餐厅前面摆着一张台球桌，还用白色的杯子装葡萄酒，席间她听他和莱基争论艺术。然后第二天，还是他们三个人，一起去现代艺术博物馆参观一个现代主义雕塑展。多蒂为什么不曾想过他会对她有想法，因为她看得出来他迷上了莱基（谁不会呢？）。而且她仍然很确定，今天早上他出现在船上，给了莱基一些住在巴黎的画家的名字，好让她去见一见是借口，实际上他是为了给莱基送行。甚至在船启航之后，气氛有些低沉的当口，他在码头上邀请她今晚和他一起到同一家意大利餐厅（她从新韦斯顿坐出租车过来发现是这家餐厅的时候，真是太开心了！）吃晚餐的时候，她还在告诉自己，这不过是因为她是莱基的朋友。她一直非常害怕与他单独相处，因为她担心他会觉得无聊。而且他确实一直沉默不语，心事重重，直到他直勾勾地望着她的双眼，突然提出了那个问题。"你愿意跟我一起回家吗？"他说话时那种随意的语气，是她这一生永远、永远都不会忘记的吧！

　　毫无疑问，有一个事实一定会让母亲感到震惊，那就是双方从未有过爱意。她能够听到自己用低沉的声音向她可爱的、眼睛明亮的父母解释，她和迪克"同居"完全出于一个不同的缘由。她冷静地宣布，迪克，那个可怜的家伙，仍然爱着已经和他离婚的前妻，而且，除此之外（此时多蒂深吸一口气，让自己振作起来），还深深迷恋着她这一年里最好的朋友莱基。在多蒂的想象中，她俯身向前，样子让人难忘。她重申道："是的，母亲，我仍然可以对此发誓。他深深地迷恋着莱基。那天晚上，我就认清了这个事实。"她的母亲睁大了她的那双蓝色的眼睛，轻轻地摇了摇头，金色的鬓发也随之微微颤抖。她在幻想中反复排演的这一幕，发生在她母亲住在栗子街时生活过的小客厅里，不过实际上，她母亲已经离开那里，搬到格洛斯特的小屋里了，多蒂明天或者后天也会到那里去。身材娇小的伦弗鲁夫人穿着她那条定制的粉蓝色爱尔兰亚麻裙，因为打高尔夫而晒成小麦色的手臂袒露在外面；多蒂自己穿着她的白色鲨鱼皮运动裙和棕白色相间的船形中跟鞋。她说完了要说的话，盯着脚尖，手指抚弄着裙子上的褶皱，平静地等待母亲说话。"好的，多蒂，我明白了。我觉得我可以理解。"两人都用低沉、平稳、悦耳的声音继续交谈着，母亲的声音断断续续的，而多蒂的嗓音越发低沉。气氛严肃，充满思虑。"你确定吗，亲爱的，处女膜已经破了？"多蒂用力点了点头。身为医学传教士的女儿，伦弗鲁夫人年轻时腿就不太好，所以比较关注生理方面的问题。

多蒂在床上辗转反侧。"你会喜欢母亲的，"她在想象中对迪克说，"她是个非常有活力的人，而且比我有魅力得多：个子娇小，身材姣好，有一双蓝眼睛，金黄色的头发刚开始变白。大学最后一年，医生建议生病的她退学，但是她认识了我爸爸，然后凭借意志力治好了病。她认为病人是不能结婚的，所以她就康复了。她是爱情最忠实的信徒，我们都是。"说到这里，多蒂的脸红了，并且在脑海中抹去了最后几个字。她绝对不能让迪克认为她真的爱上了他，并因此破坏掉两个人的关系。类似的表达是致命的。为了让他明白不会有这种危险，她决定，最好还是用某种形式的声明来阐述自己的立场。"我也非常虔诚，迪克，"她带着歉意的微笑说道，"但我想，我比教会里大多数领受圣餐的人都更加信奉泛神论。我爱教会的仪式，但我相信上帝无处不在。我这代人与母亲那一代有些不同。我觉得——我们所有人都觉得——爱和性可以是两回事。不用必须是两回事，但可以是。一定不能期待用性来达成爱，或者用爱来达成性——这个想法很不一般，不是吗？"她匆忙补上一句，带着一点紧张的笑意，因为她觉得自己越来越没有底气。"有一位老教师曾经告诉莱基，你必须在没有爱的环境中生活，学会不需要爱，这样才能与爱共存。莱基受到了很大的震撼。你同意吗？"多蒂向睡在她身边的男人提出她的想法，但她假想中的声音变得越来越胆怯。

她在想象中敢于在谈到爱的时候跟他提起莱基的名字，因为她想表明自己并不嫉妒他一直称为"黑美人"的那个人。他并不喜欢"莱基"这个昵称。多蒂还注意到一件事，就是每当莱基转身看他的时候，他都会漫不经心地整理一下领带，就像一个在地铁站的镜子里瞥见自己的人。还有他和莱基在一起时总是很认真，不会冷嘲热讽，也不会沉默阴郁，哪怕他们在艺术上有分歧。然而，当他们站在码头上向她挥手，多蒂为了取得他的信任，和他一起讨论莱基，好几次喃喃自语"她是不是很迷人？"的时候，他只是耸耸肩膀，好像多蒂很烦人似的。"她有头脑。"多蒂最后一次重复的时候，他这样反驳道。

现在莱基已经到了公海，她却睡在迪克温暖的身边，于是多蒂冒险尝试了一种新的理论。有没有可能，她问自己，迪克对莱基的迷恋是柏拉图式的，而跟她在一起更多是因为肉欲？莱基确实非常聪明，也很有见识，但是大多数人都认为她很冷漠。或许作为艺术家的迪克只是欣赏她的美，但在另一个方面却更喜欢多蒂。这个想法并不太让人信服，虽然他对她身体的评价确实让她大为吃惊。凯说，成熟的男人更关心女人的快乐而非自己的，但迪克（多蒂轻轻地咳嗽了一声）即使在让她十分兴奋的时候，似乎也并没有被激情冲昏头脑。她一想到凯，便感到一阵无力。凯会直截了当地告诉她，她并没有莱基那样的"光芒"，迪克明显把她当作莱基的替代品，因为对他来说，莱基是个过于巨大的挑战，她太美丽、太富有、太迷人了，他无法在这个陈设寒酸的房间里应付。"迪克不想找那种让他动心的女孩,"她能听到凯用自己那固执己见的西部口音大声说出这些话,"而莱基注定是那种女孩,伦弗鲁。你只是他发泄的出口,是他那一夜释放压力的途径。"这些斩钉截铁的话像压路机一样把多蒂压垮了,因为她觉得这是真的。凯或许还会说,多蒂一直想要"摆脱"自己的处女之身,所以只是把迪克当成工具。

这也是真的吗——那种可怕的想法?迪克也是这么看她的吗?凯是出于好意,才把事情说得一清二楚,而且可怕的是,她通常都是对的。或者至少她的话听上去总是对的,她总是能完全不偏不倚且不自知地伤害你的感情。从多蒂让自己把凯的话听进去的那一刻开始,即使是在想象中,她就失去了自己的主权,变成了凯命令她成为的人:一个"依恋"着母亲的波士顿老姑娘。她们中间所有处于弱势的成员都有相同的遭遇。莱基曾经说过,凯经常会把她们的爱情从她们身上"扒走",然后像对待送洗衣物一样甩干之后贴上标签再还给她们。波莉·安德鲁斯订婚的时候就发生过这种情况。她要嫁的那个男孩有家族精神病,凯给波莉看了很多关于遗传的图表,最终波莉跟他断绝了关系,并且生了一场大病,进了医院。当然,凯是对的。人人都会同意,安德鲁斯先生已经负债累累,再把女儿嫁到一个有抑郁症背景的家庭里,更是雪上加霜。凯的建议是,波莉可以跟他一起生活,因为她爱他,等她以后想生儿育女的时候,再找别人嫁了。可是波莉虽然非常想这样做,却没有勇气。她们所有人,除了莱基,都有过和凯一样的想法,至少是在不跟那个男孩结婚的问题上,但是她们都不忍心直接告诉波莉。情况通常都是这样:凯会站出来,把其他人私下里说的悄悄话直接告诉当事人。

多蒂叹了口气。她希望凯不会知道她和迪克之间的事情。但迪克是哈拉尔德的朋友,所以这件事或许是避无可避的。迪克很绅士,很体贴,他应该不会说出去。更有可能是多蒂自己坦白,因为凯非常善于套话。最终,你会告诉凯,其实你更想听听她的意见。你怕自己不敢知道真相。此外,多蒂很清楚,她其实并不能跟母亲倾诉,起码不能长久地跟她倾诉,因为母亲属于另一个年代,无论她多努力,她都永远不可能像多蒂那样看问题,而这种差异只会让她担心和不悦。她会希望与迪克见面,然后爸爸也会想要见见他,并且开始考虑结婚这种绝不可能的事情。多蒂又叹了口气。她知道她得把这件事告诉什么人——当然,不是那些最亲密的细节,只是她已经失去了童贞这个让人惊叹的事实——而那个人必然是凯。

然后,凯会跟迪克谈论她。这是多蒂最畏惧的部分。她无法忍受凯对她进行研究和分析,解释她的病史、她母亲常去的几家俱乐部、她父亲在商界的人脉,以及她家在波士顿到底有什么样的社会地位,在这一点上凯总是过于夸张——她家根本不是什么"婆罗门"一样的望族,"婆罗门"这个词本身就够可怕的了。多蒂的眼中闪过一丝笑意。虽然凯对于俱乐部和上流社会的一切都一副了然于胸的样子,但她还是太天真了。有人应该告诉她,如今只有那些无聊的人,或者坦率地说,只有局外人才会关心这种事。可怜而朴实的凯:五次——多蒂回忆着,几乎要睡着了——凯流了那么多血,经历了那么多痛苦,才破掉处女之身。莱基不是说过她的皮肤就和水牛皮一样?多蒂认为,性爱嘛,跟着男人的节奏走就行了,就像跳舞一样——凯跳起舞来很吓人,还总是想要领舞。母亲说得没错,在即将沉入梦乡的时刻,她还在舒服地自言自语:像很多二流的寄宿学校那样,让女孩们一起跳舞是一个巨大的错误。

第三章

"给自己戴个子宫帽吧。"第二天早晨,迪克坚决地把她推向门口时嘟囔了这么一句告别语,被多蒂听在耳中,如同当头一棒。她感到困惑不解,以为他说的是"给自己找一头野猪[1]吧",于是,她们在动物学课程里学过的那种粗野的猪科哺乳动物的图像,从她恍惚的意识中划过,就像一张幻灯片,随之而来的是克拉夫特-埃宾写的那本书里的内容,还有瓦萨学院里那个养山羊的女孩的可怕回忆。这又是某个她应该知道的笑话的翻版吗,讲老处女的?泪水打湿了她的双眼,虽然她一直在眨眼睛不让眼泪流出来。显然,迪克在为昨天晚上他们之间发生的事情而恨她。凯说过,有些男人在屈服于自己的欲望之后会有这样的感觉:"把精力消耗在了耻辱的废墟里。"他们吃了一顿非常沉闷的早餐,是他在衣橱里的烤架上准备的,而且还不让她帮忙——炒蛋、咖啡,还有面包房里剩的一个咖啡甜甜圈,没有水果,也没有果汁。他们吃饭的时候,他几乎没有说话。他把报纸的第一版给了她,然后就坐在那里一边喝咖啡,一

---

1. 英文中野猪(peccary)和子宫帽(pessary)的发音类似,故有此误。

边阅读体育新闻和分类广告。她想把时事新闻版递给他,结果被他不耐烦地推了回来。然而在这一刻之前,她还在告诉自己,他可能只是有母亲说的那种"起床气",爸爸有时候早晨起来也会莫名其妙地脾气不好。不过现在她明白了,没必要再欺骗自己了,她已经失去了他。他穿着家居服,头发乱糟糟的,脸上带着残忍、刻薄的微笑和苦涩的讥讽,这让她想起了一个人。哈姆雷特——没错,他在把奥菲利娅推离他的身边。"你去修道院吧。""我不爱你。"但是她不能像奥菲利娅那样说出"我受到的欺骗更多"(全班一致认为,这是全剧最可悲的瞬间),因为迪克并没有欺骗她,一直以来都是她在自欺欺人。她盯着他,艰难地吞咽着,一滴眼泪从一只眼睛里流了下来。"是女用避孕工具,类似塞子,"迪克不耐烦地抛出一句话,"你可以从妇科医生那里拿到。去问你的朋友凯。"

她恍然大悟,她的心腾地跃动了一下。她女性的直觉在欢唱,迪克这样的人说出这番话,无疑是在表达爱意。但是,让一个男人看到你对他没有信心是个错误,哪怕一秒都不行。"好的,迪克。"她伸手转动门把,小声说着,同时用她的眼睛温柔地告诉他,这是一个多么深沉、多么虔诚的时刻,是他们之间的某种承诺。幸运的是,他永远也想象不到她之前一直在思考关于野猪的事情!她脸上洋溢的幸福让他的眉头一挑,又皱了起来。"我不爱你,你知道吧,波士顿。"他警告道。"我知道,迪克。"她回答。"而且你必须向我保证你不会爱上我。""好的,迪克。"她重复道,声音更加微弱。"我妻子说我是个浑蛋,但她仍然喜欢跟我上床。你必须接受这一点。如果这是你想要的,你也可以拥有。""我想要,迪克。"多蒂用柔弱但坚定的声音说。迪克耸了耸肩膀。"我不相信你,波士顿。不过我们可以试一试。"他的唇边显现出一丝若有所思的微笑。"我提出条件的时候,大多数女人都不把我的话当回事。然后她们会受伤。她们的脑子里都有个计划,想让我爱上她们。我不会爱上别人的。"多蒂温暖的眼神在逗弄他。"那贝蒂呢?"他对着那张照片歪过头去。"你觉得我爱她?"多蒂点点头。他看起来很严肃。"我可以这样告诉你,"他说,"我喜欢贝蒂胜过喜欢其他任何女人。她仍然让我情难自禁,如果你觉得那就是爱的话。"多蒂低垂着眼睛摇了摇头。"但我不会为她改变自己的人生,所以贝蒂离开了我。我不怪她,如果我是贝蒂,我也会那么做。贝蒂是个典型的女人。她喜欢金钱、变化、刺激、饰品、衣服、财产。"他用大拇指摩挲着自己硬朗的下颌线,仿佛在研究一个谜题。"我讨厌财产。有意思的是,你一定会觉得我讨厌财产是因为它代表着安稳,是不是?"多蒂点点头。"但是我喜欢安稳,这就是问题的关键!"他已经变得非常紧张而兴奋,讲话时双手紧张地弯曲。在多蒂看来,他突然显得很孩子气,就像安角那些坐着漂流船、闷闷不乐的年轻救生员一样,不时到小木屋里和母亲谈论他们的未来。不过当然,生长于马布尔黑德一群度夏的人中间,他命中注定是这样的人。他生得就像个游泳健将,而且她都能描绘出他的样子:他穿着那种红色的外套坐在救生艇上沉思着——母亲说,他和度夏的人在一起,但是又不属于他们,这种介于两者之间的经历往往会给这样的男孩留下终身的烙印。

"我喜欢男人的生活方式,"他说,"一间酒吧,户外运动,钓鱼打猎。我喜欢男人的聊天方式,就是永远不会聊出什么,只是车辕辘话来回说。这就是我喝酒的原因。巴黎适合我——有一群画家、记者和摄影师。我天生是个四海为家的人,要是身上有几美元或者几法郎,我就知足了。作为画家,我永远跨不过第三垒,但我能画出东西并且把活做得干净漂亮——老老实实地工作。但我讨厌改变,波士顿,我也不会改变自己,所以在女人的问题上我才会栽跟头。女人都希望一场韵事可以变得越来越好，如果没变好，她们就会觉得它变糟了。她们觉得要是我和她们上床的时间长了，就会更喜欢她们，如果我没有更喜欢她们，那我一定是厌倦了她们。但是对我来说，都是一样的。如果我第一次就觉得喜欢，我知道我还会继续喜欢的。昨天晚上我喜欢你，所以只要你还想来这儿，我就会继续喜欢你。但你不要产生我会更加喜欢你的想法。"说到最后一句话的时候，他的声音里已经带上了尖刻威胁的腔调。他站在那儿，用凌厉的眼神俯视着她，穿着拖鞋的双脚有点踉跄。多蒂的手指抚摸着他睡袍腰带上已经磨损的流苏。"好的，迪克。"她轻声说道。

"你安排好了之后，可以把你的东西拿过来，我帮你保管。看过医生后给我打个电话就行。"昨晚的一股酒气飘向她的脸，她后退一步，转过头去。她之前一直希望能够更好地了解迪克，但是现在，突然之间，他奇怪的人生哲学让她有了一种不祥的预感。比如，这个夏天她该如何迁就他呢？他似乎没有意识到她必须像往常一样到格洛斯特去过暑假。如果他们订了婚，他自然可以来看望她，但是他们当然没有，也永远不可能订婚。他就是这样告诉她的。让她恐惧的是，现在他已经说了他希望她按照他的条件来，多蒂发现自己有了另外的想法：如果她把贞操献给了一个让她害怕的男人，而且这个男人按照他自己的形容是个相当不道德的人，那该怎么办？一时间，多蒂觉得自己陷入了绝境，不过她受过的教育早已向她灌输了一个原则：认为自己可能看错了人是没教养的表现。"我不能带你出去，"他更加温柔地说，仿佛看透了她的心思，"我只能在你每次进城的时候让你到这里来。我会热烈欢迎你。我能给你的只有我的这张床。我不去剧院或者夜店，也很少去餐厅。"多蒂刚要开口，但迪克摇了摇头。"我不喜欢想要帮我付账单的女士。我画海报和做其他工作挣到的钱可以满足我简单的需求：我的车费、我的酒吧账单，以及一些简单的罐头食品。"多蒂握紧双手，做出了一个怜悯和后悔的手势。她一直忘了他是个穷人，当然，这也是他见她时表现得粗鲁无礼的原因——是他的自尊心让他以那样的方式说话的。"别担心，"他安慰她说，"我有个姑妈住在马布尔黑德，她时不时给我寄张支票过来。如果我活得够久，我会继承她的遗产。但我讨厌财产，波士顿——请原谅我对你们这类人的笼统看法。我讨厌渴望得到的感觉。我并不关心这个不断发展的社会。"多蒂觉得，是时候温柔地劝告他了。她认为迪克的姑妈不会完全赞同他的观点。"但是迪克，"她平静地说，"有虚假的财产，也有真实的财产。如果每个人都像你这样想，人类就不会有任何进步。我们仍然会生活在山洞里。天啊，轮子甚至不会被发明出来！人们需要一种激励，或许不是金钱的激励……"迪克大笑起来。"你应该是第五十个对我说这话的女人了。每当一个女孩遇到了迪克·布朗，她就会开始谈论轮子和杠杆，这是普及教育的功劳。甚至有个法国妓女跟我说起过支点。""再见，迪克，"多蒂快速说道，"我不妨碍你工作了。""你不记一下这里的电话号码吗？"他假意责备地摇着头问道。她把她的蓝色皮革面小地址簿递给他，他用沉重的绘图铅笔潇洒地写下了他的名字和房东太太的电话号码，他的字迹非常秀丽。"再见，波士顿。"他用拇指和食指捏住她修长的下颌，心不在焉地来回摇晃着。"记住：不要胡闹，不要爱上我。以名誉担保。"

尽管有这样的约定，三天后，跟凯·彼得森一起坐在妇科医生的办公室里的时候，多蒂还是在心里快乐地哼着歌。行胜于言，不管迪克怎么说，事实都是他让她到这里来，与妇科医生提供的避孕环或者子宫帽间接地"结婚"的。她的头发刚刚烫过，脸也因为做了美容而容光焕发，她的表情气定神闲，像一位心满意足的主妇，几乎和她的母亲以及她的朋友们一样。她刚学到的知识是她镇定自若的原因。凯几乎不敢相信，多蒂独自一人去了一家计划生育局，并得到了一位医生的联系方式和一大堆小册子，里面详细介绍了各种避孕方式，包括卫生棉、海绵、叉骨，还有蝶形子宫帽和各种避孕环，以及各自的优缺点。局里推荐给多蒂的新工具得到了整个美国医学界的支持。它是玛格丽特·桑格在荷兰发现的，现在首次被大批进口到美国，由此我们的制造商可以仿制。它在提供最大程度的保护的同时，也让不便程度减少到最小，任何普通及以上智力水平的女性在执业医师的指导下都可以使用。

该工具是一个安装在螺旋弹簧上的橡胶帽，有不同的尺寸，需要多蒂试戴，看看尺寸、舒适度等方面是否合适，就跟配眼镜一样。她离开办公室的时候，护士会给她一个牛皮纸信封，里面装有一管避孕胶冻和一个扁平的小盒子，盒子里就是为多蒂定制的子宫帽。护士会教给她子宫帽的保养方法：每次使用后要清洗，然后小心擦干，撒上滑石粉之后再放回盒子里。

凯和哈拉尔德听多蒂讲完她瞒着他们干出的这些事情之后，差点晕过去。多蒂到他们的公寓里来探望，带了一个乔治王时代风格的银质小奶壶——就是那种老姑母一定要塞给你的物件——作为结婚礼物，还有一束白牡丹。一想到可以用同样的钱从詹森的丹麦家具店里买到更加朴素而现代的东西，凯就越发感到失望。接着，当哈拉尔德到厨房去准备晚餐（面包片配上刚切碎装进罐里的海蛤肉）的时候，多蒂平静地告诉想知道她近况的凯，迪克·布朗已经成了她的情人。那个神圣的词语从多蒂嘴里说出来简直再完美不过了。凯立刻记了下来，准备告诉哈拉尔德。事情似乎就发生在前一天晚上，在迪克的公寓里，而今天多蒂已经急匆匆地跑到计划生育局拿到了所有的这些资料，装在她的包里。凯不知道该说什么，但她的脸上一定表现出了惊骇的神色。她觉得多蒂一定是疯了。在那副阳刚的"面具"——这是哈拉尔德的说法——之下，迪克·布朗有着非常乖戾的人格，他嗜酒如命，极度厌恶女性，而且他和他那位名媛太太之间发生的事情让他有一种可怕的自卑情结。他的动机非常明显。他在利用多蒂来报复社会对他的自尊心造成的伤害——凯迫不及待地想听到哈拉尔德对这件事情的分析，但那要等到两人独处的时候。不过，尽管很不耐烦，凯还是请多蒂留下来跟他们一起吃晚餐，这让端着一盘饮料进来的哈拉尔德大为意外：哈拉尔德到剧院去上班之后，多蒂肯定会说出更多事情。"我必须问她。"两人在厨房里快速地交流想法的时候，她向哈拉尔德道歉说。她的嘴唇贴在他耳边。"发生了一件非常糟糕的事情，我们有责任！迪克·布朗勾引了她。"

然而，每一次她望向坐在他们客厅里的多蒂，她都想象不出多蒂和一个男人在床上的样子。多蒂看起来是那么宁静而传统，她戴着珍珠项链，穿着有白色镶边和时尚海军蓝领口的定制套装，举着一只拉塞尔·赖特的酒杯，啜饮着里面的三叶草俱乐部鸡尾酒，并用鸡尾酒餐巾擦掉沾在她修长上唇上的一圈蛋清。后来，哈拉尔德说她看上去相当秀色可餐，好像一只花栗鼠，每当她看着他的时候，她友善的棕色眼睛就会一闪一闪的，带着恬静和快乐，睫毛也微微发颤。但他不懂的是，多蒂的穿着其实起到了很大的作用，因为，多亏有一位智慧的母亲，多蒂的衣品是完美无瑕的：瓦萨学院的波士顿老乡里，只有她知道不要穿粗花呢外套，不要戴格子围巾，那只会让可怜虫们看起来像是周末出门远足的憔悴的老家庭教师。不过，哈拉尔德说，她那件斜切式衬衫微露酥胸，让人觉得性感。或许那意味着什么吧,毕竟凯也无法否认,确实是迪克本人主动提出让她去戴子宫帽的!

"他说让你来问我?"哈拉尔德走后,两人在厨房洗碗的时候,凯又一次疑惑地问道,还有点受宠若惊。她一直觉得迪克不喜欢她。事实上,她虽然知道子宫帽,但她自己并没有用过。她和哈拉尔德一直都用避孕栓剂,现在她不得不向多蒂坦白这一点多少让她有些尴尬,因为多蒂似乎仅在一夜之间就出人意料地走在了她的前面……她羡慕多蒂去计划生育局的那份勇敢,她自己在结婚之前是没有这个胆量的。多蒂想知道,迪克跟她说这些,在凯看来算不算是个好兆头。凯不得不承认表面上看来确实是的。这只能表明迪克希望能跟她经常上床,如果你觉得这算好事的话。审视自身的情绪时,凯发现自己被激怒了。一想到多蒂在床上的表现可能比她更好,她就觉得恼火。不过,事实迫使她告诉多蒂,如果迪克对这段关系三心二意,那他用避孕套(哈拉尔德一开始的方法)或者体外排精就好了。"他一定是喜欢你的,伦弗鲁,"她抖着洗碗刷说道,"或者是足够喜欢你的。"

这也是哈拉尔德的判断。坐在往返于第五大道的公交车上层,前往医生办公室的途中,凯向多蒂复述了哈拉尔德所说的避孕规则。在他看来,这跟其他规则差不多,都是源于社会现实的礼仪规则。你必须从经济学的角度来看待这个问题。一个正人君子(在哈拉尔德眼里,迪克还算是)是不会让一个女孩支付医药费以及子宫帽、避孕胶冻和灌洗袋的钱的,除非他计划跟她长期保持床上关系,才能不白白为她浪费这笔钱。这一点,多蒂大可以放心。偶尔出去寻欢的男人会觉得买上几打避孕套更简单,即使那会降低他自身的快感,而且那样做他也不会跟女方有过多牵扯。比如说,下层阶级几乎从来不把避孕的责任转嫁给女性。这是中产阶级的一个发明。

工人要么对受孕的风险无动于衷，要么不信任女方，不愿让她处理这件事。

哈拉尔德还说，这种深藏在男人本性中的不信任感甚至也会让中产阶级和职业男性对让女方去戴子宫帽这件事持谨慎态度。有太多人奉子成婚是因为男方相信女方说的已经做好了避孕措施。然后，避孕用具也是个问题。和家人同住的未婚女性需要有一个安全的地方来存放她的子宫帽和灌洗袋，以免她的母亲在整理抽屉时发现这些东西。这就意味着男方，除非他已经结婚了，需要在他的抽屉或者洗手间里为她保管这些东西。这些物品的保管者（哈拉尔德轻言慢语、小心翼翼又干巴巴的口吻实在是很有趣）扮演的是神圣的受托人的角色。如果它们的守护者是一个体贴的男人，他是会谢绝其他女人到公寓里来的，以防她们打开抽屉或者在药柜里乱翻，甚至觉得自己有权使用那个仅供"她"使用的灌洗袋。

如果女方是有夫之妇，对这段婚外情又很认真的话，情况也是一样的：她会再买一个子宫帽和一个灌洗袋放在她情人的公寓里。如果他觉得自己要背叛她了，这些东西也会起到约束的作用。哈拉尔德说，一个男人受托保管这样重要的东西从某种程度上来说就等于有了责任，像银行职员一样。如果他确实要出轨别的女人，很有可能去女方的住处或者在酒店房间里，甚至在出租车上——一些不会被那些神圣的物品笼罩的地方。同样，有夫之妇把第二个子宫帽交给情人保管，就是在宣告她的忠诚。只有极为粗俗的已婚女人才会与丈夫和情人共用一个子宫帽。只要情人还保管着子宫帽，就像中世纪的骑士保管着打开妻子贞操带的钥匙，他就能知道她对他的忠诚，但他的感觉或许是错误的。哈拉尔德描述过一位很有冒险精神的妻子，据说她在整个城里都有子宫帽，像是在每个港口都有老婆的水手，而她的丈夫，一位忙碌的舞台剧导演，每天都会检查她药柜里的那个小盒子，看到他们夫妻之间使用的子宫帽静静地躺在滑石粉里，他便相信自己的妻子很守妇道。

"哈拉尔德对此颇有研究啊，是不是？"多蒂羞涩地眨眨眼说道。"是我转述得不好，"凯认真地回答，"听哈拉尔德说的话，你可以从财产价值的角度明白整件事。他对财产有种盲目的崇拜。我告诉他，他应该写出来发表在《时尚先生》杂志上，这一杂志出版过一些很不错的内容。你不觉得他应该试试吗？"多蒂不知道该怎么回答。哈拉尔德的态度让她觉得有些"不快"，虽然他或许知道自己在谈论什么，但太过冷酷和理智。当然，这一角度跟你从避孕小册子上看到的是不同的。

此外，凯还转述说，两个人关系破裂的时候，子宫帽和灌洗袋的处理就成了问题。男方或者女方厌倦了之后，要怎么处理这些"卫生遗物"呢？一方面，你不能把它们像情书或者订婚戒指一样邮寄退回，尽管哈拉尔德说他知道有一些很粗鲁的家伙确实这样做过。另一方面，你也不能把这些东西丢进垃圾筐里被清洁工或者房东太太看到，扔进壁炉里烧掉又会散发出难闻的气味。至于留给另一个女人使用，以我们中产阶级的偏见来看，更是无法想象的。你可以把它们放进一个纸袋，趁着深夜拿出去丢进城市里的垃圾桶里或者扔进河里，但是哈拉尔德的朋友中有人这么干过，结果被警察拦住了。或许是因为他们的行为太鬼鬼祟祟了。企图处理掉一个女人的子宫帽和自流注射器——这些风流韵事的"证据"，实际上，按照哈拉尔德的说法，就像企图丢弃尸体一样。"我说，你可以像侦探小说里的谋杀犯那样，把它们存进中央车站的行李寄存处，然后扔掉收据。"凯爆发出一阵欢快的大笑，但是多蒂却打了个寒战。她知道，如果这个问题出现在她和迪克之间，那可就一点都不好笑了。每次她一想到未来，想到这场隐秘关系会带给她的可怕后果，她都几乎想要放弃，想要回家。而凯跟她说的一切，虽然毫无疑问是出于好意，但看起来却像是在用随性的大胆和玩世不恭给她添堵。

所以结论就是，凯继续说道，一个头脑正常的单身男人，如果对一个姑娘没到很认真的程度，是不会让她去找医生避孕的。当然，只有那些体面的有夫之妇和跟父母或其他女孩住在一起的正派女孩才会遇到这样的问题。也有一些比较随便的女人，那些住在自己公寓里的离婚女性或者单身秘书以及办公室文员，她们会独自准备好这些东西，灌洗袋就挂在卫生间门后，来家里参加鸡尾酒会时溜达着进来撒尿的人都能看到。哈拉尔德的朋友，一位资深的舞台监督，在采取任何行动之前，总会专门去看一下女孩的卫生间。如果门上挂着袋子，那他十有八九一次就能把她搞定。

她们在第五大道的南部下了车。多蒂的脸上出现了像是荨麻疹或者带状疱疹一样的斑点——这是她紧张时的明显迹象。凯很同情她。这是多蒂迈出的一大步。她一直想让多蒂知道这一步有多大，它比失去童贞重要得多。当然，这对已婚女性来说就不一样了。哈拉尔德立刻同意让她也跟医生约好时间，和多蒂一起去试戴。她和哈拉尔德都讨厌小孩，也不打算生小孩。凯在自己家里就见过子女是如何让婚姻的乐趣消失殆尽的。为了养活她的一帮兄弟姐妹，她爸爸一直在埋头工作。如果他没生这么多孩子，他或许能成为一位著名的专科医生，而不是一个勤勤恳恳的全科医生，在医院里只有一个侧厅来纪念他在矫形外科和脑膜炎血清研究方面的贡献。可怜的老爸很开心能送她到东部的瓦萨学院上学。她是他最年长的孩子，也是最聪明的一个，她能感觉到，他希望她能在外面的世界过上他本该拥有的生活，得到他本该得到的尊敬。他仍然会收到邀请函，请他到东部的大型实验室里去做研究，但他说自己年纪太大了，学不了东西。脑动脉已经开始硬化了。他刚刚爽快地寄来一张支票，上面的金额让她和哈拉尔德几乎感动到落泪——远比他和妈妈亲自来参加婚礼要花费的火车票钱和住宿费多得多。哈拉尔德说，这表明了一种信任。而当哈拉尔德想在戏剧界成名时，她和他并不打算用生儿育女来背叛这一信任。戏剧——多么奇怪的巧合！——正是爸爸最大的爱好之一。他和妈妈去观看了所有到盐湖城巡演的剧目，他们到纽约出席医学会议时，几乎每天晚上都要买票去看剧。但他不看大腿舞。爸爸最喜欢的剧作家是莎士比亚，其次是萧伯纳。哈拉尔德想到了一个不错的主意，他建议凯把他俩看过的那些有价值的好戏的节目册收集起来寄给她爸爸，那样他会感觉自己与戏剧存在联系。

　　爸爸和所有的现代医生一样，赞成节育，并且支持让罪犯或者不适合生育的人绝育。他肯定会赞同凯的做法。他会怎么看多蒂就另当别论了。还有一件事让凯吓得不轻，她听说多蒂预约就诊时用了她的本名"多萝西·伦弗鲁"，都没加上个"太太"。好像她是住在俄国和瑞典，而不是美国。很多人并不会因为她和迪克上了床而感到惊愕（这种事谁都有可能发生），但如果他们知道她此刻的行为，一定会纷纷侧目。你私下做什么是你自己的事情，但这里可是大庭广众之下！凯忐忑不安地来回扫视着第五大道，你永远想不到谁会从一辆路过的公交车或者出租车上看到她们。她自己也开始紧张起来，一方面是替多蒂担心，另一方面也越发对迪克感到不满。哈拉尔德绝对不会让她遭受这样的磨难。他们有了几次欢爱后，哈拉尔德会亲自跑去药店为她买来避孕栓剂、球形灌洗器和身体清洁剂，这样她就不必自己去面对药剂师。绿灯亮起，她们穿过马路的时候，凯抓住多蒂的胳膊，让她稳住脚步。她很后悔，自己明明知道迪克是什么样的人，那天却邀请他来参加她的婚礼。天啊，医生的诊所或许会被搜查，就诊记录会被扣押然后登报，那样的话多蒂一家就全完了，他们很可能会回过头来责怪凯，因为在这方面她是她们的领头羊。她觉得自己今天和多蒂一起来，给她精神上的支持，是做出了很大的牺牲的，尽管多蒂坚持说，避孕完全合法且光明正大。这要归功于法庭的一次判决，它允许医生以预防或治疗为目的开具避孕药处方。她们按下诊所的门铃时，凯看到多蒂的表情后突然忍不住笑了起来：你几乎能从她坚定的眼神里看到潘克赫斯特太太[1]的影子。

而且，多蒂的狂热竟然和妇科医生办公室里的陈设相得益彰，这里十分朴素，像是某个传教士教派的总部。室内有一张装了软垫的沙发，上面套着两个沙发套，棕褐色的墙边有一排直椅。杂志架上摆放着《健康》《父母》《消费者研究报告》，还有当期的《国家民族政坛》杂志和一本《哈泼斯》杂志的旧刊。墙上挂着一些蚀刻版画，画上是一群虚弱的孩子挤在贫民窟里。还有一幅早期医院病房的平版印刷画，画上那些身边躺着小婴儿的年轻妇女无人照料，濒临死亡——是产褥热，多蒂轻声说。空气中弥漫着一种虔诚的寂静，这里没有任何供人吸烟的地方，只有一台风扇在庄严地呼呼作响，让这种气氛变得更为浓厚。凯和多蒂已经很自然地从烟盒里掏出了烟，但是仔细打量过这个房间后，她们又把烟放了回去。屋里还有两名候诊的患者，正在阅读着《健康》和《消费者研究报告》。其中一位面色蜡黄、瘦骨嶙峋，大约三十岁，膝盖上放着一双棉手套，没戴婚戒——多蒂悄悄地指给凯看。另一位戴着无框眼镜，穿着破旧的牛津鞋，已近中年。这两个明显不太富裕的女人和墙上的那些画让两个女孩清醒了很多。凯不由得想起了盐湖城的那些精英经常评价她父亲的一句话："医生积了多少大德啊。"她为自己在公

---

1. 埃米琳·潘克赫斯特（1858—1928），英国女权运动家和政治家，妇女选举权的积极倡导者。

交车上说起避孕时那种尖刻而自作聪明的口气感到羞愧,哪怕她只是在转述哈拉尔德的话。"要去更深入地了解这个世界啊,姑娘们。"这是她最尊敬的那位老师最喜爱的一句箴言。凯想起父亲无偿诊治的那些病人,觉得有些狼狈,明白过来她和多蒂只是无关紧要的病人而已。

哈拉尔德一直在向她灌输,但她总会忘记的一点是,她和她的那些朋友除了作为个体的价值,在美国社会的广阔图景中已经不重要了,诊所里的那两个女人就是最好的例证。昨天晚上,看完戏之后,他们三个人到一个地下酒吧喝啤酒的时候,哈拉尔德一直在跟多蒂解释这个问题。他指出,财政权力从针线街[1]到华尔街的转移在世界历史上是一个大事件,可以与当年西班牙无敌舰队的失败相匹敌,后者开创了资本主义的时代。罗斯福刚刚宣布放弃金本位,这是一份脱离欧洲的独立宣言,预示着一个更加灵活的新时期。美国国家复兴管理局的成立和蓝鹰运动的发起是新阶层掌权的象征。哈拉尔德告诉两个女孩,她们所属的上层中产阶级在政治上和经济上都已式微。其中坚力量将融入正在崛起的工人、农民和技术人员阶级,而他作为一个舞台技术人员,正是其中之一。以剧院为例,在贝拉斯科的时代,导演就是国王。如今,导演也要依靠别人才能成事,首先是他的赞助人,可能是个联合集团;其次,也是更重要的,是他的灯光组组长,组长处理灯光的方式可以决定一场戏的成败——在每一位知名导演,比如杰德·哈里斯的背后,都有一位天才级的灯光组组长,就像每一位知名电影导演背后都有一位天才级的摄影师一样。广播行业也是一样。真正关键的是工程师,控制室里的那些人。如今医生也要依靠他的技师,依靠实验室和X光室里

---

[1] 伦敦金融机构集中地。

的人。"能不能诊断出来全看他们。"

　　昨天晚上，当凯想象他所预言的机械化大生产的未来时，她感到兴奋不已。她很喜欢看到多蒂对他赞赏有加的样子，多蒂根本不会想到他是这样一位社会思想家，因为他在信里并没有表现出这一面。"作为个体，"他说，"你们这些女孩还是有一些有价值的东西可以传递给新兴阶级的个体的，就像古老的欧洲仍然有一些有价值的东西可以传递给美国。"当时他的手臂正揽住她的腰身，而多蒂在一边睁大了眼睛看着他。听到他这样说，凯感到欣慰，因为她不想被历史抛弃，但同时她也并不十分认同平等的观念。她不得不承认，她喜欢拥有优越感。哈拉尔德心情好的时候——比如昨晚——会认为在新时代，虽然会有些不同，但她的愿望仍然有可能实现。

　　昨天晚上，他还向多蒂解释了技术统治论，并且告诉她，如果这个世界使用科学知识来管理，未来就没有什么可怕的。在通过机器生产而实现的富足闲适的经济体中，每个人每天只需要工作几小时。他所在的阶级，也就是艺术家和技术人员阶级，在这样的经济体中也会自然地走向顶峰。人们今天对财富的崇拜，未来会变成对工程师和休闲活动发明者的崇拜。更多的闲暇意味着人们有更多的时间去欣赏艺术和文化。多蒂想知道资本家们会怎样（她父亲是做进口贸易的），凯把探询的目光投向哈拉尔德。"经过短暂的挣扎之后，"哈拉尔德说，"资本会融入政府。这是我们当下正在目睹的情况。管理者中会有很多技术人员，他们会取代工业中的大资本家。个人所有制正在变得不合时宜，管理者正在掌控全局。""比如罗伯特·摩西，"凯插话道，"他正在用漂亮的公园大道和操场改变纽约的整体面貌。"她还劝多蒂去琼斯海滩看看，在建设大规模休闲场所方面，她本人真心觉得那里是个令人激动的典范。"牡蛎湾的人现在都开车到那边去游泳，"她接着说，"相比在俱乐部里游泳，当然是去那儿更好了。"哈拉尔德认为,私营企业如果有足够广阔的视野的话,仍然可以发挥一定的作用。比如他曾经以舞台监督助理的身份待过一阵的无线电城就是开明的资本家洛克菲勒家族发起的城市规划的一个示例。凯还提到,现代艺术博物馆也有洛克菲勒的支持。她真诚地认为,纽约正在经历一场新的文艺复兴,新的美第奇家族正在与公有制竞争,以创造一个新的佛罗伦萨。哈拉尔德同意她的观点,认为人们甚至可以在梅西百货看到这样的变化,开明的犹太商人斯特劳斯家族正在那儿培训一批像凯这样的上层中产阶级技术人员,让商场的功能不仅限于商业活动,还要更接近于市民中心或者永久性游乐场,就像昔日的水晶宫。然后凯又说到了在东河沿岸五十街和八十街上那些新装修的时尚出租公寓,黑色楼体、白色镶边,还有白色的百叶窗帘。它们也是资本主导的智能规划的例子!是文森特·阿斯特的杰作。当然,房租相当高,但是看看你能得到什么:不输从萨顿酒店看到的河景,可能还会有花园,经过现代化改造的老式百叶窗,还有完全新式的厨房。正当你觉得那些楼房除了碍眼一无是处,里面可能爬满了害虫,走廊上的厕所也很不卫生的时候,阿斯特家族就出资把它们整修一新了!随后其他业主也开始效仿他们的做法,把老街区那些简陋的出租房改造成四五层高的紧凑型住宅楼,在中央庭院种上青草和灌木,为年轻人提供两室或者三室的公寓,其中一些还有壁炉和嵌入式书柜,配备的管道系统、炉灶和冰箱都是全新的。在这些建筑里,大量被浪费的空间都不见了,比如已经过时的门厅或餐厅。凯解释说,哈拉尔德无法容忍对空间的丝毫浪费。他认为一座房子应该是居住的机器。等找到了适合长居的公寓后,他们打算把所有家具都做成内置式的:书架、写字台、衣柜。床只需要一块弹簧垫,用四个低矮的桩子支撑起来就可以了。而且他们还在考虑弄一张可以折起来嵌入墙里的餐桌,就像墨菲床一样——用一片形状像熨衣板但是宽一些的木料就可以做成。

凯向多蒂描述这些宏伟的计划时，鲜有地兴高采烈，而哈拉尔德则饶有兴味地挑起眉毛听着，她一说错就予以纠正。有点扫兴的是多蒂，她用温柔低沉的声音问道，之前住在那些出租公寓里的穷人怎么样了？他们去了哪里？这个问题凯从来没有想过，哈拉尔德也不知道答案，心情也因此变得更加阴郁。"谁会从中获益？"他说，"'谁能得到好处？'嗯？"然后他招呼侍者再拿一些啤酒。凯警觉起来，她知道他第二天早上十点钟要作为替补演员进行排练。"你的问题简单又深刻，"他继续对多蒂说，"穷人怎么样了？"他忧郁地凝视着前方，仿佛进入了虚空。"凯觉得摩西先生建造的那一大片干净整洁的白沙滩既鼓舞人心又'功德无量'，但是穷人会到那儿去吗？不会。他们不会去，我的姑娘们。他们没有钱买门票，也没有小轿车可以开过去。相反，那里成了牡蛎湾那群人的特权——那些可恶的投机分子和剥削者，伸出打着粉底的漂亮鼻子，在公共食槽里拱来拱去。"凯看到他正陷入"绝望的泥沼"（他们俩给他这种突如其来的斯堪的纳维亚式的苦闷情绪起了这么个名字），但她想办法让他跟多蒂谈起了他最爱的话题之一——菜谱和烹饪，从而把聊天内容引上了安全轨道，这样他们就能在下午一点半之前回家睡觉。哈拉尔德这个人很矛盾，他会绕来绕去，攻击他深信不疑的东西。凯坐在诊所的候诊室里悄悄观察其他两位患者的时候，很容易就能想象出他会说她和多蒂是去"占便宜"的，因为这场节育运动的真正目的是限制贫困家庭的生育。她开始在脑子里为自己辩护。她认为，节育是为那些知道如何运用并且重视它的人准备的，比如受过教育的阶层。就像那些翻新过的出租公寓，如果穷人可以搬进去住，他们会因为缺乏教育而立即把那里毁掉。

多蒂的思绪也飘向了前一天晚上。凯和哈拉尔德规划生活的方式深深吸引了她。九月份，凯开始在梅西百货上班之后，哈拉尔德会准备每天的早餐，打扫卫生，出去采买，这样凯下班回家做晚餐的时候，准备工作就都完成了。到了周末，他们会提前计划出一周的菜谱。这段时间，哈拉尔德正在教她做饭。他最擅长的就是任何新手都能学会的意大利面，还有那天晚上他们吃过的美味无比的蛤蜊碎肉，以及盐水煮肉丸（无油），他母亲还教了他一种简便的肉卷：一份牛肉馅、一份猪肉馅、一份小牛排馅，再加入切碎的洋葱，倒入一罐金宝番茄汤，放入烤箱烘烤即可。还有他拿手的辣肉酱——番茄汤中加入芸豆罐头、洋葱，再加半磅[1]汉堡肉馅即可，可以拿来配米饭吃，一份足够六个人享用。这也是他母亲的菜谱。凯大笑着说，她也不甘示弱地给她的母亲写信要来了家传的菜谱，其中比较实惠的有：雪莉酒和蘑菇煮小牛腰子，还有一种很好吃的胶冻沙拉，名叫"绿色女神"，是用黄绿色的明胶、虾、蛋黄酱和鳄梨混合而成的，前一天晚上用小模子固定成型后，第二天放在生菜碗里上桌。凯还找到了一本新的烹饪书，里面有一章全是各种砂锅菜的做法，还有一章是外国菜谱——比范妮·法默和波士顿烹饪学校的那些老菜谱大胆得多。到了周日，他们计划吃一顿牛肉薄片或者咸牛肉马铃薯泥的早午餐，或者砂锅菜的晚餐。哈拉尔德说，美式烹饪最大的问题在于缺乏想象力，以及对于内脏和大蒜的极度恐惧。他每道菜里都放大蒜，并且被认为是个相当不错的厨师。凯说，一道菜的关键在于调味。"你听听哈拉尔德做牛肉薄片的方法。他会放芥末、辣酱油和磨碎的奶酪——我说的对吧？——还有青椒和鸡蛋，你绝对不会想到它跟我们在大学里吃过的那种乳白色的牛肉薄

---

[1] 1磅约合0.45公斤。

片有任何关系。"她欢快的笑声在地下酒吧里回荡。如果多蒂想学烹饪,她应该研究《论坛报》上的菜谱。"我爱《论坛报》,"凯说,"哈拉尔德改变了我这个《时报》读者。""《论坛报》的版式设计也比《时报》好多了。"哈拉尔德评价道。

"你真幸运啊,凯,"多蒂亲切地说道,"找到了一位喜欢烹饪,而且不怕尝试的丈夫。你知道,大多数男人的口味总是一成不变。比如我爸爸,除了每周六必吃的烤豆子,他根本不知道'做菜'是怎么回事。"她的双眼闪着光,但她真心觉得凯太幸运了。凯俯身凑近她。"你应该让家里的厨师试试豆子罐头的新做法。只需要加入番茄酱、芥末和辣酱油,上面再撒上大量红糖,盖上培根,装在耐热玻璃盘里放进烤箱就行。""听起来就特别好吃,"多蒂说,"但我爸肯定死都不会同意。"哈拉尔德点了点头。他开始深入地谈起保守派对于罐头食品的偏见。他说,这要追溯到过去,当时人们家里的罐装食品经常变质,所以他们非常害怕中毒。当然,现代化机械和生产流程早就消除了细菌可能导致的危险,但是偏见仍然存在,这很令人遗憾,因为很多罐头食品——比如在最佳成熟期采摘的蔬菜以及一些金宝汤罐头——的味道都比家里的厨师能做出的更好。"你尝过新出的奶油玉米粒罐头吗?"凯问道。多蒂摇了摇头。"你应该把这个告诉你妈妈。整粒的玉米,非常好吃,几乎和玉米棒上的一样新鲜。是哈拉尔德发现的。"她又想了想,"你妈妈知道卷心莴苣吗?也是新品种,很脆,而且保鲜期很长。你吃过一次之后,就再也不想看到以前的那种波士顿生菜了。他们管它叫辛普森生菜。"多蒂叹了口气。她不知道凯是否意识到,她刚刚因为波士顿生菜、波士顿烤豆和波士顿烹饪学校的菜谱而被宣判了死刑?

尽管如此,多蒂确实打算在回到家里的度假小屋时,把凯的一些建议告诉母亲。那个要命的早晨(仅仅是两天前吗?),当她回到瓦萨学院的宿舍，得知有人昨天晚上以及今天早上九点钟两次从格洛斯特打电话找她的时候，她对母亲感到十分愧疚。她向妈妈撒了人生中第一个真正的谎——说她昨晚和波莉一起住在波莉姑妈家的公寓里，这是她做过的最艰难的事情之一。一想到不能把去过计划生育局，而且她现在就在诊所的事告诉她，她就心如刀割，因为妈妈作为一个曾与露西·斯通[1]式的很多女权斗士同班的瓦萨学生，一定会很感兴趣。有所隐瞒的残酷感让多蒂比平时更加注意一些妈妈会感兴趣的小事，这样她回格洛斯特时可以分享给她作为补偿——比如凯和哈拉尔德的菜谱以及家务安排，妈妈听了会非常开心。也许她还能告诉妈妈凯去过计划生育总部，并且按照指引来到这里尝试新的避孕措施？

"伦弗鲁小姐。"护士轻声叫道。多蒂一怔，站了起来。她和凯对视了一眼，眼神中充满绝望，好像寄宿学校里一个被叫进校长室的女生。她慢慢地走进医生的诊室，双膝颤抖着，几乎支撑不住她的身体。桌边坐着一个橄榄色皮肤的女人，身穿白大褂，一头黑发在脑后梳成发髻。医生长得很漂亮，大约四十岁。她那双乌黑明亮的大眼睛像是电子光束一样短暂地停留在多蒂身上，同时她伸出一只掌心宽大但指尖纤细的手示意多蒂坐在椅子上，并开始询问她的过往病史，仿佛这只是一次普通的门诊。她用铅笔如实记下了多蒂对于麻疹、百日咳、湿疹和哮喘病史的回答。多蒂意识到医生身上散发出了一种迷人而温暖的魅力，似乎在告诉她不需要害怕。多蒂在惊讶中突然想起来，她们都是女人啊。医生的女性气质就像她的那件白大褂一样，是她在职业中让人放心的部分。她手上戴了一枚闪闪发光的宽边金质婚戒，在多蒂看来宁静而镇定，如同医生本人。

---

[1] 女权运动倡导者，她主张已婚女性可以在婚后使用自己的原姓。

"你有过性行为吗,多萝西?"这个问题极其自然地出现在有关之前做过的手术和既往病史方面的问题之后,让多蒂没时间犹豫就给出了答案。"很好!"医生大声说道。多蒂疑惑地抬头瞟了她一眼,医生露出令人鼓舞的微笑。"这样我们给你试戴就会容易一些。"她赞许地说,好像多蒂是个表现不错的小孩。她的技巧让安静地坐着、眼里充满好奇的多蒂感到惊讶万分,她已经被医生的人格魅力"麻醉"了,医生提出的一连串问题仿佛一把精巧的镊子,把那些本来会令人疼痛的信息提取出来。这个无痛的询问过程并不关心多蒂失去贞操的原因和对象,仿佛迪克只是个外科手术器械:多蒂的处女膜是不是被完全穿透了,出血量大不大,有没有很疼?采取了什么避孕措施,之后有没有重复行为?"抽出。"医生喃喃道,在另外一个本子上记录下来。"我们希望知道,"她很快露出亲切的微笑,解释道,"我们的病人在来就诊之前,都采取过什么措施。这次性交是什么时候发生的?""三天之前。"多蒂脸色一变,心想,终于,要开始问起来龙去脉了。"你最近一次来月经是什么时候?"多蒂回答之后,医生看了一眼桌上的日历。"很好,"她说,"请你去洗手间排空膀胱,把你的束腰和内裤脱掉。衬裙可以穿着,不过内衣要解开。"

骨盆检查和试戴过程在多蒂看来没什么。轮到她学习自己放入子宫帽时,糟糕的时刻终于到来了。尽管她的双手一直很灵巧,协调性也不错,但是医生和护士看着她的目光冷淡而审慎,像是医生的橡胶手套,她突然感到非常紧张。似乎是为了分散注意力,医生继续说起了子宫帽的历史,同时用眼角的余光看着多蒂费劲地尝试:古代希腊人、犹太人和埃及人是如何知道避孕药栓的,玛格丽特·桑格是怎样在荷兰发明现在这款子宫帽的,法庭对此展开的长期争议是怎么回事……这些多蒂已经读过了,但她不想告诉面前这位有着深色皮肤、神情庄严的女人,对方正在各种器械间走来走去,像个神庙里的女祭司。大家早就从报纸上知道了,几年前,这位医生在一次突击检查节育诊所的行动中被逮捕过,然后又被法庭释放了。听她讲述她毕生的使命是一种荣幸,仿佛是在触摸先知的衣钵,让多蒂心生敬畏。

"开私人诊所一定很让人失望吧。"多蒂同情地说。对医生这样一个精力充沛的人来说,给她这样的姑娘试戴子宫帽肯定不是什么具有挑战性的工作。"还有很多工作需要完成。"医生叹了口气,取出子宫帽,点了个头表示合格。她示意多蒂从手术床上下来。"我们诊所里有太多患者在我们为她们完成试戴之后就再也不用它了,要不然就是不经常使用,"戴着白色方巾帽的护士摇了摇头,发出一声轻笑,"而那些人恰恰才是最需要控制家庭人口数量的,是不是,医生?对于伦弗鲁小姐这样请私人医生看病的患者就让人放心多了,她们会遵医嘱的。"她露出一抹得意的微笑。"我这里现在不需要你了,布里默小姐。"医生在水池边洗手时说道。护士出去了,多蒂也开始跟着她往外走,觉得自己的样子相当愚蠢,丝袜被卷在脚踝处,胸罩还没被扣上。"等一下,多萝西。"医生转过身来,明亮的眼睛注视着她。"还有什么问题吗?"多蒂犹豫着,既然已经开始说话了,她现在特别想告诉医生关于迪克的事情。但是她十分体贴,注意到医生那张略长皱纹的脸看起来很疲惫。而且,她还有其他病人。凯还在门外等着。何况,如果医生听了她的故事之后,让她回瓦萨俱乐部打包行李,搭晚上六点的火车回家,从此永远别再跟迪克见面怎么办?那样的话,子宫帽就浪费了,一切都白费了。

"医学指导通常可以帮助患者充分享受性愉悦。"医生若有所思地看了多蒂一眼,亲切地说道,"多萝西,到我这里来的年轻女性有权从性行为中获得最大的满足感。"多蒂挠了挠下巴,她前胸的皮肤上泛起一片斑驳的疹子。她最想问的或许医生知道,尤其是已婚的医生。她当然没有把那件一直困扰着她的事情告诉凯：如果一个男人和你做了爱，却一次都没有吻过你，甚至在最激动的时刻也没有，那这意味着什么呢？据多蒂所知，这是有关性的书籍中没有提到过的，或许因为这种现象太普遍，所以科学家们无法将其收录，又或许是出于某种自然的原因，比如口气或者口臭什么的。也许他发过什么誓吧，就像有的人发誓在某个愿望实现之前不刮胡子或者不洗脸。反正她永远都没办法忘记这件事，而且每次无意中想到时都会浑身发烫，就像现在这样。她内心深处非常害怕迪克可能就是爸爸说的那种"不道德"的人。她现在有机会找出答案。但是，在这个到处闪着金属光泽的外科诊所里，她找不到合适的措辞来提问。用术语该怎么说呢？"如果男方不接吻怎么办？"她的酒窝凄然闪现，连凯也说不出这样的话吧。"我不知道这样算不算不正常……"她终于开口，然后又无助地看着眼前这个不为所动的高个女人，"如果在性行为发生之前……""怎么？"医生鼓励道。多蒂嗓子发紧，轻声清了下喉咙。"其实特别简单，"她带着歉意，"但我好像就是说不出口。"医生等待着。"或许我可以帮助你，多萝西。"她的话让人难忘，多蒂身上起了鸡皮疙瘩。她很清楚医生的意思，不禁惊恐地猜想着，医生作为一个已婚女性，是否也会实践她所说的道理。她畏缩了。"谢谢你，医生。"她平静地说道，打断了这个话题。

　　她穿好衣服，补好粉底之后，用戴着手套的手从前台护士手里接过一个牛皮纸信封，并从钱包里掏出几张崭新的钞票付了账。她没有等凯。马路对面就是一家药店，橱窗里摆着热水袋。她走进去，选定了一款自流注射器。然后，她在公共电话前坐好，拨通了迪克的电话。过了很久，有人接起电话。迪克出去了。她从没想过这种可能性。她理所当然地认为，她在执行自己的任务时，他肯定会在那里等着她。"给我打个电话就行。"现在，她慢慢地走过第八街，走进华盛顿广场，在公园的长椅上坐下，身边放着两个袋子。她在那里坐了将近一小时，看着孩子们玩耍，听着一群犹太小伙子吵架，然后她又回到那家药店，再次拨通了迪克的号码。他还是不在。她回到公园的长椅，但是位子被人占了。她又走了一会儿，找到另一个座位。这次，因为长椅上的空地不够，她把购物袋放在了膝盖上。装在盒子里的注射器很大、很碍事，每次她移动身体或者跷起二郎腿，袋子就会从她膝盖上滑落，她就得弯下腰把它捡起来。刚才医生用了润滑剂，把她的内裤弄得黏糊糊的，这种肮脏恶心的感觉让她担心自己遭到了报应。不久后，孩子们开始离开公园。她听到教堂响起了晚祷的钟声。她很想进去祈祷，到了薄暮时分她经常会这样做（顺便还可以趁没人注意的时候偷偷看一眼裙子的后摆），但是她不能，因为拎着那两个袋子进教堂是很不成体统的。她也没脸带着这些东西回到瓦萨俱乐部。她和海伦娜·戴维森住一间房，后者可能会问她买了什么。天已经晚了，但公园里还是亮的，她觉得现在所有人都已经注意到她了。她去布雷武特酒店借用洗手间之后，又在大堂给迪克打了个电话。她留了个口信给他："伦弗鲁小姐在华盛顿广场的长椅上等你。"她不敢在酒店大堂里等，怕遇到认识她的人。回到广场之后，她后悔自己留了口信，因为之后她就不敢再打电话过去打扰房东太太了。现在她才开始觉得奇怪，她和迪克分别后的这两天半的时间里，他并没有往瓦萨俱乐部打电话找她，连一句问候都没有。她想给宿舍打电话问问有没有人给她留了口信，但又怕是海伦娜来接电话。而且无论如何她都不能离开广场，万一迪克来了呢。公园渐渐暗了下来，长椅上坐满了一对对情侣。晚上九点过后，她决定离开，因为开始有男人来跟她搭讪了，还有一位警官好奇地盯着她看。她想起了凯在公交车上关于风流韵事的"证据"的说法。太对了啊！

迪克不在家并不能证明什么，她告诉自己。可能有上千种原因，或许他被人叫到外地去了。但同时，这也确实证明了什么，她心里很清楚。这是一种迹象。在黑暗中，她默默地哭了起来，并且决定数到一百就走。第五次数到一百的时候，她意识到这样是没用的；即使他收到了她的口信，他今晚也不会来。似乎只剩下一件事情要做了。她把避孕用具偷偷地塞到自己坐的长椅下面，希望没有人注意到她，然后趁没人注意，尽可能快地往第五大道的方向走去。一辆正在扫活的出租车在街角接上了她，把她送回了瓦萨俱乐部。第二天清晨，在城市苏醒之前，她坐上了前往波士顿的火车。

第四章

九月的一个下午,哈拉尔德失去了新工作。当他柔声地告诉导演哪里该停的时候,那个娘娘腔的男人把他解雇了。凯心想,如果自己会写文章该有多好,那她就可以把这个故事卖给《纽约客》了。那天她刚刚下班回家系上围裙,就听到楼梯上传来他的脚步声,她感到奇怪——他们通常要到六点半或者七点才是晚餐时间。他手里握着一品脱[1]从甜酒店买来的杜松子酒,空洞、阴郁的眼睛里闪着光。她一看见他,就猜到发生了什么。"我知道这是个莫大的讽刺,"他生硬地对她说,"你似乎嫁给了一个废物。""你为什么要这样说呢?"凯抗议道。她哭了起来,因为她根本没有那样的想法。

然而你又不得不承认,这确实很讽刺。他们的暑假转租公寓到十月一日就到期了,他们计划好那之后搬进属于自己的公寓,在一座由老住宅楼改建成的崭新又时尚的大厦里,那里有景观庭院,还有一个坐在小岗亭里的门卫,像酒店的门房一样。他们已经签好了租约,并支付了第一个月的租金——一百零二美元五十美分,其中

---

1. 1品脱约合568毫升。

包含煤气费和电费。哈拉尔德做梦也没有想过要付这么多钱，但是凯争辩道，经济学家说过，你应该拿出收入的四分之一用来付房租。她在梅西百货每周挣二十五美元，他所在的剧团开始演出后，他每周能挣七十五美元。这样他们就有能力支付一百美元（至少到这个下午之前是这样），而且如果你把水电燃气等费用减去，实际支付的房租更少。哈拉尔德曾经自信地指出，你不必拿出收入的四分之一用来付房租——当凯想要把他这句话分享给朋友们，好显示他的睿智时，他却坚持说，这纯粹是基于事实的观察。她热爱哈拉尔德那种被海伦娜·戴维森的母亲称为"痉笑"的表情。

可是现在，说来奇怪，她跟着他走进客厅，看着他脸上带着惯有的谜一般的浅笑，淡定地把一根香烟插进烟嘴里的时候，她觉得自己的怒火在上升。一看他那副样子，她就知道他肯定想以丢了工作为理由毁约，而且她脑中还有一个更邪恶的想法一闪而过，他就是为了给不搬进那套公寓找借口才丢了工作的。"慢一点，坚强些！"她警告自己（结婚三个月了，她仍然不习惯"彼得森"这个称呼）。"刹住车。"唯独在这个夜晚，哈拉尔德需要她的同情，虽然他的自尊心不允许他表现出来。

可怜的哈拉尔德，他整个夏天几乎都处于失业状态。天刚开始热起来的时候，他参与的那出戏就停演了，就在他们结婚后的那个周六，关闭通知发布了。那个时候想要在夏季演出的剧团中找到任何工作都为时已晚，不过凯觉得，如果她在他的处境下，可能会去试试看。哈拉尔德不像她那么有毅力，这是她对他的一个发现。她有时候担心，结婚非但没有激励他上进，反倒产生了几乎相反的结果。不过最终，一份迄今为止他做过的最好的工作突然之间找上门来，他要加入一部关于经济萧条的时事讽刺歌舞剧的制作，剧名是《哥伦比亚万岁》，将于十月上演。他的正式职位仍然只是舞台监督，但是制片人告诉他,他可以试着导演一些幽默短剧,因为那位总导演一直浸淫在舒伯特的风格里,只会给女演员排歌舞戏。实际上这位制片人关注哈拉尔德已经有一段时间了,于是给了他这个机会来证明自己。

"简直不敢相信有这样的好事,是不是?"凯欣喜若狂地说。她甚至已经看到节目册上哈拉尔德的名字出现在助理导演那一栏上。不过排练的第二周,剧团就出现了不和的征兆。制片人并没有明确划分各部门的权力界限。按照哈拉尔德的分析,这是因为一种内在的矛盾:他自己也不确定想制作一出什么样的戏,是有着明快歌曲并真正言之有物的文学讽刺剧,还是那种常见的靠几个明星撑场面的愚蠢大杂烩。于是他把哈拉尔德当成了实验室里的小白鼠。哈拉尔德会先排一个场景,刚一排好,导演就会来改戏——在失业游行里安排一群艳舞女郎,或者在倒牛奶的幽默短剧中加入几个戴草帽的农妇。编剧们百分之百站在哈拉尔德这一边,但是他们让制片人定夺的时候,后者就会犹豫不决,说什么"先用这种方法尝试一段时间"或者"等一下!"之类的。同时,在整个排练过程中,因为哈拉尔德忠实于编剧们的构思,因此导演不放过任何一个刁难他的机会——比如他在晚餐休息时间结束后迟到了几分钟,或者错过了一个音乐提示点之类的,终于,这天下午,哈拉尔德非常平静地当着剧团所有人的面告诉导演,他没有能力执导这样一部有思想的作品。凯愿意付出任何代价一睹那个场面。那位导演的智慧自然没办法跟哈拉尔德相比,他开始对着哈拉尔德大喊大叫,让他离开剧院。所以,戏还没开演,哈拉尔德就卷铺盖走人了。他到剧院楼上的办公室去抗议(凯本来可以告诉他,自欺欺人地认为制片人仍能听得进他的话是个错误),那个制片人根本没脸见他,只是传话说到了这个地步,他也不能凌驾于导演之上。财务主管给他开了两周的薪水,又请他喝了一杯,事情就这样了。

凯闻到的酒气来自财务主管给他打起精神用的苏格兰威士忌。当她给他打开门,看到他手里拿着杜松子酒瓶、酒气冲天地站在那里的样子,有一个可怕的瞬间,她担心他可能是因为上班时间酗酒才被解雇的。听完事情的全部经过,她能明白这有多么不公平。不仅是财务主管,整个剧团都对哈拉尔德表示了同情。他离开的时候,大多数主演都拦住他,并说他们为此感到难过。编剧们(其中一位长期为《名利场》杂志撰稿)则从座位上跳起来冲去跟导演理论。有一个歌舞女郎还哭了……

凯穿着母亲给她寄来的可爱的白色嵌花红围裙,点着头坐了下来,哈拉尔德则在客厅里来回踱步,为她重现剧院里发生的情况。她不时会用很犀利的提问打断他,但她尽量让自己表现得随意。给父母写信之前,她需要确定他告诉她的是全部实情,而不仅仅是他的片面看法。这是瓦萨学院教给她的最重要的一点:保持开放的思想,但始终要寻求证据,哪怕是从你自己的角度。

虽然她相信哈拉尔德的版本,因为她知道的所有证据都能够证实这一点,但她仍然能够理解像她爸爸那样的局外人或许会觉得哈拉尔德把自己的事情做好更明智一些——负责好舞台提示、道具和台词本,不给导演任何挑剔他的借口,比如迟到这种事。但是这又能怪谁呢?制片人,还是哪个把排练时间安排得这么糟糕的人?"一小时吃晚饭时间!"他们怎么能苛求哈拉尔德在仅仅六十分钟内就坐着慢腾腾的公交车穿过市区回到家吃完饭再赶回剧院呢?哈拉尔德说,大多数人都会在剧院旁边的药房或者地下酒吧随便吃点。但是哈拉尔德新婚宴尔,尽管看起来没有人关心或者考虑到这一点,不过他们都知道他结婚了,因为他让她来过一次排练场,结果女主演看到她后大发雷霆,歌唱到一半就停下来指着凯,问她在这里干什么。得知她是哈拉尔德的新婚妻子之后,女主演说:"太抱歉了,亲爱的。"然后还请他们两人到她的公寓去喝了一杯。但是导演告诉哈拉尔德,以后不要再带凯来了。他说,哈拉尔德需要明白,主演们看到有陌生人围观他们排练会不高兴。那是她第一次看到哈拉尔德忍气吞声的样子,这让她心情非常不好,觉得自己像是个累赘。他们到那位主演位于中央公园南路的顶层公寓的时候,她意识到了自己粗壮的双腿和上面稀疏的汗毛,哪怕她想到自己在瓦萨学院也执导过一出戏,而且还入选过"雏菊花环"仪式,也没有感到丝毫的安慰。

她觉得,演员权益保障协会应该对排练时间采取一些行动,普瑞斯·哈兹霍恩也同意这点,现在的排练时间绝对是中世纪的水平,甚至那种不合标准的工厂都无法忍受。自从哈拉尔德得到这份工作以来,他俩几乎就没有发生过性关系——怎么可能有呢?剧团每天晚上要忙到凌晨一两点钟才收工,那时她早已经睡了。第二天早晨她离家上班的时候,哈拉尔德还在打呼噜。有一天夜里,他在制片人办公室里开完会后回到家时已经凌晨四点了,而且第二天上午十点钟他又要回去排练,那天是周日,他们两个人本来终于可以有时间在一起悠闲地吃一顿早餐。排练结束后,戏要到外地演出,所以她将独自在家两周,而哈拉尔德要跟剧团里的舞蹈演员和歌舞女郎一起——其中一个姑娘相当聪慧(哈拉尔德看到她在后台读凯瑟琳·曼斯菲尔德的小说),而且在康涅狄格州有房子。所以,哈拉尔德不跟其他人去地下酒吧解决晚饭,而是"乘车回家"(这是他最喜欢用的表达之一)的时候,凯自然很高兴。有一次他还带了其中一位编剧回来,凯做了三文鱼柳配奶油泡菜酱汁。那天晚上,他们吃晚餐的时间提前了,所以等了很久菜才上桌(菜谱上说"烘烤一小时",而凯一般都会再多加十五分钟),这期间他们只得用鸡尾酒来打发时间。哈拉尔德并没有意识到对凯来说现在每天的时间有多紧张,她从梅西百货下班之后还要去格里斯泰德超市买菜,哈拉尔德上午早已经没时间负责采买了。而且,奇怪的是,自从她开始负责买菜,他们两人就总会为此争执不休。他喜欢去A&P超市,因为那里的东西比较便宜,但她喜欢去格里斯泰德,因为他们能送货而且经常会有一些精品蔬菜出售——哈拉尔德称之为"萨顿广场"式的买卖。此外,哈拉尔德喜欢用家里常备的食材做一些一成不变的东西(比如用干蘑菇和番茄酱煮意大利面),而她喜欢阅读烹饪书和美食专栏,并总想尝试新的菜式。他一直说她缺乏想象力,只会戴上眼镜按照菜谱一板一眼地操作,调料的用量、烹制的时间都分毫不差。烹饪是一门生动的艺术,可她却把它变得学术且毫无生气。有意思的是,在这三个月的时间里,他们两人之间出现了一些小小的分歧。起初,哈拉尔德说什么她都会应和。但是现在,如果他说为什么不省点事开个罐头算了(这是在另一个晚餐没有及时上桌的晚上),她就会大喊着说她做不到,对他来说或许没问题,但是她不能那样生活,周而复始地像牲口一样吃饭,只是为了维持生命。然后,他离家之后,她又觉得后悔,并且下定决心成为一个更好的规划者,按照美食专栏作家的建议去计算准备时间。不过,有时候她会提前一天做好砂锅,放在烤箱里,如果她这时提醒他时间,催他上桌,他就会很生气。"拜托你不要婆婆妈妈地唠叨个没完。"他会一边说着,一边像猫头鹰一样朝她晃晃食指,而且还要故意再调一杯鸡尾酒才同意吃饭。

这让她有些愧疚。在认识她之前,他从来没有喝鸡尾酒的习惯。他称之为"你们那些人的仪式",她也不知道他指的是瓦萨学院33届还是她的社会阶层。在盐湖城的时候,尽管爸爸们可以买到处方威士忌,但她的父母从没想过喝酒,即使是在招待客人的时候。可是在东部,这是一种社交方式,老年人也不例外,她和波姬·普罗瑟罗、普瑞斯还有波莉住在一起的时候就知道这一点。在克利夫兰，哈拉尔德亲眼见过海伦娜·戴维森家里有雪莉酒。所以，为了让凯开心，他们开始每晚用铝质鸡尾酒摇壶做鸡尾酒喝。他们之间的区别在于，她喜欢的是那一点小小的仪式感，而哈拉尔德喜欢的是烈酒。当然，一两杯鸡尾酒永远不会对任何人造成伤害。不过，在排练期间，他们或许不该再喝了，这是为哈拉尔德着想。可是，直接把食物端上桌，然后坐下来开吃，就像她父母那样，似乎又太凄惨了一些。

哈拉尔德到厨房去给自己调了一杯苦味杜松子酒。这是个不好的迹象——他知道凯讨厌高浓度烈酒的味道，也不喜欢看到他喝。现在，他把烟叶填入烟斗，点燃，然后倒了第二杯。"你要喝点什么？"他说，"一杯银菲士可以吗？"凯皱起眉。他看似礼貌的举止带着嘲讽的意味，这让她很受伤。"我什么都不想喝。"她若有所思地回答。哈拉尔德浓密的黑眉毛挑了起来。"为什么这么一反常态？"他说。凯突然决定翻开新的一页，但是她觉得现在说出来时机不太对。你永远不知道哈拉尔德喝了酒之后会有什么样的反应。"就是不想而已，"她说，"我要去准备晚饭了。"她从椅子上站起身。哈拉尔德盯着她，两手叉腰努着嘴。"我的天啊！"他说，"你就是天下最笨、最蠢的傻子。""可是我说什么了？"凯喊道，震惊到甚至不觉得自己受到了伤害。"我什么都不想喝。"他模仿着她的声音重复了那句话，并且添加了一种得意的腔调。她发誓刚才自己说话的语气绝不是这样的。他根本不明白，她其实非常想喝一杯银菲士，但她忍住了，因为她在排练期间给他带来的麻烦让她很自责。如果她在早餐前喝下两杯鸡尾酒再到梅西百货上班会怎样？同样的道理，不是吗？她总能发现，如果你设身处地地从另一个角度客观看待自己的行为，你会明白很多。比如，如果是她刚刚被炒了鱿鱼，她会希望马上坐下来找出引发这种结果的原因，无论多么细微。不过，或许哈拉尔德就是这样做的，只是没有表露出来？"'就是不想而已。'"他继续说，"别用这种语气。不适合你。你是个糟糕的演员，你知道吗？""哦，闭嘴吧！"凯突然冒出一句，起身走向厨房。然后她仔细听着哈拉尔德会不会又一次摔门而去，之前有一天晚上她从店里买回了一把不能用的青豆切丝器时他就发飙走了。但今天他没有。

她打开一罐豆子倒进烤盘，又在上面放了几条培根。坐高架铁路上的列车回家的路上，她已经决定晚上做一道威尔士干酪配啤酒，给哈拉尔德一个惊喜，可现在她担心如果做好后干酪凝固了，就等于又给了哈拉尔德教育她的机会。她撕开一棵生菜，然后开始调沙拉酱。突然间，想到他们今天晚上吃不成威尔士干酪，只是因为哈拉尔德把工作丢了，她便发出一声响亮的抽泣。现在一切都要被改变了，她知道。她所指的一切，其实就是那套公寓。她一直在为搬家的那个时刻活着。他们现在的房东住在新罕布什尔州的科尼什，是一位蚀刻版画家的遗孀。这套公寓里摆满了古董和复制品——西班牙箱子、东方地毯、饼形桌、赫普尔怀特风格的椅子，还有需要抛光的黄铜和红铜。凯迫不及待地想要离开这座博物馆，带着自己的东西搬进新家。哈拉尔德知道这一点，然而到目前为止，关于"公寓"他只字未提，他一定猜得到，从她开门看到他的那一刻起，她脑子里想到的最重要的事情就是"公寓"：他们现在该怎么办？难道他没想过这一点吗？

她的手提包放在客厅的矮脚柜上，里面有一些室内装潢材料的样本，是她带回家准备给哈拉尔德看的。她用午餐休息的一小时到梅西百货的家装店"前进之家"里挑选了一款现代沙发和两把平纹细布的直背椅。她还出于好玩去看了看窗帘的价格，这样她就可以告诉哈拉尔德他们省了多少钱，因为新家的物业会免费提供百叶窗——大多数时髦的新住宅楼都这样。有了百叶窗就不需要再挂窗帘了。今天她才知道，如果要在梅西百货定制所有窗帘，即使是按照折扣价来做，也得花上一百美元到一百二十美元，所以这笔钱可以当作第一年租金的折扣。而且这还是不带衬里的价格，有衬里的窗帘还要更贵。

她瞟了一下烤箱里的豆子——还没有变成棕色。她打开客厅里的折叠桌，摆好两套餐具，同时偷偷瞄了一眼正在看《纽约客》杂志的哈拉尔德。他抬起眼睛。"你觉得，"他问，"晚饭后要不要把布莱克两口子叫来打会儿桥牌？"他漫不经心的语气并没有骗过她。哈拉尔德这么说，就等于在道歉。他在尽量补偿她，因为他差点就把这个晚上毁掉了。"太好了！"凯面露喜色，他们已经很久没打过四人桥牌了。"是我给他们打电话，还是你打？""我来吧。"他说。然后，他把她拉到身边，狠狠地吻了她。她放开他，匆忙奔向厨房。"冰箱里还有三瓶啤酒！"她喊道，"记得告诉他们！"

然而到了厨房，她的脸色就变了。她突然明白过来，哈拉尔德连发脾气都是算计过的。为什么单单邀请布莱克两口子？她的同班同学诺琳·布莱克是个极端左翼分子，在大学里，她一直在组织社会主义者的游行示威，她的丈夫帕特南是一个公开的社会主义者。而且，尽管帕特南有稳定的收入来源，家庭条件也很好，他们两人仍然有节约情节，注重精打细算。凯能够预见到接下来会发生什么。布莱克夫妇一听说哈拉尔德失业了，肯定会立刻开始担心公寓的事情。诺琳和帕特南找到了一个很不错的地下室，还附送一个真正的花园，月租才四十美元——她和哈拉尔德不妨也考虑一下？这些话凯已经听烦了。她不会住地下室的，那不健康。她又去看了一眼豆子，然后用力关上了烤箱的门。帕特南会争辩说（她现在都能听见他的声音！），哈拉尔德完全有理由背弃支付房租的法律义务，因为租赁本身就是一种剥削形式，租金属于自然增值，诸如此类的话。

然后诺琳就会说到交通费。她特别热衷于这个话题。他们四个人上一次打桥牌的时候，她就仔细询问过凯是怎么上班的。"你都坐穿过市区的公交车吗？"她一边问，一边看她丈夫，仿佛坐穿过市区的公交车是一种闻所未闻的奢侈。"还要在第六大道坐高架列车？"然后她会点点头，再一次看向她丈夫。"这就要花两笔车费啊。"她毫不留情地总结道。诺琳的固有观念是所有年轻夫妇都应该住在地铁站附近。而且她认为，既然哈拉尔德在时代广场附近上班，那他应该住在西区，距离快车站不超过两个街区的地方。凯和哈拉尔德嘲笑过诺琳对于公共交通的执迷，不过她的话同样也在哈拉尔德的脑子里挥之不去。还是那天晚上，打完桥牌之后，凯端上咖啡和烤奶酪三明治时，诺琳大喊："天哪，真正的奶油？"显然，除了百万富翁，其他人都应该靠浓缩奶油过日子才对。这几个月来，凯一直在告诉哈拉尔德，买鲜奶油对任何人来说都是理所当然的事情（他本来想买炼乳），现在她因为窘迫，脸已经红到了脖子根，像个甜菜头，仿佛诺琳揭穿了她的谎话。然而奇怪的是，哈拉尔德非但不以为意，反而只把这句话用来挑逗凯。"天哪，真正的奶油！"后来，他捏着她的乳房时，也轻声说过这句话。

　　哈拉尔德总是说她太容易被人看透。有时候，比如今晚，他是带有批评意味的，但也有时候，他似乎正是因为她容易被看透才爱她，尽管她也不能确定他看到了什么，或者以为他看到了什么。这让她想起了前天晚上为了准备搬家整理他的文件时，发现的那封有趣的信。信是哈拉尔德写给他父亲的，而且她猜测一定是在她和哈拉尔德结婚前夕的那个周六写的。她看到第一页的中间有自己的名字，于是忍不住读了起来。

　　"凯并不惧怕生活，安德斯，"这是他对父亲的称呼，"你和母亲还有我，我们所有人，却有一点怕。我们知道生活可以伤害我们，凯却一无所知。我觉得,这就是我最终决定跟她结婚的原因,尽管那些玩世不恭者都劝我娶一个能给我投资一部戏的富家千金。不要觉得我没有考虑过。我和你偷偷说——千万别让母亲知道,我也'认识'一些这样的人,我是指《圣经》里的那种'认识'[1]。我也曾在她们的敞篷车里和她们做爱,也曾到她们父亲的酒柜里去找酒,也曾让她们在地下酒吧里帮我付账,她们在那儿有记账户头。所以我所说的是经验之谈。她们同样惧怕生活,也有她们那个阶级的死亡冲动。她们想在狂欢的瞬间让所有经历灰飞烟灭。她们就像是毁掉了俄耳甫斯的酒神女祭司——还记得那个古老的希腊神话吗?归根结底,她们害怕未来,和咱们彼得森家的人一样。你和母亲担心你会再一次失业或者到达退休年龄。自从金融危机之后,那些富家小姐就在担心她们的爸爸会失去所有的钱,或者会有一场革命夺走他们的财富。凯不一样,她来自一个你们没能达到的安全的阶级:高级专业人士阶级。她父亲是盐湖城著名的整形外科医生,去《名人录》里查一查他的名字就知道了(如果你们还没查过的话!)。这个阶级仍然相信他们的未来,相信自我生存和管理的能力,这也确实没错,就像我们在苏联看到的,那些医生和科学家,不管他们的'资产阶级'背景如何,他们从事的工作就像电影导演和文学家的工作,是非常高级的。我在凯的身上也看到了那种信念,那种先锋派的自信心,虽然她自己还没有意识到。圣公会祈祷书中所述说的那种'内在灵魂之优雅的外在、可见的迹象',无时无刻不在她身上体现出来。她告诉我,她并不总是那么优雅,起码在参加户外运动,比如骑马、游泳还有打曲棍球的时候不是。说到祈祷书(有时间你可以读一读,风格很特别),凯希望我们能在 J.P. 摩根的教堂举行婚礼。

---

[1].《圣经》中的"认识"有时指代发生性关系。

虽然这有些讽刺的意味,但我同意了,并且安慰自己,卡廷参议员(新墨西哥州的布朗森·卡廷,我小时候的偶像之一——我提过这件事吗?——一个好斗的进步人士)到纽约来的时候也去那里做礼拜。(他的妹妹和社会人名录有什么关系。)

"我不知道你们在博伊西的感觉如何,但是自从罗斯福上台以来,东部发生了巨大的变化。也许,作为一个一直支持汤利的人,你不信任罗斯福。坦白说,我也不信。你应该已经看到有新闻说,大学教授大量进入政府部门工作。这才是改变的关键,在我们这个时代或许意味着一场不见血的革命,头脑正在取代金融资本来管理我们尚未开发的资源。信奉马克思主义的纽约青年们一旦开始期待资本和劳动力之间的最后斗争,他们就已经犯错了。资本和劳动力在它们当前的形态之下是有望消亡的。罗斯福的贵族出身意义重大,而且,凯很自豪地告诉过我,他是瓦萨学院的理事。我有点扯远了,但是我想你已经看到了这里面的关系:我觉得,我与凯的婚姻是对未来的保证。这话听起来相当神秘,但是我确实感觉到她有一种神秘感,一种'正确'感或者说是宿命感,随你怎么形容。别问我是不是爱她。对我来说,爱情除了化学吸引,仍是个未知数。你或许也已经猜到了。她是一个非常坚强的年轻女人,她身上有一种尚未受到约束的光彩照人的生命力。你和母亲最初或许不会喜欢她,但是她的那种活力对我来说是必要的,需要规矩和方向,而我想我可以做到。

"另外,母亲是否介意凯在写信的时候称呼她为'朱迪思'?像所有时髦的女孩一样,凯很畏惧称呼婆婆为'母亲',而'彼得森太太'又太正式了。希望母亲能够理解。凯已经称呼你为'安德斯',而且为我们之间美好的父子关系而感动。我一直想把你的人生经历写成一部戏,不过凯在瓦萨学院跟一位风趣又充满活力的小个子女老师学过戏剧,她说我还没掌握戏剧结构的要领。恐怕她是对的。哦,安德斯……"

信写到这里就停了,而且没再继续写下去,凯不知道他在最终写完的那封信里说了什么。在他快要散架的公文包里还有其他没写完的信,有些是她在瓦萨学院上学时写给她的,有些是短篇小说或者故事的开头,由于年代过于久远,纸页都已经泛黄,还有他剧本的前两幕。凯觉得那封信写得非常好,哈拉尔德做什么事情都能做得非常好,但是看了信之后,她却产生了一种极为怪异又揪心的感觉。从某种意义上讲,信里说的一切她都已经知道了,然而某种意义上的知道并不等于知道。她必须承认,哈拉尔德从来没有向她隐瞒他以前和其他女人的关系,以及他想跟她们结婚或者她们想嫁给他的念头。而且关于她的社会阶级(虽然他跟她说起来的时候通常会说她的阶级已经完蛋了)、罗斯福、他不确定是否爱她,还有"讽刺的意味"等她也早都听过。或许正是因为这些,她在看到这封信之后才会感觉如此失望。发现哈拉尔德一直都是老样子反而让他以一种滑稽的方式变得不同。好奇心是一种可怕的东西,她明知自己不该看那封信,但还是看了起来,希望可以从中对他或者对她自己有更多的了解。可这封信并没有让她对他有更多的了解,反倒暴露出了哈拉尔德的缺点。又或者只是因为她不喜欢看到他对父亲"敞开心扉"而已?

然而这封信也确实让她明白了一些事情,她现在一边回想着,一边听着哈拉尔德打电话(布莱克夫妇似乎答应过来了),有条不紊地拌着沙拉。这封信用了很大的篇幅解释她的魅力所在——这是她一直没搞清楚的地方。她在夏季剧院第一次见到他的时候,被他当个小跟班一样呼来喝去,又是批评她用锤子敲击布景屏的方式,又是派她到五金店去办事。"你头发上沾了油漆。"一天晚上在剧团的

081

派对上,他请她共舞时告诉她。他刚刚跟女主演大吵了一架。女方已经结婚了,却和他保持着床伴关系,而女主演的丈夫是纽约的一名律师。还有一次,他们都在一个路边摊上喝啤酒,她跟几个学徒坐在一桌,他溜达过来跟她说——猜他说了什么——她内衣的肩带露出来了。他保证在凯回到瓦萨之后会写信给她,她几乎不敢相信,但他确实写了——是一封简短、随意的便函。她也回了信,然后他周末过来看了她执导的那出戏,现在他们已经结婚了。然而她对他始终没有把握。她一直担心自己只是他跟另外某个女人感情游戏中的一粒棋子。即使是在床上,他也能保持沉着冷静。他通过背诵乘法口诀来延迟射精——这是他从一个英国人那里学到的阿拉伯秘方。

凯把豆子盛到盘子里。她"并不惧怕生活",她对自己重复着,有一种"光彩照人的生命力"。他们的婚姻是"对未来的保证"。与其为此懊恼并希望他说些更加浪漫的话,她应该意识到这些是她的优势,她应该加以发挥。不必在意布莱克夫妇他们——租约就是对未来的保证。无论别人说什么,她都不会放弃那套公寓。她不知道为什么这套公寓对她来说如此重要——是因为百叶窗,还是看门人,还是那个迷人的小更衣室或者其他什么东西。她觉得如果他们失去了那套公寓,她会死的。而且他们还有什么地方可去呢——回到格林尼治村那个肮脏的房间,继续跟迪克·布朗隔着走廊当邻居,等到哈拉尔德有了更加"踏实"的计划再说?不!凯咬紧了牙关。"还有其他的公寓啊,亲爱的。"她能听到母亲这样说。她不想要其他的公寓。她只想要这一个。就像她当初只想要哈拉尔德,所以每一次没收到他的信,她就会担心自己要失去他了。她并没有像很多姑娘那样选择放弃,说着"还有其他男人",她坚持了下来。而且这件事不仅关乎她一个人。一次失败之后就放弃人生计划而败下阵来,对哈拉尔德来说也会是心理上极为可怕的灾难——更不用说他们还会损失整整一个月的租金。

他们坐下来吃晚餐。布莱克夫妇晚上八点半到。凯不断瞟向哈拉尔德身后的矮脚柜,她的手提包就放在那里,里面塞满了各种装潢材料的样本。她不知道是不是应该在诺琳和帕特南过来之前把东西拿给哈拉尔德看看,赶紧了结这件事。打完桥牌就会很晚了,而且她怀疑哈拉尔德可能想和她做爱。这样的一个夜晚她很难拒绝他,尽管这意味着她事后冲洗完毕合眼睡觉时就该半夜一点了(感谢那些乘法口诀),而第二天早上出门上班前她也没有时间给他看样本。如果她因为这个把他叫醒,他一定会发火的。但他们必须尽快做决定。按照梅西百货的规定,装潢材料需要提前两周订购。他们还需要订购床具、厨具、灯具,以及一张桌子,不过好歹这些东西都是仓库里现成的,只需要两天就可以送到。她觉得他们应该买毛毡床垫,虽然价格贵一些,但是对身体更有好处。《消费者研究报告》也认同这一点。她把黄油递给哈拉尔德的时候,突然又没了信心。前几天晚上,他们还在人造黄油和天然黄油的问题上大吵了一架,到最后她都哭了——哈拉尔德坚持认为,人造黄油同样美味又有营养,只是黄油厂商在密谋抵制人造黄油厂商给产品加入色素而已。他说得没错,但她还是无法忍受她的餐桌上出现那种油乎乎的白色东西,即使她的这种反应其实只是一种基于阶级偏见的条件反射。现在,他挖了一块黄油,脸上露出苦涩的微笑,凯假装没看到他的表情。或许她并不惧怕生活,但她肯定惧怕哈拉尔德。

她决定先聊一聊她这一天在店里的工作,然后再把话题转到装潢样本上去。她担心如果自己不说话,哈拉尔德可能会陷入某种斯堪的纳维亚式的忧郁中去。"你知道吗,"她兴致勃勃地说,"我想我今天被'选购'了。"就像是在大学里的突击考试:梅西百货的一位专业买手会假扮成顾客到店里购物,评估每一位实习员工在六个月培训期间的表现。老板们当然不会提前告诉你，但是小道消息已经传开了。"这周我在'高级套装'部门工作，我跟你说过吧？"哈拉尔德知道凯会在各部门之间轮岗来学习商品销售的方方面面，此外还要去听不同部门主管的讲座。"结果，今天下午来了一位顾客，坚持要把店里的每一款套装都试一遍，可还是没有一件让她满意的。一直到快打烊了，她还在对着一件中亚羊皮镶边的黑色羊毛外套和一件深蓝色天鹅绒衣领的修身蓝色粗花呢外套犹豫不决。于是她让我去找裁缝师，征求一下意见，裁缝师说她应该把这两件都买下来，还冲我挤了挤眼睛，我觉得是在暗示我什么。他们会对你的礼貌程度、幽默程度和性格进行评分，但最主要的一点是你有没有销售能力。如果顾客什么都没买就离开了，你就不能及格。结果，你猜怎么样，多亏了那位裁缝师，那位女顾客最终把两件衣服都买了下来。当然不是真的'买'。如果那位顾客是梅西百货安排的买手，那么那些衣服就不会被送到工作室去，而是直接退回仓库。所以你就能知道来的是不是真的顾客。不过话说回来，如果一位真正的顾客要退货，那你就要被扣分，因为那代表你推销过度……"

哈拉尔德坐在那里咀嚼，一言不发。终于，他放下了叉子。面对他的冷漠，凯无法继续说下去了。她的声音慢慢变弱，最后停了下来。"接着说，亲爱的，"他开口了，"真的很有趣。从你说的来看，我觉得你一定能在梅西百货的实习生结业式上致辞。你甚至还有可能帮我在卖地毯或者卖冰箱的部门找份工作——人们不是认为这些部门是男人负责的吗？""是的。"凯机械地说道，提供对方想知道的信息，"只不过他们从来不会在这些部门安排新手，你得先有一定的销售经验才行。"然后，她放下叉子，把烫了卷发的脑袋埋进手心里。"哦，哈拉尔德！你为什么讨厌我？"

"因为你问的都是这种乏味的问题。"他反驳道。凯的脸上热辣辣的,她不想哭,因为布莱克夫妇就快来了。哈拉尔德一定也是这么想的,因为他再开口时语气已经不一样了。"亲爱的凯,"他严肃地说,"我不怪你跟我比谁更能挣钱养家。天知道你有权这样做。""但我并没有跟你比!"凯愤怒地抬起头,"我只是在跟你聊天。"哈拉尔德悲伤地笑了笑。"我没怪你。"他重复道。"哈拉尔德!请你相信我!"她抓住他的手,"我脑子里从来就没有什么比较的想法!不可能有。我知道你是个天才,而我只是个一般人,所以我可以浑浑噩噩地过日子,但你不能。而且我对你的帮助也远远不够,我知道。我不应该让你在排练期间还回家吃晚饭。我不应该让咱俩养成喝鸡尾酒的习惯。我应该想到你所承受的压力……"她感觉到他手的力道松了下来,意识到自己又说错话了。至少她没有说出他上班迟到的事,那才是一直折磨着她良心的真实想法。

他把她的手甩开。"凯,"他说,"我跟你说过多少次你太以自我为中心了。你看,你又把事情的中心转移到你自己身上。今天被解雇的人是我,不是你。跟你没有关系。跟迟到"——他残酷地笑了——"也没有关系,虽然过去两周你一直在用非常笨拙的方式暗示我不要迟到。你已经在脑子里设好了闹钟。除了你,剧团里没有人在'一小时晚饭时间'上较真。你去的那天晚上也看到了。我们回到现场后又过了半小时才开始。所有人都坐在一边打扑克……"凯点了点头。"好了,哈拉尔德。原谅我。"但他仍然很生气。"如果你能控制住你那小资产阶级的意识,别来管我的事情,我会感谢你的。那是你打击我的方式吧。你假装自责,实际上是在指责我。"凯摇了摇头。"没有,不是,"她说,"从来没有。"哈拉尔德扬起眉毛表示怀疑。"你辩解得太起劲了。"他说,语气轻松了一些。她知道他的情绪又变了。"无论如何,"他继续说道,"你说的那些跟我被解雇没有任何关系。你完全想错了,小姑娘。那个娘炮恨我。就是这样。""因为你比他强。"凯喃喃道。

"这个嘛,确实,"哈拉尔德说,"毫无疑问,就是因为这个原因。""毫无疑问?"凯被他声音中的那种断然的口气冒犯到了,于是喊了起来。"怎么了,当然是这样。"这就像是他们刚刚一致同意基本动机已经一清二楚了,结果哈拉尔德又开始吹毛求疵起来。"你说的'毫无疑问'是什么意思?"他摇了摇头,笑了。"哈拉尔德,求你了,告诉我!""去煮点咖啡来吧,得有个好媳妇的样子。""不。哈拉尔德,告诉我!"哈拉尔德点起了烟斗。"你知道希波吕托斯的故事吗?"他终于说道。"啊,当然了,"凯抗议道,"你不记得了吗?我们在大学的希腊语课上排过这个戏,普雷克西演示修斯。我给你写信说过,布景是我搭的——我放了阿耳忒弥斯和阿芙洛狄忒的大雕像。天啊,太好玩了。而且普雷克西还忘词了,于是就用希腊语说了一句'生存还是毁灭',只有希腊语系的系主任麦柯迪老太太听出来了。她耳朵聋,但是戴着助听器也能听出来哪里错了。"哈拉尔德敲着手指等她说完。"所以?"凯说道。"所以,"哈拉尔德说,"如果你把菲德拉的性别换一下……""我不明白。把菲德拉的性别换一下又怎么了?""你就能明白我被解雇的根本原因了。好了,去煮咖啡吧。"凯盯着他,大惑不解。她不明白这里面有什么关联。

"鸡奸,"哈拉尔德说,"我虽然已经不是处子之身,但我就是这出滑稽剧里的那个贞洁的希波吕托斯,而这出戏也确实是滑稽剧。一个捍卫自己贞操的男人一贯都是滑稽剧中的人物。"凯目瞪口呆。"你是说有人想要鸡奸你?谁?就是那个导演?"她惊呼。"我觉得应该是反过来。他跟我保证过他的屁股很性感。""什么时候说的?今天下午吗?"凯觉得恐怖的同时又感到好奇。"同性恋一直都对我感兴趣。"去年夏天他就这么告诉过凯（当时剧团里就有两个这样的人），让她觉得兴奋，还有些嫉妒。"不，不是。几周之前，"哈拉尔德说，"第一次说是几周前。""你为什么没有告诉我？"一想到他对她隐瞒了这么严重的事，她伤心极了。"没有必要让你知道。""到底是怎么发生的？他跟你说了什么？你当时在哪儿？""在舒伯特街，"他说，"那天晚上我喝得有点多，我情绪上来的时候可能给过他一些暗示，被他当成了鼓励。他建议我们晚点去他公寓。""我的天！"凯喊了起来，"哈拉尔德，你没——""没，没有，"他安慰道，"他对我毫无吸引力。那老兄一定有四十岁了。"凯瞬间松了口气，但是与此同时（是不是很奇怪？）又有些失望。之后，她突然有了一种新的疑虑。"哈拉尔德！你的意思是说，要是对方年轻点，你就答应了，是吗？比如歌舞剧里的男歌手？"想到他加班的那些夜晚，她觉得恶心，但她心里又真的很想知道。"我无法回答假设性的问题，"哈拉尔德相当不耐烦地说，"这问题还没出现过。""哦，"凯并不满意，"但是那个导演——他又不老实了吗？"哈拉尔德承认了。有一天深夜，他伸手摸了哈拉尔德的裤裆。"然后呢？"哈拉尔德耸耸肩膀。"正常男人的勃起几乎都是不由自主的，你知道。"凯的脸色变白了。"哈拉尔德！你这是在挑逗他！"她一下子嫉妒得发疯，哈拉尔德费了好大工夫才把她哄好。她心里非常肯定，哈拉尔德夜里踮着脚尖走进卧室的时候，如果她不是每次都睡着了的话，他也不会自然勃起。而且她怎么知道他是踮着脚尖的呢？因为（他从来没起过疑吗？）她并不是每次都真的睡着了。她决定，今天晚上在布莱克夫妇走了之后，无论多累，他们都一定要过性生活。

凯打了个哈欠，从哈拉尔德的膝盖上坐起来，刚才哈拉尔德为了安慰她已经把她搂在了怀里。（"我喜欢你的雀斑，"他低语道，

"还有你乱糟糟的吉卜赛式的黑头发。")"我去煮咖啡。"她说。她转身要走的时候,他伸手拍了拍她的屁股,这让她心生怀疑,想起了那个导演。不知道出于什么原因,最近她总是不相信哈拉尔德,她总是觉得,在跟他有关系的每件小事上,都有一些他没有告诉她的。说实话,之前她有时候会想,导演这样跟他过不去,是不是还有什么别的原因,现在她知道了背后的原因("所以说,千万别得罪女人"),但她还是不确定哈拉尔德是不是真的毫无隐瞒。他让那个"娘娘腔"得寸进尺到哪一步了?她不禁想起她还在上大学时听他讲过,他曾经在一个年纪比他大的女演员的公寓里脱过她的衣服,然后又把她晾在了镶着荷叶边的蓝色高级棉布床单上。

凯对哈拉尔德有绝对的信心。她毫不怀疑,无论他从事什么行业,迟早都会扬名立万。但是对他有信心和相信他的话是两回事。实际上,越是在智力上为他折服(他的智商肯定在天才那一级),她就越会注意到他的一些小失误。而且为什么像他这么有天赋的人,现在仍然只是个舞台监督,而他的那些根本不如他聪明的同龄人却已经走到了他前面?他是不是有什么问题,制片人和导演很清楚,但她却没看出来?她真希望他能够让她帮他做个比奈智力测验以及她在瓦萨的那群同学里都试过的性格测试。

有一次,在考试周期间(除了她,没人知道这件事),他曾经试图开着别人的车冲下山崖自杀。车翻了,但他没受伤,自己爬了出来,走回了住处。第二天,他要去拜访的那对夫妇派了一辆拖车去把汽车拉了上来,唯一的损失就是电池里的酸液漏了出来,把车里的内饰烧出了好多窟窿,还毁了哈拉尔德戴的那顶英式帽子,车翻时从他头上掉下来的。这次自杀未遂事件给她留下了非常深刻的印象。她还把他描述这件事的那封信珍藏了起来。她想象不到自己会像他那么冷静地做出这样的事,更不可能是在别人的车里。他说,他那么做是一时冲动，因为他看到自己的未来之路都已经被铺好了，可他不想成为一个没有骨气的丈夫，哪怕是做她的丈夫也不行。他写信告诉她，当他的自杀尝试奇迹般地失败之后，他把它视为一个信号，即他们的结合是天意。然而现在，她对哈拉尔德有了更多的了解，她开始怀疑他开车冲下山崖是不是意外造成的，不可否认，当时他一直在喝苹果酒。她很不愿意对哈拉尔德产生这些怀疑，她也不知道哪一种情况更糟糕：是害怕你的丈夫因为一点鸡毛蒜皮的小事情不顺遂就想要自杀，还是推测出他做的一切都是为了掩盖酒驾这种司空见惯的事情。

哈拉尔德很做作。莱基为他找到了一个适合他的词。然而也正是因为如此，以他的智力和学识，他会成为一个相当出色的导演。哈拉尔德去剧团上班的那些夜晚，凯独自在家时，认真思考过他的问题。她认为，拖累他的主要原因就是他对他的父亲有着强烈的认同感。他仍然在为他的父亲而活。任何一位心理学家都能看出来。所以也难怪凯对他们父子间的关系感到不耐烦。"安德斯"和"朱迪思"——她早就讨厌这对老夫妇的名字了，只是哈拉尔德不知道而已。她宁愿自杀也不愿意做朱迪思提供的"简便快捷肉饼"的菜谱。一看到"安德斯"的来信中夹着婆婆辛辛苦苦用铅笔抄写的菜谱，她就变得冷酷无情。自从看过"朱迪思"的笔迹之后，她就再也无法忍受哈拉尔德做的辣肉酱了，不过这道菜仍然很受客人们的欢迎，他们不知道菜谱是从哪儿来的，以为是他在剧团学到的独特菜式。她毫不怀疑朱迪思用的是人造黄油，她都能想到那番场景：简陋的油布上放着一大块白花花的人造黄油，旁边还有一把廉价镀银黄油刀（你用优惠券就能换到的那种），黏糊糊的那一面还朝下放着！

关掉咖啡机（麦斯威尔牌咖啡）之后，凯露出一副厌恶的表情。

她对穷人有一种无情的仇恨，连哈拉尔德都没有觉察到。当凯在店里接待那些没钱的顾客时，这种仇恨的强烈程度有时候让她自己都觉得可怕。客观来说，她当然应该同情老安德斯，这个穷困的挪威移民曾经在爱达荷州的公立学校里教手工课，然后通过自学当上了代数老师，最终还当上了博伊西一所中学的校长，结果他跟副校长不和，被这人搞得解了职。哈拉尔德的剧本讲的就是这件事。在剧中，他把父亲写成了大学校长，并且让他与州议会之间产生了矛盾。在她看来，这个设定很没有说服力，也是这部戏剧的薄弱环节。如果哈拉尔德想写父亲的故事，为什么要美化他呢？为什么不能只说事实呢？

据哈拉尔德说，他父亲实际上是遭人陷害，被人强行赶走的，因为（此处有易卜生的影子！）他发现高中账目里有一些猫腻。但是，如果他真的像哈拉尔德说的那么清白，那就很奇怪了，因为在哈拉尔德的整个青少年时期，他都没能恢复在公立学校里的职务，只能做一些非工会会员干的木工零活来养家糊口，而哈拉尔德也去当过报童。哈拉尔德说，这都是一个阴谋，市政府里的一些腐败分子也参与其中，他们必须让他的父亲永世不得翻身，才能确保真相不会被人知道。后来，改革派政党赢得了大选（哈拉尔德的父亲是民粹主义激进分子，他膜拜的对象是个名叫汤利的人），于是他又有了工作，当上了代课老师。同时，高中时期的哈拉尔德名声大噪，他既是橄榄球队的四分卫，也是戏剧社团的主演和校刊的主编。博伊西的一些女士筹集了一笔奖学金，把他送进了俄勒冈的里德学院，又供他上了耶鲁大学戏剧学院，而且只要他愿意，他随时可以回去，帮她们管理她们的小剧院——而且你该看看她们寄给他的结婚礼物，那是旧金山冈普精品店的银水壶。但是，在父亲的名誉恢复之前，哈拉尔德是不会回到博伊西的。他的意思是，在他的戏剧上演之前，他希望博伊西的所有人都能从报纸上看到这部戏的消息，而且都能从戏中那个蒙受冤屈的州立大学校长身上看到那个可怜的老安德斯的影子，他现在成了一名正式教师（一半时间教代数，另一半时间教手工）的。这部戏的名字叫《羊皮》，哈拉尔德在剧本中把他父亲的人生经历与亚历山大·米克尔约翰[1]在威斯康星的经历融在了一起，虽然他并不承认他父亲与米克尔约翰完全是两类人。

不过，最让凯担心的是哈拉尔德在自甘失败。下午刚听到消息的时候，她首先想到的就是哈拉尔德或许会重蹈他父亲的覆辙。她很想知道，除了她自己，还有多少认识哈拉尔德的人会想到这一点。这就使得传播事实真相变得非常重要，因为如果哈拉尔德被人当成了一个爱惹麻烦的人，一个四处找人开除并寻求失败的人，那他的事业就会被影响。她认为哈拉尔德不应该心软，他应该把那个导演想对他做的事情公之于众。知道了导演的癖好，大家就能明白他是怎么巧妙地刺激哈拉尔德，最后把他臭骂一顿的。这件事就算今天没发生，在他的不断刺激下也总有一天会爆发。

他们快喝完咖啡的时候，门铃响了。听到布莱克夫妇上楼的脚步声（诺琳走路时步子很重），凯迅速思考起来。不管他们就公寓的事说些什么，她都会保持沉默。让别人说去吧。而明天早上一上班，她就会溜到"前进之家"去订购室内装潢的材料。她可以假装东西是在今天听到消息之前就已经订好的，只是看到哈拉尔德很难过才没有刻意提起。她甚至还能编个故事，说自己拼命地想取消订单（在明天上午的时候），但被告知已经太晚了——材料已经开始被加工了。实际上也确实有可能发生这种情况。她只是碰巧决定把样本带回家给哈拉尔德看看，其实她已经订好了自己想要的颜色——

---

1. 美国哲学家、教育家，是20世纪美国最具原创力的社会哲学家之一。

消防红。如果真的要等带回来给他看过再决定，那确实来不及了。

凯去开了门。"嘿！"她说，"你们好啊！"她用一种低沉的嗓音说话，仿佛是在让他们做好准备，就好像她身后又一次点起烟斗的哈拉尔德生病了，或者心情不好之类的——如果你的丈夫在大萧条时期加入了失业者的行列，你该做何反应呢？从这个角度一想，一时间，一阵强烈的恐惧之情扑面而来，就像当时她听到哈拉尔德的钥匙和锁孔摩擦的瞬间就已经知道他要跟她说什么的那种恐惧。然而她立刻让自己坚强起来，有了一个新的想法：现在，哈拉尔德能够继续写完他的剧本，然后把这个心结放下。小餐厅很适合当他的书房，他还能在瓷器柜下面搭一些架子来存放文件。现在，他也没有什么理由可以推掉所有该做的木工活了，比如按照他们之前计划的那样把床做好，再做一个放在客厅里的书柜。哈拉尔德在她身后开口了。"赴死者向你们致敬，我被炒鱿鱼了。"他说。"哎呀，哈拉尔德，"凯热切地说，"先等他们把外套脱掉嘛，然后按照你给我讲的那样给他们讲一遍。从头开始讲，什么都不要落下。"

第五章

哈拉尔德和凯要举办一场聚会，庆祝哈拉尔德把剧本的制作权卖给了一位制片人。那天是华盛顿的诞辰，凯从百货商店请了一天假。她的闺密们特意穿戴上最好的冬装和帽子前来参加。根据波莉·安德鲁斯的说法，自从九月以来，哈拉尔德这个可怜的家伙似乎已经好几个月都没工作了，因为一个导演骚扰了他。他们也好几个月没有付房租了。房地产经纪人一直在"关照"他们。他们把出售制作权的费用（五百美元）拿到手的时候，电话马上就要被掐断了。他们靠什么维持生活仍然是个不解之谜，尽管凯有一份工资。凯大笑着说，靠的是信念、希望和宽容：哈拉尔德自己的信念给了他的债主们希望，让他们更加宽容。而且她还提到哈拉尔德提出邀请一些债主来参加聚会：房地产公司的人、电话公司的人、国税局的芬恩先生，还有他们的牙医莫森索尔医生。这场聚会肯定会特别热闹，是不是？

凯带着所有第一次来他们新公寓的人参观。两个卧室，外加小餐厅和厨房，外加门厅，外加让凯格外骄傲和开心的迷人的小更衣室，空间非常紧凑，壁橱、柜橱和抽屉都是嵌入式的。纯白的墙壁，木质包边，一整排竖铰链窗，窗外是种着小树和灌木的阳光明媚的庭院。最新型号的炉灶、水池和冰箱，内嵌式的碗柜、清洁柜和衣柜。每一件家具都是最时髦的：小餐厅里的是淡黄色的瑞典椅子和折叠桌（用桦木制成，使用了天然漆）；客厅里有一张亮红色的现代沙发和与之搭配的扶手椅、一张铺着灰白条纹亚麻布垫子的情人沙发、钢质落地灯、一个只有一块玻璃的咖啡桌——是哈拉尔德自己在玻璃匠那儿切好然后装到钢脚架上的，还有嵌进墙里的书柜，哈拉尔德把它们漆成了淡黄色。房间里还没有地毯，而且，窗上只有白色的百叶窗，没有窗帘。没有花，但是有种在白色花盆里的常春藤。他们没有在卧室里摆床，而是把两个巨大的弹簧床垫叠放了一起。哈拉尔德在床垫下面钉上了红色的楔子，让床垫不会直接贴在地面上。

凯没有穿正装，而是穿了一件桃红色的无袖天鹅绒居家长袍，那是哈拉尔德从本德尔精品店买给她的圣诞礼物。他们从哈莱姆区请来了一个黑人老女仆，她正端着一个时尚的开胃菜小餐盘，为客人们提供各色小吃。他们没有提供鸡尾酒，而是准备了用"一号匕首"牌朗姆酒调制的鱼屋宾治，放在一个宾治酒碗里，还配有二十四个成套的小玻璃杯。这是他们向普瑞斯·哈兹霍恩·克罗克特借来的，是普瑞斯九月份在牡蛎湾结婚的时候收到的结婚礼物。

她们这群人中只有四个人参加过那场婚礼。而今天，说来也怪，唯一缺席的只有莱基，她在西班牙。波姬·普罗瑟罗戴着头盔和护目镜从康奈尔大学农学院飞了过来；海伦娜·戴维森夏天和秋天都在欧洲，也从克利夫兰赶来了。多蒂·伦弗鲁从亚利桑那过来的，她的家人把她送到那儿疗养去了，她的皮肤晒成了棕色，戴着一枚订婚戒指——上面的那颗宝石和她的眼睛一样大。她即将和一个拥有半个州的矿业大亨结婚。

多蒂原本计划在波士顿老家定居,然后在慈善中心找份工作,如今却发生了巨大的变化。"你会怀念音乐会和剧院的。"海伦娜冷冷地说。不过多蒂说,亚利桑那也有很多好玩的地方,还有很多有意思的人,他们因为得了肺结核移居到了那里,然后爱上了乡村生活——有音乐家、画家和建筑师,那里还可以骑马,沙漠里盛放着令人难以置信的野花,更不用说那里的印第安人,以及一些迷人的考古发掘现场,吸引了来自哈佛的科学家。

聚会快结束了,卧室里只剩下一件貂皮大衣。人最多的时候有五件——哈拉尔德数过。凯的主管一件,哈拉尔德的制片人的太太一件,康妮·斯托里一件,多蒂一件,还有一件貂皮衬里的厚外套,是康妮的未婚夫的,那个在《财富》杂志工作的圆脸男孩。现在多蒂的那件大衣孤零零地躺在那儿,旁边是海伦娜的豹皮大衣,以及一件用老灰狼皮制成的奇怪的衣服——那是诺琳·施密特拉普·布莱克的,她也是瓦萨的校友。哈拉尔德的制片人来了半小时就离开了,他的太太(也是他的金主)是和一个代替朱迪思·安德森在《如你所愿》里担任主演的明星一起走的。不过,瓦萨33届实际上算是举办了一次同学会,大家都有很多见闻要分享:莉比·麦考斯兰把一首诗歌卖给了《哈泼斯》杂志;普瑞斯怀孕了;海伦娜在慕尼黑跟莱基见了面,又在大英博物馆见到了桑迪森小姐;和丈夫(穿黑衬衫的那个)一起来的诺琳·施密特拉普去旁听了斯科茨伯勒男孩一案的审判;普雷克西(但愿他的心脏够强壮!)在白宫和罗斯福一起共进了午餐……

身为班级通讯员的海伦娜在脑子里简单地做了记录。"在凯·斯特朗·彼得森家里,"她想象着自己正在为下一期的《瓦萨校友杂志》撰文,"我见到了多蒂·伦弗鲁,她即将与布鲁克·莱瑟姆结婚并到亚利桑那居住。'乘车远去的女人'——怎么样，多蒂？布鲁克是个鳏夫——详见'班级预言'部分。凯的丈夫哈拉尔德已经把他的剧本《羊皮》卖给了制片人保罗·贝格勒——小心，哈拉尔德。这个剧本已经确定于秋天制作，沃尔特·休斯顿有望出演。诺琳·施密特拉普的丈夫帕特南·布莱克（威廉斯学院30届）成立了一家为劳工和左翼事业服务的独立筹款组织。志愿者请注意了。他的合伙人是比尔·尼克姆（耶鲁大学29届）。查尔斯·狄更斯注意了。波莉·安德鲁斯说，西丝·法恩斯沃思和利利·贝克成立了一项'遛狗'的业务。这样她们就能够在室外工作，波莉说，很多已经没有管家的人纷纷发来申请，要求帮他们去公园里遛狗……"

  海伦娜戳了戳自己小巧的额头。她有没有掌握《瓦萨校友杂志》上"课堂笔记"一栏的语言风格呢？她和多蒂正在客厅里等着拿上大衣离开。哈拉尔德和凯正在卧室里"说私房话"，她猜。用女主人的话说，这次聚会彻底失败了。黑人老女仆端着凯买来的礼物——一个华盛顿诞辰日蛋糕满脸笑容地出现时，大部分客人都已经走了。哈拉尔德满脸通红地把她赶回厨房，大概是不想让大家看出来他和凯本来希望他们再多待一会儿。不过一向更加直接的凯还是说漏了嘴。"可是哈拉尔德还要给大家读他的剧本呢！"客人们离开时她伤心地喊道。她承认，整个聚会都是围绕着这个环节策划的。现在，女仆背着小挎包回家了，剩下的客人除了海伦娜和多蒂，还有凑在宾治碗旁边喝个没完的广播剧演员、布莱克夫妇，以及哈拉尔德在酒吧认识的一位海军军官——他的妹妹嫁给了一个喜用坡道而非台阶的著名建筑师。那个留着鬈发大背头的演员正在跟诺琳争论着哈拉尔德的剧本。"问题在于，诺琳，这部戏的台词走向很悲观。哈拉尔德给我读剧本的时候我就已经告诉他了。'确实很有意思,你的这种写法,但是我不知道:这算是戏剧吗?'"他做了个手势,杯子里的宾治酒洒了一些到他的衣服上。"如果观众与一个角色产生了共鸣,他们想要感觉到这个角色是有机会赢的。但是哈拉尔德的人生观从逻辑上讲太黑暗了,没办法给他们那种慰藉。"房间另一边,帕特南·布莱克,这一身材瘦弱、脸色苍白、留着大学生发型、表情严肃、声音低沉紧张的年轻男人,正在跟那位海军军官解释他所谓的"罪恶感累积原则"。

"布莱克先生有一套办法,"多蒂两眼放光地说,"能够找到有钱人给劳工联合会捐款。他刚才正在讲这件事。听起来特别有意思。"她热情地补充道。两个女孩瞟了一眼手表,看了看诺琳和那个演员,又看了看依然紧闭的卧室门,索性凑上去听。帕特南无视她们的存在,把注意力放在他的烟斗和那位海军军官身上。他说,利用古斯塔夫斯·迈尔斯的《美国豪门巨富史》、普尔的《董事登记册》和孟德尔定律,他能够预测出一个富豪之家的"末日"。一般来说,没落会发生在第三代。"我所做的事情,"他说,"就是排除筹款中的偶然因素,并将其建立在科学的基础上进行分析。当然,我这样过于简明扼要,不过粗略地说,拥有金钱的罪恶感更倾向于隔代相传。或者,如果这种罪恶感在第二代里就出现了,像拉蒙特家族那样,你会发现它更倾向于出现在次子身上,而不是长子身上。而且它有可能会遗传给女性,但是在男性身上保持休眠状态。这就意味着这种罪恶感往往会与主要的财产所有权分离开来,因为主要财产通常都由上一代的长子传给下一代的长子。所以,罪恶感,作为一种隐性因素,比如蓝眼睛这种,很可能就这样被淘汰出一个富豪家族,不会给左翼带来过任何好处。"他的嘴角抖动了一下,露出诡秘的微笑。海伦娜心想,他似乎急于把这位海军军官转变为自己的心腹,就像是那种专利在手的疯狂发明家,而且他的原则似乎总是带有某种令人害臊的喜感。"我现在正在进行的研究，"他继续说道，"是关于富豪家庭里的智力缺陷和金钱罪恶感之间的关系。你最理想的捐助者（这一点是共产党人发现的），那些富二代，心理年龄只有十二岁。"他的表情还是那样，只是轻笑了一下。

海伦娜扬了下她淡褐色的眉毛，想到了《圣经》里的青年财主，漫不经心地想象着一群骆驼，驼峰上背负着累积的罪恶感，排着队从针眼里穿过。这个聚会上的谈话让她觉得有些奇怪。"读一下《共产党宣言》——文体很好。"她听到哈拉尔德告诉凯的主管（韦尔斯利学院28届毕业生）。她咧嘴笑了。"比如她，"帕特南突然用烟斗指了指海伦娜，然后对海军军官说，"她的家人靠他们收入的利息生活。她父亲是奥奈达钢铁公司的第一副总裁。白手起家——这是第一代。他女儿是个聪明的姑娘——独苗。他们不会回应针对工伤受害者的筹款。或许他们的慈善行为仅限于为红十字会捐款和购买结核病邮票。不过，如果她有四个孩子，你可以想到，其中至少会有一个有这种罪恶感……"

连海伦娜自己都惊叹不已，点了根烟。她和布莱克先生今天下午才初次见面，然而一时间她觉得他肯定有千里眼，像电影里那种会读心术的人，或者更确切地说，像一个算命先生。他的同谋当然是凯，真是讨厌。她很后悔那天把这事当作趣事告诉了凯，她坦率地对凯说她的父母"靠他们收入的利息生活"。可是凯却非要拿这事向人吹嘘。这个下午，海伦娜已经听到她告诉哈拉尔德的制片人说："海伦娜的父母从来没有感觉到大萧条。""叫什么名字？"制片人转身打量着海伦娜问道。他们总是这样。凯告诉了他海伦娜父亲的名字。"从没听说过。"制片人说。"大多数人都没听说过，"凯说，"但是华尔街那边的人都知道他，而且他非常热爱戏剧。不信你可以去问哈拉尔德。去年他的戏在克利夫兰上演的时候，他经常见到戴维森夫妇。她的母亲是当地一家妇女俱乐部的主席,相当了不起的一个女人,总是为工薪阶层的女孩们组织课程和讲座。她鄙视青少年联盟这种不认真的团体……"

海伦娜吐着烟圈——她已经完美掌握了这项技巧,作为对抗自我意识的手段。从小到大,她一直被别人谈论,第一个就是她的母亲。她身材矮小,有着浅棕色头发,鼻子短平而上翘,非常吸引人。她看起来挺壮的,但其实很瘦弱。她很像她的父亲,一个身材矮小、长有浅棕色头发的苏格兰后裔,因为合金方面的知识,在钢铁行业赚了一大笔钱。他出生在密歇根州一个叫作铁山的小镇。海伦娜是她们中古怪滑稽的那个成员,她有着恶作剧般的幽默感,说话慢条斯理、有气无力的,而且她还有光着身子到处走的习惯,一开始把其他人都吓了一大跳。她的身体几乎没怎么发育,如果你在走廊里远远看到她脖子上围着一条毛巾去浴室洗澡,你或许会以为她是某个满脸雀斑的小男孩,正要到林子里的水潭中游泳。她的腿有点弯,下身的那一小撮毛发是明亮的粉红色。她和凯在大一那年刚认识的时候,经常一起在湖后面的日落山上爬树,还在化学实验室里做各种奇怪的实验,差一点把彼此炸飞。但是她们发现,海伦娜很聪明,而且在某些方面有超出年龄的成熟。她的阅读量非常大,特别是现代文学,她也能听她们大部分人根本无法理解的现代音乐。她收集限量版的诗歌和稀有的多声部教堂音乐的唱片。她穿着整洁的设得兰毛衣和裙子,骑着她的自行车穿过校园,或者在莎士比亚花园用网捕蝴蝶的时候,她们都觉得她的存在非常重要,几乎成了个小吉祥物。

在海伦娜看来,最糟糕的是这些她早就知道了,早就知道什么吉祥物、水潭,还有自己拿着捕蝶网的样子。有太多"专家"过于认真地观察并且描述过她——所有人都带着宠溺的微笑,就像她们那群人一样。她一生下来就在瓦萨学院注册了。整个童年时代，她的母亲找人为她补习了所有能想到的学科。海伦娜（按照她妈妈的说法）会拉小提琴，会弹钢琴，会吹笛子和小号。她在唱诗班里唱女低音。她当过夏令营辅导员，还拥有高级救生徽章。她网球打得很好，会高尔夫，会化学，还会花样滑冰。她会骑马，但从未涉足过马术障碍或者狩猎。她有一套真正的化学实验设备，一台小型印刷机，一套皮革工具，一个陶轮，一个收藏着野花、蕨类植物和鸟类书籍的图书馆，一套用大头针固定并且保存在玻璃罩里的蝴蝶标本，还有很多海贝壳、玛瑙、石英和红玉。这些有教育意义的纪念品现在仍然被存放在克利夫兰她家小客厅的柜子里，那里以前是她的育婴房——她的娃娃屋和玩具都送人了。她不仅会玩国际象棋、跳棋、麻将、飞行棋、字谜游戏、多米诺骨牌，以及各种纸牌游戏，例如拉米纸牌、惠斯特牌、桥牌和克里比奇牌戏等，她还会打曲棍球，写严肃的小论文，模仿鸟叫声，敲钟。圣公会和长老会赞美诗集中的大部分赞美诗她都烂熟于心。她上过舞蹈课，学过交谊舞、古典舞和踢踏舞。她参加过地质学的实地考察，参观过州立精神病院，在户外小屋里睡过觉，还在波基普西市看过《达奇斯县哨兵》的印刷机。她在华盛顿渡河处附近的瀑布游过泳，参加过位于米尔布鲁克的本内特学校举办的一年一度的希腊戏剧演出。大一上卫生学的那段时期，她和凯是全班唯一真正到学校的奶牛饲养场去观察的人，其中一位工人还教了海伦娜怎么挤奶。她懂瓷器，还被母亲引导着收藏了一些鼻烟壶放在家里；她懂希腊语和拉丁语，能够毫不困窘地把克拉夫特-埃宾书里最难的部分翻译出来。她懂中世纪法语，也知道当时游吟诗人的作品，不过她的发音不太好，因为她母亲不赞成给她请法语家庭教师，她听说法语家庭教师会给小孩下药或者把他们的脑袋按在煤气炉上，好让他们入睡。在夏令营里，海伦娜学会了航海，还学会了唱古老的捕鱼小调和船夫号子，其中有一些是相当不雅的。她会用口琴即兴演奏，正在研究竖笛。她六岁起就开始上各种艺术课程，并且在绘画方面表现出很高的天赋。大四时，凯让大家列出跟自己关系最亲的朋友的名单时，海伦娜狡狯地说自己决定不了，并画了一幅巨大的彩色漫画，她称之为《帕里斯的审判》。画上的她们全都赤身裸体，像女神一样，而她把自己画得非常小，穿着无袖短上衣，头上戴着笨蛋高帽，手里拿着一个被虫蛀了的苹果。她们被这幅画逗笑了，于是把它挂在了宿舍的公共客厅里。毕业舞会期间，她们还为要不要把这幅画拿下来争论了好一阵子，因为她们会请一些追求者来喝茶。像多蒂和波莉·安德鲁斯这样比较羞怯的人，害怕被人当成随便的女生，因为这些肖像太逼真了，别人可能会以为她们亲自当了模特。

　　海伦娜在她们所有人住到一起之前和凯就是室友，也邀请凯到克利夫兰小住过，所以她母亲觉得凯是她"最好的朋友"，对此她也是接受的，不过自从性这件事进入了凯的生活，她们之间就不再像之前那样亲密了。海伦娜很小的时候就知道了性，但一直把它当成玩笑，就像她称呼你的排泄系统那样。她对于美好激情的态度，照她自己的话说，是一向冷淡而疏远的，凯对哈拉尔德的狂热也让她觉得很好笑。她淡定地称哈拉尔德为"哈拉尔德握手约"——暗指古英国人在结婚前发生性行为的习俗。在她看来，男人总体上是个奇怪的物种，像独角兽一样。特别是对哈拉尔德，她的看法相当谨慎，主要是他拼写自己名字的方式让她从心理上排斥。然而，她的父母却很喜欢他，并且认同凯的选择。去年冬天，他的戏在克利夫兰上演时，戴维森先生给了哈拉尔德一张他俱乐部的会员卡，他说他自己"是个简单的人"，所以不经常去。

海伦娜的母亲则格外喜欢凯。每次凯到海伦娜家小住，健谈的戴维森夫人都喜欢在早餐时，坐在装潢精致的早餐室里，喝着第二杯咖啡，和凯谈论海伦娜，而海伦娜本人此时还没起床，只有人形小水罐和戴维森先生收集的有着狐狸脑袋造型的英国骨瓷马镫杯在一边聆听（海伦娜这样说）。因为很了解这两个人，海伦娜在睡梦中也能知道她们聊了什么。"她拥有各种机会。"戴维森夫人强调道，而且意味深长地看着凯，凯则恭敬地喝着加了碎冰块的橙汁。"各种机会。"戴维森夫人这样强调并重复她自己说的话，而且单独说给凯听，让凯以为她在暗示海伦娜让她感到非常失望。但这其实是个误会，海伦娜的其他好朋友也都发觉了。戴维森夫人习惯了公开演讲，她总是会用停顿来加强语气，让自己的话被充分理解，即使只有一个听众也不例外。她真正的看法是海伦娜在大学里成长得非常出色，虽然她也跟凯说过，她感觉海伦娜在大学里似乎不太"适合"继续她的艺术追求。"如果海伦娜想当画家，"她解释说，"戴维·戴维森和我不会反对，在她完成大学的学业之后。这里的老师认为她前途无量，天赋异禀，博物馆里的斯马特先生也是这么认为的。我们之前考虑过让她在纽约的艺术学生联盟学个一两年，而且给她在格林尼治村弄个画室。但是她上了瓦萨以后，爱好更广泛了，你也知道的吧。"凯表示同意。戴维森夫人同样想知道海伦娜为什么没能进入美国大学优等生荣誉学会。"要我说，"凯后来告诉海伦娜，"只有那些特别拼命的人才能在大三就入选优等生荣誉学会。""我也是这样跟戴维·戴维森说的！"戴维森夫人感叹道，"得是那些受过考前辅导和填鸭式教育的女生才行。"戴维森夫人谈到"填鸭式教育"时经常带着一种厌恶。

"我自己呢，没上过大学，"戴维森夫人继续说道，"这也是我非常遗憾的一件事情。我会一直埋怨戴维·戴维森，直到我咽气，他们在我的眼睛上放上硬币的那天。"这种表达有些含糊，跟戴维森夫人说过的很多话一样，她会把学习过的典故——比如这里提到的罗马丧葬习俗——和模糊的个人回忆糅合在一起。凯觉得她的意思是，戴维森先生娶她的时间"不合适"（这是戴维森夫人自己的话），可凯觉得这很难想象，因为，虽然凯很喜欢戴维森夫人，但是她想不出来戴维森夫人年轻时的样子。海伦娜的母亲是一个又高又胖的女人，灰白的头发被烫成很老气的发卷，别在耳后，一双若有所思又炯炯有神的大眼睛看起来跟那张又大又软的普通面庞不太搭，她的脸很白，没什么棱角，像是罐子里的发面团被捯下去之后又膨起来的样子。她是加拿大人，来自萨斯喀彻温，说话时带有呼吸声。

实际上，她曾经当过乡村教师，而且日子过得一直很顺利，直到三十岁那年，戴维森先生在一个冶金学家的家里认识了她。如果说她没有拿到大学文凭，那也是她自己的选择：在萨斯卡通的第一所大学成立的那个重大之年（一九〇一年）——她很愿意给别人讲这个故事——她去拜访了那些教授，结果发现自己比他们懂的还多。"庙小容不下大菩萨。"她坦言。但无论如何，她还是对戴维森先生有着某种没来由的不满，埋怨他没有让她完成她所谓的学业。"金婚纪念日的时候我们要给你母亲买一个荣誉学位作为礼物。"海伦娜的父亲有时候会这样说。

戴维森先生和他夫人都特别讨厌炫耀。戴维森夫人什么珠宝首饰都不戴，除了她的结婚戒指和订婚戒指，以及偶尔穿硬币印花或者波点裙子时，在胸前佩戴的维多利亚式的胸针，上面还镶着石榴石——她的诞生石。海伦娜有一套月光石的首饰、一枚猫眼胸针、一枚紫水晶别针和一条她十八岁生日那天完成的聚珠项链。当时，她母亲在家里举办了一个小型茶会，她家的房子被叫作"小别墅"，有一个带围墙的花园，里面种着英国的桂竹香。在那次茶会上，她被正式介绍给了社交界（其实就是介绍给她家的老朋友）。

戴维森家的宅邸——凯告诉过她们——几乎可以用神奇来形容，虽然坐落在克利夫兰，但看起来就像是那种童话里才有的房子。它距离一个有轨电车停靠站只有两个街区，但是被花园的围墙和高高的女贞树篱遮蔽了起来。那座房子不大，很紧凑，很安静，有摆放着印花靠垫的窗边座椅和摇椅，碗柜和柜橱里摆满了易碎且贵重的日用品，就像既能把玩又能长见识的玩具——乳白玻璃餐具、夹层玻璃杯、韦奇伍德瓷器、斯塔福德郡瓷器、洛斯托夫特瓷器、皇家德比瓷器。餐桌似乎永远都是布置好的，随时可以吃早餐、午餐和晚餐，上面还有烤面包架、松饼加热器、一个旋转餐盘（凯之前都没听过这种东西）、装满糖粉的调味瓶、漂着鲜花的洗指碗。但是，房子里并没有管家或者男仆来回巡视，让你因为害怕自己用错了餐具而紧张。总是最后一个下楼的海伦娜吃完早餐之后，黑人女仆会端进来一个放着漂亮的粉色玫瑰的大瓷盆，还有一罐子热水。戴维森夫人会在餐桌上清洗早餐用的碗碟（她说这是一个具有开创性的古老习俗），再用一块绣花茶巾把它们擦干。晚餐时，用过主菜之后，女仆会端上一个用中国陶瓷制成的红绿相间的沙拉碗和一个调味瓶架，上面放着橄榄油瓶、芥末罐，还有很多小瓶子，里面是各种醋。戴维森夫人会站起身来，亲自调好沙拉汁并拌好沙拉，最后还总要撒上新鲜的香草来调味。凯说他们并不经常招待客人，家里的绝大部分朋友年纪都相当大了，不是单身就是丧偶，戴维森先生（他的名字是爱德华）和戴维森夫人都对那些被他们戏谑地称为"追随者"的人不感兴趣，但是海伦娜作为家里唯一的孩子，有各种机会在她就读的那所优秀的日间学校里认识与她同龄的男孩女孩们，更不用说舞蹈学校和主日学校了。戴维森先生和戴维森夫人都不常去教堂（尽管戴维森夫人就布道而言是个行家，要求非常高），但他们觉得海伦娜必须知道《圣经》以及基本的基督教教义,这样她就可以自己做决定了。

日间学校毕业后,她又进入新英格兰的一所优秀的寄宿学校,那里教授的课程非常全面,而且都很合理。夏季,他们会住进罗得岛沃奇希尔、新斯科舍的雅茅斯和缅因州的比迪福德普尔等地方的小别墅里,海伦娜也总是会邀请她的朋友们到那些地方去找她,而且,据戴维森夫人形容,她年满十八岁且学会开车之后,还会开戴维森先生买来的第二辆车——一辆福特小汽车。

一九三〇年夏天,大学一年级结束时,他们还计划了一次穿越湖区(戴维森夫人非常崇拜多萝西·华兹华斯)的旅行,但是由于生意上出了点状况,所以他们觉得最好还是待在家里,这样戴维森先生就能够随时关注事情的发展。戴维森夫人已经打听清楚,瓦萨学院的其他女生也都不会去。

刚刚过去的这个六月,突然宣布海伦娜需要改变的是戴维森先生。在毕业典礼上,他就觉得她看起来非常憔悴,并且把他的担心告诉了她的母亲。她正式去幼儿园上班之前最好独自到欧洲去待上几个月,四处看看,反正她那份工作也纯粹是胡闹罢了。海伦娜受过那么多教育,却选择到克利夫兰的一所实验小学去弹钢琴,实践达尔克罗兹音乐教学法,还要教手指画——戴维森先生听说她教的学生中有很多讨厌的犹太人的孩子。毕业典礼之后,在午餐桌上,他愤怒地问凯那样做有什么意义,戴维森夫人马上说:"行了,孩子她爸!"凯和海伦娜对视了一眼。"好吧,孩子她妈。"戴维森先生立刻平静了下来。凯怀疑他生气是因为海伦娜没有像很多犹太女孩那样,以优异的成绩毕业。很明显戴维森夫人也是这么觉得的,因为她现在清了清嗓子,然后说海伦娜的这种"优等生"才标志着一个真正的学生,而不是那些在她的年代里被人称作"刻苦用功的书虫"的人。"我看着那些优等生上台领取学位,"她说,"我一点也不喜欢她们脸上的表情。就像我跟戴维·戴维森说的那样,她们身上有一股灯油味。半夜苦读的灯油,你知道吧。""哎呀,妈妈!"海伦娜扬起眉毛不耐烦地说。戴维森先生并不想就此罢休。"那份工作或许是某个女孩真正需要的,海伦娜又为什么把它夺走呢?你能告诉我吗?"他把炸鸡推到一边,质问道。他的小圆脸已经变红了。凯刚要回答,戴维森夫人发话了。"好了,孩子她爸,"她平静地说,"你的意思是说,一个女孩如果处在海伦娜的位置,就没有和其他女孩一样的权利吗?"

"我就是这个意思,"戴维森先生反驳道,"你真是一针见血。为了挣钱,我们是付出了代价的。我这个地位的人"——他转向凯——"是有'特权'的。这是我在《国家民族政坛》和《新共和》杂志上读到的。"戴维森夫人点点头。"很好,"戴维森先生说,"现在听我说。有特权的人要放弃一些权利,或者应该这样做。""我似乎还是没明白。"凯说。"你肯定明白,"戴维森先生说,"孩子她妈和海伦娜也明白。""我们举个别的例子吧,"戴维森夫人沉吟着说道,"比如说,海伦娜要画一幅画。如果别的艺术家身无分文,那她没有权利出售她的画吗?""画和工作不一样,孩子她妈,"戴维森先生说,"海伦娜做的这份工作,克利夫兰有一百个女孩可以胜任。"就在这个时候,讨论被打断了,侍者拿来了账单,戴维森先生付了账。海伦娜本人几乎一言未发。

后来,凯表示,戴维森先生的想法极其不公,而欧洲之行是一种贿赂,会腐蚀海伦娜的正直。她万万没想到的是(而且今天她当着海伦娜的面又提起了这件事),海伦娜竟然真的乖乖地去了欧洲,并且一直待到圣诞节前。现在她回来了,但并没有努力找工作,而是说起要在克利夫兰学习铜版雕刻,还要去各个地方的基督教女青年会上杂技舞蹈课。她也不像其他一些女孩那样,只是在结婚前随便打发时间而已。凯说,海伦娜永远都不会结婚——她是个中性人,像是一头小骡子。所以如何挖掘潜力完全取决于她自己。这个下午凯告诉贝格勒先生,海伦娜和自己的性格完全相反。

"真的吗?"贝格勒先生说,"怎么会?""上大学的时候我曾经想当导演。"凯回答。"过来,海伦娜,"她大声喊道,"我们正聊到你呢。"海伦娜不情不愿地凑了过去。她戴着一顶无边便帽,穿着一件黑色天鹅绒连衣裙,前襟从上到下有一排纽扣,老式蕾丝衣领上戴着她的那枚猫眼胸针。"我在说,我一直想当导演。"凯继续。"是吗!"制片人说。他是一个朴素的犹太人,灰头发,皮肤白皙柔软,一双灰色的眼睛鼓鼓的。"所以这就是你和哈尔[1]的共同之处。"凯点点头。"我在大学里导过一出戏。这和制作课——就是哈莉教的戏剧制作课——不一样。哈莉·弗拉纳根,你听说过她吗?总之,那出戏是我在菲拉塞西斯——我们的学生剧社里导的,听起来跟集邮差不多。但它有着不同的意义——代表我对戏剧的热爱。在戏剧制作课上,哈莉是绝对不会让我当导演的。我和莱斯特一起负责灯光——莱斯特·兰,哈莉的助手,你可能没听说过他。而且我还设计布景。""现在呢?""我放弃了,"凯叹了口气说道,"现在我在梅西百货工作,目前还在实习。我想从事这个行当,但没有天赋。哈拉尔德看过我导的戏之后就是这样说的。那个戏叫《冬天的故事》——在户外剧场演出的。海伦娜演了奥托吕科斯。"

制片人的目光转向海伦娜。"我本来是要说这个的,"凯回想起来,继续说道,"我跑了会儿题。我想做,但没有天赋,而海伦娜有天赋,却不想从事这个行当。""你对戏剧行业的工作有兴趣吗?"

---

1. 哈拉尔德的昵称。

制片人俯身弯向海伦娜好奇地问道。"没有,"凯替海伦娜答道,"海伦娜擅长哑剧表演,但不是当演员的料。哈拉尔德是这样认为的。不。不过海伦娜还有很多其他天赋,她不知道选哪个——去开发。她会写作、唱歌、绘画、跳舞和演奏不知道多少种乐器。无所不能的女孩。我跟贝格勒先生谈到了你的父母,海伦娜。她有着世界上最了不起的父母。你妈妈'阅读'多少种杂志来着?她妈妈是加拿大人。"她补充说。海伦娜手里拿着一杯新倒的宾治,陷入沉思。她意识到,凯正在要求她在贝格勒先生面前表现一番,而她会照做的,就跟她以前在母亲面前背诵文章或者演奏乐器那样,像是一个勤奋的发条玩具。她的目光中带着一种"探寻"的焦虑,现在正从她微红的眉毛下面向上望着贝格勒先生。

"呃,"她苦笑着,慢吞吞地开口了,"有《国家地理》《基督教世纪》《教会人》《戏剧艺术月刊》《舞台》《国家民族政坛》《新共和》《斯克里布纳》《哈泼斯》《文人》《论坛》《泰晤士报文学增刊》《经济学人》《旁观者》《布莱克伍德》《今日生活与文学》《十九世纪以降》《笨拙》《画报》《艺术鉴赏》《古董》《乡村生活》《伊西斯》《美国现代语言学协会会刊》《柳叶刀》《美国学者》《大学理事年鉴》《名利场》《美国信使》《纽约客》和《财富》(最后四份是给爸爸订的,但是母亲也会'翻着看看')。"

"你还遗漏了一些。"凯说。贝格勒先生笑了,他应该是个共产党员。"《大西洋月刊》,这肯定得有吧。"他提出。海伦娜摇头。"不。母亲和《大西洋月刊》'不和'。贾尔纳系列小说里的一些内容让她很反感,所以她就取消了订阅。妈妈特别喜欢取消订阅——这是一种痛苦的责任。她和《星期六文学评论》之间因为双十字填字游戏而'不和',这让她很难过。她想过用女仆的名字重新订阅,但是又怕他们认出我家的地址。""听起来她真是一位很厉害的女士。"

看到海伦娜微微咧着嘴笑,贝格勒先生说。"告诉我,她在《星期六文学评论》里发现了什么让她反感的内容。跟性有关吗?""哦,"海伦娜说,"你误会我妈妈了。性不会触动她的神经。"住在楼下公寓里的一个出版公司的审稿员也上楼来听了,他还轻轻地捏了捏莉比的手臂。"我很喜欢那种内容,你呢?"他说。"妈妈反感的内容,"海伦娜冷静地继续说道,"都集中在她更高级的大脑中枢内。她有关语法和词语用法的'脑部凸起'格外发达。不纯正的英语会极大地冒犯她。""比如什么呢?"凯追问。"悬垂修饰语、介词使用不当。用'令人恼怒'表达'令人厌烦',用'贬低'表达'降低',还有'险恶(sinister)'。""'险恶'?"出版社的审稿员重复道。"妈妈说这个词原本的意思只是'左撇子',或者'用左手完成'。她说如果你跟她说一个人险恶,她只能推断出那个人是个左撇子。但她觉得你可以说一种行为是险恶的,如果它是偷偷摸摸完成的或者'在袍子下面''在暗地里'完成之类的。""我从来没听说过这个!"波姬大喊着,好像有些愤慨。海伦娜周围的人越来越多,形成了一个小圈子。"还有用'推断'代表'暗示'。"莉比提出,很想让海伦娜听见。"是的,"海伦娜说,"不过这个就太普通了,妈妈不会特意去分辨。'一丝不苟'并不是'一尘不染'的同义词。她非常重视拉丁语词根,但是讨厌英语结构中的独立夺格。""哎哟!"哈拉尔德的朋友,在婚礼上拍照的那位西森先生说道。"哦,还有'我忍不住感到'这句。""这句有什么问题吗?"大家同声问道。"应该是'我不禁感到'或者'我禁不住感到'。""再多说点!"出版社的审稿员说。海伦娜反驳他。"我不禁感到,"她说,"妈妈'不能忍受的事情'说到这儿就够了。"

她母亲讲话时习惯强调和加重音,而在遗传给海伦娜的过程中,这一习惯发生了奇怪的变异。在戴维森夫人会着重强调的地方,海伦娜都会插入自己的话，还小心地用引号引起来，如此一来，当她用轻柔的声音说出那些从句、短语甚至还有专有名词的时候，听起来就像是带有讽刺意味的引用。戴维森夫人所说的一切似乎都带有一种权威性，而海伦娜所说的一切似乎都带有最深刻的怀疑。"我在'大英博物馆'见到了'桑迪森小姐'。"海伦娜告诉凯和多蒂。她扬起眉毛，用干巴巴的语气缓慢地说出这两个词好像在表示"桑迪森小姐"是某种奇妙的代号，而"大英博物馆"是一个幌子或者冒牌货。这种音调上的讽刺已经变成了她无意识的一种行为，像是在长号里插入了一个滑块。实际上，她非常尊重她以前的莎士比亚戏剧课老师和大英博物馆。她刚学会走路的时候就拥有了一张图书馆的借书证，对于各种不同编目系统的熟悉程度不亚于对弗内斯集注的莎士比亚作品的熟悉程度。大学期间，她在"注释"这门课上成绩优异——桑迪森小姐也很喜欢这个科目。她还有很多木头盒子，里面整齐地装满了分类卡片，就摆在她书桌上的那台便携式打字机旁边。打字机是她大学三年级圣诞节时收到的礼物——戴维森夫人希望她先把手写体练好之后，再学习打字。在克利夫兰期间，除了上音乐课和骑术课，海伦娜还每隔一天就去上书法课，并学会了用羽毛自制羽毛笔。而且，在大英博物馆遇到她的老师——一位研究伊丽莎白时期文学的专家——是再自然不过的事了，可海伦娜还是有条不紊地做了解释，好像导致这一切发生的原因真的需要解释一样：桑迪森小姐在休假期间正在撰写一篇论文，是关于一个鲜为人知的伊丽莎白时期的人，叫"阿瑟·戈杰斯"，而海伦娜正在查阅"多萝西·理查森"早期的一篇文章，顺便去大英博物馆看"埃尔金大理石雕"。谈到这些"真实的细节"时，海伦娜压低了嗓音，严肃地皱起眉头，带着她妈妈身上的那种神秘兮兮的劲，仿佛是在告诉大家医院病房里一个共同朋友的独家消息。

"那姑娘挺可爱的,"制片人离开之前告诉哈拉尔德,"让我想起了年轻时的赫本——被包装成明星之前的她。她的母亲也是个俱乐部的女会员。"海伦娜发现自己竟然无法反驳这句"称赞"的最后一部分。"母亲确实是个俱乐部的女会员,"她温和地对凯说,因为凯觉得戴维森夫人被轻视了,"而且我不喜欢凯瑟琳·赫本。"她希望人们停止这种比较。第一个注意到她们俩有相似之处的是戴维森夫人。"她是布林莫尔学院毕业的,海伦娜,29届。戴维·戴维森和我见过她跟简·考尔。她也留着跟你一样的短发。"

海伦娜疲倦地看着卧室的门。她想回家,或者和多蒂到第四十九街瓦萨俱乐部对面的隆尚餐厅吃晚餐。她知道,回到克利夫兰之后,她免不了要跟妈妈汇报她觉得凯和哈拉尔德"怎么样",他们的新公寓怎么样,还有哈拉尔德的事业进展得怎么样。"我一直都很偏爱凯。"海伦娜叙述完毕之后,戴维森夫人会满意地如此表示。海伦娜很清楚,戴维森夫人有一种独特的性格,她就像皇室成员,坚持认为所有的新闻都应该是正面的并反映着人类社会的稳步发展。

当然,哈拉尔德的剧本要投入制作了,这是个很好的消息,然而凯和哈拉尔德似乎并没有太高兴。有可能,像多蒂说的那样,这份成功来得太晚了。多蒂听到的是一个痛苦的故事:哈拉尔德给一个木偶艺人当过助手,到俗气的有钱人家的聚会上表演。有人还见过他在那个可以移动的小型木偶舞台后面控制灯光,并且不被允许跟客人交流。凯从来没跟任何人说过。今天,她看起来紧张又疲倦,而哈拉尔德喝了太多酒。他是对的,这次聚会并没有"成功"。那位制片人和他的太太似乎对瓦萨学院感到格外困惑。海伦娜担心哈拉尔德的身价已经跌了。凯渴望着她们成为大家关注的中心,但是中心不属于她们。就像哈拉尔德说的,她们不知道该如何"呈现"

自己。今天下午在场的所有姑娘里，他和海伦娜都觉得——他们俩在宾治碗旁边达成了一致——只有凯是个天生的美人。然而她失去了生动的色彩，这一定会让戴维森夫人觉得难过，因为她一直非常羡慕凯脸颊上的那种"绯色"。

卧室的门开了。小情侣和好如初。凯的脸上露出了纯洁的微笑，哈拉尔德的烟斗歪出了俏皮的角度。凯说他做了一大碗辣肉酱，早上就做好了，所以大家都要留下来尝尝。之后，如果客人们愿意，他要为大家朗读他剧本中的一幕戏。没办法了，海伦娜和多蒂肯定是要留下来的，凯需要她们在。哈拉尔德往厨房走去，半途中顺便又给自己倒了一杯宾治。他不会让凯帮自己倒——她累了，而且今天她放假。"是不是很感人？"多蒂喃喃地说。海伦娜并没有觉得感动。她猜，哈拉尔德应该像她一样了解凯，如果说凯讨厌什么，那就是被忽略在一边，她很希望自己帮得上忙。他们听到哈拉尔德在厨房里走动的声音，还有盘子碰撞在一起、抽屉打开又关闭的声音。凯再也控制不住自己了。"我不能去帮忙煮咖啡吗？"她喊道。"不能！"哈拉尔德反驳道，"招待你的客人吧。"凯带着焦虑而挫败的笑容，环视着周围的人。"我去帮他吧。"听到厨房里持续发出餐具碰撞的声音，多蒂主动提出。"不，"诺琳说，"我去吧。我熟悉他们家的厨房。"她坚定地大步走了过去，关门时，厨房的百叶门颤抖了几下。"她会把咖啡煮得太淡的，"凯悲伤地对海伦娜说，"而且她还会用纸巾。""算了吧。"海伦娜劝她。

广播剧演员转身面向凯。他喝得有点多了，手里的香烟晃动着。"给我点个火，好吗？"凯四下寻找，没有火柴，所有的火柴盒都是空的。帕特南默默地把自己燃着的烟斗递了过去。那个演员把烟插到烟斗里的时候，有一些冒着火星的烟灰落在了新打过蜡的地板上。"哦，天哪！"凯大喊着把它们踩灭。"我去厨房拿点火柴吧。""我去吧。"海伦娜说。

在那间狭小的厨房里,百叶门的后面,她发现诺琳和哈拉尔德正紧紧地拥抱在一起。她的同学又瘦又高,就像一只大山猫一样向后弓着腰,哈拉尔德则以一种野性的姿态猛地向前探着身体在吻她。不知道为什么,这个场面让海伦娜想起了一些德国的默片。诺琳黄褐色的眼睛紧闭着,她原本戴的东方风格的头巾——她自己的手工成果——已经散开了一部分。地板上有一条洗碗巾。海伦娜进去的时候,他们湿润的嘴唇分开了,两人都转过头来看着她。然后他们听到凯的呼叫。"找到了吗?哈拉尔德,把厨房的火柴给她,好吗?"海伦娜看到了放在炉灶上的那盒火柴。诺琳和哈拉尔德往后退了几步,她迅速地从两人之间挤了过去。"让开。"她说。她捡起洗碗巾丢给哈拉尔德。然后,她拿了火柴,往客厅走去。她划着那一大根硫黄火柴并且举起来给演员点烟的时候,她的小手因为愧疚而颤抖着。火柴熄灭了。她又划了一根。她注意到,房间里充满了硫黄的味道。

几分钟之后,诺琳端着一个放着餐碟的托盘和一盒纸巾大步走进客厅,哈拉尔德拿着辣肉酱跟在她后面。大家都吃了。广播剧演员继续说起他对《羊皮》的评价。"一个正人君子的堕落是非常突然的。"哈拉尔德回答,并且用余光瞟了一眼海伦娜。他轻轻地打了个饱嗝,把盘子放下。"抱歉,我去方便一下。""一个正人君子的堕落,"那个演员重复道,"哈拉尔德说得真棒。大学校长出场风头无两,政治家给他挖了一堆坑,让他一路跌到谷底。这是个大胆的设想,毫无疑问,但不是一个演员的构想。""莎士比亚不也是个演员吗?"海军军官突然说道。"那又跟我要说的这件事有什么关系?"演员说。"呃,我是说,《李尔王》,"军官说,"他出场时不也是风头无两吗?""李尔王,"海伦娜说,"很难算是个正人君子吧。"他们听到厕所里冲水的声音。"而且《李尔王》里有令人宽慰的部分，"演员说，"考狄利娅、肯特、弄人。而哈拉尔德的戏里则没有。哈拉尔德声称那是矫饰。"

"克拉拉的蛋糕！"大家喝咖啡的时候，凯喊起来，"哈拉尔德！我们一定要把克拉拉的蛋糕端上来。我答应过她的。我担心我们刚才没有让她把宾治酒和蛋糕一起拿给大家的时候，已经伤了她的心。""是我刚才没有让她分蛋糕的，"哈拉尔德用一种悲伤的语调纠正她，"你为什么不直接表达你的意思呢，凯？"凯转身对大家说："等一下你们看到就知道了。蛋糕是她为我们的聚会专门做的，而且还放在花边纸垫上，一路从哈莱姆区带过来的。克拉拉是一个特别好的人。她经营着一家高端丧葬店。泰格·弗劳尔斯的后事就是她的店负责的。你们应该听听她对他'葬前供人瞻仰'的描述。而且我很喜欢听她谈论她的竞争对手们。'那些不靠谱的殡葬师正在抢夺我们的生意。'""去拿蛋糕吧，"哈拉尔德说，"你模仿黑人讲话模仿得太糟糕了。""那你模仿一个看看啊，哈拉尔德！""去拿蛋糕。"他重复道。他们等着凯回来。他们能听到她清洗餐具的声音。诺琳的舌头似乎打了结，而'帕特南·布莱克'也不善言辞。多蒂又为大家倒了一轮咖啡。给帕特南倒的时候，他捅了海伦娜一下。"看啊，真正的奶油！"他说，他的那双奇怪的眼睛闪着光。海伦娜能看出来，这比聚会上发生的任何其他事情都更加让他兴奋。

凯端来一些干净的盘子，还有一个放在粉色玻璃浅盘上、垫着花边纸垫的蛋糕。糖霜上装饰着一棵黑樱桃树和一把巧克力斧头。"哦，祝福她的好心肠！"多蒂说。"她上了年纪的黑人好心肠。"哈拉尔德说，斜眼瞧着蛋糕，"直接从哈莱姆区的一家蛋糕房买的。"他说。"哦，不！"凯说，"克拉拉不会骗我的。"哈拉尔德阴险地笑了。"一个非常邪恶的蛋糕。'让他们吃面包吧。'你们觉得呢,朋友们?"他转身对海军军官说。"看看那糖霜,"演员说,"纯粹是漱口水做的吧。"

凯的双眼涌出泪花。她鼓起勇气,开始切蛋糕。"凯很习惯当傻瓜,"哈拉尔德说,"她心里单纯,天真地以为那个老黑娘们会快乐地为'凯小姐'和'男主人先生'烤蛋糕。""我觉得挺感人的,"多蒂快快速速接话道,"而且我打赌味道一定很好。"她接过一块蛋糕,开始吃起来。大家都纷纷效仿,除了哈拉尔德在托盘传到他手上的时候摇了摇头。"丢进垃圾焚化炉吧!"他挥舞着咖啡勺说。"就像是在吃盖了糖霜的吸水棉一样。"那个演员小声跟海伦娜说。海伦娜把盘子放到了一边。如果她是凯,她不会坚持让大家吃蛋糕——纯粹是从实际的角度考虑:这样那个女仆才不会再把自己的钱浪费在这些东西上面。但总体来说,她也并不觉得哈拉尔德的"插科打诨"很有趣。她感觉他是为了她才做出这副小丑般的模样,来告诉她他是悲伤之子。他是害怕她会把他的事情爆出来吗,可怜的魔鬼?海伦娜倒是很愿意让他放心。"我不听谣言,海伦娜。"如果她爆了同伴的料,母亲总是会这样告诫她。海伦娜并不"喜欢"她看到的场面,但她认为是酒精的原因,并且对哈拉尔德目前的苦恼感到同情。她觉得他对凯不好,因为如果他和蔼可亲,海伦娜会觉得他是个伪君子。

房间另一头,凯在谈论着他们收到的结婚礼物——海伦娜觉得她很吵。海伦娜对她的怜悯已经变成了极度的窘迫。凯不自知地站到了舞台上。海伦娜数了一下,有三个观众在嘲讽地看着她,听她说。她在说,最奇怪的东西仍然在源源不断地被邮寄过来——和克拉拉的蛋糕是一个级别的。"比如,看看这些。"她拿出一个难看的红色玻璃水罐和六个小甜酒杯,这些东西是她在盐湖城的一个发小寄来的（她简直不敢相信）。"我们能用这些东西干什么呢？寄给救世军吗？""给克拉拉。"那个演员说。几乎所有人都笑了。"丢进垃圾焚化炉吧！"哈拉尔德突然说道。

他们拿起那个水罐举到灯光下仔细查看，争论着它到底是手工制品还是批量生产的，这时他们听到大门关闭的声音。粉色玻璃浅盘和剩下的蛋糕都不见了。哈拉尔德也出去了。"他出去干什么了？"海军军官说。"我以为他在厨房呢。"诺琳说。然后门铃响了。哈拉尔德把自己锁在门外了。"你去哪儿了？"他们问他。"给那个蛋糕办了一场维京式葬礼，这是行善积德，没错吧？"他向大家致意。"唉，哈拉尔德，"凯伤感地说，"那个蛋糕托盘是克拉拉的。"演员咯咯笑了起来。哈拉尔德一副下定决心的神情，拿起那些红色的小甜酒杯。"你拿上那个水罐，我的朋友。"他对演员说。演员照着做了，哼唱着《扫罗》(Saul)里的葬礼进行曲跟着他走。"他们是在打扫卫生吗？"多蒂低声问。海伦娜点点头。这次哈拉尔德没关大门，他们把那堆东西丢进走廊的垃圾桶里时，客厅里的众人都能听到远处传来玻璃破碎的声音。"下一个？"哈拉尔德回来说。"什么下一个，亲爱的？"凯强颜欢笑。"我最好阻止他，"她对其他人说，"不然他会把所有家产都清理得一点不剩。""对，让他住手，"帕特南也催促道，"这不是开玩笑。""别扫兴嘛，"演员说，"咱们来玩个游戏。每个人都选一样想要丢进'垃圾机焚化炉'里的东西吧。"凯跳了起来。"哈拉尔德，"她哄道，"不如给大家读一读你的剧本吧，你答应过的。""啊，对，"哈拉尔德说，"而且时间不早了，你明天还要上班。但你让我有了个想法。"他走进小餐室，从柜子上的一个灰色文件夹里取出一份手稿。

"把它丢进'垃圾焚化炉'吧！"他那又高又瘦、肌肉发达的身形在书柜旁边停了一下，然后开始绕过其他家具往外走：诺琳喊着让什么人拦住他，帕特南和海军军官赶紧挡住他的去路。演员一跃而起去抢那份手稿，纸张被撕开的声音清晰可闻，哈拉尔德也挣脱了。他把手稿紧紧护在胸前，用空着的那只手推开追他的人，仿佛一个拼命奔跑想要触底得分的球手。在门口，一阵争执过后，哈拉尔德打开门冲了出去，并且砰地关上了身后的门。"哦，好吧。"凯说。"他不会把自己也扔进垃圾桶里了吧？"多蒂悄悄地说。"不会，"演员说，"我想过这个问题。那个垃圾桶塞不进一个人的身体。"一时间，没有人说话。

"可是他去哪儿了，凯？"诺琳说，"他没有穿外套。""可能是下楼了吧。"凯实事求是地回答。"到拉塞尔酒馆喝酒去了。"这是出版社审稿员的声音。"我想你们应该回家了，"凯继续道，"他肯定要等到你们都走了之后才会回来。以前他像这样走掉的时候，我总是非常担心。我以为他会投河自尽，结果我发现他去了拉塞尔酒馆。要不就是去了诺琳和帕特[1]家。"帕特南点点头。"但他这次肯定不会去我们那儿，"他简洁地说，"因为我们在这儿。"他们都开始穿大衣。"那他的手稿怎么办呢，凯？"多蒂小心翼翼地提醒她。"哦，"凯说，"别担心。贝格勒那儿有一份副本。沃尔特·休斯顿那儿也有一份。哈拉尔德的经纪人那儿留了三份。"海伦娜第二次感觉到，凯确实一直是个有话直说的人。

出租车上，海伦娜和多蒂又分析了一下刚刚发生的一切。"你吓到了还是已经猜到了？"多蒂问。"我吓到了，"海伦娜说，"房间里的每一个人都彻底被骗了。"她咧嘴笑了。"除了凯。"多蒂说。"挺有意思的，"过了一会儿，她又补充道，"哈拉尔德一定知道凯知道，我是说，知道他有其他副本。"海伦娜点点头。"他还希望她一

---

1. 帕特南的昵称。

言不发吗?"多蒂感到好奇,声音里仍然带着赞叹,"可是她出卖了他!""她可不是黑帮的姘头。"海伦娜没好气地说。"如果你处在她的位置,你会像刚才那样揭他老底吗?"多蒂追问。"会的。"海伦娜说。

她正在认真构思新版本的"课堂笔记"。"来自华盛顿诞辰日的报道。昨晚,我看到凯·斯特朗·彼得森的新婚丈夫和诺琳·施密特拉普·布莱克拥抱在了一起。两个人气色都不错,凯有望在梅西百货得到提拔。当晚的晚些时候,客人们还观摩了一次焚烧剧本手稿的仪式。凯用鱼屋宾治招待了大家,那是一个老配方。凯和哈拉尔德住在东五十街的一座非常优雅的公寓里,那里到河边很方便,这样哈拉尔德在婚姻'触礁'的时候就能把自己投进河里去。关于这件事,主修考古学的多蒂·伦弗鲁认为,一些小事情,比如说谎,在婚姻中变得至关重要。如果她嫁给了一个撒谎成性的男人,她也会慢慢地被他同化。感觉怎么样,33届的同学们?写信告诉我你们的想法,让我们展开真正刺激的讨论吧。"

第六章

到凯家里聚完会的第二天上午，海伦娜计划和昨天坐夜车从克利夫兰来纽约的父亲吃早餐，然后再一起到银饰店为母亲准备结婚纪念日的礼物。她要去萨沃伊广场酒店与他见面，他在那儿有一间房，带客厅，每次他来纽约出差时都住在那儿，他们给了他一个折扣价。海伦娜自己一般会住在新韦斯顿酒店的瓦萨俱乐部里，她的母亲因为觉得那里的环境"宜人"，有时候也会跟她一起住。戴维森夫人很希望能够拥有校友身份，没有资格进入克利夫兰的女子大学俱乐部这件事一直让她耿耿于怀，她有很多熟人在里面，而且她们都非常活跃，可她却经常被当作客人对待。"我本人是个没上过大学的女人。"当她受到俱乐部主席的邀请，对她感兴趣的某一领域的讲座发表意见时，她总是会这样说。"我本人是个没上过大学的女人。"海伦娜会偷听到她茶歇时在休息室里放下手上最新一期的《瓦萨校友杂志》，带着一个天生的演说家的自信，这样告诉瓦萨俱乐部的秘书或者10届的校友。她的母亲随便清清嗓子就能吸引所有人的注意，只有海伦娜不愿意听。"我们决定为海伦娜在瓦萨俱乐部申请五年期的会员，"戴维森夫人用抑扬顿挫的语气继续说，"这样她就能有一个地方可去,像她父亲那样,在纽约有个落脚之处。'一间自己的房间',知道吧。"她母亲的那些"决定",特别是和海伦娜有关的,都不单单是宣布而已,而是颁布的。就是因为这个原因,海伦娜在瓦萨俱乐部感觉并不舒服,因为那里在她看来像是她妈妈的领地,但只要她到了纽约,就继续住在那里,因为,就像戴维森夫人说的,那里处于中心地段,很方便,很实惠,而且她还能在休息室跟朋友见面。

今天早上,她还在洗澡时,电话响了。不是她父亲,是诺琳用一家药店的公共电话打来的。她说等帕特南一出门她就得马上跟海伦娜见面。他此时正在浴室里刮胡子。简单来说,诺琳只想让她保证她不会告诉任何人,但是因为诺琳没有在电话里这样说,那么海伦娜也不能直接告诉诺琳她不必担心。相反,她发现自己竟然十分冷静,同意到诺琳的家里去见她,也为此取消了跟父亲的约会,这让他非常不满。他不懂有什么事情紧急成这个样子,等到下午都不行。海伦娜没有细说,她从来不跟父母撒谎。话说回来,她自己也不明白,为什么诺琳不能跟她约个下午茶,喝个鸡尾酒,或者约明天的午餐也行。但是当海伦娜用冷漠的语气提出的时候,电话那端是一阵漫长的沉默,然后诺琳用短促的声音沉闷地说:"算了,忘了吧。我早该猜到你肯定不想见我。"海伦娜只得否认并且答应立刻去见她。

她并不期待着这次见面。她的那种淡淡的、温和的讽刺用在诺琳身上完全是浪费,诺琳根本意识不到海伦娜腔调里的讽刺与幽默,她只会听别人话里的表面意思,然后得出自己武断的结论,就像她刚才在电话里那样。在正常情况下,海伦娜还挺想去看看被凯称为"草图"的诺琳的公寓的,但是现在她更想在一个没那么私密的环境里见面——比如,瓦萨俱乐部的休息室。她没有兴趣听诺琳做出任何解释或者找什么借口，而且她突然觉得这样很不公平，她并没有任何过错，只是因为看到了一件跟自身完全没关系的事情，就突然被召唤到诺琳的公寓去。就像那次，她的父亲因为无意中目击了一场交通事故，就被召上了法庭一样。被那些该死的律师反复盘问过后，他说自己已经一点脾气都没有了。

但无论如何，诺琳并没有像别人想象中那样住在格林尼治村的某个偏远地区。她的公寓距离新韦斯顿酒店非常近，在列克星敦大道地铁站往东一个街区的一条漂亮的街道上。那条街绿树成荫，有很多带窗台花箱的私人住宅，这个街区一点都不比凯住的街区差，甚至更好。这让海伦娜颇为惊讶。她远远就看到诺琳穿着一条旧的滑雪裤、一件T恤衫，还有一件男士皮夹克，坐在一栋刷着黄色灰泥的房子门前的台阶上，紧张地朝街上张望着，一只手遮在眼睛上方。"安姐姐，安姐姐，"熟读大部分格林童话故事的海伦娜不禁喃喃自语，"你看到有人来了吗？"她前一天晚上就注意到帕特南的胡子有些发蓝，他苍白的脸庞上仿佛有剃刀的影子在晃动。看到海伦娜之后，诺琳挥手朝她示意。海伦娜身穿豹猫皮外套，头戴一顶罗宾汉帽，上面的羽毛还在来回晃动。"帕特刚走，"她告诉海伦娜，"你可以进来。"她带着海伦娜穿过拱廊进入房子，从一个看起来像是办公室的房间的门口经过。她解释说，这栋房子的业主是一对夫妻，两个人经营一家现代装修公司，他们的生意因为大萧条受到了影响。然后她停下来跟办公室里的人打了声招呼，但从门外看不到里面人的样子。她继续说，房东夫妻俩住楼上两层，把曾经作为展厅的花园公寓租给了诺琳和帕特，把顶层租给了在华尔街的一家律师事务所工作的一个秘书，这人同时也受雇担任离婚案中的共同被告——"和人通奸的女人。"诺琳说完，还发出一声轻笑。

诺琳是烟嗓，声音沙哑低沉，还说个没完没了，仿佛是舷外发动机,一阵阵地往外喷出信息流。大三那年,校医就说她神经质,她的那种唐突、隐晦、让人感觉像是永远被一团烟雾笼罩的讲话方式,就是在那个时候形成的。组织游行或者忙于校报及文学杂志的工作之余,她会和她那群全都有着低沉沙哑嗓音的闺密跑到校外去,围在卡里餐厅的桌边,喝着可乐或者咖啡,大声唱流传在校园里的歌曲。"这一杯敬内莉,她真的嗜酒如命。她是个彻头彻尾的酒鬼,从未清醒。大家说酒精已经侵占了她的神经。她想上天堂,但只有地狱才有她的姓名。"不幸的是,低酒精度的啤酒终于合法之后,海伦娜那受过音乐训练的耳朵仍然能听到她们的和声和玻璃杯的碰撞声。而且她还记得自己偶尔看到凯也跟那些声音低沉沙哑的人坐在一起,像她们那样把烟灰弹进咖啡里,然后用她真实的嗓音为她们的合唱和声,看看能不能帮她们"增点色"。她还会跟她们一起玩她们发明出来的那个游戏,看谁点的菜最难以下咽,比如两个冷掉的煎蛋配上巧克力酱。诺琳在大学期间对新闻学最感兴趣,她最喜欢的课程是洛克伍德小姐的当代新闻业,最喜欢的书是《林肯·斯蒂芬斯自传》,最喜欢的艺术门类是摄影,最喜欢的画家是乔治亚·奥基夫。直到大三之前,她都属于微胖的那类女孩,因为她爱吃瓦萨"魔鬼"——一种海伦娜几乎从来不碰的黑色混合软糖——并经常到苹果酒厂去享用苹果酒配甜甜圈。海伦娜和她的朋友们则会骑车到"银天鹅"酒店去,因为这个名字让她们想到小情歌,或者她们会去瓦萨小酒馆跟一位教工吃饭,并且总是会点同样的菜式:温室栽种的洋蓟和蘑菇。不过现在诺琳和凯一样,变得苗条紧致了。她那双浅金黄色的眼睛习惯性地眯成一条线,而她俊俏红润的脸庞看起来有些充血,仿佛是因为思虑过多而发黑了。她很少表露自己的情感,她的情感似乎已经被不断分散的注意力耗尽了。她所有的表述都很粗略简短,即使说的是私密的话题,也有股在讨论时事的味道。今天的她让海伦娜想起了一条关于报纸的古老谜语——"又黑又白,红遍天下"。她漫不经心地说话,营造出一种心事重重的氛围,仿佛她正按照背好的台词主持一次简报会议。

"你肯定是忠于她的,我知道。"她们走进公寓时,她没有回头便说出这么一句话。花园里的一阵狗叫声打乱了她连篇的思绪。"楼上有一条发情的母狗,"她猛地晃了一下脑袋说,"所以我们把尼采拴起来了,以防它去滥交生下杂种狗。"她发出了短促的笑声,也像狗叫。海伦娜认为,她的这种被称为"悲伤"的笑声就像个标点符号——一个星号,表明诺琳的注意力已经转移到她以前提到过的某件事情上了。现在,诺琳正如一个粗暴的兽医,继续讲述着楼上那条狗的交配史,中途还不时把话题岔到狗主人的性爱史上去。诺琳自从结了婚,语言就变得粗俗了很多。海伦娜并不太清楚她口中要做输卵管手术的"楼上的母狗"指的是那条贵宾犬还是房东太太。"都是,"诺琳简短地答道,"玛格丽特的输卵管阻塞了,所以她怀不上孩子。她要去疏通输卵管。吹入法。莉莎的输卵管需要被结扎。他们现在用这种手术代替卵巢切除。这样的话,她仍然可以享受性的快乐。喝点咖啡吧。"

海伦娜环视着这间公寓。墙壁被漆成了黑色,如果诺琳是个讲求实际的人,海伦娜会猜测她这样做是为了不显脏。但毫无疑问的是,这个颜色也代表着某种口号或者旗帜,就像帕特南的衬衫,但海伦娜还是很不解,因为按照她一直以来的理解,黑色是一种反动的颜色,是牧师和法西斯主义的颜色。厨房和客厅是一体的,水池里堆满了没有洗的碗碟。水池上方是一个长条储物架,上面摆放着盛放软干酪的玻璃杯、果酱罐、盘子和罐头,主要是汤和炼乳。通往花园的法式玻璃门上挂着橙色薄纱。墙边有个白砖壁炉,壁炉两侧是用橙色板条箱做成的书架,上面有一块折起来的黑色油布，放着各种小册子、小开本杂志和薄薄的诗歌集。大部头的书籍很少，只有《资本论》《震撼世界的十天》《阿克瑟尔的城堡》，和帕累托、斯宾格勒、林肯·斯蒂芬斯的书。房间另一头是一张笨重的沙发床，上面铺着黑色的平绒布，还堆着一些用缝纫机粗粗缝制的橘黄色油布靠垫，四角都已经开线了。黑白相间的油毡地板上有一张很脏的北极熊地毯。厨房的水池下面有一个狗粮盆，里边放着一些吃剩的食物。四面的墙壁上挂着装裱的艺术品，有乔治亚·奥基夫花卉画的复制品、迭戈·里维拉和奥罗斯科的壁画细部的复制品，还有斯蒂格利茨拍摄的纽约贫民窟的摄影作品。房间里有两盏不锈钢落地灯，灯罩是临时用打印纸做成的，还有一张纸牌桌，以及四把折叠式桥椅。牌桌上有一台烤面包机、一罐花生酱、一个电卷发器和一面手持小镜子。很明显，诺琳刚才正在卷头发，但是中途停了下来，因为她那头漂亮的金发一边卷曲，高高地蓬了起来，另一边还松松垮垮地垂着。海伦娜肯定，这种半途而废的行为就是这间公寓的基调。有人，可能就是诺琳的丈夫，曾经尝试过在家务中引入新的方法和秩序。冰箱旁边的隔板上放着一本老式的商店日历，有些日期用红色铅笔打了叉；日历旁边是一张铅笔画的图表，上面有数字。诺琳解释说，那是他们每周的开支表。炉子旁边的墙上有一根钉子，上面戳着的是他们日常购物的发票和其他收据。沥水板上有个牛奶瓶，里面装了半瓶硬币，诺琳说是买邮票用的。

"帕特让我们记下每次买的两美分邮票。我生日的时候，他送给我一个小小的口袋笔记本，跟他的那个一样，让我把每天的花销，比如地铁票钱，都记下来，晚上再抄写到开支表上。我们每天晚上睡觉前都要记账。那样的话，我们就能知道自己每天花了多少钱，如果某一天花钱太多，那么第二天就节省一点。我只需要看那张开支表就行。帕特是个很视觉化的人。今晚我的账上就会有五美分的支出——就是我给你打电话用掉的那五美分。他会带着我一步步地回忆一整天的活动，还会说：'想一想后来你做了什么。'直到他搞清楚那五美分的去处为止。他非常在意准确度。"说完这句称赞，她发出一声短暂的叹息，海伦娜扬起眉毛表示异议。她十岁就拥有了自己的银行账户，并且被教导要保留自己的支票存根。"这五美分我来付吧，"她打开钱包说，"你为什么不让他每个月给你一些零花钱呢？"诺琳没有理会这个问题。"谢谢你。如果你不介意，可以给我十美分吗？我忘记了。我先给哈拉尔德打了电话才问到你的住处的。"十美分硬币落在牌桌上发出的声响突显了随之而来的安静。两个女孩注视着彼此，听着窗外的狗叫声。

"上大学的时候你就没喜欢过我。"诺琳说，她正在倒咖啡，加了些糖和炼乳，"你们那帮人都是。"她坐到海伦娜对面的桥椅里，深吸了一口烟。海伦娜了解诺琳的性格，并且感觉到这句话只是个开场白，于是没有反驳。实际上，她从来没有"在意"过诺琳，甚至现在也没有。自从她听说了记账这件事，她就对这个大块头的邋遢姑娘产生了某种同情，诺琳让她想起了一头疲倦的母狮子，被囚禁在这个巢穴般的公寓中，还有一只动物被拴在花园里，而油毡地板上还有一头没精打采的北极熊。大学期间，她和诺琳一起为文学杂志工作，相处很融洽。"你们都是美学家。我们都是政治家，"诺琳继续说道，"我们隔着街垒相互凝视。"海伦娜觉得这个形容非常奇妙，但是她身上的学究气又不允许她就这么算了。"这个结论是不是有点太'以偏概全'了，诺琳？"她像瓦萨的老师那样，"陷入思考"时眉头微皱，前额也皱了起来，"你觉得波姬算是美学家吗？或者多蒂？还有普瑞斯？"她本来还要加上"凯"，但她今天上午并不愿意随意提起她的名字，也不想跟诺琳谈论她。"她们不算，"诺琳回答,"能算美学家的只有你、莱基、莉比和凯。"诺琳在谁"能算"谁"不能算"这件事上一直是专家。"你们是桑迪森派,我们是洛克伍德派。"诺琳继续严肃地说道,"你们是摩根派,我们是马克思派。""得了吧!"海伦娜几乎是生气地喊了出来,"谁是'摩根派'?"在她冷静的个性中,唯一能被唤醒的就是对真理的热情。"大学做民调时,我们全体都是支持罗斯福的!除了波姬,她忘了投票。""那就等于胡佛少了一票。"诺琳说。"错!"海伦娜咧嘴笑了,说道,"她支持诺曼·托马斯[1],因为他养狗。"诺琳点点头。"养可卡,"她说,"多么高尚的理由啊!"海伦娜也同意就是这么回事。"好了,"诺琳沉思片刻之后让步了,"凯是弗拉纳根派,如果你非要这么界定的话。普瑞斯是纽科默派。莱基是林奇派。我或许归纳得过于简单了。莉比是M.A.P.史密斯派,你觉得呢?""我想是吧。"海伦娜轻轻地打了个哈欠,瞟了一眼手表说道。这种在瓦萨学院非常流行的派系分析让她觉得很无聊。

"总之,"诺琳说,"你们那群人缺乏新意。洛克伍德告诉我的。但是,天啊,我以前还那么嫉妒你们!"她的坦白让海伦娜有些尴尬。"我的天啊,为什么?"她问道。"姿态佳,懂社交,相貌好,能吸引男人,还是毕业舞会、足球赛、新生会的焦点。我们管你们叫象牙塔集团。你们远离斗争中心。"海伦娜张了张嘴,她们的这种观点与实际情况相去甚远,她想纠正都不知道从哪里入手。比如,她本人相貌就并不出众,而且也从来没有参加过校园足球赛(戴维森夫人厌恶"观赏"体育比赛)或者毕业舞会,只有在瓦萨的那一次,她还不得不找来普瑞斯·哈兹霍恩的哥哥充当自己的"男伴"。但她也不想被诺琳牵着鼻子走,通过辩解去坦白什么。而且,

---

1. 美国长老会牧师及社会主义活动家。

她猜测,如果你把这群人当作一个人,那么她就是诺琳说的那个样子——一个富有、自信、美丽的才女。"你是说莱基,"她认真地说,"我们这个团体是她组织的。或者按照洛克伍德小姐的说法,是'物以类聚'。但没人真的喜欢她。我们只是她的卫星而已。菲斯克小姐曾经说过,我们都是'借了她的光'。""莱基为人很冷漠,"诺琳坚持道,"她没什么人性,就像月亮一样。你还记得苹果的事情吗?"

想起自己曾和诺琳在落成不久的现代艺术博物馆中因塞尚的一幅苹果静物画而争吵过,海伦娜的脸红了。"是在库欣的吸烟室,"她苦笑着承认,"那是什么时候?大一?""大二,"诺琳说,"你和凯跟什么人来吃晚餐。莱基也在。你们两个在打桥牌。莱基和往常一样,抽着过滤嘴香烟,玩着单人纸牌游戏。那是她第一次跟我说话。""也是她第一次和我们说话,"海伦娜说,"而且我记得那时也是我第一次见你,诺琳。""我那会儿太丑了,"诺琳说,"体重一百六十磅。一身的肥肉。你们用鱼叉戳我,你们三个。"海伦娜从咖啡杯上抬起头,目光坦率。"'苹果的灵气',"她引述道,"和'有意义的形式'的争论。"她已经记不太清当时诺琳四仰八叉地躺在沙发上,向吸烟室里所有人详细表达的那些对塞尚作品的伤感言论,但她记得她和凯一直暗自仰慕的莱基突然停下手里的接龙游戏,抬起头,冷酷而清晰地说塞尚作品的重点是他把静物的形状安排得很有条理。诺琳开始反复强调,真正重要的是"苹果的灵气"。此时凯放下了手里的桥牌,瞟了莱基一眼,在征得同意之后,她开始大谈"有意义的形式",这是她在大一英语课上学到的,她们的老师基切尔小姐让她们阅读了克莱夫·贝尔、克罗齐的书和托尔斯泰的《艺术论》。"你在否认苹果的灵气吗?"诺琳并没有屈服,而海伦娜也放下了她手里的桥牌,和善地引用了艾略特的一句诗:"灵气使人死亡,文字赋予生命。"众目睽睽之下,诺琳开始哭泣,从来不会怜悯弱者的莱基说她是个"多愁善感的蠢货"。败下阵来的诺琳跟跟跄跄地走出吸烟室,泣不成声,而莱基只是说了句"笨蛋",就接着玩她的接龙游戏了。桥牌打不下去了。回宿舍的路上,海伦娜说,她觉得她们三个围攻一个,对可怜的施密特拉普小姐来说有点苛刻了,但是凯说,施密特拉普这样的人通常站在多数一边。"你觉得她会记得我们帮她解围这件事吗?"她问,她指的是莱基。"我表示怀疑。"海伦娜说。艺术史课上她坐在那位伊斯特莱克小姐旁边整整半个学期(按照姓氏首字母排序,D刚好在E前面),都没有引起对方丝毫的注意。但是莱基确实还记得凯,那年春天她们都参加了"雏菊花环",莱基还和凯讨论过克莱夫·贝尔和罗杰·弗莱。所以,海伦娜想,你或许可以说,和诺琳的那次争论最终使得她们和莱基以及其他人一起在南楼结盟。海伦娜对于社交界的势利和别人对社交的疯狂迷恋完全无动于衷,所以并没有像凯那样感受到南楼那个小团体的魅力,不过她也没有对结盟提出任何反对意见,虽然她的老师和父母都有点担心。他们都和诺琳一样,认为对一个有着真才实学的女孩来说,加入一个所谓的"高级精英"团体是很危险的。戴维森夫人第一次跟她们见面之后就评价说,她希望海伦娜不要变成她们的"衣架"。

"我反对莱基那种空洞的形式主义,"诺琳开口道,"那天夜里,我回到房间后,就朝着窗外吐了。那天对我来说像是世界末日,虽然我当时并没有这么觉得。直到大三那年我才发现了社会主义。那天夜里我只知道,我相信一些东西,但我无法表达出来,而你们那帮人什么都不相信却很擅长表达,而且是通过引述其他人的话来表达。当然,在这一点上我也嫉妒你们。我给你看点东西。"她从椅子上站起身,示意海伦娜跟着她,然后猛地推开一扇门,露出卧室的内部。在他们自制的床的上方挂着一幅塞尚的苹果静物画的复制品。

"哎呀，哎呀，引起争议的苹果！"海伦娜站在走廊上，尽量用轻松的语气调侃道。她走过那块毛茸茸的北极熊地毯时，被上面的一根狗骨头玩具绊了一下。她的脚踝很疼，而且她想不出苹果能证明什么。"帕特之前一直把这幅画放在大学宿舍里，"诺琳说，"他把这幅画当作他信仰的基础。对他来说，它代表着一种极致的简化。""嗯。"海伦娜打量着这个明显是帕特南领地的房间说。房间里有一个钢质文件柜、一面威廉斯学院的校旗、一个非洲面具、一张牌桌，牌桌上面放着一台打字机。她突然觉得，诺琳的公寓里充满了太多"有意义的形式"。屋里的每一件物品似乎都在诉说，在断言，在目空一切地说教。诺琳和帕特被这些表达着信仰的物品包围着，从炼乳罐到双人床上的一个修道院式的枕头。这里和凯的公寓不一样，凯家里的家具只需要被欣赏和谈论。但是在这里，这个杂乱无章的巢穴中，每一件东西都要代表"相关的立场"才能够被纳入进来，虽然海伦娜实在想不出那只北极熊想表达什么。

两个女孩回到自己的座位上。诺琳又点起一根烟。她用沉思的目光凝视着海伦娜。"帕特得了阳痿。"她说。"哦，"海伦娜缓缓地回答，"哦，诺琳，我很抱歉。""不是你的错。"诺琳嗓音嘶哑。海伦娜不知道接着该说什么。她仍然可以闻到帕特的雪茄味，看到他的烟斗放在一个没有清理的烟灰缸上。她为诺琳感到难过，为了解释昨天晚上的事情，她把这种事都和盘托出。她并不想知道那个可怜男人的隐私。"我们六月结的婚，"诺琳进一步解释道，"就在毕业典礼几周之后。我还是个毫无经验的处女。在认识帕特之前从来没有跟男人约会过。所以，我们入住宾夕法尼亚煤田那里的酒店时，我并没有马上明白过来。特别是我妈妈——她们那一代人都非常厌恶性生活——告诉过我，一位绅士从来不会在新婚初夜就夺走新娘的贞洁。我当时以为母亲说的一定是对的。我们耳鬓厮磨到两个人都兴奋不已,然后一切就会停止,他会转过身去睡觉。""你们去煤田干什么?"海伦娜问道,想要把话题岔开。"帕特当时在办一个案子——有个组织者被打,还被关进了监狱。白天我会去访问那些女人,那些矿工的妻子,做一些背景调查。帕特说这会非常有用。那样的话,他就可以把我们蜜月期间的全部花销都计入办公费用。晚上,我们两个人都精疲力尽。但回到纽约之后,情况还是一样。我们会穿着睡衣拥吻缠绵,然后各自睡去。""那他为什么非要结婚?""他不知道。"诺琳说。

"终于,"她继续用嘶哑的嗓音说道,"我面对了现实。我去了公共图书馆。咨询处有一个维也纳女人——非常友善。她帮我列了一份关于阳痿的参考书单,其中很多书是德语的,很详尽的一份书目。"她又急促地笑了一声。"可图书馆里查不到所有相关的内容吧。"海伦娜反驳道。她听母亲说过,"在我们国家伟大的公共图书馆系统中,你甚至有可能完成大学教育",但是凡事都有个限度。"是的,"诺琳说,"只是了解了大概的情况。阅读了一些相关的书籍后,我就能和帕特谈谈了。结果我才知道,他早期的所有性经历都来自妓女或者皮茨菲尔德的女工。他从没跟好女人做过爱,也从没见过女人的裸体。我是个好女人。这就是他不能跟我做爱的原因。他会觉得他在跟自己的母亲通奸。这是弗洛伊德学派的说法,行为主义者会声称这是一种条件反射。但是当然,所有这些他当时是不可能知道的。这对他来说是个可怕的打击。我能让他兴奋,我却不能让他满足。最近,我一直睡客厅"——她朝沙发的方向努了努嘴——"虽然我们都穿着睡衣,但他还是失眠。至少现在我可以睡个好觉了。"她伸了个懒腰说。

"你们去看过医生吗?"诺琳阴郁地笑了。"看了两个。帕特不去,所以我自己去了。第一个医生问我是不是打算生小孩。他是我妈妈认识的一个老派神经科专家。我回答没有，我不想生，他竟然把我轰出了他的诊室。他告诉我，我应该庆幸丈夫不想跟我性交。他说，性对女人来说并不是必需的……""我的天啊！"海伦娜说。"对！"诺琳点点头，"第二个医生是个全科医生，有一些比较现代的办法。帕特的合伙人比尔·尼克姆让我去找他的。他基本上是个行为主义者。我跟他说了帕特的性交史之后，他建议我去买一套黑色雪纺绸的内衣、黑色的长筒丝袜，再买点便宜香水。这样帕特看到我就会联想到妓女。然后再找一天下午，把这些衣服穿上，等他下班回家之后，试着用这种方式勾引他。""天啊！"海伦娜说，"后来呢？""几乎成功了。我去布卢明代尔百货公司买了内衣和丝袜。"她掀起她的长袖运动衫，海伦娜看到了里面的黑色雪纺绸蕾丝边内衣。"然后我就想到了那张北极熊地毯，我妈妈把它保存了起来。它曾经属于我的外祖母，一个很有钱的老贵族。我想起了萨克-马索克的'穿裘皮的维纳斯'。所以我安排了一番，这样帕特下班回家后就会发现我躺在地毯上。"海伦娜微笑着，轻吹了一声口哨。"帕特早泄了，"诺琳阴沉地说，"然后我们大吵了一架，为了我在布卢明代尔百货公司花了多少钱的事。帕特在花钱方面特别节俭。这就是他不想去接受精神治疗的原因，虽然比尔·尼克姆觉得他应该去。"海伦娜皱了皱眉头，她决定不去问"比尔·尼克姆"怎么会知道帕特的"问题"的。相反，她问了另一个问题。"你们非常缺钱吗，诺琳？"诺琳摇了摇头。"帕特有一份信托基金，我父亲也会给我零花钱。但我们把这些钱用作日常开销。帕特和比尔把自己的大部分工资都投入了两个人的'共同事业'。""'共同事业'？"海伦娜没听懂，重复道。"他们那个组织的名字。当然，他们拿工资，其他员工都是志愿者，但他们组织用于邮寄和打印的费用相当惊人。然后我们还要招待工人、名人、有钱的善人和部分媒体。我们把这个地方当成一个介于沙龙和咖啡馆的地方。"海伦娜四下看了看，没有说话。

"比尔说，如果帕特能去妓院，那会减轻我们婚姻的负担。或者去找个应召女郎。不过那样有可能会染上性病。但他可以学着用一用避孕套。你见过那东西吗？用起来简单得跟刷牙一样。帕特跟我提过离婚，但我不想离。那是老一代人才会做的事情。遇到事情就会跑掉的那一代人。我的父母就离婚了。如果帕特是个酒鬼或者家暴男，那就不一样了。可性并不是婚姻中唯一的事情。就拿普通的夫妻来说，他们每周性交一次，在周六晚上。我们就说每周五分钟吧，如果不算前戏的话。一万零八十分钟里的五分钟。我算了百分比——还不到百分之零点零五。假设帕特每周在一个妓女身上花五分钟——也就是他刮个胡子的时间，我为什么要介意？特别是我明知道他并没有投入任何感情。"诺琳一股脑地说出这些数据的时候，海伦娜的脸上闪现出不悦的神色。她正在努力忍住想去厕所的冲动。她曾经在欧洲各地旅行过，根本不担心细菌问题，还喝过当地的水，用过西班牙农民家的茅房和意大利小客栈里的那种嵌入地板的简易茅坑，可是一想到诺琳家的厕所，她竟然畏缩了。诺琳报出的统计数字、外面持续的狗叫声，还有水池里的滴水声，这一切所营造出的不真实感在她缓解膀胱压力的迫切需求下更加明显，她感觉自己已经进入了永恒。然而，当她终于提出想要去厕所的时候，她却久久都尿不出来，虽然她已经在马桶圈上铺了纸。帕特之前把马桶圈掀上去了，像是一种病态的存在。最后，她需要在水池里放水来帮助自己排尿。

她回到客厅的时候，诺琳突然直入主题。"我想，哈拉尔德对我来说，已经变成了一种男性力量的象征。"她用她那种平静的声音说着，漫不经心地喷吐着烟雾，但是在那一团烟雾的后面，她正眯着那双黄玉一样的眼睛观察海伦娜,好像要看看她的反应。诺琳继续连珠炮般地讲述着,仿佛在陈述记事本上写的内容。海伦娜自己也点起一根香烟,带着批判的态度仔细聆听,心中默记要点,并且把这些要点归纳在不同的副标题下面,仿佛她在听讲座或者开会。

她记录道,哈拉尔德在困顿的诺琳心中成为"男性力量的象征"的原因是这样的:(1)她们。诺琳一直在嫉妒她们的"性优越感"。(2)凯作为中间人,担当"在两个阵营之间传话"的角色。比如,大三那年,在沃什伯恩小姐的变态心理学课上,诺琳坐在凯的旁边,发现她是个"不错的伙伴"。(3)嫉妒凯"拥有两个世界里最好的东西"。比如,她失去了贞洁,而且周末会到哈拉尔德那里跟他同居,却没有"失去地位",诺琳的情况则正相反。(4)距离近。诺琳和帕特度蜜月回来那天在街上遇到了凯。他们发现两家住得很近,于是两对夫妇开始约着晚上一起打桥牌。(5)哈拉尔德桥牌打得比帕特好。所以哈拉尔德在诺琳心中就树立了一个雄伟的形象,可望而不可及,就像南楼的她们一样。这些就是海伦娜发现他们两个人在厨房里热吻的原因,也是这件事"没有任何意义"的原因。

海伦娜皱了皱眉头。在她看来,如果她接受了诺琳的这一系列理由,那么这件事反而会意义重大。如果哈拉尔德被当作一种雄性的象征,而不是凯的丈夫,那么他们的亲吻从对诺琳的吸引力上来看,就是"有意义的"。她一直都折服于可怜的凯早已运用起来的逻辑的力量。

"如果这件事没有任何意义,你为什么要这么详细地解释呢?"海伦娜说。"为了让你理解,"诺琳回答,"我们都知道你很聪明,我们不希望你觉得自己应该把这件事告诉凯。"听到她说出"我们",海伦娜产生了一些其他的想法,但她没说话,只是继续吐着烟圈。他们为什么认为她会告诉凯?按照她的理解,只要事情到此为止,那个拥抱根本无足轻重，毕竟哈拉尔德喝多了，而诺琳心里也很清楚这一点。

"我不想破坏她的婚姻。"诺琳沉吟着说。"那就别破坏。"海伦娜说，她的语气听起来像她的父亲。"忘掉哈拉尔德吧。天下男人多的是。不要感觉事情必须有始有终。"她相信自己读懂了诺琳的心思，对着面前的她坦诚地笑了。

诺琳犹豫了。她懒洋洋地拿起卷发器。"没那么简单，"她突然说，"哈拉尔德和我的情人关系已经有一阵了。"海伦娜咬起嘴唇。这正是她内心深处最怕听到的话。她苦笑了一下。"情人"这个简单的词让她感到意外又可怕。

诺琳继续解释道，帕特整天不在家，凯也整天不在家。"她挣钱养家这件事让哈拉尔德感到挫败。他需要维护他男性的尊严。昨天晚上发生的事情你也看到了——他烧掉剧本的那一幕，就像是为了抚慰她而举行的一场献祭仪式。他在焚烧他的种子，他的思想与身体的后裔……"听到这些话，海伦娜身上那种天然又滑稽的秉性又开始发挥作用了。"哎呀，诺琳！"她抗议道，"说点正经事吧。""'正经事'，"诺琳皱着眉头说，"这不是大学时你给一本文学杂志起的名字吗？"海伦娜说确实是的。诺琳打开了卷发器的开关。"是什么让你唾弃那些难以猜透的事情的呢？"她看着海伦娜说，"你介意我卷一卷头发吗？"卷发器预热的时候，她继续讲着。看起来，哈拉尔德整天独自在家，他便开始在下午到诺琳家里喝咖啡或者啤酒。有时候，他会带上一本书，大声朗读给她听。他最喜欢的诗人是罗宾逊·杰弗斯。"《杂色牡马》。"海伦娜插嘴。诺琳点了点头。"你怎么知道的？""我猜的。"海伦娜说。她还很清楚地记得哈拉尔德为凯朗读《杂色牡马》的那个难忘的周末。"有一天，"诺琳说，"我跟他说了帕特的……""别再说了。"海伦娜冷淡地说道。诺琳的脸红了。"我的第一次外遇——在哈拉尔德之前——也是这样开始的,"她坦白道,"那个男人是我在公共图书馆遇到的,是所实验学校的老师,有老婆和六个孩子。"她露出了不太情愿的笑容,"他对我阅读的内容感到好奇。我们曾经一起在布赖恩特公园里坐着,我跟他说了帕特的事情。他带我去了一家酒店,破了我的处女之身。但他担心被老婆发现。""那哈拉尔德呢?"海伦娜问。"在他佯装的勇敢之下,我猜他也怕。已婚男人都很有意思。他们都把妻子和情人严格地区分开。"她开始卷头发。很快,头发烧焦的味道与屋里原有的香烟味、狗味、烟丝味和水池里洗碗布的酸臭味混在一起。海伦娜注视着诺琳,认为她身上有一种属于动物的生命力,一种"质朴"的特性,公寓里的脏乱和邋遢似乎是在故意强调这一特性。海伦娜想象着,和她同床共枕的感觉一定就像在一堆厚厚的、已经腐败的落叶上翻来覆去,表层噼啪作响,像是她的嗓音,而下面则因为腐烂的化学过程而生出一种温暖和潮湿。她回想起来,诺琳曾在贝克威思小姐的民间故事课上,遵循着老师们最津津乐道的"模糊思维"的方法,写过一篇关于地球母亲盖娅和充满色情的冥府崇拜的垃圾论文,可以说是臭名昭著,还被《本科研究杂志》退了稿。海伦娜暗自偷笑。她觉得自己今天上午也可以采用卡罗琳·斯珀吉翁小姐的风格写出一篇有关诺琳公寓的地狱图景的优质论文,这里虽然不完全像凯坚持认为的那样是一个地窖,但它确实黑得像矿井,升腾着女主人尚未满足的欲望。海伦娜犀利地对自己说,这个欲望的熔炉仿佛在燃烧着生石灰,散发出大量的热气。她恶趣味地想到,"楼上那只发情的母狗"肯定是某种类似图腾的东西,她还想到了房东太太的输卵管(某种根系?),还有后院的那只冥府守门狗。"啊,地狱的女王啊,"她在心里说道,"您的谷物女神该向何处致哀?"那次谈话之后不久她才知道,是在公园大道南。诺琳的父亲已经再婚,她的母亲靠他提供的赡养费生活。诺琳每隔一周的周三都会去施拉夫特餐厅和母亲一起吃午饭。

"我不是第一个,"诺琳突然说道,卷发器吱吱作响,"哈拉尔德会把瞒着凯的事情告诉我。他和去年秋天认识的一个歌舞女郎有过很长一段时间的外遇。那个歌舞女郎想跟他结婚。她丈夫很有钱,还在康涅狄格州有房子,他和凯周末有时候会去。但是哈拉尔德不再跟她上床了,哪怕她乞求也不行。他非常害怕混乱的关系。比如,他和我上床之前,我们两个人都必须同意,我们不会影响各自的婚姻。"

"这不是说着容易做着难吗?"海伦娜问。"对哈拉尔德来说不是,"诺琳说,"他是个很有原则的人。我爱帕特。我时常也会有点嫉妒凯,因为我知道哈拉尔德有时候跟她上床,虽然他没提。但我告诉自己,每一种经历都是独一无二的。他和她做的事情并不能改变他和我做的事情。反之亦然。我没有夺走她的任何东西。绝大多数已婚男人有了情人之后,他们在妻子面前的表现会更好。在其他社会中,这种事情都是理所当然的。"

"可是,"海伦娜说,"我猜你还是不想让凯发现,也不想让帕特发现吧。而且你们必须承认,昨天晚上你们差一点就被发现了。如果走进厨房的不是我,而是凯呢?"诺琳面色严峻地点点头。"没错。"她说。然后她大笑起来。"天啊!"她坦白道,"还有一天我们也差点就⋯⋯"海伦娜扬起眉毛。"你想听听吗?"诺琳说。"好吧。"海伦娜说。"就发生在这儿。"诺琳说,"有一天下午,大约十天之前,我们正在那里翻云覆雨"——她指了指沙发——"突然有人用力敲门,还大声喊着'里面的人,开门!'。"

海伦娜打了个寒战。她一边听她同学的讲述,一边冷静地在想象中重现当时的画面:诺琳和哈拉尔德脱得一丝不挂,正在沙发上

"意乱情迷"，忽然受到了惊吓。敲门的会是谁呢？哈拉尔德似乎根本不想知道，他从诺琳现在坐着的那把折叠椅上抓起裤子就冲进了卧室。敲门声仍在继续。诺琳坐起来，用沙发巾裹住身体。她觉得一定是警察——红色小队的——来搜查帕特南的文件了。听起来他们随时可能破门而入。他们一定是听到了她和哈拉尔德的轻声交谈。"开门！"哈拉尔德从卧室里小声说。诺琳抓着身上的黑色沙发布，光着脚把门开了一条缝。两个穿便衣的男人和一个女人冲了进来。"就是她！"那个陌生女人指着诺琳大喊。她中等年纪，穿着毛皮大衣，戴着珠宝。"我丈夫在哪儿？"诺琳还没来得及阻止他们，两个便衣男人就推开了卧室的门，看到哈拉尔德正在里面扣裤子纽扣。"他在这儿，夫人！"他们喊着，"衣服脱了一半，穿着背心，裤子还没扣好。"女人也进去看。"可那个人不是我丈夫，"她惊叫，"我以前从来没见过这个人。他是谁？"她愤怒地转向诺琳。

诺琳说到这里，海伦娜大笑。"他们要找的是楼上的女秘书吧？"她推测。"你怎么猜到的？"诺琳说。海伦娜明白当时是什么情形了。那两个便衣男人是专门调查婚外情的私家侦探，他们走错了门。那个女人的丈夫一直在楼上和女秘书"格蕾丝"一起，等着被他的妻子和私家侦探捉奸在床。这是一起"被安排好"的离婚案。"而且当然，"诺琳继续说，"他们并不会真的干什么——只要搞得'衣冠不整'就行了。他们本来应该马上开门，让侦探安静地进屋，不然约翰就会选择大闹一场。他一直告诉玛格丽特，他们是在经营一家'妓院'。""'约翰'是房东？"海伦娜问。诺琳点点头。"实际上，他说话也不太管用，因为玛格丽特抓到过他跟之前的房客乱搞，然后把那个房客轰走了。不过他有时候对格蕾丝很不满——和往常一样，也是出于利益的原因。他把这座房子当成样板房给他的装修客户参观，他担心这个地址会出现在刊登了离婚案报道的报纸上。这一次，都怪那些侦探太笨了。他们被明确告知去突袭顶层的房间，结果他们还是去了一层。我们没立即开门，他们又在门外听见了我们的交谈声，于是就断定里面一定有鬼，那个丈夫出尔反尔。所以，他们本应该打电话给律师请求进一步的指示，但他们没有，而是直接闯了进来。那个女人看到我裹着沙发布，而她以为的她丈夫跑去藏了起来，就不知道这是怎么回事。有人告诉她对方是个金发女郎（必须是金发），所以她自然就把我当成了格蕾丝。可能她以为她丈夫决定一不做二不休了。"她大笑着说。

哈拉尔德表现得"非常优秀"。他很平静地从那些侦探口中探出了来龙去脉，然后狠狠训了他们一顿。他说他们俩一定是那种曾经在纽约市警察局受过暴力训练，然后又因为敲诈勒索或者纯粹是没脑子被"干掉"的蠢货。他谅他们不敢否认。他说，他们本该知道，没有搜查证以及一名警官的陪同，他们是不能擅自闯入私人住宅的，而且，站在诺琳的立场上，他会告他们私闯民宅，这是重罪，会让他们和那名女客户一起坐牢。"你们俩当时的状况也很难构成威胁吧，"海伦娜评价说，"那两个侦探一定能看出来。"诺琳摇了摇已经烫出满头发卷的脑袋，说道："他们吓得脸都绿了。"

她继续用更平淡的口吻说了下去："所幸那天下午房子里除了格蕾丝和那个跟她在一起的男人在顶层，并没有其他人，要不然，那一通砸门和喊叫一定会让所有房客都跑出来。""对了，尼采当时在哪儿？"海伦娜问，"我以为它肯定也得跟着叫几声呢。"尼采前几日被房东夫妇带去了乡下。那天是林肯的诞辰，所以格蕾丝下午才会放假在家，正常情况下她会在晚上被"突袭"，只要约翰和玛格丽特不举办晚宴。"凯呢？"海伦娜说。"凯在上班，"诺琳回答，"林肯诞辰日商店是不放假的。别的工薪奴隶放假的日子，他们正好可以赚钱。那一天是白领们疯狂购物的日子。你觉得一个每周工作四十八小时的速记员什么时候能有时间去给自己买条裙子？除非她不吃午餐，对吧？你可能从来没想过这个问题。"她盯着海伦娜，又点了一根烟。她把那根燃烧着的火柴在手里举了一会儿，仿佛是要给海伦娜模糊不清的思绪带去光明。

海伦娜站了起来，她决定把自己的想法说出来。诺琳说"凯在上班"这句话时语气中的那种漫不经心又满不在乎的态度让她抿紧了嘴唇。"我不是个社会主义者，诺琳，"她坦言道，"但如果我是，我会尝试着做个好人。我想，诺曼·托马斯就是个好人。""诺曼曾经当过牧师，"诺琳指出，"这就是他最大的短板。他对当代工人群体没有吸引力。他们感觉到了他不切实际的社会改良思想。他对帕特很有帮助，但帕特觉得是时候跟他分道扬镳了。华盛顿出现了一个新的国会议员团体——是由农民工党和进步党党员组成的，帕特感觉跟他们合作会更有效，他们离实权更近。他们中间的几个人今天下午会来家里喝几杯。可能之后我们还会一起到格林尼治村那边的一个夜总会去——他们中有个人喜欢跳舞。帕特和比尔——他跟你说了吗？——想成立一个报业集团，脱离筹款组织，因为共产党的优势太明显了。农业州的这些国会议员背后有很多小城镇的报纸，这些报纸都在如饥似渴地寻求真正的、未经审查的劳工新闻，以及有关合作和利润分配的最新动向。今天下午我也邀请了凯和哈拉尔德一起来，因为哈拉尔德来自韦布伦——""诺琳，"海伦娜打断她，"我说了，如果我是一个社会主义者，我会尝试着做个好人。"虽然她在努力小心翼翼地拉长了调子说话，但她的声音已经开始颤抖起来。诺琳慢慢放下手里的烟，望着她。"你说你丈夫不能跟你上床是因为你是个'好女人'。我建议你跟他明说，告诉他你跟哈拉尔德的事情。还有那个有老婆和六个孩子的实验学校老师的事情。那一定能让他的东西抬起头来。而且让他看一眼这个公寓，再看一眼你脖子上的颈纹。如果一个男人跟你睡了，你会为他留下条颈纹，就像你浴缸里没清理干净的水渍一样。"诺琳坐在那儿目不转睛地盯着她，脸上没有任何表情。海伦娜深吸了一口气。她上一次用这么强硬的态度讲话，还是小时候不懂事跟妈妈胡搅蛮缠的时候。她几乎没意识到自己竟然使用了某些词语，她的声音也奇怪地变了调。一连串不连贯的句子似乎要冲出她干涩发紧的喉头，像是她在试图安抚的一群暴徒。"去买点氨水，"她听到自己突然开始发号施令，"把你的刷子和梳子好好清洗一下吧！"她喘了一口气，停住了，害怕自己会因为过度的愤怒而哭出声来，以前她跟妈妈就经常这样。她快速走向落地窗，站在那儿望向外面的花园，努力想着该怎么道歉。诺琳在她身后开口了。"你是对的，"她说，"你说的完全正确。"她拿起手镜检查着自己的脖子。"谢谢你告诉我真相。从来没有人这样做过。"

听到这些粗声粗气的话，海伦娜一惊。她穿着褐色豹皮高跟鞋的双脚缓缓地转了过来。她完全没有想到诺琳会对她表示感谢。正如诺琳所说，海伦娜不是什么改良者，她一直在"用行动对抗"她母亲那种谨慎严肃的改良论，也很蔑视那些改变别人或者被别人改变的想法。她不知道此时是什么让自己勃然大怒——是出于对凯的忠诚，想要维护凯，还是出于诚实的原则，或者只是希望向诺琳表明，她不可能一直愚弄所有人。但发现诺琳乐于接受之后，她感觉自己肩负着责任。"继续，多说一点，"诺琳催促道，"告诉我，我需要做些什么来改变我的生活。"海伦娜在心里叹了口气，隔着桌子坐在诺琳对面，想到原本和父亲的约会，想到她现在宁愿去挑选那些旧银饰也不想成为一把清理诺琳人生的新扫帚。但她觉得，如果她建议诺琳从打扫公寓开始，至少那些议员，可能还有帕特南，都会感谢她的。

"嗯，"她犹豫着说，"我会从一点点'需要弯腰的体力活'开始。"诺琳不明就里地看了看她周围。"你是说把地板擦了吗？好吧。然后干什么？"海伦娜虽然不情愿，但还是积极地抓住机会继续说。"然后嘛，"她接着说，"我会买些卫生纸。你的卫生间里一点纸都没有了。再买一些漂白剂清洗一下垃圾桶和马桶。然后把洗碗巾煮一下，或者干脆换条新的。"诺琳听着。"我会给狗解开链子，出去遛遛它。既然说到这里，我还会给它改个名字。""你不喜欢尼采这个名字？""不喜欢，"海伦娜冷冷地说，"我会叫它罗弗之类的。"诺琳轻轻地笑了。"我懂了，"她感激地说，"天啊，海伦娜，你太了不起了！继续。我是不是应该给它洗个澡，然后再带它去行洗礼？"海伦娜想了想。"这种天气还是算了。它可能会着凉。不过你自己应该洗个澡，顺便把头发也洗一洗。""可我刚刚才烫了头。""好吧，那就明天洗。然后去买几件新衣服，让帕特南结账。如果他看到账单叽叽歪歪的，你就把收支表撕掉。买点真正的食物——不是罐头那种。哪怕只是汉堡、新鲜蔬菜和橙子都行。"诺琳点点头。"好的。不过你再跟我说些重要的事情吧。"

海伦娜绿色的眼睛审视着四周。"我会把这个房间粉刷成另一种颜色。"诺琳露出怀疑的表情。"这是让你觉得重要的事情？"她问道。"当然，"海伦娜说，"你不想让别人把你当成法西斯主义者吧？"她狡黠地补充道。"天啊，你说得太对了，"诺琳说，"我想我是对这个环境过于熟悉了。我从来没想过这个问题。小心总没坏处。共产主义者可是毫无道德观念的。今天他们还跟你上床，明天就能管你叫法西斯。他们甚至说诺曼是社会主义法西斯。好的，你继续。""我会把这张北极熊地毯扔掉，"海伦娜温柔地说，"它放在那儿只会积灰，而且似乎早就过了使用期了。"诺琳表示同意。"而且，我觉得帕特也对它过敏。还有呢？""我会从图书馆借来一些真正的书。""什么叫'真正的书'？"诺琳小心翼翼地瞟了一眼她的书架。"文学作品,"海伦娜说,"简·奥斯汀、乔治·艾略特、福楼拜、紫式部、狄更斯、莎士比亚、索福克勒斯、阿里斯托芬、斯威夫特。""但是那些书不是跟生殖有关的。"诺琳皱起眉头说。"那就更好了。"海伦娜说。片刻沉默之后,诺琳问:"就这些吗?"海伦娜摇了摇头。她和诺琳四目相对。"我不会再跟哈拉尔德见面了。"她说。

"哦。"诺琳喃喃道。"找点别的事情打发你的时间吧。"海伦娜毫不客气地说,"到哥伦比亚大学修一门课,或者把你在矿井的所见所闻写下来。找份工作,当志愿者也行。不过,诺琳,别再跟哈拉尔德见面了。即使是社交场合也不要再见面。彻底断掉。"这一请求让她的声音变得恳切起来。随后她又恢复了轻松一些的语调。"如果我是你,我会提出离婚或者申请婚约无效。不过这是需要你们自己拿主意的事情——你和帕特南。你不需要跟任何其他人商量。如果你想留在他身边,那我想你就要下定决心过这种没有性的生活。不要试图两全。想清楚你要哪一样:性还是帕特南。很多女人没有性也可以过得很好。看看学校里的那些老师,她们也没有变得枯萎乖戾。而且很多女人,"她补充说,"没有帕特南也可以生活。"

"你说得对,"诺琳沉闷地回答,"是的,当然你说得都对。这是我必须做的选择。"但她的声音却是软弱无力的。海伦娜有种感觉,她刚刚在列出那些改变的时候诺琳根本没有听,或者只是机械地听着并且随声附和而已。"对方已经不是完全配合的状态了。"她想。她也不禁觉得气愤和失望,问自己为什么要在乎诺琳是否采纳她的建议。除非是为了凯,但是她承认,她这么介意也并不完全是因为凯。帮诺琳改善生活的愿望让她失去了理智。现在,被自己传教士一样的热情包围着,她不想放弃这个愿望。"无论你做出什么选择,诺琳,"她坚决地说,"不要跟别人说。这就是我给你的最重要的建议。不要跟任何人谈起你或者帕特南的问题,律师除外。甚至不要再去找其他医生。就算需要咨询医生,也应该是帕特南去,而不是你去。而且,只要你们还在一起,就下定决心不要谈到性。任何形式的都不要谈——动物的、植物的,或者矿物的。不要再提什么输卵管。""好的。"诺琳叹着气回答,仿佛这才是最困难的部分。

随之而来的是一阵令人压抑的沉默。狗又开始叫了。高架铁路上的列车呼啸而过。海伦娜认为,在这场荷马史诗般的争论中,宙斯正在拿出他的黄金天平。诺琳咳嗽着伸了个懒腰。"你是个早熟的孩子,"她打着哈欠说,"但是在情感上你还穿着开裆裤呢。如果青年人有经验……"她又打了个哈欠,"说真的,你努力想要帮助我,我非常感激。你跟我说出了真相,你以为的真相。而且你还给了我几个非常好的建议。比如必须要在性和帕特之间做出选择。选定一边走下去,而不要像我现在这样抱有骑墙的态度。你笑什么?""你的措辞。"诺琳狂笑了几声,然后皱起眉头。"这恰好就是个例子,能证明我所说的你那套方法的局限性。你热衷于形式,但我关心的是意义。如果我告诉你,你的大多数建议都流于表面,你会介意吗?""比如?"海伦娜恼怒地问。"把公寓打扫干净,"诺琳回答,"好像那就是头等大事。买卫生纸,买漂白剂,买一套新衣服。你注重的是资产阶级的购买行为。单纯是在物质层面。我要的是面包,你给我块石头。我承认我们的厕所里是应该有卫生纸的,帕特今天早上刚为这个骂了我一顿,但是那并不能解决重要的问题。穷人家里没有卫生纸。""不过,"海伦娜说,"我应该想到你们的目标之一就是要看到他们有卫生纸。"诺琳摇了摇头。"你在回避我的重点,"她说,"你迷恋外表。你并不接触本质的东西。那些看不见的东西。""'苹果的灵气'。"海伦娜说。"是的。"诺琳说。"我看你的'核心问题'倒是相当显而易见。"海伦娜慢悠悠地说道。她估计诺琳并不打算听从她的任何建议,除了有可能把狗的名字改成罗弗——好制造点话题。"不,"诺琳思忖着回答,"也有某种潜在的精神萎靡。帕特的阳痿就是普罗米修斯式孤独的象征。"

海伦娜从沙发床上拿起她的豹猫外套。说完最后一句话,诺琳陷入沉思,一只手托住下巴,似乎已经忘记了海伦娜的存在。"你一定要走吗?"她心不在焉地问,"如果你再多留一会儿,我可以给你做点午餐。"海伦娜拒绝了。"我要去跟我父亲见面。"她穿上外套。"哦,谢谢,"诺琳说,"非常感谢你。如果有空,你今天下午也可以过来。"她伸出一只大手,指甲很脏,有咬过的痕迹。"哈拉尔德和凯都会来,如果你想再见到他们的话。"她的记忆似乎被唤醒了,看到海伦娜的眼睛,她的脸红了。"你不明白,"她说,"帕特和我不能跟他们断绝往来。在社交场合,我还是得跟哈拉尔德见面。他和帕特有很多共同之处——在思想上。或许他们两人对彼此的意义要比我对他们中任何一个人的意义都重大。而且哈拉尔德也靠我们给他提供智识上的启发。我跟你说过——我们举办了一个类似沙龙的聚会。这个月的《小姐》杂志还写了我们。'帕特·布莱克和诺琳·布莱克夫妇,他是威廉斯学院31届毕业生,她是瓦萨学院33届毕业生,他们为了美国年轻人的良心,向所有人敞开家门。'还附有照片呢。"她突然大笑起来,然后又皱起眉头,伸手捋了捋头发。"这就是你的分析中缺失的元素。我和帕特的婚姻中最关键的核心。我们成了他人心目中某种有意义的存在,在这种情况下你就不再是个随心所欲的人。从你的角度是看不到这一点的,那也导致你过分看重性的作用。"诺琳站在那里,低头看着她面前这位身材娇小的客人,语气变得循循善诱又亲切友好。"你不会把我跟你说的告诉别人吧?"她突然焦虑地追问。"我不会,"海伦娜调整着她的小帽子说道,"但你会。"诺琳把她送到门口。"你是个讨人喜欢的人。"她说。

一周之后，在克利夫兰，戴维森夫人从前一天的《纽约时报》上抬起头来。她坐在早餐室她所谓的壁炉的角落里，每天邮差来过之后，她总是坐在那里读信。《纽约时报》要晚一天才送到，不过戴维森夫人并不介意，因为她只是为了了解"大背景"才去读它的。房间里贴着蓝色、紫色和白色相间的印花壁纸，摆着英式家具，有一个小巧的都铎式木质凸窗，海伦娜上小学时曾经幻想过沃尔特·罗利爵士用钻石在上面写作的场景。房间里还有一张漂亮的安妮女王风格的写字台，上面有格架和一个隐藏的抽屉，戴维森夫人就在这里写回信。她的集邮盒里收藏着各种面额的邮票，像是彩色的宝藏。一张坚固的詹姆士一世时期风格的桌子上堆放着这个月的刊物，仿佛是一所学校的图书室。写字台上方的镶板墙壁上挂着戴维森夫人的"传家宝"——一些褪色的祖传宅邸的照片，拍摄于维多利亚时代晚期的萨默塞特郡，那是"一座普通的绅士庄园大宅"，她的先祖，一位神职人员，就是从那里动身去的加拿大。壁炉上砌着蓝白相间的纹饰图案，戴维森夫人就坐在旁边的安乐椅上浏览报纸，她穿着大波点围裙，膝盖上放着一把陶瓷手柄的开信刀。"海伦娜！"她用洪亮的声音喊道，听起来像是巨大的丘纳德轮船上发出的雾号声。海伦娜出现在走廊里。"哈拉尔德被逮捕了！""我的天啊！"海伦娜喊道。"似乎是因为跟一些私家侦探打架，"她的妈妈一边继续说着，一边用那把开信刀敲着报纸，"他和一个叫帕特南·布莱克的人。你知道那个人是谁吗？"

海伦娜脸色发白。"让我看看，妈妈！"她恳求着，从房间另一头冲过来，仿佛要把报纸和上面糟糕的信息从她妈妈的手里一并夺走一样。哈拉尔德和诺琳肯定是在偷情、拥抱的时候又被人撞见了，

145

而且一想到自己要就这个问题被妈妈盘问,她脸颊上金色雀斑的颜色都加深了。她那个总是喜欢逗弄人的妈妈把她挡开了。"你会把报纸弄乱的,海伦娜!"她呵斥道,慢慢把报纸叠起来。忧心忡忡的同时,海伦娜感到奇怪的是,戴维森夫人并没有表露出应有的震惊,相反,如果真有这种可能,她的态度是某种舒适但又庄严的警觉。"我给你读出来吧,"戴维森夫人说,"在这儿,第五版。还有一张照片。报纸上的这些照片拍得太模糊了。"海伦娜把长有沙色头发的小小脑袋凑到她妈妈长有灰色头发的大脑袋旁边,她的脸颊贴着戴维森夫人用来绾住"发髻"的发网。"我不知道你说的是哪里。"她说着,目光在报纸的头条中浏览着,但都是劳工纠纷。"那儿!"她妈妈说,"侍者罢工导致客人离场,两人被捕。"海伦娜咬住嘴唇,她强忍住自己的惊讶,坐在脚凳上准备听妈妈把新闻读出来。"海伦娜,我不知道你是否了解纽约一些高级酒店的侍者在闹罢工。你爸爸和我关注这件事主要是因为萨沃伊广场酒店。为你爸爸提供早餐的侍者告诉了他这件事,就在上周——""求你了妈妈,"海伦娜打断了她,"报纸上是怎么说哈拉尔德的。"于是,戴维森夫人以她特有的强调和停顿开始读报纸:

"卡尔顿·卡文迪什酒店中正在进行罢工的侍者们昨晚意外地得到了某个团体的支持。二十四岁的公关人士帕特南·布莱克率领一群同情罢工的来宾,在烛光点点、乐音回旋的玫瑰厅集体离场。这群醒目的客人穿着晚礼服,除了后来被带到东五十一街警察局的布莱克先生本人,还包括多萝西·帕克、亚历山大·伍尔科特、罗伯特·本奇利,以及其他一些文学界的名人。离场的信号是布莱克先生发表的一次讲话,他鼓动在座的客人们表现出对侍者的同情,因为工会就在酒店外面设立了罢工纠察队。服务中断了四十五分钟。在卡尔顿·卡文迪什酒店的助理经理弗兰克·哈特的投诉之下，布莱克先生被指控扰乱社会治安，同样因为扰乱社会治安而被起诉的还有二十七岁的剧作家哈拉尔德·彼得森。两人都出席了夜间法庭，随后每人缴纳了二十五美元的保释金后离开。布莱克先生告诉记者，他和彼得森先生希望可以对哈特先生和卡尔顿·卡文迪什集团雇用的两位私家侦探提出指控。他声称，这两位私家侦探'殴打他们'，并且试图将他们囚禁在酒店的地下室里。彼得森先生指控说对方使用了指节铜环。布莱克先生声称，当他和他的同伴们发现了为他们提供服务的是非工会的侍者时，决定行使自己的权利离开玫瑰厅，而哈特先生和其他两名侦探却采取了行动阻止他们以和平的方式离开现场。哈特先生表示，这群'麻烦制造者'点了饮料和其他小吃，但是没有付账就走了。布莱克先生和彼得森先生对此予以否认。他们说，他们一行三十人分散坐在新装修好的豪华的玫瑰厅里，并且在离场之前已经为自己点的饮品留下了'足够的补偿'。不过，他们确实没给小费。布莱克先生还补充说，有可能是其他客人在混乱中离开时没有付钱，而引发这场混乱的是他和彼得森先生遭到了由非工会的侍者和侦探组成的'飞虎队'的袭击。在夜间法庭上，布莱克先生和彼得森先生都由他们各自穿着晚礼服的夫人与一群戴着丝绸帽子和穿着燕尾服的朋友陪同。他们将于三月二十三日出庭受审。据说，'罢工者'中还包括一些瓦萨学院的女学生。几周前，在阿尔冈昆酒店的午餐时间也发生了一起类似的离席示威事件，由报纸专栏作家海伍德·布龙领导。那一次没有人被捕。"

"我的天啊!"海伦娜说,"你猜照片里有凯吗?让我看看!"照片展现了酒店餐厅里的混乱场面,一张桌子和几把椅子已经底朝天。但不幸的是,正如戴维森夫人说的,照片很模糊。她们找不到凯,但她们认为她们看到了哈拉尔德,他穿着晚礼服,面色苍白,被笼罩在阴影中,一只手臂正高高举起,一群侍者正向他冲去。她的妈妈在寻找多萝西·帕克("海伦娜,她是在修道院长大的,你知道吗?"),海伦娜认出了诺琳,在照片的正中间,对着镜头,穿着一件看起来很廉价的白色缎子晚礼服,戴着一顶镶有宝石的头冠,仿佛是在剧院的包厢里。她还戴着白色的长手套,可能是小山羊皮手套,袖口已经褪到了手腕的地方。还有一幅小插图是帕特南在夜间法庭被传讯的场面,不知道是印刷太模糊还是他的一只眼睛已经乌青了。很明显,他穿着一件燕尾服,但他的白领带已经不见了。

戴维森夫人放下报纸。"那张大照片表明,"她尖锐地指出,"整个事件都是演出来的。""当然是演出来的了,妈妈,"海伦娜不耐烦地回嘴道,"公开为那些侍者打抱不平才是重点。""是精心策划的,海伦娜,"她的妈妈说,"他们一定提前跟报社透露了消息,让那边派摄影记者去。然而帕特南·布莱克在声明里却说,他们是在'发现了为他们提供服务的是非工会的侍者时'才离开的,注意这个前后矛盾的地方。""那只是他的措辞而已,妈妈。可能是他的律师建议他那么说的。不然他或许要被指控搞阴谋诡计或者其他什么的。这件事的本意并不是愚弄任何人。""我要给你爸爸的办公室打电话,"戴维森夫人说,"他可能没注意这条新闻。跟萨沃伊广场酒店那个提供早餐的侍者告诉他的一样,外部因素已经控制了那些侍者并且正在操纵他们。我很担心哈拉尔德会让自己卷进这种事情里去,可能会惹上非常严重的麻烦。你觉得需要给凯打个电话吗?"海伦娜摇了摇头。妈妈在一旁的时候，她可不想跟凯聊天。"现在先不打，"她说，"她在上班呢，妈妈。""嗯，"戴维森夫人回答，"至少报纸里没有提到她，而且彼得森是个很常见的姓氏。《纽约时报》竟然把这个词拼对了，我还挺意外的。我们只能希望梅西百货不会发现这件事，我可不想看到凯失去她的工作。"

她站起身，走向角落里的一张桌子，那上面有一部电话。"你先出去吧，"她说，"我要跟你爸爸说点事。"戴维森夫人和戴维·戴维森之间的交流，即使是鸡毛蒜皮的小事，也绝对不许别人旁听。过了一会儿，海伦娜被叫了回来。"你爸爸已经知道了。他已经派人去取今天的报纸了，如果已经出版了。他还去要了昨天的《论坛报》和八卦小报。你爸爸想看看纽约办事处能不能帮哈拉尔德摆脱这次的麻烦，给他找个有名气的律师。帕特南·布莱克是谁？我从没听哈拉尔德谈到过他。你爸爸也不认识他。"她说话的语气带着微微的轻蔑，海伦娜并没有提醒她，她已经好几个月没有见过哈拉尔德了。"他是威廉斯学院毕业的，"她耐心地说，"和另一个男生一起创办了一家叫作'共同事业'的组织——帮助劳工纠纷案件中那些'被遗忘的人'募集资金。他娶了我们班上的诺琳·施密特拉普，就是戴着头冠和长手套的那个人。上大学那会儿她就总是组织示威游行。""没错，"戴维森夫人说，"我就知道是这样！'找出那个女人。'我刚刚就是这么告诉戴维·戴维森的。'你记住我的话，你会发现这件事背后有一个女人。'"母亲的敏锐让海伦娜吃了一惊。"你到底是什么意思，妈妈？"她小心翼翼地询问。

戴维森夫人按了按头上的发网。"我跟你父亲说，这场闹剧让我想起了以前妇女参政论者举办的那些示威活动。她们用铁链子把自己绑在灯杆上，然后那个叫伊内兹什么的年轻女人，也是从瓦萨毕业的，骑着一匹白马沿着第五大道走过，为获得投票权而示威。她穿的那身衣服迷人极了。当时所有报纸都报道过，你那会儿还是个婴儿。她们就愿意让警察逮捕。你父亲永远不会允许我参与那些闹剧。不过当时有很多优秀的女性——比如我们克利夫兰的麦康瑙希夫人和珀金夫人——都积极参与了那次运动。"这两位都是戴维森夫人的朋友，一位是史密斯学院的毕业生，另一位是韦尔斯利学院的毕业生。她们经常在戴维森夫人的谈话中出现，两人的名字一直萦绕在海伦娜的童年时期，像是两位俗世的守护神。戴维森夫人叹了口气。"但是那些妇女参政论者的游行也都是在演戏，"她用一种更加活跃和欢快的声音补充道，好像在掩饰她内心的遗憾，"媒体也是提前收到了邀请。所以，我一看到这篇文章，"她拿起《纽约时报》用力地拍了一下，"我就跟自己说：'不，这件事不可能是男人策划的。'""可是为什么呢？"海伦娜问。"成熟的男人，"她的母亲说，"从来不会主动穿上燕尾服，除非有个女人要求他穿。而且，无论这个男人的政治立场是什么，海伦娜，他都不会穿上燕尾服出去参加什么出于同情心举行的罢工活动或者其他什么所谓的活动，除非某个女人很有技巧地哄骗他那么做。为了让他出现在报纸上。别告诉我哈拉尔德这样做是为了帕特南·布莱克的蓝眼睛，不是的，她很可能早已经把帕特南·布莱克和哈拉尔德玩弄于她纤细的指间了。而且那个头冠——可能是她故意戴上的，还有那些手套。她手里没拿一把鸵鸟毛扇子我都觉得是奇迹。"海伦娜大笑着，拍了拍妈妈丰满的手臂。"哎呀，海伦娜，"戴维森夫人继续语带怀疑地说着，但又明显感觉自己"把对了脉"，"你会觉得她是在某个慈善舞会的迎宾队列里。但我敢打赌，她这身衣服是专门为了这个场合买的。不然是她从她祖母的箱子里翻出来的？"海伦娜又一次哈哈大笑，不禁对母亲的归纳能力佩服不已。"一个渴望出名的女人，"戴维森夫人最后敲了一下报纸，说道，"她在大学里学的什么专业?""英语,"海伦娜说,"但她主要是跟着洛克伍德小姐学习当代新闻业。"戴维森夫人拍了拍脑门。"唉,我天生就是个预言家啊!"她点着头说道。

第七章

两天前（戴维森夫人读到的新闻是从前一天的晚报上转载的）在纽约，普罗瑟罗家的英国管家哈顿穿着饰有云纹翻领的蓝紫色中国刺绣丝绸加厚睡袍，坐在普罗瑟罗家独立洋房顶层他卧室里的一把高背椅上，开着收音机，读着《先驱论坛报》。他抽着烟斗，穿着丝绸袜子和红色皮拖鞋的双脚搭在脚凳上。睡袍、拖鞋、高背椅、收音机——哈顿的所有服装和家什摆设，除了他正在抽的那只烟斗——都是普罗瑟罗先生给他的。普罗瑟罗先生与哈顿的年龄和体格相仿，只是更成熟，更擅长运动，更时尚。哈顿更高大一些，更威严，脸色也没那么青。有个男仆曾偷听到玛丽小姐的同学，也就是瓦萨的那些年轻姑娘宣称，管家长得像亨利·詹姆斯，一个似乎已经进入上流社会的美国小说家和伦敦社交家——这个事实是哈顿放假时自己到社会图书馆的阅览室里发掘出来的，每周五家里的司机都会到图书馆去，帮普罗瑟罗夫人取回图书馆馆长亲自为她挑选的犯罪小说，但是哈顿没把查资料这件事托付给司机，因为他觉得司机未必能办好。（根据哈顿跟那个年轻男仆说的，普罗瑟罗先生的图书馆似乎更适合被称为一个绅士的图书馆，里面主要是体育类的书籍——纯血马的历史、种马和游艇名录、体育明星回忆录,这些书的封面都是用摩洛哥羊皮和小牛皮装订的。此外,还有一些藏在封皮里的色情书籍。)

哈顿正在仔细研读的这份报纸是今天早上普罗瑟罗先生拿在手里浏览了几眼之后转交给他的,他拿到手里的时候几乎还是全新的,就像那件睡袍和那双拖鞋,几乎没有穿过的痕迹。实际上,哈顿可以说是普罗瑟罗先生的翻版或略微放大版,他对此倒是没有什么不悦,因为他感觉自己基本上就是他这位美国主人的改良版:普罗瑟罗先生的西服穿在他身上更有型,因为他个子更高。相比早上匆匆翻阅报纸、布满血丝的眼睛只盯着股市版面的普罗瑟罗先生,他更加享受自己晚间读报的时光。他在服侍普罗瑟罗先生穿衣服的时候,有时候会在拂去他肩头的灰尘或者调整他口袋里的手帕时忍不住打量他一番,仿佛他是仿照自己做出来的一个人体模型——一个仅用钢丝和布料支撑起来的模型。裁缝粗粗缝制起衣服和其他物件给模型试穿,而"另一个人"才是这些衣物真正和最终的归宿。你甚至可以说,普罗瑟罗先生替他把前路铺好了。他不仅继承了普罗瑟罗先生的衣服、他的椅子、报纸和几乎全新的收音机,家里遇到突发情况,比如火警时,他还会在普罗瑟罗夫人面前暂时"代替"普罗瑟罗先生。夫人是一位富态、"娇弱"的女士,柔软得像是长枕头或者沙发垫。她非常怕火,于是,哈顿被她训练得能够随时"闻到烟味",经常领着全家人和男女仆人们在半夜下楼到安全的地方去,而普罗瑟罗先生还在酣睡。玛丽小姐的客人们深夜从某个香槟不太好喝的舞会返回,在高大房子的走廊里或者楼梯上遇到哈顿时,总会认错人,因为哈顿穿得就像一只有肉垂的紫色大鸟(普罗瑟罗夫人也怕"小偷")。哈顿自己也很清楚,别人看到不穿制服的他时,总会误以为他是普罗瑟罗先生,他们可能晚上才见过普罗瑟罗先生本人穿着一件一模一样的睡袍,在图书馆里从装着威士忌的玻璃瓶中给自己倒酒。哈顿本人则是滴酒不沾的。

哈顿不仅是个"纯爷们",而且还是"家里的顶梁柱",是个很有责任感的人。他在普罗瑟罗家当管家很多年了,家里的姑娘们很小的时候他就在了,虽然他一度暗自打算退休后返回英国,再娶个年轻女人,靠着积蓄生活。但是四年半前,他干了一件了不起的事情——在股市崩盘中失去了所有财产。他们在华尔街把哈顿的全部投资都赔了个精光,在这一点上,哈顿同样让普罗瑟罗先生自愧不如,因为普罗瑟罗先生在一九二九年经历了短暂的挫败之后,大萧条期间一直在稳步致富,而且他根本没费什么力气,全靠他买到的一项专利,专利的所有者是他在管道岩石俱乐部打完马球之后经人介绍认识的。那个看起来像骗子的家伙不久之后就跳进一个没有放水的游泳池里自杀身亡了。但那项专利由于关乎制造新型合成材料的某道工艺,被证明价值不菲。普罗瑟罗先生承认,自己天生就是个会赚钱的人。现在他每周大部分的工作日都会到市中心的办公室去,给使用这项专利的公司"撑撑门面"——他的说法。他们给了他一个总监的职位,虽然他说自己根本搞不清楚他们在生产什么东西或者授权生产什么东西。但他认为,在这种时候,全力以赴是他的职责所在。

普罗瑟罗夫妇各自的家族(普罗瑟罗夫人原姓斯凯勒)都很愚蠢,而且他们为此还很自负,认为那是有良好教养的表现。从可以追溯的族谱来看,双方的祖上没有任何人接受过高等教育,波姬——家人口中的玛丽——是第一个上大学的人。她的妹妹菲莉丝高二那年就从查宾学校辍学了,又去休伊特学校上了几个月的课,直到十六岁,按照州法律的规定可以离校回家,这让普罗瑟罗夫人欣慰不已。菲莉丝现在已经办完了正式进入社交界的舞会,而且准备在十九岁结婚——普罗瑟罗夫人认为这个年龄正合适,虽然她很不愿意菲莉丝离开她身边,因为她是个孤独的女人,喜欢菲莉丝陪着她一起去做头发,或者去殖民地俱乐部,菲莉丝和朋友们在那儿游泳的时候,她可以在大厅里坐一坐。仆人们一致认为,普罗瑟罗夫人是个没多少爱好的可怜女人:和大多数女士不同,她并不喜欢购物;做衣服也会让她头昏脑涨,因为她生下两个女儿之后就得了股白肿,她认为自己受不了长时间的站立;看个下午场的戏她又掉眼泪(现在让人难过的戏太多了),而且她从未学会打桥牌。很多女士热衷的室内装潢她也没兴趣,主室的家具、地毯和绘画作品还是哈顿刚来时的样子,几乎没有更换过。仆人里除了年轻的男仆和小姐们的女仆安妮特也都没换过。普罗瑟罗夫人苍白的肤色中泛着土灰色,像是室内装潢和楼梯上铺着的地毯的颜色。客厅里的美术作品都是白色和褐色的反刍动物,牛啊羊啊之类的,它们都卧在深褐色的田野里。哈顿觉得这些画还不错,他认为是荷兰画家的作品,并且挺值钱的,他也觉得家具柔和的褐色色调不错,不过女仆们都说,这个地方需要一些生机。麻烦的地方在于,你根本没法让普罗瑟罗夫人或者小姐们注意到这些。最近,曾经给两位小姐当过保姆兼家庭教师,如今负责家里亚麻织物和缝补工作的福布斯小姐教会了普罗瑟罗夫人斜针绣。福布斯说,这样她在家里还能有点事情做,因为现在玛丽小姐到康奈尔去学习当兽医了,周末也不像她在瓦萨学院时那样带朋友回家过,普罗瑟罗先生总是在办公室,以前经常陪伴普罗瑟罗夫人的菲莉丝小姐现在也总是和她自己的一些女朋友出去吃午餐,喝下午茶,看时装秀。

普罗瑟罗夫妇也请客,但仅限晚餐。普罗瑟罗夫人不能胜任在午宴时招呼客人聊天的角色。普罗瑟罗先生总是在布鲁克俱乐部、球拍俱乐部或者荷兰籍纽约人俱乐部解决午餐,小姐们也被告知尽量和她们的朋友到俱乐部吃午饭,这样可以给哈顿省点事。这当然是夫人的说法,但她应该知道的是,哈顿从来不会嫌工作太多。普罗瑟罗夫人举办的晚宴都是哈顿安排的,他会先拿来菜单和座位安排表给她过目,然后再把桌牌逐个写好。普罗瑟罗夫人就没搞清楚过如何安排八人座或十六人座这个难题,所以每次她就座后抬头望向长桌另一端,普罗瑟罗先生常坐的位置,却发现那里坐着另一位女士的时候,她总是会带着一丝惊讶和恐慌。除了女儿们回家来的两个季节,普罗瑟罗夫人的生活太过怠惰,甚至连社交秘书都没必要请。哈顿负责帮她发放和接收邀请函,告诉她谁会来吃晚餐,或者她要去哪里赴宴。他指导她给慈善机构捐款,而且,有时候家里晚上招待客人的时候,他还能抛出让大家闲聊的话题。

不用说,他也经常帮助两位小姐。"哈顿,你是个天才!"每一次玛丽小姐和菲莉丝小姐因为邀请名单或者餐位安排的事情咨询过他之后,总会发出这样的感叹。"在社交方面可谓是八面玲珑,万无一失。"普罗瑟罗先生提到这位管家时经常这样嘟囔着。他在说话时眨眨眼睛,面颊的肌肉也会奇怪地抖动一番,看起来像是得了面瘫。小姐们也认为哈顿在着装方面的品位要优于安妮特或者福布斯。她们会穿着舞会的晚礼服到他房间去,在他面前转圈,问他是应该搭配珍珠项链还是夫人的钻石首饰,应该戴条丝巾还是拿把扇子。哈顿还和福布斯一起监督菲莉丝小姐,让她给一只眼睛戴上眼罩,还要戴牙齿矫正器。如果哈顿没有力挺福布斯,那么可怜的菲莉丝小姐现在很可能已经像福布斯说的那样有对眼和龅牙,像本·特平一样。

全家人都很喜欢哈顿。对每一位第一次到家里参加下午茶舞会的男士或者第一次来留宿的女士,玛丽小姐都会抬起一只手捂住嘴巴,然后精力充沛地小声告诉他们:"我们都很喜欢哈顿。"这位训练有素的管家听到之后，仍能不动声色地继续领着客人们上楼，但是对普通的仆人来说，假装没听见可是个考验，因为这些年轻女士不仅像鼹鼠一样瞎，讲话声音也很洪亮，好像聋子在说话，而且浑然不觉，所以就算她们觉得自己已经很小声了，还是会引得周围的人转身看向她们，想听一听她们谈话的内容。她们的这个习惯是从祖母那里遗传下来的，也是一种贵族的象征。

虽然部分出于习惯，哈顿并没有太在意，但是小姐们跟来家里留宿或者吃晚餐的客人们特意指出他们都应该感谢这位管家也让他的心里美滋滋的。还有他举手投足间缓慢得体的仪式感，他一丝不苟的朴素作风都是不言而喻的，不过他也明白，在美国上流家庭里，假装对管家的服务视而不见是一种惯例，也是他们的一种小手段，想要表明他们早已经习惯了这样的服务。这冒犯了哈顿的职业自豪感，也是他离开上一家雇主的原因。在比较传统的普罗瑟罗家，他的特殊才能和素质总是会成为大家关注的焦点。他越让自己保持低调，众人就越会在他进出房间的时候，扭过脸去偷偷观察他的一举一动。哪怕他安静地关上门或者到餐具室去休息，也知道家里人此时正在和客人们谈论他。知道哈顿是谁，就表明你和普罗瑟罗家的关系很近——可以说这是一种炫耀，尤其是在年轻人中间。穿着白色燕尾服、戴着白色领带前来参加舞会的高个年轻绅士们在女士们离开餐厅之后，会一边喝咖啡或者白兰地，一边深有感触地对彼此说："哈顿太神奇了。""哈顿太神奇了，先生。"他们会对坐在餐桌主位的普罗瑟罗先生说。哈顿只要从餐具室的门往外看一眼，就能猜出席间谈话的走向，根本不需要什么通灵的技巧（虽然玛丽小姐总是喜欢说他确实有这个本事）。楼上那些瓦萨的年轻姑娘对于社交还没完全习惯，男仆给她们送去本笃会甜酒和薄荷甜酒回来之后，偶尔还有些新鲜事情可讲，但是那些喝白兰地的绅士谈论的话题永远不会变。

"就像家里的一员,"普罗瑟罗先生会这样回答,"哈顿已经成了家里的名流。名声在外。"哈顿并不确定自己是否愿意被形容为"就像家里的一员",从小姐们刚学会走路开始,他就一直在注意保持距离。但他确实感觉自己是这个家里的名流,也习惯了受人仰慕,就像是伦敦某个广场上高高伫立在立柱顶端的那个人形雕像。心里有了这个参照物之后,他练就了一副完全波澜不惊的表情,他知道这是他的主要特点之一。他应该像一座纪念碑一样,始终如一地吸引来访者的关注。他很清楚什么迹象标志着年轻小姐们和她们的朋友们已经开始把注意力转向他雕塑般冷峻的面庞,他将这种瞩目视为一种赞赏而欣然接受,但面上甚至心里都不会有丝毫的波动。每当有人问他对这个让他如此忘我地服务了这么长时间的家庭做何看法时("哈顿把他自己的全部都奉献给了我们。"普罗瑟罗夫人以她少有的肯定口吻说),他都会有所保留地回答,这是个"好地方"。菲莉丝小姐年轻的时候常常缠着他,让他说喜欢丑小鸭一样的她,这并不是说别人都是白天鹅,而是哈顿从来都只会简单地回答一句:"这是个好地方,小姐。"喝得半醉的主人在哈顿的搀扶下上床休息时问他:"你喜欢我们,是不是,是不是,哈顿?这么多年了,是不是?"他也会给出同样的回答。来自格拉斯哥的矮胖女仆福布斯从玛丽小姐出生时就来到了这个家里,有时候她会提醒哈顿,还有比这里更好的地方:一个一流的管家是不该同时担任社交秘书和贴身男仆的,更不用说有时候还要当保镖和人肉火警警报系统(这是福布斯开的玩笑)。"要饭的不能挑肥拣瘦。"很喜欢引用谚语的哈顿冷冷地反驳道,但他真正想表达的却是相反的意思:像他这样有能力的管家可以在不损害自身英名的同时,选择肩负起更多的责任。他很有信心能够胜任。哈顿通过玩填字游戏熟悉了一些主要的神话故事，有时候他的脑子里会模糊地出现阿波罗服侍阿德墨托斯国王的故事，虽然他并不会把普罗瑟罗先生看得那么伟大。然而，他在晚餐时为大家服务，游走于每个座位旁边，低声问道"需要雪莉酒吗，夫人？"或者"需要香槟吗，小姐？"的时候，这种对比偶尔会从他的脑中闪过，在他的周围投下了一层巨大的光晕或者一个巨大的光轮。他觉得玛丽小姐可能觉察到了他的这个光轮，因为他发现她会皱起眉头，眯起那双近视眼盯着他，仿佛在观察什么不同寻常之物，她的鼻孔也在嗅探着什么，这是她产生兴趣的迹象，可能是从她妈妈那里学来的。实际上，这位可怜的年轻小姐根本没有嗅觉。玛丽小姐深信心灵感应，她坚持说自己有第六感，以弥补嗅觉的缺失。她也认定哈顿有第六感。她在瓦萨学了一种需要用到纸牌的读心术游戏，她在家里和朋友们一起玩这个游戏的时候，听到呼唤铃前去应答的哈顿总是被她问道："你是不是耳朵发烧了，哈顿？"他会跟她解释，一个好仆人的工作就是要了解主人的心思并且预测到他需要什么。他接着又语带责备地补充说，这对他来说都是日常工作，没有什么乐趣和游戏性可言。"你是怎么当上管家的，哈顿？"有时候她会坐在他的床上问他。"对呀，怎么当上的，哈顿？"菲莉丝小姐也会坐在他的脚凳上跟着问。但是哈顿拒绝回答。"那是我的私事，小姐。""我觉得，"玛丽小姐说，"你决定成为一名管家，是因为你会通灵。这是自然选择。"这个解释超出了哈顿的理解范围，但是他没有让她们看出来。玛丽小姐转向菲莉丝小姐。"这证明了我的观点，菲莉丝。你还没明白吗？达尔文。物竞天择，适者生存。"她那蛮横的大嗓门在仆人的住处回荡。"如果哈顿不能通灵，那他肯定当不好管家。因此，他肯定能通灵。证明完毕。"她挠了挠头，对着哈顿露出胜利的笑容。"我是不是很聪明？""很聪明，小姐。"哈顿表示同意，想知道是不是达尔文发现了进化过程中缺失的一环。

"小姐们！"福布斯的声音在楼下响起，"下楼吧，该洗澡了！"

事实上，哈顿当管家可以说是子承父业。不过他同样感觉到，实际的原因不止于此。正如玛丽小姐说的，是一种使命感或者更高的追求促使他从事了这份工作。在美国这个并不容易找到真正的英国管家的地方，他慢慢地产生了这种想法。"你才是货真价实的，哈顿！"有一天早上，一位到长岛小住的绅士惊讶地告诉他。那位先生无疑是想说，他就像是舞台上的管家，或者电影里看到的那种。哈顿很高兴听别人这样说，当时他还很年轻，可以说是只身一人到异国他乡闯荡。他尽量去成为他在电影里、犯罪小说里和厨师读的滑稽漫画里看到的那些理想的英国管家，因为聪明人都知道如何从最小的机会中受益。但现在他已经明白，只闷头学习是不够的。年轻小姐们说他是天才的时候，他相信她们是碰巧说出了真相而已："童言无忌"嘛。他早已接受了一个事实，他是这个家庭的大脑，并因此承担着沉重的义务。他即使在休息或者放假时，也会把英国管家的永恒典范牢记在心，这一典范要求他具备无所不知、无所不在的品质，就像他们在教理问答中教过你的："上帝在哪里？""上帝无处不在。"哈顿信仰英国国教，他并没有渎神的意思，但还是忍不住注意到了这些小小的相似之处，因为之前他已经发现，人们确实也希望他能够在无处不在的同时又隐而不见。

哈顿把报纸叠好，叹了口气。他本人所代表的经典英国管家的职责或者成就之一，就是熟知那些乍看上去跟他眼下的工作毫无关联的事情或者熟知各种专有名词。这就是他在匆匆浏览了厨师的凶案小报之后，代表全家阅读《先驱论坛报》的原因，也是他趁着脑子还清醒的当口，从社会新闻栏和体育版开始阅读的原因。哈顿对体育不感兴趣，赛马和家乡的板球除外，不过职责要求他叫得出新闻里提到的那些狗、猫、船、马、马球选手、高尔夫球选手的名字和血统，此外他还要了解各种数据和排名，因为这些名字和数据是普罗瑟罗家里经常会提到的。然后还要看专供太太小姐们阅读的社会新闻栏。一位年轻的绅士宣布结婚时，哈顿要负责把他从玛丽小姐的待嫁名单上画掉；一位年轻的女士宣布订婚时，哈顿要提醒玛丽小姐或者菲莉丝小姐去买一份结婚礼物——这件事玛丽小姐总是忘掉或者让安妮特去办。

哈顿挑出一支绿色的铅笔，在社会新闻栏上打了个小钩，这代表菲莉丝小姐需要送礼；红色铅笔的钩代表玛丽小姐需要送礼。他又叹了口气，这次是因为心满意足，他把报纸翻到了讣告版——这是他最喜欢的版面之一。然而即使在这时，他仍然有可能受到责任的驱使，尽管在他浏览了一番之后发现今晚并不需要他做什么：他不需要提醒普罗瑟罗夫人的贴身女仆伊冯娜为她的女主人准备丧服，也不用通知普罗瑟罗先生做好扶棺的准备。他看完了讣告版。接着，他翻到了他本人已经不太感兴趣的股市版。一九二九年秋天以来他再也没有投过资。不过他还是在了解市场的动态，这样当普罗瑟罗夫妇设宴招待客人时，他也能在女客们离席之后跟上餐桌上的聊天内容。他内心深处一直想采纳某位老绅士提出的建议，但他一直没有找回勇气给他的股票经纪人打电话。

他重新点起烟斗，浏览着娱乐新闻版，确认他放假那天，想看的电影仍然在上映。他还阅读了珀西·哈蒙德为昨晚开演的新戏撰写的评论。哈顿从未去过正式的剧院，只去过音乐厅，不过他对舞台感兴趣部分是因为他知道戏剧的开场往往是一个管家和一个拿着鸡毛掸子的女仆在对话。他倒是愿意花时间去看看。玛丽小姐的朋友，瓦萨学院的凯瑟琳小姐答应过他，给他一张他晚上放假时演出的戏票，不过之后就没了下文。她嫁给了一个演员还是什么人，总之是在戏剧界有些门路的。玛丽小姐还去参加了他们的婚礼。哈顿从未特别喜欢过凯瑟琳小姐,这一点他跟福布斯的意见不一样,福布斯总是称她为"漂亮小姐"。不过如果福布斯看到了他那天晚上下楼后看到的那一幕,她会改变看法的。当时夫人说:"我听到些动静,哈顿。请去看一下。"于是他连假牙都没来得及戴上,就一边系睡袍的腰带,一边匆匆跑下楼去。这一次夫人终于说对了:前厅的楼梯平台上有两个人,就是那位"漂亮小姐"和她的"未婚夫",他们正在如火如荼地干那种事。晚餐时哈顿就不喜欢那个男人的长相。他叫"哈拉尔德·彼得森",像个该死的维京人。哈顿写座位牌的时候特别留意过他名字的拼写方式。哈顿回想起,凯瑟琳小姐结婚前夕,玛丽小姐曾经询问过他是否有可能让这位年轻的女士借用一下她家在城里的房子举办婚礼,因为除了普罗瑟罗先生,家里其他人都已经到乡下去住了。脑子里想着自己目睹过的场面("只是亲嘴吧。"福布斯说。你会躺在地板上把裙子撩起来让你的"未婚夫"趴在你身上亲你,让路过的所有人都看到吗?),再加上戏票的事,哈顿的答复是不行,说家具都已经罩上了防尘罩,而且如果主人那天晚上恰好在城里,发现家里有外人会生气的。"你绝对是宝藏,哈顿!"玛丽小姐惊叹道。刚刚过去的这个夏天,哈顿在报上读到彼得森先生的戏停演的消息时,并没有太意外,虽然凯瑟琳小姐一再告诉他,那部戏会持续演上很多年。从那之后,他再也没在戏剧版上看到过那个名字,倒是从房地产公告那里得知,哈罗德·彼得森(原文拼写如此)夫妇租下了东五十街萨顿广场附近的一套公寓。就是他们,前天刚刚去过那套公寓的玛丽小姐说。不过,自她北上去读农学院以来,还没有邀请他们到家里来过。现在她请朋友吃饭更多按照她自己的方式。她只会打电话让哈顿准备十二套餐具,菜单他自己定好,并确保当天晚上菲莉丝小姐不会回家吃晚饭。不过,如果将来凯瑟琳小姐和彼得森先生还会受邀前来,哈顿已在心里暗暗记下,开门时称呼她为"夫人"。一句"晚上好,夫人(而不是小姐)",外加一个恰当的微笑,这些细微之处最见功夫。"他叫我'夫人',太会说话了,是不是?"凯瑟琳小姐会跟丈夫低语。"哈顿叫我'夫人'了,波姬。你觉得怎么样?"

哈顿翻到报纸的头版,这是他留到最后阅读的版面。他喜欢开动思维的感觉,而头版的世界新闻和综合新闻能够满足他的这个需求。关于一起劳资纠纷的报道已经连续超过一周占据头版的一小块位置了,几家大饭店的侍者正在罢工。哈顿特别注意不让自己在美国政治中站什么立场。他认为一个外国人干涉他国内政是违法行为,因此也避免对这个问题产生任何想法。"你会把票投给谁,哈顿?"上次大选期间,凯瑟琳小姐在家里住的时候曾经问过他。"我不是美国公民,小姐。"哈顿回答。不过,侍者的罢工还是在一定程度上引发了他的同情,因为他们是他的同僚,哪怕在私人服务和所谓的公共服务之间隔着一条巨大的鸿沟。他当年接受管家培训的时候,也在伦敦的一家酒店工作过很短的一段时间。所以,他一直在关注罢工的新闻,而且他从厨师的《每日镜报》上得知,昨天晚上卡文迪什出事了——又发生了一次示威事件。

此刻,他泰然自若地睁大了他的那双灰色的眼睛,抖了抖放在膝头的报纸。他读完头版的内容,又转到第五版去读了接续的部分,接着把报纸翻回头版叠好。他从桌上挑出一支蓝色的铅笔,把其中一篇报道框了起来。他的双手因为抑制不住的兴奋而微微颤抖。然后他又一次把报纸叠起来,叠成刚好能放进一个托盘的大小,早餐时他要把这份报纸呈递给普罗瑟罗夫人:"对不起,夫人,我想玛丽小姐会对这个感兴趣。"然后他想象着自己退回到碗柜旁边,或者退回到能够偷听餐厅动静的餐具室,那就更好了。

"哈顿!"第二天一早,他听到女主人焦虑地呼喊他,于是又慢悠悠地再次进入餐厅。"这是什么?你为什么要给我看这个?"普罗瑟罗夫人软塌塌的身体在颤抖。"请原谅我的冒昧,夫人,但我认为这里面提到的一位先生是凯瑟琳小姐的丈夫。"他俯身向前,伸出修剪得干干净净的粉色手指,给他的女主人指着哈拉尔德·彼得森(报上拼成了"哈罗德·彼得森")的名字。"凯瑟琳小姐?"普罗瑟罗夫人问道。"她是谁?我们怎么认识她的,哈顿?"哈顿想给她看第五版那张有很多人的照片,但她把头扭开了。"玛丽小姐在瓦萨上学的时候,在圣诞假期,还有其他时候也来家里住过一两次的那位年轻女士。"他停顿了一下,等着普罗瑟罗夫人那生锈的记忆开始运转。但是普罗瑟罗夫人摇了摇头,她那毫无光泽的淡褐色小发卷也随之抖动起来,尽管伊冯娜和发型师使出浑身解数,可看起来仍像是服装师的假发。"她家是哪里的?""我们一直不知道,夫人,"哈顿冷峻地回答,"她姓'斯特朗'。应该是来自西部的某个州。""不姓伊斯特莱克吗?"普罗瑟罗夫人问道,有一瞬间的喜悦。"哦,不是,夫人。埃莉诺小姐我们是认识的。不过这位小姐肤色也比较黑,而且漂亮,可以说是天生丽质。如果您还记得,福布斯特别喜欢她。她曾经称她是'高原的玫瑰'。"他模仿福布斯讲话的口气。普罗瑟罗夫人轻叹一声。"哦,天哪,是的,"她说,"我想起来了。非常漂亮,哈顿。但举止粗野。那就是她嫁的男人吗?她总是称呼他什么来着?""'我的未婚夫'?"哈顿提示道,然后微笑着停顿。"没错,就是这个!"普罗瑟罗夫人叫道,"不过,我们还是不应该嘲笑她。她住在这里的时候,普罗瑟罗先生还背诵过一首诗。'莫德·穆勒,在一个夏日……'然后是一句跟干草有关的。天哪,后面那句是什么?帮我想想,哈顿。"结果哈顿只有这一次毫无准备,不知道怎么回答。"我想起来了!"普罗瑟罗夫人大喊,"'她站在那里倾听，一阵欣喜在她睫毛长长的淡褐色眼眸里闪烁。'我想是丁尼生的诗。""我猜测，夫人，"哈顿严肃地回答，"我们一直不知道她到底是谁。"普罗瑟罗夫人叹着气回忆道："普罗瑟罗先生以前经常问我：'总是住在家里的那个姑娘是谁？那个莫德·穆勒女孩。'我从来没办法告诉他。我相信我说过她家是早期的西部定居者。"她戴上眼镜，又一次瞟向那份叠成方块的报纸。"可是现在，哈顿，你跟我说她进了监狱。她犯了什么事？在商店偷东西吧，我估计。""我想被逮捕的是她的丈夫，"哈顿插话道，"跟劳工纠纷有关的事情。"普罗瑟罗夫人挥起一只苍白丰满的手。"别再跟我说这个了，哈顿。而且我请求你别让普罗瑟罗先生知道这件事。我们请过这个人来吃晚餐。我记得很清楚。"她回忆道，苍白黯淡的眼睛在金边眼镜的后面变得焦虑。"我觉得，哈顿，你最好把这份报纸拿到厨房，把它扔到火炉里烧掉吧。也请你不要跟厨师说什么。我们这种地位的人，哈顿，是不能承受——"她抬起头，用期待的眼神看着管家，希望他能够明白自己的想法。"确实，夫人。"他表示同意，并且把叠好的报纸重新放在了托盘上。"'住在玻璃房子里的人'，哈顿……然后是什么？哦，天啊，不是，我是说另外一个。'应该是无可指责的。'莎士比亚，对吧？《尤利乌斯·凯撒》。"她笑了。"今天早上我们的谈话相当高雅，"她继续说道，"相当具有知识分子气息。这个我们必须怪到瓦萨头上，是不是，哈顿？虽然你一直都是个爱思考的人。"哈顿鞠了一躬表示认同，并退后了几步。"好了，记得把它烧了，哈顿。亲手烧掉。"他的女主人提醒道。管家离开房间之后，普罗瑟罗夫人也支撑不住了，她用胖乎乎的乳白色手肘撑着身体，让泪水夺眶而出。哈顿从餐具室门上的观察孔看着她。他知道夫人在想什么。她在想自己在管家面前表现得多么勇敢，没有让他看到她读到报纸上那么糟心的消息之后有多难过。太丢人了。以及她有多埋怨所有人，从查宾学校里的人开始，埋怨他们想把玛丽小姐送到那所总会上报的学校里去——并不是说其他学校就能好多少，但是它们确实没那么多新闻。她信任过的所有人，从查宾学校里的人开始，都在大学选择的问题上反对她：女校长，她叫什么来着，她帮助玛丽小姐填好了报名志愿表；福布斯从她自己的积蓄里拿出钱来，借给她付注册费；还有那个姓哈兹霍恩的女孩，好像就是她连续三天偷偷带着玛丽溜出房子，去参加大学的入学考试；还有哈顿，玛丽小姐被录取之后，连哈顿都没跟她和她丈夫站在一边，而是声称他认为上一两年大学不会对小姐有什么伤害。这就像是她前天刚刚在殖民地俱乐部听说的一件事，事件地点在巴尔港。她跟哈顿也说过，就是为了让他知道她还没忘。那是一次私奔，某家的小姐从家里大洋房的一扇落地窗逃了出去，又穿过了篱笆上的一道缝隙。那家的仆人也像往常一样（对，她这句"像往常一样"就是故意说给哈顿听的）违背了主人家的意愿，那个管家居然在三更半夜带着一把花园剪跑出去，把篱笆剪开了一个口子。如果真照他们说的那样，私奔的两个人找到在教区长住宅等候的一位牧师，并立刻结了婚，那该如何是好？他只是另一个共犯。至于她自己的仆人们，她总是怀疑有人——可能是福布斯，但更像是哈顿——代替她在瓦萨学院的入学申请书上签了字。玛丽小姐发誓是她本人签的，而且相当理直气壮，但普罗瑟罗夫人仍然觉得是哈顿鼓励她签的。

　　哈顿转身离开了观察孔，夫人已经开始哭出声来，他去按铃找伊冯娜。一旦夫人到了这种程度，她就会变得相当不可理喻了。她现在仍然认为他伪造了她的签名，这真是天大的误会。这个秘密她们也一直在瞒着他，他对整件事情都毫不知情，直到尘埃落定，玛丽小姐被录取之后。在现在这个时候，他倒是很认同夫人对于高等教育的观点，但是夫人自己也前后矛盾：如果你不想让玛丽小姐每周飞过去学习如何当一名兽医的话，又为什么要给她买飞机呢？不过玛丽小姐总是能得逞，除了在他这儿。

他抿紧了嘴唇，又回去偷瞄了一眼普罗瑟罗夫人。他现在很后悔给她看了报上的新闻，因为如果她不知道这件事，就不会受到伤害了，可怜的女人。他意识到，是一种过分的热情促使他那样做，是他在工作中的一种过度的完美主义——如果这个词贴切的话——在作祟。"哈顿啊，"他对自己说，"满招损，谦受益。"普罗瑟罗夫人会在餐厅里反思，感谢高等教育，她的家里招待过囚犯了。

"囚犯！"她愤怒地重复着，软塌塌的下巴也随之抖动。她的声音太大了，连正在下楼的伊冯娜都能听见。她裹紧披肩，挽着伊冯娜的胳膊，上楼到卧室休息去了，还取消了原本十一点要带她去做头发的车子。与此同时，已经通知司机取消行程的哈顿正在把报纸上的新闻剪下来，准备贴在他的剪贴簿上。

第二天上午，在波士顿，伦弗鲁夫人和多蒂约在里茨酒店一起吃午餐。她们提前了用餐时间，以便能赶去博德公司拿婚礼请柬和公告。她们还约了在临近傍晚的时候到克劳福德·霍利奇女装店试装。多蒂的婚纱和蜜月旅行时的礼服都是在纽约定做的，但大多数的其他衣服，尤其是乡村式套装和简单的运动服之类的，在波士顿就能做得很好，而且价钱还能便宜一半。在霍利奇试完装后如果还有时间，她们打算去斯特恩百货看看床单等家用织品，跟法林百货的比比价格。伦弗鲁家算不上富有，只是日子还算宽裕，伦弗鲁夫人向来是能省则省，她认为在这个其他人都在艰难度日的时期大肆挥霍是很没有品位的事。他们也找过裁缝，想看看能不能把伦弗鲁夫人当年穿过的那件从她的母亲那里继承下来的婚纱改一改，再传给多蒂，多蒂也非常想穿，但是改衣服所需的拼接布料不够。他们发现（而且这对你们来说应该算是进步！），多蒂的腰围、胸围和臀围加起来比那件婚纱多出四英寸[1]，虽然她看起来根本没有"丰乳"和"肥臀"，问题在于她的骨头架子大。伦弗鲁夫人这一早上满脑子都是各种尺寸——床单的尺寸、手套的尺寸，还有礼服的尺寸，她还在考虑送给伴娘们的礼物。是施里夫·克伦普银器店的银质粉饼盒，还是标准纯银的小型打火机？伴娘有三位：当然要有波莉·安德鲁斯，还有海伦娜·戴维森，而多蒂在戴德姆的表姐，瓦萨学院 31 届毕业生，会担任她的首席伴娘。由于新郎是鳏夫，多蒂和伦弗鲁夫人都觉得婚礼最好还是能安静些，只安排伴娘和两名来宾陪同她就可以了。多蒂一直渴望莱基能来，但是莱基从美丽的阿维拉小城写信来说，她今年没办法回来了。在信里，她说她寄来了一尊西班牙原始派的小型圣母像（非常适合美国西南部），这是个古董，多蒂应该可以很容易地给它办理清关手续。伦弗鲁夫人希望多蒂的父亲萨姆能够帮她们留意一下，因为他的公司从海上贸易兴起的时候就一直在做清关的工作。有太多事情要办了。

多蒂上午先去佩里医生那儿检查身体，伦弗鲁夫人则在找她会合之前去奇尔顿俱乐部修了个指甲，顺便快速翻了翻图书室里纽约当天的报纸，看看广告里有没有什么适合多蒂的东西可以邮购给她。在一张内页上，一则"佩克和佩克"广告的旁边，一张几个年轻人穿着晚礼服的照片吸引了她的目光。她翻了回去，开始阅读头版上的相关报道，文章是从昨天的晚报上转载过来的。她一看到哈拉尔德的名字，就马上提醒自己记着午餐时把这事告诉多蒂。多蒂或许

---

1. 1 英寸合 2.54 厘米。

会打电话给凯,好把所有骇人听闻的细节都了解清楚。伦弗鲁夫人是个开朗活泼的人,总是把事情往好的一面想。她觉得,对那些激进的年轻人来说,穿戴整齐地去和酒店侍者打架,过程一定相当惊险刺激,活像是《讽刺》杂志搞的恶作剧。她确信,凯的丈夫出庭受审的时候,被法官训一顿就放了,就像哈佛的男生惹了麻烦之后剑桥警察局一贯的做法。想到这儿,她打算让萨姆去一趟市政厅,把她和多蒂前几天收到的违章停车罚单给交了。

但是就因为她脑子里有太多其他事情了,比如字体啊,床单的大小啊(布鲁克和多蒂会睡在一张双人床上吗?毕竟跟一个曾经丧偶的人一起生活,谁也不知道会发生什么),还有伴娘的礼服(真是让人头疼,除非海伦娜可以早点从克利夫兰过来试装),所以她完全忘了说起哈拉尔德斗殴的事,直到她们吃完午餐,伦弗鲁夫人穿着海狸皮大衣,多蒂穿着貂皮大衣,她们像两姐妹一样并排走在纽伯里街上。"多蒂!"她惊叫起来,"我差点忘了!你肯定想不到今天上午我在俱乐部的时候从报上看到了什么。你的一个朋友犯了法。"她逗弄般地抬头看着她女儿,蓝眼睛里闪着雀跃的光。"你猜猜是谁。""波姬。"多蒂说。伦弗鲁夫人摇摇头。"差了十万八千里。""哈拉尔德·彼得森!"听母亲说出这个名字之后,多蒂又重复了一遍。"这不公平,妈妈。他其实并不算是我的朋友。他干什么了?"伦弗鲁夫人复述了那篇报道的内容。她们边走边说,来到阿灵顿街和伯克利街交叉口的时候,多蒂突然停住了。"另一个人是谁?"她问,"我想不出还会是谁。""我不知道,多蒂。但报上登了他的照片。他眼睛都被打青了。""你不记得他的名字了吗,妈妈?"伦弗鲁夫人懊恼地摇了摇头。"怎么,你觉得会是你认识的人吗?"多蒂点了点头。"那个姓氏很普通,"伦弗鲁夫人回忆着说,"好像是B开头。""不会是布朗吧?"多蒂喊道。"有可能是。"她的妈妈回

169

答。"布朗，布朗，"她重复道，"我也不确定是不是。""啊，妈妈！"多蒂说，"你为什么不把新闻剪下来呢？""亲爱的，"她的妈妈说，"你不能把俱乐部的报纸剪下来。那是违反规定的。不过还是有人这么干，而且数量多得惊人。杂志也是。""他长什么样子？"多蒂问。"挺有艺术气质的，"伦弗鲁夫人说，"一副颓废样。不过或许是因为眼睛被打青了。我觉得应该算是个绅士吧。报纸上说他犯了什么事来着？真是可惜，多蒂，我记不清楚了。'哈拉尔德·彼得森，剧作家'，另一个人也是这类的。反正不是个'挖沟的'。"她欢快地补充。"是画家吗？"多蒂提示她。"我觉得不是。"她妈妈回答。

这段时间里，她们一直站在人行道的中间，周围不停有人跟她们擦肩而过。天气很冷，伦弗鲁夫人把大衣袖子往后捋了一下，瞟了一眼手表。"你先去吧，妈妈，"多蒂突然说，"我一会儿去找你。我要回里茨买份报纸。"伦弗鲁夫人认真地抬眼看着多蒂，她并不担心，因为她早就猜到去年夏初多蒂应该在纽约遇到过什么爱情上的小麻烦。她把多蒂送到西部去，正是为了让她平复心情。"需要我陪你一起去吗？"她说。多蒂迟疑了。伦弗鲁夫人挽起她的手臂。"走吧，亲爱的，"她说，"我可以在女宾休息室里等着你去找侍者拿报纸。"

几分钟之后，多蒂拿着一份《先驱论坛报》回来了，《纽约时报》已经卖完了。"是帕特南·布莱克，"她说，"姓氏的第一个字母是B，你说对了。我在凯家的聚会上见过他。他是给工人筹款的。前几天我们还收到了他的捐款请求。他娶了我们班的诺琳·施密特拉普。报上那张大一点的照片里有她。他们四个今年冬天走得很近。"从多蒂波澜不惊的语调里，伦弗鲁夫人能够判断出，这个人不是那个"他"。可怜的姑娘安静地把报纸放在一旁，然后，她手拄着下巴，坐在那里沉思。伦弗鲁夫人拿出了她的粉饼盒，以掩饰她看向多蒂的眼神。她往自己明媚靓丽的脸上扑着粉，同时在考虑应该怎么办。按照现在姑娘们的说法，多蒂仍然"没有走出来"，这是再清楚不过的事情了。母亲的同情如同敏锐的触角朝她伸了过来，她知道当一个男人永远从你的生命中消失之后，你希望看到他的名字的那种渴望。正是因为迫切地想要看到他的名字和照片，多蒂才会再次变得"心急如焚"。然而，伦弗鲁夫人无法决定怎么做更明智，是让多蒂默默承受失望还是引导她把心事说出来。倾诉的危险之处在于，那样或许只会点燃她心中的火焰。如果她有足够的力量独自把心里的火苗扑灭，那么这段经历会让她变成一个更好的人。只不过，明明她说几句话就可以抚慰多蒂的心灵，但她只能坐在那里假装整理头发，这让身材娇小的伦弗鲁夫人皱起眉头，咬紧嘴唇。

伦弗鲁夫人对多蒂的判断有着绝对的信心：如果多蒂认为她在纽约遇到的这个男人——无论他是谁——不适合她，那多蒂一定是对的。有些跟多蒂处境相同的女孩或许会因为对方家里没有钱或者要养妈妈和妹妹就放弃了一个很好的小伙子（伦弗鲁夫人知道几个类似的例子），但多蒂是不会那么做的。她有信仰，可以有耐心去等待。不管出于什么原因，去年夏天，多蒂已经听从自己的内心做出了决定，并且很了不起地坚持至今。原本伦弗鲁夫人猜测那个男人是有妇之夫。在有些情况下（对方的妻子得了严重的精神病，被关在精神病院里，不知道什么时候才会死），伦弗鲁夫人可能会不顾萨姆·伦弗鲁的反对，建议多蒂跟对方继续交往，不过如果多蒂确实遇到了这样的情况，她肯定会对伦弗鲁夫人和盘托出的。不，伦弗鲁夫人毫不怀疑，多蒂把这个男人彻底赶出她的人生，是最明智也是最勇敢的举措，唯一让她担心的是，"仍然处在疗伤期"的多蒂在之前那段感情还没有自然平复之时就结婚，似乎太仓促了。

她从亚利桑那回来时，看上去非常开心也非常健康，但是布鲁克仍然在西部，再加上婚礼前的诸多准备让人焦虑，她开始有些过度劳累和紧张。此刻，伦弗鲁夫人不禁担心起来，因为她意识到多蒂还需要到纽约去试两次婚纱，并且随时可能陷入对那个男人的回忆之中。

伦弗鲁夫人坐在里茨的女宾休息室里，因为同情女儿而焦虑不安，在她那戴着帽子的漂亮的小脑袋里，这些思绪不断闪过，又像鸟儿飞过一样不留痕迹。她不知道佩里医生或者亲爱的教区长莱弗里特博士会如何建议，或许多蒂可以跟他们中间的一位谈一谈，如果她对自己的情感状态有任何真正的疑虑。她啪的一声合上手提包。"佩里医生今天还好吗？"她微笑着问，"检查结果一切正常吗？"多蒂抬起头。"他想尝试用透热法治疗我的坐骨神经痛。但他说我回到阳光充沛的地方——宽阔的户外空间——会好很多。"她眨了一下自己褐色的眼睛，看起来很勉强。伦弗鲁夫人犹豫了，虽然时间和地点都不对，但她相信话到了嘴边就该说出来。她环视了一下休息室，只有她们两个人。"多蒂，"她说，"佩里医生跟你提到过避孕吗？"多蒂的脸和脖子顿时红了，这让她显得憔悴而粗糙，仿佛一个病中的老姑娘。她匆匆点了点头。"他说你嘱咐过他，妈妈。我真希望你没有。"伦弗鲁夫人猜测，或许今天赶上佩里医生脾气不太好，冒犯到了多蒂少女般的羞怯娴雅，已经订婚的女孩对于新婚之夜的反应是最莫名其妙的。伦弗鲁夫人把椅子移近了一点点。"多蒂，"她说，"即使你和布鲁克计划要孩子，也未必是想马上就要吧。我知道现在有一种新的用具，有效率能到百分之九十，是一种能够挡住子宫的橡胶帽。佩里医生跟你说过吗？""我制止了他。"多蒂说。伦弗鲁夫人咬了咬嘴唇。"亲爱的，"她鼓励道，"你千万不要怕。你知道的，佩里医生不是妇科医生，他可能会有些粗鲁。他会安排你去找专科医生,这样后续会容易一些。而且你的任何问题也都可以得到解答——你知道吧,关于爱的生理方面。还是你更愿意去找妇科医生?我觉得这种新用具在马萨诸塞州可能还没有合法。不过我们下次到纽约试婚纱的时候,佩里医生可以帮你跟纽约的医生约时间。"

在伦弗鲁夫人看来,多蒂的颤抖就是回答。"我会陪你一起去,亲爱的,"她轻快地补充道,"如果你想得到精神上的支持……或者你可以找一位已婚的朋友陪着你,比如凯或者普瑞斯。"伦弗鲁夫人不知道是哪句话触动了她——或许是提到了纽约吧,多蒂开始哭起来。"我爱他,"她哽咽着说,眼泪从她高耸挺拔的鼻梁两侧汩汩地流下,"我爱他,妈妈。"

她终于说了出来。"我知道,亲爱的。"伦弗鲁夫人说着,在多蒂的手提包里找出一块干净的手帕,轻轻地为她擦去脸上的泪水。"我说的不是布鲁克。"多蒂说。"我知道。"伦弗鲁夫人回答。"我该怎么办?"多蒂重复道,"我该怎么办?""我们会有办法的。"她的妈妈向她保证。伦弗鲁夫人现在的首要任务就是止住多蒂的眼泪,给她脸上补补粉,然后在被朋友们发现她们在这里之前带她回家。"我们今天不试装了。"她说。看门人把车子取了出来(他和伦弗鲁夫人是老朋友),伦弗鲁夫人小巧的脚踩下油门,几分钟之后她们就回到家,来到多蒂的卧室,并关上了门。她们的动作很轻,所以家里的老女仆玛格丽特根本没听到她们回家。她们坐在多蒂的躺椅上,相拥在一起。

"我以为我已经放下了。我以为我爱的是布鲁克。"伦弗鲁夫人点点头,虽然她还不了解到底是什么情况,甚至连那个小伙子的名字都不清楚。"你想跟他结婚吗?"她问道,直接触及了问题的核心。"这是毫无疑问的,妈妈。"多蒂用一种冷冰冰的、几乎是带着责难的口气回答。伦弗鲁夫人深吸了一口气。"你想只是跟他一起'生活'吗?"她听到自己勇敢地问出了这句话。多蒂把头埋进母亲瘦小又有力的肩膀上。"不想,我觉得不想。"她承认。"那你想怎么办,亲爱的?"妈妈抚摸着她的额头问道。"我想再见到他,"她的语气坚决,"没别的,妈妈。我只是想再见到他。"伦弗鲁夫人把多蒂抱得更紧了一些。"我以为他会去凯的聚会。我确定他会去。而且你知道吗,我进门的时候真的希望他已经在里面了,这样我就可以告诉他我订婚的消息,他就能看到我的订婚戒指,能看到我有多快乐。那天我的状态看上去好极了。可是之后,我发现他并没有来的时候,我还是很想见他,只是为了再见到他,而不是为了让他知道我已经完全不在乎他了。你觉得,我最初的那个想法只是某种心理防御吗?""我想是的,多蒂。"她的妈妈说。"唉,太糟糕了,"多蒂说,"每次门铃一响,我都以为会是迪克,"她带着羞涩说出这个名字,目光并没有直视母亲,"结果每次发现不是他的时候,我都几乎要昏过去了,我太伤心了。我在凯的聚会上认识的所有新朋友都非常好,但我都有点恨他们了,因为他们都不是迪克。你觉得他为什么没有来呢?""邀请他了吗?"伦弗鲁夫人提出了一个实际的问题。"我不知道,我也不能问。而且太奇怪了,没有人提到他。一个字都没提。墙上还挂着一幅他画的哈拉尔德的肖像,像是班柯[1]的幽灵。我觉得他肯定是受到了邀请但是故意不来而且在场的人都知道这一点,还用眼角的余光看我。""注意断句,多蒂!"妈妈心不在焉地斥责道,她天蓝色的眼睛蒙上了阴影。"凯知道这件事吗?"她尽量让这个问题听上去很随意,显得她没有在责怪多蒂。多蒂默默地点点头,没有看她的妈妈,也就没看到她妈妈脸上那痛苦的表

---

1. 莎士比亚作品《麦克白》中的人物。

情,然后又恢复了平和。"亲爱的,如果她知道,而且她也知道你已经订婚,"她轻松地说,"那么为了你,她肯定没有邀请他。"伦弗鲁夫人在"试探",但是多蒂并没有上钩。"太残酷了。"她回答,从这句话里伦弗鲁夫人得不到任何信息。"你不能因为自己不快乐就对别人不公平,亲爱的。"她机械地说。"你父亲肯定会说凯'做出了正确的判断'。"她微笑着补充。她疑惑地看着多蒂的眼睛。这件事已经发展到了什么程度?伦弗鲁夫人必须知道,然而多蒂似乎并没有意识到她之前一直把父母蒙在鼓里。

"那么你觉得我不应该再见他了?"多蒂马上回应。"我能说什么,多蒂?"她妈妈抗议道,"关于他,你什么都没跟我说过。但我想是你觉得你不应该再见他了。我说错了吗?"多蒂若有所思地盯着她的订婚戒指。"我想我一定会见到他,"她决绝地说,"我是说,我觉得我注定会再见到他。如果我让自己顺其自然,就像上帝替我安排一样,在我结婚之前,我会再次见到他的。但我想我一定不能试图去见他。你明白吗?""我明白,"伦弗鲁夫人说,"你想要兼得鱼和熊掌,多蒂。有些事情,你希望上帝为你做出安排,因为你知道如果按照你自己的意愿去选择,肯定会选错。"多蒂的脸上浮现出宽慰和惊讶的神色。"你说对了,妈妈!"她惊呼,"你是个多么神奇的人啊!你把我看透了。""我们其实都很相似,"伦弗鲁夫人安抚她,"像朱迪·奥格雷迪和上校的夫人,简直就是亲姐妹,你懂的。"她紧紧地握了下多蒂的手。"可是,"多蒂说,"即使是错的,我还是忍不住那样盼望着。甚至,都不是盼望。是期待。不管怎样,都期待着我能再见到他。在街上,在公交车或者火车上。去凯家里参加完聚会的第二天,我去了现代艺术博物馆,假装去看一个展览。但他不在那儿。而且时间不多了。只剩下一个月了。不到一个月。妈妈,在亚利桑那的时候,我几乎根本不会想到他。我几乎把他忘了。是凯的聚会勾起了所有的过往。从那之后,我就有了一种极其诡异的感觉。我觉得他也在想我。而且不只是想我,妈妈。他会看着我,用怀疑的目光,目及我所到之处,比如去佩里医生那里或者去试装的时候。他有一双极其迷人的灰色眼睛,总是眯着……"她犹豫了一下,还是接着说了下去,"你相信心灵感应吗,妈妈?你还记得《彼得·艾伯特逊》那部电影吗?因为我感觉迪克在偷听我的想法。他在等待着。"伦弗鲁夫人叹了口气。"你的想象力过于丰富了,亲爱的。你这是在任由它影响你。""唉,妈妈,"多蒂说,"如果你见过他就好了!你也会喜欢他的。他长得非常英俊,而且他受了太多苦。"她突然笑了起来,脸上露出了酒窝。"你怎么能认为我会爱上一个看起来像帕特南·布莱克这样的人呢?我的天啊,他脸色苍白得像是麻风病人,而且他的头发早该洗了!迪克不是那种邋遢的人,他的家庭背景非常优秀,是霍桑的后代。布朗这个姓氏也很好。"

伦弗鲁夫人双手按在女儿的肩头,轻轻地晃着她。"我希望你现在先躺一躺。我来帮你冷敷一下眼睛。休息到晚饭吧,或者到你爸爸回家前。"正如她之前所担心的,谈到这个男人重新勾起了多蒂对他的感情。从哭泣开始,以微笑和酒窝结束。伦弗鲁夫人在洗手间一边拧两条用冷水浸湿的毛巾,一边考虑多蒂再跟那个男人见面的话可能并不是件好事,不管是在只有她自己的环境里,还是跟她的朋友们一起……抛开多蒂对他的形容不说,很明显这个男人是块璞玉。如果多蒂还没订婚,她完全可以在纽约邀请他参加个小聚会,或许是在波莉·安德鲁斯的家里。或者找一天晚上和她还有她的妈妈一起平静地吃一顿晚餐,然后再找个年纪大些的男性朋友凑个四人局,去看一场戏或者听一场音乐会?六个人其实更好——不会显得太刻意。多蒂可以直接给他打电话说,她和妈妈多了一张票,要不要先一起吃晚饭？可是一个已经订了婚的女孩就不能想约谁出去就约谁出去了，哪怕有那么多人陪着也不行。而且，如果见面之后发生了什么别的事情，布鲁克会怎么说多蒂的母亲呢？

伦弗鲁夫人思考的当口，手里的毛巾已经变得没那么凉了，她迅速把毛巾拧干，再次放在冷水龙头下面浸湿。为了多蒂，她得知道事情进展到了什么地步。如果该发生的都已经发生，那个男人已经唤醒了她的感官，那么这个可怜的孩子就会陷入很大的麻烦。他们说，有些女人永远忘不了第一个男人，特别是如果他技巧娴熟的话。他留下了一个永恒的烙印。天啊，他们甚至还说，女人和她丈夫生的孩子会有她第一个情人的特征！当然，那都是老太太们的胡说八道，但是这个念头仍让伦弗鲁夫人的心头泛起一阵涟漪。她已经四十七岁了，多蒂参加毕业典礼时，她也刚刚参加了毕业二十五年的同学会（并且被评选为班里最显年轻的同学），但是她想自己的内心深处仍然是一个浪漫主义者。这件事激发了她愚蠢的幻想，她觉得一个夺走女孩贞操的男人有能力让那个女孩永远铭记。她并不知道多蒂自己在想什么。多蒂是个独立的人，她在道富银行及信托公司有自己的银行账户。所以如果她想见这个男人，又是什么原因阻止了她呢？

伦弗鲁夫人把毛巾敷在多蒂的额头上，然后快速拉上了窗帘，坐在床边。她本来打算只坐一分钟，摸摸多蒂的脉搏。脉搏似乎是正常的。"多蒂，"她给多蒂掖了掖被角，忍不住说了出来，"我认为在这件事情上，你要遵从自己内心的指引。如果你爱'迪克'，"她费力地说出了这个名字，"或许你应该主动去见他。是你的自尊心在阻止你这样做吗？他是不是在某些方面伤害了你？你们之间是不是吵了架或者有什么误会？""他不爱我，妈妈，"多蒂低声说，"我只是能够激起他的性欲。这是他告诉我的。"伦弗鲁夫人一时间闭上了双眼，感觉心里咯噔一下。她相当郁闷，因为她终于听到了她早就预想到的那种情况，然后她抓起多蒂的手，热情地握紧。"所以他确实是你的情人。"看起来他们只有一夜之欢，就是她给瓦萨俱乐部打电话找多蒂但发现她没在的那一夜。就是那个时候。"可是你几乎不了解他啊。"伦弗鲁夫人说。"迪克是个情场老手。"多蒂目光一闪，咳嗽了一声说道。"之后发生了什么？"伦弗鲁夫人严肃地问，"你再也联系不上他了？是不是，多蒂？"对女儿的怜悯让她大为所动。"我没法解释，"多蒂说，"我自己都不知道发生了什么。我逃跑了，我想你可以这么说。"伦弗鲁夫人用舌尖抵住口腔的上颌。"过程很疼吗？你流了很多血吗，亲爱的？""没有，"多蒂说，"并没有那么疼。实际上，我感觉非常兴奋和激动。可是之后……妈妈，我确实没办法告诉你之后发生的事情，对谁我都不能说。"伦弗鲁夫人那些敏感的猜测跟实际情况相去甚远。"他让我"——多蒂突然开口——"去找医生买避孕用具，就是你之前提到的那种子宫帽。"伦弗鲁夫人愣住了，她那双明亮的大眼睛在女儿的面庞上来回打量着，仿佛想要重新看清楚她。"可能那就是现代人的做法吧。"她终于大胆地说道。"凯也是那么说的。"多蒂回答。然后她描述了去看医生的过程。"可是之后你应该拿着这些用具做什么呢？"伦弗鲁夫人问。"这就是最大的问题。"多蒂说着，脸红了。然后，她告诉妈妈，自己把避孕用具放在膝盖上，在华盛顿广场坐了将近六小时。"我当时就知道他根本不在乎我，否则他不会让我在那里遭罪。""男人太奇怪了，"伦弗鲁夫人说，"你的父亲也——"她没再继续说下去，"我有时候觉得，他们并不想过多了解女人生活的那一面。那会摧毁他们的幻想。""那是你们那一代，妈妈。不。事实上，迪克对我根本没有想法。我只能像凯那样，不动感情地面对它。我把那一堆东西丢在华盛顿广场的长椅下面了。清洁工人发现的时候一定特别惊讶！你觉得他会怎么想，妈妈？"伦弗鲁夫人忍不住也笑了起来。她现在明白多蒂在里茨酒店落泪的原因了。"所以你是以为，"她欢快地说，"佩里医生和我会让你去找同一位妇科医生。像是重看了一遍电影。唉，可怜的多蒂！"母女二人都忍不住大笑起来。

伦弗鲁夫人擦了擦笑出的眼泪。"说真的，多蒂，"她说，"你那个'迪克'一直不在家确实很奇怪。你觉得他有可能干什么去了？我倒是同意凯的看法，如果他只是想玩玩你，他是不会让你去找医生的。""他只是忘了，"多蒂说，"可能路过一个酒吧就进去喝酒了。那是另外一件事，妈妈。他喝酒。""我的天。"伦弗鲁夫人说。

那他就是个彻头彻尾的坏蛋了，不过当然，正是这种人才会让好女人伤心。伦弗鲁夫人还记得战争期间的欢乐时光，当时多蒂还穿着小连衣裙，头发上扎着一条大发带，从军营放假回家的萨姆给他们部队的一个家伙起了个外号，叫"婚姻潜水艇"。当时那个人也很有吸引力，虽然男人们都不喜欢他，但他凭借舞技迷倒了很多女人，在毁掉了三桩幸福的婚姻之后，他最终因为酗酒住进了精神病院！她点点头。"你是对的，多蒂，"她坚决地说，"如果他对你是认真的，他就会意识到他给你带来了多大的打击，而且会通过凯找到你。或者他可能还有一点良心。他也许下决心彻底离开你，因为他知道如果你爱上了他，他会毁掉你的人生。他引诱你的时候喝酒了吗？""他没有引诱我，妈妈，那样也太老套了。而且我确实爱上了他。你觉得他知道吗？他很高傲，妈妈。'我和你不是一个阶层的人。'他这么说。他一开始就这样跟我说。如果我能够找到他，跟他说……"

"我不知道，多蒂。"伦弗鲁夫人叹了口气。她不清楚自己是该设法劝说多蒂不要去找这个迪克,还是反过来。最重要的是,她希望能够引导多蒂去发现她自己的真实感觉。只需要一个简单的考验就能办到。"亲爱的,"她说,"我想我们最好还是把你的婚礼推迟几周,这样能给你一些时间想清楚自己真正的感觉。现在,你好好休息,我去给你换一块冷敷毛巾。"她站起身,抚平床罩,明显感觉心情愉快多了,因为她觉得眼下推迟婚礼确实可行,而且或许是最好的解决方法。"多蒂,"她低声说,"还好我们今天没有定做请柬。想想看,如果我今天上午没去俱乐部修指甲,我就看不到那份报纸,你也不会把这些事情告诉我,那我们这会儿可能已经把请柬的订单下好了。'因为少了一颗钉,一块马掌走失了……'""可是那些礼服怎么办?"多蒂说。"礼服过一个月再穿也没问题,"伦弗鲁夫人回答,"我们就拿佩里医生当说辞好了。"到这个时候,她那活跃又满是希望的头脑已经想到了后面一步,她正在心里盘算如果婚礼最终被取消的话可能会出现的结果。她和萨姆需要支付伴娘的礼服费用,不过数目并不太多:因为波莉·安德鲁斯,他们选择了便宜一些的款式。他们还需要支付几件已经刻上姓名的银器的费用,不过幸好这次是按照过去的办法,刻上了新娘名字的首字母,所以以后还是可以用上的。没有结婚礼物需要退还,除了莱基的那尊圣母像,那可以等莱基回来后再说。至于婚纱,可以留着或者送给某个年轻点的表妹。到了伦弗鲁夫人这个年纪,她已经能够适应各种令人失望的情况。她注意到,一旦计划发生改变,年轻人会觉得调整起来要困难得多。

她拿着一块冷敷用的毛巾回来的时候,一开始以为多蒂已经睡着了,因为她双目紧闭,而且呼吸均匀。伦弗鲁夫人把窗子开了一条缝,把毛巾轻轻地敷在多蒂的额头上,注意到女儿明显的美人尖,柔情满满。然后,她轻手轻脚地往门外走去,心里默默感谢上苍让她找到了正确的补救方法，马上要办婚礼的压力一旦消除，多蒂就能放松下来。但是，当她小心地关上门，正要离开的时候，多蒂开口了。

"我不想推迟婚礼。布鲁克根本不会理解的。""胡说，多蒂。我们只要说是佩里医生——""不，"多蒂说，"不，妈妈。我已经下定决心了。"伦弗鲁夫人又回到屋里，把门关上，她已经听到一向爱偷听的老玛格丽特在附近徘徊了。"亲爱的，"她说，"你之前也觉得自己下定了决心。你很确定你爱布鲁克并且能够让他幸福。""我现在也这么觉得。"多蒂说。伦弗鲁夫人小心地迈着轻松的步子回到房间里。她年轻的时候腿有点瘸，后来通过不停地锻炼和打高尔夫克服了这个缺陷。"多蒂，"她坚决地说，"跟一个你并不是全心爱着的男人结婚是残忍和不道德的，特别是跟一个年纪大的男人。这就像是在打牌的时候作弊。我在我自己的朋友中看到过这样的情况。你对那个男人做出了承诺，但只要你心里还想着另外的男人，你就无法兑现你的承诺，就像你袖子里藏了一张牌。"她说着激动起来，夹杂着银丝的满头金发也开始微微颤抖，仿佛在纪念当年被他们称为瘫痪的痼疾。

让她更加痛苦的是，她们开始压低声音、很有涵养地争吵起来。伦弗鲁夫人完全没想到这一幕会发生在她和多蒂之间。她让多蒂必须再去见一次迪克，哪怕只是为了消除疑虑。"如果你命令我去，那我会去的，妈妈。但是之后我会自杀。我会从火车上跳下去。""请你不要这么夸张，多蒂。""夸张的是你，妈妈。就让我平静地和布鲁克结婚吧。"伦弗鲁夫人感到心烦意乱，她意识到了这个局面的奇怪之处，两个人的角色倒置了，女儿希望尽快步入"合适"的婚姻，而母亲却在恳求她去寻找不合适的浪子。很显然，这就是去年六月，她在同学会上听大家说到的所谓"代沟"。伦弗鲁夫人班上的一位教员说，作为一个受过教育的群体，新一代的女孩远不如她们的妈妈那一代有理想，有心胸。伦弗鲁夫人之前并不相信这种说法，她告诉自己，多蒂和她的朋友们都出去工作了，而且大多数都从事志愿工作，困扰自己那一代人的恐惧和社会限制并没有影响到她们。然而此刻，多蒂确实正在验证那位教员说过的话。这是时代的特征吗？是大萧条造成的吗？如今的姑娘们都害怕承担风险了吗？她怀疑多蒂因为身体不太好，再加上来自波士顿的缘故，所以很怕自己成为老处女。这一点（而不是其他事情）对多蒂和她的同学们来说，是"比死亡更加可怕的命运"。可是，她一直在跟多蒂强调，婚姻是一件严肃的事情，是神圣的。多蒂并不爱布鲁克，在伦弗鲁夫人看来，这个事实再明显不过，而且她觉得，如果明知道事情的真相却仍然不假思索地由着她继续结婚，那就是在纵容一项非常严重的罪孽。多蒂对布鲁克有过一丝尊重吗？如果有，她应该会迟疑一下吧。

"你不愿意做出牺牲，"伦弗鲁夫人难过地说，她的头又开始颤抖，"仅仅是让你等一个月再去伤害一个已经不再年轻的男人你都做不到。如果你爱那个'迪克'，你也不想放弃你的自尊再去见他一面，去跟他一起生活，去尝试改变他。我们那个年代的女人，无论什么样的女人，都愿意为了爱情，或者为了某种理想，比如投票或者露西·斯通主义而做出牺牲。他们拥有合法的已婚身份之后，住旅馆时因为以'小姐'和'先生'的称谓登记而转身离开。看看你的老师们，看看她们放弃了什么。或者看看那些女医生还有社会工作者。""那是你们那个时代，妈妈，"多蒂耐心地说，"现在已经没有必要牺牲了。没有人需要在结婚和当教师之间二选一，如果这些人做过选择的话。你们班上最平凡的人才当老师——你就承认吧。而且人人都知道，妈妈，你不可能改变一个男人，他只会把你也拖下水。在西部的时候，关于这件事我想了很多。牺牲是一个过时的概念了。一种迷信，真的，妈妈，就像是印度人要把寡妇烧死。这个社会当下所注重的是个人的全面发展。"

"哦，我同意，我相当同意，"伦弗鲁夫人说，"然而，我求你做的只有这么一件小事，多蒂。多担待你上了年纪的妈妈。"她用一种紧张又安抚的语气提到了这个家里人开的玩笑。"没有必要，妈妈。我真的知道我自己的想法。因为我跟迪克睡过觉，并不代表我就应该改变我的全部人生。他自己也是这么认为的。人总是要找到最适合自己的位置。是他给我带来了启蒙，我也会永远感激他给了我那么美好的体验。但是如果我再见他，可能感觉就没那么美好了。我会卷进去……还是作为回忆更好一些。另外，他也不需要我的爱。刚才你去卫生间的时候，我就是这样想的。我不能主动让自己投向他的怀抱。""通常是有用的，"伦弗鲁夫人微笑着说，"男人——尤其是不快乐的、孤独的男人，"她严肃地继续说，"会被真诚的心所打动。多蒂，坚定的信念可以移动山脉，你应该从宗教里学到这一点。'你去哪里，我也跟你去哪里……'"多蒂摇了摇头。"妈妈，你可以去尝试一下腿上放着灌洗袋和其他类似的东西坐在公共场所是什么滋味。而且说到底你也不希望我跟他生活在一起。你只是嘴上说说，因为你想让我'付出代价'。推迟婚礼，打乱所有人的计划，只是为了让我度过一段'体面的间隔期'，来放下我对迪克的心思，对吗？"她质问她的妈妈，褐色的眼睛里闪过一丝戏谑的笑意。

伦弗鲁夫人仔细想了想多蒂的责问。她不得不承认，她自己确实不希望多蒂和迪克"一起生活"，但是她会希望多蒂自己希望那样做。可是这又该如何表达呢？或许多蒂是对的，她只是习惯性地希望推迟婚期。或许是她骨子里那种老派的波士顿作风让她感到多

183

蒂应该对过去表明某种态度。然而她内心深处因为失望——对多蒂的失望——而生出的悲伤感，就只是出于这个原因吗？虽然她已经尽量用宽容的眼光来看待这个问题，但是在她看来，多蒂是被布鲁克的财富和他能够带给她的奢侈的乡村生活诱惑住了，她已经在眼前描绘出了一幅鲜活难忘的生活图景——沙漠、银矿、背着背包去山里旅行。"你说你爱迪克的时候，也是'嘴上说说'而已，多蒂，"她斥责道，"我只是根据你的说法来判断。我不相信你真的爱他。但我想你愿意这么说，因为不这样说的话，你就太丢人，太羞耻了。""行了，妈妈！"多蒂傲慢地说。

伦弗鲁夫人转过身去。"尽量休息一下吧，"她说，"我也要去躺一会儿了。"她在躺椅上躺下时，眼里噙着泪水。躺椅面向窗，窗上挂着漂亮的瑞士刺绣窗帘，通过窗户可以俯瞰到栗子街。她当年绝对不是为了钱或者如今他们所谓的"安全感"才嫁给萨姆·伦弗鲁的，可她现在觉得好像自己当年也是这样的，好像这可怕的一幕又在多蒂身上重演了。难道她和萨姆竭尽全力，想让多蒂有正确的价值观，最终却把她引向了相反的方向？她和萨姆是为了爱情而结婚的，而且在他之前她从没有过别的男人，可她现在感觉仿佛多年以前她也曾经有过一个情人，她也曾经为这个情人放弃过这座房子、道富银行及信托公司的存款、高尔夫和奇尔顿俱乐部。这一切都在多蒂和亚利桑那州那个可怜男人的身上重演了。父辈的罪孽。她知道这些都是最佳范本，而且她认为，多蒂或许能够学着去爱布鲁克，特别是她的感官似乎已经被唤醒了，那样的话，至少这场令人难过的情事还有着积极的一面——如果布鲁克细心一些，或许真的可以有吧。而且，医生也说过亚利桑那州的气候适合多蒂调养身体。然而，她的眼里还是滚落了几滴泪水，她拿出精致的爱尔兰亚麻蕾丝手帕轻轻擦拭，这块手帕是老玛格丽特送给她的圣诞礼物。一个旧日的情人,一个被抛弃的人,这些想法像是啄木鸟一样敲击着她的思绪。她能想到谁呢?她认真地问自己。那个"婚姻潜水艇"吗?

第八章

莉比·麦考斯兰在格林尼治村租了一套漂亮的公寓。房租是她在皮茨菲尔德的家人帮她付的。就在毕业前，一家出版社曾经答应给她一份工作，但实际上并未完全兑现。她面试时见过的那个人——也是这家机构的合伙人——带着她参观了办公室，送了她一些他们出版的书籍，然后把她介绍给了一位在私人办公室里抽烟斗的编辑。这位勒罗伊先生是个肥胖的年轻人，留着黑色的小胡子，浓密的眉毛乱糟糟的，合伙人在场的时候，他表现得非常热情，但是合伙人走了之后，他非但没有马上给莉比安排一个工作的地方（莉比已经偷偷瞄到了编辑部的一个空闲桌位），反而告诉她一周之后再来。然后他又说要给她一份手稿，让她回家阅读，当作试工。读完一部手稿并写出一篇摘要和一篇评论，出版社会付给她五美元的工资，他认为她一周应该能够完成三部，相当于半工半薪——但更好。"如果你来办公室上班，"他说，"我们最多给你每周二十五美元的全职薪资，而且你还要负担车费和午饭钱。"他问莉比是否真的需要这份工作时，莉比说她确实需要。她觉得如果他认为她迫切想要挣钱的话，或许会多给她几份手稿。

反正，她是不是真的需要工作应该跟他无关。她的背景非常适合在出版界供职：能流畅阅读法语和意大利语，作为瓦萨文学杂志的主编有审稿、校对和排版的经验，选读过短篇小说和诗歌写作的课程，打字熟练——这些都是这个行业需要的技能。但是考虑到竞争，莉比在给勒罗伊先生写报告的时候仍然颇费了一番心思，她特别选择了皮茨菲尔德的一家工厂仍在生产的天蓝色打印纸，并且用三倍行距打印，最后还用蓝色硬皮封面装订成册。在瓦萨期间，她论文的"外部装潢"就是出类拔萃的。她总会给周论文加一个扉页，并加一个版权标记——这是她特有的方式，她的藏书票上也有同样的标记。她的笔迹很独特，字母"e"都用希腊体书写，大写字母都用花体。基切尔小姐马上就注意到了英语105班的"这位字迹娟秀的文艺女青年"。她写的文章被天性热情的基切尔小姐称作"文思泉涌"，经常被发表在大一的《范文》杂志上，而且大一时她就已经受邀加入了瓦萨文学杂志的编辑部。莉比的专长是描写。班级纪念册里，她照片下面的座右铭写着"这个被寄予希望的美人确实在创作"（托马斯·卡鲁）。

她的姨妈在菲耶索莱有一栋别墅，莉比童年时在那里住过一年，并且在佛罗伦萨最好的家庭小学就读，之后还在那里度过了无数个夏天——确切地说，是两个。莉比总是夸大其词。她的意大利语讲得非常流利，带着俏皮的托斯卡纳口音。她大三时非常想出国到博洛尼亚大学就读，因为她读了一部迷人的小说，名叫《法律女神》，讲的是文艺复兴时期，博洛尼亚的一位拥有法律博士学位的知识女性，在遭到马拉泰斯塔家族的人强暴之后又被掳走的故事（大一那年，她们和韦尔斯利学院就审查制度展开的辩论大赛中，莉比曾是替补成员）。但是她又担心离开学校一年可能会导致她失去自己梦寐以求的"王冠"，她期待着当选学生会主席。

莉比打篮球（中锋），在班里平平无奇的同学中间有一大群追随者。她是意大利协会的主席，大二那年还当过班长。她也积极参加社区教会的活动。不过在竞选学生会主席这件事上，最后还是北楼那些更厉害的人物压倒了她，那是些不择手段、丧心病狂、拼命为自己拉票的瓦萨人，所以她们在大四时赢得了班里所有的职位。大一接近尾声的时候，她们曾问莉比要不要加入她们，但莉比认为莱基的小圈子更时髦一些。结果到头来，莱基和其他人甚至不愿意帮她竞选。

莉比刚开始和人交朋友的时候关系非常好，但随后那些人就对她失去了兴趣，她也不知道是什么原因，这似乎是她的命运（到目前为止）——"她们离我而去，让我有时追寻。"[1] 她们也会这样。莉比钟爱《人性的枷锁》，以及凯瑟琳·曼斯菲尔德、埃德娜·米莱、埃莉诺·怀利和弗吉尼亚·伍尔夫的很多作品，可是她再也找不到人跟她谈论文学了，因为莱基说她过于多愁善感。矛盾的是，在她们这群人之外，她的人气最高，但是在她们中间，她却最不受欢迎。比如，她让腹有诗书却深藏不露的海伦娜加入了文学杂志的编辑部，之后，海伦娜竟然悄悄地"反水"，和一小撮想要发表"实验文学"的人站在了一起。她和自己的死对头诺琳·施密特拉普联手撰写了"致编辑的一封公开信"，号称学校的文学杂志已经不能代表瓦萨的写作风格，而是成了一个"毫无生气"的文学小圈子的遗产。在院系老师的建议之下，莉比顺势而为，推出了一期"实验文学专刊"，然而这种形势却把她卷了进去，因为其中一首诗后来被证实是个恶作剧，是某个聪明的大一学生讽刺现代诗歌的恶搞之作。不过紧接着的那期刊物里，莉比力推的一篇小说又被人发现逐字逐句地抄

---

1. 出自托马斯·怀亚特《她们离我而去》。

袭《哈泼斯》杂志发表过的一个故事。为了那个女生的前途，院长和《哈泼斯》杂志沟通过之后，把事情压了下来。这件事莉比只告诉了她最信任的死党，结果还是有人背着她（可能是凯）说了出去，很快，和她对立的小团体就开始散播这个消息。她们说，不小心被恶作剧骗过去是一回事，但是把一本过时的二流杂志上毫无新意的文章当作原创作品发表，就是另外一回事了。莉比无法真正理解她们指责的后半部分，她最大的理想之一就是在《哈泼斯》杂志上发表一篇文章或者一首诗。而且看着吧，姑娘们，注意看，一年之前，也就是去年的冬天，她的这个理想终于实现了。

如今，她来到纽约已近两年，一开始和两个同样来自皮茨菲尔德的女孩一起住在都铎城公寓里，如今独自住在她自己找到的漂亮公寓里。她渴望成功，她的父母也对她寄予厚望。经过很长一段时间，她的哥哥终于在工厂里找到了一份工作，她的姐姐也嫁给了一个叫哈克尼斯的人。所以莉比可以自由地展翅高飞了。

勒罗伊先生一开始就给了她一大堆手稿。她只好到马克·克罗斯专卖店去买了一个非常时髦的黑色小牛皮女式公文包来回装运这些稿子。"你是成功人士啦，莉比！"她在都铎城公寓的室友们看到她提着沉重的公文包、步履蹒跚的样子时惊呼。不仅如此，她还得给《星期六文学评论》和《先驱论坛报书评》写一些书评。她的室友们十分嫉妒，因为她们只上过凯瑟琳·吉布斯秘书学校。她的家人高兴极了，于是同意她在外面自己租公寓。莉比显然想致力于文学事业，她的哥哥到纽约看望她之后回去跟父母汇报说。她的父亲把她收到的第一张工资支票复印并装裱在了镜框里，挂在她书桌上方的墙上，还装饰着从父母家花园里摘下的月桂枝，以表明她的成功。

写书评的想法完全来自勒罗伊先生。有一天，她向他请教如何能够快速进步的时候,他对她说:"你可以尝试写一些书评。"碰了一鼻子灰后,她去找了埃米·洛夫曼小姐和范多伦夫人(她叫艾里塔,是卡尔·范多伦的妻子),她们都同意给她机会试一试。但《纽约时报》的大门她还没有敲开。

勒罗伊先生给她的大部分手稿都是小说,莉比更钟爱的传记类作品则被他留给了专家们,此外,他还没有让她尝试法语或者意大利语的书稿——自己毕竟还是资历太浅,她想。莉比把情节摘要写得很详尽,因为她不希望把做出决策的重任全都担在自己身上,而且她经常为了撰写批注工作到深夜,力求为作品提出建设性的建议。她渴望成为一名编辑,她觉得那是出版行业里最有魅力的工作——不只是审稿,还有创造性地改写。她也尽量用创造性思维去阅读那些书稿,把自己当作达里恩的一个家庭主妇,或者一个普通的秘书去进行判断。她认为,出版商的工作显然是贴近大众,而不是为了让莉比·麦考斯兰满意。所以她尽量把每一部小说都当作未来的畅销书。《先驱论坛报》的编辑也有同样的想法,她曾经用甜美的南方口音告诉莉比:"麦考斯兰小姐,我们认为每一本书中都有值得让每一位读者去关注的优点。"

不过,她提交报告的时候,勒罗伊先生却开始若有所思地打量她。不应该是因为她的衣着,她特意按照自己想象中审稿人的样子来着装:整体风格整洁但不艳俗,收腰女式衬衫,素色半裙,有时候前胸带点褶,有时候领口处会戴上曾祖母艾尔顿传给她的贝壳浮雕胸针——总体效果有点维多利亚时代的风格,像是豪威尔斯小说中的一个"特工人员"(莉比喜欢老派的用词)。如果以后能到办公室坐班,她还打算在真正的领子外面别上纸做的假领子。天冷的时候,她会穿上一件毛衣、裙子,再配上一些金珠子或珍珠。那些珍珠不是来自东方的天然珍珠,而是养殖的,不过在勒罗伊先生看来可能像是廉价商店里买的便宜货。她很怕是她的报告有什么问题。他之前曾经暗示过,她不需要给一部她并不喜欢的小说写那么长的一篇描述。不过她说自己只是太想把工作做好了,要让他觉得这个工人他没白雇。

她发现他经常读同一本杂志,还注意了一下杂志的名字——《新大众》,他有时候也会读一本叫作《铁砧》的杂志,或者名字更加古怪的《党派评论》杂志,她在华盛顿广场的书店里也尝试着读了一下最后一本杂志。这让她有了一个主意,她在谈话中"不小心"说出"工人"这个词,好向他暗示她也属于受压迫的劳苦大众。传闻说,出版界里有不少激进派。但即使是那样,勒罗伊先生也不是切斯特菲尔德勋爵那样的作风。他穿着衬衣坐在那儿,面色冷淡,身躯肥胖,向后仰在办公椅上,揉搓着他的小胡子,莉比有时候甚至感觉他不太习惯和女人味十足的女性打交道。她有一个习惯:头歪向一边,然后急切地向前探出下巴,两片嘴唇稍稍分开,仿佛正在听音乐。这个姿态似乎让他感到尴尬,因为每一次她这样做的时候,他就会停住话头,然后皱起眉头。

"你不需要通读它们。"有一天,他用两根手指托起她的蓝色文件夹,一边抽着烟斗,一边突然对她说。"有些审稿人只是看个大概意思。"一头金发,戴着海军蓝贝雷帽的莉比坚决地摇了摇头。"我不介意,真的,先生,"她高声说,"而且我愿意打破出版商不看手稿的传闻。你可以对着《圣经》发誓这些确实已经被读过了。而且如果我自己花时间去通读,你是没法反对的。"

他叼着烟斗从书桌后面站起来,开始来回踱步。"如果你真的想要以此谋生的话,麦考斯兰小姐,"他说,"你就必须把它当作计件工作,像那些低薪的工人一样合理安排你的时间。""不要叫我'工人'。"她笑着说。"哦,是吗?"他回应时没有笑。"真的,"她继续道,"我爱这份工作。我属于那种不读完故事的结局就不会把书放下的极少数人。文字对我有种魔力。即使是最糟糕的文字和条理也不例外。我自己也写作,你知道吧。""给我们写一本小说吧,"他突然提出,"你写得好极了。"莉比点起一根香烟。她小心地提醒自己,千万不能因为他的几句甜言蜜语就被他带偏去从事写作。"我还没准备好。我的致命弱点在于结构,但我在学习。阅读这些手稿让我受益匪浅。当我开始写作,打开我的老雷明顿打字机,敲出'第一章'的时候,我会从他们的错误中受益。"他回到办公桌前,敲打着烟斗里的烟灰。"如你所说,你是利用自己的时间去做的,麦考斯兰小姐。但是一审的职责是节省二审的时间,也节省自身的时间。你这样做不划算。""但我要把这份工作变得有趣啊,"莉比抗议道,"所有的工作都应该是有趣的,甚至体力劳动也不例外。说得对,说得对!"她欢快地喊道,这是她在瓦萨学到的方法。然而勒罗伊先生一言不发,于是她喃喃道:"看起来似乎不太妙。"

莉比把手里的香烟捻灭。她通常会让自己在办公室待十五分钟,这样看起来像是在拜访,但是一般来说,和勒罗伊先生会面很难持续那么长时间。她最害怕的时刻终于到来了。办公室里的人一般都会通过起身来暗示会面结束,但是勒罗伊先生要么继续坐在桌边,要么仍然在房间里不停踱步。他有时候表现得好像已经忘记她是来拿新一批手稿的。哪怕她已经穿好了大衣,戴上了手套,他似乎也没注意到她正准备告辞,他的目光也从没瞟向过书桌的抽屉——莉比知道,那里就是存放新书稿的地方。那是个很大的抽屉,像个大号储藏箱。莉比也放低身段用了双关语,把它称为"疯人院",因为每次等待他打开那个抽屉的过程都能把她逼疯。有时候她不得不提醒他,但一般来说,她发现只要自己等的时间足够长,他就能想起来。不过,每一次她都感觉到自己的职业生涯岌岌可危,因为每一分钟对她怦怦乱跳的心脏来说，都像永恒般那么漫长。最终，他还是会抽出几份手稿丢在桌面上。"给你，先看看这些吧。"或者往抽屉里看一眼，然后咳嗽着说："这周的稿子不太多，麦考斯兰小姐。"而莉比抻抻脖子就能看到，那个抽屉基本上是满的。她很害怕有一天——她常常想象这种可能性——那个抽屉不会再为她打开。她会穿上大衣（款式简单的天鹅绒领子海军蓝大衣），带着空空如也的公文包走到寒风凛凛的街头，之后，她永远不会再跟勒罗伊先生见面——她的自尊心不允许她这样做。

实际上，莉比每次跟勒罗伊先生见面之后，都会到施拉夫特去喝杯麦芽酒。今天是个充满不祥之兆的日子，她步履蹒跚地走出办公室，因为她只拿到了一份手稿，这足以表明她的烦恼。前途一片黑暗。天寒地冻，孤苦伶仃。"一审的职责是节省二审的时间。"她拿起下午茶的菜单，对着额头扇风，让自己认清事实：几个月以来，他一直慢慢地打击她，暗示一个接着一个，这都是在为最后一击做铺垫，就像是一个作家在引读者上钩！他倒不如直接对她说："恐怕你不符合我们的要求，麦考斯兰小姐。很抱歉。"那会善良得多。没有比这句话更简单的了。她会理解的。毕竟出版商分配审稿任务也不是做慈善。"谢谢你的坦率，勒罗伊先生，"她会这样回答他，"有时间和我一起喝下午茶吧。我会永远把你当朋友。"

过了一会儿，莉比啜饮着麦芽酒，开始意识到她是个多么以自我为中心的人：这一切都是她自己的想法。问题在于，她一直站在自己的角度去理解两人的会面，她的解读因为把心思集中在了那个抽屉上而显得隐秘且疯狂。但是站在勒罗伊先生的角度来看，那不过是日常工作而已。他需要给很多审稿员分发手稿，她只是其中之一。而且如果作者不给他寄手稿，他也没办法凭空变出更多的稿子来。此外，他还得保持公平，不能偏向她而让那些靠这份工作养家糊口的老审稿员没有活干。从他那拧成一团，总是看起来为难的眉毛，你就能看出他是个公平的人。而且今天他这么不留情面地说她，也是想教给她一些行规，抑制住她"追求精湛技艺的天性"，因为商业市场消化不了太有创意的内容。他很可能丝毫没有察觉到他在她少女的心扉中激起了多少希望与恐惧的骚动。他只是把她当成出版社雇用的一个审稿员而已。当他说这周没有太多稿子的时候，他的重点是"这周"。而且她刚才想的也是千真万确的：对他来说，最简单的方法就是直接告诉她，她不符合要求——如果他真是那么想的。他每天都得跟某个倒霉鬼说出这种话吧，比如退还书稿的时候。为什么她从来没考虑过这一点呢？

　　她突然想到，如果写一篇小说时先从她自己的叙述角度，再从勒罗伊先生的叙述角度去阐明两人的关系，那应该是个绝妙的练笔机会。最出彩的部分当然会是两人之间鲜明的对比。它会表现出我们每个人是如何被禁锢在自己的个人世界中的。小说的名字可以是《致命抽屉》。或者《秘密抽屉》，这个名字会让人联想到私密的、封闭的生活，也会让人联想到旧书桌的那些神秘的抽屉，就像家里母亲书桌上的那种。莉比敲打着玻璃杯，找爱尔兰女侍者借了一支铅笔，开始在菜单的背面潦草地写下一些笔记。她突然间有了灵感，想赶快把它抓住。如果女主人公（不管她叫什么名字）童年时一直对母亲（或者外祖母？）书桌上的一个秘密抽屉非常好奇，但是又从来没有成功地打开过那个抽屉，那会怎样呢？那会给这个故事增添一种诗意的深度，并且有助于解释女主人公的心理状态：几家工厂附近的一栋维多利亚式的花岗岩房子，高高的树篱，花园里的猴子树、在凉亭或者藤架下面喝茶的孤独的小孩，还有楼梯顶端弯曲的栏杆后面、黑暗走廊的尽头的那张安妮女王风格的写字台……后来，当女主人公遇到出版商时，你可以让她想象出各种可怕的事情，比如让她怀疑他那个宝贵的抽屉里是不是真的装满了手稿,以及她看到的那个在门外等待的女孩——长相还不错,手里拿着个纸板做的公文包——是不是勒罗伊先生更中意的审稿人,也就是她的竞争对手。结果,那女孩实际上是个作家,她的手稿是要交给莉比审阅的。不过这一点要等到故事从勒罗伊先生的叙述角度展开时,才会明朗起来。

  莉比脑子里充满了各种故事的灵感和构思,一般她都会写在日记本里。M.A.P. 史密斯夫人说过,每个作家都应该有一个日记本。过去三年,莉比一直随身带着一个,随时记录她的感想、新词和梦想。还有小说和诗歌的题目。"《抽屉》!"她脱口而出。就是它了,当然是——优秀写作的第一条规则就是删掉形容词。莉比叫来女侍者。"我把这个带走你不介意吧?"她举起菜单,又指了指她的公文包,问道。女侍者自然是非常开心的:莉比发现,全世界都爱作家。拉斐特咖啡馆里的那些年长的法国侍者更是如此,她周日下午有时独自到那里去的时候,他们会把她安排到她常坐的位置,让她在大理石桌面上读手稿、写笔记,或者看着形形色色的人下跳棋、读报纸,那家咖啡馆里的报纸还像在法国那样卷在木轴上。

  莉比并不是一直工作、从不休息的人,她能够在不花完自己零用钱的情况下让自己的生活过得有滋有味。冬天,赶上纽约中央车站通往周边城市的车票打折时,她会到伯克希尔去滑雪,火车上都是滑雪爱好者,她也因此交到了不少新朋友。他们中的大多数人听说她在出版界闯荡的时候,都大为惊讶。去年冬天,她认识了一个英俊的年轻男人,他在一所私立学校教英语。到了春天,她发现他知道一个很漂亮的野餐地点——佩勒姆湾公园,坐地铁只要五美分就可以到达。坐列克星敦大道的特快列车到终点站,下车后再走一阵就到了。莉比会带好午餐篮,里面装着黄瓜三明治、水煮蛋和又大又饱满的草莓,他们会找一个临水避风的地方,吃过午餐之后就躺在厚厚的毯子上,打开一本皮革封面的诗集大声朗读。莉比痴迷骑士派诗人,而他则钟爱伊丽莎白一世时代的诗歌,特别是锡德尼和德雷顿的作品("既然已无法挽回,就让我们吻别吧。我为你所做过的,从此你再得不到……")。他告诉莉比,她看起来就是他想象中佩内洛普·里奇(她之前叫佩内洛普·德弗罗,是埃塞克斯伯爵的妹妹)的样子,也就是锡德尼的诗《阿斯特罗菲尔和斯黛拉》里的"斯黛拉"。"斯黛拉"有着一头金发和一双黑色的眼眸,眼睛里散发着夺人魂魄的光芒,和莉比的一样。褐色眼睛和金色头发的组合是伊丽莎白一世时代女性美貌的典范。这个春天,莉比迫不及待地等着第一批柳树抽芽,因为那预示着野餐季节又要到来了。他脑子里满是有趣的对比,这些对比有时候还会引导她进入全新的阅读领域。比如,去年春天的一个周六的清晨,他穿着厚重的鞋子,背着学生气十足的书包到都铎城公寓来接她一起去野餐时,她正在厨房里往三明治面包上涂抹黄油。于是他开始背诵:

"维特爱上夏洛特,
甜言蜜语口难开。
想起两人初相见,
面包黄油抹起来。"

她的室友们几乎笑出了声,她们只上过史密斯学院和霍利奥克学院,当然会认为他很有才。这首诗是萨克雷模仿歌德的《少年维特之烦恼》写的一首打油诗,莉比曾经在图书馆里津津有味地快速读到过。她经常用食指夸张地撑住额头,来表明自己正在沉思,这个神经错乱的年轻人有没有可能是爱上她了,尽管他除了当老师的薪水身无分文。今年圣诞节,他带她到中央公园滑了两次冰,那也是他唯一一次张开双臂搂住她,为了帮她在冰面上站起来。可惜的是,一整个冬天他都在感冒,所以上完课后只能喝一杯热柠檬水然后上床睡觉。

她还有一个狂热的追求者——是她在凯的家里认识的一个年轻演员,他带她到剧院里看过戏,那是他们从《纽约时报》大厦地下深处的格雷商店的打折处买的折扣票。他们总是在大厦外驻足,看着大厦上亮闪闪的新闻灯带(这个时尚的比喻是莉比想的)。还有一个从耶鲁音乐学院毕业的年轻人带她去哈莱姆区听过爵士乐。还有一个是她在去滑雪的火车上认识的犹太男孩,他讲话口齿不清,眼睫毛上翘(他来自一个已经合法地改了姓氏的良好家庭),带她到广场酒店跳过舞。他是政治学专业的学生,去年秋天曾在国会选举中给民主党当过监票员。她还认识下城区的一些年轻律师,都是她姐姐的旧爱,他们有时候会带她到卡内基音乐厅去听一场歌剧或者音乐会。或者去小卡内基剧场,那里经常放映外国电影,而且你能喝到免费的小杯咖啡,还能在大堂里打乒乓球。莉比是个乒乓球高手,从她的个子和修长的手臂就能猜到。她哥哥还教了她高超的发球技术。有时候她周日会跟她认识的一个推崇布克曼[1]主义的男孩一起去教堂,听曾经在髑髅地当过主教的萨姆·休梅克布道。在大学期间,道德重整组织就一直让她激动不已。

实际上,她公寓的隔壁就是第五大道电影院,你可以在那里看到外国电影,还能免费享用一小杯咖啡。她大部分时间都是和其他女孩一起去的——比如凯,哈拉尔德又找到了工作,当他上班时,

---

1. 即美国路德教牧师弗兰克·布克曼(1878—1961),他建立了道德重整组织,该组织最初于20世纪20年代在牛津流行。它将正直无私、对罪过的忏悔、互相尊重及合作作为改造社会的基础。

她就会约凯一起去看电影。她还约过波莉·安德鲁斯，斯隆去医院上班的时候，她也约过普瑞斯（太让人难过了，她在怀孕六个月的时候失去了宝宝），还有当年北楼的一些老同学，她是在去滑雪的火车上遇到她们的。她的"女士之夜"的邀请名单上还有两个女孩，是她在担任书评人这一愚蠢的职业期间认识的——莉比会告诉你，她们一个是《星期六文学评论》的编辑秘书，另一个是《先驱论坛报书评》的编辑助理。她们分别是史密斯学院30届和韦尔斯利学院30届的毕业生，她们都独居，住在格林尼治村，也都非常喜欢莉比。在《先驱论坛报书评》工作的那个女孩住在克里斯托弗街，她和莉比经常在第十二街的隆尚酒吧喝鸡尾酒，然后她们可能会去第八街的爱丽丝·麦克科利斯特餐馆或者"廉价店"酒吧，那里的侍者都是菲律宾人，而且那个女孩会指着很多艺术家和作家给莉比看。莉比一般都会抢着付账。"是我约的你。"她会开心地坚持说。一月份，她还邀请这两个女孩参加了她举办的热红酒聚会，她也邀请了她们的老板，可惜老板们都没能出席。凯说过，你不能同时邀请老板和她的秘书出席同一个活动，那会让你的邀请显得不够有分量。她还认为莉比应该邀请勒罗伊先生，但是莉比没有那个勇气。"他以为我住在阁楼里，"莉比说，"我不想破坏他的这种错觉。而且，我怎么知道他结没结婚？""这个理由太不堪一击了，麦考斯兰。"凯答道。

莉比是相当注重体面的一位女士（她更喜欢"淑女"这个老词），不愿意跟行业里的熟人套近乎。哎呀，她跟《先驱论坛报书评》和《星期六文学评论》的那两个姑娘交朋友的时候，总会在她们的门口探一下头，打个招呼，直到确认对方欢迎自己的到来才会进去。当然，现在她已经可以随便溜进去聊会儿天，看一眼新出的书，这样她就能知道，轮到她写书评的时候，她应该跟编辑要哪些书来读。要求特别指定阅读某一本书是值得的。有些写书评的人会紧跟《出版商周刊》上的内容。想要得到写书评的机会可是一门大学问，莉比真心觉得自己可以以此为题写一篇文章。首先，你必须知道，编辑们就像家里的女主人一样，有特定的"日子"来接待书评人。《论坛报》是周二，《周日评论》是周三。《纽约时报》也是周二，不过到目前为止，莉比每次只能干坐在《纽约时报》的接待室里等着，没人搭理她，直到办公室的勤杂工来告诉她这周没有书要评。在她的想象中，书评编辑都像国王（或者王后）一样，每天在侍臣的簇拥下上朝，有事相求的人都在接待室里翘首期盼，仆人（也就是办公室的勤杂工）在来回奔忙。而且，他们也像国王一样，手中执掌着生杀大权。慢慢地，她已经可以一眼认出其他书评人，或者按照罗马人的说法叫"门客"——波希米亚风格装扮的中年妇女，戴着眼镜，或者涂着过于鲜艳的口红，戴着摇晃的耳环，拎着破旧的手提包或者帆布袋；满脸起痘的年轻男人，穿着一身像是纸做的西服套装。还有他们的鞋！鞋底已经磨损了，破破烂烂的鞋带胡乱打着结。看到他们的鞋子，还有廉价的袜子上方露出的粗糙发红的脚踝时，莉比的心都要碎了。她想起去看眼科医生时（她阅读时需要戴眼镜），也要等上好几个小时，她看到有很多得了白内障的穷人耐心地在那里等待着。书评人之间也有嫉妒和恶意存在。那个有痤疮和龋齿的年轻男人总是轻蔑地上下打量她，她先于他们被召去见编辑时，他还会发出阵阵嘘声。可是这些所谓的书评人都不诚实，他们的目的并非认真阅读和评价书籍，而是抱着一摞书离开后，看都不看就把它们卖给某个小规模的二手书商。这对那些诚实的书评人来说不公平，对作者和出版商来说就更不公平了。任何已经出版的书籍都应该得到书评待遇。这些被莉比称为"书评大盗"的人在《新共和》或者《国家民族政坛》这样的杂志社应该更加嚣张吧，因为它们并不特别"关注"每一本新出版的图书。据说在《国家民族政坛》

和《新共和》杂志,你也需要过五关斩六将才有机会见到图书编辑——你的对手都是怪咖,刚刚下船的文身水手、码头工人、流浪汉、格林尼治村的自助餐厅里留着胡子的怪人,所有人都好几个月没洗澡了。这一切都受到了当下风靡的"无产阶级文学"的影响。天啊,就连瓦萨学院都为此开设了课程。皮布尔斯小姐在讲完当代散文小说的"多重性"之后就会讲这门课。凯认为莉比应该试试到《国家民族政坛》和《新共和》杂志社工作,因为他们在有思想的人群——比如她的医生父亲——中享有很高的声望,但是莉比说:"我的天啊,我感兴趣的是工作环境。我可不想招一身跳蚤。"

此外,写书评只是达到目的的一种手段:它能让你的名字在出版界广为人知,因为出版人士会阅读每一篇书评,无论篇幅多短。不管遇到什么困难,都要达成那个目的,虽然她一次次地感到挫败,虽然她似乎再也无法面对下一个"忧郁的周一"和勒罗伊先生一边读她的报告一边挠胡子的场面。周一是她和勒罗伊先生"定好"的日子,除非赶上假日,否则她一定会去见他,雷打不动,人都是习惯的动物。

在那次糟糕的会面中,他给了她很大的恐惧,之后,莉比决定她必须做好另外的打算。"你写得好极了……"这句话让她萌生了一个想法,她想跟他谈谈做翻译的事情,这个主意其实是凯提出来的。凯说,哈拉尔德认为莉比的问题在于她应该成为某一个方面的专业人才。不然的话,她就只能和每年六月毕业、在班里当过诗人或者文学杂志编辑的那一大堆英语专业的学生竞争。莉比应该利用自己的外语优势——特别是意大利语,因为她在那里生活过——为自己开辟一片天地。她应该提出免费翻译一个样章,然后,如果他们喜欢,她可以每天专门抽出一个小时翻译书。文学实践会对她的写作风格有所裨益,同时她也会成为一名专家——类似于技术人员。其他出版商就会把意大利语的书籍交给她审读,编辑会让她评论意大利作者的作品,她会见到相关的学者和教授,并且成为行业里的权威。哈拉尔德说,在技术社会里,问题在于你是否拥有正确的工具。

莉比实际上并不想把翻译当作自己的主业,编辑工作要令人兴奋得多,因为你会跟人打交道。而且,哈拉尔德的计划,就像他的大多数想法一样,都太过长远,激发不了她的想象力。同时,她也觉得不能让自己和勒罗伊先生的关系陷入僵局。不过她突然意识到,这或许是进入外版书出版流程的一个途径。她发现,他们给外版书支付的审稿费更高(每本七点五美元)。于是,下一次和勒罗伊先生见面时,她都没有等他去翻找手稿箱,就直言不讳地说希望他能给她个机会审读一本法语或者意大利语的小说,她打算尝试一下翻译工作。"我会把审读报告写好,然后如果我们想出版这本书,我会为你试译一个章节。"

她觉得勒罗伊先生听到"我们"这个词的时候有些局促不安,但她是故意这样讲的,因为这样听起来更加专业。然而无巧不成书,就在那一天,他刚刚从他经常合作的一位意大利专家,也是哥伦比亚大学的一位教授那里拿回了一份意大利语的小说,那位专家的审读报告末尾写着:"建议征询其他意见。"而莉比恰好在这个时候出现了,这显然是命运的安排,勒罗伊先生也清楚地感觉到了。"好吧,"他说,"把它带回家吧。"他想了一下说道,"你的意大利语很流利吧?""非常流利。"她用意大利语回答。他又提醒她,除非她外语掌握得极为熟练,否则当翻译是得不偿失的,因为就翻译而言,速度才是关键。莉比离开办公室的时候有点气馁,勒罗伊先生的态度让她感觉,他是在给她最后的机会。

回到公寓之后,她才看清了他给她设下的这个陷阱。书里的对话大部分是西西里方言。习惯了纯正托斯卡纳意大利语的莉比几乎昏了过去。实际上,她都不能确定那是不是西西里方言,书里的角色似乎都是些农民和小地主,他们居住的村庄可以是意大利的任何地方。她想过马上去找瓦萨学院的罗塞利先生求助,可是他偏偏这个时候休长假去了,系里的其他人并不是跟她要好的朋友,所以很可能会把她跑回学校寻求帮助的事情到处散播。她心里有个细微的声音,让她把书还给勒罗伊先生,并且承认这本书对她来说太难了,可是她无法正视这个念头,这么做就会让他有借口告诉她"你完了"。

莉比在客厅中间站着,一只手拍着额头,另一只手远远地举着那本书,做出朗读者的姿态。"失去了,失去了,一切都失去了,"她感叹道,"永别了,好姑娘。"然后,她蹒跚着陷入沙发里,重新打开手里的书——五百二十一页!那本书从她苍白无力的手里掉落,书页凄然翻飞。独居的一大优势在于,你可以随心所欲地自言自语,对着想象中的听众发表演讲,自由地挥洒所有的情绪。她又从沙发里站起来,不停地摇着头,走到镜子前面,仔细地审视着自己的容貌,仿佛是最后一次。然后,她转换了心情,轻轻地戳了戳自己的肋骨,又去给她养的那对情侣鹦鹉喂了一点生菜。她提醒自己,还有一周的时间来应对。"勇敢一点!"她用嘹亮的声音说道,然后她戴上帽子,到爱丽丝·麦克科利斯特餐厅吃晚饭,还在那儿看到了一个她认识的女孩正跟一个男人共进晚餐。离开餐厅经过他们的桌边时,莉比停了下来,然后马上向他们倾诉了那本意大利小说的烦恼,还给他们看了她随身带着的小说。她还带了一本袖珍字典,吃晚餐的时候她也一直在工作。"我们刚才就看到你了!"那个女孩说,"天啊,从事这样的工作一定会让你觉得自己很重要吧!""我可能也做不了多久了,"莉比预言道,"五百二十一页浓重的西西里方言,而我是读但丁长大的。"

虽然莉比几乎整个周末都待在家里,甚至连《纽约时报》的填字游戏都无暇顾及,但她直到第二个周日的晚上才把报告写完。她写的情节摘要非常简短。书中的某些情节让她困惑不已,她到公共图书馆认真查阅了很多地图和词典都无法解决。她描述这本书是"在封建历史的背景下对当代意大利农业问题的研究。代表旧秩序的主人公阿方索与代表进步和创新的村长不和。个性鲜明的村民们有着丰富、生动的语言风格,让人想起猪圈和谷仓,他们也因为阿方索和村长奥诺弗里奥的不同观点而分成两派。奥诺弗里奥的女儿欧费米娅也被卷入了这场政治斗争,并且在广场上一次混乱的集会中意外被刺身亡。村民们将她视为圣女,想要把她的遗体敬奉起来,但遭到了教区牧师的干涉。之后,欧费米娅的坟墓出现了'神迹',然后宪兵队出现了,秩序得到了恢复。'神迹'出现之时,正是阿方索——他所属宗族的最后一个子嗣——的葬礼举行之日,因此这个场景具有特殊的象征意义。小说很好地呈现了很多奇妙的民俗,尤其是挂毯,以及更令人惊叹的、如马赛克般交织在一起的异教信仰、基督教的迷信和原始的万物有灵论,它们在农民的头脑中模糊地闪烁着光芒,仿佛在某座古老、昏暗、蝙蝠乱飞的教堂中,那里面凹凸不平的路面上留着诺曼十字军破损凹陷的墓穴,从希腊神庙中掠夺而来的柱子已经伤痕累累,但还勉力支撑着天窗。作者的政治'倾向'不够明确。他在这场斗争中站在哪一边呢?是阿方索的一边还是村长的一边?他没有说,但是作为读者,我们必须知道。'神迹'出现的地方让我们相信,他应该是站在村长一边的,也就是说,站在当今的意大利及其领导者墨索里尼一边。宪兵队实际上是作为拯救者入场的。如果我们深入这部小说如沸腾浓汤般起伏的情节中一探究竟,我们会被其刻薄、灼热的语言所形成的蒸汽吓退。但无论如何,笔者都不能不怀疑,作者是在为这个国家当下的状态写一篇辩解书。因此,我对这本书的出版持否定态度"。

莉比经常听她在菲耶索莱的姨妈说,墨索里尼给意大利人做了

203

不少好事。她自己还是个小姑娘的时候，也曾为领主广场上的右翼黑衣党集会而激动万分。但是她在尽量从勒罗伊先生的立场来看待这部小说，还要考虑到埃塞俄比亚和海尔·塞拉西及其同盟，所以，当她周一把小说带去还给他的时候，对自己的"表现"总体来说还是很满意的，特别是她想办法暗示了这本书的发生地点应该是西西里，但她没有明说，怕自己搞错了。

他浏览报告的时候，她坐在那里绞手指。"看着像一部该死的歌剧。"他刚看完第一段就抬起眼睛评价道。莉比没说话，只是等待着。他继续读下去，突然从浓密的眉毛下面向她投去挖苦的一瞥。他把她的蓝色文件夹放下，心不在焉地扯了扯上面的丝带，痛苦地扬起一边眉毛，仿佛得了三叉神经痛，然后慢慢地点起烟斗。"哎呀呀！"他说着，轻笑了一声，"你读了一本什么书啊？"他问，然后把上一位审稿员的报告递给她。"……一部鲜为人知的经典作品，描写了意大利的激进自由主义，带有契诃夫式的怜悯和讽刺性的客观态度……本书作者因这部小说在意大利文坛确立了地位，于一九一二年去世……"

莉比无言以对。"这里应该有空洞的笑声，"她终于说道，并且真的大胆笑了几下，"我可以解释。"她继续说。"不重要了，"他说，"我看得出来你是如何被误导的。或许在过去五十年里，意大利的风俗习惯并没有发生太大的变化。""这正是我想说的！"莉比立刻欣慰地喊着，几乎从椅子上跳了起来，"意大利南部地区的时间仿佛静止了。这正是我想说的。我认为作者试图强调一种时光倒流的感觉。你知道吧，那是他主题的一部分。哎呀，你听过这么可笑的事情吗？不过我会重写报告的。'根据最近的一些发现'——哈哈哈。如果你可以把小说再给我读一读……"她不安地望向他，一脸明媚。她意识到，他那种若有所思的沉默让她紧张得要命。

他叹了口气。"麦考斯兰小姐，"他说，"我想我只能跟你直说了。我认为你最好去找一找其他类型的工作。你有没有想过当文学经纪人？或者在女性杂志社工作？相信我，你真的很有写作天赋，而且又很有热情。但你确实不适合出版行业。""可是为什么呢？"莉比相当冷静地问。现在这最后一击已经落下来了，她感到如释重负。她只是好奇他会怎么回答这个问题，而不是真的关心答案。他抽了一口烟斗。"我不知道该怎么跟你解释。我自己也一直在思考到底是哪个地方出了问题。你可能只是缺乏这方面的本领，或者缺乏常识或直觉或其他什么，以至于你不能辨别出什么样的手稿是可以出版的。或者可以说你的心肠还不够硬。你本质上是个同情者。所以我才认为你该在文学经纪人的手下工作。你一直跟我说你想跟作者们打交道。对啊，那正是经纪人要做的事情，和作者们密切合作，在杂志社尤其如此。鼓励他们，提携他们，告诉他们应该删掉什么内容，拉起他们的手，带他们出去吃午饭。""但是出版人也做这些事情。"莉比尖锐地指出。她经常想象自己穿着时髦的套装，戴着时髦的帽子，带作者们出去吃午饭，费用全部报销，然后一边喝咖啡一边讨论他们的作品。"那些传言过于夸张了，"勒罗伊先生说道，"你或许会认为我每天都跟著名作家在里茨酒店吃午餐吧。但实际上，我每周至少有两天的午餐是在自动贩卖机上独自解决的。我在节食。今天的午餐我是跟一个经纪人吃的——一个聪明绝顶的人，一个女人。她的工资是我的三倍。"莉比弯弯的眉毛呈现出惊讶和怀疑的神情。"这也是另外一个方面，麦考斯兰小姐，"他俯身向前，"出版业是男人的天下。图书出版，我是说。你能说出一个在图书出版界做到最高位置的女人吗？布兰奇·克诺夫不算，她是因为嫁给了出版业的大佬阿尔弗雷德。你会发现女性只能从事边缘行业，比如公关和广告。或者从事审稿和校对。大多数是耳朵上夹着一支铅笔而且消化不良的老处女。我们这里就有一个很厉害的人物，钱伯斯小姐，她在这里工作二十年了。我想她也是瓦萨毕业的，也可能是布林莫尔。她尖酸乖戾，鼻子瘦长又高挺，总是穿毛衣，扣子都扣上，戴着金属框眼镜。她是一个非常聪明、正派、优秀但工资过低的女人。是我们的苦役。请原谅我这么说。确实。出版业是男人的天下，除非你嫁进来。嫁给一个出版商，麦考斯兰小姐，然后当他的主子。或者去找个文学经纪人。不然你就慢慢熬着吧。"

"你描绘出的场面多么魔幻啊，"莉比一手托腮，若有所思地说，"我在想……我能否代表《瓦萨校友杂志》对你进行一次专访？"勒罗伊先生抬起双手。"我认为那会违反公司的规定。"他古板地说。"哦，不过我不会提到你的名字，如果你介意。我们现在就可以简单聊几句。或者，如果你哪天有空能一起喝一杯，就更好了……"但他很粗鲁地拒绝了这个建议。"我们这周有销售会议，麦考斯兰小姐。下周，我看看——"他瞟了一眼桌历，"下周我要出差。"他清了清嗓子，"你大可以按照你的想法来写，但是我并不想被卷进去。""我明白。"莉比说道。

然后，她开始站起身，突然明白过来刚才发生了什么，她在没有听到任何充分理由的情况下，就顺从地接受了自己被解雇的事实。他只是泛泛而谈，并没有坦诚地说出她的不足，好让她之后有机会改正。而且如果她不赶紧想出个对策，她以后也不能找个采访之类的借口再见他。遇到这种情况，你该怎么办呢？

她点起一根香烟。"你就不能让我试试别的工作吗？比如写简介。我确定我是有能力写简介的。"他打断了她。"我完全同意你可以写出非常不错的封面内容，但这是行业里的一项机械的工作。没有任何成就感可言。谁都能写。我能写，所有编辑能写，我的秘书能写，办公室的勤杂工也能写。所以结果就是，麦考斯兰小姐，我们确实没有非你不可的工作。你只是每年六月从大学里蜂拥而出、期待着进入出版界大展宏图的成千上万名英语专业毕业生中的一个而已。这些毕业生的家人会资助他们一段时间。一年差不多就是极限了。直到女孩们终于找个人嫁了,而男孩们转入其他行业。"

"而在你看来,"莉比说,"我只是那群人中的一个。""你更坚韧,"他说着看了一眼手表,又叹了口气,"而且你说你的家人没有资助你。这就让你的坚韧更加令人敬畏了,而且你似乎确实有些神秘的文学天赋。我祝你一切顺利。"说完,他站起身来,隔着桌子用力地和她握了握手。她手里点燃的香烟掉在了地毯上。"啊,我的烟!啊,糟了!"她喊道,"哪儿去了?""没关系,"他说,"我们会找到的。比斯比小姐!"他喊着秘书的名字,秘书立刻从走廊外探头进来。"有一根点着的香烟不知道掉在哪里了,把它找到,好吗?而且记得给麦考斯兰小姐寄支票。"他抓起莉比的大衣,并且帮她拿着。秘书正趴在地上四处搜寻。莉比被震惊和困惑搞得晕头转向。她向后退了一步,然后,姑娘们,你们想象得到吗,她扑通一声,晕倒在勒罗伊先生的怀里了!

一定是办公室太热了。勒罗伊先生的秘书后来告诉她,当时她的脸色已经铁青,额头上还沁出了冷汗。这和之前某个夏天,她和姨妈一起到乌菲齐美术馆,在《维纳斯的诞生》前突然昏倒时的情况相似。但是格斯(奥格斯塔斯的简称)·勒罗伊却认为她是饿晕了——她承认自己确实没吃午饭。他坚持从自己的钱包里拿出十美元给她,此外还给了她一美元打出租车。第二天早上,他给她打电话,让她去见一个正好在找助理的文学经纪人。结果现在,你看看,她得到了这份时髦的工作,每周薪水二十五美元,负责读手稿,给作者写信,以及和编辑共进午餐。她和格斯·勒罗伊成了最好的朋友。她从她的老板那里了解到,他确实已经结婚了。

第九章

第二年五月，在莉比举办的一次聚会上，格斯·勒罗伊认识了波莉·安德鲁斯。那是一九三六年，她们那群女友中有半数已经结婚。老朋友里莉比只邀请了普瑞斯——但她没法来，还有波莉和凯，至于其他人，她宁可不见。她为大家准备了一种五月波列酒，是用莱茵白葡萄酒、新鲜草莓和香车叶草调制而成的。有一家商店可以买到德国进口的干香车叶草，那是一家布满灰尘的德国老商号，就在第二大道的高架铁路下面，橱窗里摆着玻璃药罐子、老式药师秤、研钵和研杵。莉比在电话里告诉波莉，那个地方特别好找，就在波莉家的拐角处，不可能找不到，所以她随便哪天下班回家的路上就可以顺道帮莉比把香车叶草买回来。聚会前一天买都来得及，因为只需要浸泡一夜就可以用。波莉在康奈尔医疗中心当技师，主要工作是进行基础代谢测试，这就意味着每天一大早病人们醒来时她就已经到医院了。不过她下午很早就下班了，莉比却不能，而且波莉经常搭乘第二大道高架铁路回家——她住在第十街，离圣马可广场不远，圣马可教堂就在她住处的斜对角，那里的牧师格思里博士主持的礼拜非常好，不过波莉周日上午都在睡懒觉，从来没有去过。

药草商店距离波莉家九个街区，波莉温柔的笑意间也可以带着怒气，相信她带着香车叶草来到莉比的公寓时，这种情绪显露无遗。可是那九个街区的距离都很短啊，亲爱的，莉比反驳她，而且波莉正好可以呼吸新鲜空气，就当是锻炼身体。当她听波莉描述了店里陈列的那些药品——各种古老的药草、药草制剂和本草都装在带有瓶塞的大玻璃瓶里，上面还潦草地用哥特字体写着各自的拉丁文名——她很后悔自己没有亲自去看看，当然，她会搭出租车去。不过，为了感谢波莉的辛苦，莉比带她去了格林尼治村新开的一家餐厅吃晚餐，之后她们回到公寓里，开始调制波列酒，并为聚会做好一切准备。波莉很喜欢布置花束（那天晚上她用莉比的山茱萸造出了奇景），而且下厨也非常麻利。莉比已经说服她做一道安德鲁斯先生的著名的鸡肝酱，这是他从法国学来的一道菜。从市场买回价值不菲的鸡肝之后，她就站在一边看着波莉用小火慢慢地煸鸡肝，然后又用筛子把它们压碎。"你是不是煸得太嫩了？"她提出，"凯说她都会比菜谱上建议的时间多十五分钟。"后来波莉往鸡肝里加入高级黄油，再加上白兰地和雪莉酒，量大得让莉比震惊——难怪安德鲁斯家会破产。但是波莉就喜欢这样，而且一旦开始动手做之后，她就会坚持用自己的方法完成。安德鲁斯家的所有人都这样。波莉说，安德鲁斯先生坚持自己熬制高汤，并且要一直熬到凝成冻为止，不过波莉同意使用金宝牌清炖肉汤罐头来做肉冻的底料。谢天谢地，不然她们这一夜就别睡了。事实上，波莉走的时候，莉比已经筋疲力尽。光是用筛网把鸡肝压碎这一道工序就花了将近一小时。她没让波莉收拾厨房，第二天下午会有个黑人女佣来打扫并且为聚会服务。

幸好波莉还能搭第八街的公交车回家，要是走路回家的话就太远了。莉比家在第五大道西边，而且途中还必须穿过一些相当危险的楼房和仓库。波莉的公寓虽然也在一个相当不错的街区，但是和莉比住的有着高高的天花板、壁炉和落地窗的房子相比就逊色多了。实际上，说波莉住的地方是公寓都是美言了。那里其实就是个带家具和卫生间的房间而已，房间里有一张沙发床，波莉在上面铺了一床她从家里带来的漂亮的拼贴被，还有几把维多利亚风格的旧椅子和一张老式的大理石桌子，桌脚被做成了狮爪的形状，挺有意思的。房间的角落拉着白色隔帘，里面有一个双灶的电炉，一些被用浅蓝色油布遮住的储物架，还有一台漏水的冰箱。至少房间里很干净。房东一家都是专业人士（实际上，房东夫人还是瓦萨18届的毕业生），波莉也跟其他房客交上了朋友——两个难民，一个白俄罗斯人、一个信仰社会主义的德国犹太人。她总是能有好多关于这两个人的趣事可讲，包括他们之间的激烈争论。波莉是个富有同情心的人，她认识的每个人都会把自己的难处告诉她，或许也都跟她借过钱。然而，这个可怜的姑娘，她的家人一分钱也给不了她。她的姑妈朱莉娅给了她一些瓷器和一个火锅，但她并不知道侄女过的是什么样的日子。朱莉娅姑妈住在七十二街的公园大道上，她的心脏不太好，爬不了波莉家的楼梯。在她那个年代，圣马可广场还是个很不错的街区，但她并不知道，今时不同往日了。话说回来，如果波莉没有接待陌生人的习惯，那么那间公寓其实非常适合她。比如那个德国犹太人施奈德先生就接连不断地送给她一些小礼物，水果形状的彩色杏仁蛋白软糖（有一次他还给她拿来了一块热狗造型的软糖，不知道为什么，这块糖让波莉感到开心）、巧克力糖衣姜片、种着圣帕特里克节的标志——三叶草的微型盆栽等，而作为回报，波莉经常帮助他学习英语，好让他能够找到一份更好的工作。这就意味着几乎每天晚上他都会来敲她的房门。莉比有一天晚上见到了他——个子矮得像个侏儒，顶着一脑袋卷曲的灰白头发，口音浓重，年纪很大（莉比很高兴看到这一点），大到足以当波莉的父亲了，虽然安德鲁斯先生本人的年纪也很大，几乎可以当波莉的祖父。在波莉家你会遇到最稀奇古怪的客人，大多数都老得像亘古群山一样：比如萝丝，她姑妈朱莉娅的女仆，不得不说她是个很滑稽的人，她给波莉带来了一些从她姑妈在公园大道的肉铺里拿来的羊排，然后就坐在她家里织毛衣；那个白俄罗斯人是个可怜的人，很喜欢跟波莉下棋；还有那个送冰的人。呃，虽然说起来有点夸大其词，但是关于那个看起来像隐士的意大利送冰人，波莉那儿确实有一个很搞笑的故事可说。今年三月，他肩上扛着一袋冰进来时，一遍又一遍地说着"水"这个词，于是波莉给了他一杯水，但他摇着头说："不是，不是这个，女士。水！"结果，信不信由你，他说的是"税"，他的所得税申报单出了点问题，他用布满老茧的手从后兜里掏出一张表格——波莉居然有个需要缴纳个人所得税的送冰人。波莉就坐了下来，帮他计算业务减免和赡养减免等。然而当她的某个朋友求她帮忙的时候，她却很可能突然红着脸说："莉比，这件事你自己完全可以做得很好。"

她的模样就是那种"如同一缕温柔阳光"的女孩子——非常美丽，发色接近淡黄，像是稻草或者生丝的颜色，一双蓝色的大眼睛，乳白色的皮肤泛点青，像是脱脂奶，下巴柔软而圆润，笑起来时有酒窝，肉嘟嘟的白胳膊，宽广平坦的额头。有人觉得她很像电影明星安·哈丁，但她没有安·哈丁那么高的个子。她习惯把头发编成辫子，盘在宽大的头部上，她觉得在医院里工作，把头发盘起来会比较整洁。但问题在于，她梳这种发型会显老。普瑞斯上一次因为流产住进纽约医院里的半私人病房时，波莉每天都会去看望她，这对波莉来说很方便，因为她就在那儿工作。其他病人看到她穿着白大褂、低跟鞋，发辫威严地盘在头顶，都以为她至少二十六岁了。

她以前也是雏菊花环的成员（所以她们那群人里有四个人入选过——莉比、莱基、凯和波莉，算是破了纪录），不过莉比从来不认为波莉是个美女。她太温和、太无趣，笑的时候除外。大四那年，凯在自己执导的圣诞哑剧里让波莉扮演了圣母玛利亚，不过那是因为当时波莉刚刚和那个有遗传病的男孩解除婚约，凯想让她振作起来。实际上，在文静的外表之下，波莉是个很情绪化的人，但也非常风趣，而且总有新颖的观点，确实是一个令人愉快的伙伴。安德鲁斯家的人都很能突发奇想。波莉主修的是化学，她想当医生，不过安德鲁斯先生破产之后，她只能放弃了这个梦想。幸运的是，学校的就业办公室把她安排到了纽约医院的康奈尔医疗中心工作。她的女友们都希望她能够遇到一个愿意娶她的年轻帅哥医生或者病理学家，但是截至目前还没有，或者已经有了，可大家都不知道。关于自己的事情，波莉总是三缄其口。有时候听上去除她的姑妈、租住公寓的那些奇怪的房客，还有一些年轻的女同事之外，她没有什么其他朋友。她的那些女同事里有一些非常乏味——按照凯的说法，她们是会在窗台上用从廉价商店买来的盘子养水仙花球茎的那种人。波莉总是跟平庸的人交朋友，尤其是同性朋友，这是她的弱点。学院里化学专业学生的地位就能说明一定的问题，她们无疑都是优秀的人，但是理科专业的学生作为一个整体，在瓦萨学院的地位是最低的（必须指出凯也有同样的看法）。就像凯说的，你回来参加毕业十年同学会的时候，是不会记得那群人的：她们都是些皮肤粗糙、头发杂乱、戴着厚厚的眼镜、体形不是太胖就是太瘦、姓氏都是哈森普费弗小姐之类的可怜家伙。她们之后会怎么样呢？是会回家，成为她们社区的顶梁柱，然后把她们的女儿送回瓦萨学院继续传承她们这类人的风格，还是会去当老师或者从医，这样或许有一天你还会听到她们的消息？"埃尔弗里达·卡岑巴赫博士入职洛克菲勒研究所——祝贺你，卡茜。"你会在校友新闻中读到这条，然后问自己："她是谁啊？"天文学和动物学则有些不同——波姬主修的是动物学，而且永远让大家出其不意的是，去年她北上嫁给了一个诗人，那个人是她家的一个远房表亲，正在普林斯顿读研究生——她的家人在那儿给他们买了一栋房子，不过波姬仍然会开飞机往返伊萨卡，并且仍然想当兽医。总之，天文学和动物学跟化学不一样——它们没那么枯燥，描述性的知识更多，植物学也是。在枯燥程度上仅次于物理学和化学的就是语言专业了。莉比差一点就陷入这种命运。语言专业的学生学成之后都要回到家乡的高中去教法语或者西班牙语，并且被人叫作佩尔蒂埃小姐或者拉加萨小姐。当年波莉的追随者中就有这个专业的人，她甚至还邀请她们到她斯托克布里奇的家里去过，跟安德鲁斯先生用法语交谈。波莉是个民主党人（因为与德拉诺家族有血缘关系，安德鲁斯家的人都把票投给了罗斯福），不过莱基曾经说过，民主只是表象，波莉骨子里实际上是个封建的势利眼。

但是无论如何，莉比还是经常跟波莉见面，而且每次聚会都邀请她来参加。可问题是，当你单独和波莉在一起的时候，她是个很好的同伴，但到了人多的场合，她就黯然失色了。她说话的音量很低，像她父亲一样——其实是在小声说着自己的评论。如果你不介绍她的家庭背景（世代都是上流人士，中间也出过几个怪咖。安德鲁斯先生的姐妹们的肖像可都是萨金特画的），人们一般都会无视她的存在，或者等她回家之后才问起刚才那个文静的金发姑娘是什么人。这是她的另一个缺点：她总是提前离场，除非你给她找点事情做，比如跟一个讨厌的人聊聊天之类的，让她觉得自己还能有点用处。你只需要告诉波莉，角落里有一个无精打采的家伙需要搭救，她就会亲切热情地跟他交谈，挖出他身上没有人能够料到的各种稀奇古怪的事情。不过如果你告诉她某个人是个不错的约会对象，她反而完全无动于衷——"恐怕我必须先走了，莉比"（安德鲁斯家的人都是这样讲话的）。

不过，只要你一开始玩游戏，不管是扑克牌还是"钉驴尾巴"[1]，波莉就会感到如鱼得水，高兴地帮忙整理筹码、剪纸模和制作眼罩。她总是担任裁判或者仲裁人——给大家制定游戏规则并且维持秩序的人。这也是安德鲁斯家族的特质。他们损失了财产，又遇到了那么多困难，却通过猜字谜和玩游戏来保持快乐的心情。任何人，只要在他家那座杂乱不堪，有着巨大的壁炉、阁楼和储藏室的旧农舍里留宿过，都会在晚饭后被立刻冠以"它"这个代称，并且被迅速告知所有的游戏规则，如果客人不能迅速理解就一定会遭殃。有些夜晚，他们会到谷仓里点上煤油炉取暖，然后穿上戏服玩那种非常复杂的字谜游戏。有些晚上他们玩"杀人"游戏，不过这个游戏总是让安德鲁斯先生紧张，因为他似乎在住院期间剧烈地发作过几次病情，如果赶上他情绪不好的日子，他又得在桌子上切东西的话，他就会不由自主地发抖。有些夜晚，他们会玩法国版本的"捉迷藏"，跟老玩法差不多，只是规则稍有不同，这个版本是他们住在法国自家城堡的时候学到的。或者玩"幽灵"游戏，不过家里人把游戏的名字改成了"南瓜"，因为安德鲁斯先生有时候错过了问题而必须说出"我就是三分之一个幽灵"的时候，会默默地流下眼泪，所以他们现在改成说"我就是三分之一个南瓜"，后来又把"南瓜"改成了"傻瓜"。然后他们会玩"地理猜谜"，在这个游戏里安德鲁斯先生是绝对的高手，因为他去过很多地方，知道所有以字

---

[1] 一种多人游戏，参与者蒙住眼睛转圈之后，把驴尾巴的剪纸钉到墙上没有尾巴的驴的图片上，位置最接近的人胜出。

母 Y 和 K 开头的地名,比如总被他叫成"歪脖耳"的伊普尔,还有亚兹德、京都和克诺索斯。此外还有一个新版的"幽灵"游戏,他们称之为"狡猾的奥地利外交官"。("你是个狡猾的奥地利外交官吗?""不,我不是梅特涅。")波莉的家人都是脑力型的,除了看手势猜字谜,他们最喜欢这些猜谜游戏,不过他们也会玩一些蠢兮兮的游戏,比如"我为祖母装箱子"什么的。下雨的日子里,他们会下象棋、跳棋和飞行棋。家里人基本上不碰"大富翁"游戏(有个好心的朋友给他们寄了一套),还是因为安德鲁斯先生,这个可怜的人,总是会想到他那一去不复返的投资。每当他们必须共同做出某个决定的时候,比如让年轻的比利去哪里上大学,或者圣诞节晚餐吃什么,他们都会郑重地围聚在安德鲁斯先生收藏的古版《埃涅阿斯纪》周围,使用"维吉尔卦"进行占卜。他们规定,孩子们能够理解拉丁语之后,才有资格成为家里有表决权的成员——想想看!然后,孩子们会开始玩寻宝游戏,宝物是自制的针线包、日历和一个朱顶红球茎,这个游戏取代了之前的骑马追踪游戏,因为他们养不起马了——只养了几头牛和一些鸡。有一年冬天他们还试着养了一头猪。波莉曾经是侧坐在鞍上骑马和狩猎的好手,而且她仍然保留着骑马的爱好和马帽马靴,每当波姬想起来问她的时候(波姬有自己的马厩和周末狩猎的习惯),她就会带着装备和波姬一起去普林斯顿。她不得不把外套改大一点,因为现在的她比十八岁时丰满了一些,不过他们说她看上去仍然很漂亮,白皙的皮肤,淡黄的头发,穿着一身黑色的骑马服,戴着领巾。黑色很适合波莉。

平日里,她的穿着很朴素,旧毛衣、格子裙、平跟皮鞋。但是参加今天这样的聚会时,她会穿上一件上好的低领黑绉纱礼服,再搭配一条流苏腰带,而且她还有两顶宽边黑帽子,分别适合冬夏两季戴。她今天就戴着夏季的帽子,那是一顶装饰着黑色蕾丝花边的草帽。她礼服的绉纱有一点褪色（黑色绉纱就会这样，唉），但将她雪白的脖颈、圆润的下巴和胸部衬托得更加醒目。她的头发绾了一个大发髻，低垂到肩，看起来更加得体。哈拉尔德·彼得森说她像是雷诺阿画中的人物。但是莉比觉得她更像是玛丽·卡萨特的画中人。莉比本人穿着高领的褐色塔夫绸礼服（褐色是她的颜色），戴着黄玉耳环，衬得她头上金光闪闪，两眼晶莹发亮。她认为，虽然波莉已经没有什么贵重的珠宝了，但或许可以在胸前戴一朵白玫瑰作为装饰。

莉比邀请的来宾可是精挑细选的：几个瓦萨学院的校友、几位出版界人士、刚从欧洲回来的姐姐和姐夫、几位华尔街人士、几位戏剧界人士，还有一位女作家、一位《先驱论坛报》的男士、一位大都会博物馆的女士等。她没有邀请办公室的同事，因为这次聚会的性质不同。什么人都有，她的姐姐眯起紫水晶一样的眼睛评价道，不过姐姐一贯对莉比的志向持批判态度。"像挪亚方舟，是不是？"姐夫笑道，"真是一场动物展览，莉比！"他从来不放过任何机会揶揄她的"文学生涯"。莉比通常都会由着他这样，但是今天她有更要紧的事。她希望姐姐和姐夫能给她新交的男友留下些好印象。他叫尼尔斯·阿斯伦德，是她今年冬天在去滑雪的火车上认识的。他是奥尔特曼滑雪俱乐部的跳台滑雪运动员，而且是一个真正的挪威男爵！尼尔斯穿着最漂亮的深灰色西服套装进门，并且躬身向莉比的姐姐行吻手礼的时候，过度肥胖的姐夫差点被用安德鲁斯先生的配方秘制的鸡肝酱给噎死——尼尔斯曾跟莉比解释过，吻手礼只能献给已婚女士。他身材匀称，举止高雅，跳起舞来十分优美。跟他聊了一会儿之后，连姐姐都不得不承认他确实非常时尚。他的英语近乎完美，只有一点点口音。他在大学里主修英国文学，而且让人意想不到的是，认识莉比之前，他就已经在《哈泼斯》杂志上读过莉比的诗，至今还牢记在心。他们有着相同的爱好。莉比几乎肯定他会向她求婚，这也是她决定举办这个聚会的原因之一。她想让他看看她在自己家里的样子，以及山茱萸和姑娘们。她之前从没让他来过她的公寓。这些欧洲人，你永远也不知道他们会怎么想。但是在有家人在场的聚会上就不一样了，聚会之后，他会带她出去吃晚餐，如果一切顺利，她希望他能在那个场合向她提出那个重要的请求。她的姐夫一定也觉察到了什么。"所以，莉比，"他说，"他有能挣钱的工作吗？"莉比告诉他，奥尔特曼的滑雪道都是他负责管理的，他来美国是为了学习商科。"似乎是个挺有意思的职业起点，"她的姐夫若有所思地说，"为什么不去华尔街呢？"他笑着问，"他当然也可以选滑雪场。但是说真的，莉比，这样一来他在社交圈里的地位也就和职业高尔夫球选手差不多。"莉比咬住了嘴唇。她一直害怕家人给她这样的回应。不过她还是控制住了自己的烦恼和失望。她决定，如果她接受尼尔斯的求婚，那么作为条件，她会要求他找别的工作。或许他们可以在伯克希尔开一家滑雪旅馆，另一个瓦萨的女生和她的丈夫就这么做了。还有一对夫妇在西部有个农场。只需要等到他父亲去世，他就可以回去经营祖传的家业了……

聚会最热闹的时候，莉比脑子里还想着这么多事，难怪她忘了关注一下波莉，看看她去什么地方了。气氛稍微平和一点之后，她惊讶地发现，波莉跟格斯·勒罗伊聊得正欢，勒罗伊来的时候明明跟她说他只能待一会儿。莉比到现在也不知道是谁介绍他们认识的。他们两人正站在窗边欣赏着莉比养的那对情侣鹦鹉。波莉喂了它们一点她酒杯里的草莓（可怜的鸟，喝了莱茵白肯定会醉的），而格斯·勒罗伊正眉飞色舞地跟她说着什么。莉比推了推凯。波莉白得发青的乳房相当显眼，可能那正是让她引人注目的原因所在，还有她那稻草色的头发，从她脑后的发卡上垂下来一缕，一直垂到脖颈后面，看起来有些凌乱，但也显出别样的风韵。

莉比开始跟凯说起格斯·勒罗伊的八卦。她的那位男爵也在旁边走动，于是她示意他过来一起聊。"我们马上就要见证一场风流韵事。"她解释说。格斯来自福尔里弗，他家在那里有一家印刷厂。他和妻子分居了，两人有一个孩子，今年两岁半，名叫奥格斯塔斯·勒罗伊四世。他妻子在一所实验学校教书，她和党组织里的某个人有了外遇，于是格斯跟她分开了。"尼尔斯是一个社会民主党人。"她微笑着补充道。"不，不，"男爵说道，"学生时期曾经是。现在我是中立派。但不是'不立'派。"他发出孩子般快乐的笑声，同时斜眼看向莉比。莉比责备地瞥了尼尔斯一眼，然后继续说她能知道这些事情是因为她的办公室里有一个女孩认识格斯的妻子。她是一个相貌非常普通的女孩，但是像卡车一样壮，除晚上自己一个人喝酒或者去参加党派会议之外没有别的事情可做。"哎呀，相貌普通的女人！"男爵一脸轻蔑地说，"对她们来说，开会就像是去教堂。"莉比犹豫了一下。她脑子里突然想到的故事有一点下流，不过能给尼尔斯上一课。"我不敢苟同，亲爱的先生。你应该听一听这个姑娘那天晚上的恐怖遭遇。和女子友好协会或者圣保罗圣坛公会完全不是一回事。在他们允许那个女孩离开医院之前，我不得不暂时接替她手上的工作。她被打掉了四颗牙齿，下巴也骨折了。""纠察队，"凯大声说，"你们听说哈拉尔德前几天领导了一次纠察队游行吗？"莉比摇了摇头。"完全是两回事，"她重复道，"这个女孩——我不会告诉你们她的名字——非常同情工人。还有一点：她酗酒。有时候一大清早，你都能闻到她嘴里的酒味。总之，有一天夜里——应该是一个多月之前了，你们还记得三月底的那次倒春寒吧？——她在一个酒吧喝多了，然后搭出租车回家，开始跟出租车司机聊天，自然而然地就同情起他的命运，而且他们都提到了天气有多冷。她注意到——反正她后来是这么说的——他没有穿大衣,也没有穿加厚的外套。于是,出于同志间的情谊,她邀请他上楼喝杯酒,暖暖身子。"凯屏住呼吸,莉比点了点头,其他几位客人也凑过来听她说,莉比被公认是讲故事的好手。"也许她觉得自己平庸的长相能起到某种保护作用,"她接着说,"但那个司机可不那么想。而且他以为她跟他的想法一样。所以他喝完酒之后,就开始动手动脚。她大为震惊,把他推开了。之后等她恢复神志时,她发现自己躺在地板上的血泊中,牙齿掉了一地,下巴也骨折了。当然,他早跑了。""所以他有没有——?""没有,"莉比说,"显然是没有。而且他什么也没偷。她的钱包就在她旁边的地上放着。我们老板让她报警,医院也这么认为。他们不得不用金属丝把她的下巴固定到一起,而且她要花上好几年才能付清牙齿整形的费用。可她什么都没追究。她下巴上戴着夹板,还费力地说都是她自己的错。""确实,"尼尔斯认同地说,"确实是她的错。""我坚决不同意,"凯喊起来,"是不是每次有人误会了你的意思,他们都有权把你的牙齿打掉?或者是不是每次你想表示得友好一些,就一定会被想歪?""女孩不该对出租车司机表示友好。"尼尔斯说。"你这是欧洲人的陈词滥调,"凯反驳道,"我对出租车司机一直很友好,不也从来没出过事嘛。""真的吗?从来没有?"莉比的姐姐问,她非常怜悯地看着凯。"呃,实际上,"凯说,"有一次有个家伙确实想要钻到我的后座来。""我的天啊!"莉比说,"然后你是怎么做的?""我把他劝出去了。"凯说。男爵放声大笑,他显然已经看出来凯是个非常喜欢打嘴仗的人。"不过,凯,亲爱的,你做了什么才让他得寸进尺的?"莉比问。"我绝对什么都没做,"凯说,"我们只是在聊天,突然他就说我很美,他很喜欢我香水的味道。然后他就停下车钻了出去。""他品味很不错。你不觉得吗，伊丽莎白？"尼尔斯虽然嘴上在说凯的事情，但他那双明亮得仿佛在燃烧的蓝眼睛却深深地凝视着莉比的双眼，让她几乎两腿发软。

之后的聊天就很随意了。凯想要跟大家说说哈拉尔德的纠察队。"有些小报还登了他的照片。"她宣布。莉比想到姐姐和姐夫在场，不由得叹了口气。结果凯的故事竟然相当精彩——完全不是平常能遇到的事情。说起来，哈拉尔德前段时间一直在为下城区的一个左翼团体导演一部戏剧。哈拉尔德很快发现那个团体表面上是采取利润分成的合作机制，实际上却有黑幕。这部戏是关于劳工的，观众大部分是各个工会组织的戏剧爱好者。"所以当哈拉尔德发现真相的时候，他组织演员们在剧院周边设立了纠察线。"《先驱论坛报》的那位男士挠了挠下巴。"我记得那件事。"他好奇地看着哈拉尔德说道。"你们的报纸对这一事件进行了淡化处理，"凯说，"《纽约时报》也是。""是因为广告商吗？"那位女作家问。哈拉尔德摇摇头，耸了耸肩。"如果你非要说，那就继续说吧。"他告诉凯。"反正，观众显然是无法越过纠察线走进剧院的，大部分的演员同样也不在剧院里。于是管理层只能当场同意每周都向哈拉尔德领导的演员委员会公开账目。然后他们一起昂首阔步地走进了剧院。""演出也得以照常进行！"哈拉尔德讥讽地挥了挥手，总结道。"所以你们胜利了，"尼尔斯说，"太有意思了。"凯说："实际上演员们还是只拿到四十美元的最低薪水，因为演出不太成功。""不过原则上来看，"哈拉尔德冷淡地说，"'那是一次巨大的胜利'。"他瘦骨嶙峋的面庞看起来充满忧伤。

莉比注意到他没喝酒。可能他答应凯戒酒了。这个可怜人自己的剧本最终还是没有上演，因为在挑选演员的阶段，那位制片人的妻子突然起诉离婚，并且撤出了她的那部分资金。目前他们正在打官司，哈拉尔德的剧本在某种程度上也跟官司绑在了一起。莉比一直就不太喜欢哈拉尔德。据说他经常跟其他女人上床，而凯要么不知情，要么不在乎，因为她在思想上仍然深深地受哈拉尔德的影响。不过今天哈拉尔德倒是彻底征服了尼尔斯。他对尼尔斯讲了几句挪威语，还跟他一起朗诵了几句《培尔·金特》（正确读音应该是"佩尔·贡特"）的台词。"彼得森是个讨人喜欢的家伙，"尼尔斯对莉比说，"你的朋友们都非常有魅力。"就连姐姐都认为哈拉尔德虽然长得丑，但是很迷人。

在他们聊天期间，波莉和格斯·勒罗伊一直站在窗边，旁若无人。他们的酒杯都空了。因为家族中有酗酒闹事的历史（波莉的一个叔叔曾经在酩酊大醉中骑着马闯进了波士顿的科普利广场），所以波莉饮酒很有节制，但她会喝一些葡萄酒，遇到罕见的烈酒，比如金箔酒和那种瓶子里有一棵树的酒，她也会尝尝。莉比晃到他们身边，把他们的酒杯拿去满上。"我觉得他要邀请她一起去吃晚餐，"她告诉凯，"但我告诉你，她肯定会拒绝。她会找一些稀奇古怪的借口，说她必须回家去。"

果然，没过多久，波莉就在找借口告辞，而且还问是否可以带一点波列酒回家给那位施奈德先生。莉比摊开双手。"为什么呢？"她想知道。"如果他想喝一杯五月酒，他完全可以到街角的吕肖餐厅去点一杯。你何必非要给他带回去？"波莉的脸红了。"呃，这是我自己的想法。我把香车叶草带回家的时候，跟他提到了你的波列酒。然后，关于在用白葡萄酒做成的宾治酒中应该放什么，他和谢尔巴特耶夫先生展开了一场非常激烈的民族主义争论。谢尔巴特耶夫先生"——她瞬间露出了一个滑稽的笑脸——"更喜欢放黄瓜皮。总之，我提出给他们带一点你做的酒尝一尝。如果你还有多余的，莉比。"莉比瞟了一眼宾治酒碗，盘算着。里面的酒还剩三分之一，客人们在逐渐减少。"这酒放到明天就不好了,"凯贸贸然插嘴道,"草莓会坏掉,除非你把它们捞出来……""如果你有奶油瓶,我可以用来装一些,"波莉坚持道,"或者用过的蛋黄酱罐子也行。"莉比咬着嘴唇。和波莉不同,她对那些怀念故土并留恋"昔日德国优越生活"的德国难民没什么耐心。她和波莉之前就为此争执过,当时波莉说,那是他们的祖国,莉比,但是莉比说他们需要适应美国的生活。而且,说实话,她觉得,作为一个德国犹太人却这样支持德国货有点不妥当。天啊,有些人认为连我们美国人都应该抵制纳粹的商品。她可能会因为在自己家的聚会上提供了莱茵白葡萄酒而遭到批评。她注意到,格斯·勒罗伊已经拿上帽子在一边站着了——估计是要跟她告辞。

她担心自己的恼怒已经显露。"是这样,"她觉得自己应该说出来,"波莉本来有机会跟你一起到一家高级的餐厅吃晚饭,但她现在却要回家去找那些房客,就因为她愚蠢地答应了他们一件事!很荒谬不是吗?"而且,没有男人——甚至包括那些温和的人——会喜欢一个女孩随身带着装进纸袋里的旧奶油瓶子。莉比转身面对波莉。"你不能拿着它坐公交车回家,会洒出来。"格斯·勒罗伊上前一步。"我带她坐出租车回去,麦考斯兰小姐。"

莉比伸手给自己扇了扇风。"到厨房来吧。"她对波莉说。她需要单独跟她谈谈。"是这样,波莉,"她说,"我不介意给你一些酒。毕竟,你买香车叶草也是为了我。但是拜托你,千万不要带格斯去你的住处,然后把他介绍给那些怪咖。就算不是为了你自己,也请你为了我不要那样做。"莉比的意思是,波莉在公寓楼里的这些奇怪的遭遇,作为女孩子们茶余饭后的谈资是绝对没问题的,但是一个男人听说过这些,甚至亲眼看过之后,就会想到肉体方面,他们会认为如果你得这样依靠别人,那你渴望有人陪伴。男人,任何男人，都希望想象中的你是被无数光鲜亮丽的竞争者疯狂追逐的那种人……莉比皱起眉头。不，她并不是这么想的。那些租客、那栋褐砂石建筑本身、楼梯上的地毯、波莉的小托盘里那些带着金色斑点且杯口的金边已经磨损的酒杯、谢尔巴特耶夫先生的晚间便服，所有这一切，以莉比的女性直觉来看，似乎都在毁掉这个女孩跟正常异性交往的可能性。仿佛去过那栋房子之后，波莉身上一些非常私人的特征，比如气息，就会暴露无遗。是贫穷的气息吗？格斯·勒罗伊或许恰好喜欢这一点。不对，是今非昔比的气息。没错。那就是他们——房子、租客，唉，还有波莉自身——的共同之处。有过昔日的荣光，但是今非昔比，不再拥有什么重要的差别，也失去了任何真正的雄心。只是沉迷于一些微小的欢乐，比如被波莉当作圣诞礼物送出的手作香囊——把丁香塞进橙子皮里，然后用鸢尾草扎紧，再绑上绸带，可以挂在衣柜里或者放进抽屉里。实际上，那些香囊相当时髦，非常新颖，而且基本不用花什么钱。莉比已经把制作方法记录在她那本佛罗伦萨皮革面的笔记本上，明年圣诞节她还打算让波莉教她做一些。不过奇怪的是，莉比做香囊似乎没什么问题，但是波莉就……更奇怪的是，如果住进那栋出租公寓里的人是莉比，似乎也没什么问题，虽然她根本不可能去住，她可以说她是为了写小说收集素材……

"我没打算请他进去，莉比，"波莉有些生硬地回答，"总之，别管波列酒的事情了。算了吧。""行了，别想了。"莉比说。"艾达，过来，"她叫女仆，"把那个小型的玻璃鸡尾酒调酒器给安德鲁斯小姐拿来。去宾治碗那边把它装满，别忘了先把调酒器洗干净。或许安德鲁斯小姐还想带一些鸡肝酱回去。你确定吗？"她迅速转向波莉，"所以你现在打算怎么办？他会送你到家门口……"经过仔细地盘问，莉比认定波莉打算把酒放回家里之后，就和格斯·勒罗伊一起到波莉家附近的那家著名的犹太餐厅——皇家咖啡——吃晚饭，依地语剧院的明星和犹太报纸的新闻记者们常到那里去。"这是谁的主意？他的吗？""不好意思，是我想的，"波莉说，"可能不算是最安静的地方。""胡说八道，"莉比说，"那里最合适。再好不过了。"她觉得波莉很聪明，因为跟格斯聊天太费劲了，所以她选了一个只需要看着其他客人来来往往，不必非要让你的声音被对方听到的地方。之前有一天晚上，波莉也带她去过那家餐厅，她一直兴高采烈地伸长脖子东张西望，让波莉告诉她那些名人都是谁（他们每一个人在有着共同信仰的群体中都很"有名"，这也让人看到了名声毫无意义），并且在上菜的时候发出欣喜的惊叹，直到波莉让她别那样，跟她说如果你用好奇的眼光看他们，会伤害他们的感情。可是谁都看得出来，那些人到这里来就是为了炫耀。"不，那里很好，"她伸出食指按住脸颊，若有所思地说，"你们打算点什么菜？我们那次吃过的那道很好吃的罗宋汤，里面放了煮土豆？""我还没想好，莉比。"波莉从女仆手中接过装满了酒的鸡尾酒调酒器说道。"不，不，"莉比说，"艾达会帮你包起来。你去我的梳妆台那儿把头发整理一下就好。"她轻轻地把波莉颈后用来绾发髻的银色发卡往她的头发里插了插，然后退后了一步，好看清楚她的样子：波莉要注意一下她的下颌线了。"用一点我喷雾瓶里的香水吧。"波莉离开的时候，格斯·勒罗伊在她身后笨拙地拨弄着他的胡子，然后又赶忙上前，把朱莉娅姑妈那条银狐披肩围在她几乎裸露的肩头上，莉比又凑过来跟波莉约好明天晚上把鸡尾酒调酒器给她还回来，因为莉比可能还要用。这样，莉比就能听她说说后续了。

　　凯和哈拉尔德也起身告辞，他们要在晚上演出开始前去吃个汉堡。哈拉尔德每天晚上都要去剧院看一下演员们是否仍然在按他的指导演。凯有时候跟他一起去，就在其中一间演员化妆室里坐着。

"她一闻到化妆油彩的味道就会像一匹老战马一样发出嗤之以鼻的声音，"莉比解释说，"但你又不能拒绝她到演员休息室去。她大学期间当过导演。"聚会临近尾声时，尴尬的沉默又出现了。有几位客人还没走，显然是忘记了莉比和尼尔斯已经约好出去吃晚餐这回事了。"哎，别那么急着走。"她急切地劝阻那个大都会博物馆的女士，后者就又顺从地坐下了。莉比不喜欢那种瞬间人去楼空的感觉，仿佛每个人都担心自己是最后一个告辞的人。外面天还亮着，这是个完美的五月的傍晚。白中泛绿的山茱萸在角落的暗影里似乎又黯淡了一些，高高的莱茵白葡萄酒瓶在铺着锦缎、放有宾治酒的桌子上闪着绿色和金色的光，房间里弥漫着香气，是草莓和山谷百合——尼尔斯给她带来了一小束——的味道。艾达拎起黑色的皮包准备离开，莉比付了她工钱，突然，在春意的撩拨下，她心血来潮，让艾达把剩下的鸡肝酱都打包带回家去。"你待人很大方，"尼尔斯说，"对你的女仆和朋友都是。我是说那个莱茵白葡萄酒女孩。"所以他也注意到了波莉所表现出来的胸襟。莉比犹豫地大笑起来。他说"大方"的语气让她稍有不安。大都会博物馆的那个女士凑上前来。"说到莱茵白，你们谁还记得国家美术馆里丁托列托那幅很有意思的画？《银河》？想象力太不一般了。"所有人看起来都很茫然。"我们什么时候才能单独在一起？"尼尔斯在莉比的耳边低语。

　　这个时刻比莉比预想中来得还要快一些。突然间，看到他和她交头接耳的客人们纷纷起身告辞。刚刚他们都还在，转眼间就都走了。他转向她。"我去拿外套。"她马上说道。但他握住她的手。"不着急，伊丽莎白。你为什么允许他们用那么难听的小名称呼你呢？""你不喜欢那个名字？""我喜欢伊丽莎白，"他回答，"我非常喜欢她。太喜欢了。"他把她拉近，捧起她的脸吻她。莉比回应了他。她曾经很多次梦见过这个时刻，所以知道应该是什么样子的——她的头向后仰,就像一只圣杯,去迎接他的双唇,她轻缩鼻翼,紧闭双眼。尼尔斯的嘴唇柔软而温暖,与她想象中的截然不同,因为她总是想到他穿着滑雪毛衣的样子,美丽而冰冷,几缕金发在滑雪帽的帽檐下随风飞舞。他脸上细嫩的皮肤非常紧致,他高高的颧骨因为兴奋而泛起红晕,而她一直以为他的嘴唇会因为长期在户外而坚硬紧绷。他用自己的双唇反复摩挲着她的。然后他抬起她的下巴,深深地望向她的双眸,并热烈地吻着她,让她无法呼吸。莉比蹒跚着后退几步,让自己挣脱。"伊丽莎白!"他又一次把她拉进怀中,温柔地亲吻她,低声呼唤她的名字。在那一分钟——也可能是好几个小时,她无法辨别——她能感觉到他的门牙在用力挤压着她紧闭的双唇。她又一次跟跟跄跄地后退着挣脱。她试着笑一笑。"安静。"他说。她伸出手拉了一下链子,把桌上那盏黄铜大台灯打开了,因为天已经黑了下来。她背靠着桌子,一只手撑着自己的身体,另一只手紧张地把头发撩开。他走过来站在她的身边,伸出一只胳膊环住她的肩膀,让她可以靠在他的胸前,她的额头擦过他的脸颊,她估计他比自己高四英寸——完美的身高差。就那样站着,一动不动,莉比觉得格外舒适。时间在流逝。然后,他慢慢地将她的身体扭过来面向他,她还没有意识到发生了什么,他的舌头就已经在她的口腔中搅动,并且与她的舌头交缠在一起。他的舌头又尖又硬。"给我你的舌头,伊丽莎白。跟我舌吻吧。"她不情愿地慢慢抬起自己的舌尖,去触碰他的,一股猛烈的颤抖传遍全身。他们的舌头在她的口腔中缠绵着,他想要把她的舌头吸吮到自己口中,但她不让他那么做。她脑子里的警钟在提醒她,他们的行为已经太过火了。这一次,他主动放开了她,她呆板地微笑着。"我们该走了。"她说。他把那双指甲修剪得非常整齐的手伸进她长长的塔夫绸紧身长袖里上下抚摸着她的手臂。"美丽的伊丽莎白,多么可爱动感的肌肉。你是个健美的女孩，对吧？一个健美又热情的女孩。"这样的恭维让莉比很受用，于是她又允许他亲吻了她一会儿。

然后，他去拉下了百叶窗，领着莉比往沙发走去。"来，伊丽莎白，"他用让人安心的语气说道，"我们读一读诗，再喝点酒吧。"莉比无法抗拒这样的安排，她任由他从她放诗歌的书架上取出一本《牛津诗选》，然后又打开了一瓶莱茵白葡萄酒，给他们两个的酒杯倒满。他走过来，紧挨着她坐在沙发上。"干杯，"他说，"莱茵姑娘！"莉比轻笑起来。"莎士比亚死于过量的莱茵白葡萄酒和腌鲱鱼。"她突然没来由地说了一句。正在翻阅诗集的尼尔斯皱起了眉头。莉比在书里最喜欢的句子下面都加了下划线，页边还标注着感叹号和问号。"啊，在这儿！"他喊道。然后他开始大声朗读克里斯托弗·马洛的《牧羊人的恋歌》："来吧，与我共栖，做我的爱人／我俩将印证一切的欢愉……"莉比感到一丝丝尴尬，那首诗简直老掉牙了——她十六岁那年就烂熟于心。他读完之后便倾身过来，如饥似渴地亲吻她。"哦，但我打赌你不知道答案，先生，"她挣脱开来，笑着说道，"《牧羊女的回答》，沃尔特·罗利爵士的作品。"然后她开始背诵起来。"如果世界和爱情都还年轻／每个牧羊人口中的话还真……／这些赏心乐事也许会感动我／与你共栖，做你的爱人。"他的凝视让她声音颤抖。"你那珊瑚的钩，琥珀的扣……"后来怎么样了？结果是罗利代表牧羊女拒绝了牧羊人的好心邀请。"把书给我。"她乞求道。尼尔斯要求她用一个吻——一个长长的吻——作为交换条件。他把书还给她时，她已浑身绵软。她翻阅目录，寻找着罗利的名字，他则伸手抚摸着她的长发。书页粘在一起了，真让人恼火。他的手已经移到她的后颈，正在抚弄她的领子，她尽量无视他手的动作，专心寻找那首诗。突然间，她听到自己长裙后面的一颗扣子被解开的声音。

那一声很微弱，但足以让莉比全身都警觉起来。她挺直了身子。她双目圆瞪。她能感觉到自己咽口水时喉结的移动。她意识到，他打算引诱她。那本书掉落在她的腿上，随意地打开着。这一定是欧洲大陆流行的做法。那些男爵和伯爵的手段未免太明目张胆，你完全想不到他们真的会去尝试。唉，可怜的尼尔斯，他在她心中的地位下降得多么迅猛啊。他知道自己这样做有多老套吗！又一颗扣子被偷偷解开了。莉比啼笑皆非。该怎么让他意识到自己的错误，又不伤害他的感情呢？这样两人一会儿还可以照常出去吃晚餐。她的身体已经不再震颤，就像是时钟停摆，她的血液已经完全停止流动。他似乎意识到了热度的变化，于是把她的头扭过来面向自己，凝视着她的双眼。莉比又咽了一下口水。他把她拉近，亲吻她，但她牙关紧咬。这应该能给他足够的暗示了。"冰山美人。"他埋怨道。"够了，尼尔斯。"她尽量用比实际感觉更加友好的语气说道。她双脚跺了一下地板，合上书，开始起身。可是突然之间，他像是一把铁钳从身后环扣住她，把她拽到沙发上。"吻我，"他粗暴地说，"不，不是这样。把舌头伸给我。"莉比觉得还是顺从为妙。他强壮得令人害怕，她惊恐地想到曾经有人说，身强体壮的人有着无法控制的性冲动，而且斯堪的纳维亚人都是最凶猛的唐璜。是谁说的来着——凯？这一吻确实让她受伤了，因为他在咬她的嘴唇。"求你了，尼尔斯！"她大声喊着，双眼大睁，却只看到他的眼睛像两个蓝色光点一样盯着她，他的嘴唇紧紧抿着，隐藏了牙齿，像一只即将猛扑过来的野兽。他完全变成了另一个人，一个截然不同的人，看上去凶狠极了。如果莉比没有这么恐惧，或许还会被他的这副样子迷住。他把她压在身下，想要用双手抚摸她。她挣扎得越是厉害，他的动作就越是坚决。她挣扎之时，衣服后面的扣子都崩开了，内衣上的一个挂钩也脱落下来。然后她听到了布料被撕开的可怕声音——那是她刚刚从本德尔精品店春季特卖上买来的新裙子!他用一只手扯开了她裙装的上襟,并把仍挂在她手臂上的一条袖子也褪了下来;他的另一只手按住了她的手腕,只要她一动,他就扭她。他把头埋在她的颈间,开始往上拉她的裙摆。

莉比惊恐地呻吟着。她想高声呼救,但她跟这座公寓里的其他住客从没说过话,而且她也不能忍受让陌生人看到她衣冠不整、惊慌失措的样子。她隐约想到了波莉和那些房客,如果有人对波莉图谋不轨,他们肯定会马上去救她。她不知道自己晕过去有没有用,可是晕过去就什么都不会发生了吗?瓦萨学院的医生曾经说过,一个女人不能被人强迫去做违背她意愿的事情。他们建议女孩子用脚踢,或者用膝盖去撞男人的睾丸。当她抬起膝盖,对准了她认为是正确的位置,准备试一试的时候,尼尔斯高声大笑起来,轻轻拍了拍她的脸。"坏丫头。"尼尔斯变脸的速度之快才最让人痛苦。

"你还是处女吗?"他在猛烈的进攻途中停了下来,突然问道。莉比什么都没说,点了点头。她现在感觉自己唯一的希望就是他能高抬贵手。"太无聊了!"他说着,手劲也放松了一半,"你真是太无聊了,伊丽莎白!"他苦笑着,"我应该叫你莉比。"他抖了一下,松开了她。莉比这辈子还从未受过这么严重的伤害。她躺在那里,喘着粗气,衣衫不整,一双褐色的大眼睛带着惊恐,可怜巴巴地望着他。他粗暴地把她的裙摆拉下来,盖住她的针织灯笼裤。"强奸你都不会有什么意思。"他说着,从她的沙发上起身,冷静地走进了浴室。留下莉比独自躺在沙发上,旁边放着那本《牛津诗选》。她能听见他上厕所的声音,但他没冲水,也没关门。然后,他吹着口哨离开了她的公寓。她听到了门闩扣上的声响和他走下楼梯的脚步声,然后就没有然后了。

莉比摇晃着爬起来,直奔镜子而去。她看起来就像是长庚号沉船的残骸。更要命的是，她饿了，他甚至都没有等到晚饭之后。而且她还让艾达把鸡肝酱带走了。"'你待人很大方'，"她对着镜子里的自己说，"'美丽的伊丽莎白'。"她的情绪处在一种奇怪的混乱中。尼尔斯当然不会真的认为她是个无聊的人，他只是得知她还是处女之身以后，需要发泄一下懊丧的心情。所以让他停下来的是贵族的规矩，让他觉得无聊的也是那些规矩。他想要强奸她，想要像古老的维京人那样狂暴。至少那样会是个充满戏剧性的结局。她会失去贞操。但她会知道一个男人对你做那种事情是什么感觉。莉比有一个小秘密，她有时候会自慰，就在浴室的地垫上，在泡过澡之后。事后她总是感觉很糟糕，浑身颤抖，筋疲力尽，不知道如果有人看到她这副样子会做何感想，尤其是当她把自己推上所谓的"顶峰"的时候。她盯着镜子里自己的那张苍白的脸，问自己尼尔斯是不是已经猜到了：所以他才会认为她在这方面驾轻就熟吗？据说那种人都有黑眼圈。"不，"她浑身一颤，告诉自己，"不。"然后打消了这个念头。没人能想到。而且，今晚的这件事情，这种令人羞愧、恶心的野兽般的行为，无论是已经发生的还是未能发生的部分，都不会有人想到。尼尔斯也不会说出去。他应该不会吧？

第十章

普瑞斯·哈兹霍恩·克罗克特正在给她的宝宝喂奶。这可是件大事。"我从没想过能有个吃母乳的外孙。"普瑞斯的母亲一边接过女婿斯隆·克罗克特递过来的一杯马丁尼,一边笑着说。斯隆已经是一名崭露头角的儿科医生了。此时正是纽约医院普瑞斯病房里的鸡尾酒时段——欢乐满溢。周末这两天,斯隆下午都会过来,给访客们调制马丁尼。他已经完成了住院实习,所以能够稍微违反一下规定,从医院的营养厨房里拿点冰块过来。

"你就从来没想过能抱上外……外孙,妈妈。"床上的普瑞斯说道,因为紧张而有点口吃。她穿着一件淡蓝色的病号服,稀薄的灰色头发被做成了卷发,是今天早上实习护士帮她弄的。她干燥的嘴唇上涂着口红,是新出的一种颜色。她的医生命令她在分娩过程中也要涂口红、擦粉底。他和斯隆都认为,让产妇保持良好的精神状态是至关重要的。普瑞斯的性格非常沉闷,这是众所周知的,而现在,她坐在病床上,打扮得光鲜靓丽,这让她自己都觉得不太真实——就像是一个在万圣节期间穿着裘皮大衣和拖在地上的绸缎裙子、趿拉着妈妈的拖鞋在大街上要糖果的纽约小孩。斯隆从报上看到那个有趣的故事之后，便给普瑞斯起了个外号，叫"小埃拉·辛德斯"。她感觉穿医院里的那种后面系带的全棉短睡衣要舒服得多，可是病区的护士每天早上都要她挣扎着穿上她嫁妆里的那件绸缎蕾丝睡衣。她们说这是医嘱。

护士们把普瑞斯当成了重点看护对象，因为在她终于升级当妈妈之前，她已经先后三次因为流产进了妇产科。为了确保这次能够坐胎成功，她辞去了女性购物者联盟的工作，在孕期的前五个月一直躺在床上或者沙发上，因为她有子宫后倾的症状。就算是这样，最后一个月她还是患上了肾脏病发症，他们赶紧把她送进医院打静脉点滴，直到炎症消退。不过现在，正如哈兹霍恩夫人所说的，生产的任务已经完成。喜悦降临于圣诞节第二天，也就是圣斯蒂芬节当天，普瑞斯把一个七磅半的婴儿带到人间，带到她的床边。分娩过程还算顺利，但是持续了太长时间——二十二小时。她的房间里摆满了冬青、槲寄生、杜鹃花和仙客来，床边还有一棵小小的圣诞树。孩子的名字叫斯蒂芬，是以第一位殉教者的名字命名的。

他现在正躺在走廊尽头玻璃窗后面的育婴房里面——正哭得声嘶力竭。喂奶的时间是六点。普瑞斯正在喝无酒精的蛋奶酒，这对下奶有帮助。补充液体是很重要的，但是她孕期喝牛奶喝到已经对它失去了胃口，那时她没别的事情做，只能强迫自己每天喝下一夸脱[1]牛奶，因为医生坚持要她喝，否则胎儿的骨头长成之后，她的牙齿也就没了。现在，为了引起她的食欲，护士在她的牛奶里放了鸡蛋、白糖和香草，而且每个整点给她喝一次果汁，还有姜汁和可乐——各种饮品应有尽有，除了酒精类，因为如果她喝下一杯马丁尼，那么小斯蒂芬的晚餐里就得有杜松子酒了。

---

1. 1夸脱约合1137毫升。

斯隆一边晃动银质调酒器里的冰块，一边和普瑞斯的弟弟艾伦聊天。艾伦在哈佛大学法学院读书，趁着假期过来看望。他们俩是很好的朋友，也都是坚定的共和党人，跟普瑞斯和哈兹霍恩夫人的立场不同。自由主义似乎更能得到女性的青睐：哈兹霍恩夫人和她死去的丈夫曾经为了威尔逊和国际联盟一直争论不休，如今普瑞斯和斯隆又因为罗斯福和公费医疗制度剑拔弩张。最高法院否决"蓝鹰运动"，普瑞斯可能因此失业的那天，对斯隆和艾伦来说是个大喜的日子。在女性购物者联盟上班似乎从没让普瑞斯觉得兴奋过，那份工作更像是志愿者服务，所以怀了斯蒂芬之后辞职一事也变得相对容易一些。

普瑞斯觉得失业也没什么，不过她怀念上班的日子，并且对家里的财务状况感到焦虑，因为斯隆刚刚开始正式执业（给一位年长的儿科医生当助手），家里还是要靠她的薪水买香烟，买音乐会和舞台剧的门票，给慈善机构捐款以及办图书证的——普瑞斯很爱读书。她妈妈也帮不上太多忙，因为家里两个最小的孩子还在上大学（琳达在本宁顿学院读书）。哈兹霍恩夫人经常自嘲说，这可真是够我这个可怜的寡妇招架的了。她之前一直让自己忠诚的女仆艾琳每天上午到普瑞斯家里去帮忙做家务，绝大多数晚上，她会让厨娘莉莉给普瑞斯送去砂锅菜，热热就能吃，这样斯隆每天下班回家至少还能吃上一顿热腾腾的美餐。普瑞斯出院回家之后，也生过孩子的艾琳会过去住两周，睡在婴儿房（以前是餐厅）的行军床上，好帮他们节省请月嫂的费用。

这就是哈兹霍恩夫人给这对新手父母的礼物。至于新生儿，她送了他一辆婴儿车，这是一份超级奢侈的大礼。而且，等到春天，她还会从牡蛎湾那儿的房子的阁楼上找出琳达用过的旧摇篮和婴儿高脚椅等七七八八的东西，给他们寄过去，虽然他们说高脚椅现在已

233

经过时了。眼下,斯蒂芬会暂时睡在铺着婴儿车床垫的洗衣篮里——这个点子相当聪明,是普瑞斯从劳工部发行的育儿手册里学来的。

"是的,亲爱的,这个双关[1]可不是有意为之。"哈兹霍恩夫人对前来探望普瑞斯的波莉·安德鲁斯说。艾伦在一边大笑。"为什么不是内政部发行的?"弟弟耍的贫嘴让普瑞斯皱起眉头。"那本小册子是非常好的家庭指南,"她诚恳地说,"斯隆也是这么认为的,你爱信不信,艾伦。""是不是你那个朋友珀金斯夫人的杰作?"艾伦回嘴。躺在床上的普瑞斯紧张起来,考虑着该如何回答。她的嘴唇痉挛着,但是没发出声音。"今天不要谈论政治,"哈兹霍恩夫人严厉地说,"我宣布今天休战。普瑞斯要集中精神下奶。"

她继续对波莉说,莱基从巴黎寄来了一件洗礼长袍,精美得像是给皇太子穿的——这是个极大的惊喜,因为她好久都没有写信来了,她正在索邦大学攻读博士学位。去年刚刚生下双胞胎的波姬·普罗瑟罗·比彻姆送来了一台婴儿秤,这真是一件非常用心的礼物。大家都太体贴了。远在亚利桑那州的多蒂·伦弗鲁·莱瑟姆安排布卢明代尔百货公司送来了一台灭菌器,还配了整套的瓶子和架子,而不是那种传统的婴儿杯和小汤碗。之后等普瑞斯没奶了,这台机器就会派上用场。

哈兹霍恩夫人瞟了女儿一眼,压低了声音。"没想到小普瑞斯是你们那群人里第一个用母乳喂养的,波莉。她的胸一直很平,所以根本没戴过胸罩,但是斯隆说大小并不重要。我真希望他是对的。要我说,这是'五饼二鱼'[2]的奇迹。育婴房里的其他婴儿都吃奶粉。护士们更喜欢那种方式。我倾向于认同她们。医生们只注重理

---

1. 上文劳工(Labor)一词在英语中,亦有分娩的意思。
2. 《圣经》中的典故,耶稣用信徒贡献的五饼二鱼喂饱了所有人。

论，护士们看到的是事实。"她像是服药一样，一口吞下了杯中的马丁尼，这是她那个年龄段上流社会女性的作风。她擦了擦嘴唇，拒绝了从银质调酒器里"再分一杯"的邀请。"该往哪个方向走呢，波莉？"她稍稍提高了音量，甩了甩她那一头白色的短发问，"奶粉喂养是我们这一代人的战斗口号。琳达就是吃奶粉长大的。你无法想象区别有多大。对我们来说，吃奶粉不会让婴儿得疝气，也拯救了那些整夜抱着孩子来回踱步到几近发疯的年轻丈夫。我们这些先锋派，视奶粉喂养为信仰。我的婆婆当时毛骨悚然。而现在，我承认，波莉，我自己也毛骨悚然。"

她的女婿竖起耳朵听着，然后露出宽容的微笑。他是个身材高大的年轻人，戴眼镜，看起来像是"箭领"广告上的时尚型男，他靠着打工读完了医学院。他的父亲是一名军医，在战争期间死于流感，他母亲在弗吉尼亚州的一所女校当宿管。普瑞斯是大三那年在表妹举办的社交圈亮相舞会上认识他的，当时她那个在医学院读书的表哥被要求多带几个男人过去，于是他也来了。

"医学理论似乎都是循环往复的，"哈兹霍恩夫人继续说道，"这是我和斯隆争论的重点，就像他说的新的历史理论一样。一开始我们给宝宝喂母乳，然后科学告诉我们不要那样做。现在又说当初的做法是对的。还是说当时我们的做法是错误的，但现在就对了？这倒是让我想起了相对论，如果我对爱因斯坦先生的理论理解正确的话。"

斯隆没有理会她的这些离题话。他耐心地解释："普瑞斯用母乳喂养斯蒂芬，可以把她的免疫力传给孩子，至少在第一年可以。他就不会患上水痘、麻疹或者百日咳。而且他患感冒的机会也会少很多。当然，某些情况下，婴儿会对母乳产生排斥反应，孩子会起疹子或者肠胃不适。那么你就要权衡母乳喂养的利弊。"

"而且从心理学的角度来说，"波莉接话，"吃母乳长大的孩子是不是会比吃奶粉长大的孩子更加亲近自己的母亲?"斯隆皱了皱眉头。"心理学目前还远不能被当作一门科学,"他宣称,"我们还是回到事实上来吧。可证的事实。我们可以证明,用母乳喂养的婴儿能够获得母亲的免疫力。我们可以从称重结果知道,斯蒂芬在长大。每天长一盎司[1],路易莎表姐[2]。"这是他给哈兹霍恩夫人起的外号。"你总不能跟体重秤的数字争吧。"

他说完之后,房间里安静下来,远处传来婴儿响亮的啼哭声。"又是斯蒂芬,"哈兹霍恩夫人说道,"我认得他的声音。他比育婴房里其他婴儿的嗓门都大。""这说明他是个健康的小家伙,"斯隆回答,"他要是想吃奶的时候不哭了,那我们才要担心呢。是不是,普瑞斯?"普瑞斯虚弱地笑了笑。"斯隆说,大哭对他的肺有好处。"她苦着脸说。"能促进肺部的发育,"斯隆附和,"像风箱那样。"他深吸一口气,又呼了出来。

哈兹霍恩夫人看了看手表。"护士不能现在就把他抱来吗?"她问道,"还差一刻钟就六点了。""要按照时间表来,妈妈!"普瑞斯喊道,"你们那个年代孩子得疝气的原因不是母乳喂养,而是只要他们一哭就会被抱起来喂奶,毫无规律性。关键在于要制定好喂奶的时间表并且严格遵守!"

半开的房门外有人敲门。又有人来探望了:康妮·斯托里和她的丈夫,还有年轻的伊德里斯医生,他是斯隆在医学院时的室友。大家谈笑风生,房间里香烟缭绕。哈兹霍恩夫人打开了一扇窗,想通通风。如果婴儿要被护士带到一个烟雾弥漫的房间,那之前一直把他放在玻璃罩子里呵护不是功亏一篑了吗?"更不用说我们身上

---

1. 1盎司约合28克。
2. 路易莎表姐是当时好莱坞电影《野蔷薇》中的一个人物。

的细菌了。"她有些自得地呼了口气，补充道，好像她的细菌特别活跃，特别纯正似的。斯隆摇了摇头。"宝宝离开医院回家之前，需要培养一定的免疫力。如果完全不让他接触细菌，那他一回到家就会生病。我觉得咱们过于强调消毒的重要性了，是不是，比尔？有一点吧？""也得看情况吧，"伊德里斯医生说，"对普通妈妈来说怎么强调都不过分。"斯隆微微笑了笑："'每次宝宝把拨浪鼓掉在地上，都要重新煮沸消毒。'"他引述着。"你不认为应该给所有东西消毒吗，斯隆？"普瑞斯不安地问道，"那是育婴手册上让做的。""你真是笨蛋啊，"她弟弟接话了，"那本手册是给贫民窟里的女人看的。我打赌是你们瓦萨的毕业生写的。""反正现在也不用拨浪鼓了，"普瑞斯倔强地反驳，"人人都知道那东西不卫生，而且很容易坏。""是一种很危险的玩具。"斯隆也认同道。一阵沉默。"斯隆有时候喜欢表现出离经叛道的一面，"普瑞斯微笑着说，"你们应该听听他让病区护士惊掉下巴的那些言论。"哈兹霍恩夫人点点头。"对医生来说是个很好的迹象。激发自信心，"她评价道，"虽然天知道为什么。我们都信任那种不相信医学的医生。"

在一片哄笑声中，一位护士敲了敲门。"打扰了，女士们，先生们。喂奶时间到了。"把客人们请出病房后，护士关上了哈兹霍恩夫人刚打开的窗户，然后把婴儿抱了进来。他穿着一件白色的长款睡衣，脸蛋红扑扑的，有点肿。护士把他放在普瑞斯身边的床上。时间刚好是六点整。"今天喂哪边，亲爱的？"她问道。普瑞斯已经把一侧的睡衣褪到肩膀之下，指了指右边的乳房。护士用酒精棉擦了擦，然后把婴儿放过去让他吮吸。和往常一样，酒精的味道让他皱了皱脸，然后把乳头吐了出来。护士又把乳头塞进他的嘴里，然后她开始清理房间里的烟灰缸，并收拾酒杯，把它们拿回营养厨房。"今晚你们的聚会很不错啊。"

这句话在普瑞斯听来像是批评,于是她没有回应,只是咬紧了牙关。婴儿的小嘴一开始总像是在啃咬,弄疼了她的乳头。她的乳房非常敏感,和斯隆做爱的时候,她就很讨厌斯隆碰她的胸,她本来希望哺乳能够改变这一点。人们都说哺乳在感官上能够给予母亲极大的满足感,她也曾经想过,如果婴儿能够让她习惯这样的感觉,那么一个大男人她也同样能接受。虽然她并没有跟斯隆说过,但这是她同意自己给斯蒂芬喂奶的主要原因之一:这样她就能够在床上给斯隆更多他应该得到的享受。可是到目前为止,哺乳就像是大多数性行为一样,对她是一种折磨,每一次她都要动用自己所有的意志力,依靠爱和自我牺牲才能熬过去。护士正在看着她,好确保婴儿吸吮的姿态正确无误。"放松,克罗克特太太,"她善良地说,"如果你紧张,宝宝是能感觉到的。"普瑞斯叹了口气,试着放松下来。但是她越集中精神想要放松,反而越紧张。"祝福让人振奋,诅咒让人松弛。"[1]她欢快地开着玩笑。"你今晚累了。"护士说。普瑞斯点点头,很感激有人能理解她,同时又觉得对不起斯隆,他并不知道,对她来说,招呼病房里的人,特别是男女都有,还和他们一起讨论她的奶水,确实非常累人。

不过,当宝宝(她真希望护士叫他斯蒂芬,而不是"宝宝")开始有节奏地吮吸,发出像鼾声一样的声音之后,普瑞斯也稍微放松了一些。她并不享受被吮吸的感觉,但是她喜欢他身上清新的乳香,那种味道会让她想到牛奶搅拌器和牛奶厂,她也喜欢他毛茸茸的脑袋和暖乎乎的身体。很快她就感觉不到他的吮吸了,只剩下催人入眠的节奏。护士把呼唤铃的开关放在她手里,然后踮着脚离开了病

---

[1] 此处是故意错引威廉·布莱克《地狱箴言》中的诗句,原句为"诅咒让人振奋,祝福让人松弛"。

238

房。普瑞斯昏昏欲睡之际突然醒了过来，斯蒂芬也睡着了。他的小嘴停止了吮吸，他发出的声音确实只有微弱的鼾声。她按照护士教给她的方法，轻轻晃了晃他，结果她的乳头从他口中滑了出来。他转动着自己柔软的小圆脑袋，脸颊贴在妈妈的胸前，睡得很香。普瑞斯吓坏了，她想把他的头扭过来，把乳头再塞进他的嘴里。但他表示反抗，伸出小手有气无力地拍打着她的乳房，想把它推开。她换了个姿势，看了一眼手表。她只喂了七分钟奶，可他需要吃十五分钟才能吃饱，才能坚持四小时到下一次的哺乳时间。护士嘱咐过她别让婴儿睡着。她按了铃，打开了病房门口的呼唤灯。

没有人来。她仔细聆听，楼道里安静极了，甚至走廊尽头的育婴房里都没传出婴儿的哭声。显然他们都在乖乖吃奶——除了可怜的斯蒂芬，护士们一定都在忙着给他们分发奶瓶。她总是害怕单独和斯蒂芬待在一起，所以通常她会让一位护士留下来陪她聊天。不过从昨天开始，育婴房里又多了两名新生儿，还有两名新手妈妈需要照顾，所以普瑞斯就变成了应该有能力照顾自己的"老手"妈妈。但这是她第一次完全没有人管。一般来说，护士会时不时地到她的病房门口来看看一切是不是正常。普瑞斯担心护士们看出来她害怕斯蒂芬——她自己的骨肉。

又过了三分钟，还是没有人来。她想到了斯隆，他此刻应该正和她妈妈以及比尔·伊德里斯一起在访客休息室里谈笑风生。按照医院的规定，妻子哺乳时丈夫需要回避，而这条规定斯隆也无意违反。或许路过的实习生能够看到她门外的呼唤灯吧。她再次抬起手臂看了一眼手表，又过去了两分钟。她觉得自己和斯蒂芬仿佛被永远放逐了，或者像两个因为某种残酷的刑罚而不得不终身捆绑在一起的囚徒。她提醒过自己，这个令人恐惧的累赘是她和斯隆的亲骨肉，但那也无济于事。让她羞愧难当的是，她觉得斯蒂芬更像是被

239

医院抛弃然后丢给她的什么东西，而且他们再也不会回来把他带走。

就在这时，斯蒂芬醒了。他发出一声长长的叹息，转了转脑袋，把头深埋在她的胸前，又马上继续睡了。普瑞斯能够感觉到他的鼻子紧紧地贴在她起皱的皮肤上，她突然想到，他这样可能会窒息吧，便不由得冷汗直冒。睡在婴儿床里的宝宝经常会发生这种意外。可能他已经窒息了。她听了听，听不到他的呼吸——只有她自己噪声一样的粗声喘息。她的心七上八下地怦怦乱跳。她想要轻轻地移动他的脑袋，可他又做出了抗拒的姿态，而且她也担心自己会不小心碰到他头顶柔软的地方。不过至少他还活着。她松了口气，想要镇定下来想出个明智的办法。她可以给总机打电话，让他们派人来帮忙。可是有两件事让她犹豫了：第一，她很害羞，不愿意麻烦别人；第二，电话在床的右边，她需要把斯蒂芬抱到一边才能够得着，而关键问题就在于她不敢抱斯蒂芬。怕什么呢，她问自己。怕他可能会哭，她回答。

"普瑞斯·哈兹霍恩·克罗克特！"她严厉地对自己说，"你是准备因为自己太害羞，不想听到他哭，就让自己刚出生的宝宝窒息而死吗？你的妈妈会怎么想呢？"她下定决心，坐直了身体，结果这个突然的动作让她怀中的婴儿掉了出来，蜷缩着滑到她身边的床上，婴儿醒了，开始号哭。这时候，门开了。

"哎呀，这是怎么了？"进门来的实习护士叫道，她是普瑞斯最喜欢的护士。无论如何，她很高兴来的不是另外那个。这个穿着蓝条纹护士服的姑娘把斯蒂芬抱在怀里哄着。"你们两个人打架了？"普瑞斯轻笑了一声作为回答。她并不太擅长幽默，不过现在看到婴儿安全地躺在护士裸露着的强壮臂弯里，她终于放心地笑了。"他没事吧？刚才我一下子慌了。""斯蒂芬只是耍小脾气了而已，是不是？"护士姑娘对着婴儿说，"他想回到床上去睡觉吗？"她捡起他的小毯子,把他裹好,又轻轻拍打着他的后背,给他"拍嗝"。"不,不!"普瑞斯喊道,"请你把他给我吧。他还没吃完奶。吃到一半我没注意,他就睡着了。"

"哎呀,天啊!"护士说道,"你一定是吓坏了,好吧,这次我陪着你,直到他吃完奶。"婴儿打了个嗝,护士把他的毯子解开,放进普瑞斯的怀中,盖上被子。"应该有人来给他拍拍嗝的,"她说,"他吞了好多空气。"她轻轻地把她的乳头放进他的小嘴中。婴儿推开乳头,又开始哭起来。很明显,他生气了。两个女孩——普瑞斯稍微年长一些——面面相觑。"这种情况经常发生吗?"普瑞斯问。"我不知道,"女孩回答,"我们这里大部分婴儿都是吃奶粉的。但有时候如果奶嘴的开口不够大,他们也会这样。他们会生气,然后把瓶子推开。""因为奶水的流速不够快,"普瑞斯说,"这就是我的问题。可如果他推开的是一个奶瓶,我不会那么介意。"她那清瘦的小脸布满愁容。"他累了,"实习护士说,"你下午听到他哭了吧?"普瑞斯点点头,低头看着婴儿。"这是个恶性循环,"她沉重地说,"他饿了,就会一直哭,哭到精疲力竭,等到喂奶的时候,又没有力气吃奶。"

门又开了。"你忘了关掉克罗克特太太的呼唤灯,"一位年长一些的护士斥责实习护士,"你应该记住,进病房的时候先把灯关掉。所以,这里出什么问题了?""他不吃奶。"普瑞斯说。三个女人互相看了一眼,同时叹了口气。"我们先来看看你还有没有奶吧。"老护士终于务实地说道。她把婴儿的脑袋微微转到一边,又挤了挤普瑞斯的乳房,一滴汁液冒了出来。"你可以这样试试,"她缩回手,"不过他需要学会自己吸奶吃。当然,他吸得越用力,你分泌的乳汁就越多。乳房要全部排空才行。"她又挤了一下普瑞斯的乳房,然后把宝宝的小脑袋推过去,让他的嘴接触到湿润的乳头。在两名护士

241

的注视下,他又嘬了一分钟,两分钟,然后停了下来。"我们需要再动用一次人工泵吗?"普瑞斯疲惫地笑着说。老护士俯下身。"你的乳房已经空了。没有奶吃就没必要让他白费力气了。我把他抱去称重。"

不一会儿,实习护士气喘吁吁地回来了。"两盎司!"她宣布,"我是不是可以去让你的访客们回来了?"普瑞斯喜出望外。等家人回病房的这段时间,她的晚餐被送来了,她也刚好觉得饿了。"我们听说了一些关键数据。"哈兹霍恩夫人高声说。"两盎司很多吗?"艾伦怀疑道。斯隆则宣称,这次哺乳的效果是很出色的:普瑞斯的奶水虽然量不太大,但是浓度很高,所以婴儿尽管在吃奶之前总是要闹腾一番,但体重还是在稳步增加。然后他们都离开了病房,好让普瑞斯安静地吃晚餐。斯隆把鸡尾酒调酒器也带走了,他们不需要在医院里使用这玩意了,因为下个周末普瑞斯就已经出院回家了。

普瑞斯拿起最新一期的《消费者报告》,希望上面能有一篇文章是关于瓶装婴儿食品的。她知道,住院期间,她任由自己的心理状况变差,她每天唯一关心的就是护士告诉她斯蒂芬的体重又增加了几盎司——他每次吃奶之前和之后,护士们都会给他称体重。如果护士忘了来跟她汇报,她会担心死,设想各种最坏的状况,却又没有勇气打电话问一问。另一件大事就是每天早晨给他洗澡前的称重环节,这可以看出他前一天增加的总重量。如今普瑞斯只对这些数字和她自己的液体摄入量感兴趣,因为经常要喝下好几加仑的液体,所以她只好频繁地按铃要护士拿便盆来。虽然她心里很清楚,护士们都不太赞同她给斯蒂芬吃母乳(那个实习护士除外),但她们都很愿意配合她。她们觉得斯隆和她的产科医生特纳医生都是和蔼可亲的人。而且无论如何,体重秤上的数字也让她们非常惊讶。孩子确实在茁壮成长。

如果没有那些数据，普瑞斯肯定早就失去信心了。斯隆和特纳医生不需要每天听到斯蒂芬的哭声，护士们和普瑞斯却避无可避。那天晚上八点整，育婴房里的斯蒂芬又开始大哭起来。她能听出他的声音——整个楼层的人都能听出来。有时候他会呜咽一阵然后再睡一会儿，但是当他开始像现在这样号哭起来，他可能会一口气哭上两小时——足以引起公愤。护士们不能把他抱起来安抚，那是违反规定的。她们可以给他换块尿布，喂他喝点水，但也只能做这些。婴儿是不能享受"特殊照顾"的。而且如果喂水超过一次，到哺乳时间他们就该不好好喝奶了。

有时候，给他换块尿布就能让他暂时安静下来。一般来说，喝点水也能让他安静。但也不是每次都能成功。普瑞斯发现，这在很大程度上取决于给他喂水的时机，如果喂水太早，他睡一会儿之后还是会醒过来大哭。如果他在两次哺乳之间醒过来，护士们通常会先给他换尿布，之后如果他又哭起来，就任由他哭上一小时，然后给他喂点水，这样，他肚子饱了，再加上哭累了，通常就会继续睡到下一次哺乳时。这是最理想的状况，因为他被带来吃奶的时候，已经养精蓄锐，精神百倍，可以噙着妈妈的乳头可劲吃。如果他吃奶之后不久就醒了，那就太可怕了：他哭上一小时之后，喝点水继续睡，然后再醒过来不停地哭——目前他的记录是一连哭了两小时四十五分钟。

普瑞斯的耳朵已经习惯了这一套流程的每一个细节，她能分辨出他什么时候喝了水，护士什么时候给他换了尿布，或者帮他翻了身。她可以从他渐渐减弱直到最终消失的哭声中判断出他什么时候因为筋疲力尽而睡着了。她能够听懂他睡梦中的第一声呜咽，她也会像护士一样犹豫，想着是把他抱起来哄一哄，马上给他换一块尿布，还是不管他，希望他不会完全醒过来。她也知道，其中一名护士（她不确定是谁）经常违反规定，把他抱在怀中轻轻摇晃。如果他安静了相当长的一段时间，那通常就是这种情况，不过随即他的哭声会突然又响亮起来，因为护士把他放回了摇篮里。她一直都不知道该如何评价那个护士的做法：是感激还是反对。

　　夜里才是最糟糕的。有一些夜晚，当她凌晨三四点钟听到他开始大哭时，她愿意使用一切方法让他停下来休息一会儿——镇痛剂、糖奶头，什么邪门歪道都可以。怀孕期间，普瑞斯阅读了大量总结以往在育儿错误方面的资料。按照书中的说法，导致这些错误的不仅仅是无知，还有纯粹的自私：护士或者母亲给啼哭不止的婴儿吃镇痛剂，通常是因为她们自己想要不受烦扰地安静一会儿。因为医生们也认同，哭闹对婴儿不会有什么坏处，受不了的往往是听着他们哭的大人。她认为这么说是对的。这里的护士每天都在斯蒂芬的表格上记录他哭了几小时，可是斯隆和特纳医生看记录的时候对此根本无动于衷，他们只关心体重变化的曲线。

　　斯隆一再警告普瑞斯，不要听护士们的意见：她们虽然是好意，但是太墨守成规了。她们还总觉得自己懂得比医生多。普瑞斯总是抓住斯蒂芬"发声"的时长不放，这让斯隆颇为恼火。那天他很严厉地对她说："如果你真觉得太烦了，可以让他们给你一些棉球堵上耳朵。"那并不是普瑞斯要说的重点，但她确实考虑过按照他说的去做，因为她知道一直揪着心会影响她分泌乳汁，护士们总是会这样告诉她。但她太有爱心了，做不到对一个饥饿婴儿的啼哭声"充耳不闻"，否则她就跟那些对领救济粮的队伍和纠察线视而不见的人没区别了。如果斯蒂芬号啕大哭，她会想要知道他在哭。而且，作为一个多虑的人，如果她堵上了耳朵，她会想象斯蒂芬在哭。斯隆说这种想法简直荒谬，不过既然她拒绝理性地对待这件事，那她只能接着受罪。

可怜的斯隆对于受罪没有什么耐心，或许这就是他成为一名医生的原因。但他把自己的理想主义情怀掩藏在坚硬的盔甲后面，否则，在亲眼看到那么多的苦痛之后，他是无法继续行医的。每当他们聊到越过纠察线或抵制西班牙和日本（他在朋友们面前叫她"抵制小队长"）的时候，她经常会为斯隆想出这番说辞，可是现在，在医院里，她突然觉得很奇怪，这些护士平日里听到的婴儿啼哭声要比医生听到的多得多，但她们并没有因此生出什么盔甲来加以抵抗。而且，她也并不认为护士们完全是为了自己的清静，才会私下小声说着（被她听到了）应该让特纳医生自己到病房来待一宿。

她们都在埋怨特纳医生，因为他是普瑞斯的主管医生，可一心想要母乳喂养的其实是斯隆。普瑞斯躺在床上，揪心地听着斯蒂芬的哀号，突然无法理解为什么斯隆那么坚持母乳喂养。真的完全是他所说的医学原因吗？还是因为他认为哈兹霍恩夫人、护士们和普瑞斯都反对，所以才固执己见？或许还有更糟的原因？她脑子里突然闪过一个念头，刚刚开始执业行医的斯隆或许是想拿她用母乳喂养斯蒂芬这件事来宣传他自己。他很喜欢显示出自己与他敬爱的老前辈德赖斯代尔医生的不同之处，后者是带领斯隆走上职业道路的恩师，也是将奶粉喂养引入纽约的人。德赖斯代尔医生以这种超级科学的方法为荣，但是斯隆说，当你能够方便地得到天然资源时，所有那些煮沸消毒的过程都是低效和浪费的（更不用说设备的成本了），母乳喂养的孩子断奶后就可以直接使用日常餐具。他主张所有的母亲都可以哺乳，正如所有女人都能在怀孕期间保持体重一样——普瑞斯怀孕时即使整天躺在沙发上，体重也没增加多少，这让哈兹霍恩夫人大为震惊。普瑞斯一直为自己能够保持少女般的身材并且能够像守护神一样为斯蒂芬哺乳而倍感自豪，但是如今一想到斯隆只是在利用她来证明自己的理论,就像杂志上的证明书一样,她的自豪感就消失殆尽了。而且,她坚持用母乳喂养的事情确实已经广为流传:医院里这个病区的所有人以及他的同事似乎都听说了,可怜的克罗克特太太,一个平胸的奇女子,在用母乳喂养孩子。而医院外面,在大都会俱乐部里,她妈妈那个圈子里的人也都在谈论此事。"哎哟,你确实是当了一回先锋啊!"凯·斯特朗·彼得森评价道,"所有怀了孕的瓦萨校友听说了你的故事之后,都想要用母乳喂养呢。"

普瑞斯生性不是个满腹怨气的人,但是今晚她却感到愤怒,她觉得自己参与了某个大型骗局——国家标准局一直在揭露的那种蒙蔽公众的骗局。九点钟,女仆为她端来果汁时,斯蒂芬仍然在不停地哭,哭声像一把嗡嗡作响的锯子。普瑞斯尝试着玩填字游戏,但是无法集中精神。房门打开的时候,从育婴房里传来的号哭声也大了一些,有一个微弱的声音在跟着斯蒂芬一起哭。一想到自己的孩子打扰到了其他婴儿,普瑞斯非常不安,尽管护士们都在尽力让她放宽心:据说刚出生的婴儿很快就会习惯熟悉的声音了。尽管如此,普瑞斯仍然忍不住向女仆表达了歉意。"唉,真是要命,凯瑟琳,"她说(她特意用心记住了女仆们的名字),"你听见那孩子的哭声了吗?他要把整个医院的人都吵醒了。""听见?"爱尔兰姑娘凯瑟琳回应道,"死人都能让他吵醒吧。天哪,他们什么时候才能让他改喝奶粉呢?""我不知道。"普瑞斯痛苦地闭上眼睛说道。"嘿,别太在意,"女仆一边帮普瑞斯把被子抻平,一边轻快地说,"他在锻炼肺活量呢。"普瑞斯真希望大家都不会这样说。"虽然这不是我该问的事情,"凯瑟琳走过来把普瑞斯的枕头拍松,"但我一直纳闷,你怎么会想要给他吃母乳呢?"普瑞斯感觉自己的脸红到了脖子根。"免……免疫力。"她结结巴巴地说。女仆好奇地看着她。"你知道吧,"普瑞斯说,"就像是疫苗。我得过的病他都不会再得了,比如腮腺炎、水痘或者麻疹。""总有什么新说法。"凯瑟琳摇着头说。她又给普瑞斯倒了一杯水。"他们总能发明出一些新玩意,是不是?"普瑞斯点点头。"好了,你想把收音机打开吗?听点音乐?音乐声一出来,你就听不到他哭了。""不用了,谢谢,凯瑟琳。"普瑞斯说。"需要我帮你把病床摇起来一点吗,克罗克特太太?""不用了,谢谢。"普瑞斯还是同样的回答。女仆犹豫了一下。"那么,晚安了,振作一点。多往好的方面想。据说,自己奶孩子会让胸部变大。"

女仆的最后一句话让普瑞斯反复回味,她记了下来,准备明天用爱尔兰土腔告诉妈妈,如果她能不结巴的话。同时她又不得不承认,自己一直暗地里希望斯蒂芬能够让她的胸更丰满一些,而且当她急切地问哺乳时需不需要戴胸罩的时候,特纳医生都被她逗笑了。她的情绪好了不少,门外也恢复了寂静——刚才她和女仆聊天的时候,斯蒂芬一定是喝过水了。

马上要下班的楼层护士长斯温森小姐打破了宁静。她走进病房,关上了门。"我要告诉你,克罗克特太太,明天一大早我就要去跟特纳医生谈一谈。我想建议他给斯蒂芬补充一瓶奶粉。"护士那随意的口吻并没有骗过普瑞斯。补充一瓶奶粉——这个词组听起来很可怕,就好像她说的是"我建议使用一剂士的宁[1]"。无论是补充还是什么,"奶粉"这个词足以让普瑞斯汗毛倒竖。她抱紧枕头,准备据理力争。斯温森小姐从容不迫地继续说着,仿佛没有注意到她的话带给普瑞斯的巨大影响。"我知道,这样一来你也能轻松多了,克罗克特太太。我们都明白你吃的这些苦。你是一名非常优秀的病人,一名了不起的病人。"即使在震惊中,普瑞斯也能看出来,她一向很喜欢

---

1. 一种毒剂,可以用来灭鼠,微量可做药用。

的斯温森小姐是真心实意说出这番话的。"可是为什么呢？"她终于开口问道，"体重秤不是……"

三十多岁、将一头金发在脑后绾成发髻的斯温森小姐走到她的床边，握住了她的手。"我能理解你的感受，亲爱的。那种犹豫不决。我跟其他用母乳喂养的妈妈提到我会建议补充一瓶奶粉的时候，她们几乎都哭了。婴儿体重没增加的那些妈妈也不例外。她们还想再试试。你没有崩溃已经是非常勇敢了。""你的意思是，这是常见的现象？"普瑞斯问道。"并不太常见。不过我们有一两名年轻的医生希望妈妈们尽量坚持给婴儿喂母乳。当然，也不是所有妈妈都同意。目前人们对于母乳喂养仍然存在很大的偏见，尤其是住院病人——这或许会让你有点意外。他们感觉吃奶粉长大的婴儿社会地位更高。""太有意思了！"普瑞斯惊叹道。"而且我们这里接待的自费的犹太产妇也持同样的态度。即使她们有足够的奶水，医生也鼓励她们给孩子吃母乳，她们还是不愿意哺乳，她们觉得下东区的穷人才会那么做。""太有意思了。"普瑞斯若有所思地重复着。"唉，当护士，这种事见过太多了，而且阶级差异确实相当明显。比如，在外科病区，你会发现所有自费的女性病人和很多自费的男性病人在腹部手术之后都会出现术后尿潴留症状。但是在黑人病房里却一例都没有。这完全是因为羞耻心。上层阶级的人从小就对袒露下半身感到羞耻，所以做过开腹手术之后，他们的拘谨开始发挥作用，导致他们无法正常排尿。"

"真是奇闻。"普瑞斯长吐了一口气。她经常希望自己当年能读社会学专业。但是此刻，她不想偏离主题。"是不是高收入的女性普遍奶水比较少？"她并不喜欢使用上层阶级这个词。斯温森小姐没有回答这个非常直接的问题，可能是怕她难过，因为从统计数据上分析，像她这种情况基本上是没什么希望了。她看了一下手表。"我要跟你解释一下补充奶粉的事情，克罗克特太太。"让普瑞斯意外的是，她现在觉得那个词听起来不像丧钟那样让人不安了。"可是如果他的体重在正常增长……"她还是提出了异议。"他是个非常容易饿的婴儿，"斯温森小姐说，"你的奶水里营养是足够的，问题在于给不了他足够的摄入量。所以，克罗克特小姐，我的建议是这样，从明天开始，晚上六点那次哺乳之后，我们会用奶瓶给他喂少量的配方奶粉。因为我注意到，那个时间你的奶量是最少的。这样到了十点钟，他就可以从你那儿吃到足够的母乳。吃饱了肚子，他就可以一直睡到两点。你也可以好好睡一觉。实际上，补充了这一瓶奶粉之后，我们甚至能够在你出院之前训练他一觉睡到第二天早上六点，这样你也能睡个整觉。每个产妇出院之前我们都希望能帮她们做到这一点。如果婴儿养成了两点钟吃奶的习惯，妈妈就很难自行改掉这个习惯。婴儿也有他们小小的生物钟，我们希望在妈妈接手前把时间调合适了。"

　　普瑞斯点点头。医院能够提前为妈妈们做规划是件多好的事情啊，她想。在几年前这还是根本不可能的事。"如果增加一瓶奶粉之后，他还是躁动不安，"斯温森小姐继续说道，"我们可能会给他加量。有些婴儿每次吃完母乳后都要补充一瓶奶粉。不过我觉得斯蒂芬应该不需要。一旦斯蒂芬舒服了，你也许会发现你的奶水也增多了。"

　　斯温森小姐离开后，普瑞斯感觉自己完全变了个人。她告诉自己，让她印象深刻的是这里的实证精神，他们愿意不带偏见地尝试各种不同的方法，搭配使用各种手段，直到他们找到一个可行的方案，而这个方案往往是妥协的结果，就像罗斯福新政一样。她很确定，斯温森小姐是个民主党人。她很欣慰斯隆能在这里而不是哥伦比亚长老会医院里接受培训。她半是沉醉地想，这家医院就像一座现代化工厂：所有的婴儿都要经过反复试验、测试并且至少在最初的几个月里肯定可以运转正常，才能被父母带回家。天啊，他们甚至还为那些没有条件请女仆或者专业护工的可怜妈妈做各种演示，如何给婴儿洗澡、拍嗝、叠尿布，他们还允许那些能够自由走动又有兴趣的妈妈到营养厨房里了解配方奶粉的调制过程！而且，就像斯温森小姐说的那样，所有这些按照时间表规律进食和睡觉、像小小的生物钟一样的婴儿，都会成长为一代新人，他们或许有可能（过于乐观是不可取的）再也不想发动战争或者掠夺财产。而且如今的一切都为妈妈们提供了太多便利：婴儿出生后的头几个月会接受如厕训练，其实这很简单，只要在他们正常拉撒的时间把他们轻轻放在便盆上就可以了，洗尿布也方便多了，现在有一种被叫作"尿布服务"的公司，它们每天都会送来干净的尿布，再把脏的用消毒桶装回去清洗。

那天夜里，斯蒂芬打破了自己以往的所有纪录——一口气睡了三小时，从三点睡到六点。第二天早晨，特纳医生走进普瑞斯的病房，看到她的黑眼圈时，对她严加责备，并建议她涂些口红。但他看过病历之后，对于那瓶补充奶粉倒是非常满意，仿佛斯温森小姐是遵照他的嘱咐才提出了那样的建议。不过，他还是若有所思地说，体重增长的数据并不能说明一切。普瑞斯并没有提醒他，两天前，也就是周六那天，他站在同样的位置对她说了截然相反的话。他从普瑞斯的房间里拿了一枝玫瑰，插在自己白大褂的扣眼上，哼着小曲走了。

真正麻烦的是斯隆。她很怕斯隆一听到补充奶粉这个词就会大发脾气。特纳医生答应去跟他谈一谈。如果让她去说的话，她肯定会结结巴巴地冒出一些莫名其妙的托词，比如"今晚斯蒂芬会吃一些配方奶粉作为饭后甜品"。医院真的能让你养成很奇怪的说话方式。但有一件事普瑞斯已经下定了决心：她或者其他任何人都不打算模仿婴儿的语言跟斯蒂芬说话,也不打算使用类似"嘘嘘"或者"拉屁屁"这样的表达方式。但她还没有想好用什么词来代替。

午餐时分,斯隆出现了。他很生气。他眼部的肌肉在颤抖。特纳医生和护士们比普瑞斯更让他气愤,因为他觉得普瑞斯是无辜的。他说他们对她施加了很大的压力来迫使她接受奶粉喂养。"可是,斯隆,"她争辩道,"他们的方法听起来确实不错。对斯蒂芬来说是两全其美,你没看出来吗?"斯隆摇摇头。"普瑞斯,你是外行。特纳是妇科医生。你出院之后,除了复查,他不会再管你。他并不知道一个一直吃母乳的孩子开始吃奶粉之后会发生什么。这些产科护士也不知道,但是儿科医生却很清楚。每一次都他妈的是这样。"他坐在扶手椅里,伸手捋了捋他的金发。普瑞斯看得出来,他真的非常生气。"会发生什么呢,斯隆?"她温柔地问。"很简单,"他擦了擦眼镜,说道,"如果一个婴儿不用怎么费力气就能从奶瓶里吃到一盎司配方奶粉的话,他再去吸吮母亲的乳房时就没那么起劲了。有什么必要呢?婴儿也是有脑子的。如果他不再竭尽全力去吸吮,那么母亲的奶水也会减少。于是他们就会再给他加一瓶'补充奶粉'。然后再加一瓶。不到一周,他每次吃完母乳之后,都要再吃一瓶奶粉。到那个时候他就会拒绝母乳,因为太麻烦了。或者儿科医生介入,停止母乳喂养。因为如果母亲的奶水减少到每次只有一盎司,再继续喂母乳就不值得了。特别是与此同时你还要一天六次煮沸奶瓶、奶嘴,调制配方奶粉——工作量会成倍增加。我告诉你,普瑞斯,如果今晚斯蒂芬开始吃奶粉,那么你回家后不到一周奶水就会枯竭,到时候你就只能给他喂奶粉了!"

普瑞斯顺从地点点头。她自己似乎完全没有主见。转瞬之间,他就说服她相信,只要他们开始给斯蒂芬吃奶粉,那么她的哺乳生涯就会彻底结束。天啊,感觉就像开始让斯蒂芬吸毒或者酗酒一样,

251

只要一沾上,他就会立刻上瘾。她明白斯隆在抗争的是什么,也明白自己是如何被斯温森小姐和特纳医生蒙骗的。她感到深深的悲伤与挫败,仿佛如果不能继续给斯蒂芬哺乳,她就失去了活下去的理由。她把这个看得太重了,简直愚蠢。"真的会有那么大的区别吗,斯隆?"她恳切地问道,"你和我对于母乳喂养这件事会不会有点着迷了?"

"不会,"他冷冰冰地说,"并没有太大的区别。我们只是希望从一开始就给斯蒂芬最好的照顾而已。如果你能够坚持这一个月,或者两个月给他吃母乳……""对不起。"普瑞斯说。"不是你的错,"他说,"是这个该死的医院。我了解他们。他们不让你尝试新方法。你差一点就成功了,哪怕再坚持一天或者两天都行。""你是什么意思?""因为斯蒂芬会安静下来,不再没完没了地哭。你的奶水分泌是一直在增加的。你看看病历上的数据。我也是这么告诉特纳的。但这里没人有胆量去放手试一试。只要婴儿一哭,他们就给他一瓶奶粉。要想在医学上取得进展,就必须先吃点苦头。你的朋友罗斯福和白宫里那些愚蠢的社会工作者也一样。如果他们不去听那些穷人的牢骚,不加干涉,经济一定会自己恢复的。什么复苏计划!哪里复苏了。经济形势的病根就是配方奶粉吃太多撑着了。"他突然孩子般地笑了一下,"这比喻不错吧,是不是,'普瑞茜'?""是挺逗的,"她拘谨地说,"不过我不认同你的这个比喻。"

"我亲爱的普瑞斯啊,"斯隆还陶醉在刚才的比喻中,"永远不要做出丝毫的让步。""你跟特纳医生是怎么说的?"她问。他耸耸肩。"跟我刚才和你说的一样。他说,在医院目前的条件下进行试验是没有用处的。护士们都会跟你作对。他们沆瀣一气。"

"你说的'试验'具体是指什么呢,斯隆?""证明任何妇女都可以哺乳,"他不耐烦地回答,"你是知道的,你已经听过一百遍了。""斯隆,"她哄劝着他,"你要公平点。斯蒂芬每天要哭上十小时。"

斯隆举起一根手指。"首先,十小时是夸大其词。其次,哭又怎么了?再次,他一哭,护士就把他抱起来哄他。"普瑞斯无言以对。"她们当然会这么做,"斯隆说,"于是他自然就会哭得更厉害。在他人生中的第二周,他就已经学会用哭声来引起关注了。"他双臂交叉抱在胸前,皱起眉盯着普瑞斯。

"我们回家之后要纠正这些做法,"他说,"你不能让艾琳把他抱起来,除了换尿布。只要你确定他没有着凉或者尿了,就把他放回篮子里去。""我完全同意你的意见,"普瑞斯说,"我已经跟艾琳谈过了。她明白如今看孩子的方式跟以前不一样了。可是奶粉怎么办?""现阶段就先让他吃一瓶补充奶粉,"斯隆说,"等回到家以后,我有个想法可以试一试。"

普瑞斯不寒而栗,他的话让她警觉起来。自她住进医院以来,她对斯隆的感情也发生了变化。有时候她觉得自己不再爱他了。又或许这是许多女性都经历过的事情:现在她的孩子出生了,她的心也会一分为二。她开始意识到,自己或许会在斯隆面前担当起保护斯蒂芬的角色,而且斯隆既是父亲又是医生,具有双重权威,所以她就更要保护好斯蒂芬。她发现自己总是把斯隆的意见和护士们、劳工部的小册子,以及《父母杂志》上的意见做比较。斯隆说婴儿应该睡在没有暖气的房间时,她欣喜地发现,劳工部也支持他的观点。当然,医院的育婴房是有暖气的。她已经认定,斯隆的性格中有一面她并不信任,一言以蔽之,那一面就是他是个共和党人。到目前为止这一点还无关紧要。她认识的绝大多数男人都是共和党人——这几乎成了身为男性必不可少的一部分。但她不喜欢让共和党人控制一个无助的婴儿的命运。在医学上,斯隆很有前瞻性,但

253

是他太过迷恋于自己的理论，并且想要强制推行，甚至不会考虑人性的因素，就像实施禁酒令一样。她不知道他是否真的能够成为一名优秀的儿科医生。

"什么想法，斯隆？"她问道，尽量不让自己的声音听起来焦虑。"哦，就是个点子。"他站起来，踱步走到窗前，"我想给斯蒂芬试试三小时哺乳周期，看看效果如何。"普瑞斯的眼珠子差点没掉出来。"四小时哺乳周期又不是金科玉律，普瑞斯，"他来到她的床边说道，"别那么严肃。已经有人在尝试三小时周期了。问题在于为每一个婴儿找到最适合的周期。你知道，每个婴儿的情况不同。"普瑞斯思考着这句话的意义，听起来确实不太像斯隆的风格。她想起来，他最近一直在研究最新几期医学杂志上的内容。"你显然不能在医院里尝试三小时哺乳周期，"他继续说道，"医院的规定不支持这种尝试，护士们也会联合起来反对。可是如果一个婴儿很容易饿又总是哭个不停，我们可以在家里试一下。"普瑞斯的心被触动了。她收回了刚才的一切想法。斯隆也在为斯蒂芬担心，虽然他没有表露出来。可能这些天他一直读资料到深夜呢。不过，和所有医生一样，他也不愿公开承认自己犯了错误，甚至不愿承认自己改变了想法。"喂母乳甚至比吃奶粉更容易调整周期，普瑞斯。你可以每三个小时让他吃一次奶，这样试个一两周，然后再调回四小时一次。不管两次哺乳中间间隔几小时，重要的是要有一个固定的周期。""但是我会有足够的奶水吗？"斯蒂芬吃奶吃不饱还只能作罢的场景一天来八次，真的非常可怕。"哺乳的次数越多，你的奶水就会分泌得越旺盛，"他说，"无论如何，我想试试看。"普瑞斯看不出这样做有什么危害，只要她还有奶就行。但她认为自己有责任问出最后一个问题："你确定这样做不是重蹈覆辙吗？我是说，接下去我们就要两小时喂一次奶，然后是一饿就喂。不知不觉，我们就回到了妈妈那一辈的老路上。"斯隆笑了。"还外祖母那辈呢,"他说,"别傻了。"

你永远猜不到斯隆走后发生的事情。普瑞斯刚刚给斯蒂芬喂过下午的那顿奶,就接到了一位老同学朱莉·本特坎普的电话,她现在是《小姐》杂志的一名编辑。朱莉从已经是位高权重的文学经纪人莉比·麦考斯兰那里收到了一封信,得知普瑞斯在给自己的孩子喂母乳。她觉得这件事很让人兴奋,于是想问问普瑞斯有没有兴趣为《小姐》杂志写一篇文章,谈谈自己的感受。普瑞斯说她从未有过这样的想法,而且她认为,一个医生的妻子写这类文章会违反医德。几分钟之后,莉比亲自打电话来了——还和以前一样。她说如果普瑞斯愿意写,她确信自己能将文章发表在《读者文摘》上。"你可以使用笔名,"她提议,"不过坦白说我觉得斯隆应该很愿意打个广告。我给他打个电话问问。""医生不打广告的,"普瑞斯冷冷地回答,"这才是问题的关键,莉比。"普瑞斯很恼火,这正是她最讨厌的那种"强迫营销"法。谁能让莉比明白这一点呢?她问自己——这是个毫无意义的问题。她害怕的是斯隆,如果莉比找到他,他可能完全不会拘泥,甚至会鼓励她这么做。她试着想象德赖斯代尔医生的妻子,德赖斯代尔夫人年轻时写这种东西的样子……"我去找斯隆喝一杯,"莉比继续说,"反正现在他下班也是孤身一人。我跟朱莉一起去。我肯定能说服他答应。话说你真应该见见朱莉,她太优秀了。""你要是敢……敢这样……莉比——"普瑞斯大叫起来。"关键是,"莉比说,"你一定要把你胸部的尺寸写上。字数不需要太多,但你一定要让读者知道你没有三十六英寸的完美胸形,不然读者就会抓不到重点。""我明白,莉比。"普瑞斯说。"还要写上你是大学优等生荣誉学会的成员,并且在政府部门任职。当然,如果斯隆同意,他们会在作者一栏放上你的照片。""我不会写这篇文章,"普瑞斯说,"我只会写经济学报告。我的文风太枯燥无味了。""哦,我可以帮你润色,"莉比轻松地说,"如果你愿意,我可以负责所有描述和抒情的部分。你只需要把具体过程一五一十地告诉我就可以了。""我不会写这篇文章,"普瑞斯重复道,"无论如何都不会。""如果我们能把这篇文章发表在《读者文摘》上,稿费足够你请半年的看护了。一个戴着帽子的保姆——她们现在还穿条纹制服吗?——带着孩子去公园……"普瑞斯把话筒从耳边移开,直到话筒里终于安静了下来。然后,莉比又开口了,这次换了一种语气。"为什么不呢?"普瑞斯犹豫着。"不……不太合适。"她结结巴巴地说。"我不觉得,"莉比说,"我完全不这么觉得。"她的声音越来越响亮,"谈论这件事有什么不合适的?天啊,这不是世界上再自然不过的事情了吗。意大利女性在大庭广众之下哺乳,没人会有其他的想法。""我不会在大庭广众之下哺乳,"普瑞斯说,"而且如果这是件再自然不过的事情,你为什么会那么兴奋地想把它发表在杂志上?因为你觉得它不自然。这就是原因。"然后她挂断了电话。这确实不自然,她无助地自言自语。她在无意中触碰到了真相,就像是无意中触到了伤疤。她在做着"世界上再自然不过的事情",哺育她的幼子,然而出于某种奇特的原因,这件事又完全不自然、造作、虚假,像一幅摆拍的照片。医院里的所有人都知道这一点,她的妈妈也知道,来看望她的客人也知道,所以他们才会对她用母乳喂养这件事津津乐道,假装这件事让人兴奋不已,但其实它并无兴奋点可言,除了被人当作谈资的时候。实际上,她所做的是一件非常恐怖的事情,而此刻,在育婴房里,一个婴儿越来越响亮的哭声也在告诉她同样的道理——实际上,虽然那哭声已经响了至少一周,但她一直不去理会。在今天这个时代,那个声音在提出一个再自然不过的请求:给我一个奶瓶。

第十一章

波莉·安德鲁斯和格斯·勒罗伊谈恋爱已经快一年了。她仍然住在那间带家具和浴室的公寓里，每天早上到医疗中心上班，而格斯和另一个男人在她家的拐角处合租了一套公寓，那人是个图书装帧设计师，和格斯一样，也跟妻子分居了。每天晚上下班后，只要不用约作者出去吃晚餐，格斯就会到波莉家中小酌，然后她会在她的电炉上做晚饭。饭后他们会去看场电影，或者去参加关于西班牙内战或者硅肺病或者佃农的会议，有时他们会回家听波莉的留声机，不过每个工作日的晚上，他都回自己家睡觉，因为那样更方便——他的剃须用品、烟斗和正在读的手稿都在家里。他也并不介意住在另一间卧室的图书装帧设计师带女人回来，只要第二天早上他穿着浴袍，吃着麦片，喝着咖啡的时候不需要被迫跟外人攀谈就行。

他周六要工作到中午，不过下午的时间属于他和波莉，他们会去意大利区或唐人街散步，或者去参观西班牙博物馆或者巴纳德修道院博物馆。如果波莉周六早上没有买菜，那么他们回家的路上会一起去采购。格斯会从大学广场买红酒，然后两人拎着大包小包走过沃纳梅克百货公司，一路走到圣马可广场。波莉的房东太太如果和丈夫一起到新泽西的度假小屋去过周末的话,波莉就可以借用她家的厨房做饭。或者格斯会带波莉到法国或西班牙餐厅吃晚餐,然后跳跳舞。周六晚上,他会住在波莉家,两人一起睡在她狭窄的单人床上。周日上午他们通常会起得晚一些,一起吃早餐看报纸。周日下午他会陪小儿子,带他去布朗克斯动物园,坐斯塔滕岛渡轮,爬自由女神像,横跨乔治·华盛顿大桥,参观炮台公园的水族馆或者斯塔滕岛小动物园里的蛇馆,等等。他们的行程都是波莉安排的,但她并不会同行。"结婚后再说吧。"她说。这句话总是让格斯笑出声来,因为听起来太老套了,仿佛是不戴上婚戒,她就拒绝给他宠爱似的。但她确实是这么想的。所以周日下午波莉会跟老朋友聚一聚,周日傍晚,格斯会把小格斯送回家,顺便留下来跟妻子喝杯啤酒,然后回到自己的住处,在厨房做个三明治吃。他们约好周日晚上不见面,波莉一般会利用这个时间在家洗洗衣服,洗洗头。

此时正是周日晚上,波莉的浴室里挂着刚刚洗过的内裤、丝袜和紧身内衣。客厅里的常春藤和龟背竹也刚刚完成每周一次的沐浴,窗前悬着一根结实的绳子,上面晾着她的长袖衬衫。她正在用一把奥格尔维姐妹牌梳子梳着自己湿漉漉的长发,并用毛巾擦干。另一条毛巾上摊开晾着一件白色羊毛衫。波莉发现,每个周日晚上她都会抑郁,而洗衣服正是治疗职业女性抑郁情绪的好方法。肥皂泡、水蒸气、湿羊毛衫的气味、洁净的发丝发出的簌簌响声,这些都渐渐让她感觉到,生活中的一切问题"都会圆满解决"。如果她在房东太太的厨房里熨平六件白衬衫,把袜子补好,开始节食并减去五磅体重的话,格斯肯定会下决心立刻跟她结婚的。

每周工作日的下午,格斯去波莉家之前,他都要先到心理医生那里接受一小时的治疗。心理医生说,精神分析的原则是,病人接受治疗期间不应该改变生活环境,否则会影响分析的关联性。所以格斯并没有着手办理离婚手续。等到他"准备"离婚时——这是医生的表达——他觉得自己会到里诺[1]去住上六周。不过在里诺离婚费用很高,而格斯的积蓄都被用在心理治疗上了,还要把一半的薪水给妻子和孩子,当作抚养费,所以波莉也不知道格斯该怎么支付那么一大笔钱。波莉也不确定格斯的妻子能否同意离婚。她答应等他做完心理治疗之后就跟他离婚,但是波莉怀疑她和那位心理医生串通好了要一直把治疗拖下去,直到他精疲力尽。他在莉比的五月葡萄酒聚会上认识波莉的时候已经做了三个月的治疗,那位医生听说他又展开了一段认真的恋爱关系之后大吃一惊——他觉得格斯违背了诺言。可人又怎么能控制自己坠入情网呢!

波莉的家人对这件事一无所知,不过她的朋友们都猜测她肯定在跟某个有妇之夫交往,因为波莉对自己平日里怎么打发时间总是三缄其口。她们都认为对方是医院里的某个医生。波莉对两人之间的爱情保持沉默,并不是因为她感到羞愧,而是因为她受不了别人的劝告和同情。只有那些不可能瞒得住的人才知道实情:图书装帧设计师、波莉的房东夫妇、另外那两名房客,还有她姑妈朱莉娅的女仆萝丝——她习惯晚上过来帮波莉做一些缝缝补补的针线活。就连格斯的秘书比斯比小姐都不知道。波莉也不会跟格斯一起去参加文学界的鸡尾酒会("结婚后再说吧。"她说),部分原因是怕见到莉比,但主要还是因为她觉得那样做不太妥当,所以只要小格斯的爸爸和妈妈还是夫妻关系,她就不想跟小格斯和他的爸爸一起过周日。波莉讨厌各种问题——小格斯提出的问题,他的妈妈想让他问的问题,她出现在鸡尾酒会上,格斯办公室的人问的问题。大家看

---

[1]. 美国的一座城市,因 1908 年推出简单快捷的"无责任离婚"法案而一度成为美国的"离婚之都"。

到一个女孩和一个男人相爱之后立刻要问的就是："你们两个人什么时候结婚？"这个问题萝丝直截了当地问过，不相信婚姻的施奈德先生问过，在新泽西州参加了一个裸体主义团体的房东太太问过，谢尔巴特耶夫先生也问过。她如实回答之后，他们紧接着又问出了同一个问题：格斯为什么要去看心理医生？他怎么了？

然而奇怪的是，当初她可怜的父亲被"关进"里格斯精神病治疗中心的时候，却没有人问过这个问题，虽然她父亲的病有个名字——忧郁症，因此回答起来也会容易得多。如果格斯有过自言自语、沉默寡言或者经常莫名其妙地哭泣这些医生口中的"怪异行为"，那肯定不会有人问他出了什么毛病！但问题却是恰恰相反的。波莉看不出来格斯有任何不正常的地方。他是她见过的人里最正常的一个，至少表面上看是这样，她也只能从自己看到的来判断。他没有令人厌烦的忧郁和阴沉，性格也不乖戾。他喜欢跳贴面舞、打网球、飙车——他在布鲁克林的一个车库里还有一辆霍普莫比尔牌老爷车，用千斤顶顶在那里。和大多数的新英格兰人一样，他花钱精打细算，不过买礼物却总是会挑最好的商店——他送过波莉一个漂亮的手提包、一些精雕细刻的天青石耳环，还有一件柔软的布鲁克斯兄弟牌毛衣。他几乎每周都会送花给她，他们周六一起去舞会的时候，他还会送她紫罗兰或者山茶花。但他对自己的穿着却并不在乎，他身上总是那两套从沃纳梅克百货公司的打折货架上淘来的西装，已经很旧了，他还有一件花呢夹克、几条法兰绒裤子、几个领结。他购买了蓝十字保险公司的医疗保险，每年到牙医那儿洗三次牙。他很注意保持身材，也会关注小格斯去儿科医生那儿检查的结果。这个儿科医生是全纽约最优秀的年轻医生，格斯的心理医生也同样优秀——他是美国精神病学家布里尔的得意门生。虽然格斯只有三十岁，但对作者们来说，他就像是第二个父亲，他非常耐心地倾听他们的烦恼，帮他们找律师、戏票、打折书、公寓、秘书、女朋友——满足他们的一切需要。他还在他所在的办公室积极推动成立一个"图书杂志同业公会"，但由于他被视为管理层，所以他当不了公会会员。

他不抽烟斗的时候，会抽公会制造的香烟，买东西的时候也会注意上面有没有公会出品的标志。然而，跟普瑞斯不同的是，他私下里其实很看重品牌，比如箭牌衬衫、费尔斯通轮胎、教师牌苏格兰威士忌和吉列剃须刀。他从来不相信"价格少一半的东西质量一样好"这种消费者运动宣扬的论调。他也看不惯波莉为了省钱在家里自己调粉底和雪花膏的做法。他指出，她忘了计入劳动成本。

多年以前，他刚刚从布朗大学毕业就被大萧条猛击的时候，正是因为对名牌的热爱而使他接受了共产主义。当时他的室友肖已经说服他信仰了社会主义，但是肖认为，如果你想成为一个真正的社会主义者，就应该把你的事业交给全世界最大、最优秀的社会主义团体，也就是苏联。于是，格斯转而信仰共产主义，不过那是在他亲眼去见到之后做出的决定。他和他的室友在毕业后的那个夏天去了一趟苏联，那里的水坝、电站、集体农庄和国际旅行社的导游姑娘都给他们留下了极为深刻的印象，回来之后，他们觉得诺曼·托马斯简直黯然失色。格斯从不关注那些政治上的小派别，比如托洛茨基派，而波莉的朋友、住在对门的施奈德先生就是托派，要不然就是洛夫斯通派或者马斯特派——格斯说，每一场大的运动中都会有一些怪人参加。不过，他和室友从苏联回来之后并没有加入共产党。他不想伤父亲的心，他的父亲在福尔河经营着一家已经延续了四代的家族印刷厂，自内战以来深得那些工厂主的尊重，他们会把所有的婚丧公示、名片、舞会节目单、"闲人免进"标牌，还有房屋拍卖通知等都交给勒罗伊家来印刷。他家在镇子主干道上的印厂楼下还有一家商店，出售文具、圣诞卡、情人节卡片和礼品包装纸。如果格斯成了一名积极的共产主义者，那么那些铁石心肠的工厂主绝对有能力完全抵制勒罗伊家的生意。此外，美国共产党在格斯看来不如俄罗斯的有担当。虽然他自己没有入党，却娶了一个共产党员——她是某次四人约会时，他在韦伯斯特大厅的舞场上认识的一个犹太姑娘，她在市中心的一所实验学校里教一年级。

波莉知道，凯·彼得森会说，格斯对共产主义的迷恋——尤其是对信仰共产主义的姑娘的迷恋——是情绪不稳定的迹象。不过波莉本人并不这样认为，她不认为共产党如同格斯生命中的荡妇。此外，他也没什么同情心。他从没参与过示威活动，也没有在五一时出门游行或者称警察为哥萨克人，《工人日报》他只看体育版。他不跟包括波莉在内的异见者争论，而且实际上他甚至不怎么传播他的信仰，不像那位可怜的施奈德先生一直在努力说服波莉信仰托派。最近，莫斯科审判让施奈德先生格外兴奋，每次他在楼梯间遇到格斯都要提一提。格斯说，他们距离这些事情太遥远，无法分辨对错——历史会做出评断。与他密切关注的西班牙内战相比，莫斯科审判微不足道。

他目前正忙着出版一些跟西班牙有关的书籍——一本保皇派战争诗选、一本关于国际纵队的图册，以及《堂吉诃德》新译本。他本来想邀约海明威写一部关于"农民"[1]的书，但可惜海明威已经与斯克里布纳出版社签了其他书约，他中意的另一位作家文森特·希恩并没有回复他的电报。他希望能有一部伟大的小说从亚伯拉

---

1. 指西班牙内战英雄埃尔·坎佩西诺。

罕·林肯营[1]中诞生。今年冬天林肯营征兵时,他甚至一度决定报名加入,并且瞒着他的心理医生,利用午休时间溜出去做了体检。格斯作为一名勇敢的志愿军戴上贝雷帽出征的画面对波莉很有吸引力,她认为他一定能够成为一名优秀的军官。可是他妻子听说这件事之后(他准备让小儿子作为他人寿保险的受益人),指责他完全没有责任心。她说,就格斯而言,参军是一种逃避手段,因此也让他的行为在政治上毫无作用。据她说,他是因为不想完成心理治疗才会选择逃避自身真正的问题,而这些问题又牵扯到她和他们的儿子,再说了,格斯与法西斯打仗或者在马德里泡咖啡馆的时候,谁来支付孩子的抚养费呢?听到这些言论之后,波莉为他的妻子感到难过,就像她会为莉比那样的人感到难过一样,因为她们都在自欺欺人。不过,公平起见,她也并不确定他妻子反对他参军是真的因为钱,还是因为担心格斯会在战斗中丧命,才把钱当作借口。可能他的妻子在用她的方式表达爱,而她对格斯的爱要甚于波莉,因为波莉相当希望格斯为了自己的事业去冒生命危险。

波莉非常支持西班牙共和党人,每当有人问起她这种拥护的原因时,她都会笑着回答:"我是巴斯克人。"这句话指的是波莉的祖先是天主教徒。她母亲的娘家是贵族继承人,并且与阿克顿勋爵有亲戚关系。在政治上,她和格斯是对立的。她的心总是倾向于斗争中失败的一方,而且她也喜欢那些教义古朴的小教派,比如否认"教皇无谬误"一说的多林格旧天主教、为了逃避沙皇的兵役而远走加拿大的杜霍波尔派、道德高尚的再洗礼派,以及在波兰村庄里因为快乐而欢舞雀跃的犹太哈西德派。她拥护巴斯克这种"失落"的民族和他们神秘的语言体系。她偏爱已经灭绝或者濒临灭绝的物种,

---

[1]. 西班牙内战期间,美国左派赴西班牙参战的组织。

比如她写过的一篇动物学论文的研究主题——旅鸽。她对西班牙保皇党的关注程度，是自"邦尼王子查理"[1]以来前所未有的。她和格斯都为共和党的战争事业慷慨解囊，不过格斯捐助飞机，而她捐助救护车和医疗用品。她微笑着说，在一般情况下，也就是和平时期，她是个和平主义者，不过如果她是格斯，她肯定会报名参军，格斯的心理医生认为格斯留在纽约比前往马德里更有助于西班牙的战争事业，而格斯竟然听从了医生的话，这让波莉大为惊讶。或许情况确实如此，但是波莉无法想象格斯同意将自己置于这种左右权衡的状态中，把自己当成一块囤积的钢锭，寻找最佳的用处。波莉无法认同的正是共产主义的这一方面。

不过，如果格斯听从心理医生的建议都能让波莉感到惊讶，那么更让她惊讶的是心理医生居然跟他谈过。"我想他们不应该给你提建议。"她皱着眉头说。格斯告诉她，那位医生持完全中立的态度，他只是倾听病人的诉说，偶尔提个问题而已。病人是需要进行自我解读的。"这是他的理论，"格斯回答，"但他也是人，"他解释说，"如果他看到一个病人马上就要自杀了，作为一个人，他自然会介入。""我认为他就算介入也应该从医生的角度介入。"波莉温和地说。格斯摇头。"不，不，"他说，"这正是他们非常注意的一点。病人总是试图把心理医生拉进一种非正统的情形中，让他们以心理医生的身份介入，诱导他们越过界限。但是心理医生绝对不能越线——这是首要原则。如果他们做不到，他们就必须终止精神分析。不过病人们也是极为狡猾的。比如，比瑞尔医生或许会觉得我决定加入林肯营只是为了设下一个圈套，让他对我的个人选择产生兴趣。是一种寻求关注的手段。"他眉头紧锁，"天啊，波莉，或许真的是

---

[1] 即查尔斯·爱德华·斯图亚特，1745年詹姆斯党叛乱时期起事失败的英国王子。

这样。可能我只是假装要当兵。""真的吗？"波莉大声说道，"我一直都相信你。但你不是真心的吗，格斯？""我怎么知道？"格斯摊开双手说。"上帝啊！"波莉说。又来了，那种奇怪的思路，把自身看作一件物体，密度大且不透明。又或者仿佛你不是你，而是别的什么人，这个人的动机你只能推测。这种奇怪单调的客观性是格斯自身的问题还是心理治疗的结果？

她并没有继续追问下去。她知道，精神分析的第二条重要原则是病人不能和亲友讨论他的病情。格斯第一次告诉她自己要去比瑞尔医生那里进行治疗的时候，他们已经上过几次床了——今天是那次以来，他们两人就他所接受的精神分析治疗谈得最久的一次。波莉是一个认真体贴的女孩，她不会再继续引诱格斯和她谈论他的精神分析，就像她不会强迫糖尿病人吃糖一样，所以到头来，她还是完全不了解他生命中这个确定无疑的最重要的部分到底是什么。因为如果这不是他生命中最重要的部分，那他又何必每天都花一小时跟一个陌生人谈论它呢？

回想起来，波莉有时候也会思忖，如果格斯提前告诉她自己在进行"精神分析"治疗，那么她还会不会让他上楼到她的房间里和她做爱。他跟她说了自己已经结婚，正和妻子分居（不管怎样，这件事她之前已经从莉比那里听说了），但是关于心理医生的事他只字未提。波莉能理解其中的缘由，一开始是因为他对波莉还不够了解，所以没有告诉她，而当他对她足够了解了之后，他们两人已经上了床，所以就算告诉波莉，她也没有什么选择了。因为木已成舟，她让他爱上了她，而她也爱他。但是如果她事先知道，她怀疑自己是否会把贞操献给一个"在接受精神分析的人"，她会害怕。

波莉心里一直很清楚，性对她来说意义重大，所以她才会对男人保持警惕。大学时，在和其他女孩聊天的过程中，她发现让她在订婚时感觉仿佛地动山摇的拥吻，对她们来说却并没有那么大的震撼力。当时有几次，她差点做出她们口中所谓"越界"的事情，但总有什么事情拯救了她——有一次是个校警，不过大多数时候都是男孩自己瞻前顾后。她解除婚约并住进医院期间，折磨她的主要是性。在那之后，她便严格地压抑了自己的欲望，甚至到了连有接吻镜头的电影都不看的程度，她不希望自己的情欲被"撩拨"起来。她决心过一种冷静、严肃的独立生活，又带点幽默感，像是窗帘的褶皱。他们说她天性惹人喜爱，她也很容易交到朋友，甚至能够让小鸟到她的手心里啄食。仔细考虑过自身的情况以及遗传方面的"污点"之后，她得出的结论是，自己最好为了友谊而生活，而不要去考虑爱情或者婚姻。她能够预见到自己晚年时心宽体胖，头上裹着方巾，像个修道院院长，或者成了圣公会的一个照顾圣坛、清理管风琴、看望教区病人的女执事。事实上，她是个无神论者，但是她觉得，时间或许会改变这一切。她明白自己当下的危机在于她就快要成为一个"怪人"了，而她刚刚二十六岁，还没有老，所以她拒绝被人贴在相册里。她的一些朋友已经把她看作从古董店里淘出来的"文物"了——好像她是一件稍有裂痕的旧瓷器。

确实，她并不喜欢那些充满干劲或者最有成功相的人，这让她在瓦萨学院显得格格不入。对于像莉比和凯那种自信满满又咄咄逼人的姑娘，她喜欢她们的唯一方式就是为她们感到难过。她非常可怜莉比，甚至到了不忍心看到她的程度。莉比那张喋喋不休的红色嘴唇，就像是她空洞面庞上一个流血不止的伤口。不过当然，莉比完全不觉得自己可怜，而这也恰恰让她更可怜了。莉比还觉得自己在可怜波莉，而且每次她强迫波莉接受什么时，还以为自己是在帮波莉忙。如果波莉不再跟她见面，那么可怜的莉比就失去了她认为应该给予怜悯的对象，因为莉比并不能怜悯那些真正经受苦难的人，她只能怜悯波莉这种本身很快乐的人。不过,也正是波莉的这种快乐让她在朋友们怀疑的眼光下成了一个"怪人"。安德鲁斯一家被视为是古怪的,因为他们失去了所有财产但存活了下来。这种评价让波莉发笑,但是对大多数人来说,很显然,钱都赔光了之后还很快乐确实古怪,或者也有可能是惺惺作态。而且把姑妈给的旧巴黎时装改过之后神采奕奕地穿在身上也是很正常的事情啊,波莉不知道应该用什么样的态度穿上才不算古怪——必须怀着深深的阴郁吗?如果波莉更喜欢跟怪人在一起,可能是因为那些人对于"古怪"没有概念,或者更确切地说,他们认为你不"古怪"才是奇怪的事情。比如,谢尔巴特耶夫先生就一直把莉比视为难以置信的人间现象,并且一直要波莉解释她的一切。

不过有一点是所有认识波莉的人——不论认为她古怪与否——都一致认同的:她应该结婚。"你是个漂亮女孩。你为什么不结婚?"连送冰的人也表达了同样的观点。"我在等那个对的人出现。"波莉说。虽然她的回答很巧妙,但也确实是她内心深处的想法。如果说是她让那位真命天子找到她的过程变得困难重重,那么只能说这是他必须经历的磨炼。"像你这种生活方式,从来不跟别人出去,你又怎么可能去结识别人呢?"她的同学们大叫起来。她已经熟悉这种论调了:接触男人的途径就是通过其他男人,你不一定非得爱上或者喜欢上一个男人才能答应跟他一起出去吃晚餐或者看戏,他只是希望你能陪他一起去,这对你来说也不费吹灰之力。不过波莉自己的强烈愿望让她担心这样做是否妥当,她认为,如果你不准备把关系深入发展下去,那最好就别开始。她认为利用一个男人去认识其他男人似乎并不厚道,所以她执拗地拒绝了所有为她牵线搭桥的尝试——比如那种受邀只身前来参加晚宴,并且对她大献殷勤的男人。"迪克会送你回家,波莉。是不是,迪克?""不用了,谢谢,"波莉会提出异议,"我坐第一大道的公交车。我的住处离车站非常近。"就连施奈德先生和谢尔巴特耶夫先生都碰过同样的钉子。施奈德先生曾经邀请过很多年轻的托派到他的房间里和波莉一起喝杜松子酒,而谢尔巴特耶夫先生则给她介绍过一个在芝加哥学习酒店管理的侄子。而且,波莉也拒绝跟莉比那个总想要带她出去的讨厌哥哥出双入对。

"你这样做是出于自尊心,小姑娘。"有一天晚上,波莉责备施奈德先生总是试图给她找"男人"的时候,施奈德先生这样说道。"或许吧,"波莉回答,"可是,施奈德先生,你不觉得,爱情应该是不期而遇的吗?就像是在不知不觉中迎来了天使。"她的下巴上绽放出笑靥。"你知道,悬疑小说里经常这样写。凶手总是最不显眼的人,是你永远猜不到的。这就是我对爱情的感觉。我的那个'真命天子'不会是专门为我邀请来的那个人。他会是宴会的主人这辈子都不会想到去邀请的人,如果他真的能出现的话。"施奈德先生看上去有些沮丧。"你是说,"他点着头说,"你会爱上一个已婚男人,因为所有其他人选都太显眼了。"

果然,她跟格斯就应验了这句话。"我无论如何都不可能想到,你们两个人会一拍即合。"聚会第二天,莉比说,"他后来又约你出去了吗?"波莉回答说没有,这是真话——他只是记下了她的电话号码,莉比也并不意外。"跟他说话特别费劲,"她表示,"他完全不是适合你的类型。我一直在琢磨你,波莉。你这种人,年纪大一些的男人会更喜欢。年纪大一些的男人或者其他姑娘。不过格斯·勒罗伊那种男人会无视你的外貌,所以你昨晚跟他一起离开的时候我才会心里咯噔一下。你跟他聊天的时候可能不觉得他是那么沉默寡言,但他可是出版界里的风向标,你应该看看他的作家名单。那些作家跟他私交都很好,对他忠诚到如果他明天离开费里斯,他们都会跟他走的地步。当然，其中很多作家都是共产主义者。据说他也是个秘密党员，并且受命从内部破坏费里斯出版社。不过，不管你喜欢不喜欢，我们今年看到的一些最优秀的作家都是共产主义者。"她叹了口气。波莉沉默不语。"哦对了，他说了什么？都告诉我。""他说你是个非常出色的文学经纪人。我记得他用了'一流'这个词。"莉比大失所望。"他肯定还说了别的吧。他觉得我迷人吗？他一定这么觉得，否则他不会来参加我的聚会。我想自己对他招待不周。他提到这一点了吗？我的全部注意力都在尼尔斯身上，你知道吧，那个男爵。"她又叹了口气。"他昨晚向我求婚了。""哇，莉比，"波莉大笑着说，"你不能嫁给奥尔特曼滑雪俱乐部的一个跳台滑雪运动员吧！但愿你拒绝他了。"莉比点点头。"他勃然大怒，几乎失控。如果我告诉你昨天发生了什么，你能保证不跟别人说吗？""我保证。""我拒绝他之后，他竟然想要强暴我！我新买的本德尔长裙被撕成一条条的——你很喜欢那条裙子对不对？而且我浑身都是伤痕。给你看看。"她解开上衣扣子。"太可怕了！"波莉看着莉比瘦弱的前胸和手臂上青一块紫一块的淤伤说道。莉比重新系上扣子。"当然，他后来道了歉，而且后悔莫及。""可你是怎么让他停下来的？"波莉说。"我告诉他我还是处女，于是他立刻恢复了理智。毕竟，他是个正人君子。只是作风太像维京海盗了！你跟忧郁的格斯一起出去算你走运。我猜他根本都没想要吻你吧？""没有，"波莉说，"他每讲两句话就叫我一声'安德鲁斯小姐'。"她微笑着说。"可怜的家伙。"她又补了一句。"可怜的家伙！"莉比高叫，"他有什么可怜的？""他很孤独，"波莉说，"他约我跟他一起吃晚餐的时候说的。他是个善良、稳重的男人，想念他的妻子和孩子。我觉得他像个鳏夫。"莉比的眼珠都要翻到天花板上了。

269

波莉说的都是事实。一开始,她确实是因为可怜格斯。而晚餐期间他一直称呼她为"安德鲁斯小姐"也让她觉得很有趣——好像隔在他们两人之间的不是餐桌,而是办公桌。她曾经想象过,那张办公桌是他的一部分,像是多出来的一只手臂或者扶壁。他有一种特殊的办公腔调,很审慎,而且他经常向后仰靠在椅背上的习惯也让她立刻联想到他在办公室里的样子。他把莉比在他办公室晕倒在地的事情当成他自己的笑话讲给了波莉。"我以为那个姑娘是饿晕的,安德鲁斯小姐,我对天发誓。"他愁眉苦脸地看着波莉,波莉忍不住大笑起来。"你什么时候才发现不是那样的?"她终于问道。"好一阵子之后。实际上,是她的老板告诉我的。看上去,麦考斯兰家在皮茨菲尔德还挺有影响力的。这是真的吗?""是的,"波莉说,"他们家开了一座大工厂,我也是因此才知道莉比的。我家住在斯托克布里奇。""也是开工厂的?"波莉摇了摇头。"我父亲是建筑师,但是除了他的人脉,他什么都没建起来。他一直都靠投资生活,直到股市崩盘。""那现在呢?""我母亲有一点微薄的收入,我们家有个农场,我们一起经营。他们一起经营。"她纠正了自己的用词。"那你是做什么工作的,安德鲁斯小姐?""我在医院当技师。""这工作一定非常有趣,而且有成就感。你在哪家医院工作?"诸如此类的对话。波莉觉得,确实跟招聘面试一模一样。格斯的这种办公风格给莉比留下了深刻的印象,也深深触动了波莉的内心。她有时候觉得自己爱上的是一张办公桌、一把转椅,还有一小撮毛茸茸的八字胡。

不过,爱上了一张办公桌,却得到了一张治疗椅,这种感觉让人胆寒。她现在经常尝试着想象他躺在心理医生的躺椅上的画面,却总是失败。他会抽着烟斗,双臂交叉枕在脑后吗?还是像有时候在床上那样,一根接一根地抽烟,然后把烟灰掸在胸前的烟灰缸里？他会用什么样的声音呢？——是类似转椅转动时那种吱吱呀呀的办公声音，还是更柔软、更明快的声音，能够与他男孩般的笑容、纤细的脚踝、柔软泛红的嘴唇，还有他为了表达热烈的感情而像只小兔子一样、天真地朝她皱起鼻头时的样子相匹配？

他第一次告诉她心理医生的事情时，他的声音是颤抖的，他的眼中也含着泪。他当时已经下了床，穿着波莉的一件日式睡衣，那是朱莉娅姑妈去东方旅行时带回来的纪念品，他穿上后长度刚刚到膝盖。他紧张地点燃一根香烟，坐进她的扶手椅中。"有件事我必须要跟你坦白。我在接受精神分析治疗。"波莉从床上坐起来，双手下意识地拽过被子围住自己，仿佛有第三个人突然闯进了房间一样。"为什么？"她问，"天哪，格斯，为什么呢？"她发出的声音如哀号一般。他并没有告诉她为什么，虽然他似乎觉得已经说了。他跟她说的是自己开始去看心理医生的缘由。

那完全是他妻子的主意。因为她一直跟一个党内组织者"出双入对"，格斯离开了她搬到外面，之后，埃丝特——这是她的名字——又下定决心要回到格斯身边。她尝试了所有老套的方法——哭泣、威胁、承诺，但是都没能动摇格斯的决心，让他回家。然后有一天，她到他办公室找他，头脑冷静了很多，并且提出了一个全新的建议，她说他们两人都应该去看心理医生，看看他们的婚姻是否还有挽回的可能。对格斯来说，经受了那么多闹剧之后，这看上去是个合理的提议，而且最主要的是，妻子态度的转变让他很吃惊。她指出，精神分析能够帮助她更好地和孩子们相处。她的同事里有不少人就是出于这个原因去看的心理医生，而且校长也强烈推荐所有教员都去接受精神分析。这或许也能帮助格斯，让他更好地跟作者们相处，更好地处理他们的困境和难题。精神分析结束后，即便两人最终还是决定离婚，至少他们在专业层面上也能有很多收获。格斯告诉她自己会考虑一下，不过其实在她离开办公室之前，他就已经拿定主意要去试一试了。他同样希望能挽回他的婚姻，为了小格斯，而他绝望的原因是他认为他和埃丝特都不可能被改变。如果不是因为绝望，他或许早就搬回家去了，因为他很想念埃丝特，而且他生命中也没有其他女人。通过分析获得"领悟"——埃丝特很喜欢"领悟"这个词——这一点也很吸引他，波莉能看得出来。他感激马克思主义给他带来的领悟，并且非常急切地想为自己增添一种新的思维工具。

这些波莉都能理解。但她无法理解的是，如今他生命中已经有了另外一个女人，为什么还要继续进行精神分析。既然现在他对于跟埃丝特离婚一事已经不再犹豫，那他为什么不停止治疗？是因为他做出过承诺要坚持到底吗？可如果确实是那样，那么在波莉看来，这就意味着精神分析仍然有可能让格斯回到埃丝特身边，破镜重圆，像被送去修理的物品一样。又或者，她有时候也会这样想，他继续去接受治疗只是出于惯性而已？或者医生发现他有严重的问题，就好像你本来只是去补个牙，结果牙医发现你口腔里有一个巨大的脓疮一样？

格斯坦白这件事的那天晚上也问过她是否介意。"当然不会。"她回答，意思是她还是会一如往常地爱他。但实际上，她发现自己是介意的。格斯每天"刚刚做完心理治疗"就来和她见面，这让她感觉非常不舒服。她希望他能把那"一小时"安排到上午，比如上班前或者午饭前。现在这样，她总免不了琢磨他跟心理医生聊了些什么，有没有聊她，有的话就太可怕了，或者有没有聊埃丝特，那同样也很可怕。她希望他们聊的是他的童年，如果只是聊童年的话，她倒觉得没什么。奇怪的是，每次他结束精神分析治疗过来的时候，似乎从没有烦躁或者难过的情绪，他总是一副稀松平常的样子，好像刚才去的是理发店一样。倒是某几个周五，他因为要旁听图书杂志同业公会的会议而不得不取消心理治疗的时候，反而会兴奋得多。波莉觉得，如果自己处在他的位置上，必须花上一小时去挖掘自己的潜意识，脑子里一定会一片混沌。

或者其实是挖掘她的意识。格斯在接受精神分析期间不能阅读弗洛伊德的著作（这是另一条规定），不过波莉利用午餐时间去医疗中心图书馆的心理学藏书区读过一些相关资料。虽然医院里的心理学家都强烈反对精神分析，但至少他们还有一些弗洛伊德的书籍，也有一些他的追随者。她试图——她觉得自己的尝试是偷偷摸摸的——搞清楚格斯可能患上了哪种神经症或者精神神经机能病。但他的症状与歇斯底里、焦虑性歇斯底里、强迫性神经症、焦虑性神经症、性格神经症的症状描述都不相符。他的情况最像是一个强迫性神经症患者，具体表现为他会按照自己的方式行事，准时且可靠，可她也注意到，强迫性神经症的其他症状在他身上都没有，比如走在街上时每一步都要踩到砖缝上，或者每一步都不能踩到砖缝上。另一方面，焦虑症患者一般都有选择困难的问题，确实，格斯在参军去西班牙打仗以及离开他的妻子这两件事上都犹豫不决。可是书上说一个真正的焦虑症患者是那种上班要坐哪条地铁线都无法决定的人，而格斯永远是坐公交车。此外，所有神经症患者在性生活方面都会遇到一定的困扰。波莉虽然无从比较，但是至少在她看来，格斯的性生活完全没有受影响。他总是渴望做爱，而且似乎有很多实践经验，因为他极其胸有成竹，又怀着极大的温柔引导波莉应该怎么做，好像在教小孩放风筝、抽陀螺或者扣扣子——他显然是个好父亲。波莉觉得，跟他做爱是一种幸福。

波莉看的资料越多就越相信，格斯唯一的问题就是每周花二十五美元去接受那位精神分析师的治疗。而且她也问过自己，这种行为本身会不会就是一种疾病，一种疑病症，以及你是否一定要去看心理医生才能治好它。

可是，虽然她无法把亲爱的格斯当作油漆样品或者材料样本那样与记录在案的任何一种神经症相匹配，她却懊恼地发现自己反而和那些症状吻合。她似乎正在遭受着所有那些病症的折磨。她有强迫性行为、偏执、表达欲强烈、吹毛求疵、歇斯底里和焦虑。她的性生活现在虽然没有困扰，但过去确实有过。她每周日晚上的洗衣仪式便能透露出一种负罪感，她通过熨烫和缝补衣物来抚慰心中的焦虑。她窗台上摆放的植物是她无法拥有的孩子。她执迷于计数。她收集纽扣、胸衣别针、线绳、鹅卵石、帽针、软木塞、丝带，她还剪报。她列出各种清单，包括这张，并且逐渐开始对喝酒上瘾。这幅充满警示的图景让她觉得有趣且迷人，这本身就是个噩兆，说明她正在与自身分离，从"无法忍受"的现实中逃入一种幻想和故事中。弗洛伊德会说，安德鲁斯全家都生活在一个神话的世界中。

玩笑归玩笑——有些时候，她虽然不情愿，也只能先把玩笑的态度放下——波莉意识到了自己正处于可悲的状态中，无论临床医学上称之为什么。她知道自己在周日的晚间非常不快乐。这不是第一次了。爱情再次让她陷入这种境地。爱情对她没有好处。世界上肯定有一种人对爱情过敏，她就是其中之一。爱情不仅对她没有好处，还让她变糟了，爱情给她下了毒。她认识格斯之前，不仅远比现在快乐得多，还善良得多。和格斯相爱把她变成了一个可怕的人，一个她自己都痛恨的人。

每到周日，这个人就会冒出头来，像疖子化脓一样，因为周日是格斯去看望小格斯和妻子的日子。她完全明白这两件事的因果关系，不像她读到的那些病人，连二加二等于几都不知道。她在吃醋。

除此之外，她还感到良心不安，因为，说实话，她不赞成有了孩子之后离婚。除非父母在孩子面前已经大打出手，或者其中一方对孩子有不好的影响。看看她的母亲承受了多少来自父亲的折磨就知道了。可是他们仍然在一起。埃丝特出轨成性，听起来不像是个讨人喜欢的女人，但格斯还是足够爱她，跟她生了孩子。如果波莉不是那个"另外的女人"，她会建议格斯回到她身边。至少可以先试一试。不，这样听上去很含糊。永远回到她身边吧。

一想到"永远"这个词，波莉就感到不寒而栗。她用一条干毛巾裹住湿漉漉的头发，开始补袜子上脚趾处的一个破洞。并不是她要求格斯娶她，实际上正相反。可那也不是借口。她觉得自己表现得像是《圣经》中的该隐，假装离婚是格斯自己的事情，跟她完全没有关系。她不是格斯的看护人。可她又是。她告诉自己，除了埃丝特本人，没有人的脑子里冒出过格斯应该回到埃丝特身边的想法。但那不是事实。波莉想过。这个念头并不是突然之间就有的，而是逐渐产生的。平时她会忘记，但是到了周日，格斯不在的时候，这个念头就会慢慢地潜回她的脑中，仿佛她一旦接受了，就再也无法把它驱除一样。在这一点上，这个念头和诱惑一模一样。她很渴望能够把这些都告诉格斯，但她怕他笑话她，或者说也怕他不会笑话她。这个念头就是她周日的秘密。而良心的私语（如果确实存在的话）非但没有给她指出一条明路，反而让她更加嫉妒了——她差一点就要冒出杀死小格斯的念头了。每当此时，总会有什么东西阻挡住她，于是她杀死了埃丝特，并且从此和小格斯以及他的父亲幸福地生活在一起。

波莉放下球形织补架。她走到窗前，摸了摸长袖衬衫，看看是不是已经干到可以熨烫的程度。可以了。她把衬衫包在毛巾里，把头发盘起来，用两个巨大的发卡固定好。她告诉自己，如果熨了衣服,格斯就会打电话来跟她说晚安,他有时候会这样做。她开始感觉这通电话是她应得的奖励,因为如果她只是拖了地,却没有熨衣服或者补衣袜,那么他就会像料到了一样,一般都不会打电话过来。

她发现了一个让人难过的小规律:当你需要男人的时候,他们从不会打电话过来,他们只在你不需要他们的时候出现。如果你真的在全神贯注地熨衣服或者整理抽屉到了完全不想被打扰的地步,那么电话肯定会在那一刻响起。你必须认真,你必须完全忘掉他,享受你自己的生活,这样规律才会奏效。换句话说,当你明白即使无法如愿也没关系的时候,你才会得偿所愿。这就意味着如果波莉的推论正确,你永远不会得偿所愿。实际上,每隔一个周日,波莉都会快乐地发现,如果必要的话,没有格斯的陪伴她也能过日子。抱着一堆刚刚熨烫过,余温尚存的衣物爬上楼梯时,她会感到相当快乐和满足,甚至会觉得结婚可能剥夺这种美好。她也很想知道,住在一个街区之外的格斯在厨房里来回踱步,抽着烟斗,听着收音机里的新闻时,是不是也有同样的想法。而且,说真的,他们这两个人,一个单身汉,一个大龄未婚女青年,是否在欺骗自己、欺骗对方,以掩饰想和对方性爱的焦灼渴望呢?

但今晚是另一个周日。今晚她需要他,所以他很可能不会打电话来。已经很晚了,整栋房子一片静寂。她考虑过要不要去敲施奈德先生的房门,请他陪自己到厨房里熨衣服。虽然她暂时驱散了心头的可怕想法,但是一想到地下室里孤零零的厨房,还要搬动沉重的熨衣板,她又感到无尽的厌烦。离开自己房间四壁的保护,她害怕一个人待在那个环境里胡思乱想。

但是,如果她找来了施奈德先生,那他肯定会开始跟她谈论政治,而她感觉这样做是对格斯不忠的表现。他们如果不谈莫斯科审判，也一定会谈到西班牙的战争。施奈德先生迷上了一个被叫作"马克思主义统一工人党"的组织，他还支持无政府主义者，而在格斯看来，这两种势力都在破坏战争。可是，按照施奈德先生的说法，是俄罗斯的人民委员破坏了革命，使得他们在战争中败给了佛朗哥。施奈德先生说，共产党在谋杀无政府主义者和统一工人党员，格斯否认这种说法，并且说如果真的如此，那也是因为那两种人都是叛徒，所以完全是罪有应得。波莉能够明白，作为一个注重实干的人，格斯为什么会从逻辑上支持俄国人，因为只有俄国人在向西班牙提供援助，但是她无法控制自己在直觉上悄悄偏向施奈德先生的观点。此外，施奈德先生也比她更善辩，她只会重复格斯跟她说过的部分话，这也就意味着每一次她让施奈德先生开始辩论时，格斯的观点都会因为她这个传话筒的能力不足而越发站不住脚。格斯觉得，让施奈德先生"发泄"一下无伤大雅，但是波莉觉得能够回避这种剑拔弩张的场面才是更明智的做法，因为事实上，她并不太喜欢听施奈德先生滔滔不绝。听到当事人不希望她这种人听的内容，感觉像是在偷听。先听格斯再听施奈德先生描述同样的一系列事件，就像是通过立体投影仪去观看西班牙内战——从两个方面去看，你可以得到一种维度感。这是她听下去的理由，而且她认为，如果施奈德先生这样的人能够让罗斯福听到他们的见解，或许能够说服总统解除禁运，因为如果美国能够向战场输送武器，那么俄罗斯人就不再完全掌握控制权。但实际上她对西班牙内战的细节并不像对格斯那么有兴趣，而且施奈德先生无意中给了她另一个视角去看待格斯。在这个视角下，格斯显得非常容易被骗——施奈德先生总喜欢说他是"斯大林主义者和他们的傀儡"。但就算格斯是个傀儡，她也不应该想要知道。

然而，想要知道的心情又在折磨着她。她认为这都是精神分析师的过错。是那个精神分析师把格斯变成了一个神秘的男人，至少对她如此，而且她怀疑，对格斯自己也一样。一想到另一个格斯每天下午五点钟像土拨鼠一样准时出现，她便日渐恐惧。一开始她介意那个精神分析师，是因为他是他们结婚的阻碍；现在她痛恨那个人，是因为格斯去找他的时间越久，她就越想知道他们两个人之间都说了些什么。她确信格斯跟医生说了一些没告诉她的事情。或许他跟医生说了他已经没有那么急切地想跟她结婚，或者他每天晚上都会梦到埃丝特——她哪里会知道？又或者那个医生告诉格斯，他以为自己爱的是波莉·安德鲁斯，但是他的梦证明了事实并非如此。如果他内心没有"矛盾"，他绝对不会一直去接受精神分析治疗，但那个矛盾到底是什么呢？

不过，最重要的是，她痛恨那个医生，是因为他让她看到了自身令人厌恶的一面。如果格斯有另外一面，那么波莉也有。不仅是一个沉浸在杀人幻想中的吃醋的波莉，还是一个疑神疑鬼、暗中窥探的波莉。最糟糕的就是那种想要知道的渴望。当她在想象中杀死埃丝特的时候倒没有觉得特别不安，因为真正的波莉是绝对不会杀死埃丝特的，哪怕她可以轻而易举地做到这一点，像是使用宇宙射线或者按一个按钮。但是真正的波莉愿意付出任何代价穿上隐身斗篷出现在比瑞尔医生的办公室里。她为什么非要知道呢？女性的好奇心。根据希腊人的说法，潘多拉的魔盒是世界上一切罪恶的根源。蓝胡子的壁橱。然而，潘多拉的魔盒里至少装着真正的麻烦，也就是那些带翅膀的小生物，被她释放到了人间，而蓝胡子的壁橱里则装满了血淋淋的尸体——这些神话的寓意是，保持无知是最好的出路。波莉并不认同这种寓意，所有从事科学的人都不赞同。让她恐惧的是，另一则寓言更符合她的状况——丘比特和普赛克的故事。满怀着纯洁的信任感躺在心理医生的躺椅上的格斯就是沉睡的丘比特，而她是手持蜡烛的普赛克，明知道不应该却还是忍不住偷偷瞟向他的脸。普赛克以为会看到什么呢——一个丑陋的魔鬼？结果她看到了一个英俊的神。可是，她的好奇心像是滚烫的蜡油，灼伤了他的面庞，他醒过来，悲伤地逃跑了。那个故事的寓意是，爱情是一份你不该怀疑的礼物，因为它是上天赐予的。让波莉感到悲哀的是，她所做的就像是在寻找一件无价之宝的价格标签。她将要遭到的惩罚是，爱情会离她而去。但她停不下来，那就是思想之罪孽的问题所在。一旦普赛克心中产生了想要一窥丘比特真容的渴望，她就完蛋了，可怜的姑娘。在他每晚到来的间隙，她都忍不住怀疑和猜测——他会在每天忙完之后来，就和格斯一样。波莉觉得，站在普赛克的角度，拿起一支蜡烛去一探究竟是需要很大的勇气的。

站在她的角度，她希望自己能够说出"在我和心理医生之间做一个选择"这样的话。但她做不到。她心太软，太逆来顺受了。此外，她一直在盼望精神分析快点结束。不过最近她很偶然地听说了一些故事，让她产生了新的想法。凯·彼得森认识的一个女人接受了八年的精神分析。唉，照这个标准来看，等到婚礼钟声敲响时，波莉已经老到无法生育，而格斯应该要靠家庭救济生活了。波莉能看到的唯一的希望就是格斯的积蓄应该撑不了太久，因为精神分析的费用显然是不能赊欠的。电话公司和爱迪生电力公司联合起来也不如那些心理医生更坏。

想到这里，波莉的心情好了许多，她轻轻地下楼来到厨房，把熨斗板架了起来。施奈德先生开始在他的房间里拉小提琴。楼梯口的电话响起时，她正熨着第三件上衣。是格斯。他想知道今晚能不能来跟她见一面。波莉拔掉熨斗的插头，匆匆回房间去涂脂抹粉。她还没来得及把头发整理好，门铃就响了。他吻了她，两个人一起上了楼。

"这儿像个洗衣房,"他进屋时说道,"你洗头了。"他靠近她,闻了闻,在她头顶吻了一下。"真好闻,"他说,"洗发水不错。""洋甘菊洗发水。"波莉说。她给两个人各倒了一杯纽约州的雪莉酒。他环视她的房间。这是他第一次在周日晚上到她这儿来。她等待着,想知道他为什么会来。他没有脱下身上的粗花呢外套,而是端着酒杯走到房间临街的窗前,漫不经心地往外看了看,然后拉上了百叶窗。

"我今天晚上跟埃丝特谈了一下。""哦?""我们聊了聊我的精神分析。""哦?"第二个"哦?"语气更谨慎。他是想要来告诉她,他和埃丝特决定终止精神分析了吗?"她问我进展得怎么样。她的很不错。她梦见自己出席了分析师的葬礼。'你是在暗示我,'她的分析师说,'我们的分析可以告一段落了。'她下周再去最后一次。""太好了!"波莉欢快地说。格斯咳嗽了几声。"我自己的消息就没那么好了,波莉。我不得不告诉她,我被堵住了。"他伸手抚弄着波莉从一颗种子培育出来的牛油果苗。"哦,"波莉说,"堵住了?"他点点头。"究竟是什么意思?""我不做梦,"他红着脸说,"很滑稽,但我不再做梦了。完全不做了。""这很严重吗?""很严重。"格斯说。"可是为什么?有很多人从来不做梦。我记得大学里有个女生曾经花钱让我每天早上大喊'着火啦'把她叫醒,好让她能做梦,因为她需要完成一篇关于弗洛伊德的论文。那是学生自助计划的一部分。"她微笑着说。格斯皱起了眉头。"问题在于,波莉,如果我不做梦,我跟比瑞尔就无话可说。""一点都没有?""一点都没有,真的。一个字都说不出来。"

他沮丧地把雪莉酒一饮而尽。"每天都是一样的。我走进诊室。'下午好,医生。'然后我在躺椅上躺下。'做梦了吗?'比瑞尔拿起笔记本问。'没有。'他又把笔记本放下。沉默。五十分钟过去之后，他告诉我治疗结束了。我把五美元给他。'再见医生。'然后我就离开了。"

"每一天？"波莉大喊道。"差不多。""可是你们就不能聊点别的吗？比如天气，或者你看过的一部电影。你不能躺在那儿不出声啊！""可我就是那样。那里不是社交场合，宝贝。你需要从你的潜意识中挖掘出一些东西。如果我没做梦，就等于没有引子去继续后面的谈话，我就会卡在那里。我不能在真空的状态下开始自由联想，所以我只能躺在那儿。上周有一次我还睡着了。那天工作很不顺。他只好拍我的肩膀把我叫醒，告诉我时间到了。"

"但是你可以从任何事情开始自由联想，"波莉说，"比如'火'这个词，它会让你想到什么？""水。""那么水又让你想到什么？""火。"她忍不住大笑起来。"我的天啊，真要命。""你明白了吧？"他阴沉沉地说，"这就是我说的意思。我被堵住了。""你有没有试过聊一聊自己无话可说这件事？""比瑞尔也是这样建议的。'你觉得你不想说话的原因是什么？'他问过我。'我不知道。'我回答。于是谈话就结束了。"他苦笑了一下，"我从来就不喜欢跟一个没有回应，只会坐在你后面沉思的人说话。"

"这种情况持续多长时间了？""大概一个月吧。可能更久，断断续续的。"波莉笑了起来。"你可不知道我都胡思乱想了些什么！""关于我的分析吗？"她点点头。"我从没想过告诉你。我害怕你会谈论我。""我为什么要谈论你？""呃，我是说，性的方面……"波莉说。"你这个傻瓜，"格斯温柔地说，"病人从不谈论真实的性生活。他只谈论性幻想，如果有的话。我从小就没有任何性幻想。"他在房间里踱步，"波莉，你知道我的问题出在哪儿吗？我对自己没有兴趣。""可是格斯，"她温和地说，"我觉得那才令人羡慕。现在

281

不是人人都追求忘掉自我吗?"她刚要说"看看那些圣人",又立即改成了"你看看列宁,他会时刻想到自己吗?"。"他想到的是大众,"格斯回答,"但说实话,我也不太会想到大众,不是传统意义上的大众。""那你想到了什么?"她好奇地问。"销售会议,护封,书店报告,经纪人,还有我要到美国作家联盟演讲的内容。"他郁闷地说。

"我觉得你的医生不该收钱,"她充满正义感地说道,"那是有悖职业道德的。"格斯摇了摇头。"按照他的说法,一切都是有好处的。当我开始考虑自己是不是应该退出治疗,停止浪费他的时间的时候,他是这么告诉我的。他说,大部分病人通过谈话来表达他们的抗拒,我则是通过沉默来表达。但他说我的沉默是有价值的。这表示治疗在起作用,我在不断努力。"

波莉失去了耐心。格斯这副沮丧又卑微的样子让她生气。她问出了那个她已经决心永远不问的问题。"告诉我,"她尽量用随意的语气说,"你在因为什么接受治疗?你得的到底是一种什么病?它的名字是什么?""名字?"他听起来很惊讶。"是的,"波莉接着问,"'强迫性神经症'又或者是'焦虑性神经症'?"格斯挠着头。"他从没说过。""从没说过?""没有。我估计有可能是因为告诉病人病况是违反规定的吧。""但你不好奇吗?""不好奇。而且,病名也说明不了什么吧?"波莉控制住自己的情绪。"如果你身上起了疹子去看医生,"她说,"你不认为自己有权知道他认为你得了麻疹还是痱子吗?""那不一样。"波莉又换了一种说法。"那么你的症状是什么?如果我来给你写病历,我应该写些什么?病人自诉……"格斯似乎突然被激怒了。"别再琢磨医院的事情了,波莉。我跟你说过了,我去医院,是因为我和埃丝特说好了,因为我们的婚姻破裂了,是我的嫉妒造成的。埃丝特想要一种自由的关系,但我无法接受。"

波莉突然感到一阵惊慌。"哦,"她说,"可那不是很正常吗?"他眉头紧锁。"只有在我们的文化中才是,波莉。你应该明白的,不是吗,我身上的矛盾,我生在福尔里弗,但我的理想在联合广场?""每个人身上几乎都有这种矛盾吧?我是说我们这一代人。或许不仅限于联合广场。"她犹豫着说,"要是你什么毛病都没有呢,格斯?要是你就是个正常人呢?""如果我什么毛病都没有,我就不会被堵住了,是不是?"他疲倦地坐下。波莉触摸着他的肩膀。"埃丝特是怎么说的?"他闭上了眼睛。"她说我是在刻意阻挠精神分析。因为你。""所以她知道我的存在。""雅各比告诉她的。"是那个图书装帧设计师。格斯睁开了眼睛。"埃丝特觉得,如果我暂时不再跟你见面,我堵住的地方就会通畅了。"

波莉浑身僵硬。她的第一反应是大笑,但她没有,只是小心地望着格斯,等待着。"埃丝特觉得,"他红着脸继续说道,"我是在故意破坏精神分析,不让自己好转。因为我身上软弱的那一面想要逃避,想要从你这里找到支持与庇护。你在医院工作,所以我把你当成了护士。如果我好了,我就得离开我的护士。"他用探寻的目光看着她,"对此你是怎么想的?""我想,"波莉语带紧张地说,"埃丝特没有行医执照,所以不该为你诊断治疗。如果这些事情是真的,难道不该由比瑞尔医生告诉你才对吗?建议你暂时不要跟我见面的人应该是他。"

"他不能说,波莉。他是我的分析师。我们之前讨论过这个问题。他不能对我生活中的决定提出任何建议。我告诉他的时候他只能听。""至少,"波莉说,"这件事能让你下次去治疗时有个话题。""这么说就是在挖苦我了,"格斯说,"至于如此对待我吗,波莉?"他皱起鼻子恳求道,"我爱你。""但你已经决定了,是不是?"她不为所动,"你会按照埃丝特的建议去做,所以你今晚才会来找我。""我想在明天见到比瑞尔之前先跟你谈谈,但我明天中午约了一个作者吃饭。我还没做出任何决定。这件事需要我们一起做决定。"波莉双臂交叉,盯着格斯。"该死,"格斯说,"我并非想说我相信埃丝特说的。但我愿意试试,就当做个试验吧。毕竟,她非常了解我。而且她很有头脑。如果我们都同意一周不见面,而我的难题又得到了解决,那就能说明些问题。但如果我还是堵着,那就能证明她是错的,是不是?"他热切地笑着。"她确实非常了解你。"波莉说。

"哎呀!"他说,"这可不像你,波莉。你的话听起来很滑头,跟别的女人似的。""我就是别的女人中的一个。""不,"他摇摇头,"你不是。你就像小说里的女孩。"他环视着她的房间,"你在我眼里一直都像个小说里或者童话里的女孩——一头美丽的长发,住在一个特殊的房间里,周围都是善良的小矮人。"不知道为什么,他对房客们的这种出于好意的比喻让她崩溃了。泪水从她的双眼中涌出,她从没想过他会喜欢那两个"小矮人"。"所以你才会让我离开,"她说,"因为我是童话里的人物。我并不真实。"她擦干眼泪,又给自己倒了一杯雪莉酒。

"什么!"他说,"我没有要让你离开啊。这只是权宜之计,是为了长远的考虑。请你理解,波莉。我既然答应了埃丝特完成这件事,她就会监督我履行承诺。如果我不把精神分析做完,就没法离婚。""我们可以等,"她说,"你可以停止精神分析,我们可以等。先同居。你可以搬到这儿来,或者我们再找一个住处。""我不能那样对你,"他毅然决然地说,"你不应该在这种不明不白的关系中跟我同居。这种生活对你造成的伤害会让我永远不能原谅自己。""这是冠冕堂皇的话吗?""不,是发自内心的,像花岗岩一样实在。"她泪眼汪汪地笑了。"所以你是理解的,"他说,"而且你也知道我爱你。"

波莉转动着手中闪着点点金光的酒杯沉思着。"我料到了。我一定是疯了，但是我确实料到了。而且我还料到了其他事情。你会回到埃丝特身边。你认为你不会，但你会的。"他大惊失色。"你为什么要这样说？"波莉摆了摆手。"小格斯、党、精神分析师。其实你从未真正离开她。要想离开她，你就只能改变你的生活。但你改变不了。你的生活已经跟你融为一体，像是嵌入墙里的家具。你的工作也是。你的作者们。雅各比。我一直都知道我们永远不会结婚，"她伤心地补充说，"我不属于那套嵌入式家具。我是个小摆设。"

"你是在谴责我吗，波莉？"格斯说。"不是。""你觉得在哪些事情上我应该采取不同的做法呢？""没有。""你说实话。""只是一件很蠢的事，"她犹豫着，"跟我们两个人没有任何关系。我认为在莫斯科审判这件事上你应该听施奈德先生的。""我的天啊！"格斯说。"我跟你说了，不过是件愚蠢的小事，"她说，"不是，格斯，你听我说。我认为你应该回到埃丝特身边去。至少我觉得我是这样认为的。"她猜测自己想表达的意思是，从他的角度来看，他应该做出正确的选择，但是她希望他能够有所不同。无论是更好还是更坏都可以。几分钟之前，她突然意识到了一个可以解释一切的事实：格斯是个普通人。这就是他的问题所在。

他可怜巴巴地望着她，仿佛自己在她眼前是一丝不挂的。与此同时，她惊讶地发现，他还穿着外套，像是一个来谈公事的人。"我实在是太难了，波莉，"他脱口而出，"那些周日。你不了解。每次我把孩子送回去，他都会问我：'今天你会留下来吗，爸爸？'""我知道。""还有雅各比的画板和他带回家的各种女人。我并不是说他不正派。"波莉过了一阵才明白过来，格斯把她的话当真了：他打算回家。只要他能体面地回去。而且他感到开心和感激，仿佛是她

285

"放走"了他。这根本不是她的本意，她的意思是在未来的某一个时间点，他最终还是会回家。"我曾经那么爱你，"他说，"胜过爱世上的任何一个人。"他叹道，"'人人都杀死心爱之人'，我想是这样的。""我会没事的。"她轻声道。"哦，这我知道，"他大声说，"你坚强又智慧——我配不上你。"他转过头，再次打量这个房间，仿佛在做最后的告别。"'就像卑贱的印第安人扔掉了一颗比他整个部落都更贵重的珍珠。'"他在她的颈边喃喃道。波莉觉得很尴尬。他们听到施奈德先生又开始拉小提琴了。格斯吻了她，然后轻轻地抽身，伸手揽住她的双肩，跟她保持一臂的距离。"我会给你打电话的，"他说，"临近周末的时候，看看你过得好不好。如果你有什么事，就打电话给我。"她意识到，他这是不打算跟她做爱就离开了。

这就意味着，今天早晨是他们最后一次做爱。但那次其实不算：今天早晨他们都不知道那就是最后一次。他关上门离开之后，她仍然不敢相信。"不可能就这样结束。"她一遍又一遍地告诉自己，握紧拳头抵住嘴唇，以防自己大喊出来。他没有跟她做爱这个事实成为他还会再来的证据，他会记得，他会回来的，像一个忘记了某个重要庆祝仪式的人，一个不辞而别的人。当教堂敲响一点的钟声时，她明白他不会来了，他不会这么晚来按门铃打扰整栋房子的人。但她还在等，或许他会朝她的窗玻璃扔石头。她脱掉衣服，换上睡衣坐在窗边，看着外面的街道。直到早晨，她只睡了一小时。然后她照常去上班，而她的痛苦也仿佛打卡一样，直到下午五点才袭来。

坐在回家的公交车上，她的脑子里开始自动列出一份购物清单——面包、牛奶、生菜，然后又猛地停住了。她不能只买自己的食物。但如果她不买，那就说明她已经知道格斯今晚不会来了。可她并不知道，她拒绝知道。知道就意味着让命运看到她已经接受了这样的安排，如果她接受了这样的安排，她连一分钟都活不下去。但是如果她买了两人份的食物，就等于在告诉命运，她期待着他的到来。可是如果她有了这样的期待，那么他就永远不会再来。他只会在她毫无防备的情况下到来。又或者他只有在她有所准备时才来？像那些聪明童女一样把灯烛装饰好？基督教会告诉她买两个人的食物，但是异教徒会说："别冒险。"

下了公交车后，她站在A&P超市门口，任由其他来购物的人从她身边匆匆而过，她的脚好像被粘在了地上，寸步难移。仿佛此刻的决定——去购物还是不去——会影响她的整个未来。所以她没法决定。她往马路边走了几步，又犹豫着转回身去。她看到了橱窗上的每周特价广告，超市这周有特价牛尾，格斯喜欢牛尾汤。如果她今晚做了牛尾汤，明天就可以喝了。但是如果他再也不来了怎么办？她做的汤怎么办？牛尾汤配雪莉酒。她有雪莉酒。如果她退而求其次买些鸡蛋呢？如果他没来，鸡蛋还可以用来做早餐。一想到"早餐"，她突然轻轻发出一声惊呼，她已经把昨晚的事情都忘了。她又看了一遍特价广告。

她突然觉得，这种犹豫不决的恐慌似曾相识，仿佛她不久之前就经历过，然后她想起来了。是她在医院图书馆里读到的那些案例——那些无法决定晚餐买什么或者坐哪条地铁线路上班的焦虑症病人。所以，这才是所谓的神经质。神经质就是日复一日地生活在唯恐自己做错决定的恐惧中。"唉，可怜的人啊！"她大声感叹着。她自身承受的这份痛苦转变成了一种对他人的怜悯，这种折磨她刚刚经历了几分钟就已经受不了了，而那些人一直在为其所累。一个乞丐朝她走来，她的心又软了。她想把自己原本打算到超市购物的钱给他，但她又想起格斯并不赞成给乞丐钱，他说慈善事业帮助延续了资本主义制度。如果她违背格斯的意愿，那么他今晚肯定不会来。她的思想还在摇摆不定，而那个乞丐已经蹒跚着继续走向远处了。他已经帮她做了决定。但这个想法促使她有所行动。她跑着追上去，打开钱包，把一张两美元的钞票塞进乞丐的手里。然后，她慢慢地走回家。她在一时的冲动之下，随意地把钱给了出去，这并不是一种交易，而且她也不指望能有任何回报。

门下面有一封信，是给她的。她把信捡起来，却不敢看，因为她知道肯定是格斯写来的。她脱掉大衣并将其挂好，洗了手，浇了花，点起一根烟。然后，她颤抖着把信封撕开。里面只有薄薄的一张纸，是一封手写的短信。她并没有直接看信，而是把它放在桌上，用余光扫过去，仿佛那样的话就能在不读信的情况下知道信里说了什么。信是她父亲写来的。

亲爱的波莉：

我和你母亲决定离婚了。如果你觉得可以，我想到纽约和你同住。前提是，你不会有其他不方便的地方。我可以做些力所能及的事情，比如帮你买菜做饭。我们可以一起找一套小公寓。你母亲会继续管理农场。我的精神状态非常好。

你顺从的仆人和爱你的父亲
亨利·L.K.安德鲁斯

第十二章

这也算是因祸得福。如果格斯没有决定回到埃丝特身边（他下周就搬回去了），波莉就只能拒绝父亲的要求。实际上，如果那封信是周六而不是周日寄到，她就会左右为难。周六格斯还在。她会怎么做呢？或许她会打电话给母亲，求她让父亲留在农场——不要着急离婚。又或者她会建议他们去看心理医生。这其中的讽刺意味从一开始就挥之不去。多亏了格斯，她才能打电报给父亲，让他过来住，虽然这种想法起不到任何安慰作用。听到消息之后，所有人都想当然地认为，父母的分离对她来说一定是个可怕的打击，但更加可悲的事实是，对于父亲的到来，当时的波莉竟然有一丝感激。到最后她才突然想起母亲，并担心她的状况如何。

很久之后，波莉才承认，当时发生的一切都是最好的安排。和父亲生活在一起，她很快乐，比和格斯在一起时快乐得多。他们父女俩彼此合拍。寄出信三天后，她的父亲来到了纽约，他的到来就像医生开出的一剂良药，治愈了她。

刚下火车的安德鲁斯先生精神抖擞，这个身材矮小的白发老人有着妖精一样的脑袋和明亮的蓝色眼睛，他手里提着一箱从农场带来的新鲜鸡蛋——不敢交给行李工搬运，还捧着一束黄水仙。他宣称自己很多年没有这么好的精神头了，凯特也很好，不能再好了。他认为这一切都是离婚的功劳——真是一项伟大的制度。每个人都应该离一次婚。凯特的样子像是年轻了十岁。"但是，离婚不是需要很久吗，爸爸？"波莉问，"即使妈妈同意，也还有很多法律程序要走。"但安德鲁斯先生很乐观。"凯特已经提交了离婚申请，并且送到了我这里。送传票的人来过了。我已经做出了让步，能做的让步我都做了。"波莉有点震惊，她的父亲到了这个年纪还一直在搞婚外情。但他说这都是因为精神障碍。他很高兴自己有先见之明，早早就有了精神问题，并且还有文件来证明。

虽然最初几天波莉有点情绪低落，但父亲的到来还是让她很开心。他抵达的那天夜晚，她吃惊地听到自己放声大笑，那笑声仿佛是别人发出来的。她告诉自己，现在有人跟她一起住了，那她会敷衍着生活下去，可是没过多久她就发现自己开始期待着下班回家，并且很想知道他们晚上吃什么以及她的父亲在她离家上班时是怎么打发时间的。他对于离婚感到无比自豪，逢人便提，好像那是他凭借一己之力发现的某种新方法。波莉暂时在三楼给他租了一个单间，周末他们会一起去找房子。不过后来安德鲁斯先生有了更好的打算。和房东太太交上朋友之后，他说服她把顶楼的房间改造成一套公寓，给他和波莉居住——其中一个房间的租客可以搬到楼下波莉的房间去。他亲自设计了新公寓的布局，利用走廊增加了房子的空间，还辟出了一个狭长的小厨房，像是船上的那种。整个春天和夏初，他和波莉都在忙于改造公寓，房东太太没花多少钱，因为安德鲁斯先生提供的服务都是免费的。他自己做了些木工活（他的木工手艺是在疗养院的工作坊里学到的），还寻宝似的从垃圾堆里淘出了一个二手水槽和管子的附件。波莉学会了刷漆，水平足够漆书架和碗柜。

她将旧床单缝制成窗帘，镶上红蓝色的边，那是法国国旗的颜色，她还用装饰钉把房东太太的两把维多利亚式椅子修好了。

改造完毕的公寓很令人愉快，有旧式大理石壁炉和内置的百叶窗，如果安德鲁斯先生和波莉以后搬出去，房东太太很容易就能以更高的租金把它租出去。尝到了成功的甜头，安德鲁斯先生还想把整座房子都重新改造成公寓，好让房东太太发财——波莉否决了这个计划，因为她想到施奈德先生和谢尔巴特耶夫先生会因为付不起公寓的房租而被迫搬走。安德鲁斯先生只好计划在后窗外朝南的空地上给波莉建一座小小的冬季花园或者一个温室，让她养植物。他希望把这个阳光房当作圣诞礼物送给波莉，于是在玻璃厂商那里花了很多工夫。

安德鲁斯先生的变化让认识他的所有人都感到惊喜。肯定不只是因为离了婚，他的妹妹朱莉娅说，也不只是因为波莉的好心肠和蓬勃的朝气。亨利一定遇到了什么别的事情。最后是波莉的母亲说出了真相，有一次她来纽约，就住在前小姑子位于公园大道的家中。"他们把他得的那个病改了名字，你知道吗，波莉？不叫忧郁症了。现在叫躁郁症。亨利听说之后，好像自己这些年来一直在上当受骗一样。他感觉自己只是经过了一段'低迷'期而已，你懂吧。所以他的情绪格外高涨，开始制订所有这些计划。第一个疯狂的想法就是我们应该离婚。起初我是为了哄他高兴而迁就他。你知道吧，像当年一样，他非要让乡村牧师按照罗马天主教的仪式给他洗礼，还要亲自给你们这些孩子洗礼，那时我都依着他了。我知道那些洗礼是没必要的，因为你们出生时已经在圣公会教堂受过洗了。唉，我以为离婚这阵风会吹过去，就像罗马天主教的那阵风。但他变得越来越执着，还跑到了纽约。所以我终于跟自己说：'为什么不呢？或许这次亨利终于有了个好的主意。我们都到了这把年纪，如果觉得不喜欢了,没有任何理由非要待在一起.'而且从那以后,我也跟变了个人似的。"波莉看着她的母亲坐在朱莉娅姑妈的餐桌边给自己倒了杯茶。确实,她容光焕发,像是一个开朗的寡妇,还新烫了头发。"抱歉,夫人,"给大家递饼干的萝丝说道,"可是您和亨利先生为什么不能分居呢,很多夫妇都是那么做的。""亨利说,那样不体面,"安德鲁斯夫人回答,"就像是没结婚就住在一起——没离婚却分居同样不成体统。""我明白了,"萝丝说,"我倒是从没这样想过。"她朝波莉挤了下眼睛。"我自己可以把农场管理得更好,"安德鲁斯夫人点起一根香烟,继续对波莉说,她并没有看到波莉满脸绯红,"有你的兄弟们帮忙就足够了。亨利总是碍我的事,而且他从来不管家里的牲口。他只对盆栽的调味香草和菜园感兴趣。现在他走了,我们买了一些黑安格斯牛,我还打算开发一下感恩节的火鸡市场——我去拜访了查尔斯公司,他们下了一笔订单。如果亨利在,他会坚持养中国山鸡或者孔雀。孔雀这种鸟真的太讨厌了!很吵闹,声音也刺耳。"

"你是说,父亲现在正处于一种'躁狂'状态?""我觉得是这样的,亲爱的,"安德鲁斯夫人安逸地答道,"咱们就希望他能保持下去吧。他没给你添什么麻烦吧?""没有。"波莉说。不过第二天,她和佩恩·惠特尼诊所里心理科的二把手、她认识的一位年轻的住院医生聊了一下。她经常需要为躁郁症患者做代谢检测,但她完全不知道父亲的"忧郁症"也属于躁郁症的一部分——她以为忧郁症患者应该是《沉思者》和丢勒版画中的样子。在她的经验中,躁狂症病人通常穿着约束衣,并被束缚住手脚,而母亲漠不关心的态度也令她惊讶。

是的,那位年轻医生说,安德鲁斯先生的表现确实显示出一些典型的躁狂症症状,但是程度较轻。之后有可能出现抑郁症的症状,但是,由于躁狂症的发作并不剧烈,抑郁症也有可能不会太严重。在她父亲这个年纪,发病周期通常会延长,或者完全消失。"他多大年纪?""六十岁左右。"医生点点头。"更年期之后,很多躁郁症患者都会自动痊愈。"波莉告诉他,她的母亲认为,她父亲知道自己的病更名之后,也随之改变了症状。医生大笑起来。"这不太可能吧?"波莉问道。"精神病人身上什么都有可能,波莉,"他解释道,"精神失常是一件很有意思的事情。我们其实对它一无所知。他们为什么会发病,又为什么好转。更换病名或许真的会有一些影响。我们注意到,当我们不再采用早发性痴呆[1]这种说法之后,我们收治的早发性痴呆患者少了很多。这就让你有时候禁不住去想,所有精神疾病的源头都是歇斯底里,患者都在模仿最新教材上的症状,甚至是那些不识字的患者。你的父亲有歇斯底里的毛病吗?""我觉得没有,"波莉说,"不过他经常哭。但哭的时候也很安静。""我能见见他吗?"波莉有些犹豫。不知道为什么,她心里突然感到一阵巨大的宽慰。"你可以找一天下午来我家喝杯雪莉酒。或者周日中午来吃饭,如果你不用值班的话。很随意。我父亲很会做饭,而且也喜欢招待客人。"

这是真的。自从和父亲同住一套公寓之后,波莉的社交生活也活跃多了。最主要的问题是限制他的开销。他发现了新开业的A&P自助超市,并且成了那里的热情顾客,坚信自己买的每一件东西都有优惠。他一买就买很多,说这样节省时间,超大号经济装对他的吸引力最大。他会充分利用"特别促销",并且从不错过任何一次打折。他还很喜欢第二大道南侧的意大利鲜鱼和蔬菜市场,经常从那里买回各种波莉从未见过的奇怪的蔬菜和海产品。每周日他们都

---

1. 即精神分裂症。

招待客人来家里吃午饭,用的是朱莉娅姑妈觉得过时而淘汰掉的火锅,客人们有时候会待上一整个下午,玩游戏或者听留声机。现在波莉想找个时间洗洗衣服和头发都不容易。

来纽约之后不久,安德鲁斯先生开始打乒乓球。他年轻时网球打得非常好,如今他在第一大道找到一家酒吧,酒吧后面的狭长房间里摆着一个乒乓球台。每天他都和常客们打球,周六下午他还要打淘汰赛,而且非要波莉参加。如此一来,她就认识了一些年轻小伙子,他们中的一些人周日中午会到家里来吃午餐,或者周五晚上专门来品尝她爸爸做的马赛鱼汤。客人们通常都会带来一瓶葡萄酒。施奈德先生来的时候,会带上他的小提琴。或者他们会来一场国际象棋大赛,由谢尔巴特耶夫先生主持并担任裁判。"我听说你家里有个沙龙,"莉比在电话里不无嫉妒地说,"你为什么不邀请我去?凯说,诺琳·布莱克告诉她,你和你父亲是年度风云人物。"

不过,安德鲁斯先生的人生中最值得纪念的日子应该是他成为托洛茨基派的那一天。他不只是托派的支持者,现在还是一个有组织的托派成员!当然,这都是施奈德先生的功劳。公寓改造完成后,安德鲁斯先生有很多闲暇时间,波莉去医院上班后,施奈德先生就背着她给安德鲁斯先生提供了大量关于莫斯科审判的书籍和小册子。一开始她父亲觉得这些书读起来太费劲了。作为一个亨利·亚当斯式的悲观主义者,他对于政治从来没有什么兴趣。不过,这些审判中的神秘因素逐渐吸引了他的注意力——她的父亲非常热爱谜题、拼图、迷宫等这类东西。他的结论是,托洛茨基是清白的。这位留着胡子的战争委员会成员穿着白色制服,坐在装甲车里或者在政治局会议期间阅读法国小说的画面激发了他的想象力。他要求施奈德先生发展他加入托洛茨基派。这些托派成员接受了他本来的面目,并没有像法国的乡村牧师那样要求他先接受"洗礼",然后才能"被接纳"。他完全不懂什么"辩证法",开会也经常不去,但他用热情弥补了这些。他戴着红领带,穿着一双老式的护脚,在斯大林主义者的聚会现场外围出售《社会主义呼吁》。他也在朱莉娅姑妈的茶桌上和打乒乓球的那家酒吧里劝说人们加入托派。

父亲的行为让波莉感到难堪,她感觉他的着装风格和上流社会的口音会给托派带来不好的名声。正如格斯没有把她转变为一个斯大林主义者,她的父亲也不会把她变成一个托派。她感觉,如果施奈德先生和她父亲口中所说的那个"老头子"真的掌了权,他们就不会对他抱有那么大的热情了。她并不赞成革命,除非有绝对的必要,而且,退一步说,她的父亲和他的朋友们热衷于在法国和美国这样的民主国家掀起革命,而不是把重心放在应该被推翻的希特勒和墨索里尼政权上面,这让她感到格外奇怪。当然,正如她父亲说过的,目前要想掀起反对希特勒的革命基本上是没有希望的,因为工人的党派都已经被全数镇压了。但尽管如此,因为罗斯福和布鲁姆没有像希特勒那样丧心病狂而惩罚他们,似乎也不太公平。她父亲的答复是,公平竞争是一个资产阶级概念,不适用于针对阶级敌人的斗争。如果波莉认为父亲确实知道自己在说什么,那么听到他说出这样的话来,她一定会吓坏的。不过她很确定他并不知道,而且,他关于"夺取权力"的想法让她发笑,那太不可能发生了。她不知道托派的人会不会为此有一丁点的感动。"你是基层组织的成员吗,爸爸?"她问他。但他说组织有纪律,所以没有回答。她突然意识到,成为一个托派不过是又给了他一个可以展现优越感的理由。他现在看不起斯大林主义者、进步派和新政派,也看不起中产阶级和他一贯嘲讽的"有钱人"。她用斥责的口吻告诉他,之前他持有的一些最严重的偏见,如今由于他的新信仰而加深了。比如,由于来自马萨诸塞州,他对爱尔兰人有一种可悲的厌恶,所以他听到马克思称爱尔兰人是被帝国主义收买的工具时就兴高采烈。"看看那个被帝国主义收买的工具！"他会这样轻声评价某个正在巡逻的可怜警察。

当然他最后还是知道了格斯（他管格斯叫"斯大林主义者"），可能是施奈德先生，或者是谢尔巴特耶夫先生或者房东太太告诉他的——波莉一直不知道是谁。住在这栋房子里的人都相信波莉是因为知道父亲要来才跟格斯分手的，但波莉是个诚实的人，她不想让父亲觉得自己是为了家庭的责任而牺牲了爱情。有一天夜晚，她把全部真相都告诉了父亲。格斯没有办法离婚的事实更加深了安德鲁斯先生对他的蔑视。"你还在想着那个斯大林主义出版人吗？"每当波莉沉默不语时，他就会这样问。

波莉已经不再牵挂他了，但是她感到，接到父亲来信的那个夜晚，她的命运就已经注定了。命运让她的父亲搬来，就是在发送一个信号，告诉她只要不再去想男人和婚姻，她就会得到善待。分手第一周的周末时，格斯履行诺言给她打了电话。电话铃响起时，安德鲁斯先生接了起来。"有个男人想跟你通话。"他告诉她，波莉感到虚弱，努力走到楼梯平台去接了电话。"刚才接电话的是谁？"格斯问。"是我父亲，"波莉说，"他搬来跟我一起住了。"电话那头是一阵漫长的沉默。"他知道吗？"格斯问。"不知道。""哦，那就好。那我想，我最好还是先别过去了。"波莉什么都没说。"我下周再给你打电话。"他说。下周他果然又来电话了，说他要搬回自己的公寓。"你父亲还在吗？""是的。""希望有机会能够见见他。""好的，"波莉说，"以后吧。"他挂断电话之后，波莉才想起来应该问问他是不是已经"不堵了"。

他一旦搬走，她就不再指望着某个清晨或傍晚能够在街上遇到他了。他自己的公寓在城市另一端的格林尼治村。然而，这种指望也让她疑惑，因为她相当清楚地记得父亲叫她去接电话时她全身涌起的一阵恐惧。她是在害怕格斯跟她说想要重归于好。如果他真那么说了,她会怎么做?与此同时,矛盾的是,她仍然觉得他们这段恋情还没有完全结束:它仍然存在于两人之间,在黑暗中生长,秘密地,就像是人死之后仍然在生长的头发和指甲。她确定自己以后在某时某地仍然会和他相遇。而这种预感本身也沾染了一层恐惧。

她父亲成为一个托派成员之后,她一想到两个人或许会在纠察线的两端相遇,心里就有一种挑衅的快感,而且她父亲的一方会是正确的一方。她想象着在某个支持西班牙内战的集会会场外面,父亲想要卖给格斯一本《社会主义呼吁》的画面。格斯会粗鲁地摇头拒绝,而且他会站错队,因为他害怕阅读另一方写了什么,可是施奈德先生就不怕每天把《工人日报》的每一个版面都读一遍。如果从站队的角度来说,那她也是个托派。

不过两个人真的见到面时却不是在政治场合,而是在周六下午的乒乓球酒吧。幸运的是,那天波莉留在家里听大都会歌剧院的广播。"我见到了那个斯大林主义者,"安德鲁斯先生提着满满一篮子菜回到家里时说道,"勒罗伊。三局球我赢了他两局。"波莉很高兴,如果格斯打败了父亲,她会很生气的。"他去那儿干什么?""他是跟一个叫雅各比的小伙子一起来的,那个人也是个斯大林主义者。一个图书装帧设计师。他说你的朋友打乒乓球是为了减肥。他们可能想潜入那家酒吧。""你怎么知道那个人是他?"波莉问。"我不知道,但他知道我是谁。"他轻轻地笑了笑,"我在那里很有名。怪脾气的亨利·安德鲁斯,腐败的绅士,曾经和博罗特拉一起打过网球,现在和他漂亮的女儿波莉住在东十街,托洛茨基派的特工和破坏者。""哎呀,爸爸!"波莉不耐烦地说,"你觉得他们到那里去是为了你?""当然。""你们谈论政治了吗?""没有。我们谈论了你。""你不该——?"安德鲁斯先生摇了摇头。"是他先提的你。

他问我是不是有个女儿叫波莉。然后又问了其他一大堆烦人的问题。你好不好？你最近在做什么？你是不是还做着原来的工作？你是不是还住在原来的地方？我告诉他你妈妈和我离婚了。""他怎么说？""他说这件事对你一定是个打击。""你觉得他怎么样？""很普通，"安德鲁斯先生说，"普通得可悲。没什么意思。但不是个坏人，波莉。不管怎么说，他能服输。我认为他还爱着你。当然这样一来他就更危险了。如果他是因为厌倦了或者并没有真的迷上你才把你甩了，那我还能理解。但这个可怜的家伙是个危险的神经质。"

波莉大笑起来。"所以你看出来了，爸爸。我就怎么都看不出来。他表现得一直很正常。""都是一回事，"她的父亲一边把菜收好，一边说，"所有神经质都是小资产阶级。反过来也是。疯狂对他们来说太具有革命性，他们做不到那么毅然决然。我们这些疯子是精神病患者里的贵族。你绝对不能跟那个家伙结婚，宝贝。他自己可能也知道。"

"我可以永远不结婚。"波莉说。"胡说八道，"安德鲁斯先生说，"我要给你找个丈夫。完全是出于自私，我需要一个女婿来给我养老送终。我可不想爬回凯特身边去。""你可以跟我住在一起。我可以照顾你。""不，谢谢你，亲爱的。我不想跟一个心怀怨恨的老姑娘为伴。"波莉感到伤心。"如果你为了我而牺牲你的青春，你将来会怨恨我的，"安德鲁斯先生说，"或者说你应该会怨恨。但是如果我给你找了个好丈夫，你就会感激我。你们两个人都会。你会留出一个房间给我住，而且还能因为我少交点税。"

波莉咬了咬嘴唇。他的父亲说出"自私"这个词的时候，也说出了真相。他确实自私，她的父母都自私。但她并不介意，因为她爱他。她觉得，自私的人比不自私的人相处起来更快乐。如果她父亲是一个温和谦卑的人，她一定会讨厌跟他同住。相反，他是个温和任性的人。他喜欢为她制造一些小惊喜，也喜欢给她施加一些小恩惠，不过他们的生活都是他来安排的，他就像个在玩过家家的小孩。一旦他脑子里有了一个想法，他就很难不去实现它，而且他相当有能力，可以温柔地逼她结婚，好让他能够安享晚年。实际上他说得也有道理。如果不结婚，她确实不知道该怎么赡养他。她不能把他送回妈妈身边去——离婚就是为了确保这种情况不会发生。她并没觉得他是自己的"负担"，只是她不知道以她的薪水如何能支撑他们两人按照她父亲喜爱的方式生活，也不知道该怎么挣到比现在多得多的钱。安德鲁斯夫人会从农场寄来一些鸡蛋和家禽——她父亲称之为"给我的赡养费"。朱莉娅姑妈也接济他们，她送了他们一些床单和毛毯，还和往常一样把旧衣服送给波莉，波莉和萝丝改一改就可以穿了。但是父亲来了之后，波莉修改衣服的时间减少了，需要新衣服的场合却增加了。如果有客人，他就不许她只穿一件衬衫和一条半裙见人。"穿得漂亮些。"他会说。他只在乎她的穿着，却从来不看看自己的，这种轻率更加让人难以忍受。

家里的支出也是一样的。每周波莉都会给他钱，每周他都会超支，只能再跟波莉要。而且他又会强调花钱不是为了他自己，而是为了招待她和他们的朋友。秋天过去了，基于对父亲的了解，波莉开始为圣诞节发起愁来。她规定，他们家所有的圣诞礼物都必须自制，她指的是拭笔具之类的小礼物。她休假回到农场时用海棠、薄荷、百里香和迷迭香做了一些果酱，打算当作礼物送给亲朋好友们，而且她准备再做一些香囊。上班时她抽空给父亲织了一条围巾，还买了一件桃红色的毛线衫给母亲，她在上面点缀了几条彩色天鹅绒丝带，到了晚上可以当作围巾——这是她从《时尚》杂志上学到的。但在她父亲看来，要"自制"的是那间温室，于是他宣布要亲手把它搭建好。他起初声称温室可以靠太阳的热量，但是最近又在跟一个水管工深入探讨如何让温室的昼夜温度保持五十摄氏度。当然，他做这些都是以省钱为理由：整个冬天，波莉的房子里都能拥有鲜切花，而且他们可以养一些风信子和番红花，复活节期间送给朋友们。从长远考虑，这一切都是"物超所值"的，他最近越来越喜欢使用这种表达了。

波莉虽然很喜欢花，但是她并不想要一个温室，就像她妈妈不想养孔雀一样，她试图说服安德鲁斯先生把他的创造力用来制作一些玻璃架子，像是植物柜那种能够搭在窗台上的就可以了。安德鲁斯先生说，那种风格在现代设计中早都司空见惯了，最终，波莉觉得只能去找房东太太帮忙。她也不想背着父亲行事，但是年轻的瑞吉里医生告诉她，涉及钱的问题时，她必须这样做。

吉姆·瑞吉里某个周日到家里吃了一次午餐之后，他和波莉又一次谈起了她的父亲，他直接问她，安德鲁斯先生最近花钱是不是非常大手大脚。这似乎是躁狂症发作的征兆之一。他建议她，明智的做法是关闭赊购账户，并且提醒商家不要让她父亲赊账。波莉没有赊购账户，只有梅西百货的一个储蓄账户，而且，她觉得吉姆·瑞吉里把她父亲的病想得过于严重了。他不会明白的是，一个一生大部分时间都有独立收入的人确实不知道穷日子该怎么过。波莉是知道的，因为她是"大萧条"的后代，但她父亲仍然觉得繁荣时期马上就要来了。所以，他采取的这些"勤俭节约"的手段在他看来就像做游戏一样——像是一次冒险，类似于全国大停电期间你会用蜡烛和油灯照明，从井里打水。她父亲一直在期待着金融上的"电力"能够恢复。这是一种幻想，但是波莉注意到，很多人都有这种幻想，包括她的几位同学。

波莉还发现，"花钱就是节约"这种幻想也在广为传播。所有的广告都想让你产生这样的感觉。很多人年纪大了之后都会像她父亲一样开始沉迷于各种优惠，无论他们手里有多少钱。朱莉娅姑妈已经到了那个阶段，一看到打折就买回一些毫无用处的东西。比如说，每年一月份，她都会在纺织品大减价期间"补充"她的家居用品，哪怕去年一月她买的那些床单、毛巾和枕套都还没用过。而且朱莉娅姑妈还是个精神上完全正常的人。

除了温室这种大型开销，波莉都会由着父亲。两个人的开销确实比一个人要大，这也不能怪他。她认定他们的问题是需要寻找其他收入来源。上周她去了一趟莫里斯计划银行，以她的工资作为抵押借了一些钱，整个过程把她吓坏了。她感觉自己正在迈出走向毁灭的第一步。利率之高让她震惊，并且也证实了她的直觉：这笔交易确实是非常不道德的——它是一种勒索，她觉得利息就像是封口费。银行没有提出任何问题。实际上，她正是因为想要回避各种询问，才去了莫里斯计划银行，她是在公交车上看到了他们的广告。她可以去找朱莉娅姑妈借钱，但是朱莉娅姑妈肯定会"严肃地跟她谈一谈"，并且会要求看看她的账簿——钱都花到哪里去了？然后她就会立刻开始责怪她的父亲。假设花钱毫无概念确实是他的病征之一，那么，波莉觉得他就更不应该被指责——而是应该被保护。她没有跟他提贷款的事情。

可是她怎么才能把贷款还上呢？要想还上贷款，他们需要进一步减少支出，但他们最初正是因为入不敷出才会去借钱。圣诞节时朱莉娅姑妈给他们的支票也于事无补。有太多琐碎的地方都需要用钱：他们计算房租时忘记了，除了公寓的租金，他们还需要支付水电费。

波莉脑子里一直在琢磨能够增加收入的途径。她想过做些针线活，或者在女性贸易市场上出售她做的香草果酱和香囊。她和她父亲还可以做一些杏子布丁或者水果蛋糕。但是，有一天吃午餐时她才算清楚，如果一瓶迷迭香果酱的零售价是二十美分，那么把罐子、白糖、包装和邮寄等成本都计算在内的话，她得做五百罐果酱才能挣到二十五美元，而这还没把水果、香草和燃气的费用算进去。她又算了一下香囊的收益。一个香囊能卖多少钱？五十美分？价格太高了，但是她一晚上只能做六个，而且柑橘、香鸢尾根、丁香和丝带都需要花钱买，更别提她因为往香囊里塞丁香而酸痛的大拇指。算下来跟做针线活差不多。她第一次明白了规模化生产的魅力所在。她的结论是，一个人如果觉得业余时间可以做点手工挣钱，那真是异想天开，除非你是个残疾人或者盲人才有利可图。她甚至能看到，她和父亲都卧床不起或双目失明，靠慈善机构养活时，却还在快乐地编织篮子或者绣桌布的场景。他们仍然是对社会有用的人。

几周以来她一直全神贯注于赚钱的途径。她参加了《邮报》的有奖竞猜。她询问父亲是否可以为她写一本烹饪书，把他最喜欢的法国菜菜谱都写进去，莉比可以帮他们推广。但是她的父亲并不喜欢和别人分享自己的菜谱，而且他也不喜欢莉比。她还想过，如果有人愿意出资，她和父亲能否开一家小餐厅。或者她能不能做出一款黄瓜润肤霜，然后把配方卖给伊丽莎白·雅顿。她翻阅《瓦萨校友杂志》上的"校友近况"一栏，希望能够得到一些启发，但是大多数校友都说自己正在开心地"担任志愿者"或者领导一个女童军团体。有几个校友在业余时间兼职当老师，有一个当了牛仔，还有一个在替人遛狗。一想到父亲或许会接到通知去法庭当陪审员，她就笑了，他肯定会是个非常特别的陪审员。接着她眼前又浮现出他作为一个职业送葬者——可是在美国有这个职业吗？——或是职业喝彩者的画面。傍晚时他可以帮人看孩子，因为他特别会讲故事：为什么没人把这当成一种职业？她可以辞掉工作，然后他和她一起去当厨师和女仆。

波莉知道，这些幻想虽然幽默，却都是乌托邦式的。但是当她尽量从实际角度出发去思考时，脑海中浮现的画面却让她惊惧。就在此时，这个周六的下午，父亲正在跟她谈论婚姻的时刻，她所想到的是朱莉娅姑妈的遗嘱。他们都聚集在朱莉娅姑妈的书房，所有的亲属都在，遗体还停放在客厅里，律师在向他们宣读她的遗嘱：亨利·安德鲁斯是主要继承人。

"我不会指望朱莉娅。"她的父亲平静地说。波莉吓了一跳。他也有这种让人难以置信的能力——波莉曾经在医院里的一些精神病患者身上看到过：他们默默地坐在一边，却能知道你脑子里在想什么。"朱莉娅是个怪人，"她的父亲继续说道，"她更有可能把所有财产都捐给慈善事业，拿出一部分给萝丝养老，其他的捐给动物保护联盟，或者救世军组织，拿去制作圣诞老人的服装。"他凄惨地笑了笑，"在我看来，朱莉娅已经老糊涂了。"波莉知道父亲在想什么。由于家里有酗酒史，他的妹妹一直滴酒不沾；她的叔叔们，还有她的兄弟们，除了亨利都深受其害。但是这些年来，她也会在晚餐时招待大家喝点葡萄酒，即使是在禁酒令时期也不例外，而她自己只喝姜汁汽水。她说，法律也管不着正派人家的私藏酒窖。但是禁酒令解除之后，她又显露出安德鲁斯家一贯的乖张行为，从此禁止大家在餐桌上喝酒，只提供姜汁汽水、苹果酒、葡萄汁和其他被她哥哥称为令人作呕的健康饮料，他坚持说她"在用餐期间"竟然给他提供了椰奶这种东西。不过，她最近犯下了更严重的"罪行"。她把她丈夫在地窖里存的酒都倒进了餐具室的水槽里。"我本来可以把它们卖掉的，"她说，"我从莱曼酒行找了个人来估了价钱。这些酒能给我带来一大笔收益。但我的良心不允许我这样做。卖掉这些酒就等于在跟死神做买卖，就像报上说的那些军火商人——都是奸商。""你也可以把它们都给我啊。"亨利说。"那对你也没好处，亨利。而且你也没地方存放。你也知道，上等红酒如果储存不当是很容易变质的。"实际上，萝丝已经留下了安德鲁斯先生最喜欢的几瓶红酒，并把它们带到第十街的公寓给他，但这反而激怒了安德鲁斯先生。"典型的朱莉娅式做法，"他此时说道，"在毁掉酒窖之前还要找人去评估一下。要是知道她找了好几个不同的评估师，我都不会惊讶。她要给自己的美德赋予最好的名声。她的遗嘱也会是这样的。里面会有一篇冗长的序言来解释，她最初希望把遗产留给她在世的亲属，但最终还是认为拥有这笔钱对他们没有任何好处。'我丈夫的钱给我带来了很多不幸。我不希望将这些不幸转加到别人身上。'"

波莉笑了。她希望父亲是对的，因为这样一来，她就能够忘掉朱莉娅姑妈的遗嘱了。惦记着遗嘱几乎等于想让她姑妈快点死。波莉并没有那样想过，但是她担心如果情况继续恶化，她会这么去想。而且就算她没有，盘算着失去亲人能够带来的好处也是不对的。

"不行，"她的父亲说，"我必须给你找个丈夫。把我的希望寄托在孙辈身上，而不是在一个老太太的死亡上。不过，我仍然相信我可以让她留下一小笔财产给托派事业。""你疯了吧，"波莉大笑着说，"你好像一直没弄明白，朱莉娅姑妈是共和党。""我知道，亲爱的，"安德鲁斯先生说，"但朱莉娅看到报纸上说的那些之后，已经认定我们托派是致力于消灭苏联的反革命分子了。沃尔特·杜兰蒂和他的那些同党让她相信了莫斯科审判，你知道。她说，如果他们写的不是事实，文章怎么可能发表在《纽约时报》上呢？当然，我也跟着添了把柴。我向她保证，托派是与斯大林斗争的唯一有效力量。罗斯福已经被斯大林玩弄于股掌之间。希特勒则别有用心。""你太坏了，爸爸。"波莉说完亲了他一下。"完全没有，"她的父亲说，

"这都是事实。我拯救了朱莉娅,没让她变成一个法西斯分子。"

这场谈话让波莉很开心,也让她暂时忘却了眼前的烦恼。这就是她父亲给她带来的麻烦。跟他在一起的时候,她就想不起那些烦心事。而她想起那些烦心事的时候,又总要害怕自己把该担忧的事情忘了。夜里她经常做一些跟缺钱有关的噩梦,醒来时浑身是汗。有一次她梦见圣诞节来临,整座公寓变成了一个和水晶宫[1]一样大的温室,因为她忘了提醒房东太太反对她父亲的计划。还有一天晚上她梦见自己和父亲成为裸体主义者,因为父亲说这样能节约衣服,结果一个爱尔兰警察把他们逮捕了。不过,有一天在医院里,她发现了一个解决问题的办法。这个办法她从没想到过,因为它就和那封"失窃的信"[2]一样,一直近在眼前,她却熟视无睹。当时她正在为一位职业献血者采血,然后这个念头突然冒了出来:"我为什么不这样做呢?"那周她卖了一品脱的血给实验室。她确定这样做没问题。职业献血者一直都在这么做,实习医生有时候也会。此外,这一年来因为父亲是一位出色的营养师,她的身体格外健康,营养也均衡——她身体里有充足的铁和维生素。如果她看起来脸色有些苍白,那只是因为她天生就皮肤白皙。不过她也暗自提醒自己,将来如果再献血,最好还是到贝尔维或者另外一个没有人认识她的实验室去,免得引起同事们的议论。可是下一次她很急,正赶上圣诞节前一周,她母亲从农场给他们寄来一棵圣诞树,她要利用午餐时间去买拐杖糖和彩纸来制作装饰品。所以她还是像以往一样,到她自己的实验室去献血,并跟自己保证这是最后一次。

结果就在那天,她碰巧被瑞吉里医生发现了,当时他刚好过来

---

1. 首届世博会在英国举行时的展馆,以钢铁为骨架,以玻璃为主要建材。
2. 出自埃德加·爱伦·坡的同名短篇小说。

查看一个病人的血液样本。"你在这儿干什么？"他想知道，虽然他能清楚地看到，她就座的沙发旁边还挂着采血的设备，她正在休息，刚献完血的人都要休息。"来挣圣诞节的零花钱。"波莉紧张地笑着说，松了松紧紧攥着的拳头。他瞪大了眼睛，然后转身离开了房间。他马上又回来了。他去查看了她的献血记录。"这是你第四次献血了，波莉，"他严厉地说，"出什么问题了？""圣诞节。"她重复道。但他认为是因为她的父亲。"你照我说的做了吗？"他说，"关闭你的赊购账户了吗？检查他的赊账情况了吗？""我没有赊购账户，他也不赊账。"

"仅就你所知而已，"瑞吉里医生说，"听我说，波莉，我要把情况跟你说清楚。如果我看到一个躁狂症患者的家属在实验室卖血，我会认为那个患者是因为发病而在疯狂消费。""不是的，"波莉说，"我们只是过节期间手头紧。"她站起来。"坐下，"他说，"亲爱的姑娘，你的父亲病得很严重。他应该得到治疗。""去医院吗，你是说？不，瑞吉里医生，"她现在不想叫他"吉姆"了，"他的精神是正常的，我发誓。他的头脑完全清醒。他只是性格有一点怪。""这些疯狂的消费，我告诉你，"他不耐烦地说，"就是发病的症状。它们表明病人的躁狂曲线正在上升。下一阶段一般就会出现暴力行为，以及变得自大狂妄，通常都伴随着某种使命感。你父亲对政治感兴趣吗？"

波莉脸色惨白，她有点头晕，但她试图将其归因于失血过多。"人人都对政治感兴趣。"她喃喃地说。"我就不感兴趣，"吉姆·瑞吉里说，"但我的意思是，他有什么特别的角度吗？比如一些能够拯救世界的特别方法？或者最近几个月有什么新发现？"对波莉来说，这就跟玄学差不多。"他是个托洛茨基派。"她低声说。"那是什么？"他问。"天啊，你也太无知了！"波莉大声说，"托洛茨基，列昂·托洛茨基。俄国革命的缔造者之一。红军司令。斯大林的宿敌。目前在墨西哥流亡。"我听说过他,当然,"吉姆·瑞吉里说,"他以前不是在布鲁克林当熨衣工吗?""没有!"波莉喊道,"那只是传闻!"她和这个年轻人之间已经出现了一条巨大的鸿沟,她觉得自己正在隔着鸿沟喊话。公平地讲,她想起一年前她也以为托洛茨基在布鲁克林熨过裤线。一年前的她像这位医生一样无知。但这也更能让她感觉到,以常规的核心教育为起点的自己已经走了多远,而吉姆·瑞吉里如今仍然穿着白大褂固执地站在那个起点,在她眼里这不仅低能还缺乏教养。但他已经知道了她的父亲是托派成员,却不知道托派是什么。她开始向他解释,托洛茨基派成员是唯一真正的共产主义者,而目前他们属于社会党。"我希望你听说过诺曼·托马斯这个人。""当然,"医生回答,"他竞选过总统。一九三二年大选我还给他投过票。""嗯,"波莉欣慰地说,"托派也是他领导的运动的一部分。"她这样说的时候,意识到自己有点不诚实。她从父亲那里了解到,托派加入社会党只是"一种战术",他们根本不是诺曼·托马斯那样的社会主义者。

他在她旁边的皮沙发上坐下。"尽管如此,"他说出了一句波莉很反感的话,"他们也是一个有使命的小团体,是不是?""某种程度上来说是的,"波莉说,"他们相信不断革命论。"她不由自主地笑了。医生点了点头。"换句话说,你认为他们都是疯子。"她想尽量诚恳。先不考虑她父亲,她认为施奈德先生是疯子吗?"在很多观点上,我认为他们是对的。但是从不断革命这一点上看,我忍不住认为他们有点脱离现实。不过这只是我的想法。我可能缺少远见。"他好奇地对着她微笑。"你的眼睛真美。"他说。他俯身向前。她瞬间被吓了一跳,以为他要吻她。然后,他猛地站了起来。

"波莉,你应该带你父亲去医院。""绝不。"他握住她的手。"或许我的情绪激动了一些,因为我爱上了你。"他说。波莉把手抽了回去。她并没有感觉到应有的惊讶。恐怕她内心深处一直有意让瑞吉里医生爱上自己,所以她才会去找他咨询父亲的病情!她也像其他女人一样注意到了他,并且猜到了他相当喜欢自己。这是她唯一的感觉,除此之外她对他一无所知,但她还是"经常让自己出现在他眼前"。不过现在,听到了自己一直想听到的那句话之后,她又害怕了。她真希望他刚刚说出的是一些别的话,他听起来像是女性杂志报道中的英雄人物。想到自己可能是在利用可怜的父亲作为诱饵把这个年轻男人勾引到她身边,她又笑着厌恶起自己来。与此同时,她的内心又有一个狂喜的声音在欢叫:"他爱我!"可是随后另一个声音说,吉姆·瑞吉里到底是谁啊,她对他有什么了解?她的父亲或许会说他普通得可悲——是另一个格斯。他可以把表白爱意和送她父亲去精神病院这两件事一口气同时说完,这就是证明。她冷冰冰地看了他一眼。"如果你不这样做,"他换了一种语调说,"你母亲也应该这样做。""她办不到。"波莉用胜券在握的口吻回答他,"你忘记了,他们离婚了。""那么就找最近的亲属。""他的妹妹,"波莉说,"我的姑妈朱莉娅。"他点了点头。"她是个老糊涂。"波莉继续用小孩子般胜券在握的口吻说道。她不知道自己是怎么了,某个淘气的魔鬼在怂恿她撒谎。"你的兄弟们呢?""他们绝对不会管的,跟我一样。你还是放弃吧,瑞吉里医生。""别闹下去了,"他说,"这是个危险的游戏。""我的父亲并不危险,"波莉说,"你就别管他了。""他现在对你有危险,"他温柔地说,"你不应该为他献血。""我猜你一定以为我有恋父情结。"她冷漠地回答。他摇了摇头。"我不是弗洛伊德学派的。你对他有保护欲,好像他是你的孩子。这或许是因为你自己还没有生小孩。"

突然之间,波莉开始哭了起来。他伸出双臂搂住她,她把湿漉溻的脸颊靠在他浆得挺括的白大褂上。她觉得无比沮丧。没有什么是永恒的。先是格斯，然后是她父亲。她和父亲在一起是那么幸福，只要他们能有一点钱，或者父亲能有一点点不同，他们就仍然可以幸福地生活下去。但确实，他就像个孩子，她已经逐渐明白这一点了，就像她当初逐渐明白格斯永远不会跟她结婚一样。但是在这两件事情上，她应该从一开始就面对现实。她欢迎父亲的到来，是因为她需要他，而且她还故意对他的弱点视而不见，她对格斯也是这样。而且对父亲，她或许还有一点想要超过母亲的心思：如果母亲做不到让他快乐，那么她能够做到。这就意味着她母亲坚持不放任她父亲做的事情，她得让步。她母亲一定会告诉她，他们根本就不该租下那套公寓，那其实是她父亲自大型妄想症发作的开始。她无法控制她的父亲，她没有能力。格斯的事情也一样。如果她能坚决地要求他，他会跟她结婚的。

"我有过一场糟透了的恋情，"她说，仍然在抽泣，"那个男人把我甩了。我想死，然后我父亲就来了。我以为，我的人生终于有了目标。我可以照顾他。可是现在我似乎也无法胜任。这不是他的错，只怪我挣的钱不够我们两个人花。而且我又不能把他送回我母亲那里去，我也不能把他送进精神病院。他不一定是发病了，真的。你自己也说过，他或许可以'自动痊愈'。当然，我可以去求我姑妈帮忙。我想我最好应该去找她。"

"去找你姑妈？""找她借钱。她并没有老糊涂，我撒谎了。而且她非常有钱，或者说曾经非常有钱——没有人知道她手里还有多少钱。但是你知道有钱人对待金钱的态度有多可笑。""那样或许能够暂时解决你的问题，"他说，听起来像个心理医生，"但你必须面对的情况是，你父亲的病有可能继续恶化。你结婚之后他怎么办，波莉？""我不能结婚，"她说，"你知道的。至少，因为家族遗传病，我不能要小孩。我终于接受了这个事实。要小孩是自私的做法——不道德。"

"把你生下来也是不道德的吗？"他微笑着说。波莉急忙为父母辩解。"他们当时不知道我父亲有忧郁症。那是后来才发生的。"他仍然微笑着，波莉明白了他的意思。她会不会宁愿自己没有出生？虽然她现在很不快乐，但也不能那么说。即使当她想死的时候，她也从未希望过自己没有在这个世界上活过。每一个活着的人都不会有这种想法。"你的想法也太奇怪了！"他说，"而且你都当上医药技师了。这又不是说你家有白痴病史或者先天性梅毒。""我一直觉得，"波莉说，"从科学角度来看，我应该绝育。""我的天啊！"他回答，"一派胡言！你从哪儿学的这些歪理邪说？""大学里，"波莉说，"我不是说教授们在课堂上讲过这些，而是周围的人都在讨论。优生学。应该禁止某些人繁衍后代。当然不是说禁止瓦萨学院的女人们，"她笑了，"而是其他人。我总感觉自己就是其他人中的一个。我的家族里有很多人都是近亲繁殖——跟自己的堂表亲结婚这种。安德鲁斯家族的血脉已经越来越衰弱了。""'安德鲁斯家族的血脉'，"他说着看了一眼波莉的手臂，静脉扎针的破口处仍然垫着一块棉花，"我会向你证明我对安德鲁斯家族的血脉有信心。你愿意嫁给我吗？""可是我们还从来没有约会过，"波莉似是而非地反驳道，"你不了解我。我们也从没——"她自己停住了。"上过床。"他接着把话说完了。

"好吧，我们去旅馆开房。你给你父亲打电话告诉他你今天不回家了。我的车就停在外面。我们先去吃晚餐，然后跳舞。你的舞跳得好吗？"波莉很怕这是他对所有年轻护士和技师都会说的"套话"，可是，如果他跟她们所有人都说过求婚的话，他是怎么每次都全身而退的呢？他相当英俊，个子很高，一头鬈发，而这本身突然就让她起了疑心。在现实生活中，只有那些平凡的男人才会一见钟情，不让你有机会揣摩他们的真实意图。他的言谈举止让她如沐春风，她不知道该如何解读。她告诉自己，或许是因为他经常跟病人打交道吧。"你总是这样'快速解决战斗'吗？"她拿出对待父亲刚愎自用时的语气调侃他。"不是，"他说，"对女人不是。信不信由你，我从未对女人表达过爱意。除了家人，给人写信时的落款我都没写过'爱你'。而我已经三十岁了。自然，现在的我似乎被爱情击中了，我不想浪费时间。"波莉的疑虑有所减轻，但是她仍然轻轻地笑着。"'浪费时间'，"她责怪道，"你觉得你已经爱上我多久了？"他看了一眼手表。"大概半个小时，"他实事求是地回答，"但我一直都很喜欢你。你刚来医院的时候我就注意到你了。"所以自己的感觉是对的，波莉暗想。她的自信心增加了。不过现在她又产生了另一种惊恐。他与格斯很不同，他很直率，她也喜欢他这一点，但是她又想躲避他的穷追猛打。他太急于明确关系，这就意味着他也要求她同样明确。可是与此同时，他的急切又让她感觉这场对话似乎很不真实，像是白日梦。"但是我们毫无共同之处。"她想要这样反驳，又觉得听起来太没礼貌。于是她说："就算我要结婚，我也不会嫁给一个心理医生。"说完，她吃惊地发现，这是她内心深处的真实想法。她一直在寻找吉姆·瑞吉里身上不对劲的地方，啊，终于找到了。一个心理医生身上一定有比格斯更加古板的"办公桌"气质。没错，她已经看到一些迹象了。"好的，"吉姆·瑞吉里立刻说道，"那我就离开这个行业。这是我在医学院做的错误决定。我以为精神病学也是科学，但其实不是。我新年第一天就离开这里。""那你以后要做什么？"波莉问。她觉得，如果他新年第一天就离开，她会想念他的。她脑子里有一部分坚决无视他想要娶她的意图。"全科医生吗？那你要完全从头来过，从实习医生做起。""不，做科研。精神疾病的治疗这一领域还应该有新的发现,但是不会发生在诊室里,而是在实验室里。属于脑化学。有一个研究团队给了我一份工作,让我加入他们,团队里的一个人正和我合租一套公寓。你也可以来跟我们一起工作——来当技师。你在这里没有前途。""我知道,"波莉说,"但是你为什么对精神疾病那么感兴趣呢,吉姆?""因为它是对人力资源的浪费,"他坚决地说,"我没有耐心。""我能看得出来。"她低声说。"而且,我觉得我还有一些善心。这是与生俱来的。我父亲是个牧师,长老会的。""是吗?"这个消息让波莉很高兴,她觉得,家里有一位牧师很不错。"如果你愿意,他可以给我们主持婚礼。或者我们也可以去市政厅。"

他讲话越认真,波莉就越想开玩笑。"那我父亲怎么办?"她轻松地说,"你可以把他当成实验小白鼠,我想,来测试你非凡的发现。他可以当我的嫁妆。"他皱起了眉头。这么快就开始反对她了,她伤心地想。"他可以和我们住在一起,帮我们看家。"他简短地说。"你这样想吗?""不然我为什么要这样说,"他回答,"而且我们结婚之后,我就能照顾他了。说实话,波莉,我认为我们的绝大多数病人居家疗养其实更好。维多利亚时代让发疯的姨妈住在楼上的那种护理方式更有效,更人性。问题出在患者的家人身上。他们想要把发疯的亲戚赶出家门,让所谓的'有能力的专业人士'来照顾,比如那些具有虐待倾向的护士和护工。老人也面临同样的问题,已经没有人想和老人住在一起了。""啊,我太有同感了!"波莉大喊道,"我喜欢老人。把他们像旧汽车一样抛弃是很可怕的做法。可如果你是这么想的,一开始为什么要说应该让他入院治疗?""是理论与实践的区别。我不赞成你单独和他住在一起。""他并不危险,"波莉再次强调,"如果他具有危险性,就不会被里格斯精神病治疗中心批准回家了。""胡说,"他说,"一口气暴躁地杀掉十几个人的那种杀人狂大多数都是刚刚从医院出来就作了案。你父亲被里格斯送回家是因为你们没有钱继续让他住在那里了。如果你们当时还有钱,他现在可能还在里面。""你太悲观了。"波莉说。"精神病学确实让人悲观,"他回答,"不过我们假设你父亲确实没有危险性,你对他的了解或许比医生更全面。他仍然有可能对他自身造成伤害,如果他已经陷入抑郁阶段的话。他一度想过要自杀,是不是?""我不确定。他提到过,妈妈吓坏了。""嗯。"他看着她,他的眼睛也跟格斯的一样,是淡褐色的,还闪烁着一些神奇的绿色斑点。"或许,"他说,"我让你送他进医院的部分原因也是想知道你会做何反应。""哦!"波莉叫道,"你在考验我!像童话里一样。"她顿时兴味索然。"或许吧,"他重复道,"这是当上医生之后形成的习惯。观察对方的反应。但我已经知道你会怎么回答了,我知道你会说不。我觉得我其实是想知道,我是不是把你吓住了。""是。"波莉说。"不,你没有。从根本上说并没有。什么都不能动摇你对父亲的信任。你不是个多疑的人。""啊,可我真的是!"波莉说着,想起了自己和格斯在一起的时候。"只不过,我对父亲非常了解罢了。"

　　波莉都不记得自己说没说"我愿意"就答应了吉姆的求婚。那天晚上他们一起吃了晚餐,跳了舞,然后他送她回家。在她公寓楼下,两个人在车里热吻了很久,难舍难分。她最后终于上楼去的时候,仍然不知道自己是否爱他。这一切都发生得太快了。但她还是为能嫁给他而感到安心,同时又担心这样做是否不道德。过去人们常说,感激可以转化为爱意——有可能是真的吗?她确实喜欢和他接吻,但那或许只是性吸引。而波莉认为,性并不是检验真爱的可靠标准。最让她不安的是,她和吉姆几乎没有什么共同点——她一直在心中焦虑地重复这个词语。在医院之外,他们连一个共同的熟人都没有。至于另外一些老朋友,也就是文学作品中的那些人物——比如亚瑟王、兰斯洛特爵士、米考伯先生、柯林斯先生、渥伦斯基，还有亲爱的安德烈公爵，对她来说都亲如家人，但是，吉姆好像根本想不起来他们是谁。今晚她提到利德盖特博士的时候，他承认自己从没读过《米德尔马契》，他只在上学时读过《织工马南》，而且很不喜欢。他说自己读不了小说，也说不上更喜欢赫克托耳还是阿喀琉斯。至少她和吉姆都读《圣经》而且都是理科生，可这样就足够了吗？他比她更聪明，但他没有受过瓦萨学院那样的教育。而且她的圈子很小，安德鲁斯家一贯这样。如果不是为了可以一起开同样的玩笑，分享同样的记忆，拥有同样的祖父母甚至曾祖父母，为什么他们会一直和自己的表亲结婚呢？她的兄弟们现在只对务农感兴趣，所以吉姆能跟他们聊什么？是讨论饲料和肉牛的价格，还是像其他乡巴佬交流荤笑话那样，互相背诵维吉尔《农事诗》里的句子？要不是从小就习惯了他们，波莉肯定会觉得他们无聊透顶。而且，只要闻到香槟酒的味道，所有那些远房的表亲和近亲都会从各自的小房子里赶来参加她的婚礼。这倒不是说她的婚礼上真的会有香槟。朱莉娅姑妈的伟大"牺牲"之一就是把她为波莉的婚礼准备的香槟都倒掉了。一个心理医生会对安德鲁斯家族做何评价呢？波莉的母亲仍然在描述当年她作为一个纽约来的新娘与这家人初次见面时的感受。"你的父亲和我，"她现在回忆道，"一直互不相容。对亨利来说，我太普通了。"但是看到她穿着工作服，顶着一头用手指卷成的波浪发型在农场里忙碌时，没人会猜到是这样。波莉梦想着嫁给格斯的时候，这些担忧从未困扰过她，她认为或许这也证明了她从来就没有真正相信自己会跟格斯结婚。而这一次，她在尽量从现实角度考虑。

她进屋时，有着夜猫子习惯的父亲还没睡。她觉得他肯定会注意到她的变化，虽然她已经在车里整理了头发并涂了口红，而且她也不愿意向他坦白自己一夜之间就订了婚。还好他在想别的事。照他说的,他在等她回来,好告诉她一件非常重要的事情。"他要结婚了。"她暗自惊呼。但并不是,他找到了一份工作,是在列克星敦大道的一家慈善性质的旧货店给女店主当助手。报酬并不多,但他只需要每天下午到店里坐着,跟顾客聊聊天就行,上午的时间还是他自己的。

"天啊,这太好了,爸爸!"波莉说,"你是怎么找到这份工作的?""朱莉娅帮我介绍的,"他说,"朱莉娅是店东之一。这个职位本来是给'落魄的上流女士们'准备的,但是她说服他们让我去了。我相信她是用一个俱乐部的会员身份帮我换到的。她就强调了一点:'亨利很识货。'""太好了,"波莉又说了一遍,"你什么时候开始上班?""明天。今天下午女店主已经跟我解释了我的职责,还盘点了货物。绝大多数都是些没用的东西。那里卖的货都是别人捐的。""所以都是些小摆设吗?""完全不是。我们有二手皮草、儿童服装、旧晚礼服,还有女仆和管家的制服。这类东西很多,都是因为最近的不愉快。"这是他对大萧条的称呼。波莉皱起了眉头,她不希望自己的父亲去卖旧衣服。"都是名牌货,"他说,"而且店里还有漂亮的法国洋娃娃和音乐盒,有大衣柜、置物架、花箱、古董架、伞架、大理石镶面的马桶、音乐会专用的镀金椅子、金头手杖、鹿皮手套、大礼帽、扇子、西班牙梳子、披肩头纱、一把竖琴、马毛沙发。都是对往日辉煌的有益回顾。"

"但是为什么朱莉娅姑妈想起来给你找工作了?""我去找她借钱,这刺激了她给我找工作,按照她委婉的说法,这样我就'不需要乞求别人了'。要是我一开始就让她帮我找份工作,她一定会说我年纪太大了。""这是你精心计划好的吗?""恰恰相反。不过现在既然已经这样了,我还挺高兴自己能养家糊口的。我成了工人阶级的一员,而且朱莉娅当然是准备剥削我的。""怎么剥削?""呵呵,'亨利很识货'。所以万一有谢拉顿或者赫普尔怀特风格的家具从谁家阁楼上冒出来,我得一眼就能发现。然后我还得悄悄帮她留好。""你不能那么做!"波莉坚决地说,"那样等于在欺骗慈善组织。""我妹妹就是要这么干。她已经跟我透了底:'我们有些年轻的会员对旧家具的价值根本没有概念。'她说,她从她的另外一家慈善商店里花了很少的价钱就买到了一块非常名贵的欧比松花毯。"波莉发出惊叫。"可是她放在哪儿了?"安德鲁斯先生笑了。"在她的储藏室里。她在等着那块花毯的前主人去世。不然如果那位女士哪天来拜访时发现脚下踩的毯子,朱莉娅该多尴尬呀。""可是怎么会有人把名贵的欧比松花毯捐出去呢?""因为品味发生了变革,"安德鲁斯先生说,"这些女士唯一知道的变革就是这种。她们的女儿劝说她们一定要按照现代风格装饰房子。或者女儿们会说:'妈妈,你为什么不在河畔大厦里买套公寓,把这堆破烂处理掉一部分?我先警告你哟,你死了以后,这些东西我跟约翰一点都不要。'"

他讲述这些的时候,波莉突然意识到,如果她早知道他今天会得到一份工作,那她或许就不会到医院去卖血,那样的话,她这会儿也不会是别人的未婚妻。这种机缘巧合或者说因祸得福的情况又一次出现了,就像她父亲告诉她要搬来纽约时一样。一想到自己几乎错失了订婚的机会,她就感到害怕,仿佛那才是她真正的命运,而现在的结局是她侥幸绕开的结果,就像那些本该登上泰坦尼克号,但是由于某种原因在最后一刻未能成行的人。这种恐惧显示出,她一定已经陷入爱河。

波莉的朋友们没有一个对她宣布订婚表示惊讶的。她们都说早就知道她在"医院里"有人。波莉只有嫁给医院里的一位年轻医生才合乎逻辑。"我们一直都这样期待着呢,亲爱的,"莉比说,"我们都在祈求这个愿望能够成真。"好像她的朋友们都在削弱她这份爱情的非凡之处。她们的意思是,那个人就算不是吉姆,也会是产科的医生甲或者普通外科的医生乙,而且绝对不可能是医院外面的人。她最大的发现是,吉姆是个很善良的人,这让她充满惊讶——大多数善良的人年纪都比较大。可是当她把这件事讲给其他人听的时候,他们似乎都很迷惑不解,仿佛她在说外语,甚至连她母亲都不太明白。"怎么了,是的啊,波莉,他确实很有魅力,也很聪明,我想。你们两个人很般配。""我不是那个意思,妈妈。""我想你的意思是他有点理想主义,可是你注定要嫁给这样一个人。世故的男人不会吸引你。"

似乎只有施奈德先生和送冰的人与波莉有同感。送冰的人想要确认波莉的未婚夫是个"善良的人"。施奈德先生还不满足于此。"我明白你的感受,"他说,"就像苏格拉底所说的,爱情是对善良的追求。但是善良罕见。因此无论别人怎么想,爱情其实少有。只有千分之一的人能够遇到爱情,对那千分之一的人来说,这是一种启示,所以他们没办法和其他千分之九百九十九的人交流,也就不足为奇了。"

让波莉的朋友们——除了施奈德先生——吃惊的是,安德鲁斯先生会跟小两口一起住。她的那群朋友接二连三地来劝说她不要这样——波姬·比彻姆特意坐飞机从普林斯顿来了一趟。和丈夫一起来纽约看戏的多蒂住在广场酒店,她甚至还跟波莉的母亲谈了谈。就连海伦娜·戴维森也在瓦萨俱乐部的休息室里一边喝鸡尾酒一边慢腾腾地发出了警告。普瑞斯·克罗克特到医院的咖啡馆来找她吃午餐。她说,作为儿科医生的斯隆尤其反对她这样做。"等你们有了孩子,你们必须为孩子考虑。假如你父亲——?""又犯了疯病,"波莉说,"对他们来说真的有那么可怕吗,普瑞斯?我的兄弟们和我小的时候,他就一阵一阵地犯病。"普瑞斯说那是不一样的。在那个年代,人们并没有更好的办法,只能让小孩跟精神病患者在一起——波莉和她的兄弟们只是运气好，如此而已。而且，就算安德鲁斯先生状态正常，波莉的朋友们都觉得她仍然犯了一个巨大的错误——一个至少这一代人已经学会去避免的错误。如果你希望自己的婚姻美满，就不要让亲人和你们同住，这件事你一定要坚持到底。关于这一点，大家都意见一致。如果波莉不顾以往的经验教训一意孤行，那么她的婚姻实际上从一开始就注定了失败。

"你是想说你的那位医生也接受这样的安排？"波莉圈子里的女朋友们都在震惊中大喊。"是的。"波莉说。这个令人惊愕的消息让她的朋友们产生了严重的怀疑。"如果他真的爱你，"凯争辩道，"我觉得他应该想要单独跟你在一起吧。哈拉尔德无论如何都不会同意别人跟我们同住。"波莉并没有回击她，说最近有传闻讲她和哈拉尔德已经处在分手边缘。相反，她安静地提出："那你说我应该把我父亲怎么办？""他为什么不能跟你姑妈朱莉娅一起住呢？""他不喜欢她。"波莉说。"但是她有一座很大的公寓，"凯说，"他可以有自己的房间，还会有仆人照顾他。总比跟你们挤在一起强多了。你们举办宴会的时候他怎么办？如果在你姑妈家，仆人可以把餐盘送到他房间。"波莉曾经天真地认为，结婚以后只要丈夫不出轨，两个人"从此就可以过上幸福的生活"，但是33届的同学们似乎都觉得，你必须一刻不停地努力让婚姻"维持"下去。生长在大家庭中的波莉已经学会了相处之道，并且愿意为此做出牺牲，但她的同学们不是这个意思。她们认为，一个女人保持其独立性是非常重要的，否则她就无法牵制住丈夫。"至少，"莉比说，"你们不会带着你父亲一起去度蜜月吧？""当然不会。"波莉不耐烦地回答。不过很快波莉的妈妈就焦急地来信询问，亨利是不是真的要陪他们一起去度蜜月——路易莎·哈兹霍恩在大都会俱乐部听到了这个传闻。

唯一一个对大家的担忧充耳不闻的人就是安德鲁斯先生，他从一开始就认为和这对新婚夫妇住在一起是理所当然的事。对他来说，问题出在居住空间上：他要找到一个够三个人居住并且改造起来花费不高的公寓。他在考虑上东区临近铁路的公寓楼，那里距离吉姆的实验室不远。他看了一座旧式租户楼的顶层公寓，如果开个天窗，就可以有更多的光线透入室内。他们准备在春天结婚——计划是在农场举办婚礼。吉姆的父母会从俄亥俄赶来，他的父亲会主持婚礼。多蒂希望安德鲁斯先生和夫人能够在婚礼前重修旧好，这样他们就可以和波莉小两口同时办婚礼。"你父亲可以给吉姆当伴郎，你母亲可以给你当伴娘。反过来也行。太有创意了。"她忽闪着眼睛说，"你不喜欢这个想法吗，波莉？"

吉姆听了之后对波莉说，他们最好立刻到市政厅结婚，把这件事了结。波莉同意了。而且为了不伤害大家的感情，他们甚至都没有让她的父亲来当证婚人。他们请了一位地方法官主持婚礼，而且当晚就买了一张下铺车票坐火车到基韦斯特去度蜜月了。在车站，他们发电报告知亲友已经完婚的消息。波莉的朋友们没机会给她举办告别单身的派对，也没能到车站送行，都感到非常失望。但她们也明白，按照目前的情况来看，或许她真的负担不起一个欢快而正式的婚礼。大家都觉得非常对不起波莉，都说如果她们知道她的地址，一定会邮寄鲜花给她。不过，她和吉姆自然正在什么地方享受或许是他们人生中最后的几天二人世界。在广场酒店多蒂的套房里，几个姑娘和她们的丈夫为缺席的新人举杯祝福。"祝她幸福！"他们发自内心地碰杯说道。姑娘们都认定，如果有人应该幸福，那么应该是她。男人们都对吉姆·瑞吉里表示同情，虽然他们并不认识他，不过随着多蒂的丈夫布鲁克一杯接一杯地为大家倒香槟，他们又在彼此间达成了一致，吉姆一定是一个奇怪的人，才能在那种情况下安之若素。

第十三章

三月的一个清晨，波莉来到佩恩·惠特尼精神病治疗中心的女性病区，为一个昨晚入院的精神病人做代谢检测。蜜月归来后她继续留在医院上班，她希望自己能怀上孕，因为他们没有采取任何避孕措施。如果真怀上了（现在确定还为时过早），那她就没有必要换工作，因为到了十月她得休产假。吉姆每天都到医院来和她一起在员工食堂吃午餐，两人会在餐桌下面悄悄拉着手。到了晚上，波莉的同学们会轮流举办"叉子晚宴"[1]来"分开"招待这对新人。因为，刚刚加入已婚人士行列的波莉和吉姆在这种晚宴上不许坐在一起，只能坐在房间两头，把餐盘放在膝盖上。这些晚宴上的每一个人都有另一半，都住在带电梯的楼房里，这让波莉有种强烈的距离感。所有的丈夫都在保险、银行或者杂志行业"做得非常好"，这是不言而喻的，而她的那些同学，除了几个在大学时代并没有太叛逆如今却非常离经叛道的人，也都"拥有了一定的社会地位"。然而，有很多个晚上，看着她们，听着她们的谈话时，波莉却感觉自

---

1. 一种只用叉子作为餐具的非正式自助晚宴。

己一定是33届班级中唯一幸福的姑娘。

波莉明显看得出,她那些已婚的同学有很多都对丈夫感到失望,并且羡慕海伦娜那种还没结婚的姑娘。明年六月份就是第五次同学会了,她们的同学里已经有人离婚了。班里后进的乌龟们一起忧伤地谈论着这些遥遥领先的兔子,都觉得她们至少"已经有所成就"。诺琳·布莱克跑去了里诺郊外的一个农场,现在她称自己为"施密特拉普·布莱克太太",离婚让她在"校友近况"栏目中成了热门人物,和在波道夫服装品牌当模特的康妮·斯托里以及伊丽莎白·雅顿的橱窗设计师莉莉·马文齐名,超过了在产业工人联合会担任组织员的宾姬·巴恩斯和正在学习成为一名牧师的巴布斯·珀迪。在她们那个小集体里,只有莉比小有名气。曾经充满活力的凯如今已经失去了领跑者的位置。去年有传闻说,全班第一个结婚的她即将成为全班第一个离婚的人——这也算是创造了纪录。不过她累死累活却仍然是梅西百货人事部的一个初级职员,哈拉尔德也仍然在写一些还没有排演的剧本。他不时会接一些舞台监督或者夏季剧院导演的工作,必要时凯的家人会接济他们。叉子晚宴上,关于凯和哈拉尔德到底谁拖累了谁这个话题,大家产生了分歧。最近似乎大家都没见过他们,除了今年冬天特意去拜访过他们的多蒂,还有因为父母来纽约而请他们一起到萨沃伊广场酒店吃饭的海伦娜。多蒂说,他们两人现在跟一群爱玩扑克的享乐派人士走得很近,那些人管她叫"彼得太太",管哈拉尔德叫"彼得先生"。那群人里的女性都比凯年纪大,嗓音低沉慵懒,对所有男人都以"某某先生"相称,包括她们自己的丈夫。庄家决定游戏规则,最低下注额是二十五美分。哈拉尔德是个真正的赌徒,但凯只是个拿着牌都能让别人看到牌面的新手,而且她很喜欢玩"两点独眼杰克"这种游戏。海伦娜曾经跟波莉说过,她妈妈是个优秀的业余诊断专家,她认为凯已经处在精神崩溃的边缘。

"病人很执拗,"那天早上,护士在楼道里一边打开病房的门锁,一边警告波莉,"她可能不会配合。"病床上的女人是凯。她的一只眼睛周围布满乌青,赤裸的手臂上也伤痕累累。一看到穿着白大褂的波莉,她的眼泪一下子就涌了出来。她在比较两个人的处境,波莉不无同情地想,她试着回忆自己之前是否见过凯掉眼泪的样子。波莉没有多问,那样可能会让凯更难过,她只是拿来一块毛巾,擦了擦她青肿的面庞。和护士说的正相反,凯并没有表现出任何抗拒,于是波莉从柜子里找到凯的手提包,从里面拿出一把梳子,轻轻地为她梳头。她并没有让凯照镜子,因为怕凯看到自己眼睛上的淤伤。过了一会儿,凯停止了抽泣,她坐直了身体。"你要给我做什么检查?"凯看到波莉拿来的大圆柱仪器,好奇地问道。"我来给你做个基础的新陈代谢测试,没别的,"波莉回答,"不疼的。""我知道,"凯不耐烦地说,"但我还没吃早餐呢!"这种抗议太像凯的风格了,波莉感到略微安心。让她吃惊的是,她的朋友除了外表有些变化,还是原来的样子。"做完之后再吃早餐,"她告诉凯,"这些测试需要空腹进行。""哦,"凯说,"天啊,我真高兴你在这儿。你根本想不到他们对我做的那些可怕的事情,波莉。"昨天夜里,护士把她的腰带拿走了。"没有腰带我不能穿裙子。"她们还拿走了她睡衣的腰带("看看!")并且试图摘掉她的结婚戒指,但她坚决不让。"我们搏斗得很厉害,实际上跟摔跤比赛差不多,然后护士长过来说让我这一晚先戴着戒指。接着,她们又让我张开嘴,查看我有没有可以摘下来的假牙,我都已经告诉她们没有了,但她们非要再看看。如果我真有假牙,很可能也会被她们摘下来带走。我必须说,我当时特别想咬她们。"她像个西部人那样大声地笑了起来。"我现在真希望我当时咬了她们。"她快速瞥了一眼波莉,想求得肯定——波莉很担心这是她发病的征兆。凯会因为跟护士打架而自豪，仿佛她仍然认为自己是学校里对抗校长或者院长的学生。她不明白约束衣意味着什么吗？她好像根本没搞明白她现在在什么地方。然后，波莉突然明白过来，凯只是觉得难堪。"我觉得，"凯变换语气继续说道，"她们以为我想自杀。她们一直透过门上的那些小窗孔偷看我在干什么。她们是不是以为我会用腰带上吊？可是我拿结婚戒指能干什么呢？""怕你吞下去。"波莉的回答很迅速。她觉得这些事还是护士们来跟她解释更好。"那只是例行公事而已，"她微笑着说，"她们会拿走每个人的腰带和结婚戒指。她们让你留着戒指我还挺意外的，而且这层楼的所有房间都有窥视孔。""像一座监狱，"凯说，"'犹大'，他们是这样称呼那种人的吧？"她的眼中又一次涌出泪水，"哈拉尔德背叛了我。他把我抛在这里就离开了。他骗我说这就是一家普通的医院。"

"可是到底发生了什么？你为什么会在这儿？""你先告诉我这里是哪儿。""你不知道吗？"波莉问。"我猜这里一定是一家精神病院吧，"凯回答，"虽然护士们一直在说：'哎呀不是，亲爱的，完全不是。这里只是个让精神紧张的人充分休息的地方。'昨晚她们把我带来这里的时候，我真是出了大大的丑。我当时就问哪里能打电话。我想要找人说说话。她们说房间里没有电话。于是我说：'为什么没有？'可她们没告诉我原因。我当时就该猜到是怎么回事，但是我没有，我认定这里一定是医院里收费最低的住院部，美其名曰病房，哈拉尔德让我住在这儿是为了省钱——他那个人你也知道。然后我想要台收音机，她们不给我。'为什么不给？'我问。她们说那样违反规定。这就非常奇怪了，我说：我有个朋友一年前生孩子时，就在这家纽约医院住过院，她当时就有一台收音机。我记得非常清楚。"她笑了，"她们一定觉得我疯了，然后马上就把我的腰带收走了。""她们没觉得你疯了,"波莉打断她的话,"你现在是在佩恩·惠特尼治疗中心。这里是一家私立的精神病院,隶属于康奈尔大学医疗中心。这层楼是接待处,是护士们为病人分诊的地方。"

凯深深地叹了一口气。她闭上了双眼。"好了,现在我知道了。我得听别人告诉我才能相信。""可是,告诉我你是怎么到这儿来的。"波莉轻声鼓励她,抚摸着她这位朋友宽大的额头。凯睁开了眼睛。"你相信我吗?"她问,"一定会有人相信我的。""我当然相信你。"波莉温暖地说。她在震惊之余得出的结论是,一定是什么地方出了差错——医院里有时候确实会发生这种事情。彼得森是一个很常见的姓氏,经常会被拼写成"皮特森",凯的病历上就是这么写的。如果凯只是因为阑尾炎入院,结果却因为名字搞混而被送到了这里,那就太糟糕了!可是那样的话,她眼睛上的淤青还是没法解释。"是哈拉尔德,"凯无精打采地说,"他喝醉以后打了我。什么时候的事呢?似乎是很久之前的了,但应该是昨天早上。对,昨天早上。""他一大早就喝酒吗?""他一晚上都没回家。早上七点他进门时,我指责他外面有别的女人。我知道自己在他醉醺醺的时候骂他很愚蠢。我应该等他清醒了之后再说。"波莉忍住没笑出来。凯的自我批评永远都能说明问题。"但我当时也有点歇斯底里吧,我想。前一天下午我们招待了一些客人来家里喝鸡尾酒,大家都喝得挺尽兴的。他们是大约七点半离开的,我便开始做晚饭,我需要一根腌黄瓜做酱料。于是我让哈拉尔德到熟食店去买一根,结果他就再也没回来。我意识到自己犯傻了,我本来可以用印度腌菜的。但是菜谱上指明了需要腌黄瓜。总之,他直到第二天早上才回来。我其实应该假装睡着了——我现在明白了,结果我跟他吵了一架。我说他一定是去找丽兹·朗韦尔了——你不认识她,是我们一起打扑克的牌友。她是布林莫尔学院29届的,她丈夫到华盛顿出庭去了,没在家。然后哈拉尔德说他再也受不了我肮脏的想法,于是就打了我。你知道吗,他打得我眼冒金星,像是漫画上画的那样。我也是蠢,我还手了。然后他把我打倒在地,踢我的肚子。我该怎么做呢,波莉?自己爬起来,等第二天他来跟我道歉?我知道那是正确的策略,但我没有耐心了。我跳起来,跑向厨房。他追着我,我拿起了面包刀。我故意没有拿那把切肉刀,因为他昨天才磨过它,我不想吓到他。能让他恢复理智就够了。我挥舞着刀子说:'别靠近我!'他把刀从我手中打落了。然后他把我推进更衣室,锁上了门。我在里面等了一会儿,想要控制住自己的情绪,听听他在外边干什么。终于,我听见了他的鼾声。他从没想过时间不早了,我还要出门上班。我敲门,然后我砸门。接着我抽时间换好了出门的衣服,又继续砸门。我在里面又哭又叫。另一个房间里鸦雀无声,他甚至都不打呼噜了。我没法从钥匙孔里往外看,因为他把钥匙插在了里面。他或许已经死了。

"终于,我听见了门铃声。两个电梯工男孩来了,询问发生了什么事情。哈拉尔德起来隔着门跟他们说话,让他们走开。但是他们能听到我在里面大哭的声音,我控制不住。""凯,你太可怜了!""等等!"凯说,"你还没听我说完后面发生的事情。电梯工离开了,接着警察上门了。哈拉尔德打开了门,冷静得不能再冷静。他是和衣睡着的,而且睡了一觉之后他肯定清醒了不少,但他嘴里仍然有酒味。警察进来了——来了两个警察,想知道发生了什么事。我吓得不敢再哭。不过后来我透过门能听见哈拉尔德告诉他们,我们在排练剧里的一场戏。"

波莉屏住了呼吸。"他们相信了吗?""一开始不信。'我们想听听你妻子的说法。'他们说。'她在换衣服,'哈拉尔德说,'她换好衣服出来后,会向你们证明我说的都是事实。'然后他提出给警察们煮一壶咖啡,其实就是找个借口让他们跟他到厨房里去。他打开咖啡渗滤壶,让警察们在小餐厅的桌边坐一下。然后他来到客厅,悄悄地把更衣室的门锁打开了。'你快穿好衣服了吗,亲爱的?'他喊道,'有两位警察先生想要跟你谈一谈。'我需要很快拿定主意,我知道他希望我能证明他的说法,但是一想到他那样对我,我就气不打一处来。可我只能帮他说话。毕竟他之前就有过案底,虽然那两个警察似乎不知道。我洗了脸,打了厚厚的粉底出来了。这只眼睛上的淤青当时还不太明显。我证实了他说的都是实话。我跟警察们解释说,我的丈夫是一位剧作家,而我是学导演出身的,我们正在排练他剧本中的一场戏。"

"他们说了什么?""一开始他们说这个时间排戏剧有点奇怪,但我解释说他昨天在剧院工作到很晚——他回家时那些电梯工也看到了——而我要赶在去商店上班之前跟他一起把女性角色的部分排练完。然后警察要求看看剧本。我当时心想我们肯定完蛋了。结果哈拉尔德——我必须要说他真的太厉害了——急中生智,从柜子里拿出了他之前写的一个剧本。那个剧本第二幕的结尾有一场一男一女暴力冲突的戏。他把剧本翻到那场戏,递给其中一个警察,还问他们是否想看我们演一遍。警察说不需要。他读了大约半页纸。然后他们喝完咖啡就离开了,走之前告诉我们不要再在居民楼里排练。'去租个排练场吧。'那个警察冲我使了个很明显的眼色,说道。哈拉尔德答应等戏上演之后会请他们去看。"

"你当时一定表现得特别好,凯。"波莉钦佩地说道。"我也是那么觉得的,"凯说,"但是警察前脚刚走,哈拉尔德不但没有感谢我让他免遭逮捕,反而又开始骂我。他又像以前一样说是我把一切都搞得乱七八糟,是他帮我逃过了逮捕。我拿着一把切肉刀要攻击他,这个事实我否认不了吧?我告诉他,那是一把面包刀。'这个不重要．'哈拉尔德说。我说我只是挥了几下，他又露出了那种不可一世的微笑。'你应该看看你那张脸，亲爱的。你的那副样子我永远都不会忘记。我在途中遇到了死神。它和我的妻子凯有着同样的面容。'""他竟然还引用了雪莱的诗？"波莉惊叹道。"那句是雪莱的吗？没错，就是，"凯相当自豪地回答，"哈拉尔德阅读量很大。总之，他说如果我不记得举刀冲向他的事情，那我可能得了失忆症，应该接受精神治疗。我听了之后又开始哭，跟他吵架真的没有可能吵赢。明知道他很累了，而且酒还没完全醒，我就应该马上出门上班去。但我一直哭个没完，给了他一个借口说我歇斯底里。他穿上了大衣，戴好了帽子。他说他要去诺琳·布莱克家，看看她能不能允许他在她的卧室里安安静静地睡几个小时——她还住在之前和帕特在一起的时候的那个家。'如果你去找她，我永远也不会原谅你。'我堵在门口，非常激动地告诉他。他只是站在原地，上下打量着我。他说我吃醋已经吃到失心疯了。我已经堕落到开始怀疑自己最好的朋友了。'你都这样了还不好好反思一下吗，凯？'我确实觉得自己够贱的，但我并不是指性这方面。我从来没怀疑过哈拉尔德和诺琳有那种关系——她不是哈拉尔德喜欢的类型。但我就是嫉妒他到她那儿去——让诺琳有机会跟所有人说，因为我在家里没办法让哈拉尔德好好休息，于是他只好到她家去。对我来说，这比通奸还不忠诚。但他依然那样，说他会让诺琳过来安慰我——如果她跟我在一起，我就不能指责他们两人通奸了。我其实并不是很想见到诺琳，但我还是答应了可以让她来。

"没过多久她就来了，说哈拉尔德恳求她过来安慰我，说我的状态把他吓坏了。我承认这不是我们第一次吵架，最近我们总是在吵架。""他之前打过你吗？"波莉严肃地问。"没有。呃，有过，但那是很久之前的事了，我没跟任何人说过。诺琳说我应该住几天医院，彻底休息休息。只要哈拉尔德和我挤在这套两室公寓里，我就肯定没法休息。她说，如果我愿意，我也可以到她那儿住一阵。但我不想去。她家太乱了，她根本不收拾，而且那样一来，就等于证明了我和哈拉尔德分居了。她泡了茶，我们聊了一会儿，午饭时哈拉尔德回来了，带了从熟食店买回来的三明治。这又让我想起了那根腌黄瓜和我的调料，于是我又开始哭。'看见了吧？'哈拉尔德对诺琳说，'她一看见我就掉眼泪。'我没解释腌黄瓜的事情，因为诺琳肯定会觉得我为了菜谱上的一句话就让他出去买东西一定是疯了。她觉得我的做饭方式是强迫症的表现。我们聊了一下午，他们说服我相信，我应该住进医院里，起码能好好休息，能安静地看书，听收音机。等我休养好了，哈拉尔德和我可以再决定我们的婚姻应该怎么办。不过，真正促成这件事的是医疗保险。诺琳一听说我买了蓝十字保险，就立刻打电话问她的医生，住单人病房能不能用保险。他说只要我支付差价就可以。所以，我还没明白过来怎么回事，她就已经把我去哈克尼斯医院住院所需的一切手续都安排好了。但我不想去哈克尼斯医院，纽约医院对我的吸引力更大——我很喜欢普瑞斯病房里的那些黄色粗纺窗帘和白色墙壁，特别具有现代感。哈拉尔德说听我的，于是诺琳又给她的医生打了电话。他告诉她，他不在纽约医院工作，但是他可以找另外一位医生给我开住院单。我们一边玩着三人桥牌一边等着，直到医院那边来电话说给我安排了一个房间。那时已经很晚了。我收拾好一个随身包，哈拉尔德带我坐出租车到了医院，我们到医院正门询问时，相关人员打了个电话后又把我们送到了另一座楼。我们以为这肯定是座配楼。哈拉尔德带我进去，我在大厅等着，他到办公室里填表格。一个护士过来拿走了我的包，说哈拉尔德可以走了，医生很快就来，然后我就被带到了我的病房。

"直到那时，我都还很期待赶紧住下。我确实觉得非常疲倦，一想到能够躺在床上喝杯奶昔，用酒精擦擦手，有护士照顾我，还不用很早起床，我就很高兴哈拉尔德和诺琳说服了我。或许跟哈拉尔德分开一段时间是有好处的，不过他可以像普瑞斯的丈夫那样，下午过来调杯鸡尾酒——你还记得吧。坐在大厅里的时候，我刚开始想礼品店在什么地方，花店和流动图书馆又在哪儿时，一位高个子的医生从一间办公室里出来跟我说话。他似乎非常关心我眼睛上的淤青是怎么搞的。我大笑着说我不小心撞到门上了，但他似乎并不觉得这有什么可笑的。他一直追问，最后我只好说：'我不会告诉你的。'我不明白他为什么一定要知道哈拉尔德和我之间发生的事情。'那我们就只能去问你丈夫了。'他说。'那就问他吧！'我俏皮地说，而且我也很想知道哈拉尔德会怎么说。不过当然，那会儿哈拉尔德已经离开了。医生让护士带我上楼，来到了这个让人沮丧的房间里，这么简陋，没有私人浴室，没有电话，什么都没有。但我决定先将就着睡下，明天早上再要求换房间。我正这么想着，护士们就来搜我的身了。我简直无法相信。她们还搜查了我的手提包，把我的火柴拿走了。她们说，如果我想抽烟，可以找个护士借火。'可如果我想躺在床上抽烟呢？'她们说那样是违反规定的，我只能在休息室抽烟，如果要在病房里抽烟，必须有医护人员陪同。'我现在就想抽根烟。'我说。但是护士说不行，我必须马上睡觉。当然，到这个时候，我早已猜到这里不可能是一家普通的医院了，却仍然再三感到震惊。我决心不被她们吓倒，尽量表现得自然一些。护士走后，我爬上床，正准备读一下一整天都没来得及读的早报，灯突然灭了。我心想一定是灯泡坏了，于是按了呼叫铃。终于，一个护士打开了门。'我这儿灯灭了，'我告诉她，'能帮我修好吗？'但是看起来灯是她关上的，开关就在病房门外。我请她把灯打开，她拒绝了。于是我就只能孤零零地待在黑暗的病房里。"

329

波莉紧紧握住她的手。"这一切都是常规流程,"她说,"分诊区这一层都是这样的。精神科医生给新入院的病人进行检查之前,护士都会很小心。""但是我昨天晚上已经见过医生了。""他不是这里的主治医师,可能只是个值夜班的住院医师。""他为什么对我眼睛上的淤青穷追不舍?这一点我一直想不通。""他会假设任何伤痕都是自残行为导致的。如果你不回答他,他就会觉得你有所隐瞒。""可是我为什么要把自己打成乌眼青呢?""病人是会这样做的,"波莉说,"他们也可能自己撞向行驶中的汽车,或者滚下楼梯,或者从岸边跳进河里。上午你吃完早餐之后会见到精神科医生,你一定要把你眼睛受伤的实情告诉他。即使你说了,他或许还要找哈拉尔德求证。""找哈拉尔德求证!"凯愤慨地说,"他存心说谎怎么办?而且我根本不想见精神科医生。我想离开这里。马上。""你没法出去,"波莉说,"只有看了医生才行。如果你把事情的经过都告诉他,他或许会让你出院。我也不确定,凯。你最好赶紧让人把哈拉尔德找来。我们做完这个测试之后,我就马上给他打电话。我想既然是他送你进来的,那么还得是他亲自来把你接走。不然的话,出院的手续会很麻烦。""是哈拉尔德送我进来的?"凯大叫道。"肯定是他,"波莉说,"除非是你自己主动要求入院的。是这样吗?""不是,"凯很坚决地说,"一定是他在那间办公室里填写的那堆表格。"两个女孩的眼睛都睁大了。"可那就意味着,"凯缓慢地说,"他把我留在这里的时候,已经知道这里是什么地方了。"波莉没有说话。"是不是,波莉?"凯提高了音量追问,"我刚才跟你说他背叛了我。但我其实没有那个意思,我发誓。我觉得我们两个人都以为这里只是一家普通医院。""或许,"波莉满怀希望地说,"哈拉尔德当时没有反应过来呢。""不,"凯摇摇头,"没把内容弄清楚之时,哈拉尔德是绝对不会在任何文件上签字的。他为此而自豪。他在餐厅里也总会把账单加一遍，还会让侍者给他解释每一项消费。有时候这让我尴尬得恨不得找条地缝钻进去。而且他会仔细阅读租房合同的每一页，所以他肯定是知道的。"她用手掌托着下巴，眼睛上的淤青在她那张逐渐失去血色的脸上显得格外鲜明。她看上去憔悴苍老。波莉瞟了一眼手表。"来吧！"她命令道，"我们先给你做代谢检查，然后再聊。"

波莉需要时间去消化这一切。凯对着大圆筒呼气，她盯着仪表盘，房间仿佛陷入沉寂。她非常担心凯。她脑子里闪过一个可怕的念头，哈拉尔德出于某种不可告人的目的，想让凯离开一段时间，于是他利用诺琳故意把凯安排到这里。又或者哈拉尔德和诺琳其实是情人，一起密谋着要毁掉凯？可是这类事情不会发生在现实生活中吧，早就不会了。而且他们这样大费周章地策划，最后又能得到什么呢？离婚的理由吗？但如果哈拉尔德想离婚，凯肯定会成全他的。

她还想到一种更糟糕的情况：哈拉尔德和诺琳两个人都认定凯的精神确实不正常。他们或许是出于好意才把她哄骗到这里来的。如果哈拉尔德认为自己这样做的动机值得称赞，那么可怜的凯就确实没救了。想到那把面包刀，波莉打了个寒战。如果哈拉尔德坚信凯是个危险人物，那他一定能够轻松说服精神科医生——证明自己没病的责任就都落在病人身上了，可是凯该怎么做才能证明她内心的想法呢？

不过，还有另外一种让人安心得多的可能性。假设哈拉尔德根本没打算把凯送进佩恩·惠特尼精神病治疗中心，但是他发现由于某些管理上的失误（具体是什么波莉或许有办法去查一查），事情已经变成了这个样子，于是他签署了入院文件，把它当成了一个充满讽刺的玩笑？这倒是相当符合哈拉尔德的风格。波莉点了点头。她完全可以想象出他按捺不住恶作剧的冲动，用夸张的动作签着字，同时恶毒地挑起眉毛，在脑子里故作严肃地摆动着食指的样子。不过如果是这样，他今天上午肯定会来接凯出去。他可能已经到了，手捧鲜花在楼下等着，准备让她隆重地搬到那个有黄色粗纺窗帘的房间。

这个想法让波莉松了一口气。考虑到哈拉尔德的性格，这应该是最自然的解释。她笑了。她意识到，这整件事就是因为凯犯了个小错误。如果她同意去哈克尼斯医院，那她现在可能正听着收音机，旁边还会有个实习护士重新摆好了枕头，并给她一杯插着玻璃吸管的加餐果汁。

代谢测试做完了。凯的结果非常优秀，能够告诉她这个消息也算是一个意外的福音。各项指标均接近零值，这是极为罕见的。难怪她永远精力充沛。她的身体机能处在绝对平衡的状态。波莉知道这不能作为她精神正常的证明，但无论如何，她觉得这是个很好的预兆。而凯得知后也容光焕发，仿佛得到了仪器的肯定。"等我告诉哈拉尔德！"她兴高采烈地说。在波莉测试过的所有病人中，凯是第一个结果趋近零值的人，波莉肯定这一点会让哈拉尔德惊叹。

护工给凯端来早餐时，波莉趁机溜了出去，想看看哈拉尔德有没有可能已经在楼下等着了。护士说没有人来过电话。"麻烦你打电话问一下，"波莉说，"彼得森太太是我的一个老朋友。"她回到了凯的病房。没过一会儿，护士来了。"没有，瑞吉里太太。""没有什么？"凯问。"她是说我上午十点没有日程安排。"波莉迅速撒了个谎。既然她没有把她的期望告诉凯，那么同样也没必要让凯知道自己的失望。"我去给哈拉尔德打电话。"她说。"太好了。"凯一边往面包上涂果酱一边说。她基础代谢的结果似乎让她恢复了乐天派的个性。"今天早上感觉好多了，是不是？"护士说道，"把早餐吃完，亲爱的，然后我来帮你穿衣服。"

凯家里的电话没有人接听。这就更对了,波莉心想,哈拉尔德一定已经在来的路上了。不过,她还是打电话到研究中心找到吉姆,简单跟他说了一下情况。他答应早点过来,在午饭之前来看一下凯。"当然,如果到时候她还在这儿的话。"波莉加了一句。"她会在的。"吉姆说。"别这么悲观。"波莉说。凯穿了一件确实需要腰带的褐色裙装,正在病房里收拾东西。"你找到他了吗?"她问。波莉说他肯定是在来医院的路上。护士朝波莉使了个眼色。"彼得森太太似乎不喜欢我们这儿啊,"她调笑地说,"她更愿意回家去找她丈夫。""她不想让我收拾东西,"凯对波莉说,"我跟她解释过了,这一切都是误会。我本来要去的是纽约医院。"护士微微笑了笑。凯不知道的是,精神病人里最常见的一种错觉就是认为自己是被错送进来的。"我现在得离开了,瑞吉里太太。"护士说道。她转身对凯说:"瑞吉里太太自己也有工作要做,你不能一直让她在这儿陪你说话。"波莉开口为凯解了围。"我再多陪她几分钟,"她说,"她丈夫马上就来把她接走了。""是这样啊!"护士轻轻哼了一声说道。她显然觉得波莉给病人增加无谓希望的做法是错误的。

"他真的会来吧,你说?"护士走了之后,凯问道。"当然。"波莉说。她给她们俩各自点了一根烟。她们都看了看手表。"如果你打电话那会儿他已经离开家的话,"凯说,"那他还有十五分钟就到了。""二十分钟吧,"波莉说,"下了第一大道公交车还要走五分钟。""或许他是坐出租车来的。"她们抽着烟。一贯健谈的凯现在一言不发,波莉好几次想要找些无关紧要的话题来聊,都没聊下去。她们的心思都在哈拉尔德身上,都盼着他快点来。凯拿起昨天的报纸,读起卢修斯·毕比的文章。"哈拉尔德见过他。"她说。突然间,她们听到走廊尽头传来阵阵尖叫声,以及胶底鞋奔跑的响声。"哦,我的天啊!"凯说。"没什么,"波莉说,"有病人过于'激动'了,仅此而已。护士会去照顾她的。""她们要干什么?"凯说。"把她带到楼上去,"波莉说,"暴力倾向患者的病房在上面,第七层和第八层。被隔离的患者如果有好转的迹象,她们会把她送到楼下,看她是否能跟新来的病人好好相处。但更常见的情况是她得被转移。可能刚才发生的就是这种情况。"他们能够听到打斗的动静。"她们会使用约束衣吗?"凯想要知道。"如果有必要的话。"波莉说。她们竖起耳朵听着。在距离凯的房间不远的地方,一个新出现的声音发出狗吠一般的号叫。更多奔跑的声音,波莉能够分辨得出暴力倾向楼层的一位医生或者男性护工更沉重的脚步声。凯紧紧抓住波莉。她们听到一个男人在下命令。然后一切都安静下来。"楼上有软壁病房吗?"凯悄声说。"有,"波莉说,"我想有吧,但我从没上去过。"她心里燃起一阵怒火,为了凯——为什么今天上午非要出现这种事情?吉姆因为分诊层的混乱批评过医院,他说得完全正确,让那些重度精神病患者和处在精神失常边缘的患者接触是非常冷酷无情的做法。那些只有轻度精神崩溃症状或者那些还很年轻、几乎还是孩子的新患者会被他们最初几天在医院里的所见所闻吓坏。波莉刚刚目睹了一个活生生的例子,凯仍然在发抖。"我想起大学时,"她说,"我们为了心理学作业到州立精神病院去参观过。我真的怎么也想不到——"她的眼中噙满泪水,她的话没有说完。"波莉!"她说,"如果他告诉他们我疯了,怎么办?"

但是,半小时之后波莉不得不离开时,哈拉尔德还是没有来。护士进来说,主楼那边让波莉立刻过去做一项血液分析。"去吧,"凯说,"我没事。我有几本书可以读。"波莉磨蹭着不愿走。"我真希望能给你留下一些火柴……但又不想给你惹麻烦……如果精神科医生来了——"她说不下去了。她本来想说的是"小心一点",结果话一出口成了:"别担心。无论发生什么,凯,吉姆午饭之前就会过来。"凯点了点头，勉强露出了一个并不令人信服的笑容。她看着波莉把测试设备收拾好。"走吧，"她说，"你还在等什么呢？"波莉推着设备车走出门外。楼道里空荡荡的。所有的门是半开着的，其他病人一定都去做早操了。她也没有什么办法——这都是医院的规定，但是波莉觉得这样做很恐怖："我是我姐妹的守狱人吗？"她的良心在问。他们把她父亲关在里格斯精神病治疗中心的时候，他背诵了但丁《神曲·地狱篇》里的哪几句来着？"而我听到了下面那恐怖的塔楼的出口给上了锁……"她掏出钥匙，把凯锁在了病房里。

房门的另一边，凯听到了钥匙转动的声音，她知道是波莉锁了门。她并不怪波莉。她甚至不怪背叛了她的哈拉尔德。她估计，波莉回到办公室之后就会尝试给哈拉尔德打电话。但凯并不指望他会来接她。或许他昨天晚上就没回家住，他到别的地方跟女人鬼混去了。她也不认为他会来医院。她担惊受怕了五年的事情终于发生了：他已经离她而去。他的做法跟其他抛下妻子的丈夫不同，他不跟她进行旷日持久的谈判，没请律师，也不瓜分家产。她一直都知道，总有一天，哈拉尔德会直接消失无踪。她、他的父母或者任何认识他的人都不会再见到他。他会用另一个身份在中东或者南美的某个地方再次出现，像一艘浮出水面的潜水艇。从一开始他在她眼里就是个谜，而他最终也会神秘地消失，不知所终。把她关在精神病院，就像是某人被强盗绑起来关在柜子里，这正是他偏爱的做法。她觉得，最终她只能宣布他已经死亡，这也是他偏爱的结局。她能够听到他公鸡打鸣般的大笑声，正从地球的四面八方传来。

而且，直到她死的那一天，她都永远不会知道他有没有背叛过她。她连最后这一点满足感都得不到。他全部的目标就是剥夺她的一切，折磨她的人生。她尝试过用财产来捆绑住他，但他仍像魔术师胡迪尼一样溜走了。如果他确实离开了她，他甚至不会带走那台打字机，那是她趁打折时买给他的圣诞礼物。还有另一件事。他知道她仰慕他，希望他能够成功，但他好像有意使她失望。有时候她觉得他是为了先把她的耐心消耗殆尽而推迟了自己的成功，等她心灰意冷离开他之后，他马上就会用扬名立万来嘲笑她。

她确实考虑过离开他。去年诺琳提过一个有趣的计划，说她们两人可以一路搭便车到里诺去。诺琳说，如果凯给了哈拉尔德自由，就会让他释放出创作的能量。这个为爱做出伟大牺牲的想法确实让凯心动了，只不过因为她坚持要坐火车去，这件事最后才不了了之。她也没有把这件事告诉哈拉尔德，因为她害怕他真的会同意，那么她做这件事的所有热情就都不存在了。然后，有一天晚上，当着客人们的面，哈拉尔德微笑着对她说："凯，我听说你准备跟我离婚呢。"那次她同样无法判定他是不是在意。他经常莫名其妙地发笑，但是不管怎么问，她都没办法让他说出有什么可笑的，比如她想要离婚这件事，如果真的有什么可笑的地方，她也无法知道。

或许他没把她的话当回事，因为他认为她是爱他的。那他就错了。她估计，一开始她确实爱过他，但他变幻莫测的态度折磨了她太长时间，坦白说，连她自己都不知道如今对他是否仍有好感。如果她足够了解他，那她或许能够看出些端倪。但是他从来都很不稳定，没有足够的时间让她做出判断。有时候她觉得，哈拉尔德可能是故意不让她看透，因为他害怕自己失去吸引力：这是他从一本手册上学来的，就像学乘法表一样。但是凯应该告诉他，如果她能够信任他，那么他的魅力要远比现在大得多。你不可能去爱一个一直跟你捉迷藏的男人，这是她的经验。

哈拉尔德或许会说，既然这样，那她为什么会难过？为什么她现在会觉得心碎？凯试图回答这个问题。她知道自己确实感到难过，但不是为了现实中的哈拉尔德，而是为了那个永远不可能合她心意的哈拉尔德。所以一切真的已经结束了——她的美梦。她躺在床上想。还有一个原因。她一向看不起失败，但是如果哈拉尔德离开了她，那她自己就是个失败者。

十一点半，有人敲门。一位戴眼镜的年轻精神科医生来跟她谈话。"今天上午我们一直在等彼得森先生出现。"他的语气里明显有一些不满，好让凯知道她应该为此表示歉意。她向他陈述经过，他做了记录。她讲完之后，屏住呼吸，等着听他的诊断，他一言不发地坐了一会儿，不停翻阅着手上的记录。"你为什么把腰带看得那么重要？"他突然问道，"夜班护士说，她们要你把腰带交出去的时候，你第一次表现得极度不配合。而且我的记录显示，你跟瑞吉里太太和日班护士伯克太太都提到了腰带。""波莉跟你说什么了？"凯大声问道，她感到受伤，也很迷茫。"瑞吉里太太想知道我们能否破例把腰带还给你。但是瑞吉里太太应该知道，在见到你丈夫之前，我们不能破例。"说到这里，他又一次用责怪的眼神看着她，仿佛哈拉尔德不来是她的错。"这不是我的错——"她刚要开口。"等一下，"他说，"我注意到，在我们刚才的谈话中你一共使用了三十七次'他的错''我的错'以及类似的表达方式。对于这一点，我希望能知道你的想法。"凯目瞪口呆。"我不明白，"她说，"你们答应过我，看过精神科医生之后，我就能转去普通医院了。""专业人士绝对不可能给你这样的承诺，"他尖锐地回答，"恐怕那是你自己的幻想吧，彼得森太太。"凯的脸红了。确实，波莉只是说了或许。

精神科医生看到凯的皮箱后皱起了眉头。"我想暂停这次谈话，"他说，"因为你现在情绪高度紧张，你的判断力会受到影响，在这种情况下，谈话对我们双方来说都没什么用。你现在的状态并不适合做出重要的人生决定。你眼睛上有一块淤青，你声称是你丈夫打的。我没有办法确认你的说法是否属实。无论如何，我们这里的设施比马路对面的普通医院更适合照顾你的病情。除了眼睛，你的身体似乎一切正常。今天晚一点的时候我们还会再给你做些测试来确认。你在这里住院期间会接受一次全面的体检，包括牙科检查。不过你的身体看起来很健康。普通医院是为了医治身体有恙的人。那里不是休养所，也不是疗养院。如果你觉得你不需要接受精神治疗，你可以回家或者去住旅馆。"

"好，我去住旅馆。"凯立刻回答他。他举起一根手指。"还没那么快。如果你丈夫能同意的话。我跟你说实话吧，我们跟你丈夫沟通之前你是不能离开的。昨天夜里是他签字同意你入院的，如果我们仅凭你的一面之词就让你出院，那就是我们的失职，毕竟我们对你完全不了解。而且你确实持刀威胁过你丈夫。"凯张大了嘴巴。"我没有说你是危险人物，"医生马上插话道，"如果我们认为你是，那你现在就会被送去暴力倾向的楼层了。我们把你安排在这里是为了保护你，相信我。""可是如果哈拉尔德永远不来，那该怎么办？"医生笑了。"似乎不太可能发生。不要自寻烦恼，彼得森太太。不过我可以回答你这个问题。如果真是那样，院长会仔细研究你的情况，如果确实没有问题，他可以让你出院。"

"如果哈拉尔德坚持让我住在这儿呢？""我认为你和你丈夫在我们的帮助下能够和谐地达成一个最好的解决方案。"这些话让凯的脊背发寒。"可是如果哈拉尔德不承认我告诉你的事实呢？""我们有获得真相的经验。""如果你们相信我的话而不是他的，你们会让我出院吗？""在那样的情况下，院长会批准你出院。""我要求与院长见面！""詹森医生会在合适的时候见你的。""什么时候？"那位精神科医生这时才第一次表现出人性的一面。他笑了起来。"你确实是个固执的女人。""我一直都是这样,"凯附和道,"老实说,你觉得我是疯子吗?"他想了想。"坦白说,"他说,"我对你的印象还不错。"凯面露喜色。"但这并不代表你没有严重的情绪困扰,"精神科医生警告她,"你有可能是个歇斯底里的人。我给你的建议是放轻松,好好吃一顿午饭,去认识一下其他病人。你会发现有些女人非常有意思。她们也来自上流家庭,有些人还受过高等教育。下午你可以试试水疗——你肯定会喜欢的。你也可以去上艺术课或者编织课。你喜欢做手工吗?"凯喜欢,但她不想承认。"像是幼儿园。"她轻蔑地说。"但是我们其他病人——"医生刚要反驳,凯就打断了他:"我不是你们的其他病人!"他站起身。"再见,彼得森太太。"他冷漠地说。她本不想把话说得那么粗鲁。他合上了笔记本。"你丈夫来了之后,我很愿意跟他谈谈。明天见。""明天!"他点点头。"就算我们的谈话结果完全让人满意,我也强烈建议你至少在医院再住一晚。"他从白大褂的口袋里拿出一根金属棒。"抱歉。"他说着,用金属棒敲了敲她的膝盖。她的腿抽动了一下。"只是例行公事,"他说,"你的条件反射很正常,跟我想的一样。"他挥了挥手说。"哦,还有一件事。瑞吉里太太非常关心你。我已经同意瑞吉里医生来了以后过来看你。"说完他就马上离开了。

吉姆·瑞吉里来的时候,凯正和其他病人一起在餐厅里吃饭。那位精神科医生给她的医嘱是午餐前到休息室和大家一起活动。病人们立刻因为吃饭时谁应该坐在凯旁边而争吵起来,最后是护士介入,把她安排在一个自称患有躁郁症的灰头发女人和一个与凯年龄相当的漂亮姑娘中间,那个姑娘告诉凯自己是穿着约束衣被送到这里来的。"我在七楼待了很长时间,现在我好一些了,"她坦白道,"我丈夫很快就会来接我回家了。"听到这句话,一个头发蓬乱、咋咋呼呼的姑娘爆发出一阵大笑。"她根本没有丈夫,"灰头发的女人悄悄对凯说,"他已经离开她了。"隔着圆餐桌坐在凯对面的是一个紧张症患者,留着男孩子气的波波头。凯在回答别人的询问时说自己是被误送到这里来的,病人们听了有的大笑,有的面露焦虑,只有那个紧张症患者脸上的肌肉一动不动。"你绝对不能那么说,"那个漂亮姑娘低声道,"就算是真的也不行。如果你那么说,他们就永远不会让你出院。他们或许还会把你送回七楼去。"

就在那时,吉姆·瑞吉里从餐厅门外探身进来。"你好,凯。"他说。他环视了一下几张餐桌旁正在喝汤的女病人们,跟他认识的一些人点头致意。他看上去愤怒而憔悴。"把彼得森太太的午餐拿到她的病房去,"他对凯那张餐桌的护士说,"我要跟她谈谈。""这不公平!"那个头发蓬乱的姑娘叫道。"瑞吉里医生是我的宝贝,"一个胖女人戏谑道,"你为什么抛下了我,瑞吉里医生?"

他匆忙带着凯回到她的病房。"这是犯罪,"他说,"他们没有理由把你留在这里。"他来晚了是因为他刚才跟那个看过凯的精神科医生大吵了一架。"他说什么了?""简单说,他不能批准你出院,因为他不想'承担责任'。他想把责任推给哈拉尔德,但是现在又找不到哈拉尔德。""你试过找他了?""波莉试了一上午了,最后还给他发了封电报。如果他今天下午还不出现,我就要报警去找他。"他的愤怒让凯又惊讶又开心,她早已忘记被人支持是什么感觉了。上一次还是她远在家乡的爸爸支持她的时候。

"是这样的,"吉姆说,"除非哈拉尔德配合,否则把你从这里弄出去确实不太容易。如果我还在这家医院任职,我就能有办法。但现在我不在这儿了,而且我走的时候也闹得不太愉快。他们坚持要走程序。我估计,如果他们放你出去之后你要杀死哈拉尔德,那哈拉尔德是可以告他们的。"他大笑着说,"这就是他们的逻辑。老詹森喜欢大惊小怪。他们不懂,精神病院对一个情绪低落的女孩来说不是个有益健康的去处。只有他们自己才会特别钟爱这里。"他打量了一下凯,"如果你脸上没有那块淤青,我可以把你当成访客带出去。"凯正在吃餐盘里的午饭,听到这话警觉地抬起头,她对于自己的行动有很强的法律意识。"波莉说你很容易冲动。"她评价道。他点点头。"我们来想想看,"他说,"你父亲是一位医生,没错吧?""整形外科医生,但他也是全科医生。""我给他打个电话如何?"吉姆说,"他可以坐今晚的火车赶来。他来了以后他们肯定会让你出院的。""但是路上要花三天时间,"凯提出了反对,"而且我受不了。我不想让爸爸知道这事。如果他知道了我被关在这种地方……"她的眼泪又开始往外冒,"或者听说了我脸上的淤青还有警察的事情……他会死的。他觉得我们的婚姻非常美满,而且他真的很崇拜哈拉尔德。""我想,那是因为他离得远吧。"吉姆冷淡地说。

"我一直是爸爸最宠爱的孩子,"凯擦干眼泪说道,"他完全信任我,而且是我让他也信任哈拉尔德的。"吉姆站起来,从装有铁条的小窗户望出去。"哈拉尔德身上到底有什么让你信任的地方?"他问,但是没转身。"呃,他是个天才,"凯说,"我是说,如果你了解戏剧界——"她停住了,"波莉不觉得他是个天才吗?"她焦虑地问。"她没说过。"吉姆回答。他转过身面向凯。"你知道吗,凯,有一点曾经让我怀疑过你的精神是否正常。""哈拉尔德。"她低声接话。他叹了口气。"我想你是爱他的。"

"这样说听起来就有意思多了,"凯坦率地回答,"但我并不觉得我还爱他。某种程度上,我觉得我恨他。""是吗,这倒新鲜了,"他说,"当然,我几乎不认识他,凯。可是如果你恨他……""那我为什么不离开他?"她之所以从未对任何人坦白过,就是因为她害怕回答这个问题。不过也许一位精神科医生能够帮助她。"我没法解释,"她痛苦地说,"你觉得我会不会是个受虐狂?"他笑了笑。"不会，就连霍珀——你见过的那位医生——都震惊于你面对你丈夫的暴行时显露出的'无动于衷'。""那他是相信我了吧！"凯大声说。"这对你意义重大，"他同情地表示，"你是不是曾经说过谎？"凯点了点头。"很不应该，"她说，"但我只是为了让自己打起精神，或者为了得到我想要的东西。""但你绝对不会做伪证陷害你的邻居。""当然不会！"她震惊地说，"而且我已经改过自新了。不信你问波莉。问题是——我不妨也告诉你吧——哈拉尔德并不是很诚实，所以我就以其人之道还治其人之身。或许只是为了治一治哈拉尔德。"他想了想。"你觉得你的婚姻是一个美丽的假象吗？"

凯与他对视着。"你是怎么猜到的？"她说，"我想是吧。这有可能是我没办法摆脱它的原因吗？如果我放弃了，那么人人都会知道我的婚姻失败了。你可能不知道，吉姆，我在盐湖城算是个传奇人物，是'那个在东部混出了名堂的姑娘'。""'混出了名堂'？""嫁给了哈拉尔德，还有戏剧界。这些在我爸妈和小时候的女同学们听来都是无比光鲜的事情。你知道，我自己也想成为一名导演，或者女演员，但我真的没有什么天赋。这就是我的悲剧所在。"

吉姆看了看手表。"你看现在是这样，凯。所有人都在吃午饭，我试着把你带出去怎么样。除了这一层的员工，没有人知道你是个病人。你和我一起沿着楼道走到电梯间。如果我们遇到护士，没问题，我把你交给她。如果没有遇到，我们就可以逃出去。电梯工都是我的朋友。但你要先把箱子留在这儿，晚点波莉会帮你拿出来。你的大衣呢？我先帮你拿着，进了电梯再说。"

凯的思绪突然被打断，这让一贯条理分明的她有点错愕，既然现在已经说到了哈拉尔德，她就非常想继续讨论下去。但吉姆的热情一时间也打动了她。波莉是幸运的，吉姆具有真正的骑士精神。"我不能让你这样做。天啊，这可能会让你的行医资格被取消。他们发现我跑了之后一定会大发雷霆。""胡说八道。他们会对这种既成事实感到欣慰和感激。而且,我们可以让他们觉得是我忘了锁门,所以你才自己溜出了病房。"凯苦笑了一下。主意是他出的,出了事也要全都怪到他头上,她可不愿意。正式出院和被当成一个逃跑的疯子记录在案完全是两回事。"不,"她坚决地说,"我不想偷着跑掉。我要正大光明地出院。我要让医院承认他们出了错。""你不了解医院。"吉姆说。不过他也看出自己说服不了凯。她害怕自己让他失望了——如果波莉处在她的位置,她会同意吗?凯深表怀疑。

他站起来,看上去很沮丧。她看得出,他是个喜欢把事情做好的人。"至少我们得让你离开这层楼。"他咬紧牙关说道。他跟她解释,这家医院采取的是一种"晋级"型运营方式。随着病情好转,病人会从高层病房"晋级"到低层病房。那些表现最好的病人,也就是被判定为"处于康复期"的,也就是那些几乎已经可以出院的病人都住在四层,那里的病房跟大学宿舍差不多。窗子上没有装铁条,病人不会被锁在房间里。他们可以系上腰带,戴上婚戒,还有固定的探视时间。他们可以自己控制熄灯时间,唯一的限制就是不能在房间里抽烟,像大学里一样。他形容这一系列特权的时候,凯的脸上露出了喜色。"你真觉得你能把我转到四层的病房去吗?""今天下午就转,只要他们还有空床位。""你是说我可以跳过第五层?他们允许病人这样做吗?""一般来说不行,但你的情况特殊,对吗?"凯开心地笑了。她承认,自己上学的时候就总盼望着能够跳级。

果然,不到半小时,护士就来把她转到了四层的病房。可惜其他病人都在房间午睡,没能目睹她离开。凯尽量不为自己的胜利沾沾自喜,而是对剩下的那些病人深表同情,她们或许还要经过好几个月才能完成她一天就已达成的升级。不过,漫步走过楼道的那一刻,她还是忍不住得意了一番。只有想到那个漂亮的姑娘时,她的心中才泛起一点点悲哀。

她的新病房漂亮多了,虽然里面仍然没有电话,而且墙壁也还是程式化的古铜色调。收拾盥洗用品的时候,凯觉得,其实住在佩恩·惠特尼治疗中心里也挺不错的,前提是院方确认她的精神正常。四点钟她有一个综合体检要做,明天上午她要见妇科医生。过来跟她打招呼的新护士说,这些检查都是"医院付钱"。五点钟,凯要去做个水疗。病人们白天的时间都被安排得满满当当,不过晚上他们可以打桥牌,睡前则会有一杯热巧克力或者阿华田饮料。病区里有一个乒乓球台,每周会放两次电影,男病人也会过来一起看。医院里还有个美容室,那里偶尔还会举办舞会。凯说,坦白讲,找一个男病人做舞伴有点毛骨悚然。护士也同意,不过她说女病人们都很可爱——她真舍不得她们出院。

晚饭前,有人通知她哈拉尔德来了。凯立刻开始发抖。"如果你不想见他,亲爱的,你可以不见。"护士告诉她。但是凯说自己准备好了。她暗自保证不会哭,也不会责怪他,但是她一开口吐出的第一句话就是:"你去哪儿了?"他把从戈德法布花店买来的一个鲜花礼盒送给她作为回答,盒子里面是两朵她最爱的红色山茶花。他没来是因为他对她做出这种事情之后没脸见她。他一直在街上溜达。他看到了东河上出现的曙光,之后一整天他都在城里漫无目的地走,心里挂念着凯。

凯抑制住想要相信他的渴望。她告诉自己,该好好算个账了,她绝对不能让自己被两朵山茶花收买。"是你签字让我住进来的,"她冷冰冰地说,"是不是?"哈拉尔德并没有否认。"你怎么能这样做呢?你怎么能这样?""我知道,"他闷声说,"我知道。"他也无法解释为什么自己会做出这种事。"我太累了,"他说,"很明显是出了什么差错。但是我们已经来了,而且当时也很晚了。如果我不签字,我还能带你去哪儿呢?至少他们在这儿留了一个房间给你,而且他们告诉我签字只是走个流程。我就鬼使神差地相信了。唉!"他离开医院之后,找了间酒吧待了一会儿,然后回到家,在酒精的麻醉下睡了几小时,又在良心的驱使下醒了过来,他到街上去溜达的时候天还没亮。他走遍了整个城市,横穿了两次布鲁克林大桥。站在北河的一个码头上,他曾经想过干脆当个海员,登上一艘开往巴拿马运河或者澳大利亚的船,从此永远消失。"我就知道是这样!"凯喊道。随后,他又走到了布朗克斯动物园,到猴山去看望了他的祖先类人猿,然后走回到华尔街,看了一会儿股票行情跑马灯。他抬起右脚,给她看他鞋底磨出的洞。最后,他坐地铁到了五十九街,到戈德法布花店买了花,然后就过来了。"你吃饭了吗?"凯问他。他摇了摇头。"你去见精神科医生了吗?""是的,我可怜的姑娘,我全都坦白了。你随时可以出院。都是我的错。"他沉默了一会儿。"凯,精神科医生告诉我,你拒绝交出结婚戒指。"他拉起她的手,轻轻地亲吻着她手上金银相间的婚戒。"我认为这是一个信号,表示有一天你或许能够原谅我。我没说错吧?"

这是她从哈拉尔德口中听到过的最卑微的道歉,凯简直不敢相信自己的耳朵。为此被关进精神病院几乎是值得的。"今晚可以吗?"她说,"我今晚能走吗?""如果你想走,而且不太累的话。"凯犹豫了。她想起来明天上午还要看妇科医生,而且她也好奇其他病人是什么样子。既然已经来了,从某种程度上说,如果不住一住就走,也是很遗憾的。"今天上午我见到了一个紧张型精神分裂症患者,"她说,"午饭时我隔着桌子坐在她对面。她很吸引人,像个洋娃娃,一动不动,需要别人喂她吃饭。还有一个漂亮姑娘,坐在我旁边,她看起来完全正常,但他们是用约束衣把她送进来的。她喜欢我。

她们都争着坐在我旁边,好像我是学校里新来的女生。"哈拉尔德笑了。"你还做了什么?""我做了水疗,还做了体检。我跟波莉的丈夫聊了聊,"她觉得自己脸红了,"他想让我逃走。还有,对了,我一定要告诉你我的新陈代谢检测结果……"

哈拉尔德继续听她说。这时,一阵敲门声轻轻响起。"五分钟后吃晚饭,彼得森太太。"他们都吓了一跳。"我该怎么办呢?"凯说。想到马上要回家了,她心里隐约有些失望,就像是宴会刚开始就要离席。"你今天晚上想留下吗?"哈拉尔德说。她在认真考虑。她不想伤害他的感情。"我们都认为你需要好好休息,你记得吧,"他鼓励她说,"而且你眼睛上的伤没好之前,也不能去上班。再说,你已经请好一周的病假了。""我知道。""你的蓝十字保险可以支付精神病院的住院费,我特意到办公室咨询过了。如果我是你,我就会在这儿住上一两周。你每天都可以找精神科医生聊聊天。这都是治疗的一部分。凭借你的心理学背景,你应该会得到一些成果。通过研究这里的女病人,你还可以学到人事工作中能够用到的方法。而且你可以对自身有更清醒的认识。""但我没有任何问题啊,"凯说,"我以为医生已经有定论了。"一听到哈拉尔德提出让她留下,她自己想留在医院里的愿望就立刻消失了。"吉姆·瑞吉里说,把我送到这里是犯罪。"她气鼓鼓地说。"哎呀,求你了,凯,别再责怪我了!"哈拉尔德回答,"如果你还是不能原谅我,你直接说就好,我马上走。"凯没再说下去,她并不想把他赶走。"我会留下,"她谨慎地说,"但前提条件是所有人都要明白,我不是精神病患者,跟其他那些人不一样。我也不介意跟精神科医生聊天,只要大家都清楚这并非我必须做的事。我是说,当然,大家都需要,但是……"她有点语无伦次。"但不是每个人都有蓝十字保险。"哈拉尔德补充道。

凯还想考验他一下。"如果我说我不想留下,你会带我回家吗?""当然。""好吧,我留下,"她决定了,"那我最好赶紧去吃晚饭。你明天会来的,对吧?"哈拉尔德向她做了保证。"无论如何都会来,"他说,"那位精神科医生估计也想要找我。""找你?"凯不屑一顾地问。"他们想从其他角度来了解病人。哦对了,他还想找你的几位朋友聊聊。明天上午我能带诺琳来吗?完事之后她还能顺便来看看你。还有谁?海伦娜?"凯瞪着他。"如果你把这件事告诉我的朋友们,"她说,"我就杀了你。"话一说出口,她自己都吓了一跳,赶紧用手捂住嘴。"我当然不是真的要杀你,"她倒抽了一口气说,"但我求你,哈拉尔德,别告诉诺琳。别让她跟精神科医生谈话。只要你别让诺琳掺和进来,我做什么都行。"她开始剧烈地抽泣起来。"哎呀,别孩子气了,"哈拉尔德不耐烦地说,"留着去跟精神科医生哭吧。"他的语气很残酷,明明刚刚才道过歉,这让她心如刀割。护士又来敲门了。"你来吃晚饭吗,彼得森太太?""她马上就去,"哈拉尔德替她回答,"去洗洗脸。再见。明天见。"他关上门走了。

凯缓慢地把那两朵山茶花别在裙子上。她提醒自己,她有随时离开这里的自由。留下来是她自己的选择。和其他那些病人不同,她一刻都没有精神失常。但是当她往餐厅走去的时候,一个可怕的怀疑浮上心头。他们在对她使用心理干预手段:这并不是她自己的选择,她并不自由,哈拉尔德也并不感到抱歉——是那个精神科医生指示他这样做的,就是这样。

第十四章

普瑞斯·克罗克特每天上午都会带儿子斯蒂芬到中央公园去玩。六月的一天，她推着婴儿车，领着斯蒂芬来到公园时，惊讶地发现长椅上坐着一个熟悉的身影，那人面前也有一辆婴儿车。是诺琳·施密特拉普，她穿着时髦的长裤，戴着黑色的太阳镜。婴儿车的遮阳棚没有撑起来，铺着胶皮的软垫上躺着一个全身光溜溜的小婴儿，是个男孩。普瑞斯怔住了，诺琳坐的是"她"的长椅。她不确定诺琳还能否认出她，距离她们上次见面也有五年了。诺琳变了，她胖了一些，头发也染成了金色。"嘿，"诺琳抬头瞟了她一眼说道，"一起坐吧。这是伊卡博德。"她轻轻地晃动着婴儿车。她戴着太阳镜，目光紧盯着正拖着益智玩具走来走去的斯蒂芬。"这是你的孩子？"普瑞斯把儿子拉过来。"跟这位女士问个好，斯蒂芬。"她不知道该怎么介绍诺琳，很明显她再婚了。诺琳跟斯蒂芬握了手。"我叫诺琳·罗杰斯，很高兴认识你。"她的无名指上有一枚白金镶托的硕大钻戒，婴儿车也是带有定制纹章的英国货。"你每天都到这儿来吗？"她问普瑞斯。

看起来她们住得很近。诺琳刚刚搬到公园大道和麦迪逊大道之间的一座褐砂石房子里,是她和丈夫一起买的,普瑞斯的公寓位于列克星敦大道和七十二街之间。"但还是你走运,"普瑞斯羡慕地说,"你肯定有自己的后院。你不需要到中央公园来。"她自己的情况就不同了,她每天上午都要推着婴儿车从列克星敦大道一路走过来,然后匆忙赶回家把斯蒂芬的烤土豆放进烤箱里,好赶得及在中午十二点让他吃上午饭,实在是太折腾了。诺琳说,她的后院里还满是玻璃砖和水泥搅拌机。他们正在重新装修房子,要把台阶换成坡道,并且在临街的一面建一堵玻璃砖墙。普瑞斯意识到,诺琳的房子应该就是最近街坊四邻都在议论的那座,她很想知道诺琳嫁的这位罗杰斯是何方神圣。"我丈夫是个犹太人,"诺琳突然说道,"他家原来姓罗森贝格,后来改成了罗杰斯。你不反感犹太人吧?我自己其实很受不了他们。"普瑞斯还没来得及回答,诺琳就又开始说了,还是用普瑞斯记忆中的那种连珠炮一样的语速,好像她在口授一封信件。"弗雷迪的全家人在改姓的同时,也改了信仰。他现在是一个坚定的圣公会教徒了。可我拼命想让他回归以前的东正教信仰。披上祈祷披巾,拿着护符。真正的摩西律法。新教的仪式只是十九世纪妥协后的结果而已。但是一个正统的犹太教徒不能跟非犹太人结婚。"普瑞斯听到这里,大为诧异。诺琳点点头。"他们不赞成异族婚配,跟天主教徒相似。圣公会教徒禁止离婚,弗雷迪的神父不想给一个离过婚的女人主持婚礼,所以我们在约克维尔找了一个路德教会的牧师。弗雷迪的父母还以为在牧师的接待室里会看到一幅希特勒的画像。"她大笑起来,"你对宗教感兴趣吗?"普瑞斯承认她对政治的兴趣更浓厚一些。"我对政治已经厌倦了,"诺琳说,"从慕尼黑事件之后。我现在对宗教更有热情。社会如果不能找到回归主的道路,那就会走向毁灭。像我这样的人面临的最大问题是找回信仰。对普罗大众来说这很容易,他们从没失去过信仰。但是对精英阶层来说就是另一回事了。"

她的目光在斯蒂芬身上定住。"你就这一个孩子吗？"普瑞斯解释说她流产过几次，但还是想再生几个孩子，不然斯蒂芬独自一人长大，还挺让人难过的。"收养几个吧，"诺琳说，"这是唯一的办法。如果精英阶层不能繁育后代，就必须'嫁接'新的种群，否则就会面临灭绝。你知道吗，瓦萨学院的毕业生人均只有二点二个孩子？"普瑞斯知道这个统计数字，当时它在校友圈里还引发了关注——其他人口都在成倍增长的同时，瓦萨的女人们只能做到下一代人数跟她们持平。"你丈夫是做什么工作的？"诺琳问道。"他是个儿科医生。""哦，"诺琳说，"哪个学派的？"普瑞斯开始告诉她斯隆在哪所医学院上的学。诺琳打断了她。"我是说他是哪个思想派别的？行为主义？格式塔心理学？斯坦纳？克莱因？安娜·弗洛伊德？"普瑞斯只好窘迫地回答她不知道。"他是个内科医生。"她略带歉意地说。然后，她试着问了诺琳一个私人问题。

"你的丈夫是做什么的，诺琳？"诺琳轻轻一笑。"他是开银行的，跟库恩和洛布合伙。他出身于一个放债世家，祖籍是法兰克福。但是后来发生了犹太人大流散，他们就分散到了世界各地。他家还有匹害群之马，成了犹太复国主义者，跑到巴勒斯坦去了。他们从来不提他的名字。弗雷迪的父母都想改变命运，"她继续严峻地说道，"和很多德国犹太人富豪一样。他们把弗雷迪送到乔特中学和普林斯顿大学读书，在大学的一个俱乐部里，他有过一次伤人的经历。俱乐部发现'罗杰斯'曾是'罗森贝格'的时候，要求他自动退出。"普瑞斯发出一声嗤笑，诺琳则用几声大笑回应，仿佛这件事给了她一种特殊的享受似的。

普瑞斯瞟了一眼小伊卡博德，发现他已经被割了包皮，她心怀内疚，但暗自庆幸斯蒂芬没有个犹太父亲。尽管听起来很不像话，但她突然意识到，如果你想给你的小孩一个最好的人生开端，那就不要嫁给犹太人。不过她觉得诺琳在这一点上是无所畏惧的，普瑞斯很敬佩能够给一个小婴儿起那种名字的人。"你就不怕他以后在学校里被人叫'伊基'吗？"她脱口而出。"那他就要早点学会为自己的名字而战了，"诺琳意味深长地说，"不名誉的伊卡博德。这就是那个名字在希伯来语里的意思。'没有荣耀'。"她摇着婴儿车。

"他多大了？""三个月。"普瑞斯希望诺琳能把遮阳棚撑起来，她害怕上午的阳光对孩子头发稀疏的小脑袋来说过于强烈了。"他这么小，还不能晒日光浴吧？"诺琳驳斥了这个想法。把他从西奈山医院接回家后，她每天都带他出来晒太阳。不过她还是把遮阳棚稍微拉上了一点，把他的脸挡在阴影里。"这里挺不错的，"她满足地看着周围，"没有奶妈或者英国保姆。我昨天去的那个地方，她们都在因为他赤身裸体而吵个不停。她们担心自家那些古板的女孩看到他的小鸡鸡会好奇——是不是，伊卡博德？"普瑞斯吞了好几口吐沫，她不安地往斯蒂芬那边看去，他正开心地在草地上追着球跑来跑去。她总是很怕"唤起"斯蒂芬的生殖器，给他洗澡的时候，她也不愿意翻洗他的包皮，但是斯隆说，出于卫生原因，她应该那样做。可她几乎宁愿让他脏着，也不愿意他因为她的动作而产生恋母情结。最近她给他洗澡的时候干脆略过了这个步骤，并且没有告诉斯隆。

"你戴手表了吗？"诺琳打着哈欠问道。普瑞斯报了时间给她。"你喂母乳吗？"普瑞斯问道，不无嫉妒地偷看了一眼诺琳巨大的胸部。"我的奶水没了。"诺琳说。"我的也是！"普瑞斯大声说，"我刚离开医院就没有奶了。你喂了多久？""四周。之后弗雷迪跟我们找来照看伊卡博德的姑娘上了床，我的奶水就罢工了。"普瑞斯哽住了,她本来想说他们给斯蒂芬加了一瓶补充奶粉之后她的奶水就没了这件事,但是话到嘴边她又咽回去了。"我早该预料到的,"诺琳点了一根烟,继续说道,"我们已经很久没有真正的性生活了。你懂的。孕晚期需要禁欲,孩子出生后一个月之内也是。于是弗雷迪憋坏了,而且他觉得伊卡博德成了他的对手。然后我们就雇了那个爱尔兰小婊子,很快。她是弗雷迪妈妈的仆人的表妹。一个真正的爱尔兰妞。眼睛凹陷,手指头发黑,在性方面丝毫没有道德。她在老家一直跟叔叔上床,是她告诉我的。弗雷迪自然忍不住对她上下其手。她的房间就在育婴房隔壁,我夜里跟伊卡博德一起睡——凌晨两点我得爬起来给他喂奶,弗雷迪嫌我们吵,就在育婴房里搭床睡。"普瑞斯特别想要给她提点建议——诺琳不知道吗?无论在什么样的情况下,哪怕是在拥挤的贫民窟里,婴儿也绝对不能跟大人睡在一张床上。但她很羞怯,又怕自己结结巴巴说不清,于是什么都没说。"弗雷迪就偷偷溜进了她的房间,"诺琳继续说道,"我给她收拾床铺的时候发现的。床单上还有弗雷迪的精液。让我抓狂的是她居然连条毛巾都不垫,太不成体统了。我把床单撤下来,拿去质问弗雷迪,他正边吃早饭边看《华尔街日报》。他说这件事有一部分错误在我。我没有把她当成仆人对待,反而伺候着她的衣食住行,所以她才觉得自己有资格跟男主人上床:她觉得能跟我平起平坐。比如铺床这件事,她应该自己铺床。他说得对。我不擅长跟工人打交道,他只能亲自把她轰出我们家。同时我用洗衣机把床单洗了,他说我应该留着让洗衣工洗。我们吵了起来,结果就影响了我的奶水分泌。"

"他们说突然的刺激确实会导致奶水中断,"普瑞斯说,"但至少伊卡博德得到了免疫力。"诺琳表示同意。她心不在焉地说,伤害更多是在精神上的。她伸手到婴儿车里拿出一个橡胶奶嘴,塞进伊卡博德的口中。普瑞斯迷惑地看着那个东西。"用这个是为了不让他吃手指头吗？"她问，"你知道，诺琳，现在的儿科专家认为，与其让他们改掉这个习惯，不如就让他们吃手。每次斯蒂芬把大拇指放进嘴里的时候，我都会轻轻地转移他的注意力。但是那个橡……橡胶奶嘴"——这个词似乎粘在了她的嗓子眼里——"非常不卫生，还会改变他的嘴形。你真的应该把它扔掉。斯隆看到的话一定会很震惊。这可以像吃手一样形成习惯。"她非常真诚地说着，看到诺琳这样一个受过教育的女孩竟然如此无知，她觉得不可思议。诺琳耐心地听她说完。"如果小孩子吃手指，"诺琳说，"那是因为他的口腔快感被剥夺了。他每天需要有一定的吮吸时间，但奶瓶又满足不了他，所以给他一个橡胶奶嘴就行了。是不是，伊卡博德？"她朝伊卡博德温柔地笑着，小婴儿吸着橡胶奶嘴的时候，脸上确实也洋溢着幸福的神情。普瑞斯尽量把目光从这种场面上移开。让一个孩子从假奶头上得到天堂般的满足是她能想到的最糟糕的事情。她觉得应该立法禁止生产这种东西。

斯蒂芬走近婴儿车。"那是什么？"他好奇地问道。他伸手去摸婴儿嘴里的橡胶奶嘴。普瑞斯马上把他的手拿开了。但他仍然热切地盯着看，明显被伊卡博德发出的满足的声音吸引住了。"那是什么啊？"他重复道。诺琳把奶嘴从婴儿的口中拿出来。"你想试试吗？"她和善地说。她用一块干净的尿布把奶嘴擦了擦，递给了斯蒂芬。普瑞斯立刻来阻止。她从车里掏出来一块用蜡纸包着的棒棒糖。"来！"她说，"那个'波波'是小宝宝的，把它还给罗杰斯夫人。这个才是你的。"斯蒂芬接过棒棒糖。普瑞斯发现，交换这个办法在他身上很见效。他会乖乖地用一件不好的东西，比如一个安全别针，去换一件好的东西，比如一本图画书，而且通常似乎都没有注意到手里的东西已经被换掉了。

诺琳观察着这一幕。"你特意训练过他，"她终于说道，然后轻轻笑了下，"我猜你也训练他自己上厕所了吧。""恐怕还没有。"普瑞斯尴尬地说。她压低了声音。"实话说，我简直一筹莫展。当然，他不小心'拉了'之后，我从没有像其他妈妈或者护士那样惩罚他，虽然有时候真想打他屁股。总之，我做了一切该做的。你懂吧。'注意观察他想要拉屎的时间，然后每天早上时间一到，就轻轻地把他抱到儿童坐便器上坐好。如果他没拉，就把他抱下来，不要显露出任何不高兴的迹象。如果他真的拉了，微笑着鼓掌。'"

诺琳触及了她最敏感的问题。作为一个儿科医生的妻子，她感到十分羞耻，斯蒂芬已经两岁半了，还是不能控制自己的大便。他不仅会在午睡时把床上弄得一片狼藉外加恶臭，有时候还会在公园里拉一裤兜，所以她才会寻找偏僻的长椅，而不是带他到游乐场去玩。要不然他就会像上周末那样，在牡蛎湾俱乐部的海滩上，在所有晒着日光浴、喝着鸡尾酒的游客面前，把屎拉在泳裤里。斯隆虽然是个医生，但是每当斯蒂芬在公共场合拉裤子时，他都会非常恼怒，而且他也从来不会帮普瑞斯给斯蒂芬清理或者做出任何缓解她窘境的举动。比如上周末，斯蒂芬趁普瑞斯不注意，带着满满一裤兜屎跑到沙滩上去了。是普瑞斯的妹妹琳达帮忙抓住了小宝宝，并且把他抱进了俱乐部，普瑞斯忙着给斯蒂芬清洗的时候，琳达还帮普瑞斯洗了他的裤子。而斯隆全程都坐在遮阳伞下面，无视整件事的发生。

后来斯隆告诉普瑞斯，她们姐妹俩没必要那么大惊小怪。然而也只有在这一点上他才能说她没有把斯蒂芬教育好。斯蒂芬不再尿床了。他吃蔬菜也吃奶冻。他很听话。他现在甚至都不怎么哭闹了，晚上到时间就会上床，抱着一堆毛绒玩具进入梦乡。她搞不懂自己在培养他的过程中犯了什么错误。她的妈妈也想不通。她们两人一起把全过程回溯了一遍,从最初那些清晨,她把斯蒂芬放到固定在普通马桶上的儿童坐便器开始。一用上儿童坐便器,他的排便时间立刻就变了。从九点变到十点又变回七点,到了最后,几点都有可能,这让普瑞斯和她请来帮她照顾孩子的年轻女孩只能白费力气。每当她们通过他的表情判断出他要"拉屎"的时候,她们就会把他放到坐便器上,好让他在大脑里把这两件事关联起来。但无论她们在一边观望了多长时间,也不管她们把他放到坐便器上之后还要耐心地等待多长时间,他通常都会让她们失望。然后,只要她们把他抱下来,他经常会马上拉在婴儿床上。

斯蒂芬还小的时候,普瑞斯以为他或许不能理解大人想让他做什么,于是斯隆允许她发出不满的哼声或者摆出一副愁眉苦脸的样子,好让他能够跟着模仿。但是她的这些哼哼唧唧除了让她显得愚蠢没有任何成果。她试过把他一个人留在儿童坐便器上,这样他就不会以为这是母子两人在玩游戏。她想把他单独留在上面更长时间,但是斯隆说五分钟足够了。偶尔有几次他"表现很好"——普瑞斯觉得纯粹是出于偶然,她会适度做出赞许的动作,这样就算她不再鼓掌微笑,斯蒂芬也不会觉得他是在受惩罚。

斯隆认为,这件事要怪普瑞斯的紧张,就和当初她喂母乳时一样。"你把他放在马桶上的时候,他感觉到了你的紧张,所以你要放轻松。"可是,如果斯蒂芬拉了一床,弄脏了玩具和毛绒玩偶之后,不得不去清理的人是斯隆,他肯定就没办法保持轻松的状态了。斯隆一直说,这种事发生的时候要避免露出任何责怪的迹象,这才是正确的做法。"正常表现就行。当作什么都没发生。"可那样等于在撒谎。虽然她从未通过语言或者姿势责备过斯蒂芬,但是到了这个时候,斯蒂芬一定知道她真的不喜欢他在床上拉大号。实际上她越发觉得他不仅知道,还乐此不疲。尤其是有一天,她在家招待客人吃过午餐之后带大家到他房间参观时，发现他又"出了状况"。看到女士们匆忙逃离案发现场的样子，他竟然雀跃着发出咯咯的笑声。普瑞斯怀疑斯蒂芬的个性中暗藏着一股反叛的劲头，具体就表现在以这种方式跟她作对。好像他读过育儿手册，知道自己不会因为这种淘气的行为而受到惩罚，相反还可以借此来惩罚她似的。

这个想法太恐怖了，所以她不能和别人说起，甚至跟她的母亲也不行。一个两岁半的小孩有可能策划并执行某种复仇计划吗？而且为什么呢？唉，在情绪最低落的那些时刻，普瑞斯觉得自己知道原因。为了他太迟得到的那瓶奶粉，为了那个精确到分钟的哺育时间表：六点、十点、两点、六点、十点、两点。甚至也可能是为了他缺失的那种被诺琳称为"吮吸"快感的体验。为了他大哭的时候从来没有人把他抱起来，只有换尿布和喂水的时候才例外。总而言之，为了他有一个当儿科医生的父亲。所有人，包括在最开始持怀疑态度的哈兹霍恩夫人，如今都在感叹这种新型育儿计划成果非凡，他们从没见过一个两岁的小孩能够如此结实、高大、听话并且自立。普瑞斯的朋友们来家里吃晚餐的时候看到斯蒂芬不需要费劲哄就能去睡觉，都觉得很神奇。普瑞斯给他唱了首歌。他吃完竹芋曲奇，喝了水，再亲一下妈妈。然后他就钻进被窝，房间的灯也熄灭了。他不会大喊着让父母再把灯打开，也不会要求开着门睡觉。"从婴儿时期我们就开始训练他了，"斯隆一边给大家递小吃，一边这样说，"他被抱回房间哄睡之后，普瑞斯一整夜都不会去看他。我们让他习惯各种噪声。他从来不需要枕头。"这一点，普瑞斯的朋友们中没有一个能比得过。她们都曾尝试遵循一些普遍原则，但在某些细节上却没有严格遵守，结果就是他们的小孩会在父母开鸡尾酒会的时候不停地打扰他们，要水、要光、要大人的关注，他们怕黑，挑食，拒绝午睡。斯隆说，关键是要有坚决按照体系执行的意志力，只有孩子生病或者外出时才能例外。斯蒂芬的生活能有一个良好的开端是因为普瑞斯从不妥协。朋友们的赞赏也让普瑞斯受到鼓舞，她觉得自己确实做得不错。然而有些时候她也会暗自思忖，每当斯蒂芬把裤子弄得一团糟的时候，他是不是在报复自己仍活在人间。

"我希望你以后比我幸运，"她悲伤地对诺琳说，"你开始训练他上厕所了吗？斯隆觉得我们开始训练的时间太晚了。他说如果你尽早开始，训练一个婴儿不可能比训练动物更难。"诺琳摇了摇头。她并不打算训练伊卡博德。他需要享受和自己的排泄物打成一片的乐趣，正如他需要吮吸。"等他需要用马桶的时候，他会自己要求的。估计要到上幼儿园的时候才会。集体的压力会鼓励他放弃自己的肛门快感。等你把孩子送进托儿所之后，你就会发现他能改掉很多坏习惯。"她也不打算强制给伊卡博德断奶——就是停止用奶瓶。他到了斯蒂芬的年龄会自动断奶的，如果没有，那就自认倒霉吧。

"你到底是从哪里得来这种论调的？"普瑞斯很确定，这些话肯定不是有声望的儿科医生说的，诺琳一定是碰到江湖医生了。这些理论是基于人类学得出的，诺琳说。科学家们一直在观察原始人的生活习性，并得出了一些很有价值的结论。比如，印第安世界中最优秀的普布韦洛印第安人直到孩子两三岁才让他们断奶。大多数原始人也从不训练孩子大小便的习惯。"可是他们那会儿没有马桶啊。"普瑞斯说。诺琳点点头。"这就是我们文化的代价。如果你拥有一个抽水马桶，你就会迷恋它。你读过玛格丽特·米德[1]的书吗？她真是个了不起的女人。"

---

1. 美国20世纪知名人类学家，美国现代人类学成形过程中最重要的学者之一。

不用说，诺琳没有给伊卡博德制订时间表。他自己的习惯就是时间表。他一哭就会有人来抱，"一有需要"就会有人来喂他吃奶。"婴儿辅食呢？你们打算给他吃婴儿辅食吗？"诺琳不知道。但她反对限制婴儿饮食。"小孩子的口味很难伺候，"她说，"如果你提供多种多样的食物给他们，他们自己会选择要吃什么。"普瑞斯说她觉得现在的年轻妈妈也太省事了，她们不会在家亲手制作新鲜的蔬菜泥或者熬牛肉汤，打开一个辅食罐头就万事大吉了。诺琳似乎对这个问题不感兴趣。确实，育儿圈里讨论最热烈的那些事情——多大开始喂橙汁，炼乳和博登公司的牛奶哪种更好，罐头辅食和自制辅食哪种更好，通便应该使用灌肠术还是开塞露，婴儿麦片的好处有哪些，针对胃口大的宝宝而新创的三小时间隔法（普瑞斯和斯隆就是尝试这种方法的先驱！）是什么——诺琳似乎充耳不闻。她一再说，伊卡博德会自己做决定。她尝试着从自己的盘子里挑些零碎食物给他吃的时候，他已经表现出对意大利面的偏爱。她没有婴儿体重秤或者婴儿浴盆，给宝宝洗澡就用脸盆。她若有所思地盯着斯蒂芬。"他多大了？有三岁吗？""到下周六就整整两岁半了。"诺琳沉吟着说："难怪，在他小时候，你们还执迷于磅秤、计时器、温度计这些东西。那是计量的时代。天啊，似乎已经是很久以前的事了！"她打了个哈欠，伸展了一下自己庞大的身躯。"昨天我们睡得太晚了。有几个耶稣会会士来家里吃晚餐，还有人打了会儿鼓。再加上伊卡博德也折腾，真是蜡烛两头烧，搞得我精疲力尽。"

普瑞斯挺直腰板准备迎战，她很清楚诺琳刚才说的都是一派胡言。"计量的时代刚刚开始，"她强势地说，"我们第一次建立起规范，在各个领域都是。你应该关注一下最新的科学进展。你知道格塞尔[1]在耶鲁大学的研究成果吗？我们终于能够从科学的角度去认识儿童的成长过程了。格赛尔向我们展示了一岁、两岁、三岁儿童应该达到的成长标准。等到他把这一成果普……普及之后，每个母亲都会有可以参照的标……标准了。"

这一次诺琳伸手掩住了哈欠。"我知道格塞尔的理论。他是个研究行为主义的老古董。他女儿是35届的。""那又能说明什么呢？"普瑞斯追问。诺琳不想跟她争论。"你仍然相信技术进步，"她温和地说，"我都忘了还有人在相信这个。你们以此代替宗教信仰。你们的图腾就是标准。但我们已经超越这个阶段了。一流的头脑早已经不再接受进步这个概念。""你曾经是一个非常激进的人，"普瑞斯反驳道，"你不认为罗斯福的一些政策是值得称道的吗？设立田纳西河谷管理局，实现农村电气化，设立农场重置管理局，实施作物控制，优化工薪工时标准，等等。就算他确实犯了一些错误——""我仍然是一个激进的人，"诺琳打断她，"不过我现在更想搞清楚意义——追溯问题的根源。新政是没有根基的，那只是表面文章。它甚至都不具备法西斯主义的活力。"

"你丈夫同意你的这些观点吗？""你丈夫呢？"诺琳反驳道。"不同意，"普瑞斯不得不承认，"在政治观点上我们两个针锋相对。"这段时间，他们正在为了但泽港发生的事情争论。斯隆并不关心希特勒是否会吞掉整个欧洲，他只认同美国优先。"还是瓦萨的老一套，"诺琳评价道，"我把政治留给弗雷迪去关心了。作为一个上流社会的犹太人，他现在已经深陷国际干涉主义和国内自由主义之间了，一直摇摆不定。弗雷迪不是知识分子。但我们结婚之前都认为他应该读一读卡夫卡、乔伊斯、汤因比和一些文化人类学家的著作。

---

1. 即阿诺德·格塞尔，美国20世纪著名的儿童心理学家和医生，他提出了"成熟势力说"。

都是些入门级的读物。只有这样，从语义学角度上来说我们聊天时才能有共同的指涉对象。"普瑞斯不确定诺琳是否应该把弗洛伊德排除在外。"弗洛伊德的大部分理论已经过时了，"诺琳宣称，"而且他过于局限在他所处的时期和地域。他把古老的奥地利帝国及其风俗习惯当作一种普世文化。荣格的理论对我来说更加言之有物，还有一些年轻的后弗洛伊德派学者也是。但我并不是说自己没有受到弗洛伊德的影响。"

普瑞斯本来一直计划以后有时间可以好好读一读弗洛伊德，如今听说已经没有必要了，不禁松了口气，然而又有些失望。她认为诺琳对这类事情非常在行，她说得好像弗洛伊德已经不在人世了。普瑞斯突然感到一阵焦虑，担心自己看报纸的时候错过了他的讣告。她似乎错过了太多事情。"当然，"诺琳说，"弗雷迪和我之间也有很深的文化冲突。我们在瓦萨接受的教育让我很难接受自己身为女性要尽的义务，而弗雷迪的犹太血统让他本能地承袭了母系氏族的原则。他希望我主管家里的一切，而他在外管理银行。这样很好，起码对伊卡博德而言。他从不干涉我抚养孩子的方式，也不让他妈妈多嘴。弗雷迪希望生很多孩子，他想要建立一个王朝。只要我还能生育，我对他来说就是神圣之物。床对弗雷迪来说至关重要，他是个感官主义者，就像所罗门。他收集色情作品。他崇拜我，因为我不是犹太人。而且，他和很多有钱的犹太人一样，是个势利的人。他喜欢邀请有意思的人到家里来，这一点我能帮他办到。"说到这里，她突然停下来，叹了口气，"可是问题在于——问题在于——"她压低了声音，四下看了看，"天啊，我还是跟你说了吧，你或许也有同样的问题。"普瑞斯紧张地咽了一下口水，她害怕诺琳要谈到性生活这个普瑞斯仍然感觉特别厌恶的话题。

"问题在于我的头脑，"诺琳说，"洛克伍德小姐和其他小姐们把我塑造成了一个知识分子。弗雷迪不介意我比他有思想,他其实挺喜欢的。但我有种对牛弹琴的感觉。而且他希望我同时能当个家庭主妇,也就是他所谓的'女主人'。我应该穿着得体并且擅长布置餐桌。他觉得那应该很容易,因为我们家有仆人帮忙。但我驾驭不了仆人。我想那是我热衷政治时期遗留的问题。弗雷迪负责雇用这些仆人,但是他说仆人们一进家门,我就放任他们变得懒散。他们都能看得出我脑子里没有那根筋,于是开始偷偷喝酒,在账单上做手脚,忘记把银器擦干净,等等。弗雷迪是个非常注重享受的人——如果你用没有擦亮的咖啡壶给他端来重新热过的咖啡,他会大发雷霆。如果桌布是脏的,他也会生气。昨晚我们刚刚坐下准备吃晚餐的时候,他就立刻叫管家来把桌布换掉了。我自己正忙着跟那些耶稣会会士讨论自然法则,根本没注意到。"

"你可以利用上午的时间看一眼桌布和银器,"普瑞斯提出,"在晚宴开始之前,把你要用到的所有东西都拿出来检查一遍。"普瑞斯上大学时也是优等生,但她和兼职女仆之间从未出过任何麻烦,她家的女仆通常都是她妈妈介绍来的。她觉得头脑就应该帮助你把生活安排得更有效率。此外,她也从没听说过诺琳在大学里是优秀学生。"我知道,"诺琳回答,"现在我们有了一座新房子,我也准备做出一些改变。我最近才开始请一个女人来给我按摩,帮我放松身体。但是不知不觉地我竟然又开始谈论起基督一性论派、亚大纳西信经,还有迈蒙尼德这些话题了。为我工作的都是最奇特的人,我似乎能够吸引他们。我们家现在的管家是个人智学学者。昨晚他竟然开始做韵律体操了。"她大笑着说。

"你真的认为我们接受的教育都是错的吗?"普瑞斯焦虑地问。斯隆也经常表达同样的观点,但那只是因为他不认同这种教育灌输给普瑞斯的一些看法。"唉,完全是错的,"诺琳说,"我一生都为其所累。"她伸展了一下身体。普瑞斯看了一眼手表。她和斯蒂芬该走了。诺琳也站起身。"我和伊卡博德跟你一起走吧。"她给儿子换了一块尿布，又给他盖上一条绣着他名字的毛毯。"这样方便认。"她说。她们一起穿过第五大道，推着婴儿车沿着七十二街往前走。两人的谈话也随意多了。"我上次见你是什么时候？"诺琳问道。"是在凯家吗？"普瑞斯说。"毕业一年之后？""对。"诺琳说。然后两人都沉默了。"可怜的凯。"普瑞斯一边绕开路上横着的格里斯泰德超市的推车，一边说道。

"你还有她的消息吗？"诺琳问。"很久没有了，"普瑞斯回答，"她去了西部之后就没有了。至少有一年了。"普瑞斯默默地责备自己一直没有给她写信。"我有时候还能见到哈拉尔德。"诺琳用平淡的语气主动提起。"哦，他怎么样？""还是老样子，他重新开始生活了。凯的精神崩溃和两人的离婚对他的打击非常大。天啊，他真的受了太多折磨！"

普瑞斯犹豫了一下。"可是，凯真的精神崩溃了吗？波莉·瑞吉里——就是波莉·安德鲁斯，你还记得她吧——一直说其实不是那样的，说她是在住院期间情况才恶化的。""你去看过她吗？"诺琳板着脸问道。普瑞斯没去过。"我去过，"诺琳说，"医生当时就把我找去了。他们想了解她的情况。我应该算是她最好的朋友。我走进她病房里的时候，她完全不想见人。她让我走开。她有被迫害妄想症，把我当成了迫害她的人。医生们觉得她或许有同性恋倾向。偏执型人格有一点特别滑稽，她们总是感觉自己受到了某一个同性的迫害，而那个人实际上是她们真正爱慕的对象。等我终于让她对我开口说话的时候，我才明白，她是觉得我跟精神科医生谈论她是对她的背叛。但是对哈拉尔德她似乎没有丝毫怨言，尽管他每天都去跟医生谈论她的情况。内疚感快要把他的心撕碎了，因为到最后他对她的态度很不好,他当时不知道她表现出的那些异常都是病征。一个外行根本意识不到自己亲近的人出了什么问题。"

"可是,她到底得了什么病?"普瑞斯问,"据我所知,她是因为入院过程中出了差错才被送到那里的,后来她留下是因为那里是个疗养的地方,她可以离开哈拉尔德,把自己的事情想清楚。我猜哈拉尔德的错更多一些。""那是对外的说法,"诺琳说,"他们一直没有给出最后的诊断结果。但她在很多最基本的事情上都出现了问题,比如性,还有跟男人的竞争、潜在的女同性恋倾向被过分压抑、努力争取社会地位却遭受挫败。在瓦萨时,她在南楼你们那群人里算是出类拔萃的,但是她永远不可能重塑辉煌。所以她把所有的雄心都倾注到哈拉尔德身上,这种毫无理性的压力让他承受不住。她的这种做法无异于杀鸡取卵。而且一直以来她都在逼他赚钱,她因为自己的'阳具妒羡'情结而毫不留情地贬低他。此外,她还下定决心惩罚他,因为他没能让她间接感受到成功的滋味。哈拉尔德跟医生聊过几次之后,对此也有了更加清晰的认识。我也帮他们澄清了一些问题,还把我的前夫帕特也找去跟他们谈了谈。他对凯的消费习惯发表了非常精辟的见解,刻画了她对财富的迷恋,令人难忘。比较一下我们两家当时过日子的方式就能看出来,而且当时帕特有薪水,哈拉尔德实际上是在领救济。"

"你觉不觉得,"普瑞斯说,"这件事跟大萧条也有一定的关系?如果她是在经济形势正常的时候跟哈拉尔德结的婚,他就会有工作,他们的生活水平就能与收入相符。凯的错……错误就在于她总觉得哈拉尔德一定能找到全职工作,所以她才敢欠债。不过那也是常见的消费习惯,而且戏剧界对于经济复苏的反应也比较慢。如果他们晚点结婚,或许就能赶上联邦剧院项目。不过,可惜的是,艺术项目的方案要到一九三五年才出台。罗斯福很晚才意识到,艺术家和表演者同样需要就业保障。"

"所以你认为这是经济形势造成的悲剧。""是的。我们这个阶层的离婚率那么高——""那么新政就是救世主咯,"诺琳打断她的话,"可惜来得太迟,没能促成美好的结局。"她笑出了声,"你说得或许有些道理。实际上,哈拉尔德现在就在联邦剧院项目工作。但愿国会不要把这个项目否决。他刚刚得到当导演的机会。"普瑞斯眉头一皱。"恐怕国会真的要把项目否决,诺琳。可怜的哈拉尔德!他确实一直不太走运,也是挺奇怪的。"她穿着一身泡泡纱连衣裙,在突然袭来的一阵寒意中打了个冷战。诺琳也表示同意。"他本来可以是个很伟大的人,哈拉尔德。"她们来到公园大道和七十二街的交叉口。"凯真是太可怜了!"普瑞斯又叹了口气,决定下午趁斯蒂芬午睡的时候给她写封信。"就因为她精神崩溃了一次,梅西百货就把她解雇了,这种做法太不人道了。那本该当作普通病假处理。之后他们还被赶出了公寓,简直是雪上加霜。""梅西百货给了她一笔遣散费。"诺琳指出。普瑞斯想象着自己处在凯的境地会怎样,不禁悲伤地摇了摇头。她想,难怪凯的父亲来接她回犹他州的时候,她屈服了,东部的一切都让她大失所望。"她所有那些不切实际的梦想……"她喃喃自语着朝公园大道的远方望去。

"不如跟我回家坐坐吧?"诺琳突然提议,"我们可以喝点咖啡。""我还要给斯蒂芬做午饭。"普瑞斯解释道。"我们一起喂他就好,"诺琳热情地说,"我家里应该还有点小羊排和生菜。他能吃吗?"普瑞斯有点动心了。她家也有羊排,还有新鲜菠菜,以及没烤的土豆,今天早上她还给斯蒂芬做了用蛋清打发的木薯糕。不过,发现诺琳没有觉得她无聊,她有种受宠若惊的感觉,此外,她也有点厌倦自己一成不变的生活了。她因为怀孕辞掉工作之后,几乎没见过什么"生"人。"我们家有三只猫,"诺琳对斯蒂芬说,"还有一窝小奶猫。"这句话让普瑞斯决定去,她觉得动物对小孩来说非常重要,但是斯隆过敏,所以不让他们在家养宠物。

诺琳家房子的大门是红色的,工人们还在砌玻璃砖墙。大门里,一条粉刷一新的坡道直通二楼。一个穿着衬衫的瘦削男仆走出来,推着婴儿车里的伊卡博德上了楼。普瑞斯觉得这种设计非常实用:搬婴儿车上下楼梯很麻烦,把婴儿车留在楼下挡着路也同样麻烦,将来伊卡博德长大一些之后,坡道也可以防止他摔下楼梯。这栋房子给她一种很舒适的感觉,让她印象深刻,只是从街上看起来这房子有点奇怪,应该说是周边的房子跟它不搭,而不是诺琳的房子跟周边不搭。真正让她吃惊的是,诺琳反对技术进步,却拥有这么一座前卫的房子。不过诺琳说,这座房子是"经典的现代"风格。

二楼客厅里的两面墙都被涂成暗红色。光线从临街的玻璃砖墙照射进来,一小截同样是玻璃砖材质的矮墙把铬金镶边的吧台挡住了一半。房间里摆着同样是铬金镶边的圆形玻璃桌和巨大的奶油色软沙发。大玻璃碗里开满了山茱萸花,凑近看能发现那其实是插在树枝上的纸花。书房里有一台很大的留声机、一套架子鼓和一架白色钢琴,看起来像夜店。钢琴上还摆着几个球形白兰地酒杯,里面还残留着一些白兰地。房间采用间接照明的方式,所有灯具都隐藏在沟槽里,整个地板上都铺着厚厚的奶油色地毯。一切都很昂贵,而且在普瑞斯看来都很"有品味"。唯一的一点是,对身材矮小的普瑞斯来说,所有家具看起来都太大了——像是巨人用的家具。诺琳请她坐在客厅沙发的一头,她感觉自己像童话故事里的金发姑娘,坐在三只熊里最大的那只熊的床上。

男仆带着斯蒂芬到一楼洗衣房去看小奶猫了。"咖啡马上就送来,"诺琳坐在大沙发的另一头说,"是煮好后重新加热的,希望你不会介意。"她在两人之间的茶几上放了一个浴盆那么大的烟灰缸,又打开一盒烟,然后摘掉太阳镜,脱了鞋。"他们会带着斯蒂芬在楼下玩,"她说,"现在我们可以聊聊天了。"她穿着黑色的亚麻长裤,把腿盘了起来。"你听了或许会大吃一惊,我曾经疯狂地爱着哈拉尔德,爱了四年。但我从没让这件事影响到我和凯的关系。当我看到自己毫无希望的时候,我嫁给了弗雷迪。其实从始至终都是毫无希望的,但我一直在欺骗自己。"她的语调平淡,频繁地吸着烟,腰部以上的身体前后晃动着,她的萎靡已经消失了。"几年前我们滚过几次床单——没什么其他的了。然后对他来说这件事就过去了——哈拉尔德喜欢这样。但他还是经常来找我,以朋友的身份,他把我当成他的知己,他会把他和其他那些女人的事情都告诉我。你知道他还有别的女人吗?"普瑞斯点点头。"他是不是也打过你的主意?""没有,不过他勾引过多蒂,而且是在她婚后。他想要跟她出去约会。""女人对他来说是必需品,"诺琳说,"但我想我比较不一样。我觉得他跟我分手是因为凯,因为他尊重我们之间的关系。他时常会脱光我的衣服,仔细欣赏我的身体,然后拍拍我的腰再回家。或者去找其他女人。事后他也会告诉我。他每次跟其他女人上了床之后,都会告诉我。但他没告诉我的是那些没跟他上床的女人。我发现我并不是唯一一个。他会到处去找老相好,脱掉她们的衣服欣赏一番,然后离开。只是为了确认她们还能用,就像是去清点库房存货。而且,他所有的旧情人都还爱着他,至少我知道的那些都是。哈拉尔德非常有魅力。他本来可以去当一名修道士。"

那个瘦削的管家端着一个托盘进来了,上面是两个超大号的咖啡杯,一把脏兮兮的咖啡壶,以及奶油和方糖。方糖的外包装上印着"施拉夫特餐厅"的字样。"有钱人的生活我过不惯,"诺琳叹道,"我每次在施拉夫特餐厅的吧台喝咖啡的时候,总是把他们提供的方糖带回家,但是家里的用人连外包装都懒得拆掉。弗雷迪觉得尴尬极了。"管家退下了。"珀金斯!"诺琳把他叫住,"把这个烟灰缸倒一倒,好吗?"他把那个浴盆一样的烟灰缸拿走,又拿来一个干净的。"我得不断提醒他才行,"诺琳说,"弗雷迪很介意倒烟灰缸这件事。特别逗,他碰过的所有东西,他都想让人拿去洗干净。"

谈话间,普瑞斯感觉她裙子下面好像湿了一片,而且越来越湿。她把重心从臀部的一侧移到另一侧,调整了一下坐姿,然后她伸手摸了一下奶油色沙发垫。垫子明显是湿的。与此同时,诺琳也发现她的亚麻长裤湿了。"哦,我的天啊!"她说,"他们又这么干了。我出去的时候他们一定用肥皂水洗过沙发垫。弗雷迪让家里所有人都变成了清洗狂人。"她大笑着说,"那天晚上,弗雷迪的父亲在餐厅里坐了潮湿的椅套,结果风湿病都犯了。"普瑞斯站了起来,她的裙子上已经湿了一大片。"珀金斯!"诺琳走到门口,朝楼梯下面喊道,"给我们拿几条浴巾来好吗?"管家拿着两条绣着名字首字母的大毛巾,铺在沙发两端,好让两位女士坐在上面。"谢谢。"诺琳说。珀金斯离开了。"告诉我,"她转向普瑞斯,"你会跟仆人说'谢谢'吗?弗雷迪说你不该感谢他们,伺候你是他们的职责所在。""他们帮你布置餐桌和端饭的时候你不用感谢他们,"普瑞斯说,"但是如果他们为你提供了额外的服务,比如拿浴巾,还是要谢的。而且你通常会说'请',"她小心地补充了一句,"如果你需要他们特意帮忙的话。我是说,你可以说:'可以给罗杰斯先生再加一点烤肉吗?'但是如果你让一个女仆帮你从手提包里把手绢拿来,你就应该用'请'这个字。""我也是这么想的,"诺琳说,"弗雷迪是错的。我想我得去找一本《埃米莉礼仪规范》来。我记得小时候在祖母家,我们总是要说'请'和'谢谢'的,不过他们是德国人——我父亲家的人。仆人就和家里人一样。我对纽约上流社会的规矩不像你那么了解。"

普瑞斯觉得尴尬,她相信弗雷迪对这方面的了解跟她一样多,只是诺琳没能明白个中精髓。管家又来了。他在诺琳身边耳语了一阵。"哦,好的,"诺琳朝普瑞斯这边瞟了一眼说道,"那就请你处理一下吧。""他刚才说什么?"普瑞斯问道,感觉事情肯定跟自己有关。珀金斯还在旁边站着。"斯蒂芬拉屎了,拉了一裤子。"诺琳随意地说。普瑞斯大惊失色,一下跳了起来。"我马上来,"她对管家说,"啊,真的很抱歉!""让珀金斯去处理就好,"诺琳坚持让普瑞斯坐回沙发上,"或者让伊卡博德的保姆去弄。把他的裤子洗干净,再给他换块尿布。"她跟管家吩咐。普瑞斯求之不得,听从了她的话。斯蒂芬又出了丑,而且她第一次在日常谈话中听到有人直接把"拉屎"这个词说出来(更不用说是个女人,还当着仆人的面!),而且用了过去式的语法,她之前从没听过,感觉怪怪的,又有点蒙。这么说真的合适吗?她好奇地想。那个词的发音听起来像是《圣经》里的古英语。她心里默默地尝试着其他有可能的过去式词汇,觉得有点害臊。

"我说到哪儿了?"诺琳说,"哦,哈拉尔德。对,我曾经疯狂地爱着他,但他的心都在凯身上。其实我一直没法理解。医院里所有精神科医生都说他们之间有'某种内在关联',一种'相互依赖'的关系。哈拉尔德总是提到她的活力。他认为她咄咄逼人的进取心与'生命力'息息相关——他一直没有摆脱肖的影响。你觉得她比我还有活力吗?"普瑞斯不想回答这个问题。"凯确实精力充沛,"她说,"而且她非常相信哈拉尔德。你不觉得这才是最主要的吗?此外——我无意刻薄,挣钱养家糊口的人是凯啊。""哈拉尔德可以找一堆有钱的女人,"诺琳宣称,"我愿意为他擦地板,或者去当女招待或者舞女。凯每天去梅西百货上班算不上什么牺牲。而且她喜欢上班。但我准备好了为他牺牲一切。"

她黄褐色的眼中涌出泪水。"哎呀,别这么说,诺琳!"普瑞斯恳求她,诺琳的眼泪惹得她几乎也想吐露自己的心事。虽然她为了斯隆而顺从地放弃了自己的工作和社会理想,可她并不鼓励自我牺牲。现在为时已晚,因为有了斯蒂芬,但是她觉得自己犯了一个错误。如果她去了她向往的地方——到华盛顿去,从事斯隆最痛恨的职业,成为罗斯福新政事业中的一枚螺丝钉——斯隆也会快乐得多,而且还能吹嘘她是"我的布尔什维克妻子"。她在国家复兴管理局工作期间,他很以她为荣,因为她当时很有进取心,如今连这一点都消失了。

"是真的!"诺琳无比坚定地说,"而且我现在也可以为他牺牲一切,比如弗雷迪所有的财产。"她凄惨地环视着自己所拥有的一切。"你不是真的要牺牲一切吧,"普瑞斯断然说道,"伊卡博德怎么办?"诺琳点起一根烟。"天啊,我把伊卡博德忘了。你说得对。我做不到。我用人质换来了财富。我生下了一个人质。哈拉尔德永远都不会接受别人的孩子,"她咳嗽了一声,嗓音嘶哑,"而且他也不是神选的子民[1]。伊卡博德在他看来就是个犹太崽子。"诺琳的用词让普瑞斯震惊不已。或许嫁给犹太人之后就会变得不同吧。或许你就因此获得了某种许可,就像黑人之间能够以"黑鬼"相称一样。但这种话在普瑞斯听来仍然很不舒服。她放下了咖啡杯。诺琳默默地抽着烟,明显情绪沮丧。普瑞斯很后悔跟诺琳回家来,她现在才明白,她邀请她来只是为了找机会聊聊哈拉尔德。这就和其他所有自我放纵的行为一样,可能只会让诺琳悔不当初。普瑞斯的良心也随即感到非常不安,她觉得自己不应该把斯蒂芬带到这个陌生的房子里来。斯隆肯定不同意她这样做。天知道他们会在楼下给斯蒂芬吃

---

[1].《旧约·出埃及记》中提到,希伯来人是神选的子民,此处特指犹太人。

什么——肯定是对他没有好处的东西。而且他回家睡觉的时间也被耽误了。

"不知道我们能不能下楼去偷偷看一眼斯蒂芬？"她礼貌地问，"他有点认生。"她又一次责备自己没有良心，怎么可以让这些人帮斯蒂芬清洗呢。如果他们叫他"坏孩子！"，该怎么办？很多目中无人的仆人都是这么对待主人家的小孩的。可是几分钟前她还几乎希望他们这样对待她的孩子。诺琳马上站起身来。"当然，"她说，"不过你先告诉我一件事。"她呛了几口烟。普瑞斯完全不知道她要说什么。诺琳盯着普瑞斯的双眼。"你觉得伊卡博德长得像犹太人吗？"

普瑞斯又一次不知道该如何回答。伊卡博德还太小，看不出来有没有鹰钩鼻；他眼睛的颜色也跟所有小婴儿一样，是那种深邃的蓝色；他的皮肤偏黑，但那也许是日光浴造成的。他看起来确实跟其他婴儿有点不一样。普瑞斯发现他的身体异乎寻常地修长，这让他看起来显得忧郁，仿佛是一根飘摇的芦苇。他有黑眼圈，小小的面庞也有些憔悴。毫无疑问，他看上去像是背负着某种特殊的命运，也就是所谓犹太人的命运。他裸露的身体也让他有种悲怆感，仿佛他不仅是个婴儿，更是代表全人类被动物园收藏起来的一个小小标本。不过，他跟斯蒂芬完全没有相似之处这一事实回答不了诺琳的问题，哪怕普瑞斯非常想回答。真正的问题在于，她不知道诺琳想要听到什么样的答案。

"他长得不像你，"她实事求是地回答，"或许像他父亲吧。"诺琳递给她一个大相框，里面是一个男人的照片，黑色鬈发，相当英俊，稍微发福。伊卡博德长得不像弗雷迪。"他长得像他自己吧，我想。"诺琳总结道。她们沿着坡道走下去。她们在厨房里看到了围着尿布的斯蒂芬、管家、厨师、三只安哥拉大猫和一窝奶猫。斯蒂芬已经吃完了午饭，盘子里只剩下一块巧克力蛋糕还没吃。"他好像不太想吃,太太。"厨师对诺琳说。她们都惊讶地盯着斯蒂芬。普瑞斯道了歉。"他不知道那是什么东西。他只知道全麦饼干、动物饼干和竹芋曲奇。""曲奇,"斯蒂芬说,"动物饼干。"这时,门口出现了一个非常漂亮的金发女郎,她上身穿了一件低胸薄衬衣,袒露着胸部,下身穿着彩色百褶裙和高跟鞋。"嘿,西西莉亚。"诺琳说。她转身告诉普瑞斯:"这是伊卡博德的保姆。"女孩拿着斯蒂芬的裤子和黄色日光服。"裤子还是湿的,"她说,"但是我把日光服熨干了,诺琳。需要我帮他穿上吗?""我来吧。"普瑞斯急忙说道。女孩俯身帮她的时候,斯蒂芬伸出一只手去碰了碰她的乳房。妈妈帮他穿衣服的时候,他的眼睛仍然盯着女孩。"那是什么?"他指着问。除了普瑞斯和管家,大家都笑了。"他太早熟了。"女孩说着抱了抱他,给了斯蒂芬可乘之机。他把手伸进了女孩的衣领里面。"小心,"诺琳笑道,"西西莉亚可是个处女,而且还是天主教徒。"普瑞斯拿开了斯蒂芬的手。她四下看了看,想找点什么东西给他,免得他又要哭起来。除了那块蛋糕什么都没有,婴儿车在楼上。她掰下一块蛋糕并分成两半,把其中一半放进自己的嘴里。"你看!特别好吃。"她一边嚼一边说。斯蒂芬不情愿地把目光从保姆身上移开,模仿起妈妈的动作。很快,他就开始狼吞虎咽地吃起那块犹太西点店制作的带着软糖霜的巧克力蛋糕。

371

第十五章

那之后，普瑞斯在中央公园换了个地方坐。虽然她有时还是要路过那座红色大门的房子，但她都会走马路对面的人行道，她再也没有见过诺琳，直到一年多之后，她们在凯的葬礼上相聚。那一年多的日子糟糕极了，一切都发生了改变。战争爆发。莱基从欧洲返回。法国沦陷，德国空军轰炸了英国，凯死了，终年二十九岁。葬礼被安排在七月的一个好天气里，和凯六月结婚那年的那个艳阳天一样美好，地点还是在斯泰弗森特广场的圣乔治教堂。这次的仪式在主教堂举行，前来出席葬礼的人太多，小礼拜堂容纳不了。管风琴正在演奏勃拉姆斯安魂曲的《芸芸众生皆如草》，殡葬人员把凯的灵柩抬了进来，非常简朴的灵柩，就被放置在圣坛之上，上面覆盖着白色的满天星和百日菊。葬礼由教区长亲自主持。

凯的朋友们都知道，凯肯定会为此感到高兴。为了能让她以圣公会教徒的身份被安葬，她们竭尽了全力。最后还是哈兹霍恩夫人跟家中至交赖兰博士打了招呼，才算把事情办妥。她的理由是，凯是在这座教堂里结的婚，因此他在这座教堂里为她举办最后的仪式是无可指摘的。在那之前，波莉的姑妈朱莉娅联系过她所属的圣巴多罗买教区的教区长，波姬也从乡下给圣詹姆斯教堂打了电话，海伦娜也找了一个嫁给圣托马斯教堂教区长的儿子的朋友出面说情。让人惊讶的是，这些牧师都极其固执，坚决不肯安葬不是他们教会成员的人。

凯的父母赶不及参加葬礼。天气这么热没法等太久。他们在长途电话里告诉海伦娜把他们的女儿火化了，然后他们会来把她的骨灰带回家乡——他们悲痛万分，仍然难以接受她的死亡。但是海伦娜很确定凯不会喜欢这种安排，于是她回电话给凯的父母说，如果他们同意，凯的朋友们希望能够在教堂给凯举办葬礼。凯的父亲说，就按照凯所希望的样子来吧，或许她的朋友们更清楚她的心愿。这也同样令人心碎。但是她们相信自己做得对。凯和父母的隔阂越来越深，她在西部时就跟父母意见不合，虽然家里的大门一直向她敞开，但她离婚后还是坚持回到纽约，这也让她的父母非常伤心。不过他们仍然支持她的决定，这非常贴心，此刻也是，他们给殡仪馆发电报，授权海伦娜帮忙处理丧事。她父亲说，凯"离开"之前的一个月里连给他们写一封信的时间都没有，这太让人难过了。当然，如果她知道结局是这样，她肯定会写的。

在学校的时候，她们讨论了很久死后愿意采用什么样的丧葬方式。波姬赞成火化，不举办任何仪式，莉比希望把骨灰撒在纽约港。不过凯和其他人都赞成常规的土葬，并且由一位牧师主持她的葬礼——她深爱那段"复活在我，生命也在我"的悼文（实际上这句话是在教堂的仪式上诵读的，不是在墓地里），当年她在学校里演出的戏剧《双城记》中扮演西德尼·卡顿时，也曾经背诵过。她痛恨遗体保存技术，她不希望自己死后体内被灌满溶液。有一次她满面通红地向莱基坦白说，她在盐湖城交过一个男朋友，那个男孩的父亲在殡仪馆工作，他带她去看过那些可怕的设备。她的朋友们都认为，这么重口味的偏好非常符合凯的个性。过了这么多年——她们毕业已经七年了，她们仍然能够准确地记得她喜欢什么，讨厌什么，而她也没有变得更加聪明，也永远都不会老。

虽然说起来让人难过，但这也让她们处理后事、准备葬礼的过程更容易了一些。这是她们第一次经手这种事情。之前身边有亲友去世时，逝者都是上了年纪的人，而且她们也不需要负责丧事。她们连如何摆放遗体都不知道。她们接手这件事是因为凯已经跟哈拉尔德离了婚，而她在本地又举目无亲。一开始，她们就和殡仪馆的老板发生了激烈的争执，殡仪馆从警方那里把凯的遗体领回后想要进行防腐处理，于是海伦娜不得不给一位律师打电话，以确保她们有权利坚守凯的遗愿。如此悍然地对抗惯例引发了很多麻烦，甚至到最后似乎都让人觉得不太值当。不过哈兹霍恩夫人帮了不少忙，女仆萝丝和戴维森夫人也是。凯是从瓦萨俱乐部的二十层坠落的，幸运的是，凯坠落时身体被十三层外突的窗台挡了一下，而且她落在了一楼的雨棚上，所以没有摔得粉身碎骨。但她的脖子断了。同样幸运的是，戴维森夫人当时就在瓦萨俱乐部的休息室里——她是专程从沃奇希尔过来参加国际英语联合会的理事会议的，她认领了尸体并且让海伦娜与凯的父母联系。

她们暂时把遗体安放在了西十一街海伦娜的单间公寓里。海伦娜仍然是单身，而且曾经和凯做过室友，所以她那里似乎是最合适的地方。殡仪馆的入殓师遮盖了凯身上的淤伤，但她们不让他为了"显得自然"而给她化妆。凯生前从不用脂粉。她们到瓦萨俱乐部她房间的衣柜里翻找，想找一件合适的长裙给她穿上——她的婚纱完全不在考虑范围之内，再说她很久之前就把它扔掉了，她从来就不喜欢那件带着白色三角披肩的婚纱。她们拎起那些挂在衣架上的礼服（其中很多都需要简单缝补一下），拿不定主意要选哪件。还是莱基脑子转得快，给犹豫不决的她们解了围。凯一定想穿着一套新礼服下葬。其他人都不知道怎么样给死人买新衣服，但是莱基拿了凯的一条长裙作为样本，直接跑到福图尼品牌店，给她买了一件灰白色丝绸褶皱的礼服，类似盖尔芒特公爵夫人[1]接待客人时穿的那种。然后，其他人才想起来凯一直渴望拥有一件福图尼的晚礼服，可她做梦都不可能负担得起。凯一定会非常喜欢这件衣服，也肯定很开心这是由莱基买给她的。他们把她那只古老的金手镯戴在她光秃秃的手腕上，她除了结婚戒指，从来不戴任何首饰——她讨厌着装打扮这类事情。海伦娜想为她找来一些铃兰——她们过去经常在松木道旁边的树林里一起采摘，但是当然，铃兰的花季已经过去了。戴维森夫人想到了一个很好的主意：她让海伦娜到收藏家那里找来两枚早期的基督教银币，放在了凯紧闭的眼睛上。

时间很短，但要做的事情太多了。她们根本想不到处理后事竟然如此复杂，如果逝者是像凯这种漂泊在外的异乡人的话尤其如此。首先要找到一块墓地。波姬非常慷慨地捐出了家族墓园中的一隅，能够长眠于利文斯顿家族和斯凯勒家族的旁边，凯也会很高兴的。其次要通知所有认识凯的人。在报纸上刊发讣告。与牧师一起选择诗篇、经文和祷告语，这项工作由海伦娜和戴维森夫人负责。选择圣歌。有太多决定需要做。选择葬礼上的鲜花，她们已经决定只用当季的天然鲜花，不要花店里栽培的那种。但是说起来容易做起来难，花店一心想卖花圈给你，而且如果你拒绝，他们就会觉得你只是舍不得花钱。你拒绝给遗体做防腐处理或者坚持只要一个简单的灵柩时，殡仪馆的人也会这样看你。凯只想要一个普通的松木棺材，但显然这个理由是绝对无法让人信服的。然后你还要决定灵柩摆在

---

1. 普鲁斯特小说《追忆似水年华》中的人物。

教堂里的时候要不要打开盖子。她们最终同意闭棺举行仪式，不过那些想看看凯的亲朋好友可以在殡仪馆的人抵达之前到海伦娜的公寓去看她。海伦娜为前来看望的人准备了雪莉酒和饼干。这个细节也需要做决定：雪莉酒还是马德拉酒，饼干还是三明治。女孩们根本不愿意去想提供饼干还是三明治这种事情（跟仪式上要不要开棺一样），但是年龄大一些的妇女都坚持认为海伦娜应该准备一些被戴维森夫人称为"葬礼肉食"的食物。

你发现自己已沉迷于这些琐碎的细节中了。它们的作用是转移你的悲伤。实际上也确实如此。你发现自己忘记了这些琐事出现的根本原因是凯死了。当你最终做出一个决定，或者解决一件事情，比如莱基把那件礼服买回来的时候，你会感到松了一口气，这种宽慰让你感到快乐，直到你猛地想起现实的境地。

人们在面对死亡时表现出的差异也很奇妙。你恨自己在这个时候还不忘去观察，但你忍不住如此。比如，凯的遗体被领出来的时候盖着一块裹尸布，并且标注了"准备埋葬"的字样（他们觉得这句话的意思是内脏已被移除），哈兹霍恩夫人和萝丝帮凯穿好了衣服，就连最困难的部分——帮她穿内裤——都进行得很顺畅。波莉也沉着地协助着她们，这或许可以理解，毕竟她在医院工作。但是其他几个人此时甚至都无法待在房间里。萝丝到客厅问大家是否应该给凯小姐穿上胸罩的时候，她们都觉得恶心。这也是个很难决定的问题。不知道为什么，让死者戴着胸罩下葬似乎是违背自然的（幸亏凯从来不穿紧身胸衣），然而，萝丝指出，福图尼的那件礼服很紧身。最终，她们让萝丝给凯戴上了胸罩。

姑娘们也饶有兴趣地发现，在监管能力方面出类拔萃并且在面临死亡事件时没有丝毫退缩的戴维森夫人，在处理尸体这件事上，有着跟她们相同的反应。她和她们一起在客厅坐着，招呼大家聊天，而萝丝、哈兹霍恩夫人和波莉则去处理"必要的事情"。"海伦娜，"她说，"我不知道你为什么没让殡仪馆的人帮她穿衣服。这是支付给他们的费用中包括的服务项目，还是应该'物尽其用'的。"坦白说，其他人知道了这里面的门道后也纷纷感到不解，不过她们确实不喜欢殡仪馆的那个人冷漠的声音和他的胭脂罐。然而殡仪服务员也是社会的必要组成部分——直到现在，姑娘们才充分理解了这种必要性。

即使凯的遗体就在隔壁房间里（这又是另一回事），她们还是忍不住暗暗地被戴维森夫人逗笑了，她是一个风趣的人，她们怀疑她也知道自己是个风趣的人。她穿着一件宽大的黑色礼服，别着一枚玛瑙胸针，和蔼可亲地说起寿衣和裹尸布，不时从手提包里拿出一张报价单，或者随口讲两句黑色幽默。"要是凯能在这儿就好了，"她摇摇头说道，"她肯定能帮我们把一切安排得明明白白，是不是。"

只要是需要大家出力的事情还没干完，莉比就不会露面。她也没有提出分担一部分费用，丧葬费是其他人一起凑的。去年夏天，莉比在皮茨菲尔德跟一个写历史小说的畅销书作家结了婚，她是他的文学经纪人。只有波莉出席了在莉比家的花园里举办的婚礼，他们在伊丽莎白风格的露天仪式上完婚，凉亭里的录音机播放着珀塞尔的音乐。葬礼那天上午，她戴着一顶黑色无边帽和一条被她称为"腰带"的项链，气喘吁吁地赶来享用雪莉酒和饼干。她觉得福图尼那件礼服的颜色并不适合凯，还非常好奇地想知道莱基买它花了多少钱。而且，她好像感觉到了她们对她的不满，于是变本加厉地火上浇油。"所以，姑娘们，"她一边坐在椅子上俯身向前查看着手里的饼干，一边问道，"告诉我吧，我绝对不会告诉别人。她是跳下去的还是掉下去的？"

377

戴维森夫人伸出一只胖胖的手按住波莉的手臂,没让她开口。"你可以跟任何人说,伊丽莎白。其实我也希望你这样。她是掉下去的。""哦,我知道那是警方的结论。"莉比说。海伦娜想要说话。"我有发言权,海伦娜,"戴维森夫人说,"毕竟我是最后一个见到她活着的人。她死前不到一小时,我请她晚饭后到休息室跟我一起喝咖啡。我一向很喜欢凯。就像我跟警方说的,她当时情绪非常好。她的头脑也很清晰。我们讨论了丘吉尔先生、空袭,还有在这个国家征兵的必要性。她提到自己要去参加第五大道萨克斯百货的入职面试。凯没有自杀倾向。如果不是她在一家精神病院'待过一段时间',这个问题根本不会有人提到。"

年轻姑娘们都点头赞同。这就是整件事最不公平的地方。而且,要不是警方证明了凯的死因,她都不能举行基督教的葬礼,那她就无法在神圣的土地上安息了。

"伊丽莎白,你或许可以说,"戴维森夫人严峻地继续说道,"凯是这场战争中第一个牺牲的美国人。""哎呀,妈妈!"海伦娜抗议道,"这么说就太荒唐了。"但荒唐的是,事情确实如此。凯似乎是站在瓦萨俱乐部她房间的窗边探头出去看飞机的时候,失去平衡坠楼的。她晚餐前喝了两杯鸡尾酒,可能多少对她的运动反应有些影响。对那些自从她今年春天返回纽约之后经常跟她见面的人来说,她死去的方式令人惊愕,但也并非完全出乎意料。她像很多单身女人一样对战争格外关注。她的朋友们都可以证实,她一谈起空袭和战备的话题就没完没了。自德军入侵低地国家之后,她就一直说美国参战只是时间问题。她坚信敌军会用一次突然的空袭拉开战争序幕,希特勒才不会等着罗斯福准备好之后才向他宣战。他会派德国空军在一夜之间把纽约或者华盛顿夷为平地。如果她是希特勒,她肯定会采取这样的战术。这就是闪电战的全部优势所在。她认识的一个空军军官说过,纳粹拥有远程轰炸机——希特勒的秘密武器,完全能够胜任长途飞行。他们或许还会在近海调动潜艇配合这次行动。

美国的中立立场并不具有任何意义。挪威、丹麦和低地国家曾经也都是中立国。她执着地认为,市长拉瓜迪亚应该在纽约开展防空演习并且进行灯火管制。她想当防空演习监督员,英格兰就有这种职位,她还敦促瓦萨俱乐部准备好沙桶、铁锹并建立民防小队。她买了一台收音机放在自己的房间里,有人还给了她一套空军的剪影卡,她正在仔细研究这些卡片,让自己熟悉各种飞机的形状。她不听收音机或者跟孤立主义者争论的时候,就会仰视天空。

凯的这种狂热有时让朋友们为她感到难过,但更多时候她们会觉得她有点可笑。普瑞斯本人也活跃在好几个促进美国加入同盟国的委员会里,但是连她都不相信希特勒会袭击美国。她甚至盼望着他来袭击,这样就能刺激美国人行动起来。她最害怕的是战争会在今年夏天结束——英国人凭借一己之力还能抗争多久呢?——到时整个欧洲沦为希特勒的领地,而美国却只是在一边袖手旁观,或者像援助法国时那样,派兵太少而且太晚。法国沦陷时普瑞斯几乎失去了理智,她也同样抱着收音机不撒手。她甚至让斯隆买了个便携式收音机,好带到牡蛎湾的海滩上去听。现在每逢整点她都要打开收音机听新闻,每次都以为会听到丘吉尔已经投降或者带着政府内阁逃亡加拿大的消息。实际上,这种恐惧存在于每个人的头脑中。她们准备葬礼的过程中,海伦娜都开着收音机,调低音量,担心会错过什么新闻公告。她们都觉得,此后的一生中,只要她们想起凯,就都会想起播音员报告伤亡人数的声音。只有戴维森夫人没有放弃希望。"记住我的话,英国人绝对不会投降。我跟戴维·戴维森也是这么说的,他们会像当年的西班牙无敌舰队一样,成为另一支不败之师。"但是有着积极个性的凯已经把英国抛在脑后，开始计划美国保卫战了。让她的朋友们感到悲哀的是，她对于她所说的希特勒的时间表的兴趣，很明显是为了跟哈拉尔德唱反调。哈拉尔德此时已经成为一个疯狂的美国第一论者，并且因为在各个集会上演说有了一些名气。如果凯能够把他忘掉，而不是为了跟他对立才摇旗呐喊就好了。不过话说回来，她对于战备的狂热也确实给了她新的人生动力。但这种狂热最终也导致了她的死亡，这是多么残酷的讽刺！

瓦萨俱乐部里帮她整理房间的女仆告诉警方，她经常看到凯把身子探出窗外，她也没少为此提醒过她。"是真的，伊丽莎白，"戴维森夫人说，"我亲自问过那个女仆。我也去量了窗户的高度。像凯那个身高的女孩真的很容易失去平衡跌落下去。正如我向警方指出的，事发时她房间里的收音机还开着，她床头柜上的烟灰缸上还放着一根点燃的香烟。这是个非常危险的习惯。但是不会有哪个年轻女性会在抽烟的时候自杀。很明显，她抽烟的时候听到了一架或者几架飞机的发动机声，于是她起来把身体探出窗外张望。当时我正在休息室看杂志，我记得我也听到了飞机的声音。但是她坠落的那声撞击让我把当时的一切都忘记了。我现在都还能听见。"她掏出一块手帕擦了擦眼睛。

她们在教堂里就座时环视四周，已经到场的来宾人数让她们大为惊讶。现场几乎可以说是人头攒动，而且还有更多人正在入场。到场的人有凯在梅西百货时的主管和同事代表团。有代表多蒂从格洛斯特赶来的伦弗鲁夫人。有安德鲁斯先生和他的妹妹——著名的朱莉娅姑妈，还有她的女仆萝丝。有莉比和她的丈夫。有莱基和跟她一起从欧洲回来的那位有爵位的朋友——艾蒂安男爵夫人。波姬和她丈夫也在，波莉和海伦娜还吃惊地看到了在前排就座的哈顿,就是普罗瑟罗的管家。"你好,哈顿。"波莉低声打招呼。"下午好,夫人。下午好,小姐。我是代表家里人来的。我们夫人表示哀悼。福布斯也向你们问好。"这是一场高朋满座的葬礼,凯会感到开心的。

康妮·斯托里沿着过道慢慢向前走,坐在帕特南·布莱克和他的第三任妻子旁边。"来的人真不少啊,孩子他妈,"戴维森先生赞许地说,"能证明凯的人缘确实不错。"波莉在人群中发现了哈拉尔德的老朋友迪克·布朗,看上去岁月也没有绕过他。吉姆·瑞吉里悄悄坐在波莉旁边的长椅上。"这些人你都认识吗?"他问波莉。"不都认识。"她悄悄回答他。"真没想到啊!"他指着在佩恩·惠特尼治疗中心给凯看过病的精神科医生。"那几个人看起来像是我以前的病人啊。"他又指了指三个坐在一起的女人。戴维森夫人跟瓦萨俱乐部的秘书点头致意。普瑞斯认出了在凯的婚礼上坐在她旁边的西森夫人。其他同学也都来了。一名胸前佩戴着勋章的军官正在就座。"我敢说凯跟他的关系一定很好。"戴维森夫人对丈夫说道。海伦娜捅了捅波莉。诺琳来了,她穿着一身黑衣,还戴了黑色的面纱。她好像怀孕了,她的肩膀和臀部绑着一个背囊状的东西,里边装着个小孩,随着她的脚步晃来晃去。孩子赤裸的腿和脚丫从这种育儿袋或者背带的东西中伸出来,像是从连体衣里伸出来的。"把嗅盐给我!"波莉不由得喊出声来。"那是什么,在扮演袋鼠吗?"戴维森先生沙哑着嗓子问。"嘘,老头子。"戴维森夫人制止他道。"那是伊卡……伊卡博德。"普瑞斯说。"可是她为什么要——"波莉低声说。"现在流行这样,"普瑞斯喃喃地说,"我在政府的育儿手册上读到过。那是给自己工作很忙但又没人帮忙照顾小孩的妈妈们准备的。而且这样的话孩子会因为能够感受到妈妈身……身体的温暖而安心。"诺琳在迪克·布朗身边坐下。她调整了肩带,把伊卡博德放

381

在膝头。"这个背囊是怎么回事?"他说,"你是印第安女人吗?"诺琳点点头。"我想带他来体验一下死亡。""我明白了,"他严肃地说,"提前了解。和腮腺炎一样。"

伊卡博德以奇特的方式出现在教堂引发的骚动和震惊很快随着另一批客人的到来而消散了。波莉认出了凯以前的女仆、在哈莱姆区开殡仪馆的克拉拉。凯最喜欢的老师、如今担任联邦剧院主席的弗拉纳根夫人也带着她的前助理一起来了。"我没想到她会来!"海伦娜惊讶地说。圣坛的边上摆满了鲜花。

管风琴的乐声停止了。教区长走进来,到灵柩后面站定。所有人起立。"主说,复活在我,生命也在我:信我的人虽然死了,也必复活,凡活着信我的人必永远不死。"莱基感觉到有一滴泪从脸庞滑落。她惊讶于自己的哀伤。她希望自己流露出的情感只是一种冷酷而激烈的热情,期待着这是一场完美的葬礼,能够完美地反映出凯一直以来的向往与仰慕。对她自己来说,她只愿死后有某个陌生人把一块石头绑在她的脖子上将她抛进大海。她厌恶不真诚的悼念,她宁可挖出自己的双眼,也不愿虚情假意地哀悼。又一滴脆弱的眼泪滑落。然后,她注意到大家纷纷转过头来。她对众人愤怒的同时,自己也转过头去看。穿着一身黑色套装的哈拉尔德走了进来,在教堂后面找了个位置坐下了。这太像他的风格了,她冷冰冰地对自己说,要让我们全都转过头去看他才行。波莉和海伦娜也偷偷看他。她们都害怕他会来。当然,虽然她们并没有邀请他,但他还是有权到这里来,正如他有权在其他人肃立时跪倒在地,把他骷髅般的头颅埋入手掌中,仿佛是在祈祷。但是她们仍然感到愤怒。

在诵读第一篇赞美诗之前的短暂停顿之间,即使那些不认识哈拉尔德的人也注意到了他的出现。他像一片巨大的阴影,笼罩在每个人的头顶。海伦娜想,如果说葬礼上会有一个邪恶的灵魂,就像是洗礼时的坏仙女，那么那个人一定就是哈拉尔德。她绷紧了娇小的下巴。她不明白为什么他的出现会让她对人性善良的所有向往都瞬间凝固。凯再也不会受到他的伤害了。但是她脑子里又缓慢地生出一句话来。哈拉尔德正在"从凯的葬礼中得到喜悦"。

教区长略带不安地扫视了人群一番，好像他那老练的目光已经看懂伊卡博德和哈拉尔德是教堂里骚动的根源，然后他开始诵读第一篇赞美诗。"耶和华啊，求你叫我晓得我身之终，我的寿数几何……"人群中传来一阵沙沙声，长椅也吱吱作响。出席葬礼的人有的仍然站着，有的坐下了，有的跪倒在地，还有一些跪也不是，坐也不是，干脆向前蜷伏在长椅上。哈顿坐下了，波莉决定跟着他行动。她想了想，觉得哈顿是少数几个知道在教堂里应该怎么做的人，不然谁会知道参加葬礼的礼节呢。她想起凯的婚礼，想起那天的她们多么年少无知，对一切都充满崇拜，而这么多年来，她们几乎还是没什么长进。然后她又疯狂地担心在举办仪式的过程中会出现什么问题，导致教区长最终决定不能让凯安然下葬。但是凯的婚礼确实有一些特别之处，她的葬礼上应该没有，是不是？唯一特别的地方就是哈拉尔德的现身。他不该来的。但是他的到来让她们做的一切安排——凯的礼服、古董罗马硬币、音乐和鲜花，以及仪式本身——显得愚蠢，像是少女过家家一样。"他就像是来出席她葬礼的死神。"她告诉自己。

第二篇赞美诗开始了。波莉低下头，集中精神为凯祷告。为她僵硬的遗体着装时涌起的怜爱与遗憾之情再次兜头而来。她回想着凯的一生，那都不能算是一生，凯才刚刚打了个招呼，说了句"你好啊"而已。躺在棺材中的那个女孩终于成为此刻的主角。其他的一切都不存在了，只是徒劳而自负的幻影。"早晨发芽生长，晚上割下枯干。"教区长吟诵道。这一句不仅适合凯可怜、破碎的结局，也是她一生的写照。波莉确信凯不是自杀，虽然在医院里，当精神科医生告诉她与哈拉尔德分开是明智之举时，她非常难过。不是天才的妻子，而是一个"无名之辈"的想法才是她精神崩溃的真正原因。但是，如果她曾经想过用自杀来唤起所有人对她的哀思，那么她现在应该会满意吧。"我爱你，凯。"波莉懊悔地低语。

当教区长开始吟诵《诗篇》第一百三十章时，普瑞斯觉得海伦娜和戴维森夫人的安排过头了，三篇赞美诗未免太多了。而且他们选读了《圣经》使徒书信中最长的一篇：圣保罗的《哥林多人前书》。这篇赞美诗的文字极为优美，但是她担心伊卡博德。她知道诺琳对于训练婴儿如厕习惯的看法，于是担心他会不会出状况。教堂里有那么多鲜花，感觉气味就在不远处。这肯定都是她的想象，但是她发誓，不是伊卡博德就是凯，散发了某种气味……看波姬的反应是没有用的，她根本就没有嗅觉。教堂里的人群开始躁动起来，他们听到仪式中出现了他们熟悉的引文，纷纷交头接耳。"无知的人哪，你所种的，若不死就不能生。""如果种子不死，"普瑞斯听到莱基在默默跟着吟诵，"……因号筒要响，死人要复活成为不朽坏的，我们也要改变。""汉德尔，"戴维森夫人提醒她的丈夫，"《弥赛亚》。"普瑞斯注意到，波莉哭得很伤心，吉姆紧紧握着她的手。莱基也在哭——她的眼泪，普瑞斯觉得，像是一粒粒水晶，从她僵硬的脸上颗颗落下，她的牙关紧咬着。普瑞斯希望祷文中不要提到"腐烂"这个词。"死啊，你的毒钩在哪里？"波姬用胳膊使劲撞了一下丈夫。"我从来不知道这句是《圣经》里的！"突然间，普瑞斯发现自己想到了坟墓里的蛆虫，一声啜泣让她颤抖。

圣歌响起时，海伦娜感到一阵尴尬，那是她妈妈最喜欢的第二百四十五首《天父领我》。她本人更希望选择巴赫《受难圣咏》中的一段："哦，神圣的头上佩戴着由尖刺围成的王冠。"但是她妈妈说另一首更让人振奋,也就是说听上去更像在帐篷里举办福音布道会的气氛。所有歌词她都烂熟于心,甚至不需要像海伦娜一样捧起圣歌集。她唱跑了调,歌声洪亮又带着呼吸声,像是在和管风琴决斗。到圣歌结尾几句时,戴维森夫人用尽了全力。"死如冷河我不怕过,独赖天父至终领我。"海伦娜冷冷地想象着天主拉着她妈妈的手过约旦河的画面,也生怕教堂里每个人的脑子里都浮现出同样的场景。然而她的妈妈和大多数哀悼者一样,是彻头彻尾的不可知论者。她不相信凯会有来生,所以到底有什么可以振奋的呢?什么都没有。海伦娜是个现实主义者,这也让她哭不出来。哭是为了谁呢?凯吗?但是凯已经不在了。海伦娜觉得剩下的人并不值得她为之难过。

他们都跪下祈祷。仪式骤然结束。众人解散,离开教堂,来到马路边,殡仪馆的人进去抬棺。莉比不明白她们为什么没有安排护灵人,那样会显得高级多了。而且她觉得棺材盖子应该一直开着。看到康妮·斯托里之后,她匆忙过去跟她打招呼。她不打算去墓地了,所以要赶去上班的康妮或许能跟她一起拼个出租车。今晚和丈夫出门之前,她打算抽空写一篇葬礼印象。葬礼仪式真是感人至深。

她们安排了车辆接送那些想到墓地送行但是自己又没有车的来宾。教堂外,那些人在灵车后面排着队。海伦娜手里拿着名单,正在一一核对。她们没有给不请自来的哈拉尔德安排车。他本来可以搭诺琳的车,但是感谢上帝,诺琳不去墓地。大家都认为,诺琳的那个小家伙在整个仪式中完全没有闹腾,简直像是奇迹——他一直在妈妈的膝盖上疲倦地点着头。哈拉尔德独自一人站在人行道上,脸上带着神秘的微笑。"吉姆和我可以让他坐我们的车去,"波莉主动说道,"我们中间总得有个人跟他谈谈吧。"海伦娜就没那么客气

385

了。"我母亲会邀请他。她'思想比较开放'。让她跟他谈吧。"但是哈拉尔德却走向了莱基。"我能搭你的车吗?"她们听到他这样问。莱基那辆时尚的深绿色双座小轿车就停在路边。"对不起,"她说,"我车上没地方让你坐。"但是男爵夫人说:"如果你不介意,埃莉诺,我就不去葬礼现场了。""那好吧,"莱基对哈拉尔德说,"上车吧。你会开车吗?"哈拉尔德坐进驾驶座。送葬的队列缓缓移动着,人们看着那辆绿色的小轿车冲到灵车前面疾驰而去。"他去对她献殷勤了,你们信不信?"波莉含着泪说道。她、吉姆、海伦娜和安德鲁斯先生坐进瑞吉里家的福特车。"但愿是真的,"安德鲁斯先生温和地说,"我知道那位男爵夫人带来了一对黄铜指套。"

　　莱基搭乘雷克斯号远洋邮轮回国的消息对她们来说是一件令人激动的大事。四月的一个清晨,她们七个人齐齐站在码头上迎接她。当然,凯那时还活着,刚刚从犹他州回到纽约,多蒂也在去百慕大旅行的途中到纽约停留了一下。大家一起到码头去给莱基一个惊喜的主意是波姬提出的。波姬对于时间的流逝没有概念,也对莱基或许已经变了想法不以为然。不过,当她们看着邮轮的踏板缓缓放下时,有几个人心中还是有点不安。她们害怕莱基已经高不可攀了。她在欧洲期间身边围绕的都是些教授、艺术历史学家和收藏家,她一定会觉得她们都是乡下人。海伦娜说,从莱基寄来的信件和明信片上的回信地址就能看出,她的"圈子已经扩大了很多"——她似乎一直和大人物们住在别墅、宫殿和城堡里。她在最后一封来信中说她觉得意大利就快要陷入战争了,所以她要回国,而那封信是从著名艺术评论家伯纳德·贝伦森在塞提涅亚诺的家里寄出的。姑娘们在码头站成一排,来回搜寻着莱基的身影,准备好挥手致意,其中几个人非常清醒地意识到,她们中的绝大部分人现在已经结婚生子，过上了安稳的生活。波姬现在已经有了三个孩子，波莉刚刚生了个女儿。

她们看到莱基迈着敏捷而稳健的步子走下踏板，她微微扬着下巴，穿着深紫色套装，戴着帽子，手里拎着一个绿色的真皮化妆盒和一把收拢起来的绿色绸伞。她们都为她依然青春洋溢的面庞感到惊讶。她们都已经把头发剪短并且烫出了发卷，但是莱基仍然留着一头黑色长发，束在脑后，这让她有一种少女感，而且她仍然奇迹般地保持着姣好的身材。她看到了她们，绿色的眼睛因为喜悦而睁大，她向她们挥手示意。和她们一一拥抱（她亲吻了每一个人的双颊，并抱住她们的肩膀细细打量着她们）之后，她向她们介绍了跟她一起的那个矮胖的外国女人——姑娘们都以为，这个人是她在船上认识的。

在码头上，她们陪莱基等行李等了很久。她有几十个行李箱，三十二个挂衣箱，很多系着亮色缎带的包裹，还有数不清的包装箱，里面放着绘画、书籍和瓷器。过海关时，她的身份是"外籍归侨"，这意味着她不需要为个人物品和家庭财产支付税金。但她还带了大量的礼物，以她的办事风格，肯定都要进行申报，于是她花了很长时间和海关官员一起开箱检查，并用大而清晰的圆体字填写了报关表格。她的行李被搬到一起，其他人什么忙都帮不上，海关的人让她把大大小小的行李都打开时，她们也不想盯着看里面都有什么东西，可是就连波姬都偷偷看到了箱子里有大量的内衣、手绢、女式睡衣、女式浴袍、鞋子、手套等，都用雪白的包装纸包得好好的——更不用说礼服、帽子、丝巾、羊毛外套、丝绸外套等，也都被精心折叠起来，包在雪白的包装纸里。这一大堆服饰——不过莉比说她一件裘皮大衣都没有——让姑娘们印象深刻，她们尴尬地想到了哺乳时刻表、婴儿奶粉、洗衣房和尿布。她们不能把一整个上

387

午都浪费在码头上。她们不耐烦地跺着脚（这里不能抽烟）等待着，这时才意识到那位已经完成海关手续的男爵夫人也在等。她似乎是和莱基一起的，而且姑娘们试着礼貌地跟她攀谈起欧洲的局势时，她的态度并不太友善。她透露说自己是一个德国人，嫁给了一个法国男爵，九月份战争爆发时她不得不离开法国。她也一直住在佛罗伦萨，跟莱基一样，但她并不认识莉比那位住在菲耶索莱的姨妈。她不时走到莱基身边跟她说几句，她们听到她用特别甜腻的声音叫她"亲爱的"。凯最先反应了过来。莱基变成了一个同性恋。这个女人就是她的"男人"。

她们慢慢明白了。这就是莱基在国外待了那么久的原因。国外的那些人对同性恋更宽容，而且莱基在森林湖的家人也不需要知道。那是一个糟糕的时刻。每个姑娘都意识到自己以及她们这群人是多余的。她们张开双臂前来迎接莱基是个令人害怕的错误，她们以为莱基属于她们，但显然莱基只属于那位男爵夫人。她们忍不住推断，她们两个一定会一起住进埃利泽酒店。男爵夫人还替莱基回答了凯冒失的提问，说莱基准备到芝加哥去看望一下家人。然后，她会在纽约郊外找个地方定居。"要找个非常安静的地方。"男爵夫人说。姑娘们都明白了她的意思。莱基想跟男爵夫人单独相处，不希望被邻居或者老朋友们打扰。或者，至少男爵夫人是这样想的。

姑娘们面面相觑。她们已经把一天的行程安排好了。波姬家的司机正在外面等着送莱基到酒店并且帮她安顿好。然后她们打算一起吃一顿优雅的午餐。之后，大家都迫不及待地想给莱基展示自己的公寓、丈夫和孩子。除了凯，她没有什么可以展示给莱基看的，但正因如此，她才觉得自己是招待她的最好人选。现在，她们不知道是该完全放弃这些计划，还是带上男爵夫人一起按照原计划进行。她们不知道对两人的关系她们应该三缄其口还是公开谈论。莱基是怎么想的？她希望她们走开吗？或许她永远都不会原谅她们做出到码头上给她意外惊喜这件事。她们本能地转向凯，她跟戏剧界的人打过交道，肯定能够告诉她们该怎么办。但是凯也对这种猝不及防的变化感到迷惑。她坦然的神情清楚地表露出失望、懊悔和犹豫不决的情绪。她们都觉得，一向威严并且具有优越感的莱基现在肯定会因为她们都不是同性恋而鄙视她们。但是从另一方面来说，她似乎又真的很高兴见到她们。

她们打量着正跟海关打交道的莱基，不禁默默自问，她变成同性恋多久了，是那位男爵夫人改变了她，还是她自己转了性。这也让她们怀疑，她是不是在大学里就有这种倾向，但是被压制下去了。这个可怕的顿悟让她们开始仔细端详她的着装，看看能否发现蛛丝马迹。她穿的是一套斯基亚帕雷利西装。凯也直接问过她了——她猜应该是斯基亚帕雷利。"埃莉诺的所有衣服都是斯基亚帕雷利做的。"男爵夫人说，她们看到她随意说出的那个亲昵的绰号让凯显得灰心丧气。莱基穿着一双很薄的丝袜，脚上是小牛皮的高跟鞋，上身穿了一件带荷叶边的绿色丝绸衬衫。实际上，她看上去比之前更有女人味。那位男爵夫人就很明显了，虽然她没有留着男孩一样的发型，也没有戴男式领带，却穿着一套粗重的花呢西装，军装风格的长丝袜，踩着古巴粗跟鞋。然而，男爵夫人是结过婚的，莱基却没有，这样一想，也挺奇怪的。

莱基把海关手续办妥之后，相当自然地解决了她们的难题。她同意让波姬的司机把她和男爵夫人送到酒店。至于午餐，她让男爵夫人到大都会博物馆的咖啡厅去吃，体会一下美国的气氛。"玛丽亚就像头熊，"她大笑着说，"她遇到陌生人会咆哮。"莱基自己和姑娘们一起吃了午餐，当晚她还邀请有空的姑娘们带着丈夫到酒店的猴子酒吧跟她和男爵夫人一起喝鸡尾酒。姑娘们发现了这个规律。如果有丈夫们出席,男爵夫人就会来,否则,莱基就单独行动。

一旦她们像知道不言自明的定理一样知道男爵夫人是"我朋友"这一事实,她们的紧张感也就消失了。之后几周,男爵夫人也渐渐放松下来。她非但没有因为她们不是同性恋而看不起她们,反而觉得这一点更合她的心意。只有离婚后独自住在瓦萨俱乐部的凯似乎还是会引起她的疑虑。她们惊讶地发现,莱基和玛丽亚都是坚定的反法西斯主义者。她们万万想不到莱基会变得这么有人性,甚至能够在政治上产生了同情心。不过,在很多方面她其实都比她们记忆中更有人情味了。另一个让人惊讶的地方是,她喜欢小孩。姑娘们觉得同性恋肯定会鄙视的一件事就是母性,但这一点恰恰是最吸引莱基的。她给波莉的宝宝买了一套意大利绣花围嘴,每次她到波莉的公寓时,都会把宝宝放在膝头,给她戴上一条围嘴,喂她喝奶。她送给普瑞斯的儿子斯蒂芬一个棱镜和一套古董玩具兵。她喜欢给他讲故事,还喜欢跟他一起画手指画。某个周末,她到普林斯顿去看望波姬的时候,还到马厩去跟波姬的双胞胎一起玩了捉迷藏。她喜欢剪纸,也喜欢用她那条巨大的棉麻手绢做成跳跳鼠。

她和玛丽亚都很务实。她俩对食物和服装裁剪颇有研究,而且很有兴趣为正在怀孕的波莉设计一款新型的孕妇服。玛丽亚学过护理,这在欧洲的贵族中似乎很常见,因为当年那些城堡的女主人必须负责给周边的农民看病开药,战争时期还要照顾伤员。而她们之中除了波莉没人知道怎么做衣服或者包扎绷带,这让玛丽亚大为震惊,仿佛她们是一群野蛮人。

说起来难以置信,但是在不到一个月的时间里,有些姑娘发现自己说起"请莱基和玛丽亚来吃晚饭"的时候,已经像谈论一般夫妇那般平常。莱基和玛丽亚最终在格林尼治郊区买下一座大房子，波莉、吉姆、凯和海伦娜也都去住过。

然而，与此同时，她们还是一致感到，莱基身上发生的事情是一场悲剧。她们尽量不去想象她和玛丽亚在床上会做些什么。只有凯声称能够想象她们平静地拥抱在一起的样子。她们喜欢玛丽亚这个人，如果她能有一条美人鱼一样的尾巴就好了！她们对莱基也有同样的感觉，莱基确实长得像一条美人鱼，绿色的大眼睛，白皙的皮肤。自从海伦娜搬到纽约之后，波莉就和她成了闺密，两个人总是尽量不带任何感情地讨论莱基。她们无法摆脱掉那种微妙的感觉，即她们觉得莱基和玛丽亚的关系是扭曲的。其中一个迹象就是男爵夫人的嫉妒心。不论男女——只要是陌生人，玛丽亚都会非常嫉妒。她随身带着一把她前夫送给她的左轮手枪，还让莱基买了两头凶残的看门狗。现在还有安德鲁斯先生不知道从哪里打听到的那一对黄铜指套！你很容易就能想到玛丽亚对一个试图解救莱基的男人下毒手的样子。而"解救"这个词本身就能说明问题。从一方面来看，这两个女人是"莱基和玛丽亚"，是一对美满的伴侣，同"波莉和吉姆"没有什么区别；但是从另一方面来看，莱基像一个美丽的女囚，她被凶狠的女强盗囚禁在危险的城堡里，正在对前来解救她逃出魔法囚禁的骑士哀哭。不过，事情也可以反过来看。假设是智慧而又神秘莫测的莱基把不太聪明的可怜的玛丽亚变成了她的囚徒或者奴隶呢？两个人的关系可以像沙漏那样颠来倒去，这也是让姑娘们万般困惑的地方。同样，她们也想不明白这对伴侣里面谁是男人，谁是女人。显然，穿着男式睡衣裤的玛丽亚是男人，穿着丝绸蕾丝睡裙和薄麻布花边睡袍，头发披散在后背上的莱基是女人，可这同样可以是伪装——像是化装舞会上的服饰。让波莉和海伦娜心烦的是眼见的都不一定为实，她们担心在表象背后，还有一些她们不会认同的东西存在。

哈拉尔德和莱基开着车飞速驶过皇后区大桥。哈拉尔德想先找个酒吧喝一杯，然后再去墓地，莱基同意了。"那场闹剧是谁安排的？"他扭头瞟了一眼莱基，问道。"你是说那场葬礼，"莱基说，"你觉得应该怎么安排？"哈拉尔德没有回答。"遗体必须安葬，"莱基说，"或者进行火葬。你不能随便把它抛进焚化炉或者当作垃圾扔掉就完事了。"他沉思了片刻。"如果在处理遗体时遇到了什么麻烦，"他表示，"那就证明她的死有问题。刚才在教堂里，我有一种感觉，似乎大家都认为是我把她害成这样的。"莱基整理了一下脑后的发束。"她当然是自杀的。"哈拉尔德说道。"为什么？"莱基冷静地问。"纯粹是因为争强好胜，"他回答，"多年来我一直想自杀，自从我认识她之后。"莱基目不转睛地盯着他看了很久，他的面容相当憔悴。"她决定给我做个示范。她能比我做得更好。第一次就成功了。"他停顿了一会儿，"你不相信我，是不是，你这个神秘莫测的幽灵。你是对的。我从来没有真的想自杀过，一直都是装的。假装自杀是彼得森家族的特长。但我真的想死。我向你发誓。如果我们现在能把车开出路面就好了。"他说着向右猛打方向盘。"别这样。"莱基说。他把车转向正确的方向。"可是她，"他说，"她有勇气杀死自己并且伪装成一场意外。""你什么意思？""看飞机，剪影卡，让女仆看到她在窗边并且警告她。这些都是故意安排的，是一些拙劣的借口，为了让我们相信她是失足跌落的。""这些细节你是怎么知道的？""戴维森妈妈说的。我们在电话里好好聊了一下。""但是她为什么要骗我们呢？"哈拉尔德耸耸肩。"我想是因为她的父母吧，因为她那位年事已高的'父亲'。又或许是因为她觉得这样招摇地承认自己的人生是失败的是一种耻辱。'那样的话所有人就都知道了。'"

莱基仔细看着眼前这个她从未有过好感的男人,什么都没说。她的全部愿望就是能够平安地抵达墓地,不要让这个男人为了戏剧性地展示出他也有自杀的勇气而害得他们两人都没命。他车开得很好,她故意让他开车就是为了试试他的技术。她对他有某种好奇心,她想满足一下这份好奇,而且她也知道,他对自己同样好奇。

"吸烟室里的圣母,"他说,"挺逗的,我这么毒辣的眼睛,都一直没看出来你是同性恋。你什么时候开始的?还是一直都是?""一直都是。"莱基说。他草率的提问让她脑海中的一个计划渐渐成形。"'她们'那些人,"哈拉尔德说,"看到你最终露出真面目之后,一定也是相当'惊惶'吧。真是要命啊,我还没脱离那些人之前就已经厌倦她们了!""她们都很可爱。"莱基说。哈拉尔德扭过头,挑起一边的眉毛。"你刚才是说她们都很可爱吗?""是的,"莱基说,"只有一个人除外。莉比是个坏女人。""妇人之见。"哈拉尔德说。莱基微笑着。"我的朋友,那位艾蒂安男爵夫人,非常喜欢她们。她喜欢美国女人。""我的天啊!"哈拉尔德说。"真的,"莱基说,"她说美国女人是第四种性别的人。"

哈拉尔德又瞟了她一眼。"'一直都是。'你刚才说。也就是说,你上大学的时候就是。"他眯起了眼睛,"我猜你是爱上'她们'了。你爱她们七个,除了你自己。你爱她们这个群体,也爱她们每一个人。这就说得通了。我一直搞不懂,你这么有头脑的一个姑娘为什么要混在那个小团体里。"他点了点头,"所以你是爱上她们了。她们年轻的时候看起来确实很美,这个我可以保证。哎呀,所以你是在那座楼里有个后宫啊。凯总是说你对她们忽冷忽热的,一会儿跟这个热情,一会儿对那个冷漠——她们从来不知道为什么。但她们都为你神魂颠倒。"他模仿着她们七嘴八舌的声音。莱基笑了。"确

393

实,我有偏爱。"

哈拉尔德把车停在一个酒吧门口。他们进去找了个卡座坐下,哈拉尔德点了杯双份威士忌,给莱基点了一份。"五分钟。"莱基说。"你不用担心,"他说,"灵车从这儿经过的时候我们能看见。"他一口喝掉一半威士忌。"你偏爱的是谁?"他说,"不,先别告诉我。让我猜一下。多蒂,波姬,凯,海伦娜。""不是海伦娜,"莱基说,"我现在挺喜欢她的,但是大学期间我对她没兴趣。她那会儿像个相貌平平的小男孩。""波莉?"哈拉尔德说。"我是个势利眼,"莱基说,"波莉靠奖学金读书,还要打工养活自己。而且她不修边幅。"她皱起了精心修剪的黑色眉毛,"那时候真幼稚。我都不想回忆。女生们都不讲理。"哈拉尔德把威士忌喝完了。"你那时爱凯吗?"莱基一只手托着下巴。"她大二的时候非常可爱。你那时还不认识她,参加'雏菊花环'时的她。她自己就像是一朵野花,是我尤其钟爱的那种乡村的美感,非常入画。她像谁画中的人物呢?卡拉瓦乔?某个西班牙画家?画过吉卜赛人的画家,或者山里人。她的脖子很漂亮,瘦长挺直,还有那么结实的后背和纤细的腰身。"哈拉尔德又点了一杯威士忌。他的脸色沉了下来。

"她脸皮厚,"他说,"我以伤害她为乐,从她那里得到某种回应会让我开心。伤害她之后,我又会对她充满柔情。然后她就非要让我做出让步,把柔情蜜意全都毁掉。她很注重语言表达,总是让我把歉意说出来。我也不知道,莱基,我从没爱过哪个女人。我倒是爱过一些男人——那些伟大的导演、政治领袖。小时候,我爱我父亲。和一个女人生活在一起,就像是和一个回音生活,而凯又是那种很吵的回音。她的声音真的让我抓狂。她毫无意义地不断重复她听到的话,主要是从我这儿听到的,我承认。"他笑了起来,"我觉得自己像是一个孤独的船长,养着一只鹦鹉。但至少她是个不绕弯子的人，肉体方面她非常直接。我得到她的时候，她还是处女之身，她从没想过跟其他男人如何。别人打她的主意她也不理睬。"他的声音变得沙哑，"这说明了一定的问题。一个长期不忠的男人需要有一个忠贞的妻子，否则婚姻就不会长久。而且凯从来没发现我对她不忠。这一点我绝对可以保证，莱基。她偶尔会起疑，但我总是信誓旦旦地撒谎掩饰过去。"他又大笑起来，"可最后是她的嫉妒心摧毁了一切。简直不可理喻。""你这话是什么意思？""我从来没让她有过嫉妒的对象。我在保护她。每一次我跟别的女人上床的时候，我都会确保不被凯发现。但这就意味着，我永远不可能跟那些女人撇清关系，不管我有多烦她们。比如那个婊子，诺琳，你在教堂看到她了吧。她是个货真价实的勒索犯。她手里有我的把柄，我闲得无聊的时候跟她上过一次床。接着好几年我都得继续吊着她的胃口，这样她才不会翻脸把我们的事情告诉凯。真是太烦人了。结果凯还歇斯底里地指责我。我的天啊，我去见她也是为了凯好。"莱基冷冷地看了他一眼，带着轻蔑和难以置信的神情。"哎呀，别那么古板，"他说，"你这样挺让我意外的。你和我能理解对方。如果你不是只爱女人，我或许还会爱上你，莱基。你或许能拯救我，我或许能拯救你。你没办法爱上男人，我没办法爱上女人。我们或许可以相爱——谁知道呢？我们是这群傻瓜和小人物中最优越的两个。至少我们是旗鼓相当的。我们在她的坟墓前决斗吧，好吗？"

这时，他们看到灵车从窗外经过。哈拉尔德在吧台把杯中的酒一饮而尽。他们出门上了车。这次莱基开车。哈拉尔德的胡言乱语让她觉得恶心，她断定他是个十足的伪君子，她为自己对他感到好奇而羞耻。对一个人好奇就等于让你有了被他们污染的机会，但她还是决心要他一次，为凯，为所有女人，更为他厚颜无耻地和自己套近乎的这种行为而复仇。她丝毫不可怜哈拉尔德。她把车并入送葬的车队中，等着他提问。"优越感，"他说，"当然，不只是悲剧的先决条件，它本身就是个悲剧，哈姆雷特式的悲剧。我们被迫降低身份去跟笨蛋们打交道，有时候这会让我们有种空虚的感觉，好像肤浅的是我们，而不是他们。哈姆雷特会爱上波洛涅斯的女儿吗？你和我会'爱上'凯吗？当然她的身体还是值得爱的。"他冲着前面的灵车点了点头。"那我想我就知道了！"他快速扭头看了莱基一眼，"你对她的'爱'，我猜，完全是柏拉图式的。"莱基目不斜视地看着前方。"然而，"哈拉尔德说，"考虑到她的头脑，这也挺让人难以置信。你肯定想要过她，是不是？她拒绝你了？所以你才'放弃'她的吗？""我厌倦她了，"莱基真诚地说，"我以前很容易厌倦别人。""你还没回答我的问题。"哈拉尔德说。"我也没打算回答，"莱基说，"你的问题很无礼。""你跟她睡过觉吗？"哈拉尔德蛮横地说。"你应该问凯啊，"她说，"她肯定会告诉你的。说到底她是个非常诚实的姑娘。玛丽亚觉得她非常美国。""你太缺德了，"他说，"彻底的道德败坏。你太恶毒了。你是不是把她们所有人都带坏了？真是个壮观的场面！"莱基心满意足，她终于逼着这个可怕的人说了实话，他对"变态"表现出的憎恶一点都不让人意外。"你这个肮脏的同性恋骗子，"他说，"不敢光明正大地决斗，却在剑上下毒。"莱基并没有直接告诉他，下毒的人是他自己。她的良心一片澄明。她已经与自己订下契约，只说确凿事实，从不含沙射影。而且，站在她的角度来看，可怜的正常人凯如果成为她的猎物而不是他的，那么至少她不会犯下自杀这种罪孽，而这是他绝对不会去想的。实际上，如果真是这样，对凯来说也好得多，因为莱基至少会对她好。她希望如此。"你是个胆小鬼，"哈拉尔德说，"你玷污了一个已经死去的姑娘。难怪这么多年你都躲在国外。你应该继续留在欧洲，那里已经是一片黑暗。你属于那里,你已经死了。除了得到一些百无一用的知识,你的头脑形同虚设。你是一个博物馆的寄生虫。你不属于美国!让我下去!""你想下车吗?"莱基说。"是的,"哈拉尔德说,"你去埋葬她吧。你和'她们'。"莱基把车停下。他下了车。她继续开着车,跟着灵车往前走。从后视镜里,她看到他穿过马路,站在路边伸出大拇指,想要搭便车。一辆辆汽车满载着从墓地回来的哀悼者从他身边疾驰而过,往纽约驶去。

Copyright © 1963 Mary McCarthy
This edition arranged with A.M.Heath & Co.Ltd.
through Andrew Nurnberg Associates International Limited

© 中南博集天卷文化传媒有限公司。本书版权受法律保护。未经权利人许可，任何人不得以任何方式使用本书包括正文、插图、封面、版式等任何部分内容，违者将受到法律制裁。

著作权合同登记号：图字 18-2021-41

图书在版编目（CIP）数据

她们 /（美）玛丽·麦卡锡著；尚晓蕾译. -- 长沙：湖南文艺出版社，2021.10
书名原文：The Group
ISBN 978-7-5726-0295-5

Ⅰ.①她… Ⅱ.①玛… ②尚… Ⅲ.①长篇小说—美国_现代 Ⅳ.① I712.45

中国版本图书馆 CIP 数据核字（2021）第 162350 号

上架建议：畅销·外国文学

TAMEN
她们

作　　者：	[美]玛丽·麦卡锡
译　　者：	尚晓蕾
出 版 人：	曾赛丰
责任编辑：	丁丽丹
监　　制：	吴文娟
策划编辑：	万巨红
特约编辑：	包　玥　吕晓如
版权支持：	姚珊珊　王媛媛
营销编辑：	闵　婕　傅　丽
封面设计：	所以设计馆
版式设计：	李　洁
出　　版：	湖南文艺出版社
	（长沙市雨花区东二环一段 508 号　邮编：410014）
网　　址：	www.hnwy.net
印　　刷：	三河市天润建兴印务有限公司
经　　销：	新华书店
开　　本：	875mm×1270mm　1/32
字　　数：	320 千字
印　　张：	12.75
版　　次：	2021 年 10 月第 1 版
印　　次：	2021 年 10 月第 1 次印刷
书　　号：	ISBN 978-7-5726-0295-5
定　　价：	59.80 元

若有质量问题，请致电质量监督电话：010-59096394
团购电话：010-59320018